Sandra Byrd

DIE KUNSTSCHÄTZERIN

Sandra Byrd

Die Kunstschätzerin

Francke

Über die Autorin:
Nachdem ihr erstes Manuskript abgelehnt wurde, als sie dreizehn Jahre alt war, hat die Bestsellerautorin Sandra Byrd fünfzig Bücher veröffentlicht, darunter viele historische Romane, aber auch Bücher für Kinder und Teenager oder Andachtsbücher für Frauen.
Ihre große Leidenschaft besteht darin, neuen Autorinnen und Autoren bei der Entwicklung ihrer Fähigkeiten zu helfen und sie bei der Veröffentlichung ihrer Werke zu unterstützen.
Sandra kocht für ihr Leben gern und sammelt altes Glas und Geschirr. Sie liebt lange Spaziergänge mit ihrem Ehemann und sonntägliche gemeinsame Abendessen mit ihrer wachsenden Familie. Ihre Heimat ist die Gegend von Seattle in den USA.

FSC www.fsc.org
MIX
Papier | Fördert gute Waldnutzung
FSC® C083411

Bibliografische Information der Deutschen Nationalbibliothek
Die Deutsche Nationalbibliothek verzeichnet diese Publikation in der Deutschen Nationalbibliografie; detaillierte bibliografische Daten sind im Internet über http://dnb.dnb.de abrufbar.

ISBN 978-3-96362-279-3

Originally published in English in the U.S.A. under the title
Lady of a Thousand Treasures, by Sandra Byrd

Deutsch von Brigitte Hahn
Umschlagbild: © Trevillion Images / Lee Avison
Umschlaggestaltung: Francke-Buch GmbH / Marion Schramm
Satz: Francke-Buch GmbH
Druck und Bindung: CPI books GmbH, Leck

www.francke-buch.de

Kapitel 1

September 1866
Watchfield House, Grafschaft Oxfordshire, England

Das weitläufige Gemach, in dem wir warteten, hallte wider vom Gemurmel menschlicher Stimmen, die jedoch so leise sprachen, wie es der Anstand erforderte. Alle Anwesenden zuckten zusammen, als direkt vor der breiten Fensterfront ein greller Blitz aufleuchtete und in den Boden einschlug wie ein Finger, der auf einen Punkt tief in der Erde zeigen wollte. Vielleicht war es ein Fingerzeig des Herrn. Vielleicht wollte er uns darauf hinweisen, wo die Seele des kürzlich verstorbenen Lord Lydney ihren letzten Ruheort gefunden hatte.

Ich glaubte nicht, dass Lord Lydney in den Himmel aufgestiegen war.

Dennoch war Lydney für meinen Vater ein Freund, Gönner und Wohltäter gewesen. Viele sprachen voller Bewunderung von ihm. Um die Wahrheit zu sagen, er zeigte sich gelegentlich auch mir gegenüber großzügig. Einst glaubte ich sogar, er könnte mein Schwiegervater werden.

Diese Vorstellung gehörte jedoch der Vergangenheit an.

Ich war in Watchfield House, dem englischen Landsitz von Baron Lydney, um dort wieder einmal meine Aufwartung zu machen. Danach wollte ich so schnell wie möglich das Weite suchen und die Vergangenheit endgültig hinter mir lassen.

Mein Blick fiel auf Harry und wider besseres Wissen sah ich ihn länger an. Seine helle Haut und sein widerspenstiges goldbraunes Haar bildeten einen bewundernswerten Kontrast zu der schwarzen Trauerkleidung, die er – wie wir alle auch – trug.

Rasch sah ich weg, bevor er mich dabei ertappen konnte, wie ich ihn anstarrte.

»Ein Schwarm von Krähen.« Marguerite zeigte mit einem Kopfnicken auf eine Gruppe unfreundlich dreinschauender Männer, die ihre Köpfe bei der Begrüßung ruckartig bewegten wie Vögel, die Körner aufpicken. Nicht nur ihr hohes Alter, auch ihre schwarzen Frackjacken ließen sie steif wirken.

Ja, meine beste Freundin Marguerite. Obwohl wir fast gleichaltrig waren, war sie als Witwe eine passende Anstandsdame für mich, wenn ich eine benötigte. Bei meiner gesellschaftlichen Stellung war das jedoch nicht oft der Fall. Sie wusste, dass es seit meiner Kindheit meine Angewohnheit war, alles Mögliche in Sammelbegriffen zusammenzufassen, vor allem in Situationen, in denen meine Ängste an die Oberfläche drängten. Diese Gewohnheit passte besonders gut zur Tochter und Assistentin eines Konservators für Sammler. Jetzt war ich selbst als Konservatorin und Gutachterin tätig – beinahe zumindest.

»Eine Rotte Wildschweine?« Ich täuschte ein gelangweiltes Gähnen vor.

Sie blickte in Harrys Richtung. »Ein Wüstling als Führer von Maultieren?«, fragte sie spöttisch.

Ich musste über ihren Scherz lächeln, wusste aber, dass sie das nicht wirklich ernst meinen konnte. Sie hatte Harry immer gern gemocht, zumindest bis zu seinem Verschwinden. Wie jeder von uns hatte Harry seine Fehler, aber er war ganz bestimmt kein Wüstling. Sein Interesse hatte immer nur einer Frau gegolten.

Diese Frau war ich.

Mein Herz schlug schnell und unregelmäßig. *Bis dieses Interesse plötzlich nachließ.* Ich erlaubte mir, ihn erneut anzuschauen.

Er war hochgewachsen und stand kerzengerade zwischen Mitgliedern des Adels. Sein Auftreten war selbstsicher, so wie ich ihn immer gekannt hatte. Bloß in der Gegenwart seines Vaters hatte er sich anders verhalten. Fast in der Mitte der versammelten Männer stand eine Frau, die ich nicht kannte. Ihr Haar war so schwarz wie unsere Trauergewänder. Sie war eine schöne junge Frau. Ihr Jett-Schmuck leuchtete dunkel im Licht der Lampen. Atemlos beobachtete ich, wie Harry sie ansah und wie aufmerksam er sich ihr gegenüber verhielt.

»Eine Prahlerei von Pfauen«, flüsterte ich Marguerite zu. Bei diesen Worten drehte sich die ganze Gesellschaft um und starrte mich an. Ich spürte, wie mir vor Verlegenheit warm wurde, und ich war dankbar für den hohen Kragen meines Kleides. Meine geflüsterten Worte taten mir leid. Es war eine Sache, sich selbst Mut zu machen, aber eine ganz andere Sache, lieblos zu sein, auch wenn Trauer die Ursache war.

»Haben sie mich etwa gehört?«

Marguerite steckte eine Strähne ihres blonden Haares zurück in ihre Hochfrisur. Dann drückte sie aufmunternd meinen Ellbogen, bevor sie den Kopf schüttelte. »Ich glaube, sie wissen etwas, was du nicht weißt … noch nicht.«

Jetzt, da sie es erwähnte, erinnerte ich mich daran, dass mir die Leute schon den ganzen Morgen lang mit den Blicken folgten. Das war beunruhigend und ungewöhnlich zugleich. Ich drehte mich zu meiner Freundin um und sah ihr in die Augen. »Und was du auch weißt?«

Sie nickte. »Als ich im Flur war, habe ich zufällig etwas von dem Gerede gehört, aber du wirst es bald selbst herausfinden, wenn es tatsächlich stimmt.« Marguerite neigte den Kopf zu der dunkelhaarigen Schönheit inmitten der Männer und flüsterte: »Sie ist mit ihm zusammen aus Venedig zurückgekehrt.« Dann entfernte sich meine Freundin von mir.

Ich holte tief Luft und drehte mich um. Niemand sollte meinem Gesichtsausdruck ansehen, wie bestürzt und überrascht ich war. Ich ging zu einem dick gepolsterten Sessel, in dem ein älterer Bekannter von mir gerade zu versinken schien. Ich wollte nachsehen, ob er beim Aufstehen Hilfe brauchte. Als ich mich vorwärts bewegte, trat mir ein Mann in den Weg und hinderte mich am Weitergehen. Er wirkte selbstsicher wie ein Mann, der es nicht gewohnt war, wenn man Nein sagte. Seine Kieferpartie wirkte wie aus Stein gemeißelt und die Wellen seines platinblonden Haares verdankten ihren perfekten Sitz wohl nicht einer Pomade. Er kam mir bekannt vor, aber ich wusste nicht, wo ich ihn einordnen sollte.

»Viscount Audley.« Er verneigte sich. »Zu Ihren Diensten.«

Ich empfand es nicht gerade als besonders »dienstbar«, mir einfach den Weg zu versperren. »Miss Eleanor Sheffield. Ich bin mir sicher, dass ich Ihre Dienste nicht benötige, obwohl ich Ihnen für Ihr Angebot danke.«

»Oh, ich kenne Ihren Namen. Wir sind uns schon begegnet.« Er senkte die Stimme. »Ich glaube sehr wohl, dass Sie meine Unterstützung benötigen. Sie sind eine Frau und noch dazu allein oder Sie werden bald allein sein. Deshalb sind Sie ohne Schutz, nicht wahr?«

Die unverblümte Offenheit und die versteckte Drohung in seiner Äußerung ließen mich frösteln, aber ich sagte nichts. Er brauchte keine Aufforderung, sondern sprach einfach weiter.

»Ich will Ihnen bloß einen guten Rat geben: Wissen Sie, er wird Ihren guten Willen ausnutzen, wie er es immer getan hat. So wie auch sein Vater sich Ihrem Vater gegenüber herablassend und leutselig gegeben hat. Ihr Wohlwollen ist aber niemals selbstlos gewesen, oder, Miss Sheffield? Und keiner von beiden hat sich am Ende als loyal erwiesen.«

»Entschuldigen Sie, Lord Audley. Bestimmt meinen Sie es gut. Aber ich weiß nicht, von wem Sie sprechen.« *Nichts als Lügen.*

»Ich glaube, Sie wissen es sehr wohl.« Er sah Harry an, dann fiel sein Blick wieder auf mich. Er verneigte sich wieder und kehrte zu den anderen zurück.

Ich wusste nicht, wie ich diese Bemerkungen von Lord Audley verstehen sollte, es sei denn, auch er kannte das Geheimnis, das offenbar für alle anderen, außer mir, gar keines war.

Aus Gewohnheit warf ich einen Blick auf die prunkvolle Kaminuhr. Das Gehäuse aus französischem Walnussholz war geschmückt mit den Figuren der drei Grazien aus der griechisch-römischen Sagenwelt. Ich war verblüfft, dass die Uhr die richtige Zeit anzuzeigen schien. Ich sah auf meine kleine Taschenuhr, und tatsächlich, die Uhrzeiten stimmten überein. Aber schimmerte das Holz der Kaminuhr nicht heller als sonst? Oder täuschte ich mich? Ich trat näher an den Kamin. Das Uhrwerk konnte ich nicht sehen, aber ich konnte sein leises Summen hören. Das Glas über dem Ziffernblatt glänzte. Vielleicht hatte Mr Clarkson, der Mitarbeiter unserer Firma, es poliert, als er vor ein paar Monaten hier war, um sich während meiner Abwesenheit um die Sammlung zu kümmern.

Ich sollte ihn fragen, ob er das Uhrwerk repariert hatte. Wenn ja, war er viel versierter als erwartet. Darüber war ich froh.

Ich sah mich suchend in dem Raum um. Jetzt waren mehrere Dutzend Männer und Frauen hier, Adlige und Bürgerliche, die reichen Kunstsammler, die mit dem Baron bekannt waren. Manche von ihnen waren Auftraggeber meines Vaters gewesen. Und natürlich war Harry da.

Diesmal konnte ich ihm nicht entwischen. Sein Blick ruhte auf mir, so wie Hunderte Male im Laufe eines Jahrzehnts, zuerst als hoch aufgeschossener, schlaksiger Junge, später als gereifter, gut gebauter junger Mann. Ich holte tief Luft, denn ich wollte nicht lügen: Ich hatte ihn geliebt, sowohl den Jungen als auch den Mann. Er lächelte mich an. Ich neigte kurz meinen Kopf in seine Richtung und sah wieder weg, als die Würdigungen des Verstorbenen begannen.

Einige der Anwesenden sprachen gut über den verstorbenen Lord Lydney. Ihre freundlichen Worte klangen echt und sogar der Pfarrer äußerte sich positiv in seiner Trauerrede. Andere jedoch hatten während der Lobesreden ihre Blicke starr auf den Tisch gerichtet und signalisierten keine Zustimmung. Bald versiegte dann auch der Strom der Lobeshymnen.

Ich wollte gerade auf mein Zimmer zurückkehren, als ein Mann mich sanft am Arm berührte. »Miss Sheffield?«

Ich nickte und er stellte sich vor. »Ich bin Sir Matthew Landon, der Anwalt des Verstorbenen. Dürfte ich Sie kurz sprechen?« Seine Gesichtszüge waren früher bestimmt markant gewesen, aber viele Jahre des Wohllebens hatten sie weich und üppig werden lassen. Sein zu einem kurzen Zopf nach hinten gebundenes Haar hatte die sprichwörtlich schneeweiße Farbe.

Ich folgte ihm in die Bibliothek. Marguerite folgte mir in diskretem Abstand, um ihrer Pflicht als Anstandsdame nachzukommen. Sobald wir in dem großen Raum waren, tat sie so, als würde sie die vielen Buchtitel auf den Regalen durchsehen, während Sir Matthew mich zu dem riesigen Schreibtisch des verstorbenen Lords Lydney führte.

Jetzt ist es der riesige Schreibtisch von Harry. Alles aus dem Besitz seines Vaters gehörte jetzt ihm.

Wir nahmen Platz, Sir Matthew auf der einen Seite, ich auf der anderen. Dann beugte er sich über den Schreibtisch. Sein Atem duftete nach zerstoßenem Fenchelsamen. »Ich komme direkt zur Sache. Lord Lydney hat darum gebeten, dass Sie als vorübergehende Treuhänderin seiner Sammlung agieren und dann später nach Ihrem Ermessen damit verfahren – natürlich auf der Grundlage der von ihm genannten Möglichkeiten. Sie wissen besser als die meisten, welch einen gewaltigen Schatz die Stücke in seiner Sammlung darstellen. Hunderte Kunstwerke und Waffen. Glas und Porzellan. Schmuck. Silber. Möbelstücke. Porträts. Skulpturen.«

Eine Sammlung, wie allgemein bekannt war, bestand aus allen Schätzen, die eine Person oder eine ganze Familiendynastie über viele Jahrhunderte angehäuft und zusammengetragen hatte. Die Schätze der Hochgeborenen und Wohlhabenden stellten wahre Reichtümer dar. Mehr noch, sie verkörperten die Familiengeschichte, innige Gefühle, persönliche Interessen und bildeten das Herzstück eines Hauses.

»Insgesamt handelt es sich um etwa tausend Stücke«, erwiderte ich. »Wir haben die Bestandsliste.«

Sir Matthew nickte zustimmend. »Vielleicht eintausend. Der verstorbene Lord Lydney ist sich sicher, dass Sie am besten dafür geeignet sind festzustellen, ob die Sammlung an Ort und Stelle verbleiben oder gespendet werden soll.«

»Geht nicht alles an seinen Sohn als sein einziges Kind? *Noch lebendes* Kind?« Hastig korrigierte ich mich.

»Sein Sohn erbt den Titel, das Londoner Haus und den Landsitz. Beide müssen instand gesetzt werden.« Sir Matthew zuckte mit den Schultern. »An diesen Vermächtnissen ließ sich nichts ändern, befürchte ich. Die Pferde gehören ihm, denn sie stammen aus dem Nachlass seiner verstorbenen Mutter.«

»Aber nicht die Sammlung?« Sie war eine unerhört hohe Summe wert. Würde sie veräußert werden, wären Harrys Häuser bis auf die Teppiche und Vorhänge vollkommen leer geräumt.

Solange er lebte, hatte sich der Baron auf unsere Firma *Sheffield Brothers* verlassen, wenn es um den Kauf, die Bewertung, Restauration und Pflege von Kunstwerken ging. Solche Aufgaben erledigten Firmen wie die unsere für ihre wohlhabenden Kunden. Doch jetzt war mein Papa tot und Onkel Lewis mit Anfang siebzig nicht mehr so zuverlässig wie sonst. Deshalb gab es keine *Gebrüder Sheffield* mehr, sondern nur noch mich.

Und natürlich der gute Mr Clarkson. Aber er gehörte nicht zur Familie und hatte deshalb keine Anteile an der Firma.

»Nicht die Sammlung«, bestätigte Sir Matthew. »Als er sicher war, dass sein Ende nahte, erwähnte der verstorbene Lord Lydney mir gegenüber in einem Brief und in Schriftsätzen, dass er Ihnen die Verfügungsgewalt über seine Kunstwerke überlassen wollte. Er selbst traute sich nicht zu, die richtige Entscheidung zu treffen wegen der anhaltenden Trauer um den Tod seines ersten Sohnes Arthur und der Enttäuschung über seinen zweiten Sohn. Sie sollten diese Enttäuschung besser verstehen können als die meisten Menschen.«

Ich schwieg eisern und setzte eine teilnahmslose Miene auf.

»Der verstorbene Lord Lydney weiß, dass Sie als Tochter Ihres

Vaters die Pflege und Bedeutung eines jeden Stückes kennen und außerdem über genügend Urteilskraft und Erfahrung verfügen, um zu entscheiden, wo die Sammlung schließlich untergebracht werden soll.«

Nein, ich will diese Verantwortung nicht übernehmen. »Was waren die Wünsche des verstorbenen Lord Lydney?«

Sir Matthew lächelte. »Er sagte mir, dass Sie zustimmen würden, und er hat recht behalten wie immer. Sein Sohn scheint kein Interesse an Kunst zu haben, außer am Verkauf der Gegenstände, damit er Pferde kaufen kann, für Sport und Spiel natürlich.«

Bei dieser Bemerkung blickte ich auf. »Sind denn Gegenstände verkauft worden?« Mr Clarkson hatte nach der letzten Bestandsaufnahme nichts davon erwähnt, also musste der Verkauf erst vor Kurzem stattgefunden haben. »Der neue Lord Lydney erwirbt vom Verkaufserlös weitere Pferde?«

»Das kann ich nicht sagen. Ich weiß noch nicht einmal, aus welcher Quelle er ein Einkommen bezieht. Wahrscheinlich hat er keines, da sein Vater dafür keine Vorsorge getroffen hat.«

Ich antwortete mit einem Kopfnicken, weil ich nicht wusste, was ich davon halten sollte. Noch vor einem Jahr hätte ich Harrys Vertrauenswürdigkeit und Ehre verteidigt. Aber jetzt? Jetzt war ich mir nicht mehr sicher. Und es stimmte: Harry hatte für Antiquitäten nichts übrig.

Sir Matthew fuhr fort: »Als Ihre letzte Pflicht gegenüber der Lydney-Sammlung und als letzte Pflicht der Firma *Sheffield Brothers* als langjährige Kuratoren und Mitverwalter sollen Sie nach dem Willen von Lord Lydney nach sorgfältiger Abwägung aller Möglichkeiten entscheiden, ob Sie die gesamte Sammlung in seinem Namen dem Museum in South Kensington spenden.«

Mir wurde kalt, als mir plötzlich eine Erkenntnis kam: *Er spricht in der Gegenwart, als ob der Mann noch immer leben würde!*

»Oder Sie könnten nach reiflicher Überlegung auch entscheiden, dass sein Sohn die Voraussetzungen erfüllt, die sein Vater momentan nicht bei ihm erkennt, obwohl er sie einmal besessen hat. Daraufhin könnten Sie den Verbleib der Sammlung in Watchfield House anordnen. Der verstorbene Lord Lydney bevorzugt es, die Sammlung in den Händen von jemandem zu belassen, der kein Stück daraus verkaufen wird. Er wünscht sich, dass die Kunstwerke gesehen, genossen und wertgeschätzt werden, da die einzelnen Stücke in einer Beziehung zueinander stehen.«

Marguerite stellte ein Buch mit einem lauten Knall zurück in das Regal.

Mein Magen begann zu rebellieren. »Ich soll entscheiden, ob Harry enterbt wird oder nicht?«

Sir Matthew verzog das Gesicht zu einer Grimasse, als ich versehentlich diesen vertrauten Vornamen benutzte. »Harry? Sie sind doch nicht verlobt, oder? Seinem Vater wurde zu verstehen gegeben …«

Ich schüttelte den Kopf. »Es gibt keine Vereinbarung zwischen uns.« Das war deutlich geworden, als er versprach, noch vor letztem Frühjahr zurückzukommen, um mich dann aber weitere sechs Monate warten zu lassen und schließlich, wie ich seitdem erfahren hatte, mit einer venezianischen Schönheit im Schlepptau nach Hause zu kommen.

»Sie haben auch keine vertraglichen Verpflichtungen gegenüber dem Museum in South Kensington?«, fragte Sir Matthew. »Es wäre am besten, wenn Sie keine persönlichen oder beruflichen Vereinbarungen mit einer der betroffenen Parteien hätten, während Sie als Treuhänderin agieren, denn sonst würde man Ihre Unparteilichkeit infrage stellen.«

Wieder reagierte ich mit einem Kopfschütteln. Es wäre allerdings zu wünschen, dass ich eine berufliche Vereinbarung mit dem sich entwickelnden Museum oder mit dessen Förderern hätte.

»Gut. Ich werde das den potenziellen Abnehmern ebenfalls klarmachen.« Der Anwalt überreichte mir ein Päckchen. »Sie sollen entscheiden, wer die Schätze bekommen soll. Ihre Firma hat eine Bezahlung für die Erfüllung ihrer Pflichten bis zum Jahresende erhalten, nicht wahr?«

»Ja«, erwiderte ich. Diese Provision war schon seit Langem ausgegeben worden.

»Bitte sprechen Sie über diese Angelegenheit mit niemandem, der von Ihrer Entscheidung profitieren könnte, bis die besagte Entscheidung endgültig ist.« Nach einer kurzen Pause fuhr Sir Matthew fort: »In diesem Päckchen finden Sie Papiere, die Ihre eigenen Bestandsaufnahmen ergänzen und Ihnen vielleicht bei Ihrer Bewertung helfen könnten.«

Ich stand auf und nahm ihm das Päckchen ab. »Wie viel Zeit habe ich?«

Er überlegte kurz. »Wir haben ein wenig mehr als drei Monate bis zum Jahresende. So lange werde ich brauchen, bis der Nachlass abgewickelt ist. Reicht Ihnen das aus?«

»Ja.«

»Sehr gut, Miss Sheffield. Ich werde alle weiteren einschlägigen Dokumente an Sie schicken lassen, sollte ich noch welche vorfinden.«

Marguerite war sofort an meiner Seite, nachdem er die Bibliothek verlassen hatte.

»Was wirst du tun?«

Ich seufzte. »Ich könnte einfach hier und jetzt entscheiden, die ganze Sache zu beenden und alles dem Museum zu geben. Ich weiß bereits, dass man Harry nicht trauen kann.«

»Weißt du das wirklich?«, fragte sie. Sie hatte bestimmt den Zorn in meinem Gesicht gesehen, weil sie die Hand hob, als ob sie mich beschwichtigen wollte. »Ich stimme dir zu, liebste Freundin, dass sein Verschwinden über sechs Monate, besonders im Hinblick auf eure, äh, unausgesprochene Abmachung, nicht für ihn spricht. Und doch hast du ihm viele Jahre vor jenen sechs Monaten blind vertraut.«

»Ich war ein unerfahrenes Mädchen. Ich hatte törichte Träume. Ich habe sein Verhalten falsch gedeutet.«

Sie lachte leise. »Du bist viel zu klug für so etwas. Obwohl keiner von uns davor gefeit ist, von unserem Herzen in die Irre geführt zu werden.«

»Du meinst also, er sollte die Sammlung haben?«, fragte ich sie. Ich war ganz durcheinander.

»Ich meine, du solltest nachforschen und die Wahrheit herausfinden, genauso wie du es immer mit deinen Schätzen machst.«

Ich machte den Mund auf, um ihr zu sagen, dass Harry nicht einer meiner Schätze war. Oder war er es etwa doch? Ich presste die Lippen zusammen und schwieg.

Er hat mich verlassen und ist nicht zurückgekommen, wie er es versprochen hat. Das ist nicht einmal, sondern zweimal geschehen.

Marguerite wartete auf meine Antwort und endlich fand ich meine Stimme wieder. »Diese Sammlung war genauso die meines Vaters wie die des verstorbenen Lords Lydney. Ich muss mich dieser Aufgabe offen und ehrlich stellen und mich fragen, wo die Sammlung am besten aufgehoben wäre. Obwohl es sehr wahrscheinlich ist, dass ich am Ende zu der gleichen Schlussfolgerung kommen werde wie sein Vater.«

»Wenn du diese wertvollen Kunstgegenstände dem Museum in South Kensington zukommen lässt, wäre das ein guter Weg, um dem neuen Lord Lydney das angedeihen zu lassen, was er verdient«, sagte sie. »Ist das deine Absicht?«

»Weiß Harry, dass du seine Fürsprecherin bist?«

»Ich bin *deine* Fürsprecherin, liebste Freundin. Aber ich habe bei mehreren Gelegenheiten gesehen, wie glücklich ihr zusammen wart, und ich möchte dich wieder glücklich sehen, unter welchen Umständen auch immer. Ich möchte nicht, dass du einer Gerechtigkeit Genüge tust, die vielleicht nicht gerecht ist.«

»Warum sollte der Gerechtigkeit nicht Genüge getan werden? Ich bin in die Irre geführt und dann verlassen worden. Wenn ich die Sammlung dem Museum gebe, ist es vielleicht doch gerecht.«

»Das ist gut möglich, vielleicht sogar wahrscheinlich. Sein

Vater hat dich darum gebeten, das zu bestätigen. Und wenn du dich entschließt, dass der Gerechtigkeit Genüge getan werden soll, dann solltest du das mit kühlem Verstand tun und ich werde mich freuen, wenn du dein Glück woanders findest.«

Würde ich jemals mein Glück finden? Marguerite hatte es auch nicht gefunden, nicht wirklich. Vielleicht sollte man sich das Glück nicht herbeiwünschen.

Wir verließen die Bibliothek, und als wir den großen Empfangssalon betraten, richteten sich alle Blicke auf mich. Jetzt wusste ich, warum. Vielleicht hatte Sir Matthew es ihnen erzählt. Vielleicht hatte der verstorbene Lord Lydney seinen Freunden und Bekannten mitgeteilt, was seine Absichten waren. Die junge Frau, die ich bereits an der Seite von Harry gesehen hatte, bewegte sich selbstsicher durch die Menge der Anwesenden. Sie wirkte wie eine Gastgeberin und nicht wie ein Gast.

Alle beobachteten mich, als Harry mich ansah und ich seinen Blick erwiderte. Er machte sich auf den Weg zu mir. Ich blieb bewegungslos stehen.

Bekannte und Weggefährten des alten Mannes meinten wohl, der verstorbene Lord Lydney habe diese Entscheidung in meine Hände gelegt, weil er mir vertraute, aber sich selbst nicht zutraute, nach dem verfrühten Tod von Harrys älterem Bruder Arthur unparteiisch zu urteilen oder zu handeln. Vielleicht hatten sie recht. Aber Lord Audley hatte auch recht mit seinem Hinweis, dass der verstorbene Lord Lydney kein angenehmer Mensch gewesen war und auch nicht davor zurückscheute, andere Menschen zu benutzen, um seine eigenen Ziele um jeden Preis zu erreichen. Es war kein Geschenk, als er mich zwang zu entscheiden, ob ich das Haus des Mannes, den ich einst liebte, ausplündern sollte. Die Behauptung seines Vaters, dass Harry weder vertrauenswürdig noch ehrenhaft wäre, würde sich mit dieser Entscheidung öffentlich bestätigen.

Aber verdiente Harry diese Sammlung, wenn ich sie ihm einfach schenken würde? Damit stellte sich die nächste Frage: Hatte er mich jemals verdient? Hatte er mein Herz verdient, das ich ihm so großzügig geschenkt hatte?

Harry stand schließlich vor mir, und zwar so nahe, dass mich der würzig-frische Duft seines Eau de Cologne einhüllte. Die Farbe seiner Augen, die sich je nach Stimmung von einem hellen Haselnussgrün in ein dunkles Haselnussbraun verwandeln konnte, spiegelte seine Zuneigung wider, denn sie glänzten haselnussgrün. Ich holte tief Luft, um die durch seine Nähe aufkommenden Gefühle einzudämmen. Aber sein Duft machte mich benommen.

Er warf einen Blick auf meinen Ringfinger und sah, dass der Ring fehlte. »Heute Abend um sieben?«

Er brauchte mir nicht zu sagen, wo wir uns treffen sollten. Ich wusste Bescheid.

Ich war moralisch und finanziell dazu verpflichtet, das weitere Schicksal der Schätze zu bestimmen. Ich war jedoch nicht dazu verpflichtet, Harry um sieben Uhr zu treffen. Ich hätte es ablehnen können.

Aber das tat ich nicht.

Kapitel 2

Das Sommerhaus lag auf halbem Weg zwischen dem Herrenhaus und den Stallungen, gut versteckt auf dem Anwesen. Es war ein abgelegener Ort, den niemand besuchte oder an dem niemand verweilte, nachdem der Gärtner seine Pflichten für den Tag erledigt hatte und zu Hause bei einem Eintopf und einem Krug Bier saß. Jetzt vor dem Beginn des Winters wirkte der Garten leer und verlassen und es gab nur wenig zu sehen im Inneren des wunderschönen, aus buttergelbem Stein errichteten Gartentempels mit seinen hohen, bis zum Boden reichenden Fenstern und den römischen Säulen, die das Dach stützten.

Ich öffnete die Tür und der Wind blies bunte Blätter vor mir her. Manche von ihnen hatten die Form von rubinroten und bernsteinfarbenen Händen. Sie waren noch biegsam, weil sie gerade von den Bäumen gefallen waren. Ein paar von ihnen waren braun und trocken wie Pergament, geringelt wie die Locken einer Dame um ein Lockeneisen, die ersten, die einem frühen Herbstbeginn nicht standhielten. Ich ging zu den Steinbänken, die sich mitten im Raum gegenüberstanden und umringt waren von zurückgelassenen Garten-Statuen mit Rissen an den Stirnen oder von einer dünnen Moosschicht bedeckt.

In meinen jüngeren Jahren, als mein Vater in Watchfield übernachtet hatte, um sich dort um die Sammlung von Lord Lydney zu kümmern oder einen Kauf zu planen, hatte er mich immer mitgenommen. Nachdem meine Mutter uns verlassen hatte, befürchtete Papa wohl, sie könnte während seiner Abwesenheit überraschend kommen und mich entführen. Ich ließ ihn gerne in diesem Glauben, weil ich dadurch das Gefühl hatte, gebraucht zu werden. Aber in Wirklichkeit erinnerte sich meine Mutter wohl noch nicht einmal daran, dass ich existierte.

Wenn Harry nicht in der Schule oder an der Universität war, ritten wir oft zusammen aus. Oder ich half zuerst meinem Vater und dann trafen wir beide uns im Sommerhaus, weit weg von lauernden Blicken und lauschenden Ohren. Dort redeten wir, spielten Karten und taten so, als seien wir bloß gute Freunde und hätten sonst kein Interesse aneinander.

Bis wir uns natürlich das Gegenteil eingestehen mussten.

Im Sommerhaus war es dunkel und kühl. Ich fröstelte und bereute es, hierhergekommen zu sein. Ich blies die Lampe aus, damit uns niemand bemerken konnte. Kurz darauf hörte ich Schritte auf dem Kies und ein leises Knirschen, als sich die Tür öffnete. Eine Gestalt erschien in der dunklen Türöffnung.

Dann stand er vor mir. Harry. Er warf einen Blick auf die Bank, auf der ich saß. Neben mir war gerade so viel Platz, dass wir eng zusammensitzen konnten. Ich rutschte in die Mitte der Bank und breitete die Röcke meines Kleides um mich herum aus, damit er sich nicht neben mich quetschen konnte. Also nahm er mir gegenüber Platz.

»Ich bin pünktlich.« Er strahlte mich an mit jenem Lächeln, das zur einen Hälfte wie das eines Piraten und zur anderen Hälfte wie das eines Gutsherrn wirkte. Ich hoffte, dass ich äußerlich nicht so wacklig und unsicher wirkte, wie ich es innerlich war. Die Luft zwischen uns schien aufgeladen zu sein wie bei einem Gewitter.

»Es macht mir Mut zu wissen, dass eine Besserung für jeden Menschen möglich ist.« Ich bemühte mich, meine Stimme ruhig klingen zu lassen.

Er lachte laut auf. Um seine Augen herum erschienen kleine Fältchen, die ich vorher noch nicht bemerkt hatte. Obwohl er so attraktiv aussah wie immer, schien sein Gesicht härtere und ernstere Züge angenommen zu haben. Ich hatte gehört, dass der Krieg einen Mann schneller altern ließ, sogar einen Mann, der erst zwischen fünfundzwanzig und dreißig Jahre alt war. Er wirkte reifer, gesetzter. »Ellie. Du hast mir so sehr gefehlt«, sagte er und neigte sich zu mir hin.

Ich senkte den Kopf und hielt meine Tränen zurück. »Das konnte ich nicht wissen.«

»Bitte, bitte, sieh mich an.« Seine Stimme klang sanft. Ich blickte auf und er sprach weiter. »Ich bin gerade erst zurückgekehrt mit den sterblichen Überresten meines Vaters. Deshalb konnte ich dich nicht früher erreichen. Und als ich weg war, habe ich geschrieben.«

»Du hast geschrieben, dass du später kommen würdest, weil du deinen Freunden in Venedig *helfen* musstest. *Noch einmal.* Dann brauchte dich dein Vater. Hat er dich jemals gebraucht? Dann hast du noch ein weiteres Mal geschrieben und mir mitgeteilt, dass du bald zu Hause sein würdest und mich aufsuchen könntest. Mich *aufsuchen*? Wie distanziert das klingt!«

Er nickte zustimmend. »Das tut mir leid. Mir war nicht bewusst, wie gleichgültig und lieblos das auf dich wirken könnte. In der Hast, die durch den Krieg und die Krankheit meines Vaters entstanden ist, habe ich gedacht, du könntest die Situation so sehen wie ich. Das war gedankenlos von mir. Aber glaube mir, ich habe ständig an dich gedacht.«

»Was ist geschehen?«, fragte ich. »Warum hast du es in deinen Briefen nicht erklärt?«

»Das konnte ich nicht«, erwiderte er ruhig und selbstsicher. »Es war Krieg. Während Vater als Botschafter in Österreich war, half ich insgeheim dabei, Venedig von Österreich zu befreien und es seinen Bewohnern zurückzugeben. Wenn ich in einem Brief, einem Telegramm oder sogar gegenüber einem Kurier angedeutet hätte, dass ich der Gegenseite half, hätte ich meinen Vater kompromittiert.«

»Das ist verständlich«, gestand ich ein. »Aber das ist nicht das erste Mal, dass du fort musstest, um anderen zu helfen. Im letzten Jahr wurden deine Dienste als Kurier zwischen Österreich und Venedig gebraucht. Und du hast an beiden Orten übermäßig viel Zeit verbracht.«

Bei seinem Vater? Oder bei der venezianischen Schönheit?

»Ich wurde gebraucht«, sagte er. »Ich habe mich wirklich beeilt. Damals bist du damit einverstanden gewesen.«

Das entsprach der Wahrheit. Ich hatte dem zugestimmt. Schweren Herzens. Aber in jedem Jahr, das verging, schienen die Umstände alles noch mehr zu verzögern und uns weiter auseinanderzutreiben. »In dem Jahr zuvor, als mein Vater noch lebte, musstest du Garibaldi in London helfen – und dann warst du wieder zurück in Venedig und hast Monate länger gebraucht als erwartet. Mein Vater starb, bevor …« Ich sprach es nicht aus. Mein Vater hatte gehofft, dass Harry und ich verheiratet wären oder er mich in die Hände eines Mannes geben könnte, der für mich sorgen würde.

Harry streckte eine Hand nach mir aus. Ich nahm sie nicht. »Es tut mir wirklich unendlich leid, Ellie. Wenn ich das alles rückgängig machen könnte, würde ich es tun und ich habe Gewissensbisse, weil ich es nicht tun kann. Ich habe immer deine Stärke und Selbständigkeit bewundert und ich habe gehofft, dass unsere Väter meine Ziele und Handlungen der letzten Jahre für edel halten würden. Ich wollte ihnen beweisen, dass ich ein Ehrenmann bin, obwohl ich vielleicht anders bin als sie. Ich wollte auch etwas Gutes in dieser Welt bewirken mit dem, was ich zu bieten hatte: meiner Fähigkeit, mit Pferden umzugehen und als Mittelsmann zu fungieren. Aber was ich in den letzten Jahren auch bewirkt haben mag – in dieser Zeit habe ich wohl, und das verständlicherweise, den Respekt und die Zuneigung der wichtigsten Person in meinem Leben verloren.«

Ich stellte das nicht richtig. Vielleicht war es tatsächlich so, wie er sagte. Ich nahm ein Taschentuch, tupfte eine Träne ab und versuchte, nach außen so wenig Regung wie möglich zu zeigen. Dieses Verhalten diente mir als Schutzmantel. Ich hatte inzwischen gelernt, für mich selbst zu sorgen.

»Ich hoffe, ich habe beides nicht auf Dauer verloren.«

Harry wartete auf eine Zusicherung meinerseits, aber die konnte ich ihm im Moment nicht geben.

Er fuhr sich mit der Hand durch sein Haar. »Darf ich erklären, warum ich diesmal ein bisschen zu spät gekommen bin?«

»Sechs Monate sind nicht *ein bisschen* zu spät, aber ja, du darfst es erklären.«

Ich konnte von dem Mann keine Rechenschaft fordern, auch nicht für die Zeit seiner Abwesenheit. Wir waren nicht verlobt. Wir hatten uns noch nicht einmal ein mündliches Eheversprechen gegeben. Vielleicht war unsere Liebe so, wie Julia es im Drama von Shakespeare ausgedrückt hatte – zu sehr wie der Blitz, der schon verschwunden ist, bevor man sagen kann: »Es blitzt.« Aber er hatte mir diesen Ring und einen Kuss gegeben und wir beide wussten, was das bedeutete. Es blieb bloß unausgesprochen, aber jetzt blieb es auch ungetan.

»Ich wollte bloß einen Monat bleiben, wie ich es dir bereits gesagt habe. Dann wurde Vater krank und ich blieb in Österreich, weil er mich darum gebeten hatte. Er flehte mich mehrmals an, ich solle in seiner Nähe bleiben. Er deutete sogar an, dass es ihm ein Trost wäre. Ja, ich war auch überrascht über seinen Wunsch! Vielleicht wollte er mit mir Frieden schließen, bevor er starb. Aber nein.« Er senkte kurz den Blick, bevor er wieder aufsah. Ein kleines Lächeln umspielte seine Lippen. »Erinnerst du dich noch an Stefano Viero?«

Oh ja, ich erinnerte mich an Stefano. Er war Harrys bester Freund und Studienkollege in Oxford. »Natürlich.«

»Neben meiner Arbeit als Kurier für Kriegsdokumente bat Viero mich, zu ihm zu kommen und heimlich seine Familienschätze abzuholen, die Kunstgegenstände aus mundgeblasenem Glas, für die seine Familie in Venedig seit fast fünfhundert Jahren berühmt ist. Es sind unbezahlbare Schätze, die Schätze Venedigs, und er wollte nicht, dass sie gestohlen werden.«

Ich nickte zustimmend. »Im letzten Krieg wurde Italien ausgeplündert.« Sogar Sammler aus England waren auf den Kontinent gereist, um zu sehen, welche antiken Kunstgegenstände sie während des Aufruhrs für sich beiseiteschaffen könnten.

Harry fühlte sich durch meine Bestätigung ermutigt. »Du erinnerst dich bestimmt, dass Napoleon einst die Bronzepferde vom Markusplatz in Venedig gestohlen hatte und sie nach Paris bringen ließ.«

Ich unterließ es, die Augen zu verdrehen. Für Harry gab es immer nur Pferde.

»Also hast du die Schätze abgeholt. Glasschätze? Ist das alles?«

»Ja. Ich habe sie heimlich aus Venedig nach Österreich geschafft und dann nach England, damit sie sicher und geschützt verwahrt werden können. Stefano wird sie holen, sobald es in Venedig wieder ruhiger ist.«

»Gehört diese junge Dame zu den Schätzen, die du aus Venedig mitgebracht hast?«

Er wurde misstrauisch. »Francesca?«

Als er ihren Vornamen nannte, schnellte mein Kopf nach oben. Harry ließ sich nicht täuschen. Er bemerkte es sofort.

»Ja, Signorina Viero ist Stefanos Schwester. Seine verwitwete Mutter ist auch mitgekommen. Ich konnte sie in diesen unruhigen Zeiten nicht ohne Schutz zurücklassen. Ihr Sohn und ihr Bruder haben für ihr Land gekämpft. Ich habe sie näher kennengelernt, als ich ihren Familiensitz besucht habe. Sie bleiben bei mir, bis Viero kommt, um auch sie mitzunehmen, sobald die Verhandlungen abgeschlossen sind. Wir haben noch gar nichts von ihm gehört«, gab er zu. »Wir hoffen aber, dass es ihm gut geht.«

»Das hoffe ich auch.« Ich mochte den Baron Viero.

Er erwähnte nichts von meinem Auftrag als Treuhänderin und das hätte er auch nicht tun sollen. Trotzdem hatte ich noch eine Frage.

»Harry«, begann ich. »Hast du die Kaminuhr ersetzen lassen? Die im grünen Salon?« Nur ungern wollte ich ein so schmerzliches Thema ansprechen, aber ich musste es wissen, weil die Uhr jetzt funktionierte. Das war seit Jahren nicht der Fall gewesen. Ich konnte mir nicht vorstellen, dass Harry genug Zeit gehabt hatte, die Uhr reparieren zu lassen. Aber er durfte auch nichts aus der Sammlung seines Vaters entfernen.

»Nein, aber ich *sollte* sie ersetzen.« Er wandte den Blick von mir ab, aber ich sah trotzdem den Schmerz in seinen Augen. Sein Vater hatte die Uhr für immer anhalten lassen, und zwar genau in der Todesstunde von Arthur. Es war, so hatte der verstorbene Lord Lydney erwähnt, für alle eine bleibende Erinnerung daran, dass Harry den Arzt nicht rechtzeitig geholt hatte und sein Bruder deshalb sterben musste.

»Es wäre verständlich, wenn du sie hättest ersetzen lassen.« Niemand wollte Tag für Tag an sein eigenes Versagen erinnert werden, besonders dann, wenn es tödliche Folgen gehabt hatte.

Er ließ diese Bemerkung im Raum stehen. »Warum fragst du?«

»Das Uhrwerk ist repariert worden. Die Uhr zeigt die richtige Zeit an. Die Vergangenheit ist vorbei.«

»Wirklich?« Seine Stimme klang jetzt härter. »Ich dachte, meine Hilfe während des Krieges würde meinen Vater dazu bringen, mich endlich als erwachsenen Mann zu sehen. Und dann bin ich aus eigenem Antrieb mit Vieros Schätzen davongeritten, jenen Antiquitäten, die mein Vater so sehr geschätzt hat. Alles vergebens. Es sollte gar keine Versöhnung stattfinden trotz seiner irreführenden Worte. Er will weiter Vergeltung üben – sogar aus dem Grab heraus.«

Ich bemerkte, dass auch er von seinem Vater sprach, als ob er noch am Leben wäre, und deshalb ließen seine Worte mich erschauern. »Das tut mir leid«, sagte ich. Es tat mir wirklich leid – für uns beide.

»Ellie …« Er griff in die Tasche seines Jacketts und holte eine Schachtel heraus. »Ich habe dir ein Geschenk aus Venedig mitgebracht. Darf ich es dir geben?«

Ich holte tief Luft, aber ich schwieg.

»Ich erwarte nichts als Gegenleistung von dir«, ergänzte er. »Ich habe bloß an dich gedacht, als ich es gesehen habe. Da wusste ich, dass du es haben musst.«

Ich nickte zustimmend. »Wenigstens als Erinnerung an vergangene Zeiten.«

Er zuckte zusammen und ich unterdrückte meinen Wunsch, ihn zu trösten. Nichts war mehr so, wie es einmal gewesen war. Er reichte mir die Schachtel. »Machst du sie auf?«

Ich konnte das Geschenk wohl kaum annehmen und es dann nicht in seiner Gegenwart öffnen. Deshalb hob ich den samtenen Deckel an und zog den Gegenstand heraus. An einer Messingkette hing ein ovaler Anhänger aus antikem Messing, rundherum verziert mit filigranen Schlaufen. Und dann, in der Mitte des Anhängers, grüner Samt und darauf … »Ein Senfkorn!«, rief ich laut.

Er nickte lächelnd. »Unter Glas natürlich. Beides hat mich an dich erinnert: der Same des Glaubens und das Glas.«

Ich starrte auf den Anhänger, nicht weil ich ihn weiter untersuchen wollte, sondern weil ich meine Gedanken und Gefühle zusammennehmen musste.

»Danke, Harry. Das ist sehr aufmerksam von dir.«

Aber ich legte das Schmuckstück nicht an.

Harry wartete einen Augenblick. Dann stand er auf und reichte mir seine Hand, um mir beim Aufstehen von der Steinbank zu helfen. Ich war froh darüber. Die Kälte war mir durch die Kleider bis in die Knochen gedrungen.

Er legte galant meinen Arm durch seine Armbeuge. Ich ließ diese zuvorkommende Geste zu, weil ich nicht unhöflich zu ihm sein wollte. Und trotzdem … die vielversprechende Verheißung der Vergangenheit und die Leere der vor uns liegenden Zukunft umschlang unsere Arme wie die skelettartigen Zweige der Glyzinie, die sich um das Sommerhaus schlangen.

»Darf ich dich in London aufsuchen?«, fragte er scherzhaft. Mit seinen Worten spielte er auf seinen Brief aus Österreich an.

»Das kann ich nicht sagen«, antwortete ich. Sollte ich seinen Besuch zulassen? Wenn ich ihn nicht sehen konnte, wie konnte ich dann beurteilen, ob er jetzt würdig war, die Kunstsammlung seines Vaters zu bekommen? Aber wenn wir uns begegnen sollten, würde ich mich dann von meiner früheren Zuneigung für diesen Mann beeinflussen lassen?

Das konnte ich nicht zulassen.

Er nahm meine Hand und hauchte einen sanften Kuss auf den Handrücken. »Meine Ellie. Wenn du es nicht sagen kannst, wer kann es dann?«

Kapitel 3

Bloomsbury, London

Am nächsten Nachmittag nahmen Marguerite und ich den Zug zum Bahnhof Paddington in London. Wir verabschiedeten uns im Bahnhof mit einer herzlichen Umarmung und ich nahm für die übrige Strecke den Omnibus, ein langer, von Pferden gezogener Waggon, auf beiden Seiten mit etwa sechs Bänken ausgestattet, auf denen die Fahrgäste die restliche Wegstrecke Platz nehmen konnten. Endlich war ich wieder zu Hause, an einem Ort, der mir Sicherheit und Geborgenheit gab.

Mrs Orchard, die von allen, die sie kannten und mochten, liebevoll »Orchie« genannt wurde, machte mir die Tür auf, als ich zu Hause ankam. Ich sah, dass sie geweint hatte.

»Mrs Orchard!« Ich nannte sie selten bei ihrem vollen Namen, aber ich war so überrascht, sie in einem solchen Zustand zu sehen, dass ich ganz durcheinander war.

»Was ist denn los?«

»Es ist Ihr Onkel«, erwiderte sie.

Auf meinen Gesichtszügen zeigte sich bestimmt mein blanker Schrecken, weil sie mich mit hastig geflüsterten Worten beruhigte. »Oh nein, er ist nicht … von uns gegangen … aber er hat sich unheimlich aufgeregt.«

Ich wickelte mich rasch aus meinem Umhang und hängte ihn an den Kleiderständer.

»Was ist denn bloß passiert?«

»Das soll er Ihnen selbst erzählen«, antwortete sie und neigte den Kopf vor Mr Clarkson, der plötzlich auftauchte. Er kam aus dem Flur, der von unserer Werkstatt im Nebenhaus zu unserem Wohnhaus führte.

»Am besten besprechen wir alles im Salon«, sagte Clarkson. Ich folgte ihm und Orchie schloss sich mir an.

Im Salon angekommen, setzten wir uns hin und Mr Clarkson begann mit seinem Bericht.

»Ihr Onkel sagte, er wolle sich mit einem Kunden treffen. Ich fand das ungewöhnlich, denn in letzter Zeit hat er seine Schätzungen immer in der Werkstatt vorgenommen.«

Ich nickte zustimmend. Mein Onkel war mehr und mehr ans Haus gefesselt, zwangsläufig natürlich.

»Ich wollte mich nicht einmischen, war aber um seine Sicherheit besorgt. Deshalb bin ich ihm unauffällig gefolgt.«

»Danke, Mr Clarkson«, erwiderte ich. So etwas gehörte natürlich nicht zu seinen beruflichen Pflichten, aber es sprach für ihn, dass er dieser Verantwortung dennoch nachgekommen war.

»Aber gerne, Miss Sheffield. Auf jeden Fall bog er in eine Seitengasse ab, als er sich noch etwa einen Straßenzug von mir entfernt befand. Ich beeilte mich, aber als ich ihn erreichte, war er schon in der Gewalt von zwei jungen Raufbolden. Der eine hielt ihn fest, während der andere seine Taschen durchsuchte. Als sie mich sahen, sind sie geflohen, aber vorher schlugen sie Ihren Onkel noch ins Gesicht.«

»Oh nein!« Ich sprang auf. »Ich war nur einen Tag lang weg und schon hat man ihm ein Leid angetan. Ich muss sofort zu ihm.«

»Er schläft jetzt«, tröstete mich Orchie. »Sie sehen ihn beim Abendessen.«

Mit einem Kopfnicken setzte ich mich wieder. »Ich kann Ihnen gar nicht genug danken, Mr Clarkson. Dafür, dass Sie ihm gefolgt sind, dafür, dass Sie ihn rechtzeitig erreicht und ihn sicher hierhergebracht haben.«

Clarkson verzog sein Gesicht. »Ich fürchte, ich war nicht rechtzeitig genug bei ihm. Er erwähnte einen Briefumschlag mit Geld und er war sehr bekümmert über den Verlust seiner Taschenuhr.«

»Oh … oh weh.« Mein Vater und Onkel Lewis waren Zwillinge

und sie hatten sehr wertvolle Zwillingstaschenuhren erworben, als sie die Firma ihres Vaters übernommen hatten.

Mr Clarkson nickte. In seinem Gesicht las ich denselben Kummer, den ich empfand. »Ich weiß, wie sehr er sie geliebt hat und wie teuer sie war. Es ist für ihn ein größerer Verlust als das Geld im Briefumschlag, vermute ich.«

»Ja.« Ich war müde von der Reise, von meinem Auftrag zu entscheiden, ob Harry das Vermögen seines Vaters erhalten sollte oder nicht, und von dieser schrecklichen Nachricht über Onkel Lewis. Ich entschloss mich, dass eine Ruhepause angebracht war. Wieder stand ich auf. »Noch einmal danke, Mr Clarkson.« Ich machte ein paar Schritte, um den Salon zu verlassen, doch dann kam mir ein Gedanke, bei dem mir vor Angst eiskalt wurde.

»Könnten diese Raufbolde Ihnen zu unserem Haus gefolgt sein? Wenn sie wussten, dass mein Onkel einen Wertgegenstand bei sich hatte, könnten sie einen günstigen Moment für einen Einbruch abwarten, weil sie hier weitere Wertsachen vermuten, oder?« Unsere Werkstatt war ständig angefüllt mit kostbaren Kunstgegenständen unserer Auftraggeber.

Mr Clarkson sah mich mit einem schwachen Lächeln an, das in einer so ernsten Situation dennoch angemessen war. »Daran habe ich auch gedacht. Ich habe ein paar Stücke vorübergehend zu mir nach Hause mitgenommen und alles andere habe ich ganz hinten in den Vitrinen versteckt. Ich werde die Augen offen halten. Aber ich glaube, es war eher ein zufälliger Raubüberfall.«

»Herzlichen Dank, lieber Mr Clarkson. Worte können nicht ausdrücken, wie wertvoll Sie für die Firma geworden sind, für uns alle.«

Das Lächeln auf Mr Clarksons Lippen wurde breiter. »Zu Ihren Diensten, Miss Sheffield. Sehe ich Sie beim Abendessen?«

Einen Augenblick lang fühlte ich mich überrumpelt. Orchie kam mir zu Hilfe. »Heute ist Samstag, Miss Eleanor.«

Richtig. Das hatte ich ganz vergessen. Mr Clarkson blieb samstags oft zum Abendessen, damit er länger in der Werkstatt arbeiten konnte. Am Sonntag arbeitete niemand von uns.

»Ja, natürlich.« Ich nickte den beiden zu und machte mich auf den Weg in mein Zimmer. Dort angekommen, merkte ich, dass ich zu unruhig war, um zu schlafen. Deshalb ließ ich mich auf dem nahe am Fenster stehenden Sessel nieder. Ich öffnete die Mappe, die Sir Matthew mir gegeben hatte, und nahm meinen Mut zusammen. Bevor ich mich ausruhte, wollte ich einen kurzen Blick auf die Papiere werfen, um festzustellen, ob es offensichtliche Unregelmäßigkeiten gab.

So wie bei der erst kürzlich ausgewechselten Kaminuhr.

Zu meiner Überraschung lag in der Mappe neben der sorgfältig zusammengestellten Liste von Schätzen ein Brief, verschlossen mit dem Siegel des verstorbenen Lord Lydney und an mich adressiert.

Der Blick auf seine Handschrift genügte, um mich vor Furcht erschauern zu lassen. Ich glaubte nicht, dass er mich gemocht hatte. Er hatte mich bloß geduldet – meinem Vater zuliebe. Mehr als einmal hatte ich gespürt, wie sich seine Mundwinkel vor Geringschätzung nach unten bogen. Aber mein Vater hatte mir einmal erzählt, dass der Baron bei manchen Aufträgen mehr als großzügig gewesen sei, damit mein Schuldgeld bezahlt werden konnte.

Ich brach das schwarze Wachssiegel auf.

Meine liebe Miss Sheffield – so begann der Brief.

Meine liebe …?

Wenn Sie diese Zeilen lesen, haben sie meinen Auftrag angenommen. Ich wusste, dass Sie es tun würden. Sie sind eine pflichtbewusste junge Frau, gut erzogen, auch wenn die Umstände nicht immer glücklich waren.

Auf jeden Fall scheint es so zu sein, dass wir alle von Familienflüchen verfolgt werden. Das bringt mich zum Anliegen meines Briefes. Trotz der Unterschiede von Herkunft und Geburt habe ich immer erwartet, dass mein Sohn Henry Ihnen einen Heiratsantrag machen würde und Sie dadurch zur Verwalterin der riesigen Sammlung würden, die ich nicht nur geerbt, sondern mit der Hilfe Ihres werten Vaters zusammengestellt habe. In letzter Zeit wurde ein solcher Heiratsantrag jedoch immer unwahrscheinlicher, da Henry ständig engen Umgang mit der jungen Venezianerin hatte. Trotz meiner flehentlichen Bitten weigerte er sich wiederholt, nach England zurückzukehren.

Ich legte den Brief kurz beiseite. Harry hatte mir erzählt, dass sein Vater ihn angefleht habe, bist zu seinem Tod bei ihm zu bleiben. Sein Vater behauptete jedoch das genaue Gegenteil. Ich konnte mir nicht vorstellen, dass Harry mich anlog. Oder etwa doch? Aber ich konnte mir auch nicht vorstellen, wie Baron Lydney seinen ungeliebten Sohn anflehte, bei ihm zu bleiben. Ich wandte mich wieder dem Brief zu.

Ich kam zu dem Schluss, dass ich ihn nach dem Tod seines Bruders Arthur richtig eingeschätzt hatte. Er ist unzuverlässig und selbstsüchtig. Für den Fall, dass Zorn, Enttäuschung oder meine Krankheit meine Urteilsfähigkeit getrübt haben, möchte ich diese Entscheidung in Ihre tüchtigen Hände legen.
In meinen Augen, Miss Sheffield, verdient er weder meinen Titel, meine Ländereien noch meine Schätze. Ich kann ihm die ersten beiden nicht aberkennen. Sollten ihm auch meine Schätze aberkannt werden? Diese Entscheidung müssen Sie jetzt treffen. Entspricht es der Wahrheit, dass Sie meinen, ihn so gut zu kennen wie jeder andere auch?
Ich bin fasziniert von dem neuen Zeitalter der Museen, Miss Sheffield, und ich weiß, dass Sie ebenfalls fasziniert sind von der Idee, die vielen Schätze, die sich nur wenige leisten

können, für jedermann zugänglich zu machen. Vielleicht beschließen Sie ja, dass mein Vermögen am besten auf diese Weise genutzt werden sollte. Die endgültige Entscheidung liegt jetzt bei Ihnen.
Ihr sehr ergebener
John Arthur Douglas, Baron Lydney

Ich kam mir vor, als ob ich für das Spiel *Blinde Kuh* ausgewählt worden wäre. Mit verbundenen Augen wurde ich so lange herumgedreht, bis ich nicht mehr sagen konnte, was richtig und was falsch war. Wer sagte die Wahrheit? Wer erzählte Lügen? Vielleicht war das Schachspiel ein besseres Beispiel zum Vergleich. Wer setzte mich als Bauer ein und welchem Zweck sollte das dienen?

Ich riss mich zusammen und konzentrierte mich auf die schwerwiegende Entscheidung, die vor mir lag, die Verwaltung eines großen Vermögens. Aber von Zeit zu Zeit kehrten meine Gedanken zu diesen beiden Sätzen zurück: »*Er hatte ständig engen Umgang mit der jungen Venezianerin. Trotz meiner flehentlichen Bitten weigerte er sich wiederholt, nach England zurückzukehren.*«

Stunden später saß ich mit den Männern zusammen beim Abendessen. Die Lampen brannten auf niedriger Flamme – zu niedrig, dachte ich, ungewöhnlich niedrig. Warum? Das dämmrige Licht kaschierte natürlich das Alter der hellgrauen Tapete, deren Farbe wiederum dazu dienen sollte, die Spuren von Kohlenruß und Lampenöl zu verdecken. Eine Gruppe von kleinen Porträts war sorgfältig über den schlimmsten Flecken arrangiert worden. Obwohl der Tisch mindestens acht Personen Platz bieten würde, waren nur drei Gedecke aufgelegt worden. Ich bemerkte, dass die Tischwäsche an manchen Stellen ausgefranst war. Die Männer trugen Krawatten, obwohl die von Onkel Lewis schon recht alt war und erschreckend viele Flecken aufwies, wohl von zurückliegenden Mahlzeiten. Mr Clarkson dagegen war tadellos gekleidet. Sein dichtes braunes Haar war akkurat in der Mitte gescheitelt. Er war frisch rasiert und sein Gesicht war nicht unangenehm anzuschauen. Seine Kleidung war modisch, wenn auch eine oder zwei Saisons zurück. Aber das konnte ich gut verstehen. Ich wusste, wie wichtig es war, so gekleidet zu sein, dass er mit unseren wohlhabenden Auftraggebern Umgang haben konnte, ohne sich mit ihnen auf dieselbe Stufe zu stellen. Dieser Kompromiss war ihm sehr gut gelungen.

Ich begrüßte meinen Onkel mit einem Kuss, aber er winkte ungeduldig ab. »Es tut mir so leid«, sagte ich.

»Für einen Mann ist nichts schlimmer, als zum Objekt weiblichen Mitleids zu werden«, erwiderte er. Ich wich zurück, um ihm nicht die Würde zu nehmen, aber ich war erschrocken und traurig, als ich den sich lila verfärbenden Bluterguss an seiner Wange sah und hörte, wie seine Stimme plötzlich zitterte.

»Wie war die Beerdigung?«, fragte mein Onkel, nachdem Orchie den knapp bemessenen ersten Gang serviert hatte. Mir schien es, als ob die Portionen zum Jahresende immer kleiner wurden.

»Wie erwartet«, antwortete ich. »Düster.«

»Ich kannte ihn nicht so gut«, sagte Mr Clarkson. »Den Verstorbenen, meine ich.«

»Ich kannte Lydney«, prahlte Onkel Lewis. Dann hob er die Hand mit einem Blick auf Orchie, die ihm lächelnd zunickte. Sie ging in die Küche zurück, um, wie ich wusste, einen Teller mit Fleischpasteten zu holen. Wieder einmal. Es war ein ungewöhnliches Gericht für ein Abendmenü, aber wir gönnten es Onkel Lewis trotzdem.

»Kann nicht behaupten, dass er mir fehlen wird, und jeder Ehrenmann wird diese Meinung teilen, denn er war das genaue Gegenteil, aber seine Aufträge werden mir bestimmt fehlen.«

»Lieber Onkel, das ist sehr unfreundlich«, erwiderte ich.

»Ich bin zu alt, um noch Zuneigung zu heucheln. Ich bin aber sehr interessiert an den Aufträgen von denen, die Verbindungen zum Museum in South Kensington haben. Diese Aufträge brauchen wir dringend, obwohl es mir sehr leid tut, dass die Sache für seinen Sohn so schlimm ausgegangen ist.«

»Wir sind uns nur selten begegnet, aber ich hielt den Baron für einen anständigen Mann«, ergänzte Clarkson. »Er hat natürlich bewundernswerte Besitztümer angesammelt und seine Reichtümer für seine Leidenschaft verwendet.«

Mein Onkel sprach weiter, ohne auf Diskretion zu achten. »Diese Museumsaufträge werden kommen und dafür müssen wir wohl dem verstorbenen Lord Lydney dankbar sein … auch du, Liebes.«

Ich starrte so konzentriert auf meine Fleischpastete, als ob ich erwartete, dass sie zum Leben erwachen würde.

»Ist das etwa nicht richtig?«, fragte Mr Clarkson nach einem Moment des Schweigens. »Eine beträchtliche Schenkung an das Museum von South Kensington, hier in London, sollte die *Sheffield Brothers* in ein günstiges Licht rücken.«

»Wie können Sie schon wissen …?«, fragte ich. Meine Stimme klang plötzlich schneidend.

»Das weiß doch jeder«, unterbrach mich Mr Clarkson. Dann senkte er den Kopf. »Entschuldigen Sie, dass ich Ihnen ins Wort gefallen bin. Bitte verzeihen Sie mir. Es liegt natürlich an meiner Begeisterung für die Zukunft der Firma.«

»Bitte fahren Sie fort«, entgegnete ich, jetzt ein wenig kleinlauter. Es war sein gutes Recht, dass ihm etwas an unserem Erfolg lag.

Daraufhin klang seine Stimme sanfter. »Scheinbar hat Lord Lydney ein paar Freunden, seinem Anwalt und vielleicht auch seinem Sohn seine Pläne mitgeteilt. Es hat sich in den letzten Wochen herumgesprochen, und zwar blitzschnell. Ich habe kurz vor der Beerdigung davon erfahren, von Mr Denholm, als ich bei seiner Frau ein Schmuckstück abgeliefert habe. Es schien mir jedoch angemessen zu sein, dass Sir Matthew Ihnen die Bedingungen selbst mitteilen sollte.«

»Was wirst du tun?«, fragte mich mein Onkel.

Ich nahm einen Schluck Wasser, bevor ich weitersprach. »Entschuldigen Sie, Mr Clarkson, entschuldige bitte, Onkel Lewis. Aber Sir Matthew hat mich gebeten, über die Angelegenheit nicht zu sprechen, bis eine Entscheidung getroffen ist, vor allem nicht mit jenen, die davon profitieren könnten.«

»Dann triff die Entscheidung, Liebes, und los geht's!« Ein Stückchen von der Pastete blieb im Bart meines Onkels hängen und bewegte sich auf und ab, während er kaute.

»Ich werde diese letzte Aufgabe, für die wir aus dem Vermögen von Lord Lydney bezahlt wurden, nicht mit unnötiger Hast erfüllen«, erwiderte ich. »Aber ich werde mein Ziel nicht aus den Augen verlieren.«

Nach dem Dessert entschuldigte sich Mr Clarkson, weil er in die Werkstatt wollte. Ich sagte ihm, dass wir uns später zu ihm gesellen würden. Dann blieb ich noch, um mit meinem Onkel zu sprechen.

»Der alte Mann hat dir einen Gefallen getan«, meinte Onkel Lewis.

»Lord Lydney? Ich glaube nicht. Er hat es mir überlassen, das zu tun, wozu ihm der Mut gefehlt hat. Er wollte nicht dastehen wie der Schurke, der seinem einzigen noch lebenden Sohn seinen Familienschatz wegnimmt. Sollte ich mich gegen Harry entscheiden, werde ich wie eine rachsüchtige Schurkin dastehen.«

»›Der Himmel kennt keinen Zorn wie Liebe, die in Hass verwandelt, und die Hölle keine Wut wie die einer verschmähten Frau.‹« Er kicherte und ich machte große Augen bei diesem Zitat des Dramatikers William Congreve. Dann schien mein Onkel sich zu zügeln.

»Es tut mir leid, Liebes. Bitte entschuldige. Ich wollte nur sagen: Anstatt die Sammlung dem Museum direkt zu spenden, ohne dass du einen Nutzen davon gehabt hättest, hat er es dir überlassen, die Schenkung vorzunehmen, damit du die Gunst der Verantwortungsträger gewinnst. Vielleicht wollte er bei dir etwas wiedergutmachen, denn sein Sohn hat am Ende nichts für dich getan. Und natürlich ist es auch eine Belohnung für die vielen Jahre, die dein Vater für ihn gearbeitet hat«, erinnerte er mich. »Es ist in gewissem Sinne ja auch die Sammlung deines Papas.«

Ich hörte aus seinen Worten auch den Kummer über den schlimmen Überfall heraus. Den Verlust seiner Uhr erwähnte er nicht. Er würde wohl niemals darüber sprechen, um mir und vielleicht auch sich selbst die Erinnerung daran zu ersparen. In seinen Augen glänzten Tränen. »Bis morgen dann«, sagte er. Orchie trat von hinten an den Tisch und wischte ihm den Mund mit einer Stoffserviette ab. Ein dünner Speichelfaden lief ihm über das Kinn, aber er schien es nicht zu bemerken.

Ich betrat den Flur, der unser Haus mit dem Geschäft und der Werkstatt verband. Unsere Firma wurde immer von zwei Brüdern geführt. In unserer Familie gab es häufig Zwillinge und ein Bruder hatte immer in einem und der zweite in dem anderen Haus gewohnt. Onkel Lewis hatte nie geheiratet, und nachdem meine Mutter mich zur Welt gebracht hatte, sagte sie: »Obwohl du ein hübsches kleines Püppchen bist, möchte ich keine weiteren Kinder.« Von da an war es offensichtlich, dass es keine Zwillingsbrüder mehr geben würde.

Nachdem meine Mutter verschwunden war, hatte mein Vater Onkel Lewis eingeladen, zu uns zu ziehen, und sie bauten das zweite Haus zu unserer Werkstatt um. Dort wurden Kunstwerke und Ornamente, Manuskripte, Silber und ähnliche Stücke gereinigt, repariert und geschätzt. Vorne befand sich eine kleine Ladenfront. In London war diese Idee bei Antiquitäten ziemlich neu. Der Laden sollte hauptsächlich die Blicke und die Aufmerksamkeit von Passanten auf sich ziehen.

Mr Clarkson reparierte gerade einen Riss an einer feinen Porzellantasse aus China. Die Werkstatt war zu ordentlich aufgeräumt und zu leer. Wir hatten nicht genügend Aufträge.

»Onkel Lewis hat sich nicht wohlgefühlt. Er hat sich für heute Abend zurückgezogen«, erklärte ich.

Clarkson nickte mir zu. Dann unterbrach er seine Arbeit. »Miss Sheffield … darf ich Sie Eleanor nennen?«

Ich senkte kurz den Blick und hob dann den Kopf.

»Nein, nein, natürlich nicht. Damen, die auf ihren guten Ruf bedacht sind, sollten immer auf die Anstandsregeln achten«, sagte er schließlich.

»Wo finde ich die Inventarliste, die Sie bei Ihrem letzten Besuch in Watchfield House angefertigt haben?« Ich hatte Mr Clarkson zu Jahresbeginn gebeten, an meiner Stelle dorthin zu fahren, weil ich mich in Watchfield nicht meiner Trauer hingeben wollte, nachdem es offensichtlich gewesen war, dass Harry nicht zu mir zurückkehren würde.

»Sie ist hier irgendwo«, antwortete er. »Ich werde sie heraussuchen. Aber darf ich fragen, warum Sie die Liste brauchen?«

»Ich muss in Watchfield House eine letzte Bestandsaufnahme machen.«

»Ja«, stimmte er mir zu. »Sie wollen dem Museum mitteilen, welche Kunstgegenstände es zu erwarten hat und welchen Wert sie besitzen.«

Ich sah ihm direkt in die Augen. Der scharfe Geruch der Glasur machte mich benommen. »Ich habe mich nicht entschieden, die Sammlung dem Museum zu geben.«

Jetzt starrte er mich verblüfft an. »Aber bestimmt … So wie der junge Baron Sie behandelt hat … während seiner langen und rätselhaften Abwesenheit … Als sie mich an Ihrer Stelle dorthin schickten, haben Sie mir den Eindruck vermittelt, dass …«

Ich hatte ihm überhaupt keinen Eindruck vermittelt. »Ich möchte das, was Sie vorgefunden haben, mit dem aktuellen Bestand abgleichen. Der Anwalt hat erwähnt …« Ich unterbrach mich. Plötzlich wollte ich Mr Clarkson nicht mehr in alles einweihen.

»Jaja. Für den Fall, dass etwas beiseitegeschafft worden ist. Ich verstehe. Ich möchte gerne mitkommen. Wir können Seite an Seite arbeiten. Es sind so viele Gegenstände, die geprüft werden müssen.«

Es war eine gute Idee und ich nickte zustimmend. »Vielleicht nächsten Monat. Bald.«

Er stellte die Porzellantasse hin und näherte sich mir mit einem Lächeln. »Ich habe gehört, dass der *Burlington Club der schönen Künste* jetzt diskrete Anfragen für weibliche Mitglieder annimmt. Ich habe mich selbst um eine Einladung bemüht und jetzt besteht die Hoffnung, dass wir beide dort aufgenommen werden können.«

»Wirklich?« Der *Burlington-Club*, der sich hauptsächlich aus männlichen Kunstsammlern zusammensetzte, war nicht nur bei uns in der Umgebung, sondern in ganz London bekannt. Seine Mitglieder hatten die größten und wertvollsten Sammlungen und sie teilten nicht nur ihr Wissen, sondern auch ihre Restauratoren. Es wäre ein großer Segen für die Zukunft unserer Firma, wenn wir eine Einladung bekommen könnten. »Ich freue mich!« Ich erlaubte mir einen Gedanken, den ich bisher noch nie zu Ende gedacht hatte: *Vielleicht könnte ich die Firma auch ohne die Hilfe von Onkel Lewis führen, wenn die Zeit kommt.*

»Ich freue mich, dass Sie sich freuen! Mr Herberts wird uns nächste Woche aufsuchen und ein Stück mitbringen, das ich reinigen soll. Dann wird er uns beauftragen, für ihn mittelalterliches Silber zu beschaffen. Vielleicht möchten Sie ihn kennenlernen.«

»Danke, Mr Clarkson. Das möchte ich sehr gerne.«

Er stöberte eine Weile in den Vitrinen herum und endlich fand er die letzte Inventarliste von Watchfield House. Ich wollte ihn wegen der kürzlich reparierten Kaminuhr fragen, aber er kam mir zuvor.

»Tun Sie mir einen Gefallen.« Er reichte mir die Mappe. »Es handelt sich ja um meine Arbeit. Würden Sie sich bitte an mich wenden, wenn Sie Fragen haben?«

Ich lächelte ihn an. »Mr Clarkson, ich weiß Ihre Talente und Ihre Fürsorge mehr zu schätzen, als Worte es ausdrücken können. Aber ich kann die Aufzeichnungen für einen Auftrag an meine eigene Firma sehr gut selbst bearbeiten. Außerdem bin ich nicht bereit, diese Verantwortung auf jemanden zu übertragen, der nicht zur Familie gehört.«

Er reagierte mit einem verständnisvollen Lächeln. Ich wünschte ihm eine gute Nacht und behielt meine Meinung über die Kaminuhr für mich.

Ich kehrte auf mein Zimmer zurück und sah mir noch einmal den Brief von Lord Lydney an. Wenn ich sicherstellen wollte, dass Harry des Vermächtnisses würdig war, musste ich erfahren, ob die Annahmen seines Vaters falsch oder richtig waren. Vielleicht war Harry tatsächlich so, wie ich es hoffte, nein, mir sehnlichst wünschte. Vielleicht war er aber auch so, wie es sein Vater behauptete. Wer von uns konnte ihn besser einschätzen?

Wenn ich einen Entschluss fassen wollte, musste ich drei Fragen beantworten:

Hatte sich Harry länger als geplant in Österreich aufgehalten, weil er das zu seinem eigenen Vergnügen tat, wie sein Vater behauptete, oder war er dort geblieben, weil er seinem Vater am Ende seines Lebens beistehen wollte, wie Harry mich glauben machen wollte?

Hatte Harry Wertgegenstände seines Vaters verkauft? Sie gehörten ihm nicht und so hatte er kein Recht, sie zu veräußern.

War Harry selbstsüchtig? Verfolgte er bloß seine eigenen Interessen?

Ich zog die kleine Schublade auf und nahm den filigranen Liebesring mit den farbigen Edelsteinen heraus, den Harry mir zu einer Zeit geschenkt hatte, als ich noch glaubte, unsere Liebe könnte nichts erschüttern.

Ich schloss die Augen und dachte an jene Zeit zurück.

Im Sommerhaus war es so warm, dass uns das Atmen schwerfiel, und es waren nur noch wenige Minuten, bis ich mit Papa nach London zurückkehren sollte.

»Ich muss mich beeilen! Es würde uns schlecht bekommen, wenn

Papa mich hier drin zusammen mit dir finden würde ... so ganz allein.«

»Er braucht sich bald keine Sorgen mehr ›über so etwas‹ *zu machen«, erwiderte Harry.*

Ich neigte den Kopf. Damit konnte er nur eines meinen.

Er öffnete ein kleines Säckchen aus Samt und steckte einen Finger hinein. Als er ihn wieder herauszog, glitzerte an seiner Fingerspitze etwas in der Sommersonne. Er nahm den Ring in die Hand. »Amethyst, Diamant, Opal, Rubin, Smaragd. Diese Steine symbolisieren eine Botschaft und diese heißt: Ich verehre dich, Ellie! Bald werde ich wieder zu Hause sein. Es dauert nur ein paar Wochen.«

Als er sich zu mir beugte, um mich zu küssen, hörten wir die Stimme meines Vaters. »Eleanor?«

Wir holten tief Luft. Obwohl wir uns zärtlich umarmen wollten, taten wir es nicht.

Er steckte mir den Ring an den Finger. »Trage ihn, wenn du dich traust.«

Ich schlug die Augen auf. Ich befand mich wieder in meinem Zimmer. Nachdem Harry mir den Ring geschenkt hatte, reiste er nach Italien. Er brauchte für seine Rückkehr so lange, dass ich den Ring wieder ablegte und ihn versteckte. Bevor er wieder nach Italien aufbrach, bat er mich, den Ring noch einmal zu tragen, obwohl er sich mir gegenüber nicht erklärt hatte. Ich sah ihn voller Zweifel an und er musste gewusst haben, dass ich mich fragte: *Wirst du mir einen Heiratsantrag machen?*

»Noch nicht«, sagte er. »Ich muss noch ein paar Dinge erledigen.« Daraufhin legte ich den Ring wieder an.

Jetzt hatte der Liebesring nur noch vier Steine. An der Stelle, an der ein Amethyst sein sollte, befand sich nur noch ein dunkles Loch, so dunkel wie der leere Platz in meinem Herzen. Es gab noch eine vierte Frage, die ich beantworten musste, bevor ich feststellen konnte, ob Harry ehrenhaft und vertrauenswürdig war. Die Frage lautete: *Warum hatte er mir keinen Heiratsantrag gemacht?*

Kapitel 4

Am Dienstag, dem Tag des Besuchs von Mr Herberts, wählte ich eines von meinen besseren Kleidern aus. So sorgfältig hatte ich seit Monaten nicht mehr auf meine Garderobe geachtet. Ich durchsuchte gerade die Schnürbänder für meine Stiefel nach einem passenden Paar. Orchie reichte mir schließlich ein Dutzend in unterschiedlichen Stufen der Abnutzung.

»Danke, Orchie.«

»Ein wichtiger Besucher? Mr Clarkson meinte, es sei besser, wenn wir dafür sorgen, dass Ihr Onkel … äh … beschäftigt ist …«

Man konnte nie wissen, womit Onkel Lewis herausplatzen würde. Ich nickte zustimmend. »Ja, Mr Clarkson und ich hoffen, dass dieser Besucher mit uns zufrieden ist und uns deshalb beide zu einem Besuch im *Burlington Club der schönen Künste* einladen wird.«

Sie antwortete mit einem Kopfnicken und ließ mich allein, damit ich mich weiter ankleiden konnte.

Mr Herberts erschien pünktlich um halb zehn.

»Mr Herberts.« Die Stimme von Mr Clarkson klang wie ein gut gespieltes Musikinstrument. »Wir sind erfreut, Sie in unserem kleinen Laden willkommen heißen zu dürfen.«

Mich störte es ein wenig, dass Clarkson das Wörtchen *unser* verwendete, aber schließlich arbeitete er ja für unsere Firma.

»Darf ich vorstellen? Miss Sheffield.«

Mr Herberts schenkte mir ein schmallippiges Lächeln, nahm meine Hand mit einer steifen Verbeugung und hauchte einen angedeuteten Kuss auf den Rücken meines Handschuhs. »Die künftige Erbin der Firma. Sehr erfreut.«

Es sprach nicht gerade für seine guten Manieren, von meinem

Onkel zu sprechen, als sei er schon fast tot. »Ich freue mich auch«, erwiderte ich. »Darf ich Ihnen eine Erfrischung anbieten?«

»Nein, meine Liebe«, antwortete er. »Ich bin ein viel beschäftigter Mann und vor mir liegt ein voll ausgefüllter Tag. Aber ich weiß es zu schätzen, dass eine Frau immer die Neigung hat, anderen zu dienen. Ich bin hier, weil ich mich für Silber interessiere.«

Ich ging sofort auf seine letzte Bemerkung ein. »Mr Clarkson hat mir gesagt, dass Sie sich für mittelalterliches Silber interessieren? Gibt es ein bestimmtes Stück oder eine Stilrichtung oder ein anderes Detail, das Sie bevorzugen?«

Er spitzte die Lippen. »Ich nehme alles, was authentisch ist, Miss Sheffield.«

»Sie sprechen zu Recht das Problem der Echtheit an.« Herbstliche Regentropfen trafen wie kleine Perlen auf die Fensterscheiben, um dann wie in feinen Fäden am Glas herunterzurinnen. Ein ähnlicher Faden lief mir den Rücken herab, nur dass es kein Regen, sondern Schweiß war, der glücklicherweise von meinem Kleid verdeckt wurde. Ich merkte, dass unser Besucher mich auf die Probe stellen wollte.

»Darf ich Ihnen einen Vorschlag machen? Wie wäre es mit Münzen?«

Bei dieser Frage hob Mr Herberts den Kopf. »Von einer Frau hätte ich eher erwartet, dass sie mir einen Krug oder Schmuck oder ein anderes, schönes und vielleicht belangloses Stück vorschlagen würde.«

Mit dieser Bemerkung bestärkte er mich in meinem Entschluss. »Ich kann natürlich nach einem Krug Ausschau halten, wenn Sie ein solches Stück bevorzugen«, erwiderte ich mit sanfter Stimme.

»Nein, nein.« Seine Ohren färbten sich rosa und das machte mir Mut.

»Ein erfahrener Gutachter erkennt sofort falsche Münzen aus dieser Epoche«, begann ich. »Sie waren genormt und die Einzelheiten über die Münzstätte und manchmal auch den Münzmeister sind sehr gut erhalten.« Ich nahm ein kleines Seidensäckchen, das ich heute Morgen aus dem Raritätenkabinett meines Vaters geholt hatte.

Ich öffnete das Säckchen und ging den Inhalt durch. *Ein Zehnter aus Münzen.*

Ich nahm eine Münze in die Hand. »Die ist natürlich aus einer späteren Epoche, aber trotzdem interessant. Ich habe mich gefreut, als ich erfahren habe, dass Monarchen auf Münzen immer in eine andere Richtung schauen als ihre Vorgänger. Wie mein Vater es mich gelehrt hat, begann das, als König Charles der Zweite dem Rebellen Cromwell den Rücken zudrehen wollte, und das tat er dann auch, auf einer Münze, damit alle es sehen konnten.«

Mr Herberts nahm mit einem Lächeln die Münze in die Hand. »Glücklicherweise sieht unsere Königin mit einem nach links gerichteten Profil gut aus.«

Ich erwiderte sein Lächeln. »Ja, das tut sie wirklich.«

Dann warf ich noch einen Blick in das Säckchen, fischte eine weitere Münze heraus und überreichte sie Mr Herberts. »Ich habe gelernt, dass die Geschichte hinter einem Stück so wichtig ist wie das Stück selbst. Jeder mag eine gute Geschichte. Das stimmt doch, oder nicht?«

Er hielt die Silbermünze in der Hand und betrachtete die schwache Prägung mit einem begehrlichen Blick. »Das ist König …«

»Edward der Dritte«, ergänzte ich hilfsbereit. »Seine Gesichtszüge sind kaum zu erkennen. Sie können sich bestimmt vorstellen, durch wie viele Hände diese Münze im Laufe von fünfhundert Jahren gewandert ist. Zuerst gehörte sie vielleicht einem reichen Mann, der damit seinem Diener den Lohn ausgezahlt hat. Er hat diese kleine Münze bestimmt kaum vermisst. Der Diener hat sie jedoch mehr geschätzt und bezahlte damit die Wolle, die seine Frau brauchte, um Wintersachen herzustellen. Der Wollhändler hat sie verspielt, obwohl er es nicht riskieren konnte, sie zu verlieren. Und schließlich …«, ich deutete auf einen Knick am Rand der Münze, »… gelangte sie in die Hand eines Pilgers. Vielleicht hatte er ein schlechtes Gewissen, weil er sie beim Spiel gegen den Wollhändler gewonnen hatte.«

Er drehte die Münze um. Offenbar war er entzückt von meiner Geschichte. »Ein Pilger?«

Ich nickte. »Wenn unsere Vorfahren im Mittelalter eine Pilgerreise unternahmen, wollten sie ehrlich handeln und deshalb machten Sie einen Knick in die Münze, die sie opfern wollten. Jeder wusste, dass dieser Knick die Münze für den weltlichen Gebrauch untauglich machte. Da sie für die Abtei oder die Pilgerstätte bestimmt war, musste man sie dort abgeben und dann konnte sie für heilige Zwecke verwendet werden.«

Er sah mich an und ich sah in seinen Augen so etwas wie Bewunderung wider Willen. »Ja, Miss Sheffield, das stimmt. Die Geschichte verleiht dem Gegenstand einen unermesslichen Wert. Bitte beschaffen Sie mir ein paar mittelalterliche Münzen – Pilgermünzen, wenn es geht.«

»Sehr gerne.« Ich atmete ruhig aus und vermied es, einen erleichterten Seufzer auszustoßen.

»Ich hätte gern ein Dutzend und es wäre am besten, wenn Sie sich persönlich um die Beschaffung dieser Münzen kümmern könnten.«

Mr Clarksons Gesicht verfärbte sich zu einem fleckigen Rot. Schließlich hatte er den Kontakt zu Mr Herberts geknüpft.

Der *Club der schönen Künste* wurde mit keinem Wort erwähnt. Ich versuchte eine neue Taktik. »Vielleicht geben Sie sich auch mit elf Stück zufrieden? Die, die Sie gerade in der Hand halten, können Sie gerne behalten als Geschenk der Firma *Sheffield Brothers*.«

»Wirklich?«

»Wirklich«, erwiderte ich. »Mit unseren besten Wünschen.« Ich nickte Mr Clarkson zu, um ihn bei dieser Entscheidung mit einzubeziehen, und er lächelte zustimmend.

Bis Freitag war für mich eine Einladung angekommen, für das nächste Treffen des *Burlington Clubs der schönen Künste*. Es sollte im Londoner Stadthaus von Lord Audley stattfinden.

Lord Audley, der Mann, der in Watchfield House diese mysteriöse Warnung ausgesprochen hatte.

Für Mr Clarkson war keine Einladung gekommen.

Unter den Rädern der Kutsche spritzten Schlamm und kleine Steinchen auf. Ab und zu rutschten sie auf den regennassen Straßen, während wir durch das nächtliche London rasten. Ich fragte mich beiläufig, welche Krankheit meinen Onkel heute geplagt hatte, denn er blieb auf seinem Zimmer. Was sollte ich bloß tun, wenn er nicht mehr arbeiten konnte?

Wenn unsere Aufträge weiter schrumpften, könnte ich nicht als Gouvernante oder Gesellschafterin arbeiten. Wer sollte sich dann um den Onkel kümmern, der nach dem Tod meines Vaters so liebevoll für mich gesorgt hatte?

Die Kutsche hielt vor dem großzügigen Stadthaus von Lord Audley in Mayfair. Sein Butler öffnete die Tür. Ich stand in der Kälte, mit meinem Täschchen in der Hand und einem freundlichen Lächeln auf den Lippen, während der Butler mit den Blicken nach einem Ehemann suchte.

»Ich komme allein«, sagte ich anstelle einer Begrüßung. »Miss Eleanor Sheffield.« Ich wechselte mein Täschchen von einer feuchten Hand in die andere und wieder zurück, während ich auf seine Reaktion wartete.

»Natürlich.« *Tadel in Gestalt von Grimassen.*

Der Butler führte mich in einen großzügigen Empfangssalon, an dessen Wänden endlose Reihen von auf Hochglanz polierten Eichenvitrinen standen. Jede von ihnen war von Lampen beleuchtet und angefüllt mit Schätzen. Lord Audley warf mir einen Blick zu. Obwohl er vorher so unnahbar gewesen war, verhielt er sich jetzt wie ein perfekter Gastgeber und kam auf mich zu, um mich zu begrüßen.

»Miss Sheffield, ich bin erfreut, dass Sie kommen konnten!«

»Danke, Lord Audley. Ich muss zugeben, ich war etwas überrascht, als ich die Einladung erhielt, aber ich freue mich sehr.«

Audley zeigte mit einem Kopfnicken auf Mr Herberts, der in der Nähe stand. »Herberts hat darauf bestanden und ich hätte nicht Nein gesagt, selbst wenn er nicht so gedrängt hätte. Ich finde, es ist gut, wenn Sie die Mitglieder kennenlernen, einige Männer – und auch ein paar Frauen, die für das Museum in South Kensington und andere Museen Käufe abwickeln und Spenden geben, aber auch Kunstgegenstände für ihre eigenen, umfangreichen Sammlungen kaufen.«

War das ein indirektes Angebot? Ich sah ihn an und er erwiderte meinen Blick mit einem Lächeln. Ja, das war es tatsächlich.

Ich wusste, dass sich das South-Kensington-Museum aus der von Prince Albert, dem geliebten Ehemann unserer Königin, vor fünfzehn Jahren geförderten Weltausstellung entwickelt hatte. Im Laufe der Jahre hatte sich das Museum entschlossen, eine vollständige Kunstgeschichte zu zeigen, und zwar sowohl der schönen Künste als auch des Kunsthandwerks. Für diese Mission mussten viele Tausend Kunstgegenstände erworben werden. Vielleicht dachte die Königin, das Museum gehöre zu den vielen dauerhaften Monumenten, die an ihren verstorbenen Ehemann erinnerten. Wie dem auch sei, es hatte ihren Segen und es kam dadurch zu einem wachsenden Interesse am Sammeln von Kunst, sowohl für das Museum als auch für viele unter den Neureichen.

Solange mein Vater gelebt hatte, war das von Vorteil für unsere Firma gewesen.

»Das ist sehr freundlich von Ihnen. Darf ich Ihnen eine Frage stellen?«

Sein Lächeln verschwand. »Natürlich«, erwiderte er zurückhaltend.

»Beim Begräbnis von Lord Lydney haben Sie erwähnt, dass wir uns bereits begegnet sind. Es tut mir sehr leid, aber ich erinnere mich nicht, Sie kennengelernt zu haben.«

»Bevor mein Vater seinen neuen Titel erhielt und mir deshalb erlaubte, den Titel der Audleys zu tragen, war ich bekannt als James Remington.«

Ich spürte, wie meine Augen vor Verblüffung größer wurden. »Remington.« Ja. Er und Harry waren Schulfreunde gewesen, aber dann hatten sie sich zerstritten. Ich war ihm in Watchfield House begegnet. Er war mit einem von Harrys Pferden sehr grob umgegangen und es hatte deswegen einen Streit gegeben.

»Ich habe mich gebessert«, sagte er, als ob er meine Gedanken gelesen hätte. Vielleicht konnte er auch in meinem Gesicht lesen. »Ich bin Ihnen wohlgesinnt, Miss Sheffield, und deshalb sind Sie heute Abend hier. Kommen Sie.« Sein Lächeln war freundlich, aber nicht zu vertraulich. »Ich möchte Sie einigen Leuten vorstellen.«

Ich folgte Lord Audley um die Ecke in einen anderen Raum. An den Wänden hingen wunderschöne und kostbare Gemälde und in den Ecken standen atemberaubende Statuen aus einem Stein, der glänzte, als stamme er vom Mond, aber in Wirklichkeit war es kostbarer Marmor aus Italien.

Er machte mich bekannt – mit einem beschwipsten Schiffbauer, einem netten Tabakhändler, einem wohlhabenden Besitzer von Mietdroschken (vielleicht war ich erst vor einer Stunde in einer seiner Kutschen hierhergekommen) und einem Verkäufer von Pottwal-Öl, der mir so schmierig vorkam wie sein Produkt. In dem Raum waren nur Männer – Sammler, von denen ich vielleicht Aufträge bekommen könnte. Alle von ihnen strebten nach der Ehrbarkeit, die bisher nur dem Adel vorbehalten gewesen war, die man aber jetzt für Geld erwerben konnte.

Jeder von ihnen begrüßte mich mit einer gleichgültigen Höflichkeit. Ich fragte mich schon, ob ich jemals einen Platz in ihrer Mitte finden würde. Plötzlich hörte ich ein helles, wohlklingendes Lachen aus einer entfernten Ecke des Raumes. Ich drehte mich um.

Audley lächelte. »Das ist Lady Charlotte Schreiber«, erklärte er mir. »Jemand, die ich – wir alle hier – sehr schätze. Sie ist selbst Sammlerin und sehr klug. Ich habe ihr schon mehrmals Aufträge erteilt. Bestimmt wird sie sich freuen, Sie kennenzulernen.«

Er hatte eine *Frau* beauftragt, für ihn Kunstgegenstände zu erwerben?

Er führte mich zu ihr, stellte mich vor und sagte dann: »Wenn Sie mich entschuldigen, ich muss mich um meine anderen Gäste kümmern. Ich freue mich schon zu hören, was Sie von meiner Ausstellung halten.«

Er verließ uns und Lady Charlotte wandte sich mir zu. »Ich kannte Ihren verstorbenen Vater.«

»Er fehlt mir sehr.«

»Wie ich höre, geht es Ihrem Onkel wohl nicht sehr gut. Das ist eine beunruhigende Nachricht.« Ihre Stimme klang besorgt und ernst zugleich. Sie erkannte, in welche Schwierigkeiten unsere Firma geraten würde, wenn Onkel Lewis sterben oder nicht mehr arbeiten könnte und vielleicht ständige Pflege brauchen würde.

»Mein Onkel arbeitet noch.« *Wenn wir Arbeit haben.*

»Kommen Sie.« Sie nahm meinen Arm. »Schauen wir uns ein paar dieser Vitrinen gemeinsam an. Manchmal sind noch weitere Frauen bei diesen Treffen, aber heute Abend sind nur wir beide hier.«

Vor Aufregung zitterten meine Finger. »Ich bin erfreut zu erfahren, dass andere Frauen aufgenommen worden sind«, entgegnete ich.

»Der *Burlington-Club* ist gegründet worden, um Kunst zu bewundern und auch darüber aufzuklären. Seine Mitglieder halten sich für sehr fortschrittlich.«

Ich wünschte, ich könnte auch eine von ihnen sein. Heute Abend hatte ich andere Restauratoren und Mitarbeiter von Firmen gesehen, die von den Wohlhabenden oft mit dem Erwerb von Kunstwerken beauftragt wurden. Manche von ihnen hatten mit meinem Vater zusammengearbeitet, aber nach seinem Tod den Kontakt zu unserer Firma abgebrochen. Es war schon immer genauso wichtig gewesen, die richtigen Leute zu kennen wie das richtige Fachwissen zu besitzen. Vielleicht konnte ich einen überzeugenden Beweis für Letzteres liefern, wenn ich mich öfter mit diesen »richtigen Leuten« treffen würde.

Während wir gemeinsam durch den Raum schlenderten, hätte ich mich den so schön in den Vitrinen präsentierten Gegenständen widmen sollen, aber mein Blick fiel immer wieder auf den auffallenden Anhänger, der von Lady Charlottes Taille herabhing und durch die Falten ihres Kleides fast verdeckt wurde. Auf der Vorderseite war eine sommerliche Szene zu sehen, auf grünem Glas oder grünen Edelsteinen leuchteten vielfarbige Steine in Blütenform.

»Er ist wunderschön, nicht wahr?«, fragte sie.

»Ja. Ich nehme an, der Winter ist auf der Rückseite?«

Sie musste lachen. »Ja, Miss Sheffield, Sie haben recht und Sie sind die Einzige, die weiß, dass ein Anhänger eine zweite genauso dekorative Seite haben muss.«

Ich strahlte sie an. »Sie sind eigentlich so gemacht, dass sie sich ungehindert drehen können, aber unsere aktuelle Mode hindert sie daran.«

»Das stimmt.« Sie führte mich zu zwei Sesseln in einer ruhigen Ecke. Dort konnten wir uns niederlassen und uns besser unterhalten. Sie fächelte sich Luft zu. Dabei hoben sich einzelne Haarlocken von ihrer Stirn. Ein paar graue Haare versteckten sich unter den schwarzen. Sie färbte sich die Haare! Wo waren für sie die Grenzen ihres gewagten Verhaltens? Ich spürte sofort, dass wir Freundinnen werden sollten.

Wenn sie doch bloß ähnlich empfinden würde!

Sie schien meinen Blick zu bemerken, bezog ihn aber auf ihren Fächer. »Er gehörte meiner Mutter. Wie die meisten Sammler habe ich mit einem einzigen Gegenstand begonnen, mit einem kleinen Stück, das für mich voller Gefühle, Bedeutung und Schönheit war. Ich weiß, dass Sie Kunstgegenstände sammeln,

Miss Sheffield. Liegt das bei Ihnen in der Familie oder ist es eine Herzensangelegenheit?«

Das Summen der Stimmen und die Wärme im Raum sowie die pointierte Frage von Lady Charlotte weckten in mir eine unwillkommene Erinnerung.

Nach dem Tanzunterricht brachte mich Marguerites Mutter nach Hause. Ich drückte die Tür auf. »Papa? Mama? Orchie?« Das Haus war seltsam still. Verlassen.

Orchie erschien im Hausflur. Sie wirkte betroffen.

»Was ist passiert?«

Sie schüttelte bloß den Kopf, aber die Tränen flossen ihr die Wangen hinunter. Instinktiv wusste ich, was geschehen war. Ich hatte es geahnt, seitdem ich zufällig gehört hatte, wie Mama und Papa miteinander sprachen. Ich hatte es geahnt, seitdem ich gesehen hatte, wie Mama sich an diesen wohlhabenden Mann klammerte. Ich war ihr gefolgt, als sie nach einem Streit das Haus verlassen hatte.

Ich rannte auf ihr Zimmer. »Mama! Bist du da?«, rief ich laut. Ich öffnete die Türen ihres Kleiderschranks. Er war leer. Ich rannte zur Küche, zum Esszimmer, zum Salon, wo sie immer so gerne gesessen und gelesen hatte. Ich schluchzte laut: »Mama! Ich bin da. Ich brauche dich! Bist du hier?«

Das Herz schlug mir bis zum Hals. Orchie griff nach mir, aber ich schüttelte sie ab.

Die Tür zur Bibliothek meines Vaters war verschlossen, aber ich hörte, wie er dahinter aufheulte wie ein verletztes Tier.

Orchie schob ihren beachtlichen Körper zwischen mich und die Tür. »Nein.«

Ich schlich mich davon, zurück zum Zimmer meiner Mutter. Sie hatte nur einen Gegenstand zurückgelassen: ihre wunderschöne, mit Rubinen besetzte Parfümflasche aus Silber. Ich öffnete den Verschluss, schloss die Augen und atmete tief ein. Ich roch das Öl der Damaszenerrose, deren Duft zeigte, dass meine Mutter einmal hier gewesen war. Sie hatte die Flasche zurückgelassen – wie Papa und mich.

»Mama«, rief ich mit tränenerstickter Stimme. »Warum hast du mich verlassen?«

»Miss Sheffield?« Eine Hand legte sich auf meinen Arm. Ich schüttelte mich leicht, um wieder in der Gegenwart anzukommen.

»Entschuldigen Sie bitte«, sagte ich. »Das ist die Wärme hier im Raum.«

»Ihre Sammlung?«, fragte Lady Charlotte auffordernd.

»Zufälligerweise begann auch meine eigene Sammlung mit einem Gegenstand, der meiner Mutter gehört hat. Es ist eine mit Rubinen besetzte Parfümflasche aus Silber.«

»Wie entzückend.«

Ich nickte zustimmend und verdrängte die Vergangenheit aus meinen Gedanken.

Ein Mann, der mindestens ein Jahrzehnt jünger war als Lady Charlotte, schenkte ihr ein sehr vertrautes Lächeln. Sie errötete.

»Mein Mann, der Sehr Ehrenwerte Mr Charles Schreiber.«

Ich war offenbar nicht diskret genug, um mir meine Überraschung nicht anmerken zu lassen, aber das schien Lady Charlotte nicht zu stören. Im Gegenteil, sie wirkte amüsiert. »Ich war viele Jahre lang mit einem anderen guten Mann verheiratet, aber leider ging er von uns. Mr Schreiber war als Privatlehrer für meinen Sohn eingestellt worden. Nach einer angemessenen Zeit fragte er mich, ob ich ihn heiraten wolle. Ich sagte Ja.«

»Und jetzt sammeln Sie Kunst – gemeinsam«, erwiderte ich.

»Oh ja.« Sie legte ihren Fächer wieder in ihre kleine, geschmackvoll verzierte Handtasche. »Wir sind Partner in jeder Hinsicht, Miss Sheffield. Das kommt uns beiden sehr gut gelegen. Vielleicht genießen Sie ja eine ähnliche Partnerschaft«, ergänzte sie neckend mit gespielter Verschämtheit. Sprach sie etwa von dem netten Mr Clarkson, dessen Verbindung zu unserer Firma sich bereits herumgesprochen hatte?

Es folgte eine Aufforderung, Lord Audley und seinem Vater zuzuhören, wie sie über die ausgestellten Kunststücke sprachen, die zum großen Teil herausragend waren. Danach löste sich die

Gruppe auf. Ich hatte mir eine Einladung zum nächsten Treffen erhofft, aber sie blieb aus. Vielleicht sah Lady Charlotte, wie enttäuscht ich war, denn sie trat zu mir, bevor sie sich verabschiedete.

»Das ist ihr allerersterster Besuch, meine Liebe. Hoffen wir, dass es nicht bei diesem einen Mal bleibt.«

Ich nickte. Gleichzeitig zwang ich mich, Zuversicht auszustrahlen.

Sie fuhr fort: »Nächste Woche gebe ich eine Abendgesellschaft und einen Spieleabend. Möchten Sie auch kommen?«

»Oh ja, ich würde mich sehr freuen«, erwiderte ich mit einem Lächeln.

Sie hob eine Hand. »Bevor Sie so eifrig zusagen, muss ich Ihnen noch etwas gestehen. Mein Mann Charles machte eine Bekanntschaft, als er in Italien Ausschau nach Kunstgegenständen hielt. Es ist Lord Lydney – der jetzige Lord Lydney.

Harry.

»Er wird auch kommen, weil mein Mann unbedingt mehr erfahren will über das antike Glas, das er aus Venedig mitgebracht hat, obwohl er weiß, dass keines der Stücke zum Verkauf steht. Ich weiß von Ihrer Aufgabe als Treuhänderin und der Entscheidung, die Sie treffen müssen. Wenn Sie trotzdem kommen möchten, würde ich mich über Ihren Besuch sehr freuen. Bitte bringen Sie eine Anstandsdame mit, wenn Sie sich in ihrer Begleitung wohler fühlen. Überlegen Sie es sich und schicken Sie mir Ihre Antwort.« Sie reichte mir eine Besuchskarte und dann verabschiedeten wir uns.

Ein paar Tage später schrieb ich ihr.

Liebe Lady Charlotte,
mit großem Vergnügen nehme ich an Ihrer Abendgesellschaft teil. Ich danke Ihnen sehr für Ihre freundliche Einladung, vor allem auch die erweiterte Einladung an meine Freundin, Mrs Marguerite Newsome. Wir freuen uns sehr auf den Abend bei Ihnen.
Ihre sehr ergebene Miss Eleanor Sheffield

Eines Nachts, nicht lange nachdem ich den Brief abgeschickt hatte, war mein Schlafzimmer so dunkel wie ein fest verschlossener Sarg und so still wie die Luft darin, als ich plötzlich von einem lauten Klirren erwachte. Es klang, als ob Glas zerbrechen würde. Ich hörte das Geräusch einmal und dann noch einmal, zum zweiten Mal etwas gedämpfter. Abrupt und schwer atmend setzte ich mich auf. Ich konnte nicht im Bett bleiben. Was wäre, wenn mein Onkel gestürzt wäre?

Ich zog einen Morgenmantel über mein Nachthemd und schlüpfte in meine Pantoffeln. Dann zündete ich die Petroleumlampe auf meinem Nachttisch an und hielt sie vor mir in der Hand, während ich mich auf den Weg nach unten machte.

Zuerst ging ich zum Zimmer meines Onkels. Ich konnte sein lautes Schnarchen sogar durch die geschlossene Tür hören. Er schlief sicher in seinem Bett.

Neben der Küche befand sich ein kleines Zimmer, das wir zu einem Schlafzimmer für Orchie umgebaut hatten. Ich hörte ihre leisen und regelmäßigen Atemzüge. Auch sie schlief, aber ich musste sie wecken. Ich konnte nicht allein durch das Haus streifen, um zu sehen, was passiert war.

Ich öffnete ihre Tür und schüttelte sie. Ihr Nachthäubchen saß schief auf ihrem Kopf, und als sie mich mit der Lampe sah, war sie sofort hellwach. »Jemand macht sich am Haus zu schaffen«, flüsterte ich. Ich konnte sehen, wie sehr sie sich fürchtete, aber auch sie zog einen Morgenmantel über und folgte mir durch die Halle. Wir sahen in jedes Zimmer, obwohl unsere Herzen laut klopften. Was würde ich tun, wenn jemand im Haus wäre?

»Die Werkstatt«, sagte ich. »Ich muss auch dort nachsehen.«

»Diese Kerle, die Ihren Onkel überfallen haben …« Ihre geflüsterten Worte spiegelten meine Angst wider und ich nickte zustimmend. Auf dem Weg sprach ich in Gedanken ein Gebet. Ich bat den Herrn um seinen Schutz für die wenigen Stücke, die man uns zur Restaurierung anvertraut hatte. Die meisten von ihnen waren unersetzliche Unikate.

An der Tür zur Werkstatt angekommen, drehte ich lautlos den Türknauf. Ich hörte, wie Orchie hinter mir die Luft einzog und dann den Atem anhielt. Ich war genauso verängstigt wie sie. Aber ich musste unbedingt dort hineingehen.

Ich drückte die Tür auf. Sofort spürte ich einen kalten Luftzug, einen Windstoß. Orchie folgte mir mit ihrer Lampe. »Hallo?«, rief ich in die finsteren Schatten hinein. »Ist jemand hier?« Ich spähte in jede Ecke, aber da war niemand. Ich sah in den Vitrinen nach, aber die Kunstgegenstände waren vollzählig und unberührt.

Danke, lieber Gott. Und ich danke auch Ihnen, Mr Clarkson, dass sie daran gedacht haben, die wichtigen Stücke aus der Ladenfront hierherzubringen.

»Sie bleiben hier und laufen auf die Straße, um Hilfe zu holen, wenn Sie mich schreien hören«, sagte ich zu Orchie. Sie sah mich mit großen Augen an, nickte aber und blieb zurück.

Ich ging nach vorne zur Ladenfront.

»Miss Eleanor – schauen Sie doch!«, rief Orchie mir von hinten zu, während sie auf die vorderen Fenster deutete. Zwei Scheiben waren zerbrochen, aber die Lücke war nur so groß, dass jemand von außen nicht allzu viel herausholen konnte, bloß einen preiswerten, gerahmten Druck.

»Nicht groß genug, dass jemand hineinkommen kann.« Ich hörte, wie Orchie vor Erleichterung laut seufzte.

»Kommen Sie mit mir zurück ins Haus«, erwiderte ich. »Und legen Sie sich wieder hin. Ich werde mich ankleiden und dann die ganze Nacht in der Werkstatt Wache halten, bis Mr Clarkson kommt und die Polizei rufen kann. Ich kann es nicht riskieren, dass jemand zurückkommt und noch mehr stiehlt. Wenn ich schreie, laufen Sie zum Nachbarhaus und holen Hilfe.«

Orchie sah aus, als wollte sie protestieren, aber ich hob eine Hand, um sie am Reden zu hindern.

»Ich bestehe darauf.«

Sie murrte leise und erwähnte, es sei unwahrscheinlich, dass sie schlafen könne, während sie auf einen Schrei warte, aber sie verließ trotzdem den Raum. Ich kleidete mich hastig an und ging zurück in die Werkstatt. Dort saß ich auf meinem Sessel, bis ich eine Hand auf meiner Schulter spürte.

»Nein!«, schrie ich und wachte auf.

»Miss Sheffield.« Jemand sprach beruhigend auf mich ein. »Bitte erschrecken Sie nicht. Ich bin es, Mr Clarkson.«

Vor Erleichterung brach ich beinahe in Tränen aus. »Oh weh. Ich muss eingeschlafen sein, während ich auf den Morgen gewartet habe.«

Mit einem sanften Lächeln half er mir auf die Beine. »Bitte beunruhigen Sie sich nicht. Sie haben alles richtig gemacht. Ich werde den Vorfall der Polizei mitteilen und dafür sorgen, dass die Glasscheiben ersetzt werden. Sie waren sehr tapfer, aber das ist nichts für eine Dame. Jetzt bin ich hier und ich kümmere mich um alles.«

Ich wollte schon protestieren, aber ich war so überwältigt von Müdigkeit und ich war so erleichtert, dass ich mich dieser Sache nicht ganz alleine annehmen musste. Deshalb nahm ich seine Hilfe dankbar an.

»Was hätten Sie getan, wenn ein Einbrecher im Haus gewesen wäre? Sie hätten sich nicht vor ihm schützen können.« Ich hörte einen leichten Tadel in seiner Stimme, aber er hatte recht.

»Meinen Sie, es waren die Leute, die meinem Onkel die Uhr gestohlen haben?«, fragte ich.

Er nickte. »Das ist gut möglich. Ist so etwas schon einmal passiert?«

Ich schüttelte den Kopf. »Noch nie. Werden sie noch mehr Schaden anrichten? Ist meine Familie in Gefahr?«

Sein Blick wurde nachdenklich. »Hoffentlich nicht. Aber es ist durchaus möglich.«

Kapitel 5

Mr Clarkson hatte mit der Polizei gesprochen und man versicherte uns, dass für eine gewisse Zeit ein Polizist bei unserem Haus und unserer Werkstatt jeden Abend nach dem Rechten sehen würde. Deshalb war ich erleichtert und gut ausgeruht, als es so weit war, zum Spieleabend bei Lady Charlotte aufzubrechen. Marguerite sollte bis sieben Uhr abends bereit sein, und als ich mit der Mietdroschke bei ihr ankam, trat sie leichten Schrittes aus ihrer Haustür, die jemand hinter ihr schloss.

»Du verströmst eine Begeisterung, die ich nicht empfinde«, sagte ich anstelle einer Begrüßung.

»Ich gebe mich auf jeden Fall begeisterter als du«, erwiderte sie mit leicht säuerlicher Stimme.

»Was soll das denn heißen?« Ich strich den Rock meines Kleides glatt. Es sah wirklich ein wenig verschlissen aus. Ich arrangierte die Falten, sodass die fadenscheinigen Teile des Stoffes verdeckt blieben.

»Eleanor, du würdest es niemals zulassen, dass einer der Kunstgegenstände, um die du dich kümmerst oder die du zum Verkauf anbietest, so ungepflegt und vernachlässigt aussehen wie du.« Ich zuckte zusammen. Sie streckte eine behandschuhte Hand aus und legte sie sanft über meine. »Entschuldige, meine Liebste. Das war gedankenlos. Aber es ist trotzdem wahr. Du bist eine so schöne Frau – wenn du uns bloß erlauben würdest, deine Schönheit zu sehen.«

»Ich bin nicht dazu bestimmt, schön zu sein. Meine Bestimmung ist es, tüchtig zu sein.«

»Kann ein Mensch nicht beides sein?« Marguerite wedelte mit ihrem Fächer vor meinem Gesicht, weil sie wusste, dass sie mich in eine Falle gelockt hatte. Stimmte ich ihr nicht zu, würde ich sie entweder als reizlos oder als untüchtig bezeichnen.

»Schachmatt«, erwiderte ich und damit brachte ich sie zum Lachen.

»Danke, dass du mich eingeladen hast, dich zu begleiten. Was sonst soll denn eine arme alte Witwe an einem Abend zu ihrer Unterhaltung tun?«

»Du bist weder arm noch alt.« Ich wurde ernst. »Obwohl das Wort *Witwe* noch immer auf dich zutrifft.«

In ihren Augen sah ich einen Schimmer von Traurigkeit, bevor sie sich wieder zusammenriss. »Ja.« Ihr Mann war vor zwei Jahren gestorben. Wieder drückte sie meine Hand. »*Arm* trifft auch beinahe zu.«

Das hatte ich nicht bemerkt. Ich drückte ebenfalls ihre Hand und die übrige Strecke legten wir schweigend zurück.

Als die Abendlampen angezündet wurden, erreichten wir Langham House am Portland Place, das Stadthaus der Schreibers. Lady Charlotte begrüßte uns.

»Ich freue mich sehr, dass Sie kommen konnten. Ich werde Sie ein paar Herrschaften vorstellen, deren Gesellschaft Sie bestimmt erfreuen wird, und ich hoffe, dass Sie sich bei uns wohlfühlen. Das Essen wird bald serviert werden und danach werden wir uns in Gruppen aufteilen, um zu spielen. Neben Fächern sammle ich nämlich Brettspiele. Haben Sie das schon gewusst?«

»Nein, das habe ich nicht gewusst, aber was für eine entzückende Idee!«

Ich unterhielt mich ungezwungen mit einigen der Herrschaften, die Lady Charlotte uns vorgestellt hatte, und auch Marguerite schien sich in ihrer Gesellschaft wohlzufühlen. Ich hatte den Salon rasch mit meinen Blicken abgesucht und ich tat es noch einmal. Harry war noch nicht anwesend.

Aber dann, noch bevor wir zum Essen unsere Plätze einnahmen, erschien er.

Er raubte mir noch immer den Atem. Sein schwarzer Frack

war maßgeschneidert und darunter trug er eine burgunderrote Weste, dazu eines der weißen Hemden mit hohem Kragen, die er bevorzugte. Als er mich sah, erhellte ein überraschtes und gleichzeitig freudiges Lächeln sein Gesicht. Seine Überraschung zeigte mir, dass Lady Charlotte mich zwar über seine Anwesenheit informiert hatte, ihm aber offensichtlich nicht erzählt hatte, dass ich da sein würde. Seine Freude schien echt zu sein. Mir wurde warm ums Herz, aber trotzdem blieb ich vorsichtig.

Er griff in seine Westentasche und holte eine goldene Kette mit einer passenden Uhr hervor. Dann zwinkerte er mir zu, als ob er mir sagen wollte: *»Siehst du? Ich bin pünktlich.«*

Ich lächelte ihn an und nickte zustimmend. Marguerite warf ihm einen Blick zu, dann sah sie mich an. Bevor sie sich umdrehte, sah ich, dass auch sie ein Lächeln auf den Lippen hatte.

Mein Tischherr zu meiner Rechten war ein Mann, dem eine Streichholzfabrik gehörte, und ich fand seine Gesellschaft äußerst angenehm. Er liebte schöne Dinge und er sprach ganz offen über seine Vorliebe. Sein Vermögen hatte er damit gemacht, dass er Feuer für alle bereitstellte und Arbeit für Frauen, die keine andere Möglichkeit hatten, als in Heimarbeit Streichholzschachteln zusammenzusetzen. Er war stolz auf beide Errungenschaften. Ich vergaß nicht, unsere Firma zu erwähnen und anzudeuten, dass Mr Clarkson und ich uns freuen würden, wenn er unsere Dienste als Gutachter oder auch als Käufer von Kunstgegenständen in Anspruch nehmen würde. Er sagte, er würde darüber nachdenken, und er wirkte sehr sympathisch auf mich. Das machte mir Mut.

Links von mir saß die Ehefrau eines anderen Clubmitglieds. Sie sprach mit mir nur, wenn sie es musste, und gab mir brüsk zu verstehen, dass ich als Frau, die einen Beruf ausübte, wohl eher zu den eine Treppe tiefer arbeitenden Dienstboten gehörte und eigentlich nicht mit ihr an einem Tisch sitzen sollte.

Nach dem Essen zogen wir uns in den Salon zurück. Dort hatte Lady Charlotte mehrere Tische mit Brettspielen aufstellen lassen. Der Raum wurde erwärmt vom Kaminfeuer und den vielen Lampen, die so platziert waren, dass sie die wertvollen Stücke aus ihrer Sammlung zur Geltung brachten. Den Raum zierte eine Tapete, deren Muster mich an den Garten Eden erinnerte, mit üppigen Weinreben, Blumen und Vögeln, die mit einem Auge in den Raum schauten. Wir waren eine fröhliche Runde von sechzehn Gästen und so konnten sich Gruppen von je vier Personen bilden.

Mr Schreiber hielt eine geballte Faust hoch. »Ich habe hier sechzehn Strohhalme, jeder von ihnen mit einer farbigen Spitze. Wir benutzen sie als Lose und die vier Personen, deren Farben zusammenpassen, beginnen als Tischgruppe. Die Gewinner jedes Spiels versammeln sich dann zur nächsten Runde wie diejenigen, die den zweiten Platz erreicht haben, und so weiter.«

Mr Schreiber ließ jeden von uns einen Strohhalm ziehen. Meiner hatte eine blaue Spitze und so ging ich zu dem blauen Tisch, auf dem eine antike Version des Gänsespiels stand. Für jemanden wie mich, mit einem so starken Interesse an Geschichte, war es der ideale Ausgangspunkt eines Spieleabends. Das Gänsespiel, wie wir es heute kennen, hatte seine Anfänge in Italien, vielleicht war der Urheber sogar ein Mitglied der berüchtigten Familie Medici.

In der Mitte des Spielbretts befand sich eine wunderschöne Darstellung einer italienischen Adligen. Die Dame saß an einem Spieltisch, umgeben von einer Gruppe aus fröhlichen Musikanten. Mein Tischherr, der Streichholzfabrikant, verteilte die Spielsteine an uns. Ich freute mich, denn es handelte sich nicht um die üblichen Steine, sondern um kleine Objekte, die vermutlich aus der Sammlung der Schreibers stammten. Ich bekam einen Fingerhut, der aussah, als sei er etwa zweihundert Jahre alt. Als ich aufblickte, sah ich, wie Lady Charlotte mir zulächelte. Ich erwiderte ihr Lächeln.

Das Ziel des Spiels bestand darin, auf den spiralförmig angeordneten Spielfeldern möglichst schnell vorzurücken. Mithilfe der Würfel und der Spezialfelder konnten sich die Spieler nach vorne, zurück oder quer über das Spielfeld bewegen. Der erste Spieler, der das dreiundsechzigste Feld erreichte, hatte gewonnen. Es war ein spannendes Spiel und ich fühlte mich in der Gesellschaft meiner Mitspieler recht wohl.

Leider machte ich einen unglücklichen Wurf mit meinen Würfeln und landete auf dem Totenschädel.

»Das bedeutet Tod«, sagte die Frau des Streichholzfabrikanten mit ruhiger Stimme. »Sie müssen noch einmal ganz neu beginnen.«

In diesem Fall konnte ich das Spiel nicht gewinnen. Alle am Tisch sahen mich an, denn dieser Rückschlag könnte uns die fröhliche Stimmung verderben. Das wollte ich nicht zulassen. »Manchmal ist es am besten, wenn man von Neuem beginnt, um vorwärts zu kommen, auch wenn es so aussieht, als hätte man verloren.«

Die Frau des Streichholzfabrikanten klatschte in die Hände, um ihre Zustimmung zu zeigen. Das Spiel ging zu Ende und wir tauschten die Tische.

Kurz vor der dritten und letzten Runde winkte Lady Charlotte mir zu. »Miss Sheffield!« Sie zeigte auf den freien Platz neben ihr. Dann schlüpfte Harry mühelos auf einen Stuhl an diesem Tisch, obwohl ein anderer Mann bereits seinen Platz einnehmen wollte.

Der Mann schlenderte zu einem anderen Tisch und Harry lächelte mich an. War er gerade rechtzeitig gekommen, damit er in meiner Nähe sein konnte? Ich bewunderte seine Kühnheit.

Unsere Runde spielte jetzt »Tugend wird belohnt, Laster bestraft«. »Lord Lydney erklärt uns die Regeln«, verkündete Mr Schreiber unserer Gruppe. Seine Lippen verzogen sich zu einem breiten Lächeln. »Lord Lydney, haben Sie schon erlebt, wie Tugend belohnt und Laster bestraft werden?«

Harry hielt seinen Blick auf mich geheftet, bevor er antwortete. »Oh ja, natürlich. Ich habe beides empfangen, und das aus den zartesten Händen.«

Plötzlich spürten wir beide eine Vertrautheit, die uns in Spannung versetzte. Ich stellte mir vor, wie die anderen am Tisch diese Spannung auch fühlen mussten, und ich wollte diesen Moment am liebsten festhalten.

»Ihr Vater mochte Gesellschaftsspiele, nicht wahr?«, fragte Lady Charlotte. »Ich glaube, ich habe ihn im letzten Jahr um die Weihnachtszeit bei einem Spieleabend gesehen.«

Harry nickte zustimmend. »Er hat Gesellschaftsspiele sehr gern gemocht. Sein Lieblingsspiel war »›Wahrheit oder Pflicht‹.«

In seiner Stimme war keine Verbitterung zu hören. Ich konnte mich nicht erinnern, dass das jemals der Fall gewesen war trotz der Bitterkeit, die sein Vater gegen ihn gerichtet hatte. Aber trotzdem wendeten alle am Tisch ihre Blicke ab, denn das Spiel hatte in besseren Kreisen an Beliebtheit verloren.

»Lasst das Spiel beginnen!« Ich drehte den Kreisel als Erste und landete auf dem Feld für das Zuchthaus. Das bedeutete, dass ich drei Runden aussetzen musste. Alle am Tisch wussten von meinem Misserfolg im ersten Spiel, aber ich durfte jetzt kein Spielverderber sein. »Vielleicht muss das so sein, damit ich den Damen an diesem Ort besser dienen kann.«

»Gehören Sie zu dem Kreis der Damen, die Besuche in den Gefängnissen machen?«, frage Lady Charlotte.

»Ja, ich gehöre dazu«, bestätigte ich.

»Sehr gut.« Sie nahm den Kreisel und landete auf dem Feld für Wohltätigkeit. Damit hatte sie zwei weitere Runden gewonnen. »Jetzt habe ich Ihnen diesen Platz weggenommen, Miss Sheffield.«

»Ich kenne Sie erst kurze Zeit, aber ich habe festgestellt, dass Sie zu den großzügigsten Menschen gehören. Sie haben diesen Platz wirklich verdient«, erwiderte ich.

Harry landete zuerst auf dem Feld für Torheit. Wieder lachte er laut auf und warf mir einen Blick zu. Ich konnte nicht anders, ich musste in sein Lachen einstimmen. Man fühlte sich einfach wohl in seiner Gesellschaft. Er nahm sich selbst nicht zu ernst und doch konnte er ernsthaft sein, wenn es die Situation erforderte. Bei Gesprächen war er geistreich und immer aufmerksam anderen gegenüber. Er war alles andere als selbstsüchtig.

Wie sehr hatte er mir gefehlt! Er fehlte mir noch immer. Mir fehlten seine Berührungen, z. B. wenn er meinen Arm hielt. Mir fehlte es, dass … ich sein war und er mein.

Ich saß auf der Bank vor dem Sommerhaus und wartete auf Harry. Er hatte sich ein wenig verspätet und ich war darüber ein bisschen verärgert. Ich wollte unsere gemeinsamen Momente so lange wie möglich ausdehnen, bevor mein Vater mich zu sich rief, weil ich ihm helfen sollte.

Harry kam um die Ecke und ging durch den Garten auf die Bank zu. In seinem linken Arm hielt er einen riesigen Blumenstrauß. Er winkte mir mit der rechten Hand zu. Als er vor mir stand, zitierte er aus dem Hohelied der Liebe. »Wo ist denn dein Freund hingegangen, o du Schönste unter den Weibern? Wo hat sich dein Freund hingewandt? So wollen wir mit dir ihn suchen.« Ich errötete. Wenn ein Herr diesen Text vor einer Dame zitierte, dann konnte das nur eines bedeuten … Nun ja, es war sehr gewagt. Ich sollte ihn deswegen zurechtweisen. Aber ich tat es nicht. Stattdessen zitierte ich den nächsten Vers: »Mein Freund ist hinabgegangen in seinen Garten, zu den Würzgärtlein, dass er weide in den Gärten und Rosen breche.« Marguerite und ich hatten Teile des Buchs auswendig gelernt, als wir noch jünger waren, und wir rezitierten die Abschnitte mit verteilten Rollen. Wir fragten uns damals, ob wohl einmal jemand diese Worte zu uns sprechen würde. Das hatte ich Harry erzählt und er hatte sich daran erinnert.

Er setzte sich neben mich und legte den Strauß aus duftenden Rosen in meine Arme, bevor er mir in die Augen sah und mit sanfter Stimme den nächsten Vers sprach: »Mein Freund ist mein und ich bin sein, der unter den Rosen weidet.«

»Miss Sheffield?« Mit dieser Frage holte Mr Schreiber mich zurück in die Gegenwart.

»Oh ja«, erwiderte ich. Dabei holte ich tief Luft, um mich zu beruhigen.

Harry warf mir einen fragenden Blick zu. »Geht es dir gut?«

Wieder errötete ich wie damals an jenem Tag am Sommerhaus. »Ja, ich habe gerade an … Rosen … gedacht.«

Die anderen am Tisch wirkten verwirrt, aber mit einem herzlichen und zugleich sehnsüchtigen Lächeln zeigte mir Harry, dass auch er sich an jenen Tag erinnerte.

Mr Schreiber war als Nächster dran. Er landete im Schandblock. »Es sieht so aus, als ob ich ebenfalls ins Gefängnis muss, Miss Sheffield. Vielleicht kann ich Ihnen Gesellschaft leisten«, stichelte er.

Schließlich gewann Lady Charlotte das Spiel, indem sie direkt auf der Tugend landete. Das war ein ideales Ende eines wunderschönen Abends.

Als die Gäste ihre Umhänge erhielten und nach ihren Kutschen riefen, nahm sie mich beiseite. »Ich habe gehört, dass man Sie wieder im *Burlington-Club* willkommen heißen möchte und Sie bald eine Einladung zur Mitgliedschaft erhalten werden.«

»Oh, vielen Dank, Lady Charlotte.«

»Bitte nennen Sie mich einfach Charlotte, meine Liebe.«

Wir waren Freundinnen!

»Und für Sie bin ich natürlich Eleanor«, erwiderte ich. Wir gingen zu ihrem gut aussehenden Mann, der gerade mit Harry sprach, ihr aber einen freudigen Blick zuwarf. Als wir näher kamen, hörte ich zufällig, dass die beiden Herren über venezianisches Glas sprachen. Dann gingen Lady Charlotte und ihr Mann weiter, um ihre anderen Gäste zu verabschieden. Ich sah, wie Marguerite auf mich zukam.

»Ich war überaus erfreut, dich heute Abend hier zu sehen«, sagte Harry.

»Danke, Lord Lydney.« Der Titel ging mir nur schwer über die Lippen. Vor meinem geistigen Auge erschien sein immer düster gestimmter Vater.

»Harry, bitte«, entgegnete er. »Zumindest für uns beide.«

Mein Herz klopfte schneller. »Gut, Harry«, stimmte ich zu.

»Ich muss bald nach Watchfield kommen zusammen mit meinem Onkel und mit Mr Clarkson, der die letzte Bestandsaufnahme von der Sammlung gemacht hat.«

Er nickte. »Jederzeit. Bitte telegrafiere und lass mich wissen, wann ihr kommen werdet. Ich wäre auch gerne dabei. Ich bin nicht immer in Watchfield, aber wenn ich dort bin, werden mir die Telegramme sofort zugestellt.«

»Vielleicht in der zweiten Oktoberhälfte«, schlug ich vor. »Ich habe vorher noch ein paar Verpflichtungen, darunter auch meine Arbeit mit der bereits erwähnten Gefängnisbrigade.«

»Ich freue mich, dass du noch immer die Frauen im Gefängnis besuchst.«

»Oh ja. Ich besuche sie regelmäßig und ich habe dort schon viele treue Freundinnen gewonnen.«

»Du bist eine wahre Freundin für alle, die keine Freundinnen haben. Sie können sich glücklich schätzen, dich zur Freundin zu haben. So wie ich.«

»Sie würden für mich tun, was sie können«, erwiderte ich. »Jederzeit.«

Er nahm dem Butler meinen Umhang ab und legte ihn mir selbst um die Schultern. Diese Geste war mir sehr vertraut. Er hatte das oft getan, damit er mich auf gesellschaftsfähige Art in die Arme nehmen konnte. Ich genoss seine Nähe. Er sprach mit leiser Stimme, sodass nur ich seine Worte hören konnte: »So wie ich.«

Ich schmiegte mich in seine Armbeuge. Mein Körper gab einem Verlangen nach, gegen das mein Herz und Verstand ankämpften. Ich wollte auf seine Worte nichts erwidern, denn meine Antwort wäre vielleicht ein Versprechen, das ich nicht halten könnte.

Kapitel 6

Als ich am Freitagnachmittag in der Werkstatt war, schrieb ich Briefe an Geschäftspartner, von denen ich vermutete, dass sie seltene mittelalterliche Münzen für Mr Herberts haben könnten. Ich musste alles tun, damit meine Bemühungen zum Erfolg wurden – für die Firma, für meine Familie und für mich selbst. Ich musste einfach Erfolg haben. Ich drehte die Flammen der Petroleumlampen höher gegen die sich ausbreitende Kälte des Herbstes, den dunklen Wirbel von kohleverschmutztem Nebel draußen vor der Tür und die Furcht vor den Entscheidungen, die ich treffen musste. Einer von den Polizisten, die Mr Clarkson darum gebeten hatte, vor unserem Haus zu patrouillieren, ging vorbei und winkte mir zu. Diese Geste spendete mir ein wenig Trost.

Dann nahm ich mir ein wenig Zeit, um eine Tasse Tee zu trinken und zu beten. Letzteres fiel mir leichter, wenn ich allein war. Ich bat den Herrn um Weisheit und Leitung bei der Prüfung unserer Finanzen und ich wusste, dass diese beiden Bitten seine Zustimmung fanden. Ich bat ihn auch, mir Sicherheit durch seine Gegenwart zu schenken. *Bist du da?*, rief ich in meinem Herzen zu ihm.

Schweigen.

Mutlos begann ich, Garnituren aus Teetassen und Untertassen für meine Auftraggeberin, Mrs Priestley, zu überprüfen. Alle vier waren mit detailreichen, in Rottönen gemalten Landschaften geschmückt. Meine Auftraggeberin wollte wissen, ob sie tatsächlich von dem berühmten italienischen Künstler Jacques Boselly stammten. Wenn ja, wären sie sehr wertvoll. Ich drehte eine Tasse um, dann die zweite auf der Suche nach der Signatur des Künstlers, die mehr noch als der Stil den Schöpfer und die Echtheit eines Stückes erkennen ließ. Auf beiden Tassen war auf der Unterseite der Schriftzug des Künstlers zu sehen, der echt aussah. Mir wurde innerlich ganz warm. Vielleicht waren das wirklich seltene und wertvolle Teetassen aus dem 18. Jahrhundert! Meine Begeisterung wurde allerdings getrübt, als ich erkannte, dass sie auch aus der Beute des jüngsten Krieges und damit aus Italien stammen könnten, wenn sie erst kürzlich und ohne Nachweis der genauen Herkunft gekauft worden waren.

Jetzt sah ich Harrys Entscheidung, das venezianische Glas aus dem Land zu schmuggeln, um es in Sicherheit zu bringen, in einem günstigeren Licht.

Als ich die dritte Tasse umdrehte, machte ich eine Entdeckung. Obwohl der Schriftzug der gleiche war, konnte ich darunter eine ganz schwache Prägung erkennen, und zwar den Namen *Wedgwood.* Deshalb konnte es sich nicht um eine Tasse von Boselly handeln.

Ich holte die Lampe näher an das Stück heran und bewegte das Licht über der Oberfläche hin und her, wie Papa es mir wieder und wieder beigebracht hatte. Jetzt war ich mir sicher. Der Künstlername war über die Glasur gemalt worden, *nachdem* das Stück fertiggestellt war. Es war eine Fälschung. Ich sah mir alle vier Tassen noch einmal genauer an und stellte fest, dass es sich bei allen Stücken um Imitationen handelte.

Ich legte die Tassen und Untertassen zurück in die Schachtel und beendete meinen Brief mit der unwillkommenen Nachricht, die nie leicht zu überbringen war. Aber sowohl meine Redlichkeit als auch meine Zuneigung zu meinen Auftraggebern erforderten die Wahrheit.

Ich warf den Brief an meine Auftraggeberin in den Briefkasten. Dazu kam noch ein antiker Satz Karten für das Spiel »Leih mir fünf Shilling«, den ich aus unserer kleinen Familiensammlung nahm und mit einem Dankesschreiben für einen schönen Abend an Charlotte schickte. Dann kehrte ich in die Werkstatt zurück. Kurz darauf wurde die Nachmittagspost gebracht. Unter den Briefen war ein großer Briefumschlag von Sir Matthew Landon, dem Anwalt des verstorbenen Lord Lydney. Ich war allein in der Werkstatt. Deshalb öffnete ich den Brief und begann zu lesen.

Sehr geehrte Miss Sheffield,
im Zusammenhang mit dem Nachlass des verstorbenen Lord Lydney sind mir aus Österreich einige Päckchen mit seiner persönlichen und privaten Korrespondenz zugesandt worden. Darunter befanden sich zusätzliche Informationen über die Kunstgegenstände und ein an Sie adressierter Brief, der offenbar kurz vor seinem Tod geschrieben und versiegelt wurde.
Bitte erlauben Sie mir, Ihnen zu Diensten zu sein, wenn Sie Anliegen oder Fragen haben, während Sie die Ihnen dargelegten Möglichkeiten prüfen. Ich würde mich freuen, von Ihnen zu hören, sobald Sie eine Entscheidung getroffen haben.
Hochachtungsvoll
Matthew Landon, Rechtsanwalt

Dann öffnete ich den zweiten Brief, der wie der erste mit schwarzem Siegellack und dem Siegel von Lord Lydney verschlossen war. Es war eindeutig seine Handschrift, aber sie war viel schwächer und übersät von Tintenflecken, die ich bei einem so gewissenhaften Mann nie erwartet hätte. An manchen von ihnen hafteten noch immer ein paar Körner Löschsand. Die Schrift war spinnwebartig wie bei einem sehr alten Menschen. Der Gedanke an ein solches Geschöpf und an den Mann, der er vorher gewesen war, ließ meine Hand erschreckt zurückzucken. Am Datum des Briefes konnte ich erkennen, dass er ihn kurz vor seinem Tod verfasst hatte.

Meine liebe Miss Sheffield,
bald läutet für mich die Totenglocke, aber vorher muss ich Ihnen unbedingt noch ein paar unwillkommene und erst

kürzlich erhaltene Informationen mitteilen für den Fall, dass Sie die Aufgabe übernehmen, die Ihnen mein Anwalt vorlegen wird.
Mir ist zu Ohren gekommen, dass mein Sohn Henry von Österreich aus den Teil der Lydney-Sammlung verkauft hat, den mein ältester Sohn Arthur in seinen letzten Jahren hier auf Erden so sorgfältig zusammengestellt hat. Das ist gegen meine ausdrücklichen Anweisungen geschehen. Ich bin untröstlich. Diese Stücke waren alles, was mir von meinem Sohn noch geblieben war. Wenn Henry die Gegenstände tatsächlich verkauft hat, hat er mit gestohlener Ware gehandelt, denn diese Sammlung ist bis zu meinem Tod mein persönlicher Besitz.
Liebe Miss Sheffield, ich weiß nicht, welche anderen Stücke noch verkauft worden sind und wenn ja, aus welchem Grund. Vielleicht gelangen Sie zu Ihrer eigenen Schlussfolgerung.
Hochachtungsvoll
John Arthur Douglas, Baron Lydney

Während ich den Brief las, meinte ich, seine Stimme hören zu können, und ich zitterte vor Kälte wie damals, als er noch lebte und das Wort an mich richtete. Ich wusste, dass er tot war. Schließlich war Harry bei ihm gewesen, als er starb. Er war tot und begraben und doch schien es mir, als ob er noch über das Grab hinaus die Hände ausstrecken konnte. Ich sank kraftlos auf meinen Sessel. Lord Lydney hatte Arthur immer bevorzugt. Jeder, der die beiden kannte und miteinander beobachtet hatte, konnte das bestätigen. Arthur war der Goldjunge. Er trug nicht nur den Namen seines Vaters, sondern auch des berühmten Arthurs, des legendären und bei allen Engländern beliebten Königs. Arthur hatte gemeinsam mit seinem Vater – und meinem Vater – viele Reisen unternommen, um Schätze zu sammeln.

Trotz der einseitigen Zuneigung ihres Vaters hatten sich die beiden Brüder sehr gern gehabt und ihre Mutter hatte alles versucht, um Brücken zu bauen über die größer werdende Kluft, die dadurch entstanden war, dass ihr Vater Harry verachtete. Ihre Versuche hatten leider dazu geführt, dass sie bis zu ihrem Tod Harry bevorzugte. Diese Situation erinnerte mich oft an Jakob und Esau, die beiden Brüder, die liebevoller miteinander umgegangen wären, wenn ihre Eltern mit ihren entzweienden Entscheidungen nicht einen Keil zwischen sie getrieben hätten.

Am Ende gab Lord Lydney Harry die Schuld an Arthurs Tod. Man hatte ihn zum Arzt geschickt und er war nicht rechtzeitig zusammen mit ihm zurückgekehrt, obwohl er so schnell wie möglich geritten war. Sein Vater hatte ihm nie vergeben. Arthurs Sammlung wäre wie die Uhr für Harry bestimmt ein Dorn im Auge gewesen. Diese Stücke waren wie eine unwillkommene Last aus Schuld und Abneigung und ich hätte es verstanden, wenn er sich von ihnen trennen wollte. Aber es wäre nicht korrekt gewesen, das zu tun, bevor er sie geerbt hätte.

Jetzt wäre ein fünftes Anliegen zu lösen, eine fünfte Frage zu beantworten, bevor ich Harry mit gutem Gewissen erlauben könnte, die Sammlung zu behalten. Hatte Harry wirklich Arthurs Schätze verkauft?

Als ich gerade die von Mr Clarkson erstellte Inventarliste aus einem Schrank holen wollte, um den Inhalt von Arthurs Sammlung zu überprüfen, begannen die Lichter zu flackern und plötzlich gingen sie aus.

Kurz darauf kam Orchie in die Werkstatt gestürmt. »Wir haben kein Gas«, sagte sie. »Es ist überall dunkel.«

Mr Clarkson war früher gegangen, weil er ein paar persönliche Angelegenheiten regeln musste, wie er sagte. Ich hätte seine Hilfe gut brauchen können, aber ich konnte mich auch allein um diese Sache kümmern.

Sobald ich sicher war, dass all unsere Gaslampen kein Licht mehr spendeten, ging ich zur Haustür hinaus und sah mich suchend um. Vielleicht gab es eine Störung in unserer Straße. Aber nein, aus allen anderen Häusern schien warmes Licht. »Ich gehe schnell zur Gasgesellschaft«, sagte ich, während ich meinen Mantel anzog. »Vielleicht ist eine Leitung unterbrochen. Wenn ja, muss die Sache schnell behoben werden.« Ich erwähnte nicht die Möglichkeit eines Feuerausbruchs, aber Orchies erschrockenes Gesicht zeigte mir, dass sie wusste, wie gefährlich so etwas sein konnte.

»Grämen Sie sich nicht«, beruhigte ich sie. »Ich bin bald wieder zurück.«

Auf dem Weg zum Omnibus ging ich oft am Büro der Gasgesellschaft vorbei und so wusste ich, wo es sich befand. Ich ging direkt dorthin, sprach mit dem Mann am Empfang und erklärte ihm meine missliche Lage. Er bat mich um unseren Straßennamen und die Hausnummer, und als ich ihm beides nannte, hob er den Kopf.

»Es tut mir leid, Miss, aber es sind beträchtliche Geldbeträge fällig. Heute ist der letzte Werktag im September und wir können nicht länger warten. Wir haben Rechnungen und Zahlungserinnerungen geschickt, aber alles war vergeblich. Das Gas muss abgeschaltet bleiben, bis die Rechnungen bezahlt sind.«

Ich war erschüttert. »Das kann nicht sein …«

»Es tut mir leid«, wiederholte er, den Blick starr auf die Geschäftsbücher gerichtet, um mir eine weitere Erniedrigung zu ersparen. »Aber es ist so.«

»Ich habe einen gebrechlichen Onkel und eine alte Haushälterin«, sagte ich.

»Vielleicht kann Ihr Mann …«, begann er.

Ich wollte ihm nicht erzählen, dass ich keinen Mann als Beschützer hatte, weil ich nicht das Risiko eingehen wollte, wieder beraubt zu werden.

»Ich komme am Montag wieder – mit der geschuldeten Summe. Mein Wort gilt. Aber könnten Sie uns in der Zwischenzeit das Gas wieder anschalten?« Ich konnte mir nicht vorstellen, wie verzweifelt und verwirrt Onkel Lewis sein würde, wenn er drei lange Tage im Dunkeln leben müsste.

Der Mann hatte Mitleid mit mir, aber er konnte das Gas nicht wieder anschalten, bis eine Rate des geschuldeten Betrags gezahlt würde. Es war schon spät und so konnte ich das heute Abend nicht mehr regeln.

Ich eilte nach Hause. Sollte vielleicht mit dem Inhalt des Umschlags, der Onkel Lewis gestohlen worden war, die Rechnung bezahlt werden?

Orchie wartete an der Haustür auf mich. Wieder war sie völlig durcheinander und aufgeregt wie so häufig in letzter Zeit.

»Keine Sorge«, sagte ich zu ihr. »Am Montag wird das Gas wieder angeschaltet.«

Wir verbrachten die Abendstunden im Dunkeln, zu essen hatten wir kalte Vorräte aus der Speisekammer. In seiner Verwirrung erzählte Onkel Lewis immer wieder von den Männern, die ihn in der Seitenstraße überfallen, ihn geschlagen und ihm die Taschenuhr gestohlen hatten. Ich war den Tränen nahe. Nachdem ich ihn getröstet hatte, so gut ich konnte, im Licht des Kohleofens und eines Kerzenleuchters auf dem Tisch, ging ich zum Telegrafenamt und gab ein Telegramm an Mr Clarkson auf. Ich bat ihn, am nächsten Abend nicht in die Werkstatt und auch nicht zum Abendessen zu kommen.

Am Montagmorgen musste ich Mr Clarkson erklären, wie es zu diesem Missverständnis gekommen war. »Eine Rechnung war bezahlt, eine andere ist übersehen worden.« Ich musste mich zwingen, meine Stimme fröhlich klingen zu lassen. »Jetzt ist alles erledigt.«

Er nickte zustimmend, aber in seinem Blick konnte ich einen gewissen Zweifel lesen. Er war nicht umsonst ein kluger Gutachter. Ich war mir sicher, dass er unsere wahre Situation einschätzen konnte.

Am Nachmittag, nachdem das Gas wieder angestellt worden

war, stürmte Orchie durch die Tür des Flurs, der das Haus mit der Werkstatt verband. »Hier sind Männer, die wollen zu Ihnen.«

»Zu mir?«, fragte ich.

»Na ja, nicht zu Ihnen, zu Mr Lewis, aber es geht ihm nicht gut. Ich dachte, ich hole Sie lieber.« Sie hielt sich für einen Moment verzweifelt ihre Schürze vor das Gesicht.

Ich zog mein Kleid glatt und straffte die Schultern. Waren die Männer vielleicht wegen eines Auftrags hier?

Als ich den Salon betrat, sah ich zwei teuer und streng gekleidete Männer und einen Beamten der Londoner Polizei. Alle drei schauten mich mit ernster Miene an. Ich bekam plötzlich weiche Knie und so hielt ich mich einen Augenblick lang an einer Stuhllehne fest.

»Meine Herren, kann ich Ihnen helfen?«

»Wir möchten Mr Lewis Sheffield sprechen.«

»Ich bin Miss Eleanor Sheffield. Und Sie sind …?«, fragte ich.

Der Größte der drei nahm den Hut ab. »Ich bin Mr Jacob Adams, Rechtsanwalt. Wir vertreten unseren Mandanten Lord Darlington.«

Das war unser langjähriger Vermieter.

Er sprach weiter. »Ich bin zuversichtlich, dass unsere Korrespondenz von der Post zugestellt wurde. Deshalb muss ich leider zu der Schlussfolgerung kommen, dass Mr Sheffield entweder nicht in der Lage oder nicht bereit ist, unsere Rechnungen zu begleichen. Er ist seit Monaten mit der Zahlung der Miete im Rückstand. Es liegt allein an der langjährigen Beziehung zu unserem Mandanten und wir sprechen hier von vielen Jahrzehnten, dass wir dieser Sache bisher nicht nachgegangen sind. Jetzt ist der erste Oktober und die aktuelle Miete sowie die vergangenen Mietzahlungen sind fällig. Wenn der volle Betrag heute nicht angewiesen wird, müssen wir leider den Fall dem Amtsrichter vorlegen. Er wird entweder einen Erlass der Schulden bewirken oder eine Haft im Schuldgefängnis, bis dieser Erlass gültig ist. Die Mitglieder des Haushalts müssen das Haus natürlich auch räumen.«

Ich stützte mich noch immer auf die Stuhllehne. »*Schuldgefängnis?*«

»Haben Sie oder Ihr Onkel den vollen Betrag parat?«

Ich war erschrocken über seine brüske Unhöflichkeit. Er musste es mir angemerkt haben, denn er zeigte mir die Rechnung. Es war wirklich eine hohe Summe. »Vielleicht ist sie schon bezahlt, aber noch nicht gutgeschrieben?«

Er schüttelte den Kopf. »Das ist nicht der Fall. Haben Sie vielleicht Belege?«

»Ich kann nachsehen. Können Sie mir noch ein wenig Zeit geben?«

»Es tut mir leid, Miss Sheffield, aber ich habe nur wenig Geduld. Die Belege existieren nicht, weil die Beträge nicht gezahlt worden sind. Ich versuche für meinen Mandanten schon seit Monaten, die Schulden einzutreiben, die Ihr Onkel mit seiner Unterschrift bestätigt hat.«

»Mir ist die Sache ja erst jetzt zu Ohren gekommen«, erwiderte ich. »Meinem Onkel geht es nicht gut. Vielleicht darf ich Sie um einen Aufschub bitten. Ich erwarte viele neue Aufträge, die mir die nötigen finanziellen Mittel einbringen werden. Sollte mein Onkel ins Schuldgefängnis müssen, wird Ihr Mandant das geschuldete Geld wohl nie sehen. Könnten Sie mir vielleicht noch zwei Monate geben? Ich werde in der Zwischenzeit jeden Monat die geschuldeten Beträge in kleinen Raten abzahlen und die jetzt fälligen Mieten natürlich weiter bezahlen. Bis zum Wochenende kann ich die Miete für diesen Monat zahlen.« Noch während ich sprach, wusste ich nicht, wie ich die rückständigen Mieten und unsere lange überfällige Gasrechnung in zwei Monaten bezahlen sollte zusätzlich zu den laufenden Kosten für den Haushalt. Ich musste die Geschäftsbücher unbedingt überprüfen.

Mr Adams starrte mich lange Zeit einfach an und ich zuckte unter diesem Blick nicht zurück, obwohl ich es wollte. »Werden Sie mit Ihrer Unterschrift für die geschuldeten Summen einstehen?«, fragte er schließlich.

Ich schwieg.

»Wenn nicht, bleibt uns nichts anderes übrig, als die bereits erwähnten Schritte einzuleiten.«

Ich dachte daran, wie verzweifelt und verwirrt mein Onkel am letzten, so langen und düsteren Wochenende gewesen war. Er würde es nicht überleben, wenn man ihn ins Schuldgefängnis schickte. Es kam noch etwas dazu: Wenn sich herumsprechen würde, dass wir unsere Verpflichtungen nicht erfüllen könnten und aus unserem Zuhause vertrieben würden, wären wir nicht in der Lage, zusätzliche Materialien zu kaufen. Schlimmer noch: Auf uns würde ein Schatten fallen, mit dem unsere Auftraggeber nicht in Verbindung gebracht werden wollten. In einem Beruf wie unserem ist der gute Ruf von entscheidender Bedeutung. Wir mussten vertrauenswürdig sein, sonst war für uns alles verloren. Es war wohl erst zwei oder drei Monate her, dass alles aus dem Ruder gelaufen war. Bestimmt konnte ich das wieder in Ordnung bringen.

»Ja«, stimmte ich schließlich zu. »Ich werde unterschreiben, wenn Sie uns bis zum Jahresende Zeit geben, damit wir alles begleichen können.« Ich hatte einen zusätzlichen Monat hinzugefügt in der Hoffnung, dass er mir diese Frist gewähren würde.

Endlich sah ich ein Lächeln auf seinen Lippen. »Einverstanden.«

Er meinte, er würde die Dokumente aufsetzen lassen, und ich sagte, dass ich sie unterschreiben würde.

Orchie brachte die Besucher zur Haustür und ich sank verzweifelt auf einen Sessel. Es stimmte: Wir hatten weniger Aufträge und Onkel Lewis konnte nicht so viele neue Kunden gewinnen, wie mein Vater es getan hatte. Aus diesem Grund hatten wir im letzten Jahr jemanden eingestellt. Erst in letzter Zeit hatte ich begriffen, dass Mr Clarkson gerne ein Teilhaber der Firma werden wollte.

Ich hörte, wie sich eine Tür öffnete. »Miss Sheffield?«

Und hier war Mr Clarkson! Ich war mir sicher, dass er nicht

genau wusste, wie schlimm unsere Lage wirklich war, und ich konnte mir nicht leisten, ihn zu verlieren.

»Ja, Mr Clarkson?«

»Kann ich Ihnen irgendwie zu Diensten sein?« Er sah aus dem Fenster, konnte aber die beiden Anwälte und den Polizisten nur noch von hinten erkennen.

»Nein, danke. Diese Männer kamen von unserem Vermieter. Das ist alles«, entgegnete ich.

Er nickte zögernd, als ob es ihm unangenehm wäre. Er wusste, dass die Anwälte unseres Vermieters nicht ohne Grund hier auftauchen würden, noch dazu mit einem Polizisten, den man nur dann brauchte, wenn es um hohe Schulden ging. »Nun ja. Wissen Sie schon, an welchem Tag wir nach Watchfield fahren? Ich muss bald einen Besuch in Bristol machen. Meine Schwester wird zu Hause sein und meinem Vater geht es nicht gut.«

Ich hatte im vergangenen Jahr nur wenig über Mr Clarksons Privatleben erfahren. Seinem Vater gehörte in Bristol ein großer Laden. Er hatte einmal durchblicken lassen, dass es sich um ein Antiquitätengeschäft handelte. Anderen gegenüber behauptete er jedoch gerne, sein Vater habe einen höheren Status, der vergleichbar sei mit dem unserer Firma. Er liebte seine jüngeren Schwestern, die er mit seinem Einkommen unterstützte, um sie vor dem Armenhaus zu bewahren.

»Vielleicht am zwölften Oktober«, erwiderte ich. Ich musste mich zusammenreißen, um nach außen hin ruhig und zuversichtlich zu wirken.

Er starrte mir ins Gesicht, das während meines Gesprächs mit den drei Männern bestimmt kreidebleich geworden war. »Brauchen Sie Hilfe?«

Ich schüttelte den Kopf. »Nein, vielen Dank.« Ich gab mir Mühe, meine Stimme freundlicher klingen zu lassen. »Ich habe wegen der Silbermünzen für Mr Herberts Anfragen verschickt. Sobald sie ankommen, wäre ich Ihnen dankbar, wenn Sie mir sagen könnten, was Sie von den Münzen halten. Ich weiß es sehr zu schätzen, dass Sie unserer Firma so viele Aufträge bringen.«

»Betrachten Sie das als erledigt … und ich tue das sehr gerne. Sie werden feststellen, Miss Sheffield, dass ich der Firma sehr ergeben bin. Und …« Er lächelte mich an, »und allen, die dazugehören.«

Als er in die Werkstatt zurückgekehrt war, ging ich in die Küche. Orchie stand weinend da, ihr Gesicht wieder einmal in ihrer Schürze vergraben.

»Was ist denn los, meine liebe Orchie?« Ich legte einen Arm um ihre Schultern.

»Das Wasser. Ich habe so gehofft und gebetet, dass Sie keinen Tee anbieten, und das haben Sie auch nicht gemacht, Dank sei dem Herrn.«

»Das Wasser?«

»Das Wasser ist auch abgestellt«, antwortete sie.

Kapitel 7

Onkel Lewis hatte wohl auch vergessen, die Rechnungen für das Wasser zu bezahlen.

»Wie kann ich ohne Wasser kochen und waschen?«, fragte Orchie. »Es ist schon schwer genug mit der Wäsche, wenn Wasser da ist, aber jetzt?« Sie stieß einen leisen Schluchzer aus, fast wie einen Schluckauf, bevor sie sich wieder zusammenriss. Sie wirkte müde und erschöpft. Und sie sagte die Wahrheit. Meine Wäsche war grau und zerknittert, manchmal sogar fleckig. Ihre Hände waren zu alt und kraftlos geworden und sie schafften die schwere Arbeit nicht mehr. Schlecht gewaschene Kleidung machte jedoch keinen guten Eindruck bei unseren begüterten Kunden.

»Wissen Sie, wo Onkel Lewis seine Korrespondenz aufbewahrt?«

Sie nickte und wirkte ganz und gar nicht überrascht von meinem ungebetenen Besuch oder meiner Frage. War das wieder eine Sache, bei der alle anderen außer mir Bescheid wussten?

»In seinem Arbeitszimmer.« Sie wischte sich die Hände an ihrer Schürze ab, als ob sie mich dorthin begleiten wollte.

Ich hob die Hand, um sie daran zu hindern. »Ich möchte Sie ungern von Ihrer Arbeit abhalten. Ich werde schon alles finden.« Ich war nicht mehr das kleine Mädchen, das ihr gehorchen musste. Vielmehr trug ich jetzt die Verantwortung für meinen eigenen Hausstand.

Ich ging die Treppe hinauf bis zu dem Stockwerk, auf dem sich die Wohnung von Onkel Lewis befand: sein Schlafzimmer, ein kleines Arbeitszimmer und ein Ankleidezimmer. Ich öffnete die Tür des Arbeitszimmers. Sie war nicht abgeschlossen. Das Zimmer war auf den ersten Blick ordentlich aufgeräumt. Mein Onkel nahm es in letzter Zeit mit der Ordnung nicht mehr so genau.

Der Fußboden und die Holztäfelung, die bis zur Zimmerdecke reichte, waren dunkelgrün gestrichen in der Lieblingsfarbe meines Onkels. Ich sah mir zunächst die Regale an. Es sah so aus, als ob etwas nicht stimmen würde, aber ich war zu besorgt, um es genau zu erkennen.

Ich zog eine Schublade nach der anderen auf, bis ich einen großen Stapel mit ungeöffneten Briefumschlägen fand. Die Briefe waren vom Vermieter, von ein paar Lieferanten, dem Gaswerk. Ich war so fassungslos, dass ich einen sauren Geschmack im Mund spürte. Ich schluckte schwer. Dann schlug ich das Hauptbuch auf. Die Einträge über Forderungen und Verbindlichkeiten hörten vor ungefähr einem Jahr auf, obwohl die Zahlungen weiter fällig gewesen waren. Ich konnte nicht wissen, wie viel Geld eingenommen oder ausgegeben worden war. Es war nicht zu erkennen, welche Rechnungen tatsächlich bezahlt worden waren. Wenn die Dinge so lagen, wie sie nach einer raschen Durchsicht erschienen, könnte ich unsere Verpflichtungen bis zum Jahresende erfüllen, aber es würde knapp werden. Ich musste zuerst die Bank aufsuchen, um festzustellen, wie viel Geld noch vorhanden war.

Ich nahm das Hauptbuch mit und klopfte an die Tür zum Schlafzimmer meines Onkels. »Onkel Lewis? Darf ich hereinkommen?«

»Ja, Liebes.«

Ich öffnete die Tür. Er saß im Morgenmantel auf einem Sessel am Fenster und schaute hinaus. »Wie geht es dir?«, fragte ich.

»Besser«, antwortete er. Er warf einen Blick auf die Papiere in meiner Hand. »Was ist das?«

»Rechnungen«, erwiderte ich. »Alle sind unbezahlt, viele Umschläge sind ungeöffnet.«

Er winkte lässig mit der Hand, als ob er nach einem lästigen Insekt schlagen würde. »Pah. Alle sind bezahlt. Da kannst du dir ganz sicher sein. Ich habe sie selbst bezahlt mit ganz neuen Geldscheinen, die haben noch geknistert. Das, was du da hast, sind bestimmt Duplikate.«

Ich wollte mit ihm nicht streiten. Aber ich hatte das Datum auf jeder Rechnung gesehen und die drängenden Worte in den Briefen, die ich geöffnet hatte. Die Rechnungen waren nicht bezahlt worden.

»Vielleicht liegt es an deinen Augen«, schlug ich vor, um ihm einen Ausweg anzubieten und mir gleichzeitig zu überlegen, wie ich die nächste Frage so feinfühlig wie möglich formulieren sollte. »Sind deine Augen noch gut genug, um den Wert von Kunstgegenständen zu schätzen?«

Er reagierte mit einem breiten Lächeln. »Oh ja. Ich muss bloß die Augen ein bisschen zusammenkneifen«, sagte er mit halb geschlossenen Augen. »Oder ich muss blinzeln. An den besseren Tagen muss ich gar nichts tun. Es kommt alles zurück. Mach dir keine Sorgen. Ich werde dich nicht enttäuschen.«

»Vielleicht sollte ich mich um die Bücher kümmern«, entgegnete ich mit leiser Stimme. »Bis deine Sehkraft wiederhergestellt ist. Bald ist alles wieder gut.« Ich klopfte ihm sanft auf die Schulter und in diesem Augenblick wurden unsere Rollen vertauscht. Jetzt war ich die Beschützerin und er war der Schutzbedürftige. *Es gefällt mir gar nicht, dass es niemanden gibt, der mich beschützt,* dachte ich, als ich den Raum verließ.

Als Nächstes stattete ich der Wasserversorgungsgesellschaft einen Besuch ab. Dort akzeptierte man meinen Scheck und gab mir bis zum Jahresende Zeit, das Konto auszugleichen, aber es sollte noch einen oder zwei Tage dauern, bis das Wasser wieder fließen würde.

Ich kehrte nach Hause zurück und bat Orchie um zwei große, verschließbare Krüge. »Ich muss zum Brunnen«, sagte ich. »Nur für einen oder zwei Tage.«

»Ich komme mit«, schlug sie vor.

»Nein«, erwiderte ich. »Das ist nicht nötig.«

»Wir brauchen mindestens vier Krüge«, meinte sie. Vier Krüge konnte ich nicht allein tragen und so gab ich mich geschlagen.

Mit gesenkten Köpfen machten wir uns auf den Weg zum öffentlichen Brunnen. Vor fünf oder sechs Jahren hatten ein gutherziger Bankier und ein gutwilliger Anwalt die Städtische Trinkbrunnengesellschaft gegründet, damit die Armen in der Stadt keinen Durst leiden mussten. Jedes Jahr wurden in ganz London weitere Trinkbrunnen gebaut. Ich hatte niemals damit gerechnet, dass ich davon Gebrauch machen musste, und ich schämte mich dafür.

Es war eine weite Strecke und ich versuchte, uns die Zeit mit oberflächlichem Geplauder zu vertreiben. »Ich habe der Wasserversorgungsgesellschaft einen Besuch abgestattet und in ein paar Tagen sollte alles wieder in Ordnung sein. Die Gasgesellschaft und der Vermieter haben meinem Plan ebenfalls zugestimmt und so werden wir es wieder so gemütlich haben wie immer«, berichtete ich. »Ich habe die Geschäftsbücher von Onkel Lewis übernommen, obwohl ich es ein bisschen anders formuliert habe.«

»Ich bin froh, das zu hören.« Orchie stieß ein freudloses Lachen aus. »Ich hab schon gedacht, ich ende im Armenhaus, aber die verkaufen dort bestimmt meine Knochen für die Leimproduktion!« Ihre Augen blickten so ernst, dass sie wahrscheinlich mit einer solchen Möglichkeit rechnete.

»Das wird niemals geschehen«, versprach ich ihr.

Wir kamen am Brunnen an und warteten, bis wir an der Reihe waren, in einer langen Schlange von Menschen, die keine Zähne mehr hatten und deren Kleider den Geruch von Latrinen oder Wirtshäusern angenommen hatten. Es gab aber auch einige, die fast genauso aussahen wie ich. Ich fühlte mich den anderen in der Schlange nicht überlegen, aber ich wollte auch nicht, dass ich oder Orchie jemals wieder einen solchen Ort aufsuchen müssten.

»Sehen Sie doch!«, sagte Orchie und deutete auf jemanden, der einen halben Straßenzug von uns entfernt war. »Das ist Lord Lydney.« Sie stieß mich mit dem Ellbogen an. »Er hilft uns bestimmt, diese Krüge nach Hause zu tragen.«

Entsetzt hob ich den Kopf. Sie hatte recht! Ich hatte vergessen, dass Harrys Herrenclub hier in der Nähe war. Mit einer Hand drückte ich ihren bereits zum Gruß erhobenen Arm herunter und drehte mich um, damit Harry mich nicht erkennen konnte.

»Wir brauchen seine Hilfe nicht«, entgegnete ich.

»Sie vielleicht nicht, aber ich lass mir die Dinger lieber von einem Mann nach Hause tragen«, erwiderte sie. »Und er ist doch so ein netter Mann! Oder ich hab ihn dafür gehalten, bis … Wollen Sie deshalb nicht, dass er uns hilft? Weil er Sie so lange hat warten lassen?«

»Mir wäre es lieber, wenn er nicht weiß, dass wir hier sind«, flehte ich sie leise an. Sie nickte zustimmend. Dann drehten wir uns beide um und zogen unsere Hüte tiefer ins Gesicht.

»Ich habe deine Stärke und Selbständigkeit immer bewundert«, hatte Harry zu mir gesagt. In den letzten Tagen war ich vor so vielen Menschen als Bittstellerin erschienen. Ich wollte mich nicht auch noch vor Harry demütigen. Ich wollte, dass er weiterhin meine Stärke und Selbständigkeit bewunderte, denn vielleicht war das alles, was mir noch blieb. Er sollte mich als einen Menschen erleben, der ihm ebenbürtig war, und nicht als jemanden, der auf Almosen angewiesen war. Ich straffte meinen Rücken.

Ich hatte noch drei Monate, um unsere Schulden zu begleichen, und das würde mir auch gelingen.

Normalerweise nahm ich eine Mietdroschke für meinen monatlichen Besuch im Gefängnis, das sowohl ein Untersuchungsgefängnis war, in dem die Angeklagten auf das Gerichtsurteil warteten, als auch ein Zuchthaus, in dem danach die Strafe und die Besserung erfolgten. Heute ging ich zu Fuß. Der feuchte Nebel legte sich auf mein Gesicht und ich hoffte, dass die Nässe meinen Mantel nicht noch schwerer machte, bevor ich mein Ziel erreichte. Tief hängende, dunkle Wolken schienen mich aus dem Haus zu jagen und bis zum Gefängnis zu verfolgen. Ich umklammerte mein Täschchen und hoffte, dass das kleine Päckchen mit Brot und Schinken, auf das ich während des Essens verzichtet und das mir Orchie auf meine Bitte hin verpackt hatte, trocken und warm blieb. Schließlich näherte ich mich dem Stadtviertel, in dem das Gefängnis lag. Straßenkinder drängten sich zusammen in den Ecken, in denen die breiten Prachtstraßen zu engen Gassen wurden. In anderen Monaten sah ich die Kinder von der Kutsche aus, aber jetzt begegneten wir uns beinahe Auge in Auge.

Ich suchte nach den kleineren, sowohl zu meiner eigenen Sicherheit als auch zu ihrem Schutz. Als ich mich einem Mädchen und einem Jungen näherte, die sich vor Kälte zitternd aneinanderdrängten, steckte ich die Hand in meine Tasche und holte das Päckchen heraus. »Habt ihr Hunger?«, fragte ich.

Das Mädchen nickte. Sie sah hoch zu mir und lächelte. Mein Herz klopfte mir bis zum Hals. Ihr niedliches Gesicht wirkte düster von weggewischtem Ruß, tiefe Schatten von Schlaflosigkeit und Trauer lagen unter ihren Augen. Ich reichte ihr das Päckchen. Sie dankte mir hastig. Dann drehte sie mir den Rücken zu, damit sie und der Junge, der wohl ihr Bruder war, das Essen miteinander teilen konnten, bevor andere Kinder sich auf sie stürzen und es ihnen wegnehmen würden.

Als ich um die Ecke zum Gefängnis bog, sah ich die feinen Kutschen, die in einer Reihe auf andere, wohlhabendere Mitglieder des Komitees warteten. *Vielleicht kommen sie eines Tages hierher, um mich zu besuchen, wenn ich wegen meiner Schulden hier sitze. Vielleicht leiht mir Charlotte dann fünf Shilling.*

Ich stieß ein schrilles, leicht fiebriges Lachen aus, das sich immer dann einstellte, wenn Wahrheit auf Absurdes stieß, aber dann nahm ich mich zusammen.

Hysterisch zu werden, würde mir nicht helfen.

Durch die Arbeit der Frauen-Besuchskomitees, die zuerst vor etwa fünfzig Jahren von Elizabeth Fry, dem »Engel der Gefängnisse« ins Leben gerufen wurde, konnten die weiblichen Mitglieder den Frauen in den Gefängnissen Trost spenden, Mut machen, ihnen ein wenig materielle Hilfe und die Hoffnung des Evangeliums zukommen lassen. Ich stellte meine Zeit und Liebesgaben nicht nur zur Verfügung, um die sittlichen Werte und die Lebensauffassung der Gefangenen zu verbessern. Als Frau, die jahrelang einsam gewesen war, wusste ich, wie erdrückend die Last der Einsamkeit sein konnte. Meine Eigenständigkeit machte diese Last für mich leichter, aber die Frauen in den Gefängnissen waren nicht in der Lage dazu, ähnlich zu handeln wie ich. Ich wollte für sie eine Freundin sein, so wie ich auch ihre Freundschaft erfahren durfte. Nachdem meine Mutter uns verlassen hatte, verlor ich auch alle meine Freundinnen. Sogar die Eltern von Marguerite verboten ihr, mich zu besuchen. Sie meinten, ich könnte einen schlechten Einfluss auf ihre Tochter ausüben. Erst nach ihrer Heirat konnten wir wieder Freundinnen sein.

Als ich das Gefängnis betrat, zeigte ich dem Wärter meine Vollmachten. Dann führte er mich in den offenen Raum neben der Kapelle. Dort konnten sich die Gefangenen versammeln, sich mit Besuchern treffen und ein paar Minuten pro Woche mit ihnen sprechen. Gefängnisse waren auch unter der Bezeichnung »kalte Hölle« bekannt wegen der Schieferböden, die leichter zu reinigen waren, der trostlosen, kalten Steinwände und der schwarzen, eisernen Gitter vor jedem Fenster. Im Sommer glühten die Gitterstäbe wie Brandeisen. Die Fenster wurden nie geputzt. Es war unmöglich zu erkennen, welche Tageszeit gerade war, oder sich an schönen Tagen an den Sonnenstrahlen zu erfreuen. Das in den Zellen herrschende Halbdunkel der Verzweiflung nahm den Gefangenen die Luft zum Atmen.

»Ich will nicht da rein!«, jammerte eine Frau, als ich auf dem Weg durch den Gang war. Ihre Schreie und ihr Flehen stießen auf mitleidloses Schweigen. Dann fiel ihr Blick auf mich. »Helfen Sie mir, Miss, bitte!«

Was konnte ich schon tun? Ihr aufmunternd zulächeln? Das war wohl kaum angemessen. Ihr helfen? Es gab keine Möglichkeit, der Frau beizustehen. Ich nickte ihr zu und hoffte, dass sie meinen teilnahmsvollen Blick richtig deutete. Sie war jung, vielleicht erst achtzehn, und ihr Haar sah aus, als hätte man es mit einer stumpfen Schere abgeschnitten. Es hing ihr in ungleichmäßigen Strähnen bis zum Kinn. Sie war eine Schönheit, zerbrechlich wie eine eben erst erblühte Iris und genauso gefährdet, achtlos zertreten zu werden. Der Wärter verschloss die Ohren vor ihrem Flehen, stieß sie in ihre Zelle und schlug mit einem lauten Knall die Tür hinter ihr zu. Die Schreie der jungen Frau klangen jetzt gedämpft, aber sie hörten nicht auf.

Ich hielt den Kopf gesenkt und ging weiter durch die übel riechende, abgestandene Gefängnisluft. Ich hatte mich mit einer Gefangenen namens Jeanette angefreundet. Ihre Augen leuchteten, als sie sah, wie ich den Raum betrat. Ich versuchte, nicht mehr an das Elend der jungen Frau zu denken. Mit einem Lächeln auf den Lippen eilte ich zu Jeanette.

»Miss Sheffield«, begrüßte sie mich. »Ich bin so froh, Sie zu seh'n. Ich hab gedacht, vielleicht sind Sie zu beschäftigt, um uns zu besuchen.« Sie war dreißig, also fünf Jahre älter als ich. Auf eine gewisse Weise wirkte sie viel älter, aber das lag vielleicht an ihrem schweren Leben. Vielleicht lag es auch daran, dass sie keine Zähne mehr hatte.

»Nie bin ich zu beschäftigt für einen Besuch hier.« Einige andere Frauen, die mir das Komitee anvertraut hatte, kamen näher und wir sprachen über eine Predigt in der Kapelle. Die Botschaft, die sie erst vor Kurzem gehört hatten, hatte sie zu Tränen gerührt und ihnen auch neue Hoffnung geschenkt.

Jeannette streckte mir ihre Hände entgegen. Die Haut war rau und stark gerötet. Ihre Finger sahen aus wie von Nadeln durchstochen. An manchen Stellen sah ich Schnittwunden. Die Verletzungen kamen von den Fasern der Schiffstaue. Die Frauen mussten die fest zusammengerollten, alten und geteerten Taue auseinanderzupfen. Wie die Tochter des Müllers im Märchen Rumpelstilzchen verwandelten sie die gebrauchten Seile in etwas Wertvolles. Die losen Fasern wurden eingesammelt und wieder zu den Schiffen geschickt. Dort verwendete man sie zum Abdichten oder Ausbessern von Löchern. Jede Frau musste täglich ein bestimmtes Gewicht an Fasern herstellen. Wenn sie das Ziel nicht erreichte, wurde sie streng bestraft.

Ich wusste, dass Jeanette und andere junge Frauen oft so schnell wie möglich arbeiteten, um älteren Frauen, deren Hände vom Alter und von der Kälte steif geworden waren, zu helfen, ihr Tagessoll zu erfüllen.

»Es freut mich so sehr, Sie alle zu sehen«, sagte ich. Ich nahm mir vor, für die Frauen zu Weihnachten weiche Handschuhe zu kaufen, denn zum Fest durfte ich ihnen kleine Geschenke mitbringen.

Ich berichtete ihnen, was in der Welt draußen vor sich ging. Ich erwähnte auch die Köstlichkeiten, nach denen sie sich so sehr sehnten, und die Bücher, die ich gerade las. Dann rezitierte ich einen Psalm, um sie zu trösten. Ich sprach über interessante Artikel in den Damenmagazinen, von denen sie so gerne hörten, und dann ließ ich sie berichten, wie ihre Tage im Gefängnis verlaufen waren.

Sie erzählten mir von ihren Hoffnungen und Träumen über die Zeit nach ihrer Entlassung und von ihren Kindern, die sie gelegentlich besuchen durften. Dann versprachen sie mir, für mich zu beten.

Niemand sonst, noch nicht einmal Marguerite, gab mir ein solches Versprechen.

Als ich das Zuchthaus verließ, wollte ich nicht wieder an der langen Reihe der Kutschen von anderen Besucherinnen vorbeigehen. Deshalb bog ich in eine Seitenstraße ab, dann in die nächste und dann in eine dritte, um wieder zurück zur Durchgangsstraße zu gelangen.

Schon bald befand ich mich in einem mir unbekannten Wirrwarr aus schmalen Straßen und Gassen. Der Kohlenstaub und der Regen verdunkelten das Tageslicht und erschwerten mir die Sicht. Ich zog meinen Hut tief in die Stirn. Trotzdem hörte ich direkt hinter mir zwei tiefe Männerstimmen.

Ich ging schneller, als die beiden Männer näher kamen. Der

Saum meines Kleides schleifte im Schlamm. Der Gestank von Pferdeäpfeln und menschlichen Ausscheidungen wurde stärker. Mir wurde so übel, dass ich würgen musste.

»He, hallo, Madge. Ich bin hier drüben!« Ich hob den Kopf und sah, wie eine junge Frau im Alter von neunzehn oder zwanzig Jahren mir zuwinkte. »Komm schon. Pa wartet auf uns und er sucht uns vielleicht schon.« Sie warf einen Blick auf die Männer, die ich noch hinter mir vermutete. »Der ist bestimmt nich' froh über die zwei, die dich aufgehalten haben, stimmt's?«

Ich schüttelte stumm den Kopf, weil ich durch meine Aussprache meine gesellschaftliche Stellung nicht preisgeben wollte. Mein inzwischen schlammbespritztes Kleid diente mir als gute Tarnung.

Die jungen Männer verschwanden, als die Frau mit einer großen Schubkarre über die Straße auf mich zukam. Die Karre war gefüllt mit Säcken, die offenbar Wäsche enthielten.

»Ich danke Ihnen herzlich.« Ich streckte ihr meine Hand entgegen. »Ich bin Miss Eleanor Sheffield.«

Sie drückte mir die Hand. Ich sah, dass sie keine Handschuhe trug. »Ich bin Alice.«

»Miss … Alice, ich bin Ihnen zu Dank verpflichtet.«

»Sie sind nicht von hier«, erwiderte sie.

»Nein«, gab ich zu. »Ich habe die Frauen im Gefängnis besucht.«

Sie nickte zustimmend.

»Auf dem Heimweg habe ich mich verlaufen.«

»Sie finden allein hier nie wieder raus. Wenn ich das so sagen darf. Mir macht's nix aus, andere um Hilfe zu bitten. Kommen Sie mit. Ich zeig Ihnen den Weg.«

Wir setzten uns in Bewegung. »Das ist der Karren von meinem Vater. Vielleicht is' mir die Lüge deshalb so schnell über die Lippen gerutscht. Gott vergib mir.«

»Es ist nett von Ihrem Vater, Ihnen seinen Karren zu leihen.« Ich wusste nicht so recht, was ich sonst sagen sollte.

Sie schüttelte den Kopf. »Ach was, er ist tot, Miss Sheffield. Er hat in Covent Garden die Pflanzen hin und her gekarrt. Als er starb, hat er meine Mutter mit sechs Kindern und einem Karren zurückgelassen.«

»Es tut mir leid wegen Ihres Vaters.«

»Er hat sich totgesoffen – mit Gin.« Ihre Stimme klang sachlich, ehrlich und unerschrocken.

Ich blieb abrupt stehen und streckte die Hand aus, um mich an der Ziegelmauer abzustützen. »Gin!«

»Tut mir leid, wenn Sie das schockiert, Miss«, erklärte sie. »Das ist die reine Wahrheit. Jetzt machen wir Wäsche. Ich sammel sie ein und liefer sie mit dem Karren aus hier in der Gegend. Meine Schwestern arbeiten auch. Sie nähen oder bessern aus oder schneiden Wollstückchen zu Wollstaub. Wir könnten noch mehr Wäsche annehmen, aber die ganze Straße muss sich einen einzigen Waschkessel teilen.« Sie warf einen Blick auf meinen Kragen und mein Kleid. »Bei allem Respekt, Miss, aber Ihr Kragen ist grau und knittrig.« Sie sah mich noch einmal prüfend an. »Ich hab hier einen, den kann ich Ihnen verkaufen.« Sie suchte in einem ihrer Säcke herum und holte schließlich einen neuen, blendend weißen Kragen heraus. »Vier Pennys.«

Ich betrachtete ihr Kleid und ihren Kragen, die unter einem alten Mantel hervorblitzten. Obwohl sie arm war und der Stoff ihres Kleides verschlissen, war alles blitzsauber.

Ich fragte mich, ob sie vielleicht eine Komplizin der beiden jungen Männer war, die mich überfallen wollten. Würden sie zurückkommen, wenn ich ihr Angebot nicht annahm?

»Nein, danke«, entgegnete ich und wartete ab. Die junge Frau schob ihren Karren an und ich folgte ihr bis zur Durchgangsstraße. Sie war tatsächlich ehrlich. Mir wurden zwei Dinge bewusst. Wir brauchten viel mehr saubere Wäsche als nur einen sauberen Kragen, doch ich hatte kein Geld für eine Wäscherin. Aber unser Wasser floss wieder.

Ich dachte kurz nach, bevor ich der jungen Frau ein Angebot machte, für das ich insgeheim zwei Gründe hatte. Aber ich würde ihr nur einen Grund davon nennen. »Ich möchte Ihnen einen Vorschlag machen, Miss ...« Ich wartete ab, weil ich ihren Nachnamen erfahren wollte. Sollte sie ihn mir verschweigen, würde ich ihr meinen Haushalt nicht anvertrauen.

Sie errötete. »Cheater.«

Ich versuchte, teilnahmslos zu wirken. Der Name bedeutete »Betrüger«.

»Ja, deshalb bleib ich lieber bei Alice. Die Leute vertrauen einem nich', wenn sie so einen Namen hören.«

Ich musste lächeln. »Ich vertraue Ihnen. Wenn Sie mich übervorteilen wollten, hätten Sie das schon eher getan. Mein Haushalt braucht Unterstützung bei der Wäsche, wie Sie sehen können. Vielleicht könnten Sie an einem Tag in der Woche zu uns kommen und uns die Wäsche machen. Als Gegenleistung könnten Sie an einem zusätzlichen Tag unser Wasser, unseren Kessel, die Wringmaschine und das Bügeleisen für Ihre anderen Aufträge nutzen. Wollen wir das für einen Monat versuchen? Wenn dieses Arrangement für uns beide von Vorteil ist, könnten wir damit fortfahren.«

Ich zog eine Karte aus meinem Täschchen, zögerte aber, bevor ich sie ihr gab.

»Ich kann lesen«, sagte sie, als ob sie in diesem Augenblick meine Gedanken gelesen hätte. »Ich hab es in der Sonntagsschule gelernt.« Sie warf einen Blick auf die Adresse.

»Mrs Orchard, meine Haushälterin, wird Sie im Auge behalten«, warnte ich sie.

»Keine Sorge. Mein Name ist Cheater, aber ich bin keine Betrügerin.«

»Ich glaube Ihnen.« Sie versprach, am nächsten Tag bei uns vorbeizukommen. Ich wollte besonders gut aussehen, wenn ich nach Watchfield House fuhr, und der Tag unserer Abreise kam näher.

Kapitel 8

Watchfield House, Oxfordshire

Am zwölften Oktober kamen wir in Watchfield House an. Onkel Lewis hatte darauf bestanden, uns mit seinem großen Handkoffer zu begleiten, der seine Vergrößerungsgläser, Reinigungstücher und -lösungen sowie seine Notizbücher enthielt. Mr Clarkson und ich gaben seinem Drängen nach. Ich hoffte, dass es ihm vielleicht besser ginge, wenn er einen oder zwei Tage weit weg von London verbringen könnte. Mr Clarkson meinte, wir könnten seine Unterstützung beim Katalogisieren gebrauchen. Um Mr Clarksons Vertrauen zu unserer Firma nicht zu untergraben, verriet ich ihm nicht, wie schwer meinem Onkel seine Arbeit inzwischen fiel. Aber heute schien er wenigstens nicht die Augen zusammenzukneifen.

Als wir uns dem Haus näherten, erinnerte ich mich daran, warum ich diesen Landsitz schon immer geliebt hatte. Die Fassade bestand aus hellem goldgelbem Stein, die Eckpfeiler waren ein bisschen dunkler. Vielleicht war die Farbe am besten vergleichbar mit goldbraunen Butterkeksen. Der helle und etwas dunklere Sandstein fügten sich harmonisch zusammen. An jeder der vier Ecken befand sich ein hoher Kamin und auf dem Dach gab es mehrere kleinere Schornsteine. Die Fenster waren hoch und bogenförmig gewölbt wie die Augenbrauen von Aristokraten. Auf dem Grundstück herrschte herbstliche Stille bis auf die heruntergefallenen Kastanien und Eicheln und das Rascheln des Herbstlaubes, das der Wind hin und her bewegte. Seit dem Tod von Harrys Mutter wirkte das Haus wie eine schöne Frau, die wusste, dass sie nicht mehr geliebt wurde. Sie war zwar noch immer gepflegt, wurde aber nicht mehr wertgeschätzt, und sie war die meiste Zeit einsam und allein.

Als ich wegen der Beerdigung nach Watchfield zurückgekehrt war, schien das Haus in der Zeit, in der es unbewohnt war, den Atem angehalten zu haben. Jetzt, da es wieder von Menschen bevölkert war, könnte es ausatmen und wieder belebt werden. Es sei denn, ich würde die Gemälde von seinen Wänden abnehmen, die Waffensammlungen aus seinen Ecken, die Manuskripte aus seinen Regalen und das Porzellan aus seinen Behältern entfernen, die Tische und Stühle wegräumen lassen, die Kunstgegenstände aus den Vitrinen nehmen. Dann wäre das Haus nackt und bloß. Ohne die Kunstsammlung würde es seinen Charakter verlieren.

Ein neuer Butler, den ich nicht kannte, führte uns in den grünen Salon. Mir fiel sofort auf, dass die Kaminuhr fehlte.

Nach nur wenigen Minuten kam Harry die Treppe herunter, um uns zu begrüßen. Zu meinem Onkel war er freundlich und fürsorglich. »Bestimmt haben Sie schon meinen neuen Butler Anderson kennengelernt. Ich habe Mrs Baker gebeten, für Sie ein Zimmer im Erdgeschoss vorzubereiten. Dann müssen Sie nicht so viele Treppen laufen.«

Harry und Mr Clarkson nickten sich zu.

Unter den wachsamen Blicken meiner beiden Reisegefährten kam Harry auf mich zu. »Eleanor, hier sind endlich deine Schlüssel.« Seine Stimme klang warm und herzlich und seine Lippen verzogen sich zu einem Lächeln.

Mr Clarkson zuckte zusammen. Lag das daran, dass Harry mich mit meinem Vornamen anredete, eine Vertraulichkeit, die ich Clarkson verweigert hatte?

»Die Chatelaine.« Harry reichte mir einen großen goldenen Anhänger, an dem mehrere Schlüssel befestigt waren.

Ich versuchte, äußerlich ruhig zu bleiben. War das eine symbolische Geste oder nicht? An der Chatelaine hingen Schlüssel zu jedem Raum im Haus, von jedem Schreibtisch, jeder Speise- und Vorratskammer und jedem Schmuckkasten. In vielen Haushalten hing auch der Tresorschlüssel daran. Die Ehefrau, nicht der Mann, hatte die Schlüsselgewalt inne. Deshalb übernahm die Trägerin der Chatelaine automatisch die Rolle der Hausherrin.

»Hier, Ellie.« Harry hielt mir die Chatelaine hin. »Mach schnell, bevor Mutter zurückkommt. Hole alles, was wir für das Picknick brauchen.«

»Sie wird mich erwischen!«, protestierte ich, aber nicht entschlossen genug. »Oder Mrs Baker!«

»Ich werde sie ablenken«, versprach er mir.

Auf Zehenspitzen schlich ich mich nach unten und schloss die Speisekammer auf. Dann nahm ich mir einen Weidenkorb mit Deckel und verstaute darin etwas Käse, einen Laib Brot, ein wenig kaltes Fleisch und eine Birne. Harry mochte Birnen sehr gerne. Dann stieg ich die Treppenstufen vor dem Lieferanteneingang hinauf und stellte den Korb dorthin, damit wir ihn uns später für unser geheimes Picknick im Wald an der Grenze des Grundbesitzes holen konnten. Dann ging ich zurück ins Haus.

Ich reichte Harry die Schlüssel. Er zögerte kurz, bevor er sie nahm. Ich wusste, was er gerade dachte. Vielleicht würde die Chatelaine eines Tages mir gehören. Wir sahen uns direkt in die Augen, unsere Nasen berührten sich beinahe. Unsere Lippen hatten sich nie zu einem Kuss zusammengefunden … noch nicht.

Vielleicht sollte es beim Picknick dazu kommen.

Ich riss die Augen auf und kehrte in die Gegenwart zurück. Dann sah ich Harry an und er erwiderte meinen Blick mit einem Lächeln. Er wusste genau, woran ich gedacht hatte.

»Danke, Lord Lydney. Ich werde Sie wissen lassen, ob wir noch etwas benötigen, aber im Moment wartet viel Arbeit auf uns.«

Mr Clarkson wirkte sofort entspannter, als er hörte, wie kühl und distanziert meine Stimme klang. Dann machten wir uns an die Arbeit.

Zuerst teilten wir die einzelnen Bereiche des Hauses auf. Wir wollten jedes Stück in jedem zugewiesenen Raum erfassen, es in die Inventarliste eintragen und später, wenn wir wieder in London waren, den aktuellen Bestand mit den Einträgen vergleichen, die Mr Clarkson und Harrys Vater in ihren letzten Listen gemacht hatten.

Ich nahm mir den großen Empfangssalon vor und zuerst erlag ich der Versuchung, keinen Vermerk über die fehlende Uhr zu machen. Aber warum wollte ich das tun? Weil ich Harry verdächtigte. Das war der einzige Grund. *Das geht so nicht. Ich muss gewissenhaft arbeiten, denn schließlich will ich bei der Vergabe der Sammlung ehrlich und unparteiisch sein.* Ich notierte das Fehlen der Uhr. Nachdem ich jeden Gegenstand geprüft und aufgezeichnet hatte, ging ich ins Speisezimmer. An beiden Enden der Anrichte standen wahre Schönheiten. Ich hob ein Salznäpfchen aus getriebenem Silber und den passenden Deckel hoch und bewunderte es aufs Neue. Das Salz wurde in der kleinen Vertiefung unter dem Deckel aufbewahrt. Wahrscheinlich stammte das Gefäß aus der Zeit von Königin Elizabeth I., als Salz noch eine Kostbarkeit gewesen war. Aus diesem Grund wurde das Salznäpfchen vor die ranghöchste Person am Tisch gestellt und von ihr zuerst benutzt, bevor es weitergereicht wurde.

Ich stellte es wieder an seinen Platz und ging ins Herrenzimmer, den Raum, in den sich die Herren nach den Mahlzeiten zurückzogen. Obwohl es an der mit Eichenholz getäfelten Wand viele Schätze zu bewundern gab, blieb ich bei einem Weinkühler aus Majolika-Keramik stehen. Das Kunstwerk stammte wohl aus der zweiten Hälfte des 16. Jahrhunderts. Es war das Gegenstück zu der ebenfalls aus Majolika gefertigten Pilgerflasche, die mein Vater so sehr geschätzt hatte. Ich schloss die Augen. *Papa*, dachte ich. Er hatte das hochwertigere Stück natürlich für Lord Lydney erworben. Daraufhin hatte Lord Lydney ihm die Flasche geschenkt. Es war ein seltenes, teures Kunstwerk mit Geschichte und Papa hatte es wie einen kostbaren Schatz gehütet.

Ein paar Stunden später traf ich mich mit Mr Clarkson in der Bibliothek. »Könnten Sie bitte die Tür zu dem kleinen Zimmer am Ende des Flurs im dritten Stockwerk aufschließen?«, fragte er mich.

Ich warf ihm einen Blick zu. Ich hatte doch alle Türen in den oberen Stockwerken geöffnet. Zumindest dachte ich das. Ich folgte ihm nach oben, aber über die Hintertreppe, die bei jeder Biegung enger wurde. Ich war mir nicht sicher, ob ich jemals in dieser Ecke des Hauses gewesen war. Wenn ich richtig orientiert war, lag das Zimmer genau über den Schlafräumen von Harrys Vater, war aber nur über die Dienstbotentreppe zugänglich.

Ich probierte jeden Schlüssel an der Chatelaine, aber keiner von ihnen passte.

»Ich weiß nicht, warum der Schlüssel fehlt. Aber ich werde ihn finden. Es war gut, dass Sie hier noch einmal nachgesehen haben.«

»Letztes Jahr stand die Tür offen«, erwiderte er. »Und das Zimmer war leer.«

Gemeinsam gingen wir weiter. »Ich wäre Ihnen dankbar, wenn Sie sich im Arbeitszimmer zu mir gesellen könnten, nachdem ich die Arbeit bei den Statuen beendet habe. Es gibt ein paar Unregelmäßigkeiten bei den römischen Münzen.«

Ich sagte ihm zu. Als wir in der Eingangshalle auf meinen Onkel trafen, erzählten wir ihm, wonach ich suchte.

»Ich kenne den Mann im Torhaus«, sagte er. »Ich werde ihn um den Schlüssel bitten, denn er hat bestimmt einen vollständigen Satz.«

»Ich helfe ihm.« Mr Clarkson war sofort an seiner Seite. »Schwankender Gang«, flüsterte er mir zu, als er seine Tasche aufnahm. Widerwillig stimmte ich ihm zu.

Clarkson nahm den Arm meines Onkels, aber er schüttelte ihn unwillig ab und rief: »Ich bin doch kein kleines Kind!« Mr Clarkson folgte ihm mit einigem Abstand, so wie er es an dem Tag getan haben musste, als mein Onkel überfallen wurde.

Ich ging ins Arbeitszimmer und war froh darüber, dass ich mir die Münzen kurz ansehen konnte, bevor Mr Clarkson zurückkommen würde. Ich wollte mich auf unser Gespräch vorbereiten. Die Zeit verging und Mr Clarkson war noch nicht zurück. Ich machte mich auf die Suche nach ihm. Er kam gerade aus dem Zimmer mit dem Porzellan.

»Wo sind die Schlüssel?«, fragte ich ihn. »Ich habe über eine Stunde gewartet.«

»Wir sind nicht beim Torhaus angekommen. Wir haben uns kurz hingesetzt, damit Ihr Onkel wieder durchatmen konnte, aber er ist eingeschlafen. Ich bin eine Weile bei ihm geblieben, damit er nicht allein auf dem Grundstück umherirren musste. Dann habe ich ihn auf sein Zimmer begleitet und danach habe ich meine Arbeit an den Statuen beendet. Ich wollte eben zu Ihnen zurückkehren.«

»Dann werde ich den Pförtner selbst um den Schlüssel bitten. Schließlich hat man mich zur Treuhänderin ernannt. Aber nun zu den römischen Münzen: Ich habe sie geprüft und ich teile Ihre Besorgnis.«

Er nickte zustimmend. »Als ich das letzte Mal hier war, habe ich festgestellt, dass einige von den Münzen Fälschungen sein könnten. Sie erinnern sich bestimmt noch an die Geschichte von den beiden Männern, die gefälschte römische Münzen angefertigt haben.«

Ich sah ihn erstaunt an. »Sie haben mir damals, vor Monaten, nichts davon gesagt.«

Er erwiderte meinen Blick. »Ihr Vater hatte in den Kauf eingewilligt …«

Ich spürte Hitze in meinem Gesicht und er lächelte verständnisvoll.

»Ich wollte ihn nicht kompromittieren …«, erwiderte er leise, »… wenn er betrogen worden wäre, als er … krank war.«

»Ich danke Ihnen. Wir sollten aber jetzt entsprechende Vermerke machen.«

Wir kehrten in den Raum zurück, in dem die Münzen aufbewahrt wurden, und ergänzten unsere Aufzeichnungen. »Es scheinen auch mehr von ihnen zu fehlen«, bemerkte Mr Clarkson. »Münzen, die, wie ich annehme, echt sind und vor ein paar Monaten noch vorhanden waren.«

Mir wurde schwer ums Herz. Hatte Harry am Ende doch Gegenstände verkauft? Hatte sein Vater recht mit seinem Vorwurf gegenüber Sir Matthew?

Wir arbeiteten Seite an Seite, machten Aufzeichnungen über einzelne Stücke und tauschten unsere Meinungen darüber aus. Es war angenehm, das konnte ich nicht leugnen. Clarkson hatte die gleichen Interessen wie ich, das gleiche Wissen und teilte meine Begeisterung. Mehr noch, er war wegen der Sache mit meinem Vater sehr diskret gewesen. Ich dachte daran, wie glücklich Lady Charlotte und ihr Mann waren, wie sie auf der Suche nach Schätzen den Kontinent durchquerten. Aber bei ihnen war es eine Liebesheirat gewesen. Musste man immer aus Liebe heiraten?

Nachdem wir unsere Arbeit an den Münzen beendet hatten, ging ich wieder in den rosa Salon, das Lieblingszimmer von Harrys Mutter.

Es gab drei Menschen, denen Harrys Vater seine Zuneigung gezeigt hatte: seiner Frau Edith, Lady Lydney, seinem ältesten Sohn Arthur und meinem Vater William Sheffield gegenüber, den er in Oxford kennengelernt hatte. Die beiden Männer waren wie Blutsbrüder gewesen, so wie Stefano und Harry.

Ich blieb bei dem Anhänger stehen, der einen Pelikan darstellte, der seine Jungen mit seinem eigenen Blut fütterte – ein Sinnbild für Christus, der sich für die Menschen opfert, ein Symbol aufopfernder Liebe. Er war das besondere Lieblingsstück von Lady Lydney gewesen. Der Pelikan sah aus, als ob er einen feinen Riss hätte. Deshalb wickelte ich ihn in ein Tuch und steckte ihn in mein Täschchen. Vielleicht konnte ich den Anhänger in London reparieren.

Die anderen Figuren und Gegenstände waren wohl unbeschädigt. Doch … ich war mir zwar nicht ganz sicher, aber als ich die seltenen Porzellanstatuen zählte, schienen ein paar zu fehlen. Bei tausend oder mehr Stücken in der Sammlung war es unmöglich, auf einen Blick Gewissheit zu haben, sogar für jemanden, der die Gegenstände so gut kannte wie ich. Nachdem ich mir ein paar Notizen gemacht hatte, ging ich zum Torhaus und suchte nach dem Pförtner. Dieses Torhaus war eines von vier im Norden, Süden, Osten und Westen gelegenen Eingängen zum Anwesen. Es war das einzige, das noch bewohnt war. Wir waren vor Stunden an ihm vorbeigefahren.

»Wie kann ich helfen?«, fragte der Pförtner. Seine Stimme klang kalt und abwehrend. Er sah aus, als hätte er getrunken, ein Mittagsschläfchen gehalten oder beides.

»Ich suche nach den Schlüsseln zum Raum am Ende des Flurs im dritten Stockwerk«, antwortete ich. »Lord Lydney hat mich darum gebeten, ein vollständiges Inventar aufzunehmen, und dafür benötige ich den Schlüssel.«

Er verschränkte die Arme vor der Brust und wich meinem Blick aus.

»Ich weiß nicht, wo sich der Schlüssel befindet.«

Ich glaubte ihm nicht.

»Sind Sie sich sicher?«

Er reagierte mit einem anmaßenden Kopfnicken. »Nur Lord Lydney hat den Schlüssel. Und sein Kammerdiener.«

»Welcher Lord Lydney?«, fragte ich. »Der kürzlich verstorbene oder der jetzige?«

Der Pförtner schwieg.

»Dann werde ich jetzt sofort eine Bestandsaufnahme des Torhauses durchführen.«

Er hob die Hand, als wolle er dagegen protestieren. »Schon wieder? Ihr Gehilfe hat das doch erst gemacht.«

»Bestandsaufnahmen werden regelmäßig durchgeführt. Mr Clarkson nimmt diesmal das Inventar im Haus auf und ich werde mir erneut ansehen, was in den Lagerräumen ist.«

Seinen Wohnraum sah ich mir nicht an, aber ich ging in den großen Raum, in dem Pakete angeliefert und aufbewahrt wurden, bis seine Lordschaft oder sein Diener danach verlangten.

Dort standen natürlich die neu gelieferten Kisten aus Österreich, viele von ihnen. Ich hob bei einigen die bereits geöffneten Deckel hoch. Sie enthielten die Sachen von Harrys Vater, nichts aus der Sammlung, soweit ich feststellen konnte. An der Seitenwand des Raums standen zwei Holzkisten, die einen Stempelaufdruck aus Venedig trugen. Ich hob die unversiegelten Deckel hoch, einen nach dem anderen, und wühlte mich durch die Schutzschicht aus Heu und Baumwolle, bis ich auf das schönste mundgeblasene Glas stieß, das ich jemals gesehen hatte.

Die Schätze aus Venedig.

Pokale mit einem Wellenmuster in schillerndem Blau und Grün, den Meeresfarben, die so gut zu Venedig passten, mit großer Kunstfertigkeit zart geätzt und mit weiten Öffnungen für die reichen Aromen von italienischem Wein oder für Wasser.

Ein Kronleuchter, der funkelte und glitzerte, obwohl es im Lagerraum ziemlich dunkel war.

Gedrehte Füllhörner, reinstes Glas mit schimmernden Goldfäden, so fein gearbeitet wie eine kostbare Stickerei.

Ein mundgeblasener, gläserner Wasserkrug, der für ein Trinkgefäß fast zu zart wirkte.

Eine gelbe Parfümflasche mit einem Spiralmuster, das so fein war wie Nebel, der vom Sonnenaufgang verweht wurde. Mein Herz schlug schneller, als ich an meine Mutter dachte. *Mama.*

Venezianische Fiorato-Perlen aus Murano, aus schwarzem Glas gerollt, aber über und über mit Blumen und goldenen Verzierungen besetzt für den schönsten Tag im Leben einer Frau. Welche Braut hatte diese Perlen wohl getragen?

Ich notierte Stück für Stück. Schließlich befanden sich die Gegenstände auf dem Anwesen von Lord Lydney, obwohl ich wusste, dass dieser Schatz den Vieros gehörte. Ich hatte es Lady Charlotte nicht erzählt, aber mein stärkstes Interesse galt dem Glas. Es war zerbrechlich und stark zugleich, fließend und fest, milchig und klar, strahlend und still, so vielschichtig wie die besten unter uns Menschen. Ich liebte Glas.

Ich legte meine Hand an meinen noch immer ungeschmückten Hals. Deshalb hatte Harry für mich die Halskette mit dem Senfkorn ausgesucht. Er wusste, wie vernarrt ich in Glas war.

Ich kam zu der letzten, eher kleinen Holzkiste, die mit einem Streifen in blauer Farbe markiert war, aber ohne Beschriftung oder Bezeichnung anderer Art. Bis auf das Stroh zum Verpacken war sie leer. Als ich das Torhaus verließ, ging ich auf dem Rasen auf und ab, um meine Gedanken zu sammeln. Mir fiel auf, dass die Tür des Sommerhauses nur leicht angelehnt war.

Ich drückte die Tür auf und bemerkte eine Gestalt auf einer der Steinbänke. »Harry?«, rief ich leise.

Ich ging weiter und sah plötzlich, dass es nicht Harry war, sondern die junge Venezianerin, die im dämmrigen Licht der Nachmittagssonne ein Buch las.

Sie drehte sich langsam um und sah mich an. Ihre Augen waren genauso dunkel wie ihr Haar. Lächelnd stand sie auf. Obwohl ich es mir ungern eingestand, sah ich, dass sie eine Schönheit war.

»Signorina Francesca Viero. Und Sie müssen Miss Eleanor Sheffield sein.«

»Das bin ich. Bitte entschuldigen Sie die Störung.«

»Es ist keine Störung. Setzen Sie sich doch, *per piasser.*«

»Das würde ich sehr gerne tun. Aber ich habe heute viel Arbeit beim Katalogisieren.«

Mit einem Lächeln blickte sie sich in dem leeren Raum um, als ob sie mich fragen wollte: *»Was machen Sie dann hier? Es gibt hier doch nichts zu katalogisieren.«* »Ich verstehe. Harry – Lord Lydney, *me scusa* – hat erwähnt, dass sie heute nach Watchfield kommen. Ich komme sehr gern zu diesem geheimen Sommerhaus – oft flüchte ich mich hierher. Haben Sie das venezianische Glas katalogisiert? Die Sachen, die mir gehören?« Ihre melodische Stimme klang jetzt ein wenig schärfer.

»Ja, das habe ich«, erwiderte ich. »Die Stücke sind wunderschön. Ihre Familie hat einen unvergleichlichen Schatz mit höchster Handwerkskunst. Da sich die Gegenstände auf dem Anwesen befinden, muss ich sie in meine Liste aufnehmen.«

Sie bewegte sich langsam und einen Augenblick lang wirkte

sie, als fühle sie sich unbehaglich. »Meinen Sie, sie alle stammen aus Venedig?«

War sie besorgt, dass ihre Familienschätze sich vielleicht als Fälschungen erweisen würden?

»Ja. Sie alle stammen aus Venedig. Natürlich. Oder haben Sie Bedenken?«

Ich sah Erleichterung auf ihren Gesichtszügen. »Nein, nein. Ich bin sehr stolz auf meine Familie und auf das, was wir tun, was wir immer getan haben und hoffentlich immer tun werden.«

Ich nickte zustimmend. *Ich arbeite genauso unerschütterlich für meine Familientradition, wie Sie es tun.* »Ich hoffe, Sie genießen Ihren Besuch hier in England und nehmen nur gute Erinnerungen mit nach Hause. Wie lange werden Sie uns noch beehren?«

Sie bewegte ihren Fächer. »Wir haben heute ein Telegramm erhalten. Darin steht, dass der Kaiser von Österreich Venedig abgetreten hat. Wir können uns jetzt Italia anschließen.«

Gut. Dann würde sie nicht allzu lange bleiben.

Neid steht dir nicht gut zu Gesicht, Eleanor. Mein Herz und der Ton meiner Stimme wurden sanfter. Sie war gerade erst vor einem Krieg geflohen. »Ich habe Ihren Bruder kennengelernt. Er ist ein sehr liebenswürdiger Mensch. Wenn ich irgendetwas für Sie tun kann, um Ihre Zeit hier angenehmer zu machen, lassen Sie es mich bitte wissen.«

Auch sie gab nach. »Ich hoffe aufrichtig, dass es meinem Bruder gut geht. Wir haben noch nichts von ihm gehört. Ich fühle mich hier sehr wohl, Lord Lydney sorgt für mein Wohlergehen. Bestimmt ist Ihnen bewusst …« Wieder benutzte sie ihren Fächer. »Er ist ein Held. Sie haben die Schätze gesehen. Sie kennen ihren Wert. Manche von ihnen sind fünfhundert Jahre alt. Ohne die Hilfe seiner Lordschaft wären sie geplündert und zerstört worden. Wir haben entsprechende Drohungen erhalten. Meine Mutter und ich wären schutzlos gewesen, mein Bruder hätte nicht kämpfen können. Harry hat sein Leben für uns riskiert, Miss Sheffield.«

Ihre Gedanken und Einschätzungen bestätigten mich weiter in meiner Erkenntnis, dass Harry so ehrenhaft war, wie er sich anderen und mir gegenüber gab, und nicht so doppelzüngig, wie sein Vater behauptete. Wenn ich der Erzählung der Venezianerin Glauben schenken sollte, hatte Harry wegen seiner Loyalität und Zuneigung zu ihrem Bruder die Schätze aus Venedig weggebracht, denn ihr Bruder schätzte diese antiken Stücke sehr. Obwohl ich mich über ihren Bericht von Harrys Heldenmut freute, spürte ich wieder den unwillkommenen Stachel des Neides in meinem Herzen.

Sie nannte ihn *Harry*.

Ich wollte dennoch aufrichtig bleiben. Deshalb sagte ich zu ihr: »Ich bin froh, das zu hören. Aber jetzt muss ich meine Arbeit beenden. Würden Sie mich bitte entschuldigen?«

Wir verabschiedeten uns höflich und dann verließ ich das Sommerhaus. Ich beschloss, meine Gefühle zurückzustellen und meinen Auftrag zu erfüllen. Die Schlüssel zum Zimmer im dritten Stock wollte ich mir von Harry holen. Ich wusste, wo ich ihn finden würde, und zwar nicht im Haus.

Die Stallungen waren nur fünf Gehminuten entfernt und er war dort. Der Boden der Turnierhalle war mit einer Schicht frisch geharktem Sand bedeckt, damit die Hufe der Pferde besser geschützt waren. Die Fenster waren hoch oben angebracht, um die Pferde nicht abzulenken. Die Pflege von Harrys Schätzen war wirklich sehr aufwendig.

Die Pferde waren auch die Schätze seiner Mutter gewesen und er pflegte sie auch um ihretwillen. *Er ist nicht egoistisch*, dachte ich.

Ich entdeckte ihn, bevor er mich bemerkte. Er ritt seinen großen weißen Hengst Abalone, den er liebte.

»Ellie!« Er kam mit dem Pferd neben mir zum Stehen. »Ich wollte gerade ausreiten. Wie läuft es mit der Bestandsaufnahme?«

»Sie läuft«, antwortete ich freundlich, aber zurückhaltend. »Ich möchte dir eine Frage stellen.«

Abalone tänzelte ungeduldig und Harry zügelte ihn, aber mit Mühe. »Komm, wir reiten zusammen aus und du kannst mich fragen, was immer du willst. Ich kann das Pferd nicht länger halten.«

»Ich kann leider nicht. Die Arbeit. Mr Clarkson.«

»Mr Clarkson scheint sehr tüchtig zu sein. Und die letzte Bestandsaufnahme hat er ganz alleine durchgeführt.« Seine Stimme klang ungewöhnlich kühl. War er etwa eifersüchtig? Hatte er gesehen, wie gut Mr Clarkson und ich zusammenarbeiteten? Oder machte er sich Sorgen über die letzte Bestandsaufnahme?

Harrys lange Beine steckten in braunen Stiefeln, die Hosenbeine wurden von den hohen Schäften geschützt. Er trug eines seiner weißen Hemden mit hohem Kragen.

Als ich ihn so sah, wurde meine Entschlossenheit schwächer und mein Verlangen nach seiner Gesellschaft stärker. Mr Clarkson würde für kurze Zeit auch gut allein zurechtkommen. »Ich habe kein Reitkleid dabei.«

Harrys Lippen verzogen sich zu einem breiten Lächeln. »Wickle deine Röcke um die Beine, damit die Pferde vom flatternden Stoff nicht scheu werden.«

Ich beobachtete, wie die Stute, die früher mein Lieblingspferd gewesen war, von einem Stallknecht über den Platz geführt wurde. Sie begrüßte mich mit einem freudigen Wiehern. Sie hatte mir auch gefehlt und wir beide hatten uns einen Ausritt verdient.

»Na gut«, stimmte ich zu. Meine Frage musste schließlich beantwortet werden und auch das war ein Teil meiner Arbeit.

Also ritten wir über das Feld und in den Wald und wir beide trieben die Pferde auf dem Weg zu immer schnellerem Tempo an. Mein Vater hatte dafür gesorgt, dass ich reiten lernte, wie es sich für eine Frau in einer höheren gesellschaftlichen Stellung als der unseren gehörte. Harry hatte sichergestellt, dass ich genug wusste, um mit ihm mithalten zu können, und wenn ich ehrlich war, dann musste ich mir eingestehen: Ich konnte mit Pferden umgehen. Sie glichen mir sogar ein wenig, denn sie waren launisch wie ich und hielten immer Nase und Ohren in den Wind, um Ärger zu vermeiden. Wir verstanden uns.

Harry war weit vor mir und so verringerte ich absichtlich das Tempo. Er wendete, um zu sehen, ob alles in Ordnung war. Sobald er mich erreichte, drückte ich die Fersen in die Flanke meiner Stute und drängte sie Richtung Stall. Harry holte mich rechtzeitig ein, aber es war knapp.

»Sieg!«, rief ich laut. Aus meinem strengen Haarknoten lösten sich ein paar dichte Strähnen.

»Das war eine klare Irreführung, Miss Sheffield«, sagte er, als wir von unseren Pferden abstiegen. »Schummeln, um zu gewinnen?«

Ich musste schmunzeln. »In der Liebe und im Krieg ist alles erlaubt.«

Er zog einen Handschuh aus, dann streckte er den Arm aus, nahm eine Strähne meines Haars in die Hand, fuhr darüber und steckte sie wieder in den aufgelösten Knoten. Ich spürte die Berührung bis auf meine Kopfhaut, die förmlich prickelte vor Behagen. Diese vertrauliche Geste nahm mir fast den Atem, denn sie war mir willkommen und unwillkommen zugleich. Täuschte er mir Zuneigung vor, um sich mein Vertrauen und damit seine Schätze zu erschleichen? Oder würde er sich als aufrichtig erweisen?

»Ist das hier Liebe oder Krieg?«, fragte er. Seine Gesichtszüge, die normalerweise so stark und alles beherrschend waren, verrieten jetzt ehrliche Verwirrung und eine gewisse Verletzlichkeit, vermischt mit Hoffnung. Ich hatte diesen Ausdruck schon vorher gesehen, aber nur dann, wenn wir zusammen waren. Er vertraute mir.

Ich erwiderte nichts.

Langsam gingen wir zum Haus zurück. »Ich bin ursprünglich gekommen, um dich zu fragen, ob du den Schlüssel zum Zimmer im dritten Stock hast, über den Räumen deines Vaters und nur über die Dienstbotentreppe zu erreichen?«

Harry blieb stehen und sah mich lange an, bevor er antwortete. »Ich habe dir den kompletten Schlüsselbund gegeben.«

Seine heftige Reaktion war beunruhigend. Wollte er mir ausweichen?

»Es scheint einer zu fehlen.«

Er lächelte und nahm meine Hand. »Ich werde nachfragen und dir den Schlüssel unverzüglich nachliefern.«

Würde er das tatsächlich tun? Ich musste plötzlich an Signorina Vieros schmeichelhaften Bericht denken. »Erzähle mir von deiner Zeit in Venedig.« Ich wurde mit einem Lächeln belohnt, das sein ganzes Gesicht zum Leuchten brachte.

»Bist du dir sicher?«, fragte er. »Ich dachte, vielleicht wolltest du gar nicht wissen …«

»Doch, ich will es wissen«, entgegnete ich leise.

Er berichtete, wie er von einem Ort zum anderen geritten war, wie er die diplomatische Immunität seines Vaters und seine Fähigkeit, viele Stunden im Sattel zu verbringen, genutzt hatte, um Dokumente zu überbringen, die schließlich dazu führten, dass Österreich sich einverstanden erklärte, Venedig an Napoleon zu übertragen, und dieser es dann an Italien abtreten würde.

»Ich hatte mich natürlich bereit erklärt, Vieros Schätze auf der Rückreise nach England mitzunehmen. Wir sind bloß länger als erwartet in Österreich geblieben. Mein Vater hat darauf bestanden«, erklärte er noch einmal.

Ich dachte an den Brief seines Vaters, in dem das genaue Gegenteil stand: *»Trotz meiner flehentlichen Bitten weigerte er sich wiederholt, nach England zurückzukehren.«*

»Hast du gewusst, dass im Torhaus noch nicht ausgepackte Kisten mit Kleidungsstücken und anderen persönlichen Besitztümern deines Vaters stehen?«, fragte ich.

Er nickte. »Ich muss jemanden beauftragen, seine Sachen durchzugehen und alles, was keinen Erinnerungswert hat, wegzuwerfen. Obwohl Vaters Diener jahrelang mit neuen Stücken aus seiner Sammlung zurück nach England gereist ist, kam er nach Vaters Tod nicht mehr zurück. Natürlich hatte Vater von seinem Diener erwartet, dass er sich um seine Besitztümer kümmert, sobald er zurück in England ist.«

Vor Erstaunen machte ich den Mund auf und schloss ihn wieder. Der Diener von Harrys Vater war ihm treu ergeben – daran gab es keinen Zweifel.

»Vater hat ihm in seinem Testament nichts hinterlassen und er hat es ihm kurz vor seinem Tod mitgeteilt. Sein Diener blieb in Österreich zusammen mit seiner österreichischen Gattin.«

»Das … das war sehr undankbar von deinem Vater, nach so vielen Jahren des treuen Dienstes«, sagte ich.

Harry nickte zustimmend. »Ja. Nun gut. Ich plane, das noch verbliebene Dienstpersonal nach dem Neujahrsfest auszutauschen, sobald ich Zeit habe, mir gut zu überlegen, wie die Zukunft aussehen soll. Den Butler habe ich bereits entlassen und ihn durch einen Mann ersetzt, der mir treu ergeben ist. Bis nach Neujahr halte ich mir die anderen vom Leib.«

»Das ist klug«, stimmte ich ihm zu. Dann wechselte ich das Thema, um über etwas Angenehmeres zu sprechen. »Ich werde den Porzellan-Pelikan deiner Mutter reparieren«, erwähnte ich. »Ich weiß, dass er ein Lieblingsstück von ihr war. Soll ich dir die Geschichte erzählen?« Wir umrundeten den Rasen und gingen zusammen das letzte Stück Weg zum Haus.

»Ich erinnere mich, dass sie den Pelikan besonders gernhatte. Ich freue mich auf die Geschichte und den Klang deiner Stimme, wenn du sie mir erzählst.«

Ich musste lächeln, bevor ich begann. »In der antiken Fabel über diesen edlen Vogel geht es um die aufopfernde Liebe des Pelikans. Er hat unter seinem Schnabel einen Kehlsack, aus dem er Fische holt, um seine Jungen zu füttern. Wenn es in schweren Zeiten keine Fische gibt, öffnet sich der Pelikan mit dem Schnabel die Brust und ernährt seine Jungen mit seinem eigenen Blut.«

»Diese aufopfernde Liebe den Kindern gegenüber, das kenne ich nicht von meinem Vater. Mama dagegen …«

»Sie war eine gute Mutter«, stimmte ich ihm zu. »Und sie wusste, dass du ein vortrefflicher Sohn warst.« Am Ende, nachdem sie Arthur verloren hatte und wusste, dass sie selbst sterben würde, nahm sie dem Baron das Versprechen ab, ihre Pferde nicht zu verkaufen, sondern sie Harry zu geben.

»Danke, dass du ihren Pelikan reparierst.« Er sah weg, wie er es oft tat, wenn er versuchte, wieder Herr seiner Gefühle zu werden.

»Ich kümmere mich gut um das, wofür man mir die Verantwortung übertragen hat«, erwiderte ich.

Als wir das Haus erreichten, sah ich, dass Onkel Lewis, Mr Clarkson und der Butler vor der Eingangshalle saßen. Onkel Lewis klammerte sich an seinen Handkoffer wie ein Kind, das im Zug saß, um zur Schule zu fahren.

»Was ist denn los?«, fragte ich.

»Es geht ihm nicht gut«, antwortete Mr Clarkson leise. »Er sagt, er will nicht zum Abendessen bleiben, weil keine Fleischpasteten mehr übrig sind. Die Dienstboten hätten sie ihm gestohlen und deshalb muss er in aller Eile nach London zurückkehren.«

Ich wollte vermeiden, dass Onkel eine Szene machte. Deshalb drehte ich mich zu Harry um. »Darf ich zu einem anderen Zeitpunkt zurückkommen und die Bestandsaufnahme abschließen?«

»Natürlich. Ich hoffe, alles ist gut.«

»Das hoffe ich auch«, erwiderte ich.

»Mach dir keine Sorgen.« Er sah mich an und die neu entstandenen Fältchen um seine Augen vertieften sich, als er lächelte und wiedergab, was ich gerade zu ihm gesagt hatte. »Ich kümmere mich gut um das, was mir gehört.«

Meinte er damit die Sammlung? Die Pferde? Oder etwa mich? Ich hatte keine Zeit nachzufragen, denn die Kutsche, die uns zum Bahnhof bringen sollte, stand bereit. Als wir durch die Auffahrt fuhren, sah ich, wie sich Harry vom Haus abwandte und sich auf den Weg zu den Stallungen machte.

Oder zum Sommerhaus, in dem Francesca auf ihn wartete.

Auf dem Rückweg nach London umklammerte ich die Schlüssel, die ich vergessen hatte zurückzugeben. Und dann kam plötzlich wieder jene frühere Erinnerung in den Sinn.

»Hast du alles?«, fragte er. »Alles, was wir für das Picknick brauchen?«

Lächelnd nickte ich. »Alles außer den Süßigkeiten.«

Harry reagierte mit einem breiten Grinsen. »Nur der Diener meines Vaters hat alle Schlüssel, auch den zu den Süßigkeiten. Ich traue mich nicht, ihn zu stehlen! Er ist der Diener meines Vaters und nur ihm treu ergeben. Wenn man uns erwischen würde, wäre der Teufel los.«

Kapitel 9

Bloomsbury, London

Als wir zu Hause angekommen waren, beruhigte ich erst einmal meinen Onkel, bevor ich mit Orchie über den Vorfall sprach. »Er wirkte verwirrt. Vielleicht ist es am besten, wenn wir ihn nicht mehr aus seinem gewohnten Rhythmus herausreißen.«

Sie erklärte sich bereit, ein paar Fleischpasteten zuzubereiten und sie ihm auf einem Tablett in seinem Zimmer zu servieren. Dann fragte sie: »Sind Sie sich sicher, dass Sie diese junge Waschfrau hier wirklich haben wollen?«

»Sind Sie nicht zufrieden mit ihrer Arbeit? Hat sie Sie heute gestört?« Alice arbeitete erst seit ein paar Tagen bei uns, aber wir alle sahen schon ein bisschen frischer aus.

»Das is' es nich'«, antwortete sie. »Es is nur, na ja, wenn fremde Leute hier im Haus einfach so rumlaufen. Vielleicht bin ich bloß extra vorsichtig seit dieser Sache mit den Anwälten und den Diebstählen und der Polizei – das is alles.«

Orchie kehrte in die Küche zurück und ich ging nach nebenan in die Werkstatt. Mr Clarkson war in seine Arbeit vertieft. Er nickte zur Begrüßung, aber drehte mir den Rücken zu, sodass ich nicht sehen konnte, an welchem Gegenstand er gerade arbeitete.

Vielleicht war ich zu vertrauensselig. Ich verließ mich zwar auf meinen Instinkt, aber vielleicht lag ich damit nicht immer richtig. Als ich im Zug zurück nach London saß, kam mir ein unwillkommener Gedanke: Vielleicht hatte Mr Clarkson die echten römischen Münzen gestohlen und zunächst meinen Vater für den Fehler beim Kauf verantwortlich gemacht, dann aber Harry den möglichen Diebstahl unterschieben wollen. Ich würde es niemals erfahren. Dennoch könnte ich seine Redlichkeit auf die Probe stellen. Als er zu uns kam, hatte er die besten Zeugnisse von zwei unserer reichsten Kunden. Seitdem war er ein großer Gewinn für unsere Firma gewesen. Trotzdem musste ich ihn auf die Probe stellen. Ich musste das Gleiche mit Harry tun. Und dabei stellte ich mich auch selbst auf die Probe. War ich wirklich eine scharfsinnige Gutachterin und würdig, die Firma meines Vaters weiterzuführen?

War ich eine klar denkende Richterin über die Gedanken und Absichten des Mannes, den ich einst geliebt hatte?

Den ich immer noch liebte?

Wie ich es fast jede Woche tat, wünschte ich mir, dass mein Vater noch leben und mir mit seinem Rat helfen würde. Ich erinnerte mich, was Alice mir erst vor ein paar Tagen gesagt hatte: *»Sie finden allein nie wieder hier raus.«*

Und doch musste ich jetzt allein meinen Weg finden.

An einem Tag in der darauffolgenden Woche verließ ich die Werkstatt für ein paar Augenblicke, damit das Fixiermittel auf Lady Lydneys Pelikan trocknen konnte. Ich wollte in meine Räume zurückkehren, um mir eine leichte Stola zu holen. Es war etwas kühler geworden. Als ich mein Schlafzimmer betrat, sah ich, dass der Raum nicht leer war.

»Alice! Kann ich Ihnen helfen?«

Sie befand sich nicht nur in meinem Zimmer, sondern sie stand auch neben meinem Raritätenkabinett. Obwohl manche dieser Vitrinen so groß waren wie ein ganzes Zimmer, hatte meine nur etwa die Größe eines kleinen Sekretärs. Das Raritätenkabinett meines Vaters war größer, breiter und mit vielen Fächern unterteilt. Onkel Lewis wollte kein solches Kabinett. Seine wenigen Schätze lagen offen in seinem Arbeitszimmer ausgebreitet.

Beim Klang meiner Stimme zuckte Alice erschrocken zusammen. Ein Strang aus falschen Perlen hing von ihrer Hand herab.

»Bitte entschuldigen Sie, Miss Sheffield. Mrs Orchard hat gesagt, dass Sie Ihre Wäsche heute nich' runtergebracht haben, dass sie vielleicht noch in Ihrem Kleiderschrank is'. Ich hab Sie nich' stören wollen, und so hab ich mir gedacht, ich hol sie schnell selber.«

Es war eindeutig, dass meine Wäsche sich nicht im Raritätenkabinett befinden konnte. Ich warf einen Blick auf die Perlen in der Hand der jungen Frau.

»Ich hab sie bloß mal halten wollen, Miss Sheffield. Sie waren hier oben auf dem Schrank, da oben waren sie, und … Es tut mir leid, aber ich hab noch nie so was Schönes gesehen.«

Offensichtlich sollte nicht die Redlichkeit von Mr Clarkson zuerst auf die Probe gestellt werden.

»Soll ich Ihnen etwas über die Stücke in meinem Kabinett erzählen?«, fragte ich. Ich schloss die Tür hinter uns und schob den Riegel vor, sodass wir beide in meinem Schlafzimmer eingeschlossen waren. Ich kannte jeden einzelnen Gegenstand in meinem Raritätenkabinett und sie sollte im Zimmer bleiben, bis ich feststellen konnte, ob alles noch an Ort und Stelle war. Wenn nicht, würde ich sie solange festhalten, bis Orchie einen Polizisten holen konnte.

»Oh ja.« Sie wirkte keineswegs verunsichert und darüber war ich erleichtert.

Ich nahm ihr die Perlen ab. »Die hier sind nicht echt. Einen Strang in dieser Länge könnte ich mir gar nicht leisten. Sie sind aus mundgeblasenem Glas. Meine Sammlung besteht hauptsächlich aus gläsernen Stücken. Ihr Gewicht bekommen die Perlen, wenn man sie mit Wachs füllt.« Ich gab ihr den Strang zurück und sie hielt ihn in einer Hand, um zu prüfen, wie schwer die Perlen waren.

»Aber sie glänzen so«, sagte sie.

Ich musste lächeln. »Sie werden von außen bemalt mit einer Gelatine, die aus den Eingeweiden von Fischen hergestellt wird. Sogar mit dem schärfsten Auge kann man sie kaum von echten Perlen unterscheiden. So manche reiche Frau hat sich davon schon täuschen lassen.«

Ich legte die Perlen zurück in mein Kabinett und sah, wie ihr Blick auf das Parfümfläschchen fiel. »Das hat meiner Mutter gehört.«

»Is' sie nich' mehr unter uns?«, fragte Alice mit leiser Stimme.

»In gewisser Weise. Sie hat das Fläschchen zurückgelassen.«

Ich zog den Stöpsel heraus und der Duft von Rosenöl verbreitete sich im Zimmer. »Manchmal, wenn man nichts hat, was man anfassen, was man halten, fühlen oder … riechen kann, scheint es einem so, als ob ein Mensch niemals unter uns gewesen ist.«

Vorsichtig hob ich ein zartes Glasfläschchen hoch. Der Korken war noch an Ort und Stelle. »Ein Tränengefäß.«

»Ooh, ich hab davon gehört. Man fängt seine Tränen da drin auf, wenn jemand stirbt.«

Ich nickte zustimmend. »Und dann, wenn die Flasche austrocknet, ist die Zeit der Trauer vorüber und das Leben kann weitergehen. ›Sammle meine Tränen in deinen Krug; ohne Zweifel, du zählst sie.‹«

»Das is' aus der Bibel«, sagte sie.

»Psalm 56. Gott behält den Überblick über unsere Sorgen. Wir dürfen wissen, dass er sich um uns sorgt und unsere Lasten trägt. Deshalb brauchen wir nicht für immer zu trauern.«

»Die Tränen in dem kleinen Fläschchen sind fast vertrocknet. Wenn Sie den Korken rausmachen, geht das noch schneller.«

Ich warf ihr einen Blick zu und sah dann auf das Fläschchen. Sie hatte recht. Ich war schließlich dafür verantwortlich, den Korken aus der Flasche zu ziehen und die darin gesammelten Tränen, die ich um Mutter, Vater und Harry geweint hatte, trocknen zu lassen, anstatt ihnen weitere hinzuzufügen. Ich sollte zulassen, dass der Herr mir die Last von den Schultern nahm, und die Tränen aus der Flasche und aus meinem Herzen herauslassen.

Ich nahm einen hübschen Handspiegel und gab ihn Alice.

»Gold!«

Ich musste lachen. »Messing. Das gehörte zu den ersten Lektionen, die ich als Gutachterin gelernt habe. Manchmal maskiert

Messing sich als Gold und Gold als Messing. Der Trick besteht darin, den Unterschied zu erkennen. Diesen Spiegel habe ich teuer bezahlt, weil ich geglaubt habe, er sei aus Gold. Diesen Fehler habe ich nur einmal gemacht.«

Orchie klopfte an die Tür und ich rief ihr zu, dass alles in Ordnung sei, bevor ich mich wieder meinem Kabinett zuwandte, um die wenigen Stücke zu betrachten.

»Was is' das da für ein Ding?« Alice nahm eine kleine Margerite aus mundgeblasenem Glas, an der eine Hummel befestigt war. Die Blume umschloss eine kleine Schale, in die man eine Kerze stellen konnte.

»Ein Feenlicht. Nachdem uns meine Mutter verlassen hatte, konnte ich schlecht einschlafen. Orchie, ich meine Mrs Orchard, brachte mir jede Nacht dieses Licht und zündete darin eine kleine Kerze an. Es hat funktioniert. Bis die Kerze heruntergebrannt war, war ich eingeschlafen.«

»Meiner Schwester Mary tät so ein Ding gefallen«, erwiderte Alice. »Seit unser Pa gestorben ist, schläft sie nich' gut.«

Während sie abgelenkt war, öffnete ich das winzige Geheimfach, um sicherzugehen, dass der Ring noch immer darin lag. Er war da, neben der Halskette mit dem Senfkorn. Ich zeigte ihr die Schmuckstücke nicht, sondern verschloss die Schublade wieder.

»Wir sollten beide wieder an unsere Arbeit gehen«, sagte ich schließlich. »Ich werde daran denken, meine Wäsche nach unten zu bringen, damit Sie nicht nach oben kommen und sie holen müssen.«

»Danke. Das war sehr nett von Ihnen, mir Ihre Sachen zu erklären, während Sie alles gezählt haben, um sicherzugehen, dass ich nix gestohlen hab oder so.«

Ich versuchte, mir nichts anmerken zu lassen, unterdrückte jedoch ein Lächeln. Sie hatte es die ganze Zeit über gewusst.

»Was is' das?« Sie deutete auf die grüne Glasflasche, die halb verdeckt an der Rückwand meines Kabinetts stand, geschützt vor direkten Blicken. »Das sieht aus wie Branntwein. Trinken Sie Branntwein, Miss Sheffield?«

Einen Augenblick lang stand ich schweigend da, weil ich hin- und hergerissen war zwischen Stolz und Aufrichtigkeit. Dann nahm ich die Flasche in die Hand. »Ich trinke keinen Branntwein, Alice. Aber mein Vater hat es getan. Wie Ihr Vater starb auch er am übermäßigen Genuss von Gin.«

Sie sah mich unverwandt an. Vielleicht war ihr nicht bewusst, dass ihr eigenes unverblümtes Geständnis vor ein paar Tagen mir die Freiheit gab, so offen zu sprechen wie sie damals. »Das tut mir leid«, sagte sie schließlich.

»Mir auch.«

»Is das gut, wenn Sie die Flasche aufheben?«, fragte sie.

»Das ist eine seltsame Frage.« Sie wich ängstlich zurück, weil sie meinte, sie hätte den Bogen überspannt. »Vielleicht hebe ich sie auf, damit ich mir vor Augen halte, warum ich ihn verloren habe. Doch es wäre sicher besser, mir vor Augen zu halten, was mir von ihm geblieben ist.« Ich wollte sie beruhigen. Deshalb stellte ich die Flasche zurück an ihren Ort und nahm das Feenlicht in die Hand. »Vielleicht möchte Ihre Schwester Mary es sich ausleihen, bis sie wieder schlafen kann? Mrs Orchard hat ein paar Talgkerzen, die Sie mitnehmen könnten.«

»Sind Sie sich sicher?«, fragte sie.

»Ganz sicher.«

»Dann werden wir das kleine Ding wie einen Schatz behandeln!« Vorsichtig legte sie die Hand um das winzige Feenlicht.

Ich lächelte sie an. »Dafür sind Schätze da!«

Alice nahm meine Wäschestücke und verließ den Raum. Noch einmal warf ich einen Blick auf meine Schätze. Ich hatte gedacht, dass sie mir etwas wegnehmen wollte, aber in Wirklichkeit hatte sie mir etwas gegeben. Ich nahm mir vor, die Gin-Flasche noch an diesem Tag wegzuschaffen. Ich brauchte kein Erinnerungsstück an das, was geschehen war. Wenn die Flasche erst einmal weg war, konnten die schöneren Erinnerungen an Papa in meinem Gedächtnis Fuß fassen. Außerdem zog ich den Korken aus dem Tränenfänger.

Sobald ich mir sicher war, dass mich niemand beobachten konnte, zog ich das winzige Geheimfach noch einmal auf und holte den Ring heraus. Ich zählte vier vorhandene Edelsteine, betrauerte den fehlenden Amethyst, der die Leere in meinem Herzen symbolisierte, und steckte den Ring an den Finger.

Fünf Fragen mussten beantwortet werden. Fünf Steine und ein Loch. Ich zählte sie in Gedanken, während ich die verbliebenen Steine berührte. Hatte Harry Teile der Sammlung verkauft? Hatte er die Kunstgegenstände aus dem Besitz von Arthur veräußert oder plante er deren Verkauf? Hatte er seinen Aufenthalt in Österreich aus freien Stücken verlängert? Interessierte er sich für die Dinge, die anderen Menschen am Herzen lagen, oder war er einfach egoistisch?

Ich kam zu der letzten Fassung, dem Loch, in dem der Amethyst fehlte. Eine Woche nachdem Harry nach Italien aufgebrochen war, fiel der Amethyst aus der Fassung und ich konnte den Stein nicht mehr finden. Ich trug den Ring trotzdem. Als zwei Monate vergangen waren und Harry nicht wie versprochen zurückkam, war die leere Fassung für mich ein Sinnbild für die Leere in meinem Herzen geworden.

Warum hatte er mir keinen Heiratsantrag gemacht? Diese fünfte Frage war meine größte Herzensangelegenheit, aber die Antwort lag im Dunkeln, so dunkel wie das Loch im Ring.

War das, was uns verbunden hatte, Messing oder Gold, Harry?

Schätze sind dafür da, dass man sie wie Schätze behandelt, hatte ich zu Alice gesagt. Ich schloss die Augen und die Tränen flossen. Mama. Papa. Harry. *Mich bewahrt niemand in seinem Herzen. Ich habe niemanden, der mir den ersten Platz einräumt, der mich wertschätzt. Mich will niemand zu seinem Schatz machen.* Ich zog den Ring wieder vom Finger und nahm ihm das Licht, indem ich ihn zurück in das dunkle Geheimfach legte.

Einen Augenblick lang saß ich da, um meine Gedanken zu

sammeln, und wieder kamen mir die Worte in den Sinn, aber diesmal ein wenig anders: *Sammle deine Tränen in meinem Krug; ohne Zweifel, ich zähle sie.*

Ich schloss die Tür hinter mir – und dann schloss ich sie ab. Schließlich hatte Orchie die Schlüssel, falls sie hineingehen müsste.

Nachdem ich Alice die Geschichte der einzelnen Gegenstände erzählt hatte, fiel mir ein Grundsatz ein, den mein Vater mich gelehrt hatte und den ich oft wiederholte: »*Die Geschichte ist immer gut. Sie bezaubert, entzückt, informiert und unterhält die Zuhörer. Sie verleiht dem Gegenstand einen höheren Wert. Aber sie ist nicht immer wahr. Glaube nur das, was du mit deinen eigenen Augen siehst, Eleanor. Beobachte genau und achte nicht auf deine Gefühle. Ich wünschte, ich hätte das getan.*«

Er meinte damit meine Mutter – das wusste ich, ohne dass er es erwähnen musste.

Gleichgültig, wer versuchte, mir die Augen zu verbinden für das Spiel der Täuschung, das um mich herum stattfand – ich musste die Augenbinde wegziehen und allein auf meine Beobachtungsgabe vertrauen.

Ich ging zum unverschlossenen Zimmer meines Vaters und sah nach, ob alle seine Schätze an ihrem Platz waren. Alles war vorhanden. In einer Schublade befand sich der Schmuck, den mein Vater meiner Mutter geschenkt hatte. Vielleicht sprach es für Mutter, dass sie die Schmuckstücke nicht mitgenommen und verkauft hatte, nachdem sie meinen Vater verlassen hatte. Ich hielt die schwere, mit Granatsteinen besetzte Halskette in der Hand. Vielleicht war *ich* nun gezwungen, den Schmuck zu verkaufen.

Aber noch war es nicht so weit. Vielleicht würde sie die Kette eines Tages zurückhaben wollen. Vielleicht würde sie eines Tages sogar *mich* zurückhaben wollen. Ich hielt die Luft an, als ich das Schmuckstück zurück in die Schublade legte. Dann schloss ich die Tür hinter mir ab.

Im Arbeitszimmer von Onkel Lewis schien auch alles in Ordnung zu sein. Mein Blick fiel auf ein Regal auf halber Höhe seines Bücherschranks. Dort stand sein mittelalterliches Stundenbuch, das wunderschön illustrierte Gebetbuch, das vor Jahrhunderten sorgfältig mit der Hand geschrieben und bemalt worden war. Stand es auch schon an dieser Stelle, als ich hier gewesen war, um nach den Rechnungen zu suchen? Ich konnte mich nicht mehr genau erinnern. Etwas hatte mich damals gestört, aber ich war zu aufgeregt gewesen, um genauer hinzusehen. Hatte mein Onkel es vielleicht für seine persönlichen Gebete verwendet? Ich sah mir das Buch ganz genau an. Alles war gut.

Auch diese Tür schloss ich hinter mir ab.

Ich ging zurück in mein Zimmer und öffnete noch einmal das Geheimfach in meinem Kabinett. Das Schmuckstück, das ich diesmal herauszog, war der Anhänger mit dem Senfkorn. Ich würde ihn tragen, aber versteckt unter dem Stoff meines Kleides. In meinem Inneren stiegen die Worte auf: *Ich erkenne, dass ich noch immer Glauben habe – an mich selbst, an den Mann, der dieses Schmuckstück für mich gekauft hat, und an dich, Herr. Aber leider muss ich dir bekennen: In allen drei Fällen ist dieser Glaube sehr, sehr klein.*

Mit der Morgenpost kamen ein paar Päckchen, auf die ich gewartet hatte. Sie enthielten die Silbermünzen für Mr Herberts. Ich hatte sie von einem zuverlässigen Händler erworben. Die Gasrechnung war bald fällig und deshalb wollte ich diesen Auftrag unbedingt abschließen und die Gebühr erhalten. Ich holte mein Vergrößerungsglas und meine Notizen. Rasch prüfte ich bei jeder Silbermünze die Vorder- und Rückseite und stellte fest, dass sie echt waren. Ich freute mich über das dringend benötigte Einkommen, das mir diese Stücke einbringen würden, und so beeilte ich mich bei der Prüfung der Münzen.

»Mr Clarkson?« Ich wollte ihm mit meiner Bitte um Unterstützung einen Gefallen tun, denn schließlich hatte er den Kontakt zu Mr Herbert hergestellt.

»Ja, Miss Sheffield?«

»Vielleicht möchten Sie einen Blick auf diese Münzen werfen. Sie scheinen echt zu sein, aber vier Augen sehen mehr als zwei.«

»Natürlich.« Clarkson setzte sich mit seinem Vergrößerungsglas an meinen Schreibtisch. Der moschusartige Kieferduft des Sirups, mit dem er seinen ständigen Husten linderte, umgab uns beide. Ich sah, wie er das Mittel teelöffelweise einnahm und es immer vorsichtig dosierte. Es war sehr kostspielig.

Sorgfältig untersuchte er jede einzelne Münze. Schließlich kam er noch einmal auf zwei zurück, die ich für echt gehalten hatte. »Meiner Meinung nach ist diese hier eine Fälschung.«

»Was?« Ich zog einen zweiten Stuhl neben seinen und drehte die Lampe höher. »Bestimmt nicht.«

»Doch, ganz bestimmt.« Seine Stimme klang siegesgewiss. Ich konnte ihm deswegen keinen Vorwurf machen. Ich hätte auch so empfunden wie er.

Er legte die Münze, die er als echt bezeichnet hatte, in meine linke Hand und diejenige, die er für eine Fälschung hielt, in meine rechte.

Ich kippte die Münze in meiner rechten Hand auf die Seite und hielt die Lampe dicht daran. »Ich kann eine schwache Linie sehen. Das bedeutet, dass zwei Hälften einer Gussform zusammengefügt wurden und die Münze nicht wie sonst geprägt wurde. Jemand hat die Münze kopiert.« Ich hatte versäumt, mir die Seiten anzusehen. In meiner Eile hatte ich bloß Vorder- und Rückseite geprüft. Diesen Fehler hätte ich nicht gemacht, wenn ich in jüngster Zeit nicht so abgelenkt wäre.

Dann sah ich mir die Münze noch genauer an. »Und hier sind auch Vertiefungen, die von Luftblasen herrühren.« Bei einer echten Münze würde man so etwas nicht feststellen. »Ich hätte nicht gedacht, dass diese Gewährsleute uns Fälschungen verkaufen würden.«

»Vielleicht ist es nicht mit Absicht geschehen. Sogar vertrauenswürdige Leute machen Fehler aus Ahnungslosigkeit oder in Eile«, beruhigte mich Clarkson. »Nehmen Sie die zehn echten. Wir werden noch eine weitere beschaffen«, sagte er. »Es ist doch bereichernd, wenn man Seite an Seite arbeitet, oder nicht?«

»Ja, das ist es«, gestand ich ein. »Ich entschuldige mich für diesen Fehler.«

»Ich habe noch nie zuvor erlebt, dass Sie einen begangen haben.«

»Ich bin Ihnen dankbar, dass Sie den Fehler gefunden haben, bevor Mr Herberts die Münzen erhalten hat.«

Er wurde wieder ernst. »Ich bin auch froh darüber.«

Schau genau auf das, was du vor Augen hast, Eleanor. Nimm dir Zeit und prüfe alles nach.

Am Ende des nächsten Arbeitstages überreichte mir Mr Clarkson eine kleine, lange Schachtel. »Ich hoffe, dass Sie dieses Geschenk von mir annehmen«, sagte er.

Ich wollte schon mit einem Kopfschütteln reagieren, weil sich so etwas nicht schickte, aber mit seinem sanften Lächeln schien er mich anzuflehen, wenigstens das hübsche Band aufzubinden und die Schachtel zu öffnen.

Als ich dieser stummen Bitte folgte, sah ich ein wunderschönes, neues Vergrößerungsglas. Der Griff war so gearbeitet, dass er in die Hand einer Frau passte. Das Glas war stark und vollkommen klar.

»Ich dachte, der Fehler von gestern könnte am Glas und nicht an der Gutachterin gelegen haben.« Seine Stimme klang leise. Es war ein rücksichtvolles Angebot, das meinen Stolz nicht verletzte.

»Dieses Geschenk kann unserer Firma nützlich sein. Deshalb nehme ich es dankbar an«, erwiderte ich. »Danke, Mr Clarkson. Das ist eine schöne Geste.«

»Ich hoffe, Ihnen und der Firma zu Diensten zu sein«, sagte er. »Bis morgen dann.« Er setzte seinen Hut auf und ging durch die Tür der Werkstatt nach draußen.

Kapitel 10

Ich hatte nicht das geringste Vertrauen zu dem Arzt, der meinen Onkel behandelte. Er sagte, es sei alles in Ordnung mit ihm und ich solle nicht so viel Aufhebens machen, denn damit würde ich bloß seine Zeit vergeuden. Deshalb solle ich ihn nur rufen, wenn mein Onkel Blut husten würde oder lähmende Schmerzen hätte. In diesem Fall würde er Laudanum empfehlen.

Ich entschloss mich, Dr. Elizabeth Garrett um Rat zu fragen. Sie hatte gerade ein Krankenhaus mit angegliederter Apotheke im Stadtviertel Marylebone eröffnet. Das war nicht so schrecklich weit weg von meinem Zuhause. Dr. Garrett war die erste Frau, die als Ärztin praktizierte.

Ihre Krankenhausapotheke war ein anmutiger Ort der Ruhe, mit Holz in warmen Brauntönen getäfelt, mit Lampen, deren Glasschirme mit kleinen Röschen bemalt waren, und mit bequem gepolsterten Stühlen, deren Maße auf die Körper und weiten Röcke ihrer weiblichen Patienten abgestimmt waren. Diesmal hatte sie sich jedoch bereit erklärt, mich zu Hause zu besuchen.

Sie war bloß fünf oder sechs Jahre älter als ich, wirkte mit ihrem dunkelbraunen, in weichen Wellen zurückgekämmten Haar aber jünger. Ihr Vater hatte einst ein Leihhaus in Whitechapel geleitet und gelegentlich meinen Vater um Rat gefragt, wenn es um Wertermittlungen ging. Das hatte mir Onkel Lewis einmal erzählt.

Nachdem Orchie sie hereingebeten hatte, traf ich sie im Salon.

»Miss Sheffield«, sagte sie anstelle einer Begrüßung. »Es tut mir leid, dass es Ihnen nicht gut geht.«

Ich verschränkte meine Finger ineinander. »Mir geht es recht gut, danke. Es handelt sich um meinen Onkel, über den ich gerne mit Ihnen sprechen möchte. Er ist oben, aber kann ich Ihnen vielleicht zuerst die Situation schildern, damit Sie entscheiden können, ob Sie ihn sich ansehen wollen?«

»Gerne höre ich Ihnen zu und gebe Ihnen einen Rat – als Freundin. Aber mir ist es nicht erlaubt, meine medizinischen Kenntnisse bei Männern anzuwenden.«

Das war mir bisher nicht bewusst gewesen. »Dann können Sie mir vielleicht trotzdem einen Rat geben?« Meine innere Anspannung war in meiner Stimme zu hören. »Ich habe sonst niemanden, dem ich vertrauen kann.«

Sie setzte sich mir gegenüber, während ich ihr die Situation mit Onkel Lewis erklärte.

»Natürlicher Verfall«, sagte sie leise.

»Ich fürchte, ich verstehe das nicht.«

»Das Alter, Miss Sheffield. Es trifft uns alle, aber manche von uns sucht es viel zu früh heim, leider, muss ich sagen.«

»Was kann man dagegen tun?«

Sie schüttelte den Kopf. »Wenig. Sie können ihn hier zu Hause pflegen.«

Ich dachte an die Zukunft, an unsere Rechnungen, die schwindende Zahl unserer Aufträge, die wachsende Erkenntnis, dass ich vielleicht unseren gesamten Besitz verkaufen musste, um dem Schuldgefängnis zu entkommen. Ich hatte unser Bankkonto überprüfen lassen. Es war viel weniger Geld da, als ich gehofft hatte, und wir konnten bis zum Jahresende gerade so unsere Schulden bezahlen. »Und wenn ich dazu nicht in der Lage wäre?«

»Dann gibt es nur eine Möglichkeit: Sie müssten ihn für geistesgestört erklären und in eine Anstalt einweisen lassen. Dort könnte er bis zum Ende bleiben, wenn er nicht unberechenbar wird.«

Diese Worte machten mich so betroffen, dass ich aufsprang. Ich setzte mich wieder. So etwas durfte nicht geschehen. Onkel Lewis war schon immer unberechenbar gewesen, auch als er noch jünger war! Ich könnte alles verkaufen und wir könnten in ein kleineres Quartier ziehen. Besser wäre es natürlich, wenn wir mehr Aufträge bekommen könnten.

»Danke. Ich freue mich so sehr, einen weiblichen Arzt zu sehen. Vielleicht werden schon bald viel mehr Frauen als Ärztinnen praktizieren?«

Ihr Lachen klang so bitter wie der Weidenrindentee, den sie als Mittel gegen Kopfschmerzen verschrieb. »Leider nein. Nachdem ich ein Schlupfloch gefunden habe, hat die Apothekerinnung es geschlossen und die Aufnahme von Frauen verboten. Ich fürchte, Frauen aus England müssen im Ausland Medizin studieren, wenn sie überhaupt ein Studium beginnen können. Wenn sie dann nach England zurückkehren, ist es unwahrscheinlich, dass sie als Ärztinnen praktizieren dürfen. Unsere Welt ist noch immer nicht zugänglich für das schöne Geschlecht, Miss Sheffield.«

Als sie gerade gehen wollte, nahm ich meinen Mut zusammen, um ihr eine Frage zu stellen, die mich seit vielen Jahren beschäftigte. »Dr. Garrett, ich habe einen Bekannten, dessen Bruder an Asthma starb, nachdem er Kontakt zu Pferden und Heu hatte. Auf beides reagierte er empfindlich. Der Vater meines Bekannten behauptete, dass man das Leben des Bruders hätte retten können, wenn ein Arzt früher zur Stelle gewesen wäre. Ist das wahr?«

Dr. Garrett reagierte mit einem nachdenklichen Stirnrunzeln. »Das ist immer möglich, aber unwahrscheinlich. Wenn die Lungen sich verkrampfen und verschließen, können wir nur wenig tun. Koffein, Laudanum, Alkohol, in manchen Fällen auch Tabakrauch – das alles kann helfen. Aber wenn die Lungen keine Atemluft mehr hereinlassen, sind die Chancen gleich null.«

»Danke. Das habe ich schon vermutet.« Ich konnte es nicht erwarten, Harry diese beruhigende Nachricht zu überbringen. Auch wenn wir jetzt bloß noch Freunde waren, wollte ich ihm Trost und Frieden schenken. Ich wünschte Dr. Garrett noch einen schönen Tag und begleitete sie zur Haustür. Dort wollte ich sie für ihren Rat bezahlen, aber sie war so großzügig, dieses Angebot abzulehnen.

Orchie räumte im Salon auf, während ich zur Werkstatt zurückkehrte. Mr Clarkson wartete auf mich.

»Miss Sheffield?« Seine Stimme klang streng.

Plötzlich fühlte ich mich unwohl. »Ja, Mr Clarkson?«

»Bei der Geldanweisung für meine Bezahlung ist ein Fehler unterlaufen. Die Summe ist höher als erwartet.«

Ich lächelte und stieß erleichtert die Luft aus. Ich hatte Mr Clarksons Redlichkeit auf die Probe gestellt und er hatte die Prüfung bestanden. Er war vertrauenswürdig. »Das ist kein Fehler, Mr Clarkson. Sie waren so eine große Hilfe, besonders beim Auftrag von Mr Herberts. Deshalb schien mir die höhere Summe angemessen zu sein.«

»Das ist nicht nötig«, wendete er ein. »Ich tue alles, damit die Firma erfolgreich ist. Wenn Sie jedoch darauf bestehen, ist dieser zusätzliche Betrag eine willkommene Wohltat für meine Schwestern. Ich werde sie bald treffen.«

»Wie freundlich von Ihnen«, entgegnete ich. Ich hatte nicht darauf bestanden, sondern den Betrag angewiesen und ihm diese Möglichkeit angeboten.

Er sah mich unverwandt an. »Ich sorge für die Meinen.«

Ich neigte fragend den Kopf. Meinte er damit seine Schwestern? Mich und unsere Firma? Hatte er gehört, wie Harry einen ähnlichen Gedanken äußerte, als wir Watchfield verließen? Doch während Harrys Stimme beruhigend geklungen hatte, hörte ich bei Mr Clarkson eine gewisse Härte heraus.

Ich nickte zustimmend und ging zu meinem Schreibtisch.

»Miss Sheffield?« Diesmal klang seine Stimme sanfter.

»Ja?«

»Ich habe zuerst Ihren Onkel wegen der Geldsumme gefragt. Er hat mich darüber informiert, dass Sie die Geschäftsbücher und Buchhaltungsunterlagen übernommen haben.«

Diese Tatsache schien ihm unangenehm zu sein. Ich nahm an, dass die meisten Männer so empfinden würden. Ich hatte keine große Hoffnung mehr, dass mein Onkel seine volle Geisteskraft zurückerlangen würde, aber ich wollte Mr Clarkson nicht verunsichern.

»Ich hoffe, dass das nur eine vorübergehende Lösung ist, Mr Clarkson.«

Er reagierte mit einem Kopfnicken und seine Stimme klang ebenfalls beruhigend. »Natürlich, das nehme ich auch an.«

Zu meiner großen Überraschung wurde nicht nur ich zum nächsten Treffen des *Burlington-Kunstclubs* eingeladen, sondern auch Mr Clarkson erhielt eine Einladung. Er freute sich darüber und ich freute mich für ihn. Es konnte nur von Nutzen sein, wenn man ihm und mir die Mitgliedschaft anbieten würde.

Das Treffen sollte im Londoner Haus von Lord Parham stattfinden. Dieser Herr hatte auch einen großen Landsitz in der Nähe von Bath. Dort war ich zusammen mit meinem Vater gewesen. Ich war erfreut, dass die nächste Veranstaltung bei jemandem stattfinden sollte, den ich flüchtig kannte. Parham hatte mir sogar den ersten Gegenstand aus Glas geschenkt, und zwar eine von den kleinen bunten Kugeln, die im Springbrunnen seines Hauses in Bath schwammen. Ich hatte sie damals nicht behalten, weil das lange vor dem Beginn meiner eigenen Glas-Sammlung gewesen war.

Mr Schreiber und Lady Charlotte waren natürlich auch zu Besuch bei Lord Parham und sie waren so freundlich, Mr Clarkson und mich einigen Leuten vorzustellen.

»Meine Herren … und Damen.« Die sonore Stimme von Lord Parham übertönte das Stimmengewirr der Versammelten. »Ich werde Sie gleich auf einem Rundgang durch meine Ausstellung führen, aber heute Abend möchten wir für einige unserer neuen Teilnehmer zunächst etwas Unterhaltsames bieten.«

Charlotte warf mir einen Seitenblick zu. Hatte sie gewusst, dass so etwas geschehen würde? Lord Parham verteilte kleine, in Leder gebundene Notizbücher und dünne Bleistifte an mich, an drei oder vier andere Männer unter den Anwesenden und an Mr Clarkson.

»Wissen Sie, worum es hier geht?«, flüsterte er mir zu. »Haben sie das beim letzten Mal auch gemacht?«

Ich schüttelte den Kopf.

Lord Parham fuhr fort. »In jedem Raum habe ich einen besonders wertvollen und begehrenswerten Gegenstand gekennzeichnet. Vielleicht sind einige unserer neueren Gäste bereit, die vermutete Herkunft und den geschätzten Wert von jedem Stück zu notieren.

Wir lächelten, denn wir wollten ja keine Spielverderber sein. »Das ist eine Prüfung«, flüsterte ich Clarkson zu. Er nickte zustimmend.

Das erste Stück war, wie ich wusste, ein Kühler für Eiscreme aus Sèvres Porzellan. Ich vermutete, dass er aus der Zeit der Französischen Revolution stammte. Das nordisch anmutende, in Blau und Gold gehaltene Muster wirkte auf mich, als ob es russisch sein könnte. Ich nahm an, dass das Stück für Katharina die Große angefertigt worden war, denn angeblich liebte sie alles, was glitzerte und kalt war. Dazu gehörten das winterliche Russland, mit Diamanten besetzte Schärpen und Eiscreme. Ich notierte einen geschätzten Wert und ging weiter.

Das nächste Stück war eine französische Kommode, die mit chinesischen Lackmotiven verziert war. Ich notierte ein Datum, von dem ich vermutete, dass es korrekt war. Es folgten eine Steinschloss-Pistole, ein Stück von einer Rüstung und ein vergoldeter Parfüm-Brenner, der bestimmt von einem Königshof stammte. Vielleicht aus Versailles? In diesem Fall konnte ich nur eine Vermutung wagen.

Ich schrieb meine Gedanken in das kleine Notizbuch und Lord Parham sammelte es zusammen mit den anderen ein. Er reichte sie einem Mann, der in der Nähe stand, und einige Leute, zu denen auch Lady Charlotte Schreiber gehörte, folgten ihm, als er den Raum verließ.

Wir gingen hinter Lord Parham her und ich genoss den Anblick der anderen Stücke in seiner umfangreichen Sammlung.

Dennoch hielt ich Ausschau nach der Gruppe, die eben verschwunden war. Schon bald kehrten alle zurück.

Charlotte näherte sich mir. »Ihre Antworten waren richtig.« Sanft drückte sie meinen Arm. »Und die von Mr Clarkson auch.«

Es war tatsächlich eine Prüfung und wir hatten bestanden!

Wir mischten uns unter die Leute. Lord Parham kam auf mich zu – das war eine ungewöhnliche Ehre. »Kommen Sie, meine Liebe«, sagte er. »Ich möchte Ihnen etwas zeigen.«

Er führte mich zu seiner Bibliothek, die von Marmorstatuen bevölkert war, und er deutete auf eine Figur, die auf seinem Schreibtisch stand. »Erinnern Sie sich an dieses Stück?«

Ich schloss die Augen und blätterte im Geiste durch den Katalog mit den vielen Tausend Kunstgegenständen, die ich in meinem bisherigen Leben gesehen hatte. Die leichte Rosatönung des Marmors gab den Ausschlag.

»Mein Vater«, antwortete ich. »Er hat Ihnen diese Figur beschafft.«

Lord Parham lächelte, aber sein Lächeln wärmte mir nicht das Herz, sondern es verstörte mich.

Vielleicht lag es daran, dass seine Lippen so dünn und rot waren wie Regenwürmer. »Ja. Er war ein feiner Mann.«

Wir unterhielten uns noch eine Weile und mit einem Seitenblick entdeckte ich eine Urne, die wohl griechisch war. Etwas an dem Stück störte mich. Als wir daran vorbeigingen, blieb ich stehen und sah mir die Urne genauer an. Plötzlich wusste ich, was mit ihr nicht stimmte. Vielleicht konnte ich für Lord Parham von noch größerem Nutzen sein und damit auch für andere Sammler, mit denen er vielleicht sprechen würde. Ich deutete auf die Urne.

»Was gibt es, meine Liebe?«

Würde er es wissen wollen? Sollte ich es aussprechen? Er hatte schließlich zu den Freunden meines Vaters gehört und ich sollte doch meine Mitmenschen so behandeln, wie ich von ihnen behandelt werden wollte. »Sie haben ein wundervolles Heim, das angefüllt ist mit herrlichen, authentischen Schätzen«, begann ich.

»Ich möchte Sie nicht beunruhigen, aber ich vermute, dass diese griechische Urne eine Nachbildung ist.«

»Wovon sprechen Sie denn? Sie ist wunderschön.«

Vorsichtig berührte ich die Urne. »Natürlich ist sie schön, aber vielleicht ist sie zu schön. Wenn dieses Stück tatsächlich fünfhundert Jahre alt oder sogar noch älter wäre, dann wäre die Oberfläche nicht so glatt und es hätten sich Risse gebildet. Die Innenseite wäre durch den Gebrauch leicht verfärbt.«

Sein Gesicht rötete sich vor Zorn. »Sie ist in einem ausgezeichneten Zustand, weil ich einen Aufschlag für eine unberührte Urne bezahlt habe.«

»Es gibt keine unberührten Urnen aus dieser Epoche.« Meine Stimme klang nach wie vor ehrerbietig. »Sie wurden für den Gebrauch gefertigt. Es tut mir leid, Lord Parham. Ich wollte es Sie bloß wissen lassen.«

Er wurde wütend. »Sie sind zu weit gegangen, junge Dame. Die Familie von Mr Crespin hat mir schon Antiquitäten beschafft, bevor die Brüder Sheffield in der Kinderstube herumgebrüllt haben. Mr Crespin hat höchstpersönlich dieses Stück für mich ausfindig gemacht und es mir vor Jahren verkauft. Ihr Vater war viel zu nachsichtig mit Ihnen und Ihr Onkel leidet unter Altersschwäche. Ich habe es nicht nötig, Ihren Hochmut zu fördern, und ich bin auch nicht altersschwach. Eines sage ich Ihnen: Ich glaube nicht, dass man mit Taktlosigkeit das Vertrauen seiner Geschäftspartner gewinnen kann.«

Ich sah mich in dem Raum um, weil ich nicht so recht wusste, was ich erwidern sollte. Parham wich meinem Blick aus. Nur seine vielen Marmorstatuen sahen mich an, so blind, taub und stumm, dass man sie an ihrem Platz ließ. *Stumme Statuen.*

»Es tut mir leid. Bitte vergeben Sie mir.« Ich hatte gehofft, mit meiner Ehrlichkeit sein Vertrauen zu gewinnen. Hatte ich ihn stattdessen mit meinem Stolz verstimmt?

Lord Parham schwieg. Als ich mich von ihm abwandte, sah ich, wie sich eine dunkle Gestalt rasch von der Tür wegbewegte.

Ich strich mit den Händen über die Röcke meines Kleides und verließ die Bibliothek. Die Gäste verabschiedeten sich und Mr Clarkson warf mir einen ängstlichen Blick zu. Ich konnte mich gerade noch auf den Beinen halten, aber mein Gesicht brannte vor Scham. Ich wollte mich nur noch zurückziehen und mich ausweinen.

»Wir sehen uns morgen«, sagte Mr Clarkson zu mir. Klang seine Stimme jetzt frostiger?

Zu Hause angekommen, ging ich rasch auf mein Zimmer. Orchie lag bereits im Bett. Ich schloss die Tür, kleidete mich aus, zog die Bettdecke über den Kopf und weinte, bis meine Nase verstopft war. Ich bereute meine Taktlosigkeit. Ich wälzte mich von einer Seite auf die andere und wünschte, ich hätte mein Feenlicht behalten, denn es hätte mir bestimmt beim Einschlafen geholfen.

Am nächsten Morgen war Mr Clarkson schon vor mir in der Werkstatt. Onkel Lewis war ebenfalls anwesend. Ich hatte eine Strafpredigt zu erwarten.

Mr Clarkson hielt sich nicht mit einer höflichen Einleitung auf. »Das ist das Schlimmste, was Sie tun können, Miss Sheffield: potenziellen Kunden deutlich zu machen, dass sie einen Fehler begangen haben, und sie in aller Öffentlichkeit bloßzustellen.«

»Die Öffentlichkeit hat doch nichts davon mitbekommen!«, protestierte ich. Ich war schockiert über den überheblichen Ton, den er anschlug. »Wir waren bloß zu zweit in diesem Raum.« Ich ignorierte absichtlich die schattenhafte Gestalt, die vor der Tür gewartet hatte. Wie hatte Mr Clarkson von unserem Gespräch erfahren?

Er seufzte und sprach weiter. Jetzt klang seine Stimme freundlicher. »Ich entschuldige mich für meinen Ton, Miss Sheffield. Das war unangebracht, aber ich habe bloß meine Besorgnis um die Firma zum Ausdruck gebracht. Lord Parham hat mit mir gesprochen und darum gebeten, dass wir, Ihr Onkel und ich, Sie ein wenig bremsen sollen. Er sagte, Sie hätten sich geirrt, als Sie bei seinen Statuen auf einen Fehler hinwiesen. Haben … haben Sie sich geirrt? So wie bei den Münzen?«

»Was war mit den Münzen?«, platzte Onkel Lewis heraus. Seine Stimme klang so überheblich wie die von Mr Clarkson zu Beginn des Gesprächs.

»Das erkläre ich dir später. Ich glaube nicht, dass ich mich bei der Urne geirrt habe. Ich bin mir sicher, dass ich recht hatte.«

»Waren Sie sich bei der Münze für Mr Herberts auch so sicher?«, fragte Clarkson, diesmal etwas kleinlauter.

»Bitte, Mr Clarkson. Sie haben selbst gesagt, dass mein Fehler ungewöhnlich war. Ich war abgelenkt.«

Mein Onkel sprach weiter, als ob er uns nicht gehört hätte. »Sie werden dir nie verzeihen, wenn sie glauben, dass du behauptet hast, sie hätten Fälschungen in ihrer Sammlung. Damit stellst du ihr gutes Auge, ihre Urteilsfähigkeit und ihren Geschmack infrage. Bringe niemals einen reichen Mann in Verlegenheit. Sobald jemand seine Zustimmung zum Ausdruck bringt für ein Stück, das sich später als Fälschung herausstellt, wird ihre gesamte Sammlung angezweifelt und das werden sie niemals zulassen. Die meisten von ihnen sind nicht so klug, wie sie meinen, und sie mögen es gar nicht, wenn man sie bloßstellt. Du hast vielleicht einen fatalen Fehler gemacht, Liebes.« Die Stimme von Onkel Lewis klang traurig. »Sophokles hat es so ausgedrückt: Niemand liebt den Boten, der eine schlechte Nachricht überbringt. Ich hätte dir das alles besser erklären sollen. Ich bedaure sehr, dass ich es nicht getan habe.«

Ich erzählte ihnen nichts von der Warnung, die Lord Parham gestern Abend mir gegenüber geäußert hatte: *»Ich glaube nicht, dass man mit Taktlosigkeit das Vertrauen seiner Geschäftspartner gewinnen kann.«*

»Außer uns drei und Lord Parham weiß niemand etwas davon«, erwiderte ich schließlich. »Willst du damit sagen, dass ich die zarten Gemüter der Reichen schützen und deshalb lieber lügen soll, wenn ich eine Fälschung entdecke?«

»Wenn man dich direkt fragt, antworte offen und ehrlich«, entgegnete mein Onkel. »Sei ehrlich, wenn du etwas verkaufst, sei ehrlich, wenn du einen Rat gibst, sei ehrlich, wenn du Kunst sammelst. Aber handle dir keinen Ärger ein, indem du unaufgefordert eine schlechte Nachricht aussprichst. Die Wahrheit ist nicht immer ein willkommener Hausgast. Viele sind bereit, eine nicht bewiesene oder fehlende Herkunft zu ignorieren, nur um etwas zu besitzen, das Leute ihres Standes begehren.«

Ich nickte zustimmend. Es stimmte. Die Welt war bevölkert von Plünderern, Dieben, den Reichen und Gierigen. Es gab auch jene Kunstsammler, die von Liebe, Wertschätzung und dem Wunsch getrieben waren, mit ihren Sammelstücken eine Geschichte zu erzählen – über sich selbst und andere. Die Schwierigkeit bestand jedoch darin festzustellen, wer ehrlich und wer unehrlich war, welche Stücke echt und welche Fälschungen waren.

Mein Selbstvertrauen war erschüttert und ich stellte auch meine eigene Urteilsfähigkeit infrage. Wo war meine Selbständigkeit geblieben?

»Schenken Sie die Sammlung von Lord Lydney dem Museum in South Kensington. Sie können immer behaupten, dass die Mitglieder des *Burlington-Clubs* Sie zu dieser Entscheidung angespornt haben.« Die Stimme von Mr Clarkson klang beschwörend. »Heiraten Sie, damit Ihre Söhne die Arbeit der Firma fortsetzen können. Wenn Sie Fragen zu einem Gegenstand haben, bringen Sie ihn zu mir. Ich finde es lobenswert, dass Sie das mit den Münzen schon getan haben, und wenn ich irgendwelche Unregelmäßigkeiten entdecke, werde ich entscheiden, was zu tun ist.«

Ich erstarrte, als ich den Kopf hob. Wollte Mr Clarkson jetzt seinen Anspruch auf die Firma geltend machen … und auf mich? Und wollte er sich mir auf Umwegen etwa als Ehemann anbieten?

Kapitel 11

Am Sonntag gab Onkel Lewis sich besonders viel Mühe, als er sich auf unseren gemeinsamen Gang zum Gottesdienst vorbereitete. Ich hätte mich darüber freuen sollen, dass er mich begleiten wollte, aber an diesem Tag wäre ich lieber zu Hause geblieben. Ich focht schlimme innere Kämpfe aus mit allem, was vor und hinter mir lag, und dabei spürte ich weder die sanfte Hand unseres Herrn noch hörte ich ein Wort, das mir Mut machte.

Wir nahmen eine Mietkutsche zur St.-Georgs-Kirche. Mein Onkel konnte natürlich nicht zu Fuß dorthin gehen. Es war ein dunkler, nasskalter Tag. In der Stadt roch es nach Herbstlaub, das nicht aufgekehrt und weggebracht worden war, und der schwere Dunst von Kohle hing wie ein schwarzer Trauerschleier in der Luft. Während der Fahrt erinnerte ich den Herrn an seine Verheißung aus dem Jakobusbrief. »Wenn es aber jemandem unter euch an Weisheit mangelt, so bitte er Gott, der jedermann gern und ohne Vorwurf gibt; so wird sie ihm gegeben werden.«

Ich bitte dich, lieber Herr. Warum antwortest du nicht?

Die Kirche war ein Wunderwerk aus majestätisch wirkendem grauem Stein mit einem Dach, das von korinthischen Säulen gestützt wurde. Die vielen Fenster aus durchsichtigem Glas fingen das natürliche Tageslicht ein und ließen es in den Altarraum strömen auf die dort zur Anbetung Versammelten. Wir saßen in einer der hinteren Reihen, damit mein Onkel nicht so weit laufen musste. Als wir in unserer Bankreihe ankamen, schloss Onkel Lewis das Türchen hinter uns und ich kam langsam zur Ruhe.

Vorbereitung des Herzens.

Bußgebet.

Schriftlesung.

Glaubensbekenntnis.

Ich konnte die Worte auswendig aufsagen und sie hätten eigentlich mein Herz erheben sollen, aber mein Herz war so schwer. Ich sehnte mich nach einer persönlichen Ermutigung von Gott selbst, einer Bestätigung, dass ich nicht allein war und alles gut werden würde.

Herr, ich bin hier und ich brauche dich, rief ich in meinem Herzen. *Bist du da?*

Und wieder hörte ich nichts, nur Schweigen. Vielleicht hatte Gott es wie meine Mutter damals gemacht und hatte sich anderen Menschen zugewandt, die vielversprechender waren.

Ich schloss die Augen und sah in meiner Erinnerung, wie Papa während des Mittagessens nach dem Gottesdienst meine Hand nahm. Es waren mehrere Wochen vergangen, seitdem Mama uns verlassen hatte.

»*Wir sollten uns nicht weigern, mit Gott über unsere Probleme zu sprechen*«, sagte er damals. »Schließlich weiß er genau, was wir denken.«

Na gut. *Bist du echt und wahrhaftig, Gott? Messing oder Gold?* Als ich ein kleines Mädchen war, lernte ich, was *Pia fraus*, ein frommer Betrug, war. Im Namen der Wissenschaft oder des Glaubens stellte man eine Behauptung auf, für die es keine Beweise gab. Demjenigen, der die Behauptung in die Welt setzte, ging es mehr um den Glauben an den Sachverhalt als um Wahrheit oder Genauigkeit. Einmal hatten Onkel Lewis und ich berühmte Reliquiare katalogisiert und restauriert. Es handelte sich um kleine, aber sehr teure Gehäuse aus Gold, manchmal besetzt mit Edelsteinen. In ihnen wurden zum Beispiel Knochenstückchen eines Heiligen oder ein Splitter des Kreuzes, an dem unser Herr gestorben war, aufbewahrt. Mein Onkel war nicht bei jeder Reliquie von deren Echtheit überzeugt gewesen. Doch viele Menschen glaubten, dass ihnen die Reliquien halfen, wenn sie diese berührten.

»*Wie kann so etwas helfen, wenn es nicht immer echt ist?*«, hatte ich ihn gefragt. »*Und wenn es echt ist, warum kommt dann nicht immer Hilfe?*«

»Alle Menschen glauben das, was sie glauben wollen. Aber wir alle müssen letzten Endes danach streben, der Wahrheit zu glauben, ob sie uns nun passt oder nicht.«

Vielleicht galt das auch für den Glauben an Gott.

War Gott ein liebender und allgegenwärtiger Gott? Oder hatte man mich eine *Pia fraus* gelehrt? Ich traute mich nicht, andere danach zu fragen. Aber wenn Gott wirklich da war, dann kannte er auch die Zweifel, die meine Seele plagten. Ich berührte den Kragen meines Kleides, unter dem der Anhänger mit dem Senfkorn versteckt war. Wie winzig klein war es doch!

Marguerite und ich wollten diesen Nachmittag gemeinsam verbringen. Als ich bei ihr ankam, öffnete mir ihre Haushälterin die Tür.

»Eleanor.« Marguerite kam die Treppe herunter. »Möchtest du zuerst einen Tee?«

»Ja, bitte.« Ich klappte meinen Regenschirm zu, ließ ihn in der Eingangshalle stehen und folgte meiner Freundin in ein gemütliches Wohnzimmer. Ich bemerkte, dass sich die Tapete an manchen Stellen von der Wand löste und sich am Fenster feuchte Flecken bildeten. Der Raum roch nach nassem Mehl, nach der Paste, mit der die Tapeten an die Wand geklebt wurden. Marguerite achtete sehr auf Äußerlichkeiten. Sie musste in einer ernsten Notlage sein, wenn sie es sich nicht leisten konnte, diese kleinen Schäden zu beseitigen.

»Ich habe eine Einladung von Lord Lydney erhalten«, sagte sie. »Und ich gehe davon aus, dass wir sie annehmen.«

»Du willst mir helfen, die Bestandsaufnahme abzuschließen?«, fragte ich spöttisch.

»Nein, meine Liebste. Ich hätte nicht die geringste Ahnung, was zu tun ist, und auch kein Interesse daran, es zu lernen. Er gibt eine kleine Gesellschaft und er weiß, dass du ohne mich nicht daran teilnehmen würdest. Vielleicht meint er, wenn er mich zuerst dafür gewinnen kann, liefere ich dich pünktlich dort ab.«

»Natürlich habe ich die Einladung bekommen, aber ich weiß noch nicht, ob ich zu seinen Gesellschaften gehen möchte.«

»Natürlich möchtest du«, erwiderte sie tadelnd. »Wegen mir.«

Ich neigte den Kopf zur Seite, nahm einen Schluck Tee und fragte: »Wieso wegen dir?«

»Man weiß nie, wen man bei solchen Gesellschaften trifft.«

Sie hatte recht. Marguerite musste unbedingt wieder heiraten und Watchfield war ein guter Ort für die Ausschau nach einem möglichen Bräutigam. So fortschrittlich ich zu denken versuchte, war ich dennoch realistisch geblieben.

Wir tranken unseren Tee. Dann stand ich auf und betrachtete ihr Hochzeitsporträt, das an der Wand hing. »Mr Clarkson hat vor Kurzem eine sehr seltsame Bemerkung gemacht. Er meinte, ich solle so schnell wie möglich verheiratet werden und Kinder bekommen … und schwierige Gutachten ihm überlassen.«

Sie trat hinter mich. »Hat er dir einen Heiratsantrag gemacht?«

»Ich weiß nicht.«

»Bist du an ihm interessiert?«

Mit einem Seufzer drehte ich mich zu ihr um. »Ich glaube nicht. Obwohl ich vielleicht Interesse an ihm haben sollte. Bis letzte Woche war er ein vollendeter Kavalier und ich habe gerne mit ihm zusammengearbeitet. Wir haben gemeinsame Interessen und man könnte ihn für gut aussehend halten.«

»Nicht jede erfolgreiche Ehe muss aus Liebe geschlossen werden.«

Sie betrachtete das Porträt ihres verstorbenen Mannes. Ihre Ehe war von ihren Eltern arrangiert worden mit einem Mann, der viel älter war als sie. Obwohl sie nicht unglücklich gewesen war, war sie auch nicht glücklich gewesen.

»Ich stimme dir zu. Aber wenn ich schon nicht aus Liebe heiraten kann, will ich zu meinem künftigen Mann wenigstens Vertrauen haben.«

»Ja«, erwiderte sie. »Und vertraust du Mr Clarkson?«

»Ich weiß nicht so recht.« Ich ging zurück zum Sofa. »Meistens schon. Und doch gibt es etwas – ich bin mir nur noch nicht sicher, was es ist –, das mich davon abhält, ihm mein volles Vertrauen zu schenken. Wenn er die Beherrschung verliert, kann er sehr verletzend sein. Vielleicht ist es aber auch sein Eifer für die Firma, der ihn solche Worte aussprechen lässt.« Ich wechselte das Thema. »Und jetzt zu Harrys Abendgesellschaft … Ich habe nicht die richtige Kleidung für diesen Anlass. Und ich habe auch nicht das Geld, um mir etwas Neues zu kaufen.« Ich erklärte ihr die betrübliche Situation mit unseren vielen Rechnungen, erwähnte aber nicht die Möglichkeit, dass ich nach Neujahr im Schuldgefängnis landen könnte. Dieses unangenehme Detail wollte ich für mich behalten.

»Und dann, neulich abends beim Treffen des *Burlington-Clubs,* habe ich einen schrecklichen Fehler gemacht.« Ich wollte in ihrer Gegenwart nicht weinen, aber ich spürte den Druck der Tränen in meinen Augen. Deshalb stand ich am Fenster, um mein Gesicht am Glas der Fensterscheibe zu kühlen.

»Das tut mir so leid, Liebste. Werden sie dich jetzt nicht als Mitglied aufnehmen?«

»Das weiß ich nicht. Ich hoffe, dass Lady Charlotte mir zur Seite stehen wird.«

Sie nahm meine Hand. »Jetzt wollen wir etwas tun, was dich aufmuntert. Komm mit.«

Marguerite führte mich nach oben in ihre privaten Räume. Neben dem Schlafzimmer befand sich ein kleiner Ankleideraum mit einem Kleiderschrank, einem großen Spiegel, einer Frisierkommode und einem Schmuckschränkchen.

»Bleib hier. Und lege dein Kleid ab.«

»Was?« Ich wusste nicht, was sie vorhatte.

»Ich werde dir als Zofe dienen«, antwortete sie.

Schon bald kam sie mit einem entzückenden bernsteinfarbenen Kleid zurück. Es war bestickt mit sepiabraunen Blüten, die sich zart an der Moiré-Seide herunterrankten. Die Puffärmel wurden über den Ellbogen enger und der Ausschnitt war so tief, dass man ein Y-Collier tragen konnte. »Das Mieder läuft spitz aus und so kommt deine Wespentaille gut zur Geltung …« Ihre Stimme klang liebevoll und ein wenig spöttisch zugleich.

»Oh, Marguerite! Also, wirklich!«

Sie bestand darauf, dass ich hineinschlüpfte und mich dann zum Spiegel drehte. Ich rang nach Luft, als ich mich sah. War ich das wirklich? Die Farben brachten mein rotbraunes Haar wunderbar zur Geltung und meine braunen Augen leuchteten wie Bernsteine.

»Das entspricht nicht ganz einer angemessenen Trauerkleidung«, bemerkte Marguerite. »Aber der liebe Lord Lydney scheint die Regeln für tiefe Trauer ebenfalls nicht zu beachten.«

»Kannst du ihm das übel nehmen?«, fragte ich.

»Nein, das kann ich nicht.«

Sie holte ein violettes Kleid heraus, das genauso gut zu meiner Haut- und Haarfarbe passte. Mit ein paar kleinen Änderungen würde es mir perfekt passen. Es gefiel mir sogar noch besser als das erste. »Ich habe dich in diesen beiden Kleidern noch nicht gesehen.«

»Ich habe ein paar Schmuckstücke verkauft«, erwiderte sie sachlich und nüchtern. »Ich trauere ja nicht mehr um Edwin. Mein Leben muss weitergehen. Du kannst dir die beiden Kleider gerne ausleihen, denn es hat sie noch niemand gesehen.«

»Sie sind viel zu teuer. Ich hätte Angst, etwas darauf zu verschütten oder den Stoff einzureißen.«

»Sie sind nicht so teuer, wie du denkst. Sie sind nicht neu. Menschen in jeder gesellschaftlichen Stellung können schwere Zeiten erleben. Sogar die Privilegierten unter uns müssen manchmal steile Hügel erklimmen.«

Ich kämpfte mit mir, als ich in den Spiegel schaute. »Du weißt, dass ich den äußeren Schein verabscheue.«

»Nein, das weiß ich nicht. Ich habe dich beobachtet, wie du

Silber so lange poliert hast, dass es für deine Kunden wunderbar glänzt. Ich habe beobachtet, wie du die feinsten Pinzetten verwendet hast, um einen Fussel von einem Ring zu entfernen. Ich habe die Öle an dir gerochen, wenn du die Walnussholz-Stühle poliert hast, die man dir zur Pflege überlassen hat. Warum gönnst du dir nicht dieselbe Pflege, Eleanor?«

»Am Ende will mich niemand als seinen Schatz haben.« Meine Stimme war so leise, dass sie mich wohl nicht gehört hatte.

»Lass uns nach Watchfield fahren, liebste Freundin. Ich werde dir als Anstandsdame und persönliche Zofe dienen und du wirst mich einem wohlhabenden, alten Mann vorstellen, der eine Freundin und Ehefrau braucht, für eine Vertrauensheirat. Und so ganz nebenbei möchte ich sehen, wie sich gut um meine wunderschöne Freundin gekümmert wird, wie sie wertgeschätzt wird und sich im besten Licht zeigen kann.«

Ich dachte kurz nach. Charlotte Schreiber färbte sich die Haare. Alice lebte in einem Elendsviertel, aber sie trug einen gestärkten blütenweißen Kragen.

Warum eigentlich nicht? Ja, warum denn nicht!

»Ja, ich bin einverstanden.« Ich hob warnend den Zeigefinger. »Aber unter einer Bedingung.«

»Alles, was du willst.«

Ich wurde ernst. »Du stellst mich der Person vor, der du deinen Schmuck verkauft hast.«

Ich hatte nicht genug Geld für die November-Miete, die schon bald fällig wurde. Deshalb musste ich damit beginnen, den Schmuck meiner Mutter zu verkaufen.

Kapitel 12

Watchfield House, Oxfordshire

Marguerite und ich betraten die nebeneinanderliegenden Zimmer, die man uns in Watchfield House zugeteilt hatte. War Harry für diese Wahl verantwortlich, sodass ich auf die Nähe und den Trost einer Freundin nicht verzichten musste? Ich fragte mich, wann ich ihn sehen würde, und ich fragte mich, ob er denselben Gedanken hatte wie ich.

Mein Onkel war natürlich in London geblieben unter der Obhut von Orchie. Mr Clarkson sollte früh am nächsten Morgen hierherkommen, um mit mir gemeinsam die Bestandsaufnahme zu beenden.

Wir zogen uns um. Uns erwartete ein Abend mit Musik und Spielen, gefolgt von einem Essen. Ich konnte mir nicht vorstellen, woher das Geld für dieses gesellschaftliche Ereignis kommen sollte. Sir Matthew Landon hatte klar und deutlich gesagt, dass Harry von seinem Vater kein Einkommen geerbt hatte. Aus der Ferne hörten wir, wie das Streichorchester die Instrumente stimmte. Marguerite half mir in das wunderschöne auberginefarbene Kleid. Ich legte das goldene Opalhalsband meiner Mutter an. Die Steine würden im Licht der Lampen in allen Farben des Regenbogens schimmern.

Sobald ich wieder in London wäre, müsste ich das Schmuckstück verkaufen.

»So, das hätten wir.« Marguerite steckte mein Haar zurück und nach oben, formte es zu Locken und ließ sie dann in sanften Wellen um meine Schultern fallen. Sie rieb meine Wangen, damit sie etwas Farbe bekommen sollten. Dann zeigte sie mir, wie ich mir auf die Lippen beißen sollte, damit sie ebenfalls rot wirkten.

»Auf gar keinen Fall!«, protestierte ich. Aber als sie sich umdrehte, um sich anzukleiden, biss ich mir heimlich auf die Lippen. Es konnte ja nicht schaden.

Unten im Empfangssalon waren vor dem Essen alle Gäste versammelt, als ich eintrat. Alle Blicke richteten sich auf mich. Diesmal sahen sie mich mit neuen Augen. War das nicht die Tochter des Restaurators? Ich war so prachtvoll gekleidet wie alle anderen im Raum. Als mein Blick auf die schöne Signorina Viero und ihre Mutter fiel, grüßte ich die beiden höflich und lächelte ihnen zu. Signorina Viero erwiderte mein Lächeln, aber ihre verwitwete Mutter blieb ernst. Ich drehte mich um und sah, wie Harry den Raum betrat. Obwohl ich mir die Mühe mit meiner äußeren Erscheinung um meiner selbst willen und nicht wegen Harry gemacht hatte, erkannte ich, dass ich eine unerwartete Belohnung dafür empfing, die mich sehr freute. Harry rang hörbar um Luft.

Ich nickte ihm zu und wandte mich Marguerite zu, die verschmitzt lächelte.

Ich stellte sie einigen Bekannten vor. Ein Witwer um die vierzig schien von ihr entzückt zu sein. Deshalb verabschiedete ich mich mit einem Kopfnicken und ging durch den Raum, um mit anderen Leuten zu sprechen. Das Abendessen wurde serviert und danach begannen wir mit den Gesellschaftsspielen.

Charlotte wäre stolz gewesen, wenn sie das gesehen hätte. Viele verschiedene Brettspiele waren über den ganzen Raum verteilt aufgestellt worden. Wie der Zufall es wollte, fand ich mich an dem großen Tisch wieder, an dem auch Signorina Viero saß.

Auf dem Spielbrett aus Porzellan standen griechische Liebesfiguren und jeder von uns bekam eine davon. Die Würfel wurden geworfen. Wir mussten die Spielfiguren vorwärts oder rückwärts bewegen je nach den Anweisungen auf dem Feld, auf dem wir landeten.

»Diskretion«, rief ich aus. »Ich gehe drei Schritte vorwärts und stehe dann auf ›Hoffnung‹.« Wie passend für solch einen Abend, dachte ich.

Der Mann zu meiner Linken landete auf dem Feld »Indiskretion«. »Ich bin froh, dass meine Frau an einem anderen Tisch spielt«, spöttelte er und wir stimmten in sein Lachen ein. Jeder von uns durchlief auf dem Spielbrett die Stadien des Flirtens und der Werbung bis hin zur Verlobung.

Als Signorina Viero an der Reihe war, landete sie auf einem Feld mit einer ziemlich seltsamen romantischen Forderung.

»Silenzio«, sagte sie mit ihrem lieblichen, trällernden Akzent. Sie sah mich an und lächelte kokett. »›Still bleiben‹.« Einen Augenblick lang war ein gewisses Unbehagen zu spüren, aber dann ging das Spiel weiter.

Ihre Mutter lief geschäftig im Raum umher, ganz wie eine Gastgeberin. Als das Spiel zu Ende war, gesellte Francesca sich zu ihr und gab den Bediensteten mit einem Zeichen zu verstehen, dass sie Wasser und Champagner servieren sollten. Dann ging sie hinüber zum Streichquartett. Ich stand in der Nähe, deshalb konnte ich hören, wie sie die Musiker anwies, während der Spiele leise Musik zu spielen, sich aber darauf vorzubereiten, dass später getanzt werden würde.

Sogar Marguerite, Harrys widerwillige Fürsprecherin, machte große Augen.

»Mehr Gastgeberin als Gast«, bemerkte sie ein wenig zerstreut.

Harry kündigte an, dass wir uns in Gruppen aufteilen sollten, um mit dem Sardinenspiel zu beginnen. Er verteilte Karten, auf denen Buchstaben und Zahlen standen. Die Karte mit der Nummer eins wäre die »Sardine« für die Gruppen, die mit den Buchstaben A bis E versehen waren. Die Sardinen sollten sich irgendwo im Haus verstecken, allerdings war »in Privaträumen und der Dienstbotenetage der Zutritt verboten«, sagte er. Wir alle mussten herausfinden, wo sich die »Sardine« aus unserer Gruppe versteckt hatte. Sobald dies geschehen war, sollten wir uns mit ihm oder ihr zusammen verstecken, bis die Gruppe komplett war. Der oder die Letzte, die das Versteck entdeckte und in der »Sardinenbüchse« ankam, hatte verloren und musste den ersten Tanz auslassen.

Lord Grimsby, der Mann, der ein Auge auf Marguerite geworfen hatte, war in meiner Gruppe C die »Sardine«, aber ich sah, wie er mit jemandem die Karten tauschte, als er herausfand, welche Gruppenkarte Marguerite zugewiesen worden war. Wir gaben der »Sardine« Zeit, nach einem geeigneten Versteck zu suchen. Dann leerte sich der Raum.

Ich rechnete nach. In jeder Gruppe waren etwa fünfzehn Spieler und es würde dauern, bis wir alle herausfanden, in welches Versteck unsere Gruppe passen würde. Damit hätte ich genügend Zeit.

Zunächst schlich ich mich in den hinteren Teil des Hauses. Warum war jenes Zimmer als einziges abgeschlossen gewesen? Und warum hatte man mir keinen Schlüssel zu diesem Zimmer überlassen? Ich musste es einfach wissen.

Da Harry den Zutritt zur Dienstbotenetage verboten hatte, hielt ich es für möglich, dass ich über die Hintertreppe unbemerkt in den dritten Stock gelangen konnte. Ich fragte mich, ob die Tür vielleicht seit meinem letzten Besuch aufgeschlossen worden war, weil ich nachgefragt hatte … oder weil eine Feier abgehalten worden war und das Zimmer als Vorratsraum gedient hatte.

Im Hintergrund spielte die Musik, aber sie wurde leiser und verstummte schließlich ganz, als das Klopfen meines Herzens lauter wurde. Ich hatte keine Lampe mitgenommen. Als ich im ersten Stock um die Ecke bog, wurde es plötzlich vollkommen dunkel. Hinter mir schlug eine Tür zu. Ich spürte, wie mir das Herz bis zum Hals schlug.

Aber es war nichts. Ich wartete, bis sich meine Augen an die Dunkelheit gewöhnt hatten. Dann ging ich bis zum nächsten Treppenabsatz. Als ich stehen blieb, um den Rock meines Kleides in den engen Raum zu drücken, hörte ich genau hinter mir leise Schritte.

Wer könnte mir gefolgt sein? Und warum?

Ich wartete einen Augenblick und dann ging ich auf der schmalen Treppe ganz nach oben. Dort gab es bloß eine Tür am Ende des langen Flurs. Ich versuchte, den Türknauf zu drehen, aber die Tür war fest verschlossen.

Ich rüttelte vorsichtig an der Tür. Nichts. Ein Stockwerk unter mir hörte ich Schritte. In der Nähe befanden sich keine anderen Zimmer, bloß eine Treppe, die zu den unteren Dienstbotenquartieren führte. Sollte ich weitergehen? Oder lauerte jemand im Dunkeln? Ich könnte natürlich schreien, aber ich war mir nicht sicher, ob mich jemand hören würde so weit im Inneren des Hauses und bei der lauten Musik.

Warum sollte ich schreien?

Ich riss mich zusammen und ging weiter die Treppe hinunter, eine Stufe nach der anderen, bis ich ein Stockwerk tiefer war. Ich kam an einem Wäscheschrank vorbei und hörte ein Geräusch. Leise öffnete ich die Tür. Ich hörte Atemzüge und gedämpftes Flüstern.

»Sind Sie die »Sardine« von Gruppe C?«, fragte ich leise.

»Aber nein«, antwortete eine Frauenstimme mit einem leisen Kichern. War das etwa ein fremdländischer Akzent? War Signorina Francesca allein im Schrank? Oder war Harry ...?

Ich verbannte den Gedanken aus meinem Kopf. Schließlich waren Dutzende Leute hier anwesend.

Ich wanderte bis zum Ende des Flurs und öffnete die Tür zu dem kleinen Kämmerchen, in dem Harrys Vater seine Zigarren aufbewahrt hatte. Eine süßliche, nussige, rauchige und gleichzeitig muffige Duftwolke strömte heraus.

»Sind Sie »Sardine« C?«, fragte ich.

»Nein«, erwiderte ein Mann. »Gehen Sie nach unten. Dort werden Sie die anderen finden.«

Aha. Er musste die Gruppe C gefunden haben, als er nach seinen eigenen Leuten suchte.

Ich ging nach unten in den ersten Stock. Dort hörte ich ein leises Geräusch, das aus dem großen Schrank für Mäntel kam. Ich machte die Tür auf.

»Sind Sie »Sardine« C?«, flüsterte ich.

»Ja!«, lautete die Antwort. Ich schlüpfte in den Schrank und zog die Tür hinter mir zu. Dann tastete ich mich nach hinten. Dort versteckten sich bereits sieben oder acht »Sardinen«, Männer und Frauen, die eng beisammenstanden.

Kurz darauf betrat eine weitere Frau den großen Schrank und gesellte sich zu uns. Es wurde still. Dann hörte ich ein unterdrücktes Husten. Eine Hand legte sich auf meine rechte Schulter.

»Vergessen Sie nicht, was ich Ihnen gesagt habe, Miss Sheffield«, hauchte eine Stimme in mein rechtes Ohr. »Er bleibt nur sich selbst treu, sonst niemandem.«

Der Rock meines Kleides war so ausladend und die anderen Mitspieler standen so eng zusammen, dass ich mich nicht umdrehen konnte, um zu sehen, wer mir etwas zuflüsterte, aber diesmal wusste ich es. Es war Lord Audley, der behauptet hatte, Harry sei selbstsüchtig und treulos. Konnte er das wirklich wissen? Sie waren zusammen auf der Universität und ihre Familien waren eng befreundet gewesen.

Die Tür des Schranks öffnete sich erneut, und weil das Licht seine Silhouette erhellte wie ein Heiligenschein, konnte ich erkennen, dass es Harry war. Er fragte, ob sich hier »Sardine« C befände, und Lord Audley gab ihm eine knapp formulierte Antwort. Harry ging direkt zur Rückwand des Schranks. Als er näher kam, entdeckte er mich und lächelte.

Er hatte uns in dieselbe Gruppe platziert. Ich wusste es. Ich erwiderte sein Lächeln, allerdings etwas kühler, als ich es noch vor einem Jahr getan hätte.

Er stand so nahe bei mir, wie es noch vertretbar war, und das war sehr nahe, denn darum ging es ja bei diesem Spiel. Natürlich waren wir nicht allein. Er wurde seitlich gegen mich gedrückt, und als die Tür sich öffnete und jemand Neues sich zu uns gesellte, hatte er einen berechtigten Grund, noch näher zu rücken. Er beugte sich zu mir und drückte seine Wange an meine, bevor sein Mund sich meinem Ohr näherte.

»Du siehst umwerfend aus. Wunderschön«, flüsterte er.

Eine angenehme Wärme durchströmte mich und ich musste lächeln. Endlich öffnete die letzte Person die Schranktür und wir alle purzelten hinaus zurück in den Salon.

Harry nahm meine Hand, als wir den Schrank verließen. Ich ließ ihn gewähren, weil ich nicht wollte, dass er mich losließ.

Als wir in den Salon zurückkehrten, spielte das Streichquartett die Tanzmusik, wohl auf die Anweisung von Signorina Francesca Viero hin. Nur wenige Minuten später forderte Lord Audley mich zum Tanz auf.

Marguerite stand auf der anderen Seite des Raumes. Mit hochgezogenen Augenbrauen wechselte sie einen Blick mit mir, aber ich lächelte ihr zu. Ich hatte nicht die gesellschaftliche Stellung, die für Lord Audley infrage kam. Wir hatten keine Gespräche geführt, die ein romantisches Interesse an mir andeuteten, und ich hatte erfahren, dass er glücklich verlobt war – mit einer reichen Amerikanerin.

Ich willigte ein, mit ihm zu tanzen, und er war ein sehr angenehmer Tanzpartner. Als ich hochsah, merkte ich, wie Harry uns mit schlecht verborgener Eifersucht nachblickte. Offen gestanden war ich darüber erfreut.

Lord Audley begleitete mich, als wir die Tanzfläche verließen. Er brachte mir ein Glas Wasser mit Zitrone.

»Sie hören nicht auf, mich zu warnen«, sagte ich mit leisem Spott. »Das ist nicht notwendig. Warum tun Sie es trotzdem?«

Er lachte. »Trotz allem, was Sie vielleicht beobachtet haben, Miss Sheffield, ist die Ritterlichkeit noch nicht ausgestorben. Unter uns Edelleuten gibt es noch jene, die mit edlen Absichten handeln. Ich zähle auch dazu.«

Mit einer Verbeugung verließ er mich. Ich war jedoch nicht lange allein. Marguerites Geschick als Kammerzofe brachte mir sehr viel Aufmerksamkeit ein. Ich gab es nur ungern zu, aber das machte mir Mut. Vielleicht war es einer Frau trotz allem erlaubt, schön und tüchtig zugleich zu sein.

Als Harry mit Signorina Viero tanzte, hielt ich meinen Blick auf andere Paare gerichtet. Dann kam er und bat mich um den nächsten Tanz. Ich willigte ein. »Wie ich sehe, will Audley mir meinen Platz streitig machen«, sagte er leichthin, aber mit einer gewissen Schärfe.

»Welchen Platz denn?«, fragte ich mit einem gespielt naiven Augenaufschlag. Ich wandte den Blick nicht von ihm, als wir uns umeinander drehten, unsere Tanzpartner tauschten und wieder zusammenkamen.

»Auf der Tanzfläche«, erwiderte er mit leiser Stimme, gefolgt von einem fröhlichen Lachen, das ihn noch anziehender machte und in mir viele Erinnerungen weckte. Sein derbes und gleichzeitig melodiöses Lachen hatte mich schon immer schwach gemacht.

Lord Audley und seine Verlobte gesellten sich wie zufällig zu uns. Harry stand links und Lord Audley rechts von mir. Die beiden Herren begrüßten sich höflich und begannen ein Gespräch über Pferde. Ich wandte mich der Verlobten von Lord Audley zu und wir sprachen über die guten Musiker. Als Lord Audley wegging, war Harry wieder an meiner Seite. Er sagte: »Audley auf der einen Seite, jetzt und im Schrank, als wir »Sardine« gespielt haben, und ich auf der anderen Seite – das erinnert mich an *Der Hirte des Hermas*.«

Auch ich erinnerte mich an das Buch. Es war ein altes, christliches Manuskript. Ich freute mich, dass Harry es kannte, aber meine Überraschung musste sich in meinen Gesichtszügen widergespiegelt haben, denn er musste schon wieder lachen. »Ellie, warum so überrascht? Ich bin zwar kein Liebhaber von Antiquitäten, aber ich bin trotzdem belesen.«

Ich wurde rot, denn ich fühlte mich ertappt. Natürlich sagte er die Wahrheit. »Sag mir, warum erinnert dich die Geschichte an Lord Audley?«

»Alle Menschen, so lehrt uns diese Geschichte, haben zwei Engel, den Engel der Schlechtigkeit und den Engel der Gerechtigkeit. Jeder von den beiden will in das Herz eines Menschen eindringen und seine Gefühle und Entscheidungen prägen. Der

Verfasser mahnte zur Vorsicht und Weisheit im Umgang mit den beiden Engeln, aber ein Mensch sollte sich nur von dem Engel leiten lassen, der zur Gerechtigkeit führt.«

»Ich bin erfreut, dass du Lord Audley für einen Förderer der Gerechtigkeit hältst«, erwiderte ich scherzhaft. »Das werde ich ihm sagen, wenn er mich wieder zum Tanz auffordert.«

In diesem Augenblick hörte ich die Melodie eines Liedes. Ich riss die Augen auf. »Du hast dafür gesorgt, dass dieses Lied gespielt wird!«

»Ja, das habe ich.« Er lächelte und nahm meine Hand. »Darf ich bitten?«

Ich sah Harry an. Er war jetzt ein Mann und kein Knabe mehr. Auch er hatte sich an unseren ersten Tanz erinnert.

Ich dachte zurück an eine kleine Hausgesellschaft, die sein Vater einmal gegeben hatte.

Es spielte für mich keine Rolle, dass Papa nicht eingeladen war zu der Gesellschaft des Barons. Papa war in vielerlei Hinsicht ein geschätzter Freund, aber er hatte nicht die gleiche gesellschaftliche Stellung wie der Baron.

Ich wollte auch nicht als gleichrangig gelten. Deshalb ging ich in die Bibliothek, um ein Buch mit auf mein Zimmer zu nehmen. Der Baron hatte mir seine Erlaubnis dazu erteilt. Als ich die Bibliothek wieder verließ, sah ich Harry.

»Ellie. Komm mit mir. Wir treffen uns im Sommerhaus.«

Ich schüttelte den Kopf. »Ich kann nicht. Papa erwartet mich oben.«

Er seufzte. Er trug eine schwarze Krawatte und einen Frack. Ich trug ein blaugrünes Kleid, das ich zusammen mit einer der Damen aus der Kirche gekauft hatte. Es war hübsch, aber meiner gesellschaftlichen Stellung entsprechend. Harry zog mich durch eine der versteckten Dienstbotentüren in einen Vorratsraum für Wäsche, weil er versuchen wollte, mich zu einem heimlichen Treffen zu überreden.

»Man wird es nicht merken, wenn du fort bist. Dein Vater ist alt. Er wird bald einschlafen.«

Ich lachte. »Papa ist nicht alt und er wird aufbleiben, auch wenn die Musik nicht mehr spielt.«

Plötzlich, wie durch Zauberhand, stimmten die Musiker das nächste Lied an, eine langsamere Melodie mit dem Lockruf der Violine.

Der Raum war klein, aber wir waren allein. Harry streckte die Hand aus und so legte ich mein Buch auf den Boden. Dann fasste er mich bei den Händen. »Darf ich bitten?«

Seine Hände waren so warm wie meine auch. Ich blickte auf und erschrak, als er einen Arm um meine Taille legte. In meiner Tagesschule für Damen hatte ich mir nicht vorstellen können, dass mein erster Tanz auf diese Weise stattfinden würde, so vertraut, nur wir beide, ohne Anstandsdame, ohne Publikum.

Er zog mich näher zu sich und wider besseres Wissen ließ ich ihn gewähren. Wir fanden uns immer besser in den Rhythmus der Musik hinein und dann tanzten wir. Es war unser erster Tanz. Als das Lied endete, hielt er mich mit ausgestreckten Armen, als ob er zögerte, mich loszulassen. Schließlich zog ich meine Hände weg.

Er verbeugte sich. »Fürs Erste, Gnädigste«, sagte er. »Fürs Erste.«

Als der jetzige Tanz zu Ende war, sprach Harry wieder, diesmal mit sanfter Stimme. »Leider habe ich Pflichten, denen ich nachkommen muss. Wirst du morgen früh abreisen?«

»Ich werde bleiben und die Inventur beenden. Und dann werden Mr Clarkson, Mrs Newsome und ich nach London zurückkehren.«

»Ah, Mrs Newsome.« Seine Augen blitzten. »Ich werde sie zu meiner Feier am Dreikönigsfest einladen müssen, damit sie ihren Schützling mitbringen kann. In der Zwischenzeit werde ich dich in London besuchen, wenn ich darf.«

Wenn ich ehrlich war, störte es mich nicht, welche Manöver er unternahm, um mich in seiner Nähe zu haben. Aber würde er mich immer noch zum Dreikönigsfest hier haben wollen, wenn ich mich wegen der Kunstsammlung gegen ihn entscheiden würde? Diese Entscheidung sollte zuerst getroffen werden. Nach dem

Fehler, den ich bei Lord Parham begangen hatte, schien es, als ob ich die Firma unserer Familie nur noch retten könnte, indem ich die Sammlung dem Museum in South Kensington zusprechen würde. Trotzdem stimmte ich mit einem Kopfnicken zu.

Harry küsste meinen Handrücken und sorgte dafür, dass seine Lippen länger auf dem dünnen Stoff meines Handschuhs verblieben, als die Höflichkeit es erforderte. Dann wich er zurück, aber er schien lieber bei mir verweilen zu wollen. Schließlich empfahl er sich mit einer Verbeugung.

Aus dem Augenwinkel sah ich, wie die Witwe Viero uns beide anstarrte. Harry ging weg und sie kam zu mir. Sie tauschte Höflichkeiten mit mir aus, sprach über die bevorstehenden Feiertage und ihr Heimweh. Sie sprach in gebrochenem Englisch. Deshalb wechselte ich zu Florentinisch. Sie wirkte überrascht. »Mein Vater hat dafür gesorgt, dass ich eine gute Schulbildung erhielt.«

»Das ist bewundernswert, *che bella*. Und Ihre Mama? Sie ist heute Abend nicht bei Ihnen?«

»Nein.« Mit einem knappen Kopfschütteln wünschte ich ihr *buonasera*, einen guten Abend. Dann empfahl ich mich, bevor sie weitere Fragen über meine Mutter stellen konnte. Bestimmt würde ihr jemand schon bald mehr erzählen.

Auf dem Weg zu meinem Zimmer drehte ich meinen Handschuh um, sodass ich mit der Vorderseite, auf der Harrys Lippen gewesen waren, meinen eigenen Mund berühren konnte. Das war vielleicht alles, was ich jemals von ihm bekommen würde.

Ich wartete eine Stunde, fast zwei, bis ich vermutete, dass alle schliefen. Ich lauschte auf jedes Geräusch, hörte aber nichts als das Knacken wie von arthritischen Knochen, als sich die Holzbalken des alten Hauses unter der Kälte zusammenzogen. Ich schlüpfte in einen schweren Morgenmantel und zog fellgefütterte Hausschuhe an. Dann ging ich über die Hintertreppe nach unten und nahm vorsichtig eine Stufe nach der anderen. Wenn ich meine Pflicht gewissenhaft erfüllen wollte, musste ich unbedingt wissen, was sich in jenem verschlossenen Zimmer befand.

Kapitel 13

Die Küche war bereits sauber und aufgeräumt, das Küchenmädchen schlief in einer Ecke des Raums. Sie war eigentlich zu jung, um schon zu schnarchen, aber das arme Mädchen hatte heute Abend wohl mehr als ihre übliche Arbeit erledigen müssen. Ich hörte ein leises Schnarchen. Meine Augen gewöhnten sich langsam an das schummrige Licht. Dann ging ich um die Ecke zur Vorratskammer des Butlers.

Ich tastete mit einer Hand die Seite der Schiebetür ab, aber die Tür war abgeschlossen. Vor Enttäuschung stieß ich einen leisen Seufzer aus. Die Schlüssel waren bestimmt im Zimmer des Butlers.

Ich traute mich nicht, in ein Zimmer einzubrechen, in dem ein Mann schlief. Ein trübes Licht schimmerte im Zimmer des Butlers. Ein Fenster lag zum Flur hin und ich wollte nicht, dass er mich entdeckte. Rasch schlich ich mich die Treppe hoch und ging zurück in mein Zimmer. Dort setzte ich mich auf das Bett und dachte nach. Ich betete, aber mir kam keine gute Idee.

Ich schlug die Bibel auf und blätterte sie durch auf der Suche nach einem Wort, das mir Mut machen sollte.

Zehn Minuten später legte ich die Bibel zurück an ihren Platz. Dabei stieß ich an meine Tasche. Ich hörte ein metallisches Geräusch. Es kam von den Schlüsseln, die an der Chatelaine hingen. Ich hatte mir eingeredet, dass ich sie behalten wollte, bis ich sie nicht mehr benötigte für Inventuren und Ähnliches. Aber sollte ich nicht ehrlich zu mir selbst sein? Ich hätte sie gerne für immer behalten.

Auf jeden Fall hatte ich alle Schlüssel an der Tür zum oberen Zimmer ausprobiert. Ich schloss die Augen, dachte nach und betete. Mir kam ein Gedanke. Das Zimmer des Barons – nicht das von Harry, sondern das seines Vaters – lag direkt unter diesem geheimnisvollen Raum, den ich vom Flur aus erreichen wollte. Gab es vielleicht einen weiteren Eingang? Ich wusste, dass es in Watchfield Geheimgänge und versteckte Treppenaufgänge gab. Harry und ich hatten sie gelegentlich benutzt.

Gab es einen Geheimgang in Lord Lydneys Räumen? Zu diesen Zimmern hatte ich den Schlüssel.

Ich schlüpfte wieder in meine Hausschuhe, holte die Schlüssel aus meiner Tasche und schlich mich wieder aus der Tür. Diesmal nahm ich eine kleine, von einer Kerze beleuchtete Lampe mit.

Leise, ganz leise den Flur hinunter. Aus einem anderen Zimmer drangen Stimmengemurmel und Lachen.

Als ich vor den Räumen des verstorbenen Barons stand, steckte ich einen Schlüssel nach dem anderen ins Türschloss. Ich hoffte, dass einer passen würde, bevor man mich entdeckte. Schließlich konnte ich nicht behaupten, ich würde mitten in der Nacht an der Inventur weiterarbeiten.

Endlich drehte sich ein Schlüssel im Schloss. Ich hielt die Luft an. Die Tür öffnete sich und ich betrat das Zimmer.

Die Sitzmöbel waren mit Leinenbezügen abgedeckt, aber die Wand- und Kleiderschränke waren unbedeckt. Mein Blick fiel auf einen Gegenstand, der auf der Frisierkommode stand. Es war die Kaminuhr. Harry hatte sie also nicht verkauft! Er hatte sie bloß vor den Blicken der Besucher verborgen. Wer konnte ihm das verdenken? Die Uhr und der ständige, stille Vorwurf, den sie symbolisierte, waren nicht leicht zu ertragen, als sein Vater noch lebte. Es war verständlich, dass Harry diese Erinnerung vertreiben wollte.

Ich betrachtete die Wände des Zimmers auf der Suche nach einer Tapetentür, die zu einem geheimen Treppenaufgang führte, aber ich fand nichts. Dann bemerkte ich, dass ein Kleiderschrank viel größer war als die anderen. Für die Kleidungsstücke eines Mannes, der diesen Wohnsitz kaum nutzte, sollte auch ein kleinerer Schrank genügen.

Mein Vater hatte mir immer gesagt, ich sollte mich auf mein Gefühl verlassen. Ich sollte meinem Instinkt vertrauen, auch wenn es nur eine winzige Ahnung wäre, dass ich recht haben könnte. Ein wenig Vertrauen zu mir selbst war alles, was ich brauchte, denn ein kleines bisschen Glauben konnte Wunder wirken.

Als ich die Schranktür öffnete und den Schrank betrat, sah ich, dass er leer war. Dann bemerkte ich weiter hinten eine dünne Holzplatte, die nicht zum Schrank zu passen schien. Ich fuhr mit der Hand darüber und drückte auf das Holz. Plötzlich sprang die Platte nach oben. Ich sah einen Sperrhebel. Als ich ihn nach unten drückte, öffnete sich die Rückwand des Schrankes. Wie aus dem Nichts erschien ein schmaler Treppenaufgang, so wie eine Geheimtür einen versteckten Raum preisgibt. Voller Spannung stieg ich die Treppenstufen hoch.

Am oberen Ende der Treppe drückte ich einen zweiten Hebel herunter. Ich versuchte es mehrmals, aber er klemmte. Vielleicht hatte sich das Holz verzogen oder das Verbindungsstück war schlecht gemacht.

Ich wollte schon aufgeben, zog aber noch ein weiteres Mal, und … scheinbar zögernd öffnete sich eine Tür. Dahinter lag das geheimnisvolle Zimmer.

Durch ein kleines Fenster fiel bleiches Mondlicht, das vom Licht meiner Lampe verstärkt wurde. Als sich meine Augen an das Dämmerlicht gewöhnt hatten, konnte ich erkennen, was sich in dem Zimmer befand.

Rüstungen und Waffen. Ein goldener Helm mit einem Drachen anstelle des Wappens. Ein runder Schild mit einem Schutzbild von Maria, der Mutter unseres Herrn. Ein scharfer Speer. Ein weiterer Schild, auf den das Gesicht der allegorischen Figur »Abend« eingeprägt war. Schließlich ein Schwert im Stil des sagenhaften Excalibur.

Waffen, die denen von König Arthur nachempfunden waren, der Sagengestalt, nach der Harrys Bruder und sein Vater benannt waren. Schilde mit Intarsien aus Gold und Silber, reich geschmückt mit kriegerischen Darstellungen. Das war Arthurs Teil der Sammlung, jene Stücke, die Harry dem Vorwurf seines Vaters zufolge verkauft haben sollte. Stattdessen befanden sie sich hier in einem winzigen, versteckten Zimmer, das man nur über die Räume des verstorbenen Lord Lydney erreichen konnte. Er hatte bestimmt von der Existenz dieses geheimen Hebels gewusst. Nur jemand mit Kenntnissen über die Kunstgriffe der altertümlichen Holzverarbeitung hätte dieses Geheimnis lüften können. Mein Vater hatte dieses Wissen an seine Lordschaft und an seine Tochter weitergegeben.

Ich war überwältigt von einem Gefühl der Erleichterung. Harry hatte nicht, wie sein Vater behauptete, die Schätze aus dem Besitz seines Bruders verkauft! Das war eine Lüge gewesen.

Ich hörte ein Geräusch, drehte mich hastig um und starrte auf die Ritterrüstungen. Es kam mir so vor, als hätte sich eine von ihnen bewegt. *Eleanor, sei vernünftig. Ritterrüstungen setzen sich nicht von selbst in Bewegung.*

Jemand könnte sich in dieser Rüstung verstecken. Ich würde ihn erst sehen, wenn es zu spät war.

Zaghaft ging ich zu einer Rüstung und drückte dagegen. Sie bewegte sich auf ihrem Ständer. Ich sah nach oben. Die Augenschlitze waren leer.

Nachdem sich meine Augen vollständig an das Dämmerlicht gewöhnt hatten, blickte ich mich um. In der Ecke stand eine seltene und kostbare Rüstung eines polnischen Husaren. Soweit ich wusste, war dieses Stück auf keiner Inventarliste verzeichnet, und ich hatte es auch noch nie gesehen. Dann entdeckte ich einen seltenen Harnisch aus China. Auch dieses Stück war mir vollkommen fremd. Ganz hinten in der Ecke stand ein mit Edelsteinen verziertes Reliquiar, für das ich ebenfalls keine Abrechnung gesehen hatte.

In diesem Zimmer waren mehr Stücke, als die Sammlung von Arthur enthielt, Gegenstände, die vielleicht gestohlen worden waren. Dazu gehörte auch ein seltener mittelalterlicher Rossharnisch, ein Panzer, der dem Schutz von Schlachtrössern diente.

Diese Stücke waren nirgends verzeichnet und das könnte für den Besitzer belastend sein. Denn aus welchem Grund hielt man sie hier versteckt? Außerdem waren sie zu wertvoll. Der verstorbene Lord Lydney hätte sie bestimmt offen zur Schau gestellt, wenn er das gekonnt hätte.

Ich würde die Stücke dokumentieren, und wenn ich sicher sein konnte, jemanden gefunden zu haben, der ein fundiertes Wissen hatte und zugleich vertrauenswürdig war, würde ich Nachforschungen anstellen. Ich erinnerte mich an die Worte, die ich am Abend nach der Beerdigung im Sommerhaus zu Harry gesagt hatte: »Im letzten Krieg wurde Italien ausgeplündert.«

Der Pförtner war Harrys Vater treu ergeben, wie auch sein Kammerdiener. Beide waren absolut loyal gewesen bis zum Tod seiner Lordschaft. Der Pförtner hatte erwähnt, dass der Kammerdiener den einzigen anderen Schlüssel zu diesem abgeschlossenen Raum hatte, und deshalb hätte er dort hineingelangen und die gestohlenen Gegenstände in Sicherheit bringen können. *»Er ist der Diener meines Vaters und nur ihm treu ergeben. Wenn man uns erwischen würde, wäre der Teufel los.«*

Der Teufel, auch bekannt als der Ankläger, will, dass andere für seine Missetaten bezahlen. Er verstellt sich als Engel des Lichts, während er andere in ein schlechtes Licht stellt. Etwas Ähnliches hatte Lord Lydney getan, als er Harry die Schuld am Diebstahl gegeben hatte. Er wusste, dass dadurch auf seinen Sohn ein dunkler Schatten des Argwohns fallen würde. Vielleicht hatte er seinem Kammerdiener die Anweisung gegeben, während eines Besuchs in England Arthurs Kunstgegenstände in das geheime Zimmer zu schaffen. Dann hatte er mir geschrieben und das Netz seiner Lügen ausgeworfen. Er hatte wohl angenommen, dass ich Harry für unzuverlässig halten und die Kunstsammlung mitsamt den Stücken aus Arthurs Besitz dem Museum spenden würde. War seine Behauptung, Harry sei lieber in Österreich geblieben, um mit Francesca Viero zusammen zu sein, ebenfalls eine Unwahrheit? Das war durchaus möglich.

Ich dachte daran, wie Harry erwähnt hatte, dass sein Vater das Spiel »Wahrheit oder Pflicht« bzw. »Fragen und Befehle« geliebt hatte. Wenn der »Befehlshaber« mit der Antwort auf eine von ihm gestellte Frage nicht zufrieden war, konnte er ein »Reuegeld« fordern. War es in diesem Fall vielleicht die Kunstsammlung? Der »Befehlshaber« konnte auch verlangen, dass das Gesicht des Antwortenden mit Kohle geschwärzt und er auf diese Weise öffentlich bloßgestellt wurde.

Der verstorbene Lord Lydney hatte für Harry offenbar beides gewollt. Er sollte das »Reuegeld« bezahlen *und* bloßgestellt werden. Von Tag zu Tag wurde ich mir sicherer. Es war ein bösartiges Spiel, das der Vater über das Grab hinaus spielte. Der Sohn, den er nicht geliebt hatte, sollte bestraft werden für den Tod seines geliebten Sohnes. Dafür benutzte er die Hände einer anderen Person – meine Hände, wie die Zeiger der Uhr, um seine eigenen, haltlosen Anschuldigungen zu unterstützen.

Als ich mir die Größe einiger Stücke in diesem Zimmer ansah, wurde mir bewusst, warum eine zweite, äußere Treppe erforderlich war. Auf keinen Fall hätten die Rüstungen durch den engen Gang im Schrank transportiert werden können. Gab es eine solche Treppe?

Ich ging zurück, um nachzusehen, und nur Sekunden später, als ich prüfend auf die Treppenstufen blickte, sah ich, wie sich die Schranktür unten mit einem leisen Klicken schloss und das Schlafgemach des Barons abriegelte.

War mir jemand gefolgt? Wollte mich diese Person in eine Falle locken? Rasch lief ich auf Zehenspitzen die Treppe hinunter und versuchte, die Tür aufzudrücken. Sie bewegte sich nicht.

Ich suchte eine weitere geheime Holztafel, mit deren Hilfe ich die untere Tür öffnen könnte. Vielleicht gab es ja einen Hebel auf beiden Seiten. Ich tastete mich an den Seitenwänden entlang, im Inneren des Schrankes, der sich jetzt nur noch zum oberen, im Dunkel liegenden Zimmer öffnete. Ich fand nichts von Interesse oder von Wert. Die Luft wurde dünn und schon bald war sie verbraucht, heiß und feucht. Mir wurde schwindelig.

Plötzlich spürte ich oben eine Bewegung. Erschrocken rang ich nach Luft. Es sah so aus, als ob die Tür, die sich zum oberen Zimmer hin öffnete, ebenfalls langsam zuschlug. Wenn ich die letzte Stufe des Treppenaufgangs nicht erreichen würde, bevor sich auch dieser Ausgang schloss, gäbe es keine Garantie, dass ich den Hebel ein zweites Mal lösen könnte. Ich würde tatsächlich in der Falle sitzen!

Kapitel 14

Ich kämpfte mich gerade rechtzeitig nach oben durch, streckte die Hand aus und drückte die Tür auf. Dann stolperte ich auf den Boden des kleinen Zimmers. Offenbar hatte diese Tür ein automatisches Scharnier. War das auch bei der unteren Tür der Fall?

Oder hatte jemand versucht, mich hier drinnen in eine Falle zu locken?

Ich sah mir die Tür zum Flur an, diejenige, für die Mr Clarkson den Schlüssel gesucht hatte. Sofort spürte ich so etwas wie Erleichterung. Das Schloss schien nach der Art eines Doppelschlosses gearbeitet zu sein. Das bedeutete, dass es einen Schlüssel für die Außen- und einen für die Innenseite gab. Ich hatte meinen Schlüsselring dabei. *Danke, lieber Gott. Bitte mach, dass einer von ihnen passt.*

Ich kämpfte mit jedem Schlüssel an der Chatelaine, zwang sie einen nach dem anderen ins Schloss, aber ohne Erfolg. Ich versuchte es zwei Mal, drei Mal. Meine Kleider waren schweißnass vor Anstrengung, obwohl es in dem unbeheizten Zimmer eiskalt war. Allmählich spürte ich die Kälte.

Vielleicht konnte ich das Schloss aufbrechen. »Es tut mir leid«, flüsterte ich in Erinnerung an Arthur. Dann nahm ich seinen dünnen Stoßdegen und versuchte, ihn dorthin zu bugsieren, wo ich das Schlüsselloch vermutete.

Es funktionierte nicht.

Schließlich sank ich auf den Fußboden. In hilflosem Zorn nahm ich den Griff des Degens und schlug damit auf das Schlangensymbol – wie passend – auf der Rückseite des Schlosses. Plötzlich schoss die Schlange heraus und ein Hebel wurde sichtbar. Ein einfacher Hebel. Ich zog an ihm und das Schloss löste sich.

»Danke«, flüsterte ich.

Ich schlich mich zurück in die Räume des verstorbenen Lords Lydney, schlüpfte noch einmal hinein und ging zum Kleiderschrank. Ich sah den Hebel jetzt, weil ich wusste, dass er da war, aber er war sehr gut getarnt worden. So wie sich das Böse tarnt, dachte ich.

Noch einmal warf ich einen Blick auf die Uhr.

Ihr Ticken war verstummt, die Zeiger standen still. Aber unglücklicherweise verhielt es sich anders mit dem verstorbenen Lord Lydney, einem Engel der Schlechtigkeit. Er sprach noch immer, auch über das Grab hinaus. Aber diesmal hatte ich ihn ertappt, und wenn ich es könnte, würde ich dafür sorgen, dass er für immer verstummte.

Am nächsten Morgen war Mr Clarkson bereits im Arbeitszimmer, als ich mich zu ihm gesellte, um unsere Inventur abzuschließen. Er begrüßte mich freundlich und wir machten uns an die Arbeit, indem wir die verbliebenen Räume des Hauses unter uns aufteilten. Als ich durch den hellen Salon ging, in dem das Porzellan von Harrys Mutter aufbewahrt wurde, stellte ich fest, dass diesmal alle Figuren an ihrem Platz standen. Hatten vorher wirklich einige von ihnen gefehlt? Ich fuhr mit dem Finger über die Glasfläche, auf der sie standen. Auf dem Glas lag kein einziges Staubkorn. Vielleicht wurde der Haushalt besser geführt, seitdem Harry wieder hier wohnte. Oder kümmerte sich Signorina Francesca auch darum? Oder war die Person, die die Figuren bewegt hatte, klug genug, keine verräterischen Staubspuren zu hinterlassen?

Unten im italienischen Raum überprüfte ich die Majolika, das feine Steingut aus Italien, das berühmt und sehr sammelwürdig war, lange vor der Zeit, als Heinrich der Achte um Anne Boleyn geworben hatte. Mir schien es, als ob ein oder zwei Stücke fehlten, aber als ich sie mit dem Bestand auf der letzten Inventarliste verglich, war jedes Stück nachgewiesen. Es gab Dutzende von ihnen. Das war bloß eine von vielen Listen. Es war nicht ungewöhnlich, dass mein Erinnerungsvermögen mir einen Streich spielte. Vielleicht gehörten die Stücke, an die ich mich erinnerte, zu einer anderen Sammlung.

Alle Stücke schienen an Ort und Stelle zu sein. Mr Clarkson machte sich auf den Weg zum Bahnhof, weil er mit dem Zug nach Bristol fahren wollte, um dort für ein paar Tage seine Familie zu besuchen. Im Laufe der Woche sollten wir uns bereit machen für ein großes Galadiner, das der *Burlington Club der schönen Künste* zur Unterstützung des Museums in South Kensington veranstaltete. Das Museum verlangte noch immer nach der Kunstsammlung von Lord Lydney. Ich hoffte, dass ich einen guten Eindruck machen könnte, um den Fehler, den ich bei Lord Parham gemachte hatte, ungeschehen machen zu können. Wenn er es wünschte, aus der Fälschung ein Geheimnis zu machen, dann sollte er es auch für sich behalten. Stattdessen könnte ich mit den anderen Mitgliedern berufliche Bande knüpfen. Ich würde mehr erfahren über die Pläne, die das Museum für seine Zukunft hatte, und könnte dann noch immer entscheiden, ob das Museum besser geeignet wäre, die Sammlung von Lord Lydney aufzunehmen. Trotz meiner Gefühle für Harry musste ich eine unparteiische Entscheidung treffen.

Ich kehrte in mein Zimmer zurück, um für meine Rückkehr nach London zu packen. Als ich dort ankam, sah ich, dass Marguerite auf mich wartete.

»Bist du bereit für unsere Abreise?«, fragte ich. »Ich habe wunderbare Neuigkeiten.«

Ich erzählte ihr, dass ich Arthurs Sammlung in einer geheimen Kammer gefunden hatte und auch die Kaminuhr wieder aufgetaucht war. »Siehst du?«, sagte ich zum Schluss. »Alles deutet darauf hin, dass Harry der Mensch ist, für den ich ihn gehalten habe. Ich bin trotzdem sorgfältig beim Erfassen des Bestands. Schließlich habe ich eine Liste.«

Sie reagierte mit einem schwachen Lächeln.

Ich war beunruhigt. Normalerweise machte sie Witze über meine Gewohnheit, mir alles zu notieren. »Was ist denn los? Ist es Lord Grimsby, der Herr, der dir gestern Abend so viele Komplimente gemacht hat?« Ich setzte mich an den Tisch, der am Fenster stand. Aus den dunklen Wolken fielen aschgraue Schneeflocken auf gelbbraunen, vertrockneten Rasen.

»Er war ein sehr angenehmer Gesellschafter«, erwiderte sie kläglich. »Bis er mir deutlich zu verstehen gab, dass er bloß an einer … Tändelei interessiert war, einem Arrangement, das man einer Frau mit fragwürdigem Charakter vorschlagen würde. Ich weiß nicht, warum er meinte, ich sei offen für ein solches Arrangement.«

Ich beugte mich über den Tisch und nahm ihre Hand. »So etwas hätte ich von Grimsby nie im Leben erwartet. Ich bin schockiert. Diese Idee kam von ihm und er hat es wohl schon woanders damit versucht. Es lag nicht an dir, liebste Freundin. Wir werden jemand anderen für dich finden.«

Sie nickte, aber sie war noch immer bedrückt. »Vielleicht ist das Glück für uns beide unerreichbar.« Ihre Augen blickten wehmütig drein und ich fragte mich, ob es bloß an ihrer Begegnung mit Grimsby lag, dass sie auch an der Möglichkeit *meines* künftigen Glücks zweifelte. Vor meinem geistigen Auge tauchte plötzlich die schöne Signorina Francesca Viero auf.

»Komm, wir packen unsere schönen Kleider ein«, sagte ich. »Das pflaumenblaue war gestern Abend ein großer Erfolg. Natürlich werde ich jetzt auch etwas von meinem Schmuck verkaufen müssen.« Ich dachte an die Halskette, die ich gestern Abend wohl zum letzten Mal getragen hatte. »Hast du wegen des Schmuckverkaufs nachgefragt?«

Es war untypisch für sie, aber sie war noch immer niedergeschlagen. »Ja«, antwortete sie. »Es tut mir so leid, aber momentan kauft er nichts mehr. Offenbar gibt es mehr Leute, die etwas verkaufen wollen, als Käufer.«

Aha. »Ich werde einen anderen Weg finden, wie ich weitermachen kann«, entgegnete ich. Ich musste jemanden finden, der diskret war, denn unsere Kunden sollten nicht erfahren, dass ich in einer beinahe verzweifelten Notlage war. Es war eine Sache, wenn die Wohlhabenden einige ihrer Schätze verkauften, um noch wertvollere Kostbarkeiten zu kaufen, aber das war bei uns nicht der Fall und so etwas würde sich herumsprechen. »Trotzdem ist das nicht das Ende der Welt, liebste Freundin.«

Diesmal nahm sie meine Hand. »Ein bekannter Spruch lautet: Aller guten Dinge sind drei.«

Die Enttäuschung über den potenziellen Verehrer – Nummer eins. Die Tatsache, dass es momentan keinen Käufer für meinen Schmuck gab – Nummer zwei.

»Und was ist das Dritte?«

»Gestern Abend habe ich gehört … nun ja, ich habe gehört, dass Harry und Signorina Viero in Venedig geheiratet haben.«

Meine Hand zuckte zurück, als ob ich in glühende Asche gefasst hätte. »Von wem hast du das gehört?«

»Von der *vedova* Viero, der Mutter der Signorina.«

Ich wedelte mit der Hand, denn ich konnte nicht glauben, dass es wahr war.

Marguerite fuhr fort: »Ich fragte, wie sie aus Venedig fliehen konnten so ohne Pässe, ohne britische Papiere, vor allem in Kriegszeiten. Sie antwortete, ihre Tochter sei mit einem englischen Adligen und Sohn eines Botschafters verheiratet und deshalb hätte man ihnen freies Geleit gewährt.«

»Oh.« Ich starrte auf die Tischplatte.

»Ich habe dann die Signorina gefragt«, erläuterte Marguerite.

Ich hob den Kopf. Sie hatte wegen mir einen gesellschaftlichen Fauxpas riskiert, ein Wagnis, das nur eine liebe Freundin eingehen würde. »Und ihre Antwort …?«

»Sie hat eingestanden, dass es keine echte Eheschließung war. Sie hatten nur behauptet, sie seien verheiratet, zu ihrem Schutz, aber es war keine echte Ehe vom Gesetz her oder auch …« An dieser Stelle unterbrach sie sich.

»Deshalb hat niemand von uns etwas davon gehört.« Ich spürte einen kleinen Hauch von Erleichterung.

»Möglich.« Sie zögerte, bevor sie weitersprach. »Sie ist adelig. Und sie ist vermögend.«

»Ich weiß. Ich erinnere mich, dass es bei Stefano der Fall ist.« Ich dachte an die Worte, die Harrys Vater in seinem Brief verwendet hatte. Er habe einst erwartet, in mir eine Verwalterin seiner Schätze, eine Ehefrau, eine Schwiegertochter zu sehen, aber er hatte nicht angedeutet, dass ich in seiner Familie willkommen wäre. Ich war weder adelig noch vermögend.

Vielleicht war ich für Harry bloß eine jugendliche Liebelei, ein netter Zeitvertreib in den Schulferien gewesen. Aber jetzt hatte er den Adelstitel geerbt …

Ich ließ eine Minute verstreichen, damit ich meine Gefühle und meine Stimme wieder in den Griff bekommen konnte. »Von Zeit zu Zeit habe ich mir überlegt, dass Harry vielleicht von der Absicht seines Vaters gehört hatte, mich einzusetzen, damit ich die Sammlung abgebe. Deshalb hat er sich entschlossen, seine Zuneigung zur Signorina geheim zu halten, bis er die Sammlung zurückgewinnen könnte. Er verweilte in Venedig und in Österreich, weil sein Herz für eine andere schlug.« Ich sprach es aus, damit meine Freundin es nicht tun musste.

»Vielleicht.« Marguerite stimmte mir erneut zu. »Es tut mir leid, Eleanor. Ich habe mit dieser … Möglichkeit nicht gerechnet. Solltest du nicht selbst mit der Signorina reden?«

Nein, ich würde nicht mit der Signorina sprechen. »Ich werde mit Harry sprechen.«

Kamen die Worte, die er zu mir gesprochen hatte, wirklich von Herzen? Oder waren sie Täuschungsmanöver, damit er seine egoistischen Ziele verfolgten konnte?

Vielleicht war es tatsächlich eher der neue Lord Lydney, der ein Engel der Schlechtigkeit war.

Kapitel 15

Bloomsbury, London

Sobald ich zu Hause angekommen war, teilte mir Orchie mit, dass ein weiterer Besucher da gewesen wäre und mit meinem Onkel eine dringende Angelegenheit hatte besprechen wollen. Doch Mr Clarkson hätte mit dem Herrn gesprochen und dieser hätte beruhigt gewirkt, als er wieder gegangen war. Sie sah nicht glücklich aus, als sie es erzählte.

»Hat er diese Sache nicht gut bewältigt?«, fragte ich.

»Oh doch«, erwiderte sie. Wahrscheinlich lag es an dem Misstrauen, mit dem sie jedem außerhalb der Familie begegnete, so wie es bei Alice der Fall gewesen war. Oder vielleicht gefiel es ihr nicht, dass bei beruflichen Angelegenheiten ein anderer den Platz meines Onkels einnahm. Mir gefiel das auch nicht. Aber die Krankheit meines Onkels hatte wohl einige langjährige Auftraggeber dazu veranlasst, sich von uns abzuwenden. Vielleicht könnte Mr Clarkson ihr Vertrauen gewinnen und eine gute Zusammenarbeit mit ihnen aufrechterhalten. Deshalb kam es auch darauf an, dass wir bei dem Galadiner des South Kensington Museums einen guten Eindruck hinterließen. Und ich musste unbedingt ein paar Schmuckstücke meiner Mutter verkaufen.

Ich wusste nicht, an wen ich mich wenden sollte, denn ich verstand mehr vom Kaufen als vom Verkaufen. In der Werkstatt hatte Mr Clarkson eine kleine Schublade, in der er Adresskarten von Geschäftspartnern und Notizen für Verträge aufbewahrte. Konnte ich vielleicht dort etwas finden?

In seiner Schublade fand ich diese Karten mit Adressen, aber keine Information über Händler, die diskrete Schmuckverkäufe abwickelten. Es sollte nicht bekannt werden, dass wir in finanziellen Schwierigkeiten waren, und deshalb war hier Diskretion geboten. Ich wollte mich gerade von seinem Schreibtisch abwenden, als ich bemerkte, dass etwas an der Rückwand lehnte. Es war eine Daguerreotypie, ein Foto auf einer kleinen versilberten Kupferplatte. Ich nahm das Bild in die Hand.

Es handelte sich wohl um eine Familie, einen Vater und ein paar Kinder. Die Mutter fehlte. Ich sah ein paar hübsche kleine Mädchen und einen hoch aufgeschossenen jungen Mann. Ich betrachtete ihn genauer. Ja, es war ein jüngerer Mr Clarkson. Er wirkte harmlos und lieb. Hinter ihm schien sich die Front eines Ladens zu befinden. War das der Antiquitätenladen? Ich nahm das Foto mit zu meinem Schreibtisch und benutzte mein Vergrößerungsglas. Auf der Markise des Ladens stand das Wort *Clerk's*.

Ich war mir nicht ganz sicher, aber die Straße kam mir bekannt vor. War das vielleicht im Londoner East End?

Die Tür der Werkstatt öffnete sich und vor Schreck schlug mein Herz bis zum Hals. Mein neues Vergrößerungsglas fiel auf den Boden und die Daguerreotypie gleich mit. Zum Glück war nichts zerbrochen.

»Ich bin's bloß«, sagte Orchie.

Ich war erleichtert. »Ja?«

»Beim nächsten Mal, wenn Sie die Ärztin wieder besuchen, könnten Sie sie um diesen Weidenrindentee bitten? Mir tut wieder alles weh.« Sie legte ihre Hand auf den Rücken. »Und vielleicht können Sie sie auch fragen, ob es was gibt, was ihn beruhigt. Bei Sonnenuntergang wird er immer ganz unruhig und nervös.«

Wir brauchten wirklich mehr Tee. Überdies hatte Orchie mich gerade auf eine hervorragende Idee gebracht. Ich würde den Schmuck zu dem Pfandleihergeschäft bringen, das früher der Familie von Dr. Garrett gehört hatte, und dort um Diskretion bitten.

Ich ging in das Zimmer meines Vaters und setzte mich auf das Bett. *Papa, tue ich das Richtige?* Natürlich würde er mir nicht direkt antworten, aber ich kannte ihn gut genug. Er würde mich wissen lassen, was für die Rettung unserer Firma und unserer Familie nötig wäre. Ich zog die Schublade auf und holte die weichen Samtsäckchen mit dem Schmuck meiner Mutter heraus. Ich ließ nur eine aufwendig gearbeitete Garnitur zurück, eine goldene Halskette mit Perlen und den dazu passenden Ohrringen. Papa hatte ihr die Garnitur an ihrem Hochzeitstag geschenkt. Beim Galadiner für das South Kensington Museum wollte ich den Schmuck zu dem bernsteinfarbenen Kleid tragen und mich danach von ihm trennen.

Ich nahm den Omnibus, der am Ödland für Schlachtabfälle vorbeifuhr. Die Luft dort roch noch immer nach Blut. Schließlich kamen wir in das Stadtviertel Whitechapel, einer Mischung aus englischem Elendsviertel und Sprungbrett für Einwanderer. Ich stieg aus dem Omnibus und war sofort umgeben von kaltem Nebel. Die Straßen waren bevölkert von Männern und kleinen Jungen. Eine kleine Schar von Frauen stand eng zusammen. Ihre weiten Röcke waren durchzogen von Rissen und Löchern. Ich bog um eine Ecke und da sah ich, wie sich drei raue Gesellen aus einer Seitengasse lösten und mir folgten. Zunächst hielten sie Abstand, aber als ich meine Schritte beschleunigte, kamen sie näher. Sie pfiffen laut und ich konnte hören, wie sie murmelten, wie hübsch und frisch ich sei. Ich klammerte mich fester an meine Tasche und bereute es, dass ich unbegleitet und mit einer Ladung aus teuren Edelsteinen in diese Gegend gekommen war.

Sie waren beinahe hinter mir. Ich roch schon den schmutzigen Schweißgeruch, der ihren aus grober Wolle gefertigten regenfeuchten Überwürfen entströmte. Ich konnte ihren keuchenden Atem hören. *Bedrohliche Schritte.*

Schließlich flüchtete ich mich in den Laden, der sich in der Commercial Road Nummer 1 befand.

»Kann ich Ihnen helfen?« Der dünne Mann hinter der Ladentheke lächelte mich freundlich an. Er hatte bloß ein paar Zähne mehr als meine Gefängnis-Freundin Jeanette.

Die Raufbolde lungerten vor der Ladentür herum. Als ich einen von ihnen direkt anblickte, hob er wie zum Gruß die Hand an seinen unbedeckten Kopf und verzog seinen Mund zu einem bösartigen Grinsen. Wie sollte ich bloß den Laden verlassen können, wenn ich Geld bei mir hatte? Meine Furcht wurde größer und plötzlich verschwamm alles vor meinen Augen.

»Ich möchte ein paar Schmuckstücke verkaufen«, erwiderte ich.

»Haben Sie Besitznachweise?«, fragte der Mann.

Die hatte ich natürlich nicht. Diese Frage hatte ich nicht erwartet, obwohl ich selbst das Gleiche gefragt hätte.

Ich schüttelte den Kopf. »Der Schmuck gehörte meiner Mutter, aber sie ist fort. Die Garretts sind gute Bekannte von mir. In meiner Familie gibt es schon seit Jahren Gutachter und Restauratoren und mein Vater William Sheffield hat gelegentlich mit Mr Garrett zusammengearbeitet.«

Er musterte mich skeptisch. Ich konnte ihm keinen Vorwurf machen und ich bekam nicht so viel für den Schmuck, wie ich gehofft hatte. Ich dachte an Marguerites warnende Worte, dass momentan mehr Schmuck verkauft als gekauft werde. Mit dem Geld könnten wir uns auf jeden Fall einen oder zwei Monate lang über Wasser halten.

Während der Mann hinter der Theke das Geld zählte, fragte ich ihn: »Kennen Sie ein Geschäft namens Clerk's? Vielleicht ein Antiquitätengeschäft?«

Er warf einen Blick zur Decke des Raum, als ob er nachdenken würde. Dann sah er mich wieder an. »Vor einigen Jahren gab es hier ein Pfandhaus namens Clerk's. Ich glaub, die mussten zumachen.«

Mit einem Lächeln reichte er mir das Geld, aber ich nahm es nicht entgegen. Ich warf einen Blick auf die Männer draußen, die auf mich und mein Geld warteten, um mich zu überfallen. Da war ich mir ganz sicher.

»Ich kann nicht gefahrlos weg von hier«, sagte ich zu dem Ladenbesitzer.

»Sie sind allein gekommen?«, fragte er überrascht. »Die da haben Sie nicht begleitet?«

»Nein, ganz bestimmt nicht. Hier ist meine Karte.« Ich reichte sie ihm, damit er sehen konnte, welchen Beruf ich ausübte. Seine Gesichtszüge entspannten sich sichtbar. »Bestimmt verstehen Sie meinen Wunsch nach Diskretion.«

»Ja. Und ich werde für Sie eine Mietdroschke rufen.« Er ging zu seiner Ladenkasse und nahm noch mehr Geld heraus. Dann reichte er mir die Scheine. »Ich dachte, Sie sind mit denen zusammen und das sind ganz üble Kerle. Wenn Sie mit denen zu tun hätten, dann könnte der Schmuck gestohlen sein trotz der Geschichte von Ihrer Mutter.« Er verstaute meine Karte in seiner Kassenlade.

Den Schmuck haben Sie trotzdem gekauft. Ich traute mich nicht, diese Worte laut auszusprechen. Vielleicht wäre er dann nicht mehr so hilfsbereit gewesen.

Ich bat den Fahrer der Droschke, mich ein paar Straßenzüge von meinem Zuhause abzusetzen, weil ich mit dem Geld sparsam umgehen wollte. Als ich loslief, spürte und hörte ich Schritte hinter mir. Das waren bestimmt nicht die Raufbolde, die mir vor dem Pfandhaus aufgelauert hatten. Vielleicht waren es die Männer, die meinen Onkel belästigt hatten. Räuber legten sich auf die Lauer, wenn sie auf Beute aus waren.

Ich rannte, so schnell ich konnte. Sobald ich im Haus war, verschloss und verriegelte ich die Haustür.

Das Galadiner sollte direkt im Museum stattfinden. Dieses Ereignis hatte einen zweifachen Zweck: Erstens wollte man Geld sammeln und zweitens die Wohlhabenden dazu bringen, sich von einigen ihrer Schätze zu trennen, damit aus dem South Kensington das umfangreichste und vollständigste Museum in ganz Großbritannien, wenn nicht sogar in der ganzen Welt werden konnte.

Lady Charlotte und ihr Mann waren so freundlich, mich sowohl zu dem Galadiner als auch zu der darauffolgenden Veranstaltung zu begleiten. Dort würde ich natürlich auch Mr Clarkson treffen. Die Kutsche der Schreibers war fest gegen den Novemberwind verschlossen und Charlotte brachte Decken mit, die wir uns auf den Schoß legen konnten. Ich schlüpfte mit meinen Händen in einen Fellmuff, den ich vor ein paar Jahren zu Weihnachten geschenkt bekommen hatte. Meine Hände fanden in den Tiefen des Muffs genügend Platz.

Fast zweihundert Menschen versammelten sich zu dem Galadiner in einem prachtvollen, im Museum gelegenen Speiseraum. Als Gastgeber fungierten Mr und Mrs Herberts, die großzügigen Schirmherren des Museums. Am anderen Ende des Raums sah ich auch Mr Clarkson. Er grüßte mich mit einem aufmunternden Lächeln. Ich vermutete, dass seine Gespräche, die er für unsere Firma führte, gut verliefen.

»Haben Sie gewusst, dass sich William Morris bereit erklärt hat, diesen Speiseraum zu gestalten?« Charlottes Gesicht leuchtete vor Begeisterung. Ich wusste, dass sie eine große Anhängerin von Mr Morris war. Auch ich war begeistert vom Schaffen des berühmten Künstlers und Architekten. »Er will diesem Raum den Namen *Grüner Speisesaal* geben. Wir werden wieder hierherkommen und uns ansehen, was er daraus machen wird.« Sanft drückte sie meine Hand. Inzwischen bedeutete mir ihre Freundschaft sehr viel, bereits nach so kurzer Zeit. Sie war für mich kein Mutterersatz und auch keine gleichrangige Freundin wie Marguerite, aber vielleicht etwas dazwischen.

Viele der geladenen Gäste fanden gute Worte für den verstorbenen Lord Lydney. Er war mit vielen Kunstsammlern befreundet gewesen und sie waren voll des Lobes über die Gegenstände, die er erworben und die mein Vater für ihn ausfindig gemacht hatte. Kannten sie ihn vielleicht doch nicht so gut? Hatten sie sich deshalb von ihm täuschen lassen? Oder hatte ich den Baron in einem falschen Licht gesehen? Bis zur Entdeckung der von Arthur gesammelten Stücke wäre ich dieser Meinung gewesen. Aber vielleicht hatte er selbst seine Freunde hintergangen.

Das Essen wurde auf schlichtem weißem Porzellangeschirr serviert. Das war sehr gewagt, denn die meisten Gastgeberinnen verwendeten üppig dekorierte Teller. Mrs Herberts hatte das Menü bestimmt so geplant, dass es so kunstvoll und beeindruckend wie möglich wirken würde und das gute Essen nicht mehr brauchen sollte als einen Hintergrund aus feinem Porzellan. Der Serviertisch erstreckte sich fast über die ganze Länge des Raums. Platten mit Hummer, zartrosa wie Wangen in kalter Winterluft, standen neben kleinen Förmchen mit goldgelber Butter, die so cremig war wie der Klee, von dem sich die Milchkühe ernährten. Gebäckstücke waren gefüllt mit köstlichen Früchten aus anderen Jahreszeiten. Silberlöffel ruhten auf Perlmuttplatten mit kleinen Bergen aus schwarzen Kaviarperlen, die ihren salzigen Wohlgeschmack mit einem leisen Knacken preisgaben, wenn man sie in den Mund nahm. Auf dem Tisch standen dekorative Sülzen, verschiedene Sorten von Konfekt, Rinderbraten. Die Auswahl war schier endlos. Über dem Serviertisch hing ein von einem italienischen Meister gemaltes Porträt des griechischen Philosophen Epikur, für den Genuss die Abwesenheit von Schmerz war.

Nach dem Essen brachte Mr Herberts einen Trinkspruch auf das Museum aus. Er sprach über den aktuellen Bedarf an Geldmitteln und darüber, wie jeder der Anwesenden die gemeinsamen Ziele unterstützen könnte. Lächelnd blickte er mir direkt in die Augen. Ich hielt den Kopf hocherhoben und erwiderte sein Lächeln.

Mit einem unwilligen Stirnrunzeln wandte Lord Parham sich in meine Richtung.

Als ich mich von ihm wegdrehte, spürte ich, wie von der anderen Seite des Raumes her Blicke auf mir ruhten. Die feinen Härchen in meinem Nacken stellten sich auf wie zur Warnung vor einer unbekannten Gefahr.

Ich hob den Kopf und sah meine Mutter.

Als sich unsere Blicke begegneten, wandte sie sich hastig ihrem Tischherrn zu. Ich blickte auf meinen Teller. Die Hitze, die mir ins Gesicht stieg, nahm mir den Appetit.

In den vergangenen Jahren hatte ich sie bloß einmal aus der Ferne gesehen vor der Oper. Schließlich war es unwahrscheinlich, dass ich in ihren Kreisen verkehren würde. Sie war noch immer eine schöne Frau, viel schöner, als ich es jemals sein würde. Sie hatte immer gesagt, dass ich mehr Ähnlichkeit mit meinem Vater hätte, und in ihren Augen war das ein deutlicher Nachteil gewesen.

Nachdem die Tafel aufgehoben wurde, durften wir durch die Galerien wandeln. Die Ausstellungsräume waren von Lampen erhellt und für diesen besonderen Anlass geöffnet worden. Ich stand auf und verließ hastig die Tafel, denn ich brauchte ein wenig Zeit, um mich von dem Anblick meiner Mutter zu erholen. Wie ein Labyrinth erstreckten sich die offenen Galerien in alle Richtungen. Auf der Suche nach einem stillen Ort ging ich langsam durch einen breiten Flur, in dem sich weniger Menschen befanden als in den Ausstellungsräumen. Vielleicht hoffte ich insgeheim, dass meine Mutter mir folgen, mich ansprechen und mir gegenüber ihr Bedauern ausdrücken würde.

Ich schlenderte durch die Galerien und tat so, als ob ich mir die unterschiedlichen Kunstgegenstände anschauen würde, aber in Wirklichkeit versuchte ich, meine Gedanken und Gefühle in den Griff zu bekommen. Wenn meine Mutter uns nicht verlassen hätte, wäre mein Vater vielleicht nicht von der Gin-Flasche abhängig geworden. Vielleicht wäre ich dann nicht allein mit der Verantwortung für meinen Onkel und seine Krankheit, für die Firma und die schlimme Lage, in der wir uns befanden.

Am anderen Ende eines langen Vorraums entdeckte ich sie in einer fast menschenleeren Galerie. Sie war in ein angeregtes Gespräch mit einem Mann vertieft. War das ihr neuer Ehemann? Sie war bloß eine Mätresse gewesen bis zum Tod meines Vaters. Erst danach war sie frei für eine zweite Ehe. Ich wusste nicht, ob sie wieder geheiratet hatte. Ihr Begleiter schien ihre Begeisterung für das Gespräch jedoch nicht zu teilen.

Ihr einziges Schmuckstück war eine schmale Goldkette. Ich fühlte mich plötzlich unwohl mit der viel prächtigeren Kette, die meinen Hals schmückte. Schließlich gehörte der Schmuck meiner Mutter. Als ich genauer hinsah, bemerkte ich, dass der Stoff ihres Kleides ziemlich abgenutzt aussah und der Schnitt ein wenig altmodisch wirkte. Trotz allem regte sich leises Mitleid in mir. War sie vielleicht in einer Notlage? Ich dachte an Marguerites Worte: »*Sogar die Privilegierten unter uns müssen manchmal steile Hügel erklimmen.*«

Als ich sie durch die Vitrinen der Galerie betrachtete, kam mir ein Gedanke: Ich betrachtete sie durch Glas. War sie etwa auch ein Dekorationsstück, das man schätzte, aber in den Augen ihres Begleiters vielleicht beiseitestellte, damit man sie abstauben und ab und zu vorzeigen konnte?

Ich sah sie so lange an, bis sie meinen Blick erwidern musste, und das tat sie dann auch. Wenn sie mir gezeigt hätte, dass sie sich freute, mich zu sehen, wäre ich zu ihr gegangen, um mich mit ihr zu versöhnen. Als sich unsere Blicke trafen, betrachtete sie stattdessen meinen Hals mit ihrem Schmuckstück, runzelte die Stirn und drehte mir endgültig den Rücken zu.

Wenn ich wegen der Heimfahrt nicht von Charlotte abhängig gewesen wäre, hätte ich die Flucht ergriffen. *Mich will niemand als seinen Schatz haben.*

Hinter mir hörte ich ein Räuspern. Ich drehte mich um.

»Oh, Mr Herberts, Mrs Herberts.« Ich zwang mich zu einem Lächeln. »Danke für Ihre freundliche Einladung zu diesem Abend.«

Mr Herberts stellte mich offiziell seiner Frau vor. Dann fragte er: »Ihr Mr Clarkson hat Sie allein gelassen?«

»Oh, er ist bestimmt in der Nähe. Vielleicht sollte ich ihn ausfindig machen.«

Mrs Herberts hakte sich bei mir unter. »Wir begleiten Sie.«

Wir wanderten durch die Galerie der schönen Künste und dann blieb Mrs Herberts stehen. Wir befanden uns vor dem Keramikraum mit der wunderschönen Ausstellung italienischer Majolika-Stücke.

»Schau, mein Liebster«, sagte sie zu ihrem Mann. »Hier sind die Stücke, die du so sehr schätzt.«

Wir gingen an einem offenen Raum vorbei. »Er ist fast leer, wie Sie sehen können. Die Waffensammlung von Lord Lydney würde hier sehr gut zur Geltung kommen.« Die Stimme von Mr Herberts klang lockend wie die eines Liebeswerbers.

Ich war mir sicher, dass die Treuhänder des Museums nicht vom Porzellan, den Möbeln oder den anderen Kunstwerken aus der Sammlung von Lord Lydney angezogen waren, sondern von den Waffen. Seine Stücke stammten aus vielen Epochen und Ländern. Lorica Hamata, Kettenhemden der römischen Legionäre, stählerne Panzer von Soldaten mittelalterlicher Könige, seltene Harnische von japanischen Samurai-Kriegern. Die Sammlung war von unschätzbarem Wert, sollte man sich für ihren Verkauf entscheiden, und unersetzlich in einer Ausstellung.

»Das wäre schon möglich«, erwiderte ich.

»Wir würden den Raum nach Lydney benennen«, erklärte er. »Mit einer gut sichtbaren Gedenktafel mit Worten des Dankes an die sehr empfehlenswerte Arbeit der Kuratoren und Restauratoren von der Firma *Sheffield Brothers*.«

Bei dieser Äußerung bekam ich große Augen. Das hatte ich nicht erwartet. Alle Sammler, Spender und Besucher würden bei jeder Besichtigung der Sammlung den Namen unserer Firma sehen.

»Würden alle Stücke ausgestellt werden?«, fragte ich.

Er lachte und schüttelte den Kopf. »Natürlich nicht ständig. Viele würden katalogisiert und gelagert. Sie wären aber verfügbar, wenn jemand danach fragen würde.«

Vergraben in einem Lagerraum? Wo sie niemand zu Gesicht bekommen würde? Ich war mir nicht sicher, was der verstorbene Lord Lydney davon gehalten hätte.

»Die Rüstungen hätten genügend Licht«, ergänzte er beschwichtigend.

Schon bald näherten wir uns der Stelle, an der Mr Clarkson mit Mr Denholm sprach, einem von Mr Clarksons neuen Stammkunden. Er war ein Bekannter von Harrys Vater und ein vermögender Inhaber einer Kette von Drogerien. Mr und Mrs Herberts gingen weiter, weil sie sich um ihre anderen Gäste kümmern wollten. Bestimmt hofften sie, dass sie mich voll und ganz von der Arbeit des Museums überzeugt hätten. Natürlich wäre es wunderbar, wenn die Sammlung von Lord Lydney einen guten Platz unter den anderen Kunstgegenständen bekommen würden und der Name meiner Familie entsprechend gewürdigt werden könnte.

Ich stand in der Nähe, als Mr Clarkson und Mr Denholm ihr Gespräch fortsetzten. Mr Clarkson musste husten, nahm einen winzigen Schluck aus einem kleinen Fläschchen und sprach dann weiter. Ich war schockiert, als Mr Denholm erwähnte, wie er Spenden an das Museum durchgesehen und gelegentlich ein gespendetes Stück gegen eines aus seiner eigenen Sammlung ausgetauscht hatte.

Ich hielt meine Zunge im Zaum, aber mein Gesicht musste meine absolute Fassungslosigkeit widergespiegelt haben. Ich konnte nicht glauben, dass Lord Lydney seine Sammlung Männern anvertraut hätte, die sie zu ihrem eigenen Gewinn und ihrem eigenen Vergnügen durchstöbern würden. Er war ein Mann, der sehr an seinen Besitztümern gehangen hatte.

»Was gibt es denn, Miss Sheffield?« Mr Denholm versuchte, seine Geringschätzung durch übertriebene Freundlichkeit zu überdecken.

»Wissen die … die Spender, dass so etwas geschieht?«, fragte ich. »Oder erwarten sie … nun ja, erwarten sie, dass ihre Spenden im Museum bleiben?«

Diesmal hatte ich keinen Ärger heraufbeschworen, denn diesmal hatte man mir eine Frage gestellt.

Dennoch spürte ich, wie Mr Clarkson mir einen warnenden Blick zuwarf.

»Unsere großzügigen Spender erwarten, dass wir, die Experten, am besten wissen, was mit ihren Spenden zu geschehen hat.« Die Stimme von Mr Denholm klang beschwichtigend. »Und sie haben volles Vertrauen zu uns. Sie vertrauen uns blind. Ich habe etwas von höherem Wert gegen etwas von geringerem Wert ausgetauscht. Damit habe ich doch im besten Interesse des Museums gehandelt, oder etwa nicht?«

Mr Clarksons Gesichtszüge entspannten sich noch immer nicht.

Ich reagierte mit einem kurzen Kopfnicken, obwohl die beiden Männer es wohl kaum bemerkten, und dann machte ich mich auf den Weg zum Speisesaal auf der Suche nach Charlotte und Mr Schreiber, die mich nach Hause bringen würden.

Wenn ich die Sammlung dem South Kensington Museum abtreten würde, könnte es dann passieren, dass einige der besten Schätze von Lord Lydney in private Hände gelangen würden? Oder würden sie im Museum in einer vergessenen Dachkammer verstauben? Und dennoch: Wenn ich Harry alles übergeben würde, gab es keine Garantie, dass er nicht selbst die Sammlung aufteilen und verkaufen würde, nachdem sie in seinem Besitz war. Sobald der neue Eigentümer feststehen würde, könnte er damit tun, was ihm beliebte.

Im Laufe des Abends wollten viele Leute meine Bekanntschaft machen und alle sorgten dafür, dass ich mich wohlfühlte. Charlotte kam auf mich zu. Hatte sie etwa von meinen Schwierigkeiten mit Lord Parham gehört? Vielleicht war das der Fall, aber sie erwähnte nichts davon.

Charlotte warf einen Blick auf die Leute, die mich hofierten. »Sie sammeln sich wie Bienen um den Blütenstaub, Miss Sheffield«, sagte sie und deutete auf eine hübsche, in der Nähe stehende Figur einer Biene, die gerade auf einer Blume landete. »Bienen um den Blütenstaub.«

»Und doch«, erwiderte ich, »gibt es keine Garantie, dass die Bienen die Blüten weiter hofieren, sobald sie den Blütenstaub abgegeben haben. Schließlich bewegen sich Bienen weiter, sobald sie gesättigt sind.«

Sie lächelte. »Das ist sehr zutreffend.«

Als wir in der Kutsche saßen, sprachen wir über ihren neuen, ehrgeizigen Plan, den Übergang von einer privaten zu einer berufsmäßigen Sammlerin zu bewerkstelligen. Ich fand das herzerfrischend. »Ich wünsche mir etwas Ähnliches für mich selbst«, gestand ich ihr.

Ihr Mann nahm ihre Hand und sie reagierte mit liebevollem Spott. »In einer Ehe oder einer Partnerschaft von Sammlern?«

»Ich hoffe auf beides«, entgegnete ich. »Aber wenn nicht … vielleicht allein?«

Sie löste sich von ihrem Mann und legte ihre Hand auf meinen Arm. »Meine Liebe, das ist noch nicht möglich. Während ich Kunstgegenstände beschaffen und kaufen kann, Aufträge und Handelsgeschäfte annehmen und alle möglichen anderen Abmachungen treffen kann, müssen die Zahlungen immer an Mr Schreiber angewiesen werden. Sie können die Firma *Sheffield Brothers* nicht allein leiten. Nun, dieser feine Mr Clarkson hat ein sehr gutes Auge und er war sehr damit beschäftigt, sich um die richtigen Leute zu kümmern.«

Ja, das war auch mir aufgefallen. Er war ein fähiger Gutachter und er war sehr besorgt um meinen Onkel, Orchie und mich. Er kümmerte sich um unsere Firma, als ob sie ihm gehören würde. Aber als ich die Augen schloss und mir meine Zukunft vorstellte, sah ich das markante Gesicht eines Mannes, der sich seine Sorgenfalten hart erarbeitet hatte und der mich anlächelte wie immer.

Kapitel 16

In der folgenden Woche waren Mr Clarkson und ich in der Werkstatt, als die Morgenpost kam. Während ich die Briefe durchblätterte, hielt ich den Atem an aus Furcht, es könnten noch mehr Gläubiger auftauchen wie böse Geister aus einem herbstlichen Sumpf. Einen dicken, offiziell wirkenden Umschlag drehte ich nach oben.

Ich wandte mich um. »Mr Clarkson, hier ist ein Brief für Sie.« Normalerweise erhielt er keine Post an unsere Firmenanschrift.

Er sah überrascht aus, aber dann nahm er den Umschlag entgegen und ging zu seinem Schreibtisch zurück. Ich sah unsere Post weiter durch und entdeckte einen Brief von unserem Vermieter, in dem er mich daran erinnerte, dass nicht nur die Dezembermiete bald fällig wäre, sondern auch der noch offene Betrag aus den vorherigen Mietzahlungen.

Das hatte ich nicht vergessen. Die Kohlerechnung war auch bald fällig. Ich musste bald die Konten überprüfen und sichergehen, dass wir alle geschuldeten Beträge zahlen konnten. Nach dem Verkauf des Schmucks sollte das möglich sein.

»Miss Sheffield!« Clarkson stand vor mir und hielt den geöffneten Brief wie eine Siegesfahne hoch. »Man schlägt mir vor, dass ich mich um eine Mitgliedschaft im *Burlington Club der schönen Künste* bewerben soll!«

Mir wurde es leicht ums Herz. »Ich freue mich sehr!«

Er las den Brief durch. »Ihr Name wurde nicht erwähnt. Hat Ihnen jemand einen ähnlichen Brief geschickt?«

Wieder durchsuchte ich die Post. Es waren nicht viele Briefe. »Nein.«

»Vielleicht morgen«, erwiderte er etwas zurückhaltender. »Ich bin mir sicher, dass man uns beide einlädt. Oder … könnten Sie sich einfach bewerben?«

»Erst wenn ich mir sicher bin, dass man meine Bewerbung auch annimmt«, sagte ich.

Er nickte zustimmend, aber ein wenig verunsichert.

Beim Essen am Samstagabend erzählte Mr Clarkson meinem Onkel von der guten Nachricht.

»Eleanor?« Onkel Lewis sah mich fragend an.

»Noch nicht«, antwortete ich leise. »Oder überhaupt nicht.«

»Das liegt an dieser schlimmen Geschichte mit Parham«, murmelte er. »Ich hab dir gesagt, dass du einen fatalen Fehler gemacht hast.«

»Danke für deine aufmunternden Worte.«

»Die Leute haben Angst, sich gegen die Mächtigen zu wenden. Du brauchst einen Beschützer.«

Ich schwieg. Niemand aus den Kreisen der Reichen und Mächtigen schien bereit zu sein, bei Lord Parham eine Lanze für mich zu brechen. Ich hatte keinen Beschützer.

Schweigend beendeten wir unser Abendessen und dann stand ich auf. »Wenn die Herren mich bitte entschuldigen ...«

»Halt, warten Sie«, sagte Orchie, als ich das Speisezimmer verlassen wollte. »In der Nachmittagspost ist etwas für Sie gekommen.«

Die Einladung vom *Burlington Club?* Vielleicht hatte ein Schreibfehler zu der Verzögerung geführt. Mein Herz schlug plötzlich schneller.

Orchie reichte mir einen Brief und ich ging auf mein Zimmer, um ihn in Ruhe zu lesen. Dort angekommen, drehte ich die Lampe höher. Sofort erkannte ich das unverwechselbare Siegel auf der Rückseite des Umschlags. Der Brief war von Harry. Mich durchzuckte ein freudiges Erschrecken, gepaart mit Aufregung und Furcht.

Liebste Ellie,
ich werde schon bald in London sein und dich dann an dein Versprechen erinnern. Schließlich hast du mir erlaubt, dir

einen Besuch abzustatten, wenn ich dort bin. Ich muss ein paar Angelegenheiten regeln, einmal den Nachlass meines Vaters betreffend und dann natürlich wegen der Pferde. Ich habe eine Einladung zu einem Essen und einer Darbietung im Haus von Dante Rossetti am Cheyne Walk. Ich weiß, wie sehr du seine Werke schätzt. Möchtest du teilnehmen? Wie ist es mit Schlittschuhlaufen einen Abend oder zwei Abende vorher? Ich kann dir die genauen Angaben schicken, wenn dir meine Vorschläge zusagen.

Ich freue mich auf deine Antwort. Du fehlst mir.

Dein Harry

Am Montag würde ich zusagen. Dann könnte ich ihn persönlich nach Signorina Viero fragen.

Am Sonntagmorgen fiel eisiger Schneeregen aus einem düsteren Himmel. Ich wickelte mich fest in meinen Umhang und gönnte mir eine Mietdroschke.

Meinem Onkel ging es nicht gut und so betrat ich allein die Kirche, als die Orgel spielte. Bekannte begrüßten mich mit einem Kopfnicken und ich erwiderte ihren Gruß. Obwohl unser Herr versprochen hatte, immer bei uns zu sein, schien es mir, als ob sein Geist hier in der Kirche besonders stark wirkte, an diesem Ort, an dem so viele Gleichgesinnte auf engem Raum versammelt waren. Die bernsteinfarbenen Wachskerzen erhellten die Düsternis dieses Morgens und die Luft duftete nach dem Honig aus den Bienenstöcken, von denen man das Wachs geerntet hatte. *Herkunft*.

Ich ging in die Kirchenbank, in der wir normalerweise saßen, und schloss die Tür hinter mir, als der Gottesdienst begann.

Die Begrüßung. Ein Gebet zur Einstimmung. Ein Bußgebet.

Es tut mir leid, dass ich so viel Zeit damit verbringe, mir Sorgen zu machen und mich zu fragen, welche Absicht du verfolgst. Deine Wege sind höher als meine Wege. Bitte vergib mir.

Eine Bibellesung: die Liturgie des Wortes.

»Dies ist das Wort des Herrn.« Pastor Hill sprach laut und deutlich.

»Dank sei Gott«, erwiderten wir.

Fürbitte: *Jeanette und die anderen Frauen im Gefängnis. Onkel Lewis. Orchie. Marguerite. Charlotte. Alice.* Die anderen fielen mir schwerer: *Harry. Mr Clarkson. Mr und Mrs Herberts. Lord Audley.* Ich hielt die Luft an, bevor ich gehorsam weiterbetete: *Mama. Signorina Viero.*

Die Liturgie des Sakraments. Ich wartete, bis ich an der Reihe war, um das Abendmahl zu empfangen. Ich bewegte mich durch den Mittelgang und näherte mich dem Altargitter. Als ich neben den anderen niederkniete, hielt ich meine Hände eine über der anderen in Kreuzform hoch, um das Brot zu empfangen.

»Der Leib Christi, das himmlische Brot.« Er legte das Brot in meine geöffneten Hände.

»Amen«, flüsterte ich und aß davon.

Dann näherte sich der Kelchträger. »Das Blut Christi, der Becher des Heils.«

Ich führte den Kelch an meine Lippen und nippte von dem Wein. »Amen.«

Als ich mich erhob, hörte ich eine Stimme, die klar und deutlich sagte: »Ich bin hier.«

Ich drehte mich um, weil ich sehen wollte, wer gerade gesprochen hatte. Niemand erwiderte meinen Blick.

Ich sah hinauf zum Kreuz, das über dem Altar hing. Wieder hörte ich die Stimme, aber diesmal ganz leise, in meinem Herzen: *Ich bin hier.*

Meine Augen füllten sich mit Tränen. Er hatte mein Flehen gehört und mir beruhigend geantwortet, aufs Neue.

Danke, dass du zu mir gesprochen hast, Herr. Bitte schweige nicht mehr, denn ich spüre, dass meine Bedrängnisse und Versuchungen noch lange nicht zu Ende sind.

In jener Woche gönnte ich mir einen zweiten notwendigen Luxus in Gestalt einer Kutsche, die ich für mehrere Stunden mietete. Zuerst ließ ich mich erneut zum Pfandhaus in Whitechapel fahren. Bevor ich aus der Kutsche stieg, hielt ich die wunderschöne Garnitur aus Gold und Perlen in der Hand. Ich versuchte mir vorzustellen, wie mein Vater die schwere Halskette um den Hals meiner Mutter gelegt hatte. Hatte sie ihn an jenem Tag, ihrem Hochzeitstag, wirklich geliebt? Sie liebte alles, was glänzte, und mein Vater hatte sie geliebt.

Ich unterdrückte die Flut der düsteren Melancholie, in der ich sonst versunken wäre. Ich hatte meine Mutter auch geliebt.

Wie hatte damals alles so sehr aus dem Ruder laufen können?

Ich wusste, dass sie weder den Schmuck noch mich zurückhaben wollte. Deshalb öffnete ich die Tür des Geschäfts und ging mit festem Schritt hinein.

Der Inhaber des Pfandhauses schätzte den Wert der Garnitur professionell und emotionslos ein, was mir gerade nicht möglich war. Dann gab er mir eine beträchtliche Geldsumme dafür. Er warf einen wohlwollenden Blick auf die Kutsche, die draußen auf mich wartete.

»Bis zum nächsten Mal«, rief er mir nach. Seine Stimme klang hoffnungsvoll.

Ich sagte ihm nicht, dass ich gerade den letzten Schmuck verkauft hatte.

Ich steckte das Geld tief in die innere Tasche meines Kleides. Dann bat ich den Kutscher, mich zum Gefängnis zu fahren.

»Is' ihr alter Herr da drinnen?«

Ich schwieg. Ob er meinen Vater oder meinen Ehemann meinte, spielte keine Rolle. Ich wollte ihm nicht mitteilen, dass ich weder den einen noch den anderen hatte. Ich bezahlte ihn, damit er abwartete und ich meinen Besuch machen konnte.

Die Absätze meiner Stiefel klapperten laut auf den Steinfliesen der langen Korridore. Im Inneren des Gefängnisses war nur wenig Freude zu finden. Wegen der eisigen Kälte, die sich wie eine Totenwache durch das Gebäude schlich, suchten die Gefangenen Schutz unter Decken, Mänteln oder allem anderen, was sie warm halten konnte. Je näher das Weihnachtsfest kam, desto tiefer schienen die Frauen im Pfuhl der Verzweiflung zu versinken, wie John Bunyan es in seiner Pilgerreise erwähnt hatte. Ihnen fehlten die Geschenke, die Familie, die Freunde und sogar der Weihnachtspudding. Wer konnte es ihnen übel nehmen?

Jeanette wartete wie immer in dem für Besucher vorgesehenen Raum. Diesmal war sie allein. »Den andern geht's nich' so gut«, sagte sie. »Die alte Rosie ist diese Woche gestorben. An Cholera.«

Die alte Rosie war noch nicht einmal so alt wie unsere Mrs Orchard.

»Das tut mir leid.«

»Mir auch.« Sie streckte ihre Hände aus. »Die sind ein bisschen besser, wie Sie sehen. Ich hab' eine Freundin, die tauscht die Stumpen von Talgkerzen gegen was andres aus und ich darf meine Hände dann damit einreiben.«

Ich reagierte mit einem aufmunternden Lächeln, obwohl ihre Hände so rissig waren wie immer. Die Fingergelenke waren von Gelenkrheumatismus befallen und seltsam verformt. »Als ich im letzten Monat hier war, ist mir eine junge Frau aufgefallen, vielleicht achtzehn Jahre alt und neu hier.« Ich erklärte ihr, in welche Zelle man sie gebracht hatte.

»Oh ja, das ist die kleene Nancy«, erwiderte sie. »Die kommt nie raus aus ihrer Zelle, nur auf Befehl. Wir haben's versucht, Miss, wirklich.«

»Warum kommt sie nicht heraus?«

»Sie ist traurig. Und hat Angst. Die Angst macht so was mit

einem hier. Du meinst, die Leute mögen dich nich' oder sie holen dich ab.«

»Tun sie das?«, flüsterte ich. »Jemanden abholen?«

Sie nickte. »Manchmal. Die alte Meisterin Hopkins hilft dabei, dass sie nich' kommen. Wenn sie kann. Wir machen einen Ring um die Neuen, versuchen denen zu helfen, die's am ehesten abkriegen.«

Ich traute mich nicht zu fragen, was die Frauen denn abkriegen sollten.

»Sie liest aber.«

»Die Meisterin Hopkins?«

Jeannette ließ ein schrilles Lachen hören. »Nee, die doch nich'. Die kleene Nancy.«

»Wenn ich beim nächsten Mal ein Buch mitbringe, könnten Sie sie fragen, ob sie sich mit uns treffen möchte?«

»Oh ja«, antwortete Jeanette. »Vielleicht hilft ihr das gegen die Angst.«

Wir sprachen über ihre Kinder, denen ein kurzer Besuch erlaubt worden war. Zwei von ihnen waren tatsächlich gekommen. Dann stellte sie mir Fragen über meine Familie und meine Arbeit. Danach beteten wir zusammen wegen meiner und ihrer Sorgen. Wir verabschiedeten uns, und als ich mich auf den Weg zur Kutsche machte, bat ich den Herrn um eine besondere finanzielle Zuwendung, damit ich den Frauen im Gefängnis Handschuhe kaufen könnte.

Auf dem Heimweg dachte ich daran, wie sehr ich mich davor scheute, ins Gefängnis zu kommen. Ich dachte an meine schier unermesslichen Schulden und lachte aus Verzweiflung, bis ich beinahe geweint hätte. Der Kutscher drehte sich erschrocken zu mir um.

Ich fand meine innere Ruhe wieder – und meine Stärke. Mit der Summe aus dem Verkauf des Schmucks würde ich die Schulden bestimmt begleichen können und das neue Jahr würde auch wieder neue Aufträge bringen. Mr Clarkson hatte sich bei vielen

Leuten eingeschmeichelt und ich hatte es auch getan. Deshalb konnte unsere Lage nur besser werden.

Als ich nach Hause zurückkehrte, fand ich eine Karte von Charlotte vor. »Sie ist zur Besuchszeit gekommen«, sagte Orchie lächelnd. »Ich hab ihr natürlich nicht erzählt, dass wir keine Besucher haben, außer Mrs Newsome, die praktisch zur Familie gehört. Als ich ihr gesagt hab, dass Sie im Gefängnis sind, hat sie gemeint, Sie könnten sie gerne morgen besuchen, wenn Sie mögen.«

Ich umarmte Orchie und sie schüttelte mich ab, als ob ihr diese zärtliche Geste unangenehm wäre, aber ich konnte an ihrem Gesichtsausdruck sehen, dass sie es sich gerne gefallen ließ. Sie gehörte auch schon fast zur Familie. Ich musste tun, was ich konnte, um uns allen zu helfen. Ich könnte es nicht ertragen, wenn sie ins Armenhaus käme und dort an Cholera sterben müsste wie so viele im vergangenen Jahr.

Vielleicht war Charlotte zu uns gekommen, um mir eine gute Nachricht zu überbringen.

Als Charlotte mich in ihrem Salon begrüßte, wusste ich, dass sie keine guten Neuigkeiten für mich hatte. Sie blickte freundlich drein wie immer, aber nicht mit der überschäumenden Freude, dich ich bereits bei ihr erlebt hatte.

Ich fragte mich, ob wir jemals in dem von Mr Morris neu zu gestaltenden Grünen Speisesaal gemeinsam essen würden.

Ihr Salon war wunderschön. Lampen mit mattierten Glasschirmen verbreiteten einen hellen, warmen Schein, der die tiefe Düsternis des Winters vertrieb. Ihr Dienstmädchen brachte duftenden Earl Grey Tee und … Plätzchen.

Schon seit Langem buk Mrs Orchard aus Sparsamkeitsgründen keine Plätzchen mehr. Deshalb ließ ich es mir jetzt schmecken.

Vielleicht genoss ich aber auch die Süße der kleinen Gebäckstücke, um der Nachricht, die meine Freundin für mich hatte, die Bitterkeit zu nehmen.

Ich war deshalb überrascht, als Charlotte mir keine bittere Nachricht überbrachte. »Ich habe ein paar Gegenstände, über die ich gerne ihre Meinung gehört hätte.«

Ich wusste, dass sie nicht auf meine Meinung angewiesen war. In diesem Augenblick beschloss ich, in Ehrlichkeit und Aufrichtigkeit zu leben ohne Angst, wie ich es unserem Herrn im Gebet versprochen hatte. »Wollen Sie mich auf die Probe stellen?«

Auf diese Frage reagierte sie mit einem Lächeln. Sie schien an meinen direkten Worten keinen Anstoß zu nehmen. »Wir als die Bewunderer der Kunst haben doch keine Angst davor, Gegenstände auf die Probe zu stellen, oder, Miss Sheffield?« Sie nahm eine Porzellanfigur und klopfte damit sanft gegen ihre Zähne. Dieser Anblick wäre seltsam in den Augen jener, die nicht wissen, dass Zähne die Wahrheit sagen, selbst wenn der Mund lügt. Wenn man mit einem Gegenstand aus Porzellan an die eigenen Zähne klopft, kann man leicht feststellen, ob das Stück restauriert worden ist oder nicht. Originale fühlen sich fest und knöchern an, die restaurierten Teile dagegen würden sich bei der Berührung mit Zähnen leicht klebrig anfühlen.

Sie sprach weiter. »Deshalb sollten wir keine Angst davor haben, andere auf die Probe zu stellen – oder selbst auf die Probe gestellt zu werden. Nur wenn wir dazu bereit sind, können wir erkennen, ob ein Stück oder eine Person das ist, was es oder sie vorgibt zu sein, oder ob es bloß Maskerade ist.«

Sie nahm meine Hand und wir gingen zum Arbeitszimmer ihres Mannes. »Ich stimme Ihnen zu«, erwiderte ich. »Unsere Zeit bei Lord Parham mit dem Notizbuch und der Parade der Gegenstände, die den Bewerbern um die Mitgliedschaft im *Club* gezeigt wurden, war das auch eine Art Probelauf, obwohl es als vergnüglicher Zeitvertreib dargestellt wurde?«

»Ah ja.« Als wir vor einem kleinen Schreibtisch standen, ließ sie meine Hand los. »Lord Parham. Offenbar hat er Ihre Einschätzungen infrage gestellt, so als ob Sie vielleicht jemand anderem über die Schulter geschaut hätten, als diese Person ihre Notizen machte.«

»Er verdächtigt mich, einen Betrug begangen zu haben?« Plötzlich hatte ich mehr Verständnis für Alice.

»Er hat sich nicht so direkt geäußert, aber er hat zu verstehen gegeben, dass seine Zweifel Ihre Bewerbung um eine Mitgliedschaft gefährden könnten.« Sie drehte sich um und sah mir in die Augen. »Noch bedenklicher ist es allerdings, Miss Sheffield, dass er Zweifel an der Zuverlässigkeit Ihrer Firma hegt.«

Jetzt verstand ich. Er wollte mir Steine in den Weg legen.

»Niemand hat mich darum gebeten, so etwas zu tun, aber ich bin davon überzeugt, dass Sie wirklich so tüchtig sind, wie Sie wirken. Also, Eleanor, was halten Sie von diesem französischen Schreibtisch?«

Ich inspizierte das Möbelstück sehr sorgfältig, weil ich nicht so voreilig sein wollte wie bei den Münzen von Mr Herberts, aber ich fragte mich auch, ob sie die Wahrheit hören wollte oder doch eine honigsüße Irreführung vorzog wie Lord Parham. »Ich glaube nicht, dass der Schreibtisch aus Frankreich stammt«, sagte ich schließlich. »Wir Engländer bevorzugen Eiche, aber den Franzosen ist dieses Holz zu rustikal, es sei denn, es handelt sich um Bur-Eiche. Sie mögen lieber Walnuss- oder Rosenholz.« Ich sah noch einmal genau hin. »Sonnenlicht und Abnutzung haben das Holz wohl einheitlich altern lassen bis auf diese Stelle hier.« Ich deutete auf die Schublade. »Hier ist das Holz neu und es ist eine schlechte Verbindung mit dem alten eingegangen.«

Sie lächelte mich an. »Ja, genauso hätte ich es auch ausgedrückt.« Wieder nahm sie sanft meinen Arm und wir kehrten in ihren Salon zurück.

»Erst letzte Woche hat mir jemand dieses Stück aus Derby-Porzellan gebracht. Was sagen Sie dazu?«

Ich holte tief Luft. »Was für ein schönes Stück!« Ich drehte es um. »Die frühen 1770er-Jahre. Der Anker und das daran gekoppelte *D* für Derby sagen mir alles.«

Charlotte reagierte wieder mit einem Lächeln und bedeutete mir mit einer Handbewegung, dass ich Platz nehmen sollte. Ihr Dienstmädchen brachte uns noch mehr Tee und Plätzchen. »Die Herstellermarke sagt uns alles, was wir über ein Stück wissen müssen, nicht wahr, Eleanor? Wenn es echt ist.«

Ich stimmte ihr zu. Als unsere Besuchsstunde vorüber war, nahm sie wieder meine Hand und sagte: »Lassen Sie sich nicht entmutigen.«

Ist sie die einflussreiche und mächtige Person, die mir auf meinem Weg weiterhelfen wird?

»Der *Club* wird über Weihnachten natürlich keine Treffen veranstalten. Aber im Februar, nachdem Sie Ihre Entscheidung über den Verbleib der Lydney-Sammlung getroffen haben …« Sie ließ den Satz unvollendet. »Und im März wird es im Haus von Mr Denholm stattfinden. Wenn ich es richtig verstehe, steht er Ihrem Mr Clarkson sehr nahe und er ist auch voller Bewunderung für Sie. Vielleicht wäre das der richtige Zeitpunkt für Ihre Bewerbung um eine Mitgliedschaft.«

Nachdenklich neigte ich den Kopf. Befürwortete sie es, wenn ich die Lydney-Sammlung dem Museum spenden würde? Das wäre nur vernünftig, denn schließlich war sie eine große Mäzenin. Aber sie schien nicht zu den Menschen zu gehören, deren Zuneigung man mit Geld erkaufen konnte.

Vielleicht konnte ich sie nur nicht richtig einschätzen.

Kapitel 17

Am nächsten Tag waren Mr Clarkson und ich in der Werkstatt. Ich reparierte zerbrochenes Porzellan, das der Mutter eines Auftraggebers gehört hatte, und er versandte Briefe an Leute, die er im *Burlington-Club* kennengelernt hatte, in der Hoffnung, weitere Aufträge zu erhalten.

Die Tür des Ladens öffnete sich und er stand auf. »Ich sehe nach, wer es ist.« Ich beugte mich weiter über meine Arbeit. Nach nur einer Minute war er zurück. »Sie möchten mit Ihnen sprechen, Miss Sheffield.«

Ohne zu fragen, wer *sie* denn waren, wusste ich es instinktiv: Schuldeneintreiber.

Ich ging nach vorne in den Laden und Mr Clarkson folgte mir.

Ich konnte ihn wohl kaum wegschicken, denn schließlich waren es unsere Geschäftsräume und die Leute suchten uns hier auf und nicht bei mir zu Hause. Vielleicht wollte er nur sichergehen, dass ich nicht allein mit diesen Leuten war, und dafür war ich dankbar.

Wieder ein uniformierter Polizist. Und zwei Männer in schwarzen Mänteln, die ihre Kragen hochgeschlagen hatten, um sich vor dem Schmutz und der Nässe zu schützen. Sie hatten beides mit in den Laden gebracht und meinen Fußboden beschmutzt.

»Miss Sheffield?«

»Ja. Und Sie sind …?«

»Wir sind im Auftrag von Mr Christopher Dodd hier. Er bittet um sofortige Zahlung.«

»Mr Dodd …« Ich konnte diesen Namen zunächst nicht zuordnen.

Mr Clarkson trat hinter mich und sprach leise auf mich ein. »Die Servierplatten aus Sèvres-Porzellan für Lord Canterwood.

Wir haben sie Dodd abgekauft und an seine Lordschaft geliefert. Hat Mr Dodd die Zahlung erhalten? Diese Männer meinen, das sei nicht der Fall.«

Was war mit dem Geld geschehen, das für die Servierplatten bezahlt worden war? Ich schüttelte den Kopf. Ich wusste es nicht. Ich wandte mich wieder an die Männer, die vor mir standen. »Geben Sie mir ein paar Tage Zeit, damit ich der Sache nachgehen kann? Bitte lassen Sie Ihre Karte hier und ich sorge dafür, dass der Betrag in voller Höhe gezahlt wird.«

Sie erklärten sich einverstanden, verbunden mit einer leisen, höflichen Drohung, sie würden zurückkommen, wenn die Zahlung nicht innerhalb der nächsten vierzehn Tage erfolgen würde.

Nachdem sie den Laden verlassen hatten, drehte sich Mr Clarkson zu mir um. »Haben Sie davon gewusst?«

»Nein. Aber ich werde mit meinem Onkel darüber sprechen.«

»Er wird sich vielleicht nicht mehr daran erinnern«, entgegnete Clarkson. Seine Stimme klang kühl und gleichgültig und das erschreckte mich. War er herzlos, wenn es um meinen Onkel ging? Oder war noch etwas anderes nicht in Ordnung?

»Wenn sich das herumspricht, werden uns andere Händler nichts mehr für unsere Auftraggeber verkaufen.« Er sprach wie ein Mann, der mit so etwas Erfahrung hatte.

»Ich weiß.« Ich ging ins Haus zurück und machte Orchie ausfindig. »Wissen Sie, ob mein Onkel irgendwo Geld gehortet hat?« Wenn das Geld nicht in der Bank war, wo war es dann?

Sie schüttelte den Kopf. »Oh nein. Hier ist kein Geld versteckt.«

»Ich möchte, dass Sie gründlich suchen. In seinem Zimmer. Ich kann es nicht tun, aber Sie können es, wenn Sie dort sauber machen.«

Sie erklärte sich dazu bereit und in der Zwischenzeit schloss ich die Tür zum Schlafzimmer meines Vaters und dann sein Raritätenkabinett auf. Ich holte seine Taschenuhr heraus, dann schloss ich die Schranktür wieder ab. Die Uhr war das Gegenstück zu der Taschenuhr, die man Onkel Lewis gestohlen hatte.

»Es tut mir leid«, flüsterte ich. »Aber ich muss es tun, um uns alle zu retten.«

Orchie kam zurück. »Ich hab in seinem Zimmer kein Geld gefunden. Ich hab überall nachgeschaut.«

Ich brachte die Uhr zu Mr Clarkson. »Kennen Sie vielleicht jemanden, der an einer solchen Uhr interessiert wäre? Mit der Summe aus dem Verkauf könnte ich Mr Dodd bezahlen.«

Er dachte kurz nach und erwiderte dann: »Ja, ich kann mich umhören. Sie können es getrost mir überlassen. Und … ich habe gehört, dass Sie Lady Charlotte Schreiber besucht haben.«

Ich nickte, sah ihn jedoch mit einem fragenden Blick an.

»Einige Mitglieder des *Burlington-Clubs* haben es mir gegenüber erwähnt. Sie wissen, dass wir uns nahestehen …«

Ich schnappte nach Luft.

»Dass wir zusammenarbeiten«, korrigierte er sich.

»Ja, das stimmt.«

»War der Besuch erfolgreich?« Er legte die Pinzette weg, mit der er die Unruh einer Taschenuhr ausgerichtet hatte.

»Ich glaube schon«, erwiderte ich. »Sie hat mich gebeten, die Echtheit einiger Stücke aus Derby-Porzellan zu prüfen, und das habe ich getan. Dann sollte ich mir einen Schreibtisch ansehen und ich stellte fest, dass er nicht aus Frankreich stammte. Ich wies auch auf die nicht zusammenpassenden Hölzer hin, die auch noch schlecht miteinander verbunden waren.«

Er blickte zu mir hoch. »Es ist niemals gut, wenn Dinge – oder Menschen – eine schlechte Verbindung eingehen. Die Hölzer – war das eine verfeinert und das andere nicht so hochwertig?« Er sah mich unverwandt an. »Das eine alt, das andere neu?«

Der eine adlig, die andere bürgerlich? Ich spürte, dass er auf Harry und seinen Adelstitel und auf mich und meinen bürgerlichen Stand anspielte. Ich hielt seinem Blick stand. »Vielleicht. Auf jeden Fall schien meine Antwort zu ihrer Zufriedenheit zu sein und sie versicherte mir, dass es bald eine weitere Gelegenheit für eine Bewerbung um eine Mitgliedschaft im *Club* geben könnte.«

Er legte seine Hand auf meinen Arm, ganz leicht und nur für einen kurzen Moment.

»Das ist meine innigste Hoffnung. Aber wenn nicht, bin ich bereit zu einem entschlossenen Auftreten für uns … für die Firma *Sheffield Brothers*, meine ich natürlich.«

»Schließlich sind wir beide bürgerlich.« Das ließ er jedoch ungesagt.

»Danke, Mr Clarkson.« Ich hoffte, dass meine Stimme nach aufrichtiger Dankbarkeit klang.

Dann hob er einen Brief hoch. »Mr Denholm hat mich gebeten, für ihn antike ägyptische Kunstgegenstände zu beschaffen. Er hat seine Bitte zwar an mich persönlich gerichtet, aber in Anbetracht der Lage, in der sich die Firma befindet, würden Sie es vielleicht vorziehen, wenn der Auftrag direkt an *Sheffield Brothers* ginge?«

Ich setzte mich, um kurz nachzudenken. Ich wusste gar nicht, dass Mr Clarkson Aufträge außerhalb der Firma annahm, aber es sollte wohl in Ordnung sein, weil Clarkson selbst schon seit langer Zeit Verbindung zu Denholm hatte. Er war vorher kein Kunde unserer Firma gewesen. Wir brauchten Mr Clarkson und seine Fähigkeiten so sehr wie er uns, unseren Namen und unseren guten Ruf brauchte, obwohl Letztere offenbar infrage gestellt wurden.

»Sie können selbst entscheiden, was Ihnen lieber ist.«

»Es könnte für uns beide recht angenehm sein, wenn wir einen solchen Schatz gemeinsam ausfindig machen würden«, erwiderte er. »Sie und ich. Würde Ihnen das zusagen?«

Aus seinem Vorschlag hörte ich ein unausgesprochenes Arrangement heraus. Wir würden zusammenarbeiten, nicht mehr und nicht weniger. Zumindest für den Augenblick.

»Eine gemeinsame Suche nach den Gegenständen kann recht gewinnbringend sein«, stimmte ich ihm zu.

»Großartig. Ich werde Mr Denholm informieren, dass Sie und ich für ihn etwas Seltenes und wirklich Altes finden und es ihm umgehend liefern werden. Dann werde ich durch Boten Briefe verschicken an die einen oder anderen, die uns bei der Suche helfen können.«

»Danke«, entgegnete ich. »Ich freue mich schon darauf.« Ich liebte die Jagd auf Schätze und das gute Gefühl, unseren Auftraggebern etwas Seltenes und Unerwartetes beschaffen zu können. Und natürlich liebte ich die Geschichte hinter den Gegenständen.

Mr Clarkson war auf jeden Fall für eine Zusammenarbeit mit mir geeignet, so wie ich es auch für ihn war.

Er hatte sich wirklich um das Wohl unserer Firma bemüht und auch um das meines Onkels – vielleicht sogar um mein Wohl.

Als ich das Porzellan sorgfältig für den nächsten Tag verpackte, fiel mein Blick auf das Regal, in dem der Pelikan von Lady Lydney stand. Schon bald würde ich mit der Arbeit an diesem Stück beginnen.

Für meinen Ausflug mit Harry wollte ich gut gekleidet sein, wie ich es mir auf Marguerites Drängen hin zu einer schönen Gewohnheit gemacht hatte.

Alice klopfte an die Tür meines Schlafzimmers. »Ich hab mir extra ein, zwei Stunden Zeit genommen für Ihr weißes Kleid. Jetzt hat's keine Flecken mehr und ich hab mit einem Rasiermesser von Ihrem Onkel die kleinen Knubbel auf Ihrem Umhang weggemacht. Schauen sie mal!« Sie strich mit einer Hand über das Gewebe wie eine Mutter über das Kleid eines Kindes, um es zu glätten.

»Das sieht sehr schön aus, Alice. Herzlichen Dank.«

»Das is' ne gute Wahl. Mit Ihrem rotbraunen Haar und so, wenn das über den weißen Stoff fällt, dann kann er Ihnen nich' widersteh'n!«

»Woher wissen Sie, dass ich dieses Kleid zum Ausgehen anziehen möchte?«, fragte ich sie scherzhaft. In gespannter Erwartung röteten sich meine Wangen und auch meine Augen hatten bestimmt einen verräterischen Glanz der Vorfreude.

»Ich hab jemand, in den ich ganz vernarrt bin«, antwortete sie. »Ich kann's gut verstehen.«

Sie reichte mir meinen weißen Fellmuff. Mrs Orchard hatte meine Schlittschuhe poliert, denn es war schon über ein Jahr her, als ich sie das letzte Mal getragen hatte.

Alice machte Feierabend und war auf dem Weg nach Hause. Orchie servierte Onkel Lewis das Abendessen auf einem Tablett in seinem Zimmer. Doch ich konnte nichts essen. Mein Magen rebellierte nicht nur aus Vorfreude auf unseren gemeinsamen Abend, sondern auch wegen der Frage, die ich ihm stellen wollte. Ich musste es einfach wissen und deshalb musste ich Harry über die Signorina ausfragen.

Ich saß im Salon. Die Lampen waren ein wenig heruntergedreht, aber im Ofen brannte genügend Kohle. Der Erlös aus der Halskette meiner Mutter hatte uns ein paar Erleichterungen ermöglicht. Ich sah auf die Uhr.

Fünf Minuten zu spät. Das war in Ordnung. In dieser Zeit konnte ich mich ein wenig beruhigen und meine Fassung wiedererlangen.

Wieder vergingen fünf Minuten und er war noch nicht angekommen. Ich nahm ein Damenmagazin in die Hand und blätterte es durch. Ich sah Ideen für Weihnachtsfeiern, Anzeigen über Nähzubehör und die besten Ratschläge, wie man seine Hausangestellten behalten kann, aber natürlich war ich abgelenkt. Nur einen kurzen Moment, nachdem ich sie gelesen hatte, wusste ich nicht mehr, was in einer Zeile stand. Meine Augen folgten den Sätzen, aber in Gedanken war ich ganz woanders.

Jetzt wartete ich schon fünfzehn Minuten. Ich legte meinen Umhang und meinen Muff weg. Meine Achselhöhlen waren schweißnass und ich bereute es, den Ofen mit so viel Kohle angeheizt zu haben. Ich drehte den Brenner herunter. Meine anfängliche Begeisterung war erloschen.

Orchie warf einen Blick in den Raum. »Alles in Ordnung?«

Ich reagierte mit einem Achselzucken und sie presste die Lippen aufeinander, als sie wegging.

Ich zog meine Taschenuhr heraus und verglich die Zeit mit der großen Uhr im Salon. Ja, die Uhr ging genau.

Als dreißig Minuten vergangen waren, drehte ich die Lampe herunter, machte den Kohlebrenner aus und ging zurück auf mein Zimmer.

Er hatte mich vergessen. Schon wieder.

Stück für Stück kleidete ich mich aus. Sorgfältig hängte ich die Kleidungsstücke in den Schrank. Ich wollte die sorgfältige Arbeit von Alice nicht zunichtemachen. Ich prüfte mein Herz. Es war tatsächlich noch da, aber beschädigt durch Abnutzung und schwer. Ich öffnete die winzige Schublade in meinem Raritätenkabinett und holte den Liebesring heraus. Dann legte ich ihn wieder hinein. Ich nahm meine Senfkorn-Halskette nicht ab, denn sie bedeutete Treue zu unserem Herrn und Treue von ihm. Trotz meiner schmerzlichen Fragen glaubte ich noch immer, dass er sich als treu erweisen würde.

Fast dreißig Minuten später klopfte Orchie an meine Tür.

»Miss Eleanor?«

»Ja?« Ich zwang mich, meine Stimme fröhlich klingen zu lassen, aber das wollte mir nicht gelingen.

»Lord Lydney ist angekommen und bittet aufrichtig um Entschuldigung. Die Verspätung lag nicht in seinen Händen. Er möchte sehr gern mit Ihnen sprechen.«

Natürlich möchte er das.

»Bitte informieren Sie den Baron, dass ich mich gefreut hätte, ihm zum vereinbarten Zeitpunkt Gesellschaft zu leisten, aber im Moment bin ich unpässlich.«

Schweigen. »Sind Sie sicher? Ich … ich mag ihn sehr gern, Miss. Es ist bloß eine Stunde und ich glaub ihm.«

»Ich bin mir ganz sicher«, entgegnete ich nachdrücklich.

»Nun gut.« Sie wanderte den Flur entlang und ging die Treppe hinunter. Ich konnte ihre Stimme hören und Harrys Antwort, bevor sie die Haustür fest verschloss.

Die Tür sollte ihm vielleicht verschlossen bleiben.

»Gib die Sammlung dem Museum«, schien mir eine Stimme von meiner Schulter her zuzuflüstern. Aber war es der Engel der Gerechtigkeit, der mich leitete, oder der Engel der Schlechtigkeit, der mir ein kaltes Gericht der Rache anbieten wollte?

Kapitel 18

Am nächsten Morgen arbeitete mein Onkel mit uns zusammen in der Werkstatt. Das war ein seltenes Ereignis und ich hätte eigentlich erfreut sein müssen, als ich ihn beobachtete, wie er frohen Mutes mit seiner Lupe einen schwer einzuschätzenden Gegenstand aus Silber betrachtete und eine präzise Schätzung abgab.

Trotzdem wurde meine Stimmung nicht besser, sondern immer düsterer wie bei einem Begräbnis.

Gegen zehn Uhr klopfte Orchie an die Tür. »Miss Eleanor, wenn's Ihnen nichts ausmacht, wär' ich Ihnen sehr dankbar, wenn Sie kurz ins Haus kommen könnten.« Sie warf Mr Clarkson einen betretenen Blick zu, aber er lächelte sie aufmunternd an.

Er machte eine Handbewegung, als ob er mir eine Erlaubnis erteilen würde, was ich äußerst unpassend fand. Ich wischte mir die Lasur von den Händen und folgte Orchie ins Haus.

Bloß kein weiterer Schuldeneintreiber! Bitte nicht!

Im Salon stand ein Mann mit einem großen Koffer in der Hand. »Miss Sheffield?«

»Ja?« Mir versagte fast die Stimme.

»Ich bin im Auftrag von Lord Lydney hier. Darf ich?« Er überreichte mir zuerst einen mit Harrys schwarzem Siegel verschlossenen Brief, in dem er mich um Vergebung bat und um die Gelegenheit, mir alles persönlich erklären zu dürfen.

Ich faltete den Brief zusammen. Der Mann öffnete den Koffer und stellte ihn seitlich auf. Im Inneren hingen zwölf Taschenuhren aus Silber, jede an einer Kette. Ich sah mir die Uhren näher an. Die erste war auf ein Uhr eingestellt, die zweite auf zwei, die dritte auf drei Uhr und so weiter, bis zwölf Uhr.

»Seine Lordschaft bittet darum, dass Sie eine von diesen auswählen, die ich ihm dann zurückbringe als Botschaft, um welche

Uhrzeit Sie bereit wären, ihn heute zum Schlittschuhlaufen im Hyde Park zu begleiten, und er versichert Ihnen, dass er pünktlich sein wird. Wenn Sie keine Uhr zurücksenden, wird er verstehen, warum.«

Mit einem Lächeln und Augenzwinkern fuhr er fort: »Aber ich werde es nicht verstehen, denn ich verliere einen Auftrag.«

Alice war hinter Orchie in den Raum geschlüpft und die beiden klatschten Beifall.

»Machen Sie's, Miss Sheffield«, sagte Alice. »Denken Sie an die viele Arbeit, die ich gehabt hab!«

»Und ich erst, als ich die Schlittschuhe poliert hab«, ergänzte Orchie.

Ich trat neben den Uhrenverkäufer. »Ich könnte es nicht ertragen, wenn ein ehrlicher Mann einen Auftrag verliert.«

Ich nahm die Uhr, die auf sieben Uhr eingestellt war, heraus und reichte sie dem Mann, der seinen Hut antippte und hastig seinen Koffer verschloss. »Er hat gesagt, es ist noch ein bisschen mehr für mich drin, wenn ich innerhalb einer Stunde zurückkomme.«

Wir drei mussten laut lachen.

Ich hätte meine Begeisterung ein wenig dämpfen sollen. Vielleicht lag es daran, dass Orchie und Alice sich so sehr für mich freuten. Ich wollte Harry sowieso die Frage über die Signorina stellen und deshalb musste ich seiner Einladung folgen.

Später kleidete ich mich ein weiteres Mal sorgfältig an. Dann holte ich meine weiße Fellkappe aus meinem Kleiderschrank. Um halb sieben sah ich aus dem zur Straße hin gelegenen Fenster. Harrys Kutsche wartete am Straßenrand. Ich wollte mir trotzdem Zeit nehmen. Um fünf Minuten vor sieben hörte ich, wie sich die Haustür öffnete und Orchie ihn hereinbat. Ich konnte nicht hören, was sie sagte, aber ihre Stimme klang eher wie das Zwitschern eines Vogels und nicht wie das Knurren eines Wachhunds und mir wurde es ganz leicht ums Herz.

Ich traf ihn im Salon.

»Ellie.« Er warf einen Seitenblick auf Mrs Orchard. »Äh, Miss

Sheffield. Bitte nehmen Sie meine Entschuldigung an. Ich bin sehr dankbar für Ihre freundliche Bereitschaft, mich heute Abend zur Eisbahn zu begleiten.« Er verhielt sich in der Gegenwart von Orchie stets sehr formell und behandelte sie so respektvoll wie eine Mutter. Das amüsierte mich immer ein wenig.

»Die Freude ist ganz auf meiner Seite.« Hoffentlich merkte man es mir nicht an, wie sehr ich mich auf unseren Ausflug freute, aber der Ausdruck in Orchies Augen zeigte mir, dass ich so glücklich aussah, wie ich mich fühlte.

Er nahm meinen Arm und führte mich zur Kutsche. Der Weg zum Straßenrand war durch Eis und festgetretenen Schnee sehr glatt.

Er gab dem Kutscher die Anweisung, uns zum Hyde Park zu fahren. Dann erklärte er mir sein Missgeschick vom gestrigen Abend. »Ich plante, dass uns ein weiteres Paar begleiten sollte, ein guter Freund von mir und seine Frau. Als sie plötzlich krank wurde, musste ich schnell eine Anstandsdame für dich finden. Es ist mir nicht gelungen und dann war ich schon zu spät. Ich habe versucht, deine Freundin Mrs Newsome zu erreichen, aber sie war nicht zu Hause. Ich machte mir Sorgen, denn ich wollte nicht, dass du denkst, ich nehme keine Rücksicht auf deine Situation. Ich dachte, du wolltest vielleicht nicht mit mir allein gesehen werden, sondern in Begleitung einer Anstandsdame wie Mrs Newsome. Ich konnte leider keine Anstandsdame auftreiben, denn offen gestanden kenne ich nicht viele Damen, die diese Aufgabe übernehmen können. Ist es dir denn angenehm, wenn du mich allein begleitest?«

Einen Augenblick lang zögerte ich, denn ich fragte mich, was die Leute von mir denken würden. Streng genommen gehörte ich zwar nicht zu der Art von Damen, die bei jeder Kleinigkeit eine Anstandsdame brauchten, aber ich wusste es zu schätzen, dass seine Verspätung am Abend zuvor seiner Sorge um meinen guten Ruf geschuldet war. »Wir sind durch eine alte Freundschaft unserer Familien verbunden, deshalb ist es akzeptabel«, antwortete ich.

Er zuckte zusammen, so als sei ihm »Freundschaft« zu wenig. Aber vorerst war es nicht mehr.

»Ich bin froh, dass unsere Freundschaft aus den Schwierigkeiten dieses Jahres unbeschadet hervorgeht«, erwiderte er leise.

Jetzt zuckte ich zusammen. So etwas wollte ich auch nicht, aber vielleicht war das alles, was uns geblieben war.

Unser Gespräch zog sich mühsam hin, bis wir den Park erreichten. Ich merkte, dass seine Stimme so sanft klang wie immer, aber nicht mehr so flehend wie in den letzten Monaten.

Natürlich liefen auch andere Leute Schlittschuh. Es war ein festliches Ereignis, wenn die Eisbahn mit Fackeln beleuchtet war.

Harry nahm meine Hand und half mir aus der Kutsche. »Ich bin schon vorher hier gewesen, um sicherzugehen, dass das Eis dick und fest genug ist.«

Mir wurde warm ums Herz. »Was für eine aufmerksame und beschützende Geste.«

»Ich habe dir ja gesagt: Ich kümmere mich gut um …«, er vollendete den Satz nicht mit *Das, was mir gehört.*

Er hielt meine Hand, blieb jedoch eine Zeit lang auf Distanz, als wir Seite an Seite über das Eis glitten. Obwohl ich zunächst ein wenig wacklig auf den Beinen war, wurde ich schnell sicherer.

»Erinnerst du dich noch an das erste Mal, als wir hierhergekommen sind?«, fragte er.

»Ja.« Ich musste lachen. »Wir waren linkisch wie kleine Rehkitze.«

Er stimmte in mein Lachen ein. »*Du* warst nie ein linkisches Rehkitz. Ich dagegen …«

Er ließ meine Hand los und hakte sich stattdessen bei mir unter. Auf diese Weise kamen wir uns ein bisschen näher. Er blieb mit seinen Schritten trotzdem im Takt und er steuerte mich sanft über das Eis des Sees.

»Du bist überhaupt nicht linkisch«, sagte ich. »Zumindest nicht mehr.«

Sein breites Lächeln war so spitzbübisch wie in der Zeit, als ich mich zum ersten Mal in ihn verliebte. Beinahe wäre ich gestolpert.

Am besten, du sagst es jetzt, dachte ich. *Bevor du die Nerven verlierst.*

»Harry, Mrs Newsome hat etwas Beunruhigendes erfahren, als wir das letzte Mal in Watchfield waren.«

Er sah mich aufmerksam an. »Was denn?«

Ich holte tief Luft. Als ich ausatmete, breitete sich ein Wirbel aus weißem Nebel zwischen uns aus. »Sie hat gehört, dass du und die Signorina in Italien geheiratet haben.«

Er bremste sanft ab. »Wollen wir uns setzen?«

Ich stimmte zu und er führte uns zu einer der Bänke am Seeufer.

»Wir haben nicht geheiratet«, begann er. »Aber in Italien erzählten wir herum, dass wir es wären. Es war eine sehr unruhige Zeit. Kriegsvorbereitungen wurden getroffen und die Leute wussten nicht mehr, wem sie noch vertrauen konnten. Viero hat mich gefragt, ob ich seine Familienschätze, seine Schwester und seine Mutter außer Landes bringen könnte, bis sich die Lage wieder beruhigt hat. Er hatte es eilig, denn er hatte sich wegen seines Engagements Feinde gemacht.«

Ich nickte zustimmend. Harry hatte mir das bereits erzählt und ich hatte ihm geglaubt.

»Wir hatten keine Zeit für Papiere, die zwar nicht unbedingt erforderlich waren, es uns aber viel leichter gemacht hätten, die Signorina und ihre Mutter mitzunehmen. Unter der diplomatischen Immunität meines Vaters – er war schließlich Botschafter in Österreich – könnten sie einigermaßen komfortabel reisen. Deshalb erzählten wir den Leuten, dass wir verheiratet seien. Aber wir waren es nicht.«

Meine Seelenqual spiegelte sich bestimmt in meinem Gesicht wider. Er versuchte weiter, mich zu beruhigen.

»In England sind wir nicht als Ehepaar in die Gesellschaft eingeführt worden. Wir verreisen nicht gemeinsam. Wir haben keine Gesellschaften gegeben. Wir stehen uns nicht … nahe. Es gab keine Notwendigkeit, dir davon zu erzählen, denn hier in England müssen wir die Scharade nicht mehr aufrechterhalten.«

»Ich möchte dir gerne glauben«, erwiderte ich, aber dann dachte ich: *Alle Menschen glauben das, was sie glauben wollen.*

»Du *musst* mir glauben.«

Ich brachte es nicht fertig zu sagen: *Natürlich glaube ich dir.* »Es ist nur … du bist so spät gekommen.« *Und dein Vater hat steif und fest behauptet, dass du nur deshalb so spät nach Hause zurückgekehrt bist, weil du unbedingt in Österreich bei Francesca bleiben wolltest, bis du erfahren hast, dass er im Sterben lag und die Verwaltung der Kunstsammlung in meine Hände legen wollte. Du könntest natürlich mit* dieser *Scharade weitermachen, bis die Sammlung wieder in deinem Besitz ist.*

Er sah auf seine Hände und dann richtete er den Blick wieder auf mich. »Letztes Jahr, dieses Jahr, gestern Abend … Ich weiß. Sosehr ich mich auch bemühe, sieht es so aus, als ob ich die Menschen, die mir wirklich etwas bedeuten, immer wieder enttäusche. Meinen Vater. Meinen Bruder. Dich.«

Über und um uns herum fielen leise flüsternd Schneeflocken. Sie umgaben uns wie ein leichter Spitzenschleier.

»Ich habe mit Dr. Garrett über Arthur gesprochen«, sagte ich schließlich. »Sie hat bestätigt, dass man nur noch wenig tun kann, wenn die Lungen sich so krampfhaft zusammenziehen. Selbst wenn du früher mit dem Arzt zurückgekommen wärst, hätte Arthur das wohl nicht überlebt.«

Er sah mich erstaunt an. Als er sprach, klang seine Stimme rau. »Du hast sie das gefragt, erst vor Kurzem, um meinetwillen?«

Ich nickte und er zog sanft meine Hände aus dem Muff und umfasste sie mit seinen eigenen. »Danke, Ellie. Ich bin so schnell geritten, wie ich konnte. Ich habe mich wirklich beeilt, um mit dem Arzt rechtzeitig zurückzukommen.« Er blinzelte – zwei Mal, drei Mal. Waren das etwa Tränen, die er da wegblinzelte? Er hatte noch nie vor mir geweint.

»Du kannst ganz ruhig sein.«

Er deutete auf meinen Ringfinger, an den er einst den Verehrungsring gesteckt hatte. »Wo ist …?«

»Weggelegt. Der Amethyst ist herausgefallen und ich konnte ihn nicht mehr finden.« Das war natürlich ein schwacher Vorwand. »Ich wollte nicht, dass die anderen Steine auch rausfallen und verloren gehen.« Er kannte mich gut genug, um zu wissen, dass das nur eine Halbwahrheit war.

Wieder legten sich seine Finger fester um die meinen und meine Hand schloss sich reflexartig um seine. Einen Augenblick lang sah er mich unverwandt an und mir wurde schwindlig von seinem Blick. Als er sich zu mir herabbeugte, glaubte ich, dass er mich küssen wollte, aber das tat er nicht. »Wirst du mich morgen Abend zum Essen bei Rossetti begleiten?«, fragte er schließlich. »Man wird dort nicht auf dich herabsehen, wenn du keine Anstandsdame mitbringst.«

Das konnte ich mir gut vorstellen. Der Freundeskreis von Mr Rossetti dachte sehr fortschrittlich.

»Ich würde mich sehr darüber freuen. Ich bin neugierig auf die Sammlung von Mr Rossetti. Er ist berühmt-berüchtigt … und er kauft sehr häufig Kunstgegenstände.«

»Ich weiß.« Er half mir beim Aufstehen und legte meinen Muff auf die Bank. Ich war etwas überrascht von dieser Geste. »Deshalb habe ich mir gedacht, dass du gerne teilnehmen möchtest. Du und deine Sammlungen.« Mit der Fingerspitze berührte er leicht meine Nase. »Mir wäre es lieber, wenn die Sammlung meiner Familie in Watchfield bleiben könnte. Für mich und natürlich für meine Familie wäre das besser. Aber was auch immer du über das Schicksal meiner Familienschätze entscheidest, Ellie, meine Zuneigung zu dir wird sich nicht verändern. Sie hat sich nie verändert und das wird auch in Zukunft so bleiben.«

»Danke«, erwiderte ich leise. »Es tut gut, das zu hören.«

»Aber ich habe mich entschlossen, dass ich damit aufhören muss, mich immer wieder anzustrengen. Ich kann nicht mein ganzes Leben lang versuchen, mich zu beweisen vor meinem und vor deinem Vater … vor dir. Dieses angestrengte Bemühen brachte mich dazu, Entscheidungen zu treffen, die für andere hilfreich waren, aber nicht zum Guten führten und mir den Seelenfrieden geraubt haben. Ich muss mir selbst treu bleiben und einfach hoffen, dass das gut genug ist.«

Ich nickte zustimmend. Das also war der Grund für sein selbstbewussteres Auftreten. Er führte mich zurück zur Eisbahn, die jetzt weniger von Menschen bevölkert war, weil die anderen vor dem Schnee und der Kälte geflohen waren. Die Fackeln brannten jedoch noch immer und ihr Licht ließ die Eisfläche wie Bernstein leuchten.

Harry zog mich an sich, als ob wir tanzen würden, aber es war viel inniger und vertrauter als ein Tanz. Er konnte mich für längere Zeit in den Armen halten, ohne mich an einen anderen Partner weiterreichen zu müssen.

Es gab keine Musik außer der Melodie in meinem Herzen. Der Wind frischte auf und instinktiv schmiegte ich mich enger an ihn. Daraufhin legte er seine Arme noch enger um mich. Etwa zehn Minuten später begann ich, vor Kälte zu zittern.

»Obwohl ich es nur ungern tue, muss ich dich nach Hause bringen. Es ist einfach zu kalt geworden.«

Sein Kutscher wartete bereits auf uns. Er hatte das Feuer in einer kleinen Kohlepfanne bewacht, damit wir unsere Füße warm halten konnten.

Auf dem Heimweg sprachen wir nur wenig, aber das Schweigen zwischen uns war dieses Mal nicht peinlich. Keiner von uns wollte das neu geknüpfte Band der Vertrautheit wieder zerschneiden.

Kapitel 19

Harrys Kutscher hielt vor dem Queen's House im Cheyne Walk Nr. 16 an, dem Haus, in dem Mr Rossetti seit einigen Jahren wohnte. Harry stieg zuerst aus und half mir dann aus der Kutsche. Ich trug das bernsteinfarbene Kleid, das Marguerite mir geliehen und das ich zum Galadiner für das South Kensington Museum getragen hatte. Ich hoffte, dass niemand von den anderen Gästen sich daran erinnerte, falls jemand von ihnen am Galadiner teilgenommen hatte.

Als wir auf die Haustür zugingen, verstummten gerade die Kirchenglocken, aber an ihre Stelle trat ein seltsames Geräusch. Wir hörten ein schrilles Krächzen, gefolgt von abgehackt klingenden Schreien. Ich sah Harry erstaunt an.

»Rossetti hält Pfauen«, sagte er mit einem ironischen Lächeln.

»In seinem Haus?«, fragte ich verwundert.

»Während der kalten Jahreszeit ja.«

Ich reagierte auf seine Worte mit einem zustimmenden Nicken. Ich hatte gehört, dass Künstler eigenartig waren. Bisher hatte ich noch keine Gelegenheit gehabt, viele von ihnen kennenzulernen.

Sobald sich die Haustür hinter uns geschlossen hatte, ging es weiter mit den Absonderlichkeiten. Die Eingangshalle war ein Mischmasch von Einrichtungsgegenständen der unterschiedlichsten Kulturen. Chinesische Laternen standen auf einem wertvoll aussehenden Cellokasten aus italienischem Leder. Auf zartfarbigen Perserteppichen lag ein verschlissenes Bärenfell. Manche Wände waren vollgestellt mit willkürlich zusammengewürfeltem Kitsch, an anderen hingen bloß ein paar kostbare Gemälde, einige davon von Rossetti selbst gemalt. Zwei Igel in einem Käfig sahen mich so überrascht an, wie ich es war, als ich zu ihnen herunterschaute.

Ich warf einen Blick auf Harry. Er zwinkerte mir zu.

Kühn zwinkerte ich zurück und er errötete tatsächlich.

Die Farben, die Rossetti für seine Bilder verwendete, waren intensiv, aber immer lichtvoll. Seine Modelle ruhten träge unter scheinbar leicht erworbenen Reichtümern. Es waren immer Frauen und immer wirkten sie wie aus einer anderen Welt. Harry führte mich zum großen Empfangssalon. Dort stand Mr Rossetti neben einer dieser überirdisch aussehenden Frauen.

»Miss Eleanor Sheffield, Mr Gabriel Dante Rossetti.«

»Miss Sheffield.« Rossetti nahm meine Hand.

Harry fragte, ob er mich einen Moment allein lassen könne, weil er mit einem anderen Bekannten sprechen wollte, oder ob ich ihn begleiten wollte. Ich wollte lieber mit Mr Rossetti sprechen und so verließ er mich, damit ich mit unserem Gastgeber höfliche Konversation betreiben konnte.

»Wie haben Sie und Lord Lydney sich kennengelernt?« Mit dieser Frage begann ich unser Gespräch.

»Wie Sie vielleicht wissen, wurden meine Eltern in Italien geboren«, antwortete er. »Sie waren gezwungen zu flüchten, weil sie sich für die Vereinigung Italiens einsetzten. Selbstverständlich ist das mein Herzensanliegen geblieben. Deshalb bewegen Lord Lydney und ich uns oft in denselben Kreisen. Wir beide kennen natürlich Giuseppe Garibaldi und die Vieros.«

»Stefano.«

»Und die schöne Francesca«, fügte Rossetti hinzu. »Der ich vor Kurzem zum ersten Mal begegnet bin. Hoffentlich darf ich sie einmal malen.«

Mir klangen die Ohren. »Vor Kurzem? Sie haben sie erst vor Kurzem kennengelernt?«

»Ja. In Watchfield House«, antwortete er. »Es war eine angenehme Zusammenkunft, viele Briten und viele Italiener. Ein Glücksfall für unsere entzückende Francesca, dass Lydney da war, um sie zu beschützen. Ein paar ziemlich bedrohliche Gesellen, Gegner der Vereinigung und Fürsprecher des Papstes, waren auch anwesend. Sie haben einen weitreichenden Einfluss, sogar hier in England.« Er zuckte mit den Schultern. »Aber genug von Italien.«

Er strich liebkosend über die Wange der dunkelhaarigen Schönheit an seiner Seite und dann nahm er meine Hand. »Ich möchte Ihnen ein paar Stücke aus meiner Sammlung zeigen. Wenn Sie dann verstehen, welche verschrobenen Dinge ich am meisten schätze, könnten Sie vielleicht nach ähnlichen Stücken Ausschau halten?«

Oh ja. Ich würde es nur zu gerne sehen, wenn unsere Firma ihn als Kunden gewinnen könnte. Aber vor meinem geistigen Auge erschien noch immer Harry, wie er Francesca beschützte.

Wir gingen in den Raum, in dem ein Streichquartett spielte und ein düster aussehender junger Mann vor einem schäbigen Klavier saß. Auf dem Instrument stand eine Lampe mit einem venezianischen Glasschirm von unschätzbarem Wert. Am liebsten wäre ich hingerannt und hätte das gute Stück in Sicherheit gebracht, damit der junge Mann, der auf dem Klavier herumhämmerte, es nicht zu Fall bringen konnte. Aber ich vermutete, dass diese Geste missverstanden werden könnte.

Ich hörte ein scharrendes Geräusch zu meinen Füßen und war verblüfft, als ein Eichhörnchen an mir vorbeirannte.

»Haben Sie …?«, fragte ich Mr Rossetti.

»Es gehört zur Familie«, erwiderte er.

In jedem Raum, den wir betraten, fanden sich kunstvoll bemalte Wandtäfelungen, russische Ikonen und – in Anbetracht der italienischen Heimat von Rossettis Eltern – römische und venezianische Werke: Porzellan, Gemälde und Keramiken.

»Das alles ist wirklich wunderschön. Wenn ich passende Stücke finden sollte, werde ich sofort wissen, wo ich sie unterbringen kann«, versicherte ich ihm. »Aber wo sind Ihre eigenen Gemälde, Mr Rossetti? Ich bin ganz begierig darauf, sie aus nächster Nähe zu sehen, denn bisher habe ich Ihr Talent nur aus der Ferne bewundert.«

Er musste lachen. »Kommen Sie, Miss Sheffield. Ich werde Ihnen etwas zeigen, was nicht viele in diesem Haus gesehen haben.« Wir kamen in ein dunkles Treppenhaus, das nur vom Licht seiner kleinen Lampe erleuchtet wurde. Als wir die Treppe hinaufstiegen, hörte ich, wie in einem unteren Stockwerk die Pfauen schrien, während im ersten Stock eine für den Anlass viel zu ernste Musik gespielt wurde. Rossetti ging voran und er zog mich hinter sich her. War es sicher, ihm zu folgen, so ganz allein?

Am oberen Ende der Treppe schloss Rossetti eine Tür auf. Der Raum war dunkel, aber ich sah, dass das Dach zum Teil durch Fensterglas ersetzt worden war, damit an schönen Tagen jeder Winkel von Sonnenstrahlen beleuchtet werden konnte. An diesem Abend war das Glas jedoch von Schnee bedeckt und die einzigen Lichtquellen waren trübe brennende Gaslampen, die bloß leise zischten, als Rossetti versuchte, sie höher zu drehen.

Der Raum war angefüllt mit Gemälden, die auf Staffeleien standen. Manche von ihnen waren fast vollendet, manche nur angedeutete Skizzen. In der Ecke lehnte ein unvollendetes Bild und Rossetti führte mich zu ihm.

Das Bild zeigte eine Frau an ihrem Frisiertisch. Wie endlose Meereswellen fielen lange Locken ihres Haares über die Schultern, während sie ihre rötliche Haarpracht hingebungsvoll kämmte. Ihr Blick war träumend ins Leere gerichtet. Der Morgenmantel entblößte Schultern, die so milchweiß waren wie die Rosen, die hinter ihr aufragten. Auf einem Stück Papier war der Name *Lilith* zu lesen. Ich sah mir ihren Frisiertisch genauer an. Die Parfümflasche aus rosa Glas mit Goldverzierung kam mir bekannt vor. Wo hatte ich sie schon einmal gesehen?

»Das Bild leuchtet aus sich heraus. Ich könnte diese Frau in ihrer Träumerei beinahe begleiten.«

»Meinen Sie, dass dieses Bild einen Wert hat, der dem Motiv entspricht?« Rossettis Frage klang drängend.

»Ich zweifle nicht daran, dass es heiß begehrt sein wird. Das Talent des Malers ist unbestreitbar.«

Auf dem Weg hinaus fiel mir ein zweites, fast vollendetes Bild auf. »Darf ich?«, fragte ich.

Er nickte zustimmend. *»Ein Weihnachtslied«,* sagte er. »Ich habe meine Darstellung nach dem alten Brauch benannt, ähnlich wie es Charles Dickens in seiner *Weihnachtsgeschichte* getan hat.«

»Das Modell gehört nicht zu denen aus Ihren anderen Werken.«

Sein Gesicht rötete sich vor Freude. »Ich bin erfreut, dass Sie meine Werke kennen. Ihr Name ist Miss Ellen Smith. Von Beruf ist sie Wäscherin.«

Ich musste lächeln und an meine liebe Alice denken. Auf dem Gemälde war Miss Ellen Smith dargestellt, wie sie, in prächtige orientalische Kleidung gehüllt, ein kostbares, goldbeschlagenes Instrument spielte.

»Danke, Mr Rossetti. Dieser Einblick in Ihr künstlerisches Schaffen ist ein frühes Weihnachtsgeschenk für mich.«

Er nahm meine Hand und hauchte einen Kuss auf meinen Handrücken. »Sollten Sie einmal auf der Suche nach Einkünften sein, würde ich Sie sehr gerne malen. Dieses wunderschöne, kastanienbraune Haar …« Er streckte eine Hand aus, als ob er nach meinen Locken greifen wollte, aber ich trat einen Schritt zurück. Dennoch gehört ein ehrlich ausgesprochenes und anmutig angenommenes Kompliment zu den kleinen, zwanglosen Freuden des Lebens. Ich war froh darüber, bei Mr Rossetti in dieser Hinsicht sowohl auf der Geber- als auch der Empfängerseite zu sein.

Plötzlich wusste ich, was mich vorhin gestört hatte. Ich ging noch einmal zu dem Gemälde mit der Dame am Frisiertisch. »Diese rosafarbene Parfümflasche – sie kommt mir bekannt vor. Ich bin mir sicher, dass ich sie schon einmal gesehen habe.« Ich wusste es ganz genau. Ursprünglich stand sie auf ihrem vergoldeten Frisiertisch, später bei Lady Lydneys Porzellan neben ein paar anderen Stücken aus feinstem Glas. Da es eine Parfümflasche war wie die meiner eigenen Mutter und dazu noch aus Glas, hatte das Stück bei mir einen bleibenden Eindruck hinterlassen.

Sein Lächeln verlor an Wärme und seine Augen blickten argwöhnisch. »Sie hat Lady Lydney gehört.«

»Tatsächlich?« Ich musste diese Frage einfach stellen. »Hat man sie Ihnen verkauft?«

»Nein, nein, natürlich nicht. Mein Freund Lord Lydney hat sie mir ausgeliehen. Ich habe sie ihm bereits zurückgegeben.«

Erleichtert atmete ich aus. Harry veräußerte also doch keine Stücke aus der Sammlung, zumindest soweit ich es beurteilen konnte.

Wir drehten uns zur Tür um. Harry stand im Türrahmen. Er hatte sich auf die Suche nach mir gemacht. An seinem Gesichtsausdruck konnte ich erkennen, dass er unser Gespräch mitgehört hatte. »Ich glaube, meine Mutter hätte sich gefreut, eines ihrer Stücke in einem Gemälde zu sehen«, sagte er. Er betonte jedes Wort. »Und ihre Parfümflasche war kein Bestandteil der Sammlung.«

Ich errötete. Er wusste, dass ich seine Aufrichtigkeit anzweifelte. Aber war das nicht auch die Verantwortung, die ich übernommen hatte? »Die Flasche wurde zusammen mit anderen Gegenständen aus Glas im rosa Salon aufbewahrt«, entgegnete ich zuversichtlich. »Und auf der Inventarliste war sie markiert. Deshalb war mir nicht bewusst, dass es sich um ein persönliches Stück handelte. Aber ich bin froh, dass ich danach gefragt habe, denn jetzt ist jeder Zweifel ausgeräumt.«

Harry machte einen höflichen Rückzieher. Seine Verärgerung schmolz dahin und auch ich wurde nachgiebiger, als wir uns auf den Weg nach unten machten. Das Essen wurde serviert und ich fand die Tischgespräche sehr aufschlussreich. Ich saß neben Mr Murray Marks, dessen Firma in freundlicher Konkurrenz zu unserer stand. Er und seine Frau waren reizende Menschen und ich war der Meinung, dass es nicht schaden könnte, diese kollegiale Verbindung auszubauen.

Er war ein Mitglied des *Burlington Clubs der schönen Künste*.

Als wir uns während des Essens nett unterhielten, dachte ich immer wieder an das Gemälde *Ein Weihnachtslied*, das Rossetti mir gezeigt hatte. Nach dem Essen standen die Damen auf und machten sich auf den Weg in den Salon, um dort den Tee einzunehmen. Die Herren dagegen gingen ins Raucherzimmer. Plötzlich bemerkte ich, dass eine weitere mir bekannte Person hier war.

»Lord Audley.« Es war seltsam, aber ich fühlte mich getröstet durch seine Anwesenheit. Vielleicht lag es an der ungewöhnlichen Atmosphäre.

»Miss Sheffield. Es amüsiert mich, dass Lord Lydney Sie zu dieser doch ziemlich wilden Zusammenkunft mitgebracht hat.«

»In diesem Haus befinden sich viele Schätze.« Ich fühlte mich genötigt, Harry zu verteidigen, während er am anderen Ende des Raumes mit jemandem sprach.

Sobald Audley weitergegangen war, schlüpfte ich wieder in das dunkle Treppenhaus. Diesmal hatte ich keine Lampe für den Weg.

In einer Ecke stand ein prachtvolles Saiteninstrument. Mir kam es so vor, als ob ich es ebenfalls in Watchfield House gesehen hätte. War es tatsächlich dasselbe Instrument? Wenn es Harrys Familie gehört hatte, war es ein persönlicher Gegenstand wie die Parfümflasche. Konnte es dann einfach so verschenkt werden? Oder war es ein dokumentierter Bestandteil der Sammlung und konnte von Harry nicht weggegeben werden? Ich war mir fast sicher, dass genau dieses Musikinstrument in dem Gemälde auftauchte, das Rossetti mir gezeigt hatte. Auf Zehenspitzen schlich ich mich die Treppe hinauf, umrundete die Ecke einmal, zweimal, dreimal, bis ich im obersten Stockwerk ankam. Es überraschte mich nicht, dass der leicht zerstreute Mr Rossetti vergessen hatte, die Tür richtig zu verschließen, als wir den Raum vor einer guten Stunde verlassen hatten. Ich öffnete die Tür.

Drinnen versuchte ich wieder, die Lampen höher zu drehen. Eine ging mit einem leisen Zischen an, die andere blieb dunkel. Manchmal erreichte das Gas nicht die obersten Stockwerke von Häusern, besonders dann, wenn der Verbrauch höher war wie jetzt in den Wintermonaten.

Sogar in dem dämmrigen Licht war es zu erkennen, das goldene Saiteninstrument aus dem Gemälde *Ein Weihnachtslied.* Es stammte aus Italien.

Aber Mr Rossettis Familie kam auch von dort.

Ich war müde und verzweifelt. Deshalb meinte ich, unter unbekannten Gegenständen Vertrautes zu entdecken. Ich hatte in den letzten Wochen so viele Schätze betrachtet, dass ich kaum noch Unterschiede erkennen konnte. Ich schaute mir das Instrument ganz genau an. Es gehörte nicht zu den mir bekannten Gegenständen und deshalb auch nicht zur Sammlung von Lord Lydney. Ich hätte weinen können, so erleichtert war ich. Zwischen der jetzt bestätigten Wahrheit und der Entdeckung von Arthurs Schätzen war ich überzeugt, dass Harry nicht gegen die Verfügung im Testament seines Vaters verstoßen hatte. Er hatte keine Stücke aus der Sammlung verkauft. Es fehlte kein weiterer Gegenstand! Dennoch war ich zufrieden mit mir, weil ich noch einmal alles überprüft hatte. Schließlich hatte ich beschlossen, sorgfältig zu arbeiten ohne Rücksicht auf das, was ich herausfinden würde.

Plötzlich spürte ich, dass noch jemand im Raum war. War Harry mir wieder gefolgt? Ich hörte ein Geräusch, ein leises Geräusch zwar, aber eines, das noch nicht lange vorhanden war.

Ich stand ganz still. Da war es wieder. Es kam aus einer Ecke am anderen Ende des Raumes. Sollte ich die Flucht ergreifen? Oder sollte ich den Raum langsam und ganz zwanglos verlassen?

Als ich die Tür erreichte und wusste, dass ich jetzt fluchtartig die Treppe hinunterlaufen könnte, drehte ich mich noch einmal um und sah in die Ecke, aus der das Geräusch kam.

Ich hob den Kopf und blickte nach oben. Noch weiter nach oben. Dann legte ich den Kopf in den Nacken und sah noch höher. Ich musste laut lachen, als ich sah, von wem das Geräusch kam. Es war eine Eule, die oben auf ihrer Stange saß.

Kapitel 20

Es war Mitte Dezember. Mir blieben noch etwa zwei Wochen, in denen ich meine Entscheidung treffen musste. Die gespannte Atmosphäre in der Werkstatt und im Haus dämpfte die Fröhlichkeit der Vorweihnachtszeit. Ich betete ständig um Weisheit für meine Entscheidung, aber ich erhielt nie eine eindeutige Antwort.

Vielleicht wollte Gott mir nicht sagen, was ich zu tun hatte. Dieser Gedanke munterte mich ein wenig auf. Erwachsene Menschen brauchen keine detaillierten Anweisungen. Dennoch wollte ich unter keinen Umständen einen folgenschweren Fehler machen. Der Ernst unserer Situation zeigte sich auch darin, dass ich nur wenig Geld hatte für die Feiern zu Weihnachten, für Geschenke oder Weihnachtsschmuck, denn am ersten Januar mussten die Miete und weitere Rechnungen bezahlt werden.

Wenn ich Harry die Sammlung überlassen würde, könnte er mir einen Heiratsantrag machen und dadurch mir und meiner Familie, ja sogar meiner Firma eine gewisse finanzielle Sicherheit bieten.

Wenn ich die Sammlung dem South Kensington Museum spenden würde, könnten sich daraus viele Aufträge und ein höherer Bekanntheitsgrad der Firma ergeben, obwohl man mir natürlich keine Garantien geben konnte. Die Aufträge würden sich finanziell lohnen, aber ich war auch so ehrlich, mir einzugestehen, dass ich die erste *Tochter* der Familie Sheffield wäre, die unsere Firma retten und gleichzeitig leiten würde, obwohl ich das natürlich nur mit einem Mann an meiner Seite tun könnte.

Ich wollte nicht verantwortlich sein für den Niedergang, die Erniedrigung und das Ende unserer Fima. Doch genau das könnte passieren, wenn ich als Frau auf mich selbst gestellt wäre.

Eines Tages teilte mir Mr Clarkson mit, wie viel er für die Uhr meines Vaters bekommen hatte. Die Summe war nicht so hoch, wie ich es mir erhofft hatte, aber sie würde ausreichen, um bis zum Jahresende unsere Schulden zu begleichen, auch die Rechnung von Mr Dodd, die zum Verkauf der Uhr geführt hatte. Es blieb sogar noch ein wenig übrig. Vor Freude umarmte ich Mr Clarkson, wie ich es bei jedem guten Bekannten tun würde. Sein Lächeln ließ sein Gesicht freundlicher wirken und er sah wirklich gut aus, obwohl er wegen seines chronischen Hustens immer ziemlich blass war.

Mr Clarkson und ich hatten einige Anfragen über einen ägyptischen Kunstgegenstand für Mr Denholm verschickt und wir hatten uns für einen Kalksteinblock aus einem Grab entschieden. Das Alter des Stückes wurde auf mehrere Tausend Jahre geschätzt. Mr Clarkson wickelte den Block sorgfältig in ein Leinentuch ein und dann machten wir uns auf den Weg, um den Schatz abzuliefern.

Das Londoner Stadthaus der Denholms war prachtvoll. Mr Denholm hatte es einem Adligen abgekauft, dessen Familie schon einmal bessere Zeiten erlebt hatte. Unsere Mietkutsche hielt auf dem Viereck vor dem Haus. Wir stiegen aus. Mr Clarkson trug die Tasche, die in meinen Augen viel größer wirkte als der Kalkstein, der sich darin befand. Vielleicht hatte er den Block gründlich und sorgfältig verpackt und in mehr Stoffschichten gehüllt als erforderlich. Das wäre verständlich, denn das Stück war sehr wertvoll.

Der Butler führte uns in den Salon. Mr Denholm war dort und überraschenderweise auch seine Frau. Ihr graues Haar wurde von Saphirnadeln zusammengehalten. Die Edelsteine verbreiteten einen blauen Glanz wie die Steine in ihrer Halskette.

Sie streckte mir ihre Hand entgegen. Ich sah, dass sie über ihren weißen Handschuhen ein Saphirarmband trug. Die Steine waren kunstvoll facettiert und sie glitzerten im Licht der Lampen.

»Bitte sehr«, sagte sie. »Trinken wir doch einen Tee.«

Wir vier setzten uns um einen wunderschönen Tisch aus feinstem französischem Walnussholz, während ihr schwarz-weiß gekleidetes Dienstmädchen den Tee servierte, aus einem silbernen Kessel, der, wie ich vermutete, aus Russland stammte. Der Raum war mit Efeublättern und Stechpalmenzweigen vorweihnachtlich geschmückt.

»Ich mag alte Sachen«, erklärte Denholm mit lauter Stimme. »Wenn man erst neu zu Geld gekommen ist, muss man sich mit antiken Stücken umgeben. Das gibt einem Glaubwürdigkeit und Würde.«

Er lachte über seinen eigenen Witz. Mrs Denholm sah mich mit einem sanften Lächeln an. Sie wusste, wie unfein es war, von Geld zu sprechen, aber sie wollte ihren Mann vor uns nicht bloßstellen.

»Wir wollen keine Zeit verlieren und uns das Stück endlich ansehen.« Mr Denholm zeigte auf die Tasche, in der wir ihm seinen Schatz gebracht hatten.

»Ich würde diese Ehre gern Miss Sheffield überlassen«, erklärte Mr Clarkson. »Sie hat bei der Erfüllung dieses Auftrags eine entscheidende Rolle gespielt. Sie hat das Stück beschafft und seinen Wert bescheinigt.«

Wie freundlich von ihm, mir die Anerkennung zukommen zu lassen! Vielleicht beabsichtigte er, bei den Mitgliedern des *Burlington Clubs* das Vertrauen in meine Fähigkeiten wiederherzustellen. Charlotte war in diesem Sinne ebenfalls für mich tätig.

Ich stand auf, während Mr Clarkson den Gegenstand auswickelte. »Obwohl das Stück aus Kalkstein ist, werden Sie sehen, dass es fast weiß ist und nicht grünlichgrau, wie wir es erwartet hätten. Das heißt, es kam aus dem Grab einer Persönlichkeit mit einem höheren Rang. Wir haben überprüft, dass der Stein in die Zeit passt und die Inschrift in den für diese Epoche typischen Hieroglyphen verfasst wurde. Sehen Sie hier diese Stellen?« Ich deutete auf die Seiten. »Der Stein ist an den richtigen Stellen abgeplatzt. Das ist auch ein Hinweis auf sein hohes Alter. Denken Sie an die Menschen, die diesen Block berührt haben, Mr Denholm. Da ist der Mann, der den Stein herausgebrochen hat. Wahrscheinlich war es ein Sklave, der nichts sein Eigentum nennen konnte, aber das Ergebnis seiner Mühe halten wir Tausende Jahre später in unseren Händen. Da ist der Handwerker, der den Stein bearbeitet hat. Von ihm ist nichts mehr übrig, aber seine Arbeit hat ihn überlebt. Vielleicht berührten die Witwe und die Kinder des Verstorbenen den Stein, als er in das Grab gelegt wurde. Vielleicht haben sie voller Liebe an den Mann gedacht, der von ihnen gegangen war, aber voller Angst, was vor ihnen lag.«

Mr Denholm berührte den Stein beinahe ehrfürchtig.

Ich sprach weiter. »Dann die Hände des Entdeckers, die Hände derer, die den Stein transportiert haben und die vielleicht in Versuchung gerieten, einen so wertvollen Gegenstand zu stehlen, aber auch wussten, dass der Tod auf sie wartete, wenn man sie wegen Diebstahls verhaften würde.«

»Ganz recht.« Denholm strich mit der Hand noch immer liebevoll über den Stein.

»Dann die Hände des Mannes, dem der Stein vor Ihnen gehört hat, und schließlich … Ihre eigenen Hände.«

Daraufhin packte er den Stein mit beiden Händen. »Ja. Jetzt gehört er mir.«

Er stellte ihn wieder hin. Seine Frau und das Dienstmädchen gossen Tee nach.

»Ach, immer ist mir mein Armband im Weg«, sagte Mrs Denholm, als sie die Teetasse zum Mund hob.

»Ihr Schmuck ist wunderschön«, bemerkte ich, aber nur weil sie mit diesem Thema angefangen hatte.

»Er stammt aus dem Mittelalter.« Mit einem stolzen Lächeln strich sie über das Armband. »Edwin hat ihn für mich erworben.«

Ich starrte in meine Teetasse und atmete tief durch. »Wie großzügig von ihm.«

Ich sah hinüber zu Denholm, der mich anstrahlte.

Ich warf einen Blick auf Clarkson, der mit einem warnenden Augenzwinkern reagierte.

Das Armband konnte nicht aus dem Mittelalter stammen. Edelsteine aus dieser Epoche wurden nur poliert oder zu nach außen gewölbten Cabochons verarbeitet. Facettierte Steine kamen erst vor etwa zweihundert Jahren in Mode. Das Armband war wahrscheinlich echt, aber es stammte aus einer neueren Zeit. Es war auch möglich, dass es sich um eine Fälschung handelte.

Clarkson starrte mich unverwandt an. Ich dachte an die Worte, die mein Onkel zu mir gesprochen hatte: »*Die Wahrheit ist nicht immer ein willkommener Hausgast. Viele sind bereit, eine nicht bewiesene oder fehlende Herkunft zu ignorieren, nur um etwas zu besitzen, das Leute ihres Standes begehren.*«

Vielleicht wussten Mr und Mrs Denholm, dass das Armband nicht echt war. Vielleicht würde es ihnen nicht gefallen, wenn ich sie darauf aufmerksam machen würde. Ich wusste es nicht.

Mr Clarkson und Mr Denholm machten eine kurze Runde durch den Salon, um sich einen kürzlich erworbenen Gegenstand anzusehen. Ich sprach mit Mrs Denholm über ein unverfängliches Thema, das für Frauen von Interesse war, während sie mich durch ihr Haus führte. Es ging um das Engagement für wohltätige Zwecke.

»Ich freue mich immer, wenn ich die Frauen im Gefängnis besuchen kann«, bemerkte ich.

Sie wirkte überrascht. »Sie *freuen* sich darüber?«

Ich musste lächeln. »Manche von ihnen unterscheiden sich nicht so stark von Ihnen und von mir, außer dass sie zu Beginn ihres Lebens in steinigere Erde gepflanzt wurden und dann Entscheidungen getroffen haben, deren Folgen für arme Menschen schwerer zu überwinden sind als für die Wohlhabenderen unter uns.«

»Ich möchte mich auch gerne nützlich machen«, erwiderte sie. »Ich werde beim Komitee nachfragen.«

Schon bald nahmen wir Abschied voneinander. Ich hörte zufällig, wie Mr Denholm zu Mr Clarkson eine Bemerkung über ein zweites Stück aus dem alten Ägypten machte. Offenbar hatte Mr Clarkson den Auftrag über zwei Gegenstände zwischen sich selbst und der Firma aufgeteilt. Ich konnte ihm deswegen keinen Vorwurf machen, aber wenn das so weiterginge und mir keine Mitgliedschaft im *Club der schönen Künste* angeboten würde, wäre ein solches Verhalten für die Firma *Sheffield Brothers* von Nachteil.

»Wegen des Armbands«, sagte ich zu Mr Clarkson, als wir auf dem Heimweg waren. »Hätten wir ihr sagen sollen, dass es nicht aus dem Mittelalter stammt? Und sind die Steine überhaupt echt?«

»Sie haben uns nicht um eine Bewertung des Schmucks gebeten.«

Ich fühlte mich unbehaglich, denn ich war noch immer der Meinung, dass Mrs Denholm lieber gewusst hätte, woran sie war.

»Der Auftrag von Denholm, ihm ägyptische Kunstgegenstände zu beschaffen, wird viele, wenn nicht sogar alle unsere Kosten im Januar decken«, sagte er beschwichtigend. Er legte eine Hand auf meinen Arm. Ich lächelte ihn an, aber dann zog ich meinen Arm zurück. *Unsere* Kosten? Welche Kosten hatten *wir* denn?

Gefälschte Restauratoren. Betrügerische Sammler. Mein Vater hätte nicht zugelassen, dass unsere Firma auf diese Art tätig war. Eines wusste ich: Er hätte einen Sammler freundlich, aber bestimmt auf die Wahrheit hingewiesen.

In dieser ganzen Angelegenheit fühlte ich mich irgendwie beschmutzt.

Die Küche duftete nach gebackenem Weizenbrot und nach süßen Plumpuddings, die nach der Zubereitung in die Speisekammer wanderten, um dort zu reifen. Ich hatte einen kleinen Betrag aus dem Erlös des Auftrags von Mr Denholm für Weihnachtsvorbereitungen ausgegeben und das hatte sich wirklich gelohnt. Wir hatten Alice ein wenig mehr bezahlt, damit sie hierbleiben und Orchie in der Küche helfen konnte. Wir drei zogen unsere Küchenschürzen an und verbrachten eine fröhliche Zeit. Da alle unsere Kosten gedeckt waren, gab ich Orchie still und heimlich die Anweisung, Alice in den Wochen vor Weihnachten ein oder zwei Lebensmittelpakete mit nach Hause zu geben.

»Hier.« Alice reichte mir das Feenlicht. »Meine Schwester schläft jetzt viel besser. Danke, Miss Eleanor. Sie wollte es nicht so gern zurückgeben. Ich werd' mal seh'n, ob ich ihr auf dem Markt was Schönes kaufen kann. Möchten Sie mitkommen? Weihnachtssachen und so angucken?«

Ich dachte an Jeannette. »Ich bin auf der Suche nach Handschuhen. Vielleicht gibt es dort welche?« Ich hatte nicht das Geld, um auf der Haupteinkaufsstraße etwas anderes zu kaufen.

»Ganz bestimmt, Miss Sheffield, ganz bestimmt.«

Ich hatte in der Werkstatt etwas Silberfarbe gefunden und wir bemalten damit die Walnüsse, die wir am Weihnachtsabend an den Baum hängen wollten. Plötzlich hörten wir ein lautes Klopfen oben an der Haustür. Nicht jeder hatte einen Weihnachtsbaum, aber mein Vater wollte nach dem Verschwinden meiner Mutter die Weihnachtsfeste immer besonders schön gestalten. Wir alle liebten schöne Dinge und so hatte unsere Familie immer einen kleinen Weihnachtsbaum.

»Ich seh nach, wer es ist«, sagte Orchie. Kurz darauf kam sie wieder in die Küche, gefolgt von einem Gebinde aus Efeu, so groß wie ein Mann. Dann kam dahinter tatsächlich ein Mann zum Vorschein!

»Ich bin gekommen, um etwas Weihnachtsgrün abzuliefern.« Seine Augen leuchteten trotz der winterlichen Kälte.

Ich stand bewegungslos da, aber mein Herz schlug ihm entgegen. *Harry.*

Onkel Lewis hatte den Tumult gehört und bestimmt auch den

Duft der Weihnachtsbäckerei gerochen. Zerstreut stolperte er in die Küche.

»Na, wenn das nicht der Weihnachtsmann ist«, begrüßte er Harry herzlich.

Harry reagierte mit einem freundschaftlichen Lächeln. »Nicht ganz, aber wenn Sie mir erlauben zu bleiben, helfe ich Ihnen gerne dabei, die Zweige um die Treppengeländer, Fenster und dergleichen zu hängen.«

Ein leiser Zweifel zeigte sich im Gesicht meines Onkels. Es war unwahrscheinlich, dass Lord Lydney – Vater oder Sohn – jemals bei so simplen Haushaltsarbeiten mitgeholfen hatte, aber wir hatten keinen Diener, der das hätte übernehmen können. »Haben Sie so etwas schon mal gemacht?«, fragte mein Onkel.

»Nein, aber ich kann es versuchen.«

»Sie sind in Ordnung! Dann kann's ja losgehen.« Mein Onkel lächelte. Ich warf Harry einen Blick zu und formte mit den Lippen ein »Danke!«. Zum ersten Mal seit Langem empfand mein Onkel so etwas wie Vorfreude. Ich hörte, wie die beiden Männer lachten und mit lautem Gepolter Gegenstände fallen ließen, aber ich widerstand der Verlockung, nach oben zu gehen und nachzusehen.

»Vielleicht braucht er bloß einen Mann im Haus«, sagte Orchie leise.

Vielleicht hatte sie recht, dachte ich. Es schien ihm gutzutun. Mein Onkel war auch lebhafter, wenn er zusammen mit Mr Clarkson in der Werkstatt war.

Wir Frauen gesellten uns im Salon zu den beiden Männern, um ihr Werk zu bewundern. Orchie brachte Tee. Ich zeigte schweigend auf einen Zweig, der sich vom Fensterrahmen gelöst hatte und jetzt herunterhing wie eine aufgelöste Haarlocke. Harry hielt den Blick auf mich gerichtet, während er den Zweig an die richtige Stelle steckte, und ich verstand den Sinn hinter seiner Geste. Fast hätte ich die Berührung seiner Finger auf meiner Kopfhaut gespürt. Ich erinnerte mich an jene Szene vor dem Stall, als er eine Strähne meines Haars zurücksteckte.

Die plötzliche Verwandlung erfüllte den Raum mit weihnachtlichem Glanz. Das frische Grün verbreitete einen angenehmen Duft und die mattierten Lampenschirme funkelten im sanften Licht des Spätnachmittags. Harry kehrte kurz zu seiner Kutsche zurück. Als er wiederkam, hatte er Stechpalmenzweige in den Händen. »Ich habe gerade daran gedacht, dass du sie so gerne magst«, bemerkte er.

»Ja, das stimmt«, erwiderte ich lächelnd. »Danke.«

»Das liegt daran, dass sie selber stachlig ist«, murmelte mein Onkel liebevoll. Alice und Orchie mussten lachen.

Mein Onkel sprach weiter. »Ich war schon so lange nicht mehr in Glastonbury. Wirklich schade.«

Wir alle wandten uns ihm zu und sahen ihn erstaunt an. Obwohl diese Bemerkung wie aus dem Nichts zu kommen schien, wusste ich, was diesen Gedankensprung verursacht hatte: Die stachelige Stechpalme erinnerte ihn an die Legende vom heiligen Dornbusch in Glastonbury.

»Ich würde diesen Ort so gern noch mal besuchen«, sagte er. Sein Kinn zitterte.

War ihm bewusst, dass er immer kränker wurde?

Alice ergriff das Wort, obwohl sie meinen Onkel noch nie direkt angesprochen hatte. »Gibt's eine Geschichte zu diesem Ort, Sir?«

Onkel Lewis nickte. »Natürlich, Miss Carolina.«

Alices Gesicht wurde fast so rot wie die Beeren an den Stechpalmenzweigen.

Ich wollte die Sache richtigstellen. »Ihr Name ist Alice.«

Sie wandte sich zu mir und flüsterte leise: »Er nennt mich oft Miss Carolina, aber das macht mir nichts aus.«

Mein Onkel lächelte und korrigierte sich. »Entzückende Alice. Danke, dass Sie Geduld haben mit den Interessen eines alten Mannes. Wenn Sie nicht dringend nach Hause müssen, erzähle ich Ihnen gern die Geschichte vom heiligen Dornbusch von Glastonbury. Schrecklich, wenn junge Engländerinnen unsere Geschichte nicht kennen. Ich werde das in Ordnung bringen.«

Mein Herz floss über mit Zuneigung für jeden in diesem von einem Kohlefeuer erwärmten Raum. »Bitte setzen Sie sich«, sagte ich zu Alice und Orchie. »Diesmal bediene ich Sie.«

Orchie sah aus, als wolle sie protestieren, aber in diesem Augenblick wollte ich, dass sie sich an der Geschichte erfreute, ohne uns bedienen zu müssen.

Alice setzte sich neben mich auf das Sofa und hielt ihre Teetasse mit abgespreiztem kleinem Finger. Diesmal biss ich mir auf die Lippen, um ein Schmunzeln zu unterdrücken.

»Sie wissen es bestimmt noch aus Ihren Lektionen in der Sonntagsschule«, sagte mein Onkel zu Alice. »In der Nacht, als er verraten wurde, hielt unser Herr das letzte Abendmahl mit seinen Jüngern. Er trank aus einem Becher, der heute als der Heilige Gral bekannt ist. Nach dem Tod des Herrn sorgte Josef von Arimathäa, ein reicher Mann und ein Jünger Jesu, für ein würdiges Begräbnis. Er opferte dafür eines seiner wertvollen Grundstücke.«

Alice biss in einen Keks und nickte zustimmend. »Ich erinnere mich an die Geschichte.«

»Der Legende nach war unser Josef nach allem, was geschehen war, so niedergeschlagen, dass er vom Heiligen Land aus nach England segelte, um in Ruhe trauern und nachdenken zu können. Das war eine ziemlich lange Reise.«

»Wirklich eine lange Reise, wenn ich das so sagen darf!«, rief Orchie.

Ich beobachtete Harry, während er meinen Onkel beobachtete. In seinem Gesicht und seinen Augen zeigte sich großer Respekt. Mein Onkel war gelegentlich mit Harry ausgeritten, als er noch ein kleiner Junge war. Das hatten mein Vater und Harrys eigener Vater nie getan.

»Als er in Glastonbury landete, verwendete er einen Wanderstab aus Weißdorn vom Heiligen Land, weil seine Beine noch immer unsicher waren vom Seegang. Als er oben auf dem wegen seiner ermüdenden Reise *Wearyall Hill* genannten Hügel ankam, steckte er diesen Stock in den Boden.«

Ich sah, wie mein Onkel neu lebendig wurde, wie seine Stimme freudig klang, seine blauen Augen klar und sein Gedächtnis wieder scharf wurde, als er sich in die Geschichten und Gegenstände vertiefte, die sein Leben geprägt hatten.

Alice neigte sich zu mir herüber. »Es is klar, von wem Sie das haben, Ihre Liebe zum Geschichtenerzählen«, flüsterte sie und ich nickte zustimmend.

»Und was geschah dann?«, fragte Orchie gespannt.

Ich wusste, dass sie die Geschichte wohl schon viele Male von ihm gehört hatte, aber ich spürte, wie sehr sie sich freute, ihn wieder so lebhaft zu sehen.

»Dann fing der Stab an zu blühen, genau dort, nachdem er Wurzeln geschlagen hatte. Seitdem blühte er jedes Jahr um die Weihnachtszeit zum Gedenken an die Geburt unseres Herrn und dann im Mai wie die Weißdornbüsche in England. Der Busch in Glastonbury und die Pflanzen, die man aus seinen Stecklingen zieht, sind die Einzigen, die zweimal im Jahr blühen.«

Ich goss für jeden von uns Tee nach.

»Is' das eine wahre Geschichte?«, fragte Alice.

Ich wusste, welchen großen Wert der Glaube und der Beruf für meinen Onkel hatten. Er würde niemals eine Unwahrheit erzählen, um beide gegeneinander auszuspielen. Für ihn kam eine *pia fraus*, ein frommer Betrug, nicht infrage.

»Ich weiß es nicht. Ich glaube, niemand weiß es. Einen blühenden Stab hat es aber schon einmal gegeben, so viel ist sicher.« Mein Onkel griff nach der Bibel, die auf einem Seitentischchen lag. Er blätterte sie durch bis fast zum Anfang. »Des Morgens aber, da Mose in die Hütte des Zeugnisses ging, fand er den Stecken Aarons des Hauses Levi grünen und die Blüten aufgegangen und Mandeln tragen.«

Er schlug das Buch wieder zu. »Auf jeden Fall zeigt und lehrt sie uns alles, was in unserem Glauben wahr ist, nicht wahr? Er hat einen Preis. Auch wenn wir den Weg des Glaubens gehen, ist unser Leben manchmal ermüdend, aber wir gehen trotzdem voran. Und wir können auch Wunder erleben, wenn wir nach ihnen Ausschau halten. Dieser Busch in Glastonbury kam nicht aus England, sondern aus dem Heiligen Land. Wie sonst sollte er dorthin gelangt sein? Das ist ein Geheimnis und ein Grund zum Nachdenken, nicht wahr, Miss Carolina?«

»Ja, stimmt«, erwiderte Alice. Diesmal machte sie sich nicht die Mühe, ihn wegen des Namens zu korrigieren.

Orchie stand auf, um den Tee und die Kekse wegzuräumen. Diesmal half ich ihr nicht, denn damit hätte ich in ihren Aufgabenbereich eingegriffen.

Alice folgte ihr nach unten in die Küche. Mein Onkel verabschiedete sich von Harry und verließ den Raum mit unsicheren Schritten.

Harry und ich saßen uns im Salon gegenüber. Wir schwiegen. Ich wollte ihn nicht bitten zu gehen und er schien das auch nicht zu wollen. Als es im Raum dämmrig wurde, ergriff er endlich das Wort: »Ich sollte jetzt gehen. Bevor es dunkel wird, muss ich noch einen weiteren Besuch abstatten.«

»Gewiss«, erwiderte ich. Ich fragte ihn nicht, wen er besuchen wollte, weil ich nicht das Recht dazu hatte, und ich wollte nicht die Grenzen des Erlaubten überschreiten. Er sagte es mir trotzdem.

»Ich besuche deine Mrs Newsome.«

»Marguerite?« Jetzt war ich gespannt auf den Grund seines Besuchs.

Er nickte. »Ich habe gehört, dass sie gerade eine schwere Zeit durchmacht. Deshalb habe ich auch für sie etwas Weihnachtsgrün geholt.«

Ich fragte mich, ob er auch von meinen schweren Zeiten gehört hatte, aber davon sagte er nichts. »Oh, Harry«, entgegnete ich leise. »Das ist so aufmerksam von dir. Ihre Eltern werden aus Dorset kommen, um Weihnachten bei ihr zu verbringen. Ich weiß, dass deine Geste ihr sehr viel bedeuten wird.«

»Vielleicht kann ich damit ihre Zuneigung gewinnen.«

»Sie ist immer deine Fürsprecherin gewesen«, sagte ich.

»Dann kann ich vielleicht deine Zuneigung gewinnen«, erwiderte er. »Ich möchte gerne dein Fürsprecher sein.«

Ich streckte die Hand aus und berührte ihn leicht am Kinn, erlag aber nicht der Verlockung, mit dem Finger über seine Lippen zu streichen. Stattdessen zog ich meine Hand zurück. Wir durften uns keine persönlichen Gesten erlauben, bis meine Entscheidung gefallen war.

»Ich werde Weihnachten natürlich in Watchfield verbringen«, bemerkte er. »Aber wäre es möglich, dich – und deinen Onkel – nach Glastonbury zu begleiten, bevor ich mich für die Feiertage verabschiede?«

Ich sah ihn erstaunt an. »Das wäre einfach herrlich! Allerdings ist diese Jahreszeit eher ungünstig, was die Aufträge für unsere Firma betrifft.« Ich konnte es nicht über mich bringen, ihm die ganze Wahrheit zu sagen. Ich wollte vor ihm nicht bloßgestellt werden und schließlich glaubte ich ja, alles unter Kontrolle zu haben.

Stark und eigenständig, wie ich war.

»Es wird mir ein Vergnügen sein. Betrachte es als Weihnachtsgeschenk für deinen Onkel.«

Er gab mir einen zarten Kuss auf die Stirn und wünschte mir einen schönen Abend.

Kapitel 21

Ich traf mich mit Alice in der Nähe der Durchgangsstraße, auf der sie mich damals in Sicherheit gebracht hatte. Ihre Kleidung wirkte ein wenig gepflegter und sie trug einen fast neuen Umhang. Ich machte ihr ein Kompliment deswegen.

»Oh ja«, erwiderte sie. »Ich mach Tauschgeschäfte. Sie haben damit angefangen, als Sie Ihre Wäsche gegen meine Dienste getauscht haben. Jetzt hab ich einen Monat Wäsche gegen diesen abgelegten Mantel von einer reichen Dame eingetauscht. Meine Schwester hat sie kennengelernt.«

»Der Umhang ist so reizend und das Rot bringt Ihre dunklen Haare sehr gut zur Geltung.«

Sie musste über diese Bemerkung lachen, denn es erinnerte sie an ihr Kompliment über mein weißes Kleid und mein kastanienbraunes Haar. Heute spielten wir nicht unsere Rollen als Dienstherrin und Wäscherin, sondern wir waren Freundinnen.

Das Kopfsteinpflaster auf der Straße war im Laufe der Zeit ungleichmäßig geworden. Ich musste aufpassen, dass ich nicht stolperte und hinfiel. Die Winterluft war feucht wie vom Atem der Menschen und vom Nebel, aber die Kälte stach mir in die Nase. Alice führte mich durch ein paar Seitenstraßen. Als wir unserem Ziel näher kamen, lockten uns von ferne die lieblichen Klänge der von Straßenmusikanten gespielten Blasinstrumente.

In der Marktstraße gab es Läden in Gebäuden aus Backstein mit richtigen Ladentüren, aber es gab auch Händler, die eine Vielfalt von Waren in Zelten feilboten von Lebensmitteln und Kleidungsstücken bis hin zu billigem Schmuck und Leckereien.

»Wir kaufen hier ein«, sagte Alice. »Schöne Sachen für weniger Geld.«

Wir schlenderten durch die Straße, aber mir wurde schon bald bewusst, dass ich sogar für Einkäufe auf dem Straßenmarkt nicht genug Geld hatte. Alice war wohl zu derselben Schlussfolgerung gelangt, denn auch sie kaufte nur sehr wenig.

Kurz vor dem Ende des Straßenmarktes kamen wir zu einem großen Zelt, dessen Wände im Wind flatterten wie das Segel eines Schiffes, nur waren sie viel schmutziger. An jeder Ecke lief Wasser herunter, aber darunter befand sich eine Art Kuriositätenladen mit vielen verschiedenen Sachen im Angebot. Wir betraten das Zelt.

»Ich möcht gern ein Schmuckstück für meine Ma kaufen. Ich weiß, die Sachen sind nicht echt und so, aber sie findet sie trotzdem schön.«

Wir standen an einer abgenutzten Glasvitrine, die den Schmuck vor diebischen Fingern schützen sollte. Prüfend musterte ich den Inhalt, bis mein Blick auf eine Granatbrosche fiel.

»Das Ding gefällt Ihnen, nich wahr?«, fragte der Verkäufer. »Guten Geschmack ha'm Sie.«

Er nahm die Brosche aus der Vitrine, damit ich sie mir genauer ansehen konnte, aber er war wohl mehr als ein wenig überrascht, als ich aus meinem Täschchen ein Vergrößerungsglas zog. Ich untersuchte die Steine. Sie waren echt und sehr wertvoll.

»Wie viel soll dieses Stück kosten?«

Er nannte einen erstaunlich kleinen Betrag. Das Stück war fünfzig Mal oder sogar noch mehr wert als der Preis, den er verlangte. Im Gegensatz zu den höher gestellten Persönlichkeiten, die ich kannte, vermutete ich, dass er erfreut wäre, wenn er den wahren Wert der Stücke in seiner Sammlung erfahren würde.

»Ich möchte offen zu Ihnen sein«, begann ich. Dann holte ich eine meiner Karten aus meinem Handtäschchen. »Die Brosche ist keine Imitation, sondern sie besteht aus echten Granatsteinen und ist viel mehr wert als das, was Sie dafür verlangen.« Als ich ihm eine Summe nannte, klammerte er sich mit beiden Händen an den Ladentisch.

»Sind Sie sich sicher?«, fragte er.

»Ihr Vater und ihr Onkel machen so was schon lange«, meldete sich Alice zu Wort. Der Ladenbesitzer kannte sie bereits und er schien ihr zu vertrauen.

»Was soll ich damit machen?«, fragte er.

»Verkaufen«, antwortete ich. »Ich kann Ihnen einen Namen nennen.«

Er nickte. »Aber woher weiß ich, dass ich nicht übers Ohr gehauen werde?«

»Geben Sie dem Ladenbesitzer die Karte, die ich Ihnen eben gereicht habe, und sagen Sie ihm, welchen Betrag ich Ihnen genannt habe.« Ich wollte ihn zu dem Pfandleiher schicken, bei dem ich den Schmuck meiner Mutter verkauft hatte.

Der Mantel, den Alice eingetauscht hatte, brachte mich auf eine gute Idee. »Vielleicht haben Sie noch andere Sachen mit verkehrten Preisen versehen. Wir könnten einen Handel abschließen. Ich sehe mir Ihre Schmuckstücke und Porzellanfigürchen an und sage Ihnen, ob Sie noch weitere Stücke haben, die Sie zu einem besseren Preis zum Pfandhaus bringen können. Im Gegenzug erlauben Sie meiner Freundin hier ...«, ich zeigte mit einer Kopfbewegung auf Alice, »und mir, ein paar Gegenstände, die weit unter dem Wert Ihres Gewinns liegen, für unsere Familie und Freunde auszusuchen. Sie werden es nicht bereuen. Das kann ich Ihnen schon jetzt versprechen.«

Er nickte zustimmend und der Handel war abgeschlossen.

Ich verbrachte etwa eine Stunde an seinen Glasvitrinen. Dabei fand ich drei oder vier Gegenstände, die ihm beim Pfandleiher in Whitechapel viel mehr einbringen würden als hier auf dem Markt. In den nächsten dreißig Minuten wanderten Alice und ich durch den Laden. Wir fanden weiche Handschuhe für die Frauen im Gefängnis.

»Alice!«, rief ich ihr zu. »Schauen Sie doch!«

In einer entfernten Ecke stand ein Feenlicht, blau wie die Abenddämmerung mit winzigen, nadelstichartigen Punkten, die leuchten würden wie kleine Sterne, wenn man im Inneren eine

Kerze anzündete. Sie nahm es in die Hand und umarmte mich. »Das is' genau richtig für Mary!«

Dann fanden wir ein schön gearbeitetes Armband mit Glassteinen für ihre Mutter. »Das is' nich' echt, oder?«, fragte sie mich. Sie war wohl beunruhigt, dass es zu teuer sein könnte.

Ich schüttelte den Kopf und hauchte die Steine an. Alice sah mich verwundert an. Ich musste lachen. »Echte Diamanten sind kalt. Wenn man sie anhaucht, verflüchtigt sich der vom Atem verursachte Beschlag sofort, wenn er überhaupt an ihnen haften bleibt. Aber falsche Diamanten sind viel wärmer, deshalb …« Ich hauchte das Armband noch einmal an und begann zu zählen: »Eins, zwei, drei … sehen Sie? Es dauert viel länger, bis sich der Beschlag auflöst.«

Begeistert klatschte sie in die Hände. »Soll ich darum bitten?«

»Ja, natürlich. Wir haben ihm einen Gefallen getan, der viel mehr wert ist als das, was er uns dafür gibt.«

Wir packten unsere Einkäufe zusammen. »Unser gemeinsamer Einkaufsbummel über den Markt lässt mich an den Nikolaustag denken. Geschenke für andere zu besorgen, erinnert mich an ihn.«

Alice hob eine Augenbraue. »Noch eine Geschichte, Miss Eleanor?«

Ich musste lächeln. »Natürlich! Seit ich ein kleines Mädchen war, habe ich den Nikolaustag geliebt, obwohl wir ihn nicht mehr so richtig gefeiert haben, nachdem mein Vater gestorben war. Sie wissen ja, dass mein Onkel religiöse Kunst und Legenden mag. Seine Mutter – meine Großmutter – stammte aus Holland und die Feier des Nikolaustags gehörte zu den besonderen Bräuchen, die sie an meinen Vater und meinen Onkel weitergab. Papa erzählte mir die Geschichte, wie Sankt Nikolaus jedem eine Leckerei oder ein paar Münzen in die Schuhe steckte, wenn sie vor der Tür standen. Jedes Jahr ließ ich brav ein paar Schuhe draußen stehen und am nächsten Morgen fand ich ein paar Süßigkeiten, eine Münze oder einen kleinen Schatz darin vor.« Ich zwinkerte

Alice zu. »Sankt Nikolaus ist der Schutzpatron der unverheirateten Frauen und Mädchen. Vielleicht sollten wir freundlich von ihm sprechen und zusehen, dass er uns irgendwie hilft, obwohl sein Feiertag bereits vorüber ist.«

Alice musste lachen.

Ich blieb abrupt stehen.

»Was is' denn?«, fragte sie. »Ich wollt mich nich' lustig machen …«

»Oh nein«, erwiderte ich. »Es ist nur … nun ja, ich habe kein Geschenk für meinen Onkel gekauft.«

Wir gingen zurück zum Markt. Da ich für die anderen Geschenke nicht mein ganzes Geld ausgeben musste, hatte ich noch etwas übrig. An einem der Marktstände fand ich ein altes Buch, einen winzig kleinen Sprichwortband, der vielleicht schon vor hundert Jahren gedruckt worden war. Ich handelte den verlangten Preis noch ein wenig herunter.

Alice reagierte darauf mit einem breiten Grinsen. »Ich weiß nich', ob ich an Schutzpatrone für unverheiratete Mädchen glauben soll. Mädchen wie ich müssen ein bisschen praktischer denken.« Sie steuerte auf einen Stand mit Wintergrün zu.

»Wir haben schon unsere Zweige für die Feiertage«, begann ich.

»Nich' die richtigen«, betonte sie. Sie führte mich zu einem kleinen Stand, an dem die seltenen winterharten Blumen verkauft wurden, aber auch Reihe um Reihe aus zusammengebundenen Mistelzweigen.

»Was sollen die kosten?« Sie deutete auf Kugeln aus Stechpalmenzweigen, Efeu und roten Bändern. Am unteren Ende einer jeden Kugel hing ein kleiner Mistelzweig. Wenn man darunter stand, konnte man dem oder der Herzallerliebsten einen Kuss geben.

Der Verkäufer des Wintergrüns nannte einen Preis. Daraufhin bemerkte Alice spöttisch: »Nö, bloß zwei von denen, nich' alle. Bloß zwei.«

Sie einigten sich auf einen Preis für zwei ganz kleine Kugeln und sie reichte mir eine davon. »Fröhliche Weihnachten. Mal seh'n, was die Männer besser anlockt – Ihr Sankt Nikolaus oder meine Mistelzweige.«

Ich musste lachen. Sie begleitete mich bis zur Durchgangsstraße. Dort trennten sich unsere Wege.

Am Abend wartete ich, bis ich hörte, wie mein Onkel schnarchte. Dann öffnete ich leise seine Zimmertür. Obwohl Orchie sich sehr viel Mühe gab, lag in seinem Zimmer alles kreuz und quer herum. Mein Onkel brachte immer wieder alles durcheinander und er hatte Angst einzuschlafen, wenn die Türen des Kleiderschranks verschlossen waren. Manchmal räumte er den Schrank vollständig aus. Orchie hatte mir erzählt, dass er sie nicht mehr in seinem Zimmer duldete, wenn sie aufräumen wollte.

Ich fand seine Schuhe und platzierte sie weit weg von seinem Bett, sodass er sie beim Aufwachen sehen musste. Dann steckte ich das kleine antike Sprichwörterbuch in den einen und einen Bonbon in den anderen Schuh. Der Nikolaustag lag zwar schon ein paar Tage zurück, aber Onkel Lewis würde das bestimmt nichts ausmachen.

Ich schlich mich leise heraus mit einem strahlenden Lächeln auf den Lippen, weil ich es kaum erwarten konnte, am nächsten Morgen seinen Freudenschrei zu hören. Ich würde dafür sorgen, dass wir in den kommenden Jahren den Nikolaustag wieder richtig feiern konnten. Papa hätte das bestimmt gefallen.

Ein paar Tage später, am Morgen meines geplanten Besuchs im Gefängnis, war ich schon vor Orchie aufgestanden. Ich ging in die Küche und stellte den Wasserkessel auf die Kochflamme. Dann schlenderte ich in den Salon und drehte die Lampen hoch, um der ermüdenden Dunkelheit, die an einem Wintermorgen lähmend wirken konnte, entgegenzuwirken. Im hellen Licht sah ich die Zweige von Wintergrün, mit denen Harry die Fenster geschmückt hatte.

Ich schloss die Augen und schwelgte in der Erinnerung an diesen Abend. Für mich hatte es immer nur ihn gegeben. Aber ich durfte nicht zulassen, dass diese Zuneigung meine Entscheidung beeinflusste.

Ich leerte die große Tasche, die ich normalerweise trug, wenn ich zu einer Schätzung unterwegs war. Jetzt füllte ich die Tasche mit den Handschuhen und anderen Geschenken. Ich nahm den Omnibus und ging die restliche Strecke zu Fuß. Obwohl es noch ungefähr vierzehn Tage bis Weihnachten dauerte, wollte ich meinen Freundinnen im Gefängnis unbedingt die Geschenke bringen.

Als ich vor dem Gefängnis ankam, war ich überrascht, ein bekanntes Gesicht zu sehen. Die Dame wartete, bis der Wärter sie einließ. »Mrs Denholm!«, rief ich laut. »Ich bin erfreut, Sie hier zu sehen.«

»Ich habe kurz nach Ihrem Besuch Verbindung mit dem Komitee aufgenommen. Obwohl man mir sagte, ich könnte bis Neujahr warten, dachte ich mir: Gibt es eine bessere Zeit als die Weihnachtszeit, wenn man andere Menschen ein wenig aufmuntern will?« Sie hielt einen Korb mit religiösen Schriften hoch. Neben den kleinen Büchlein steckten winzige Leinensäckchen.

»Was ist da drin?«, fragte ich.

»Mit Salz gemischte Gewürze.« Ihre Stimme klang unsicher. »Ich dachte mir, vielleicht können sie damit ihre Mahlzeiten würzen.«

»Das ist ein wundervolles Geschenk. Ich habe noch nie gehört, dass man es angeboten hat, aber dennoch ist es perfekt. Die Frauen werden sich über Ihren Besuch sehr freuen.«

Ich ging durch die Gefängnisflure, die still wie ein Grab waren, obwohl wir uns in der fröhlichsten aller Jahreszeiten befanden. Anstelle des Dufts nach frischem Brot und Plumpudding spürte ich die Kälte der Steinwände und den Geruch nach rostendem Eisen. Als ich in den Raum kam, in dem wir uns treffen durften, warteten Jeannette und die anderen Frauen bereits auf mich. Jeannette schob eine jüngere Frau in die Mitte des Raumes. Die kleine Nancy.

Ich kam näher und zwang mich, vor dem Geruch ihrer schmutzigen Kleidungsstücke nicht zurückzuweichen. Gleichzeitig wünschte ich, dass ich ihr irgendwie helfen könnte.

Jeannette ertappte mich jedoch. »Nur die reichen Gefangenen dürfen ihre Klamotten in die Wäscherei bringen«, erklärte sie. Oh ja, die reichen Gefangenen. Vielleicht wurden vor Gericht alle gleich behandelt, aber im Gefängnis hörte das auf. Gefangene, die sich eine bessere Behandlung leisten konnten, durften sich bestimmte Dienste kaufen, besondere Mahlzeiten, bessere Räume und sogar Dienstboten, wenn sie dafür bezahlen konnten.

Diejenigen, die kein Geld hatten, und das waren die meisten, mussten auf die einfachsten Dinge verzichten, auch auf gewürztes Salz.

Ich setzte mich und fragte die Frauen, ob wir uns beim Erzählen der Weihnachtsgeschichte abwechseln sollten.

»*Sie* erzählen die Geschichte, Miss Sheffield«, bemerkte eine der Frauen. »Wir hören unsere eigenen Stimmen oft genug.«

Also begann ich zu erzählen. Mir fiel auf, dass die meisten Personen in der Weihnachtsgeschichte so arm waren wie die Familien, aus denen die Frauen im Gefängnis stammten. »Ich habe etwas für Sie alle. Geschenke!«

»Der Weihnachtsmann ist zu uns gekommen«, sagte eine der Frauen.

»Ich glaub nich', dass sie aussieht wie ein Mann.« Zum ersten Mal seit meiner Ankunft zeigte sich ein Lächeln auf den Lippen der kleinen Nancy.

»Weil Sie mich verteidigt haben, bekommen Sie das erste Geschenk«, erwiderte ich im Scherz. Ich zog drei ältere Nummern von einem meiner Damenmagazine aus meiner Tasche.

Nancy nickte, allerdings mit einem skeptischen Blick. »Aufbauende Literatur?«

Verlegen rieb ich mir den Hals. Ich war besorgt, dass die Frauen unzufrieden oder traurig sein könnten, wenn sie sich solche Zeitschriften ansahen, die sich mit Fragen und Problemen von Frauen in Freiheit beschäftigten. Vielleicht hatte ich recht mit meiner Sorge. »Nein, bitte entschuldigen Sie. Aber vielleicht ist es kurzweilig. Hätten Sie lieber etwas Aufbauendes gewollt?«

»Nö, wirklich nich', Miss. Das is' prima für mich.« Nancy las ein paar Artikelüberschriften vor. »Die Gesellschaft ist in diesen Tagen eine fein polierte Horde.« Sie sah hoch und lachte laut. »Das is' ja so wahr!« Sie blätterte ein weiteres Magazin durch. »Ich mag die Kleider. Wenn ich hier rauskomm, lern ich nähen. Oder vielleicht, wie man bei feinen Damen das Haar macht. Ich werd die sehr gern lesen. Danke, Miss.« Die kleine Nancy drückte die Magazine an ihre Brust.

»Viel besser als die, die uns immer aufbauen oder besser machen wollen.«

»Wenn Sie die Zeitschriften ausgelesen haben, können Sie die einzelnen Blätter herausreißen und dazu verwenden, Ihr Haar zu Locken zu drehen.«

Alle Frauen klatschten Beifall. »Ooh, was für eine tolle Idee«, sagte Nancy.

Ich verteilte die weichen Handschuhe und die winzigen Gefäße mit Salbe, die ich von meiner eigenen abgezweigt hatte. Jede Frau kam danach zu mir, um mir zu danken. Eine von ihnen machte einen Knicks. Diese Geste berührte mich zutiefst.

»Ich bin wie ihr«, sagte ich. »Es ist nicht nötig, vor mir einen Knicks zu machen.«

Jeannette kam als Letzte zu mir, kurz bevor ich Abschied nehmen wollte. »Danke für die Handschuhe und die Kleinigkeiten für die Jüngeren. Aber das schönste Geschenk ist, dass Sie hierherkommen, mit uns zusammensitzen und uns nicht vergessen. Das ist es, was wirklich zählt.«

Einen Augenblick lang versagte mir die Sprache. Dann versicherte ich ihr, wie sehr ich mich auf unsere gemeinsamen Stunden freute, und ich versprach ihr, dass wir uns nach Neujahr wiedersehen würden. »Wir sind doch Freundinnen.«

Als ich die Straße entlang zur Durchgangsstraße ging, hörte ich, wie eine Stimme meinen Namen rief. »Miss Sheffield!« Eine prächtige Kutsche bremste ab und hielt an. »Ich sehe erst jetzt, dass Sie zu Fuß gehen. Bitte erlauben sie mir, Sie nach Hause zu bringen.«

Es war Mrs Denholm. Zunächst schämte ich mich, dass sie sah, wie der Saum meines Kleides erneut beschmutzt und meine Stiefel schlammbespritzt waren. Sie sollte mich doch als starke, tüchtige Frau sehen, die ihrer Gesellschaft würdig war.

Dann blickte ich in ihr freundliches Gesicht. Sollte ich etwa die Barmherzigkeit eines bessergestellten Menschen ablehnen, während meine Freundinnen im Gefängnis keinerlei Möglichkeit auf Hilfe hatten?

»Danke, Mrs Denholm.« Der Kutscher half mir beim Einsteigen. »Dieses Angebot ist sehr freundlich und ich schätze es sehr.«

Auf dem Weg zu meinem Zuhause und meiner Werkstatt in Bloomsbury plauderten wir wie gute Bekannte. Dann verabschiedete sie sich von mir. »Ich hoffe, dass wir uns nach Weihnachten wiedersehen!«, sagte ich, als ich aus der Kutsche stieg, und sie reagierte auf die gleiche Weise.

Ich öffnete die Haustür und schüttelte den Schnee von meinen Schultern. Orchie erwartete mich schon. Lächelnd hielt sie ein Telegramm hoch. »Ihr Lord Lydney wird morgen früh vorbeikommen und Sie und Ihren Onkel nach Glastonbury mitnehmen. Die Reise ist lang und so hat er an einer Poststation für eine Übernachtungsmöglichkeit gesorgt. Er und Ihr Onkel werden in einem Zimmer übernachten, Sie in einem zweiten.«

»Wie freundlich von ihm.« Ich versuchte, meiner Stimme einen ruhigen Klang zu geben. Aber in meinem Herzen sang ich vor Freude: *Mein* Lord Lydney!

Kapitel 22

Orchie half mir beim Packen einer Reisetasche. Als sie das Zimmer verlassen hatte, um für Onkel Lewis alles vorzubereiten, steckte ich noch ein paar weitere Gegenstände in die Tasche und verschloss sie fest. Ich war mir nicht sicher, ob mein Onkel wirklich verstanden hatte, dass er noch vor Weihnachten nach Glastonbury reisen und sich sein Herzenswunsch erfüllen würde.

Der Kutscher von Harry kam sehr früh am Morgen an, um uns zum Londoner Bahnhof Waterloo zu fahren. Schon bald machten wir es uns in dem Erste-Klasse-Abteil bequem und nur eine Stunde nach der Abfahrt schläferte das sanfte Schaukeln des Zuges Onkel Lewis ein. Sein Kopf lehnte am Fenster, sein Mund war leicht geöffnet und aus einem Mundwinkel floss ein dünner Speichelfaden. Er sah eher aus wie ein kleiner Junge als wie ein älterer Herr.

Ich fragte mich, wie einst seine Hoffnungen und Träume ausgesehen hatten. Hatte er sich eine Ehefrau gewünscht? Kinder? Er hatte nie geheiratet und jetzt war es meine Aufgabe, für ihn zu sorgen.

Harry sprach über seine Zeit in Italien und die wenigen Angelegenheiten, die er für seinen Vater noch regeln musste, aber er erwähnte nichts von der Sammlung. Wir unterhielten uns über unsere gemeinsame Vergangenheit und die Situation der Firma.

»Wir machen gerade ein paar schwierige Monate durch«, gestand ich ihm.

»Kann ich irgendwie helfen?«, fragte er.

»Leider nicht«, antwortete ich. Er konnte mir keine konkrete Hilfe anbieten, solange die Entscheidung noch ausstand. Das Jahresende rückte immer näher. Das war der Zeitpunkt, an dem die der Firma *Sheffield Brothers* übertragene Verwaltung der Sammlung von Lord Lydney ablaufen würde und ich meine Entscheidung treffen musste. Mir blieben nur noch etwa vierzehn Tage. »Ich habe alles gut unter Kontrolle, es wird bestimmt bald wieder besser«, fügte ich hinzu.

»Bitte gib mir jederzeit Bescheid, wenn du etwas brauchst oder wenn sich die Lage verschlimmert.«

Ich lächelte ihn an. »Danke, das mache ich.«

Wir unterhielten uns und lachten zusammen während der Reise und dadurch wurde das Band zwischen uns fester geknüpft. Nach ein paar Stunden wurde der Bahnhof von Westbury ausgerufen. Wir hatten bereits drei Viertel der Wegstrecke zurückgelegt.

»Du weißt ja, dass auf die hohen Hügel in der Nähe der Salisbury Plain, außerhalb von Westbury, das Bild eines weißen Pferdes in den Felsen geritzt wurde.«

»Das wusste ich nicht«, erwiderte ich. Es gab in ganz England viele Pferdebilder, die in die weißen Kreidefelsen geritzt wurden. Manche von ihnen waren Hunderte von Jahren alt und über jedes wurde eine Legende erzählt.

Er nickte. »Meine Mutter wusste, wie sehr ich diese Bilder liebte, und so sorgte sie immer dafür, dass wir es sehen konnten, wenn Vater auf einem Familienausflug nach Glastonbury bestand, er und Mutter, Arthur und ich.«

»Fehlt er dir sehr?«

»Vater?« Er war so erschüttert über meine Frage, dass seine Stimme lauter wurde. Mein Onkel wurde unruhig.

Ich schüttelte den Kopf. »Nein, Arthur.«

Er drückte meine Hand, bevor er sie losließ. »Ja, er fehlt mir. Als wir noch kleine Jungen waren, haben wir uns sehr gut verstanden, zumindest während der Schulferien. Mein Vater hat einen Keil zwischen uns getrieben und damit hat sich alles verändert.« Mit einem Lächeln hob er den Kopf. »Er hatte auch einmal ein weißes Pferd, bevor wir merkten, dass er auf Pferdehaare empfindlich reagierte. Das Pferd hieß natürlich Excalibur.«

»Ich habe die Rüstung von Arthur gefunden«, sagte ich.

Er warf einen Blick aus dem Fenster, doch meine Bemerkung ließ ihn nicht kalt. »War sie verloren gegangen?«

»Vielleicht.« Ich konnte am Klang seiner Stimme nicht erkennen, ob er überrascht war oder ob er es gewusst hatte. Er hatte sie jedenfalls nicht verkauft, wie sein Vater es ihm insgeheim vorgeworfen hatte.

Wir mussten einmal umsteigen, dann kamen wir in Glastonbury an. Dort nahmen wir uns eine Mietkutsche, die uns zusammen mit unserem Gepäck zur Poststation brachte. Das Gasthaus war früher eine Herberge für Pilger gewesen. Ich musste an Mr Herberts und seine Pilgermünze denken und ich fragte mich, ob er sie genauso in Ehren hielt, wie es mein Vater getan hatte. Das Gasthaus, das heute *The George* hieß, war ein dreistöckiges Gebäude mit Zinnen auf dem Dach. Harry hatte dafür gesorgt, dass wir ein ganzes Stockwerk für uns hatten, und er hatte auch an ein Abendessen gedacht.

Wir ließen unser Gepäck zurück und machten uns auf den Weg zu den Sehenswürdigkeiten.

»Ich bin überrascht, wie gut er laufen kann«, sagte Harry, als wir über die winterlich stillen Rasenflächen gingen. Mein Onkel hatte einen Wanderstock mitgenommen. Ich wusste nicht, ob er ihn als Stütze brauchte oder als Erinnerung an die Legende von Josef von Arimathäa. Wenn ich es erraten müsste, würde ich auf Letzteres tippen.

Auf den ersten Blick gab es nicht allzu viel zu sehen. Es gab keine Vergnügungen, Cafés oder Läden als Anziehungspunkte für Besucher. Nur ein Händler verkaufte falsche, in schlecht zusammengesetzten Glasbehältern eingeschlossene Dornen in der winterlich feuchtkalten Luft. Onkel Lewis tat sie mit einer ungeduldigen Handbewegung ab.

Vorsichtig bewegten wir uns durch die Ruinen der Abtei. Die skelettartigen Wände waren unterschiedlich hoch und den Elementen schutzlos ausgesetzt. In den Spalten und Ritzen der schadhaften Steine hatten sich alle möglichen Grünpflanzen breitgemacht und so entstand mitten in der Zerstörung neues Leben. Die Stille hatte einen seltsamen Nachhall, wie menschliche Stimmen es niemals bewerkstelligen konnten. Wenn ich an Geister glauben würde, hätte ich mir vorgestellt, wie sie sich hier aufhielten, um die Menschen zu warnen, ihnen Hoffnungen zu machen, immer auf der Suche nach neuen Verstecken. Ich machte es meinem Onkel auf einer halb verfallenen Bank bequem, bevor ich mich selbst hinsetzte. Als ich die Augen schloss, spürte ich die dichte Atmosphäre eines Ortes, an dem sich Christen mehr als tausend Jahre lang zur Anbetung Gottes versammelt hatten. Ich fühlte die Gegenwart von etwas Heiligem, denn schließlich befanden wir uns in einer Kirche, der einzigen, die während der Reformation zerstört worden war und die jetzt nach oben offen dastand mit ihren schartigen, von dunklem Moos überzogenen Steinen. Ich öffnete die Hände und hob sie empor. Mein Atem strebte wie weißer Nebel dem Himmel entgegen, als ich einen Vers aus Psalm 141 rezitierte: *»Mein Gebet möge vor dir gelten als ein Räucheropfer, das Aufheben meiner Hände als ein Abendopfer.«*

»Das hier ist wie ein Reliquiar«, sagte mein Onkel. Ich öffnete die Augen, als er diese kleinen, mit Edelsteinen geschmückten Behälter erwähnte, deren Wert wir vor so vielen Jahren geschätzt hatten, als ich bei ihm lernte. »Dieser ganze Ort. Aber anstelle von Fragmenten aus Knochen und Holz enthält die Ruine der Abtei die Hoffnungen, Träume und Gebete von Pilgern und Gläubigen, die sich an diesem Ort zwölfhundert Jahre lang versammelt haben.«

»Das ist ein wunderschöner Gedanke.« Ich nahm seinen Arm und spürte, wie er fröstelte. »Sollen wir zurückgehen und unser Abendessen einnehmen?«, fragte ich.

Er nickte zustimmend. Als er sich zu Harry umdrehte, sah ich, dass mein Onkel Tränen in den Augen hatte. »Danke, junger Mann.«

Harry klopfte ihm sanft auf den Rücken und dann gingen wir

zurück in den Gasthof. Wir wollten uns zunächst frisch machen, bevor wir uns im Speiseraum treffen würden. Eine Stunde später klopfte es an meiner Zimmertür. Als ich sie öffnete, sah ich, dass Harry allein war.

»Dein Onkel ist sehr müde. Wir sollten ihn lieber nicht wecken. Ich werde meinen Kutscher bitten, vor seinem Zimmer Wache zu halten, wenn du das möchtest und bereit bist, mit mir allein zu speisen. Natürlich sind auch noch andere Gäste im Speiseraum«, fügte er hastig hinzu.

Ich musste lächeln. »Aus Prinzip sollte ich Nein sagen, aber ich habe Hunger und keine Lust zu warten.«

Er sah mich unverwandt an. In dem dämmrigen Licht auf dem Flur wirkte sein Gesicht wie vom Wind gegerbt. »Ich möchte auch nicht warten.« Anders als während des Spieleabends bei Lady Charlotte wurde die Vertrautheit zwischen uns immer stärker und sie blieb zwischen uns bestehen.

Ich unterdrückte ein Schmunzeln. Vielleicht konnte ich heute Abend das Geschenk von Alice gut gebrauchen.

Im Kamin des Speiseraums brannte ein munteres Feuer. Obwohl es noch nicht sehr spät war, waren außer Harry, mir und dem Serviermädchen keine weiteren Gäste im Raum.

»Ich dachte, dass noch andere hier sein würden. Mein Angebot bleibt bestehen. Möchtest du das Essen lieber auf einem Tablett auf deinem Zimmer serviert bekommen und nicht hier unten mit mir essen?«

»Kann ich dir denn vertrauen?«, fragte ich scherzhaft.

»Nein«, lautete seine ebenfalls scherzhafte Antwort. Dann rückte er mir den Stuhl zurecht, damit ich mich setzen konnte. Im flackernden Licht des Kaminfeuers trafen sich unsere Blicke. »Wegen dir finde ich kein Gefallen an anderen Frauen«, sagte er schließlich.

Ich hielt die Luft an, weil ich überrascht war über dieses Eingeständnis und die Gefühle, die es in mir weckte. Draußen auf der Straße rollte eine Kutsche vorbei. Der Hufschlag der Pferde klang rhythmisch und verhallte nach und nach im Abendnebel. Ich betrachtete die alten schartigen Holzplanken des Tischs, an dem wir saßen. Seit vielleicht fünfhundert Jahren hatten Menschen an diesem Tisch gesessen. Sie hatten gegessen, getrunken, gelacht, miteinander gesprochen oder gestritten. Welche Gedanken waren ihnen durch den Kopf gegangen? Welche Hoffnungen hatten sie gehegt, welche Ängste hatten sie empfunden? Die Wände des Gasthofs waren fast einen Meter dick, aber ich konnte trotzdem gedämpfte Stimmen und Gelächter aus den oberen Stockwerken hören. Ich teilte Harry meine Gedanken mit, der einfach meine Hand nahm.

»Natürlich finde ich das interessant, meine entzückende Ellie. Aber ich bin mehr interessiert an uns beiden und dass wir jetzt hier sitzen. Ich bin so dankbar, hier sein zu können. Aber weil du immer so treu deine Geschichten mit mir geteilt hast, ist es jetzt an der Zeit, dir eine meiner Lieblingsgeschichten zu erzählen. Heute Nachmittag schon wollte ich dir die Geschichte vom Westbury-Pferd erzählen.«

»Oh ja, bitte erzähle sie mir!«

Das Serviermädchen stellte eine Platte mit grob geschnittenem Brot und Käse auf den Tisch, dann einen Krug Wasser und zwei Gläser mit mildem Apfelwein.

»Als wir noch jünger waren und Vater uns immer wieder hierherschleppte, drohten Arthur und ich damit, mitten in der Nacht zum Westbury-Pferd zu reiten, sobald er und Mutter eingeschlafen waren.«

»Warum?«

»Einer Legende nach wird das Pferd im Kreidefelsen lebendig, sobald die Kirchturmuhr um Mitternacht zwölfmal schlägt. Es läuft dann zur heiligen Quelle von Bridewell, um dort zu trinken. Das wollten wir natürlich sehen!«

Ich zog die Augenbrauen hoch. »Und habt ihr eure Drohung wahr gemacht?«

Er wurde ernst und schüttelte den Kopf. Dann wartete er, bis das Serviermädchen uns Teller mit Fleisch servierte und danach den Raum verließ.

»Nein … wie du weißt, hat Arthur empfindlich auf Pferde reagiert. Deshalb hätten wir die Kutsche nehmen müssen und dann hätte mein Vater es mitbekommen.«

Ich streckte den Arm aus und ergriff seine Hand. »Arthur war ein guter Mensch.«

Er nickte zustimmend und dann begannen wir zu essen. Ein paar Minuten später sagte er: »Du erinnerst dich bestimmt noch an das Pferdebild von Uffington.«

»Natürlich! Es ist das berühmteste in ganz England.«

»Es liegt an der Straße nach Watchfield. Wenn wir in den Schulferien nach Watchfield House kamen oder nach einer der diplomatischen Reisen meines Vaters zurück in Oxfordshire waren, wusste ich immer, dass ich zu Hause angekommen war, sobald ich das weiße Pferd auf dem Hügel sah. Dieses Bild hat mich getröstet wie sonst nichts anderes.«

Ich wünschte mir, dass *ich* ihn hätte trösten können.

»Kennst du die Geschichten um das Uffington-Pferd?«, fragte er eifrig.

Einige von ihnen kannte ich bestimmt. Aber das verriet ich ihm nicht. »Ich möchte sie sehr gerne hören.« Ich schob meinen Teller weg, weil ich genug gegessen hatte.

»Das Uffington-Pferd kann angeblich Wünsche erfüllen. Wenn man einen Wunsch hat, sollte man sich auf das Auge des Pferdes stellen und sich drei Mal nach rechts drehen. Dann sollte man seinen Wunsch flüstern oder, wie in meinem Fall, ein Gebet.«

»Hast du das auch gemacht?«, fragte ich.

»Ja«, erwiderte er. »Erst vor Kurzem. Aber nur *neben* dem Auge. Ich werde doch nicht auf das Auge eines Pferdes treten, auch wenn es nur ein Bild im Kreidefelsen ist.«

Ich musste lachen, wartete aber darauf, dass er mir sagte, was sein Wunsch oder sein Gebet gewesen war, aber er verriet es mir nicht.

»Ich liebe diese Geschichten und ich freue mich, dass du sie mir erzählt hast, denn damit hast du mir gezeigt, was deinem Herzen am nächsten ist. Ich hätte wissen müssen, dass sich deine Lieblingsgeschichten um Pferde drehen«, erwiderte ich scherzhaft.

»Und deine Lieblingsgeschichten drehen sich um Sammlerstücke«, konterte er.

Ich nickte. »Da hast du mich ertappt. Ich denke, Schätze bedeuten mir so viel, weil sie mich an Menschen erinnern, auch wenn viel Zeit vergangen ist und ich heute vielleicht nicht mehr dieselbe Meinung habe wie damals. Vielleicht geht es mir ähnlich wie den Sammlern von Reliquien. Sie wollen ein Stück Knochen oder einen Splitter vom Kreuz, weil sie sich an etwas klammern wollen, wenn Gott unerreichbar zu sein oder ihre Gebete nicht zu hören scheint. Sie brauchen einen Beweis, dass derjenige, dem sie in ihrem tiefsten Inneren vertrauen, auch der ist, für den sie ihn halten.«

»Das stimmt.« Er nahm meine Hand und hauchte einen Kuss auf den Handrücken. »Ich sollte dich zurück auf dein Zimmer begleiten, obwohl ich lieber hierbleiben und die ganze Nacht mit dir reden würde.«

»Das wäre überhaupt nicht gut«, stimmte ich ihm zu. »Ich möchte zuerst nach oben gehen. Könntest du dich zwei oder drei Minuten später vor meinem Zimmer zu mir gesellen?«

Er sah mich erstaunt an, nickte aber dennoch zustimmend, und ich ging nach oben.

Sobald ich in meinem Zimmer war, holte ich die Mistelkugel, das Geschenk von Alice, heraus und den Haken mit dem kurzen Faden. Diese Gegenstände hatte ich in meine Reisetasche gepackt.

Ich hielt die Kugel vorsichtig in der Hand. *Soll ich sie wirklich aufhängen?*

Genau genommen musste ich ihm gegenüber distanziert bleiben, bis ich eine Entscheidung über die Zukunft der Sammlung von Lord Lydney getroffen hatte.

Ich konnte jedoch ganz ehrlich sagen, dass ich meine Entscheidung auf die mir vorliegenden und von mir gedeuteten Tatsachen stützen würde unabhängig von meinen Gefühlen für Harry.

Kurz entschlossen trat ich vor meine Zimmertür und befestigte die Kugel sorgfältig am Querbalken des Türrahmens. Als Harry eine Minute später um die Ecke kam, lachte er leise, um die anderen nicht zu wecken. Ich lächelte ihn an.

Er kam näher und streckte die Hand aus, um mir das Haar aus dem Gesicht zu streichen. Ich spürte, dass meine Wangen gerötet waren. Das kam sowohl von seiner Nähe als auch von dem Kaminfeuer, vor dem wir eine gute Stunde lang gesessen hatten.

Harry umfing mein Gesicht mit beiden Händen und ich schloss die Augen und genoss diesen Augenblick. Dann beugte er sich zu mir herunter und küsste meine Lippen, zunächst ganz sanft und dann leidenschaftlicher.

Ich dachte an unseren ersten Kuss, der zögernd, unsicher und hastig gewesen war.

Jetzt war er zuversichtlich und sicher. Beim ersten Mal hatte ich seinen Kuss nicht richtig erwidert. Aber jetzt tat ich es.

Als er sich aus unserer Umarmung löste, standen wir beide wie betäubt da. Wir mussten uns erst wieder zurechtfinden. Ich brauchte eine Weile, bis ich Luft holen und meine Gedanken zusammennehmen konnte.

»Am besten sage ich jetzt Gute Nacht und gehe«, flüsterte er. »Für heute.«

Kapitel 23

Bloomsbury, London

Am Weihnachtstag hörten wir das von Freude erfüllte Geläut der Kirchenglocken. Es war ein klarer, sonniger Tag, aber ich hielt den Arm meines Onkels fest umklammert, damit wir auf dem Weg in oder aus der Kirche nicht ausrutschten. Orchie hatte bereits viel früher am Morgen einen Gottesdienst besucht. Obwohl sie offiziell für uns arbeitete, hatte sie keine Familie außer der unseren und wir würden wie eine Familie den Tag zusammen verbringen. Mr Clarkson war über die Feiertage zu seiner Familie nach Bristol gereist.

»Es duftet nach Fleischpastetchen!«, rief mein Onkel, als wir das Haus betraten.

»Ja, das stimmt.« Orchie begrüßte uns an der Tür. Sie flüsterte hinter vorgehaltener Hand: »Und Gans und Pudding und gefüllte Törtchen und alles andere, was Sie und ich auch essen möchten.« Sie reichte mir eine Schachtel. »Das ist gerade eben angekommen.«

Ich öffnete die Schachtel, in der eine kleine Karte lag. Darauf stand bloß: *Fröhliche Weihnachten! Dein Harry.*

Dann waren da noch drei Knallbonbons. Auf dem einen stand *Mrs Orchard*, auf dem anderen *Mr Sheffield* und auf dem dritten *Miss Sheffield.*

Eine Gruppe von Weihnachtssängern klopfte an unsere Haustür und Orchie lief schnell, um sie mit einem neuen Tablett voller Weihnachtsplätzchen willkommen zu heißen. Es war mir ein Rätsel, woher sie die Zutaten für diese Plätzchen hatte. Aber ich freute mich, den fröhlichen Sängern eine Leckerei anbieten zu können, und als ich die Tür aufhielt, hörte ich ihren Liedern von

Glauben, Mut und Hoffnung zu. Ich fragte mich, ob 1867 das Jahr sein könnte, in dem alle drei wiederhergestellt sein würden. *Oh Botschaft von Freude und Trost. Ja, möge es so sein!*

Nach einem reichhaltigen Abendessen zogen wir uns in den Salon zurück, um zu lesen und auszuruhen. Mein Onkel schlief neben dem Kaminfeuer ein. Als er wieder aufwachte, fragte er Orchie: »Wann gibt es Abendessen?«

Sie warf mir einen unsicheren Blick zu. »Dann haben Sie schon wieder Hunger?«

»Schon wieder? Es hat doch noch gar nichts zu essen gegeben!«, brüllte er.

Ich stand hastig auf. »Sollen wir die Knallbonbons holen?«

Mein Onkel war angenehm überrascht. Er nickte und ich holte die Knallbonbons von dem Tisch in der Eingangshalle. Dort hatte ich sie liegen gelassen.

Zuerst reichte ich Orchie den mit ihrem Namen beschrifteten. Sie zog an beiden Enden, und als der Knallbonbon aufplatzte, erschien ein Gutschein für eine Dose Trinkschokoladenpulver aus einem Laden in der Nähe. »Oh, das ist eine echte Gaumenfreude!«, sagte sie hocherfreut.

Dann zog mein Onkel an den Enden seines Knallbonbons. Nach einigem Hin und Her platzte auch er auf und heraus kam einer der kitschigen Dornen in einer Glaskugel aus Glastonbury. »Er kann doch nicht geglaubt haben, dass das echte Reliquien, echte Antiquitäten waren …«

»Nein, das glaube ich nicht«, erwiderte ich. »Ich glaube eher, dass er sich mit dir einen Scherz erlaubt hat.«

Mein Onkel musste lachen. »Was für ein Spaß. Es ist so lange her, dass mir jemand einen Streich gespielt hat, und das gefällt mir wirklich.«

Ich war froh, dass er in diesem Moment klar denken konnte und diesen Scherz unter Männern zu würdigen wusste. Onkel Lewis verdiente Respekt und kein Mitleid.

»Jetzt sind Sie dran«, sagte Orchie. »Nun machen Sie schon!«

Ich zog an den Enden meines Knallbonbons und plötzlich schoss ein festlicher Konfettiregen heraus, gefolgt von einem Brief und einem winzigen Säckchen. Zuerst las ich den Brief. *Ich bin der, für den du mich hältst.* Ich zwinkerte, um die Tränen zurückzuhalten, als ich an unser Gespräch während des Essens im Gasthof dachte.

Dann machte ich das kleine Säckchen auf. Darin befand sich ein wunderschöner Amethyst, genau in der richtigen Größe, um den fehlenden Stein in meinem Verehrungsring zu ersetzen.

Mein Onkel verstand den Sinn dieses Geschenks wohl nicht, aber Orchie wusste, was es bedeutete. Mit diesem Edelstein würde der Ring wiederhergestellt und vielleicht sogar mein gebrochenes Herz geheilt werden.

Wir sagten uns liebevoll Gute Nacht. Dann brachte ich meinen Werkzeugkasten für Schmuckreparaturen aus der Werkstatt in mein Zimmer und schloss die Tür ab. Ich zog die Schublade auf und holte den Verehrungsring heraus. Mit dem Finger fuhr ich über das Loch, aus dem der erste Edelstein herausgefallen und verloren gegangen war. Ich setzte den Amethyst an diese Stelle, bog die winzigen Krappen der Edelsteinfassung mit einer Zange vorsichtig nach unten, um den Stein zu fixieren, und ließ den Ring über meinen Finger gleiten, aber nur für einen kurzen Augenblick. Dann nahm ich ihn wieder ab.

Ich wollte den Ring erst wieder tragen, wenn Harry ihn mir an den Finger stecken würde.

Ich setzte mich an meinen Schreibtisch und ordnete die Papiere, die Sir Matthew, der Anwalt des verstorbenen Lords Lydney, mir gegeben hatte. Er hatte mich beauftragt herauszufinden, ob Harry vertrauenswürdig war, ja sogar ob er überhaupt würdig war, die Sammlung zu behalten.

Wenn Harry die Sammlung verlieren würde, musste er auch alle Schätze seines geliebten Bruders Arthur aufgeben.

Wenn er die Sammlung behält, könnte er alle Schätze von Arthur verkaufen – und alle anderen auch.

Wenn er die Sammlung verlieren würde, könnte der schöne Pelikananhänger für immer in einem Speicherraum verschwinden.

Er hat noch nicht einmal darum gebeten, dass ich ihn zurückgebe.

Geschichten haben eine große Wirkung, aber nicht alle von ihnen sind wahr. Welche Geschichte war wahr? Die Geschichte, die Harrys Vater jedem, auch Harry selbst, erzählt hatte: dass er egoistisch sei und man ihm nicht vertrauen könne? Hatte ich dieser Geschichte Glauben geschenkt? Sollte ich es tun?

Aber sein Vater hatte gelogen, als es um Arthurs Sammlung ging. So viel war klar.

Ich drehte die Lampe herunter und zog meinen Morgenmantel an.

Signorina Viero hatte von Harrys Tapferkeit gesprochen. Diese Geschichte stimmte doch, oder etwa nicht?

Manche Gutachter behaupteten, ein Gegenstand von geringem Wert sei recht teuer. Andere wiederum behaupteten, etwas Wertvolles sei wertlos. Beide waren Betrüger, denen es nur um den eigenen Vorteil ging. War Lord Lydney einer von ihnen? Am Ende war es so, wie Papa es mich gelehrt hatte: Ich durfte nicht den Geschichten anderer Leute glauben, sondern musste mich auf das verlassen, was ich mit eigenen Augen sehen und was ich aus meinem eigenen Instinkt heraus beurteilen konnte.

Ja, Harry war viel zu spät aus Österreich zurückgekehrt. Aber im Grunde war er in dieser Angelegenheit nicht unaufrichtig mir gegenüber gewesen, so wie ich es auch zuvor noch nie bei ihm bemerkt hatte …

Ja, flüsterte das Schreckgespenst, das meine Befürchtungen nährte. *Oder hast du es doch erlebt?*

Lord Audley, der sehr freundlich zu mir gewesen war und der Harry und seinen Freundeskreis gut kannte, hatte mich gewarnt: *»Ich will Ihnen bloß einen guten Rat geben: Wissen Sie, er wird Ihren guten Willen ausnutzen, wie er es immer getan hat. So wie auch sein Vater sich Ihrem Vater gegenüber herablassend und leutselig gegeben hat. Ihr Wohlwollen ist aber niemals selbstlos gewe-*

sen, oder, Miss Sheffield? Und keiner von beiden hat sich am Ende als loyal erwiesen.«

Ich hatte mir vorgenommen, die Antworten auf meine fünf Fragen zu finden, um Beweise für Harrys Aufrichtigkeit zu haben. Kümmerte er sich um die Interessen anderer? Die Antwort würde Ja lauten, wenn man berücksichtigte, welche Risiken er für seinen Freund Viero eingegangen war und wie liebevoll er mit meinem Onkel umging, auch während unserer Reise nach Glastonbury.

War er länger als nötig in Österreich geblieben? Ich hatte oft beobachtet, wie ernst es ihm damit gewesen war, die Zuneigung seines Vaters zu gewinnen, und Francescas bestätigende Worte wären Beweise dafür, dass er bloß getan hatte, was seiner Meinung nach erforderlich war.

Hatte er Stücke aus Arthurs Sammlung verkauft? Ganz bestimmt nicht.

Hatte er andere Schätze verkauft, um seinen eigenen Interessen nachzugehen? Ich konnte keine Beweise dafür finden.

Die fünfte Frage, die mir am meisten am Herzen lag, blieb unbeantwortet, aber trotzdem gab es Hinweise auf eine Antwort. Warum hatte er mir keinen Heiratsantrag gemacht?

Wenn ich den vom verstorbenen Lord Lydney angesammelten Reichtum dem South Kensington Museum spendete, würde ich die Gunst jener Menschen gewinnen, die mir helfen würden, meine Firma weiterzuführen und weiter ein Zuhause für mich selbst, meinen Onkel und Orchie zu behalten. Aber das Museum würde einige der Schätze vor den Blicken der Öffentlichkeit verbergen und vielleicht sogar seinen reichen und mächtigen Gönnern erlauben, die Sammlung zu durchwühlen und bestimmte Stücke gegen ihre eigenen »einzutauschen«.

Die Sammler des South Kensington Museums haben kein Versprechen abgegeben. Das würden sie auch nicht tun.

Wenn du die Sammlung spenden würdest, wärst du auf einer Stufe mit Lady Charlotte. Vielleicht könnte ich das auch aus eigener Kraft erreichen.

Die Stiftertafel mit dem Namen »Sheffield Brothers« vor dem Raum mit der gespendeten Sammlung wird unsere Firma überall bekannt machen. Das war zutreffend.

Am Ende sollte ich entscheiden, wohin die wertvolle Sammlung gehörte. Ich war der Meinung, dass die Stücke zusammenbleiben und in dem Haus gezeigt werden sollten, für das sie gesammelt worden waren.

Bei der Geschichte über Harry glaubte ich dem, was ich mit meinen eigenen Augen sah, nicht der Version, die sein Vater verbreitet hatte.

Kurz entschlossen schrieb ich zwei Briefe. Der eine war an Sir Matthew Landon gerichtet, den Anwalt. Darin teilte ich ihm meine endgültige Entscheidung mit. Den anderen Brief schrieb ich an Harry. Ich dankte ihm für sein wunderschönes Weihnachtsgeschenk und setzte ihn darüber in Kenntnis, dass ich die Sammlung an ihn zurückgeben wollte und Sir Matthew entsprechend informiert hatte.

Soll ich die Briefe abschicken?

Am Ende konnte ich nur mir selbst vertrauen. Ich konnte Harry die Sammlung nicht zusprechen, weil ich ihn liebte, obwohl das natürlich der Fall war. Ich musste ihm die Sammlung geben, weil ich damit das Richtige tat.

Ich saß da, betete und dachte nach. Dann traf ich meine Entscheidung.

Ich kleidete mich wieder an und schlich mich aus meinem Zimmer hinunter ins dunkle Haus. Dann stand ich eine Weile da, mit den Briefen in der Hand, und starrte in den Kaminrost. Die Kohlen waren zu Asche zerfallen. Sie zischten leise, als ob sie gegen ihre langsame Reise in den Tod protestieren wollten. Ich warf mir den Umhang über, setzte den Hut auf und schnürte meine Stiefel. Dann ging ich den dunklen, eisglatten Weg entlang und warf die Briefe in den grünen Briefkasten, bevor ich es mir anders überlegen konnte.

Die Entscheidung war gefallen. Sie war unwiderruflich und nicht mehr rückgängig zu machen.

Der Weihnachtstag verging genauso schnell wie der zweite Feiertag. In der darauffolgenden Woche wäre Mr Clarkson wieder zurück in der Werkstatt. Harry hatte geschrieben, wie sehr er sich über meine Entscheidung freute, die Kunstsammlung in Watchfield House zu belassen. Er versicherte mir, dass er sich um alle Stücke gut kümmern und sich auf ein baldiges Wiedersehen mit mir freuen würde. Sein Brief klang begeistert. Aber hatte ich mir etwa noch mehr erhofft?

Vielleicht wollte er alles Weitere mit mir persönlich besprechen, am Dreikönigsfest.

Es gab nur wenig zu tun in dieser ruhigen Zeit. Die meisten unserer Kunden waren bis nach dem Dreikönigsfest zu Feiern in ihren Landsitzen oder in London. Als Mr Clarkson nicht wie erwartet zur Arbeit kam, entschloss ich mich, ihn aufzusuchen. Ich wollte mich vergewissern, dass es ihm gut ging.

Marguerite sollte mich begleiten, denn es wäre äußerst unschicklich, Mr Clarkson ohne Begleitung einen Besuch abzustatten. Er würde mich bestimmt darauf hinweisen.

Sie musste zuerst ihre Eltern zum Bahnhof begleiten. Als sie bei mir zu Hause ankam, war es bereits spät am Nachmittag. Die Sonne, soweit sie durch den Schleier aus Kohlestaub zu sehen war, begann bereits an Strahlkraft zu verlieren.

»Danke, dass du gekommen bist.«

Sie nickte mir zu. Ihre Gesichtszüge zeigten eine innere Anspannung, die mir bisher noch nie aufgefallen war.

»Geht es dir gut?«, fragte ich.

»Ja.« Sie nahm meine Hand. »Mein Vater hat mich jemandem vorgestellt.«

»Das klingt doch gut!«, rief ich aus, aber dann sah ich den Ausdruck in ihren Augen. »Es ging nicht gut?«

»Ich befürchte, es gibt hier keine Möglichkeiten für Liebe oder Vertrauen. Vater sagte, Bettler können nicht wählerisch sein, und bis ich eine klügere Entscheidung treffe, würden er und Mutter ihre Besuche bei mir einstellen. Ich bin aber kein Bettler … noch nicht.«

Ich legte meine Hand auf die ihre. »Es ist schwer, solche Entscheidungen zu treffen.«

Sie nickte zustimmend. »Und du? Bist du dir sicher über deine Entscheidungen?«

Ich schüttelte den Kopf. »Ich bin mir nicht sicher. Aber die Entscheidung ist gefallen.« Leise Zweifel schlichen sich in meine vorher so selbstsichere Entschlossenheit.

Der Kutscher bog um die Ecke und fuhr in einen Stadtteil, der ein wenig in Verruf geraten war. »Bist du schon einmal hier gewesen?«, fragte Marguerite.

»Nein, ich hatte bisher keinen Grund hierherzukommen. Meinst du, wir sollen umkehren?«

»Nein, liebste Freundin, denn was man angefangen hat, sollte man auch zu Ende führen.«

Ich stimmte ihr zu und schon bald hielten wir vor einem hohen Gebäude, dessen Haustür so vernachlässigt war wie der ungezogene Junge, der sie öffnete. »Was woll'n se denn?«, fragte er.

»Wir sind hier, um Mr Clarkson aufzusuchen«, erwiderte ich höflich. »Kannst du ihm sagen, dass Miss Sheffield ihn sprechen möchte?«

Der kleine Bursche grinste spöttisch. »Sagen Sie's ihm doch selber. Er wohnt oben.«

Marguerite und ich gingen die Treppe hinauf. Ein älterer Mann, vielleicht der Vater des Jungen, folgte uns und rief uns ungehörige Bemerkungen hinterher.

Ich drehte mich um, aber der Mann hatte uns den Rückweg versperrt.

»Vielleicht ist Mr Clarkson so freundlich und begleitet uns zurück zur Kutsche«, sagte ich. Marguerite nickte zustimmend.

Sobald wir die Tür am oberen Ende der Treppe erreicht hatten, klopfte ich einmal, dann zweimal. Endlich öffnete sich die Tür.

»Miss Sheffield! Mrs Newsome.« Mr Clarkson wirkte verwirrt und seine Augen waren glasig. »Ich habe nicht mit Ihrem Besuch gerechnet.«

»Ich habe mir Sorgen um Sie gemacht, als Sie nicht wie erwartet in der Werkstatt erschienen sind«, erwiderte ich.

»Kommen Sie doch herein«, sagte er. »Mir geht es nicht besonders gut.« Der bedrohlich aussehende Mann versperrte noch immer den Weg nach unten und so hatten wir kaum eine andere Wahl. Clarkson warf dem Mann einen finsteren Blick zu. Schließlich verschwand er in seiner eigenen Wohnung im unteren Stockwerk.

Das Wohnzimmer von Mr Clarkson wirkte vernachlässigt und es standen kaum Möbel darin. Sein Einkommen verwendete er offenbar nicht für seinen eigenen Komfort. Das Licht war fahl und der Raum roch nach verdorbenem Fleisch, das trotzdem gekocht worden war, nach dem Kampfer aus seinem Schmerzmittel und dem beißenden Moschus der Chemikalien, die man gegen Motten verwendete.

Mr Clarkson hustete heftig und er schien sich nur langsam von diesem Anfall zu erholen. »Die feuchte Luft und der Kohlenstaub …« Er zuckte mit den Schultern. »Ich hoffe, Sie hatten ein schönes Weihnachtsfest.«

»Ja, es war sehr schön«, entgegnete ich. Marguerite war an der offenen Tür stehen geblieben, aber ich sah mich im Zimmer um. In einem Eckschrank bemerkte ich eine schöne Figurengruppe aus Porzellan, eine Schäferin und einen Schäfer. Die beiden tanzten auf einem Feld und zwei winzige Schafe standen zwischen ihnen.

Wo hatte ich diese Gruppe schon einmal gesehen?

Ich versuchte, mir nichts anzumerken zu lassen, und wandte meinen Blick von der Figur ab. Er sollte nicht bemerken, was mir aufgefallen war. Die Gruppe gehörte zu den Figuren von Harrys Mutter in Watchfield House. Es war ein sehr teures Stück.

Hatte er die Figurengruppe gestohlen?

»Haben Sie das Komitee des South Kensington Museums informiert, dass Sie die Sammlung spenden wollen?«, fragte er betont fröhlich.

Ich machte ein paar Schritte rückwärts auf Marguerite zu. »Nein, aber es ist gut, wenn Sie es jetzt schon wissen. Ich habe die Sammlung an Lord Lydney zurückgegeben, denn er ist der rechtmäßige Eigentümer.«

Urplötzlich trat in die Gesichtszüge von Clarkson ein Ausdruck rasender Wut. »Sie haben … was? Sie sind eine durch und durch törichte Frau. Sie haben sich selbst und Ihre Firma vollkommen ruiniert.«

Es war nun plötzlich nicht mehr *unsere*, sondern *meine* Firma.

»Ich glaube nicht …«, begann ich, erschrocken über seinen plötzlichen Mangel an Anstand, vor allem in Gegenwart meiner Freundin Marguerite. Ich wollte ihm mitteilen, dass wir doch weiter mit unserem bisherigen Kundenstamm und den von ihm gewonnenen Kunden arbeiten könnten, aber er ließ mich nicht aussprechen.

Dennoch hätte ich über seine Reaktion nicht erschrocken sein müssen. Er hatte mir gegenüber bereits ein oder zwei Mal unpassende Bemerkungen gemacht. Vielleicht hatte ich damals diese Vorfälle heruntergespielt, weil ich wusste, dass die Firma ihn noch immer brauchte.

»Dann ist dieser Zeitpunkt so gut wie jeder andere, um Sie wissen zu lassen, dass ich nicht in Ihre Firma zurückkehren werde. Ich brauche Sie nicht mehr, denn ich habe eine Menge Kunden, die jetzt unbedingt mit mir zusammenarbeiten wollen.«

»Sie haben neben Ihrer Arbeit für *Sheffield Brothers* einen eigenen Kundenkreis aufgebaut, indem Sie unsere Materialien, unsere Werkstatt und unseren guten Ruf benutzt haben?«

»Man muss sehen, wo man bleibt, Miss Sheffield. Und offenbar habe ich richtig gehandelt. Ich hatte gehofft, dass der Name Ihrer Firma mir den Zugang zu einflussreichen Leuten erleichtern würde, aber stattdessen wäre er jetzt wie eine Fessel für mich. Sie haben Lord Parham verprellt und jetzt die Sammlung an Lydney übergeben und damit jede Chance verspielt, im *Burlington Club* als Mitglied aufgenommen zu werden.«

»Aber Lady Charlotte Schreiber …«

»Sie sind naiv, Miss Sheffield. Sie werden schon sehen. Sie sind Ihrem irregeleiteten Herzen gefolgt und haben diese Reichtümer einem Mann gegeben, dem nichts an Ihnen liegt, weil Sie geblendet waren von törichter Zuneigung. Lady Charlotte folgt in allen Dingen ihrem Mann, so wie es sich gehört.«

»Ich habe die Sammlung der Person übergeben, die sie meiner Meinung nach verdient, damit sie dort bleiben kann, wohin sie gehört. Sie erinnern sich bestimmt daran, Mr Clarkson, dass mein Vater beim Erwerb und der Pflege dieser Stücke eine bedeutende Rolle gespielt hat. Ich hatte bei meiner Entscheidung auch seine Interessen im Sinn.«

»Ihr Vater«, entgegnete er mit einem höhnischen Lachen. »Der war doch die meiste Zeit vom Wein benebelt.«

Ich drehte mich weg, weil ich mir eine scharfe Antwort verkneifen musste. Dabei fiel mir ein mittelalterlicher Kelch auf, der oben mit wertvollen Edelsteinen umrandet war. Ich sah ihn mir von oben bis unten an. Der Kelch wirkte alt. War er echt? Ich vermutete, dass ich ihn schon einmal gesehen hatte.

»Komm, Eleanor.« Marguerite nahm meine Hand. Ich sah zurück auf die Porzellanfiguren und diesmal bemerkte Clarkson meinen Blick. Es schien ihm nichts auszumachen, dass ich die Figuren erkannte.

»Habe die Ehre, Miss Sheffield. Ich werde Ihren Niedergang schicksalsergeben beobachten.« Er griff nach ein paar auf dem Schreibtisch herumliegenden Papieren und warf sie in meine Richtung. Ich bückte mich, um sie aufzuheben. Es waren Rechnungen.

»Ganz richtig«, sprach er weiter. »Dieses Geld schuldet die Firma *Sheffield Brothers* ihren Kunden so wie Mr Dodd. Ich habe sie um Ihretwillen zurückgehalten, bis die Sammlung dem South Kensington Museum gespendet worden wäre und ich im Namen von *Sheffield Brothers* Verhandlungen aufgenommen hätte. Jetzt wird das nicht geschehen und Sie sind sich selbst überlassen.«

Ich sah nach unten. Es waren drei Rechnungen.

»Das sind Forderungen, Miss Sheffield, die jetzt fällig werden. Sie sind in Wirklichkeit schon überfällig. Wer wird Ihnen denn noch Kunstgegenstände ohne sofortige Zahlung verkaufen wollen? Und wie wollen Sie das bewerkstelligen ohne einen festen Kundenstamm? Diese Leute«, er deutete auf die Papiere in meiner Hand, »die wissen bereits, in welcher Lage Sie sich befinden. Und andere werden das auch erfahren. So etwas spricht sich schnell herum.«

»Sie hatten kein Recht, im Namen der Firma zu sprechen. Oder in meinem Namen. Oder unsere Post oder Quittungen an sich zu nehmen.«

»Hätten Sie die Rechnungen bezahlen können – vor einem Monat? Vor einer Woche?«

Nein.

»Lord Lydney wird mir helfen.«

»Lydney?« Er lachte schallend. »Er ist schamlos und verdient weder die Sammlung noch Ihre Zuneigung. Er ist ein Dieb wie sein Vater.«

Sein Vater war ein Dieb gewesen, so viel stand fest. Die gestohlenen Antiquitäten in dem Raum über seinen Schlafzimmern waren der Beweis. Ich hatte die Inventarlisten überprüft und viele der Gegenstände waren niemals darin aufgeführt worden. Hatte Clarkson sie gesehen, als er die Bestandsaufnahme ohne mich gemacht hatte?

»Habe die Ehre, Miss Sheffield. Viel Glück. Und ein Glück, dass ich Sie los bin.«

Er schlug die Tür hinter uns zu.

Kapitel 24

Dreikönigsfest, Januar 1867
Watchfield, Oxfordshire

Durch bloße Willenskraft lebte ich mit dem verstörenden Wissen, dass ich schon sehr bald neue Gläubiger aufsuchen musste. Die Schrecken des Schuldgefängnisses rückten immer näher, aber ich musste diese Gedanken während unserer Zeit in Watchfield verdrängen. Wenn ich verlobt wäre, könnte ich vielleicht die Gläubiger um etwas mehr Zeit bitten, weil sie um meinen guten Ruf und meine engen Verbindungen zu hochgeborener Kundschaft wüssten.

»Harry hat die Tradition aufrechterhalten«, sagte Marguerite, als wir uns dem Haupteingang näherten. Ja, das hatte er – oder seine neue Haushälterin. In dem Telegramm, in dem er uns Einzelheiten über das Wochenende geschickt hatte, erwähnte er, dass er neue Hausangestellte eingestellt hätte. Aus der Ära seines Vaters war nun niemand mehr da. Sie waren alle entlassen worden und nichts erinnerte mehr an früher.

Ich las die Schrift auf der ausladenden Doppeltür aus dunklem Eichenholz: 18+C+M+B+67. Aber ich berührte sie nicht mit dem Finger, damit ich die Kreide, die für die Inschrift benutzt worden war, nicht wegwischte. »Achtzehnhundertsiebenundsechzig«, sagte ich. »*Christus mansionem benedicat* – Christus segne dieses Haus.«

Ja, möge Gott dieses Haus im Jahr 1867 und darüber hinaus segnen in einem Maße, in dem es bisher noch nicht gesegnet worden war.

Harrys neuer Butler hatte die Ankunft unserer Mietkutsche bestimmt beobachtet, weil er die Haustür öffnete, ohne dass wir anklopfen mussten.

»Miss Eleanor Sheffield«, sagte ich anstelle einer Begrüßung. Dann deutete ich auf Marguerite. »Und Mrs Marguerite Newsome.«

Er bat uns herein und gab einem Diener die Anweisung, uns auf unsere Zimmer zu begleiten.

»Harry hat mehr Hausangestellte als sein Vater damals«, flüsterte mir Marguerite zu, als wir dem Diener auf der breiten Treppe nach oben folgten. Ich hatte den gleichen Gedanken gehabt. Das Haus war gründlich gereinigt worden. Alles war blitzblank und das war keine Kleinigkeit bei den kilometerlangen Treppengeländern und Holztäfelungen.

Marguerites Zimmer lag neben meinem. »Ich ruhe mich kurz aus. Soll ich dir später beim Umkleiden für das Abendessen helfen?«, fragte sie. Sie hatte dunkle Ringe unter den Augen. Vielleicht lag das auch daran, dass sie an Gewicht verloren hatte. Sie hatte sich wohl noch nicht vollständig erholt von dem vorwurfsvollen Schweigen, mit dem ihr Vater sie bestraft hatte, als sie nicht nach seinen Wünschen handeln wollte. Ich drückte ihre Hand und nickte zustimmend.

Ich zog mein Reisekleid aus, schlüpfte in etwas Bequemeres und nahm dann den großen Schlüsselbund, den ich Harry noch nicht zurückgegeben hatte.

Dann ging ich durch einen Flur zum Arbeitszimmer. Daneben, im hinteren Teil des Hauses, lag der Raum, in dem Lady Lydneys Porzellansammlung aufbewahrt und zur Schau gestellt wurde.

Ich ging zu der Vitrine, in der eigentlich die Schäfergruppe fehlen sollte. Aber die Figurengruppe war da! Mr Clarkson hatte sie wohl bereits zurückgegeben. Aber wie war das geschehen? Und wann?

Ich wandte mich von der Vitrine ab und schaute aus dem Fenster über die Rasenfläche zu den Stallungen. Harry ritt sein Lieblingspferd Abalone, aber offenbar ritten die Gäste, die ihn begleiteten, neue, geschmeidige Vollblüter, Pferde, die ich nicht erkannte. Hatten die Gäste sie mitgebracht? Das war unwahrscheinlich. Harry hatte bestimmt neue Pferde gekauft. Sogar mit meinem ungeübten Blick erkannte ich, dass es sehr wertvolle Tiere waren. Unter den Reitern entdeckte ich Lord Audley, der betont fröhlich und ungewöhnlich freundlich mit Harry umging.

Warum? Irgendetwas stimmte hier nicht.

Als ich mich umwandte, um den Raum zu verlassen, erschien Signorina Francesca in der offenen Tür. Sie wirkte überrascht, mich zu sehen. Sie trug ein einfaches, rot-weiß gemustertes Kleid. »Miss Sheffield, ich freue mich sehr, Sie wiederzusehen.«

»Die Freude ist ganz auf meiner Seite«, erwiderte ich.

Nach einem kurzen Schweigen ergriff sie wieder das Wort. »Wenn Sie mich bitte entschuldigen. Wir erwarten Gäste aus Italien.«

»Ihren Bruder?« Ich war mir sicher, dass meine Stimme hoffnungsvoll klang.

Traurig schüttelte sie den Kopf. »Ich wünschte, es wäre so, aber leider ist es nicht der Fall. Es sind … Bekannte unserer Familie. Mama hat sie eingeladen.«

»Es tut mir so leid wegen Ihres Bruders«, sagte ich leise. Ich empfand wirklich Mitleid.

»Ich werde für seine sichere Rückkehr beten.« Ich ging zurück auf mein Zimmer. Dort wartete Marguerite auf mich.

»Wo warst du?«, fragte sie.

»Ich habe einen Blick auf die Kunstgegenstände geworfen.«

»Ist diese Aufgabe für dich nicht beendet, jetzt, da du deine Entscheidung getroffen hast?«

»Ja, aber ich habe noch immer Freude daran, sie mir anzusehen.« Ich war auch noch immer besorgt über die Schäfergruppe, die unter der Obhut meiner Firma verschwunden war.

Marguerite hatte eine wunderschöne rosafarbene Robe für sich und ein herrliches blaugrünes, im Rücken gerafftes Kleid für mich mitgebracht. Die Farbe ließ mein Haar leuchten. »So langsam sollten dir doch die neuen Kleider ausgehen«, neckte ich sie.

»Ja, das stimmt.« Ihre Stimme klang ernster als meine. »Lass uns das Beste daraus machen.«

Wir gesellten uns zu den anderen Gästen, die sich vor dem Abendessen in dem großen Empfangssalon trafen. Ich sah Harry. Unsere Blicke begegneten sich. *»Später«*, formte er mit seinen Lippen und ich verstand. Er musste sich an diesem Abend um einhundert Gäste kümmern, aber ich wusste, er würde mich aufsuchen.

Meine Tischherren waren angenehme und sympathische Menschen, freundlicher als die typischen Adligen, mit denen sich Harrys Vater umgeben hatte. Sie waren zumindest so freundlich wie diejenigen, die mir bisher die Mitgliedschaft im *Burlington Club der schönen Künste* verwehrt hatten, und das waren Adlige und Bürgerliche gleichermaßen gewesen. Im hinteren Teil des Raumes gab es einen Tisch, an dem es ein wenig lauter zuging als an den anderen. Ich versuchte, etwas von den Gesprächen dieser Gäste mitzubekommen, aber sie sprachen Italienisch und schienen wütend auf Signorina Francescas Mutter zu sein. Harry warf einen strengen Blick in ihre Richtung und daraufhin wurde es ruhiger an diesem Tisch.

Das Essen bestand natürlich aus kräftig gewürzten Speisen, weil beim Dreikönigsfest die Ankunft der drei Könige gefeiert wurde und sie Spezereien mitbrachten, um Jesus zu huldigen. Es gab gewürztes Fleisch und Bier, aber auch milden Apfelwein. Ich fragte mich, ob Harry dafür gesorgt hatte, dass wegen mir keine starken alkoholischen Getränke serviert wurden. Mit Gewürznelken gespickte Orangen und goldene Bänder dienten als Tischschmuck und der letzte Gang des Essens bestand natürlich aus wunderschön gestalteten Epiphanias-Törtchen in Form von sechseckigen Sternen, gefüllt mit vielfarbigen Fruchtgelees, die aussahen wie schöne bunte Glasfenster.

Nach dem Essen zogen sich die Herren in das Rauchkabinett zurück und die Damen zum Gespräch, bis die musikalischen Darbietungen beginnen sollten. Da Marguerite sich angeregt unterhielt, wollte ich die Gelegenheit wahrnehmen und für einen kurzen Augenblick heimlich die Treppe zum dritten Stock emporschleichen. Während des Essens hatte ich mich daran erinnert, wo ich den Kelch in Mr Clarksons Wohnzimmer schon einmal gesehen hatte: in dem Raum im dritten Stock – vielleicht. Hatte Mr Clarkson die ganze Zeit über den Schlüssel gehabt? Oder hatte er sich auf andere Art Zutritt verschafft? Obwohl die Figurengruppe offenbar wieder aufgetaucht war, musste ich der Sache mit dem Kelch nachgehen. Schließlich hatte ich mir fest vorgenommen, gründlich zu sein, um meiner selbst und um meiner Firma willen.

Leise zog ich mich von den anderen zurück und schlüpfte rasch durch eine Tapetentür, von der ich wusste, dass sie zum Bereich der Dienstboten führte. Von den Hausangestellten bemerkte mich niemand, denn sie waren alle damit beschäftigt, nach dem Abendessen den Tisch und die Anrichten aufzuräumen.

Ich lief schnell durch das hintere Treppenhaus, das in völliger Dunkelheit lag. Als ich oben ankam, wurde mir bange ums Herz, als ich sah, was geschehen war.

Die Tür war durch eine neue ersetzt worden. Natürlich hatte ich keinen Schlüssel für das alte Türschloss. Nur Harrys Vater und sein Kammerdiener waren im Besitz des Schlüssels. Aber was hatte die ausgetauschte Tür zu bedeuten?

Harry hatte so nonchalant gewirkt, als ich erwähnte, dass ich Arthurs Schätze gefunden hatte. Er hatte mir scheinbar gar nicht richtig zugehört, als ich darüber gesprochen hatte, keinen Schlüssel zu diesem geheimnisvollen Zimmer zu besitzen. Aber seitdem war es ihm offenbar sehr wichtig gewesen, die Tür und das Türschloss austauschen zu lassen. Oder hatte er den von Mr Clarkson begangenen Diebstahl entdeckt? Wenn das der Fall war, hatte er mir die Schuld daran gegeben oder sich gefragt, ob ich daran beteiligt gewesen war?

Ich strich mein Kleid glatt und kehrte in den Ballsaal zurück. Dort begannen die Musiker gerade zu spielen, aber ich dachte trotzdem an das Zimmer mit Arthurs Schätzen. Vielleicht konnte man es noch immer durch die Geheimtür im Kleiderschrank erreichen. Dieser Gedanke ließ mich nicht los, bis ich ihm nachgab. Schließlich ging es auch um meine persönliche Ehre. Trotzdem war ich nicht töricht. Ich wollte nicht noch einmal in dieselbe Falle tappen.

Ich legte meine Hand auf Marguerites Arm. Sie beendete ihr Gespräch und folgte mir zurück auf mein Zimmer. »Was ist los, liebste Freundin? Hat sich die Sache mit Harry nicht so gut entwickelt?«

Ich schüttelte den Kopf. »Nein, ich möchte etwas untersuchen, und dabei brauche ich deine Hilfe.«

Ich griff nach den Schlüsseln und dann machten wir uns erneut auf den Weg zu den Räumen des verstorbenen Lord Lydney. Wir schlüpften in sein Schlafzimmer. Leise schloss ich die Tür hinter uns. Der Raum schien der einzige im ganzen Haus zu sein, der nicht aufgefrischt worden war. Alle Möbel waren noch immer in Laken eingehüllt und überall lag eine dicke Schicht Staub.

»Warum sind wir hier drinnen?«, flüsterte Marguerite. »Eine geheime Untersuchung? Du hast die Sammlung doch schon an Harry übergeben.«

»Kann ich ihm wirklich vertrauen? Das muss ich einfach wissen. Für mich selbst.«

Ich warf einen Blick auf die Kaminuhr, die mich vom Frisiertisch her anzustarren schien.

Sie nickte zustimmend. »Das verstehe ich.«

Ich öffnete die Tür des Kleiderschranks. Niemand hatte sich an ihr zu schaffen gemacht. Harry wusste wohl nicht, dass der Schrank ein Geheimnis verbarg. »Hier ist eine Geheimtür.« Ich drückte auf den Hebel und Marguerite machte große Augen, als die Treppe erschien.

»Lass diese Tür nicht zufallen«, ermahnte ich sie. Ich wusste nicht, ob vorher die Schranktür zugedrückt worden oder einfach zugefallen war, aber ich wollte diesmal kein Risiko eingehen. »Halte sie fest, solange ich weg bin. Ich bin gleich wieder zurück.«

Ich ging die Treppe hoch. Wir hatten Neumond und deshalb schien kein Licht durch das winzige Fenster im oberen Zimmer, aber meine Augen gewöhnten sich schnell an die Dunkelheit. Schon bald konnte ich sehen, wenn ich die Augen zusammenkniff wie Onkel Lewis. Ich hatte erwartet, dass die Gegenstände nicht mehr da wären, aber zu meiner Erleichterung standen die Rüstungen noch immer da wie blutleere Wesen. Die Augenschlitze der Helme schienen mich anzustarren. Ich meinte, Atemzüge zu hören, hoffte aber, dass es Marguerite war.

»Eleanor, ich höre Stimmen. Komm jetzt.«

Ich sah den kleinen Kelch, der mit seinem matten Glanz von der anderen Seite des Raums her leuchtete. Als ich näher kam, stieß ich einen erleichterten Seufzer aus. Es war nicht derselbe Kelch, denn bei diesem waren winzige Edelsteine in der Form eines Kreuzes an der Seite angebracht zusätzlich zu denen, die den Rand verzierten. Dem Kelch, den ich bei Clarkson gesehen hatte, fehlte jedoch das Kreuz.

Der Raum schien ganz so, wie ich ihn zuletzt gesehen hatte. Aber – halt! Der kostbare mittelalterliche Rossharnisch, der Panzer, der Schlachtrösser schützte und von dem ich angenommen hatte, dass er gestohlen worden war, fehlte. Hatte man ihn an einen anderen Ort gebracht?

Aber wo sollte er sein? Abgesehen von diesem Raum gab es keine offizielle Waffenkammer, obwohl ein paar Waffen oder Rüstungen im ganzen Haus verteilt waren.

Hatte man den Rossharnisch verkauft? Plötzlich beschlich mich ein Gefühl der Angst. War dieser Raum als vorübergehende Lösung benutzt worden? Wollte Harry hier die Schätze seines Bruders Arthur und andere Gegenstände verbergen, um sie zu verkaufen, sobald er die Möglichkeit dazu hatte? Hatte sein Vater gestohlene Rossharnische gesammelt, wie ich vermutete? Er hatte kein Interesse an Pferden und ihrer Ausrüstung gehabt, so viel war sicher.

Aber bei Harry war das anders.

Ich versuchte mühsam, mich zusammenzunehmen. Selbst wenn er den Rossharnisch verkauft hätte, jetzt hatte er das Recht dazu … auf jeden Fall bei den rechtmäßig erworbenen Stücken. Schließlich musste ich auch meine Familienschätze verkaufen. Aber ich hatte mich entschieden, ihm die Sammlung zurückzugeben in dem Glauben, dass er die Schätze nicht verkaufen würde und dass sein Vater ihn wegen der Sammlung von Arthur angelogen hätte. Ich könnte ihn danach fragen … vielleicht.

»Eleanor? Ist alles in Ordnung bei dir?«

Ich stieg die enge Treppe herunter und trat aus dem Schrank heraus. »Ich weiß nicht so recht.« Wir brachten die Schlüssel wieder in mein Zimmer und dann gingen wir in den Ballsaal. Dort spielte die Musik und die Gäste tanzten.

Lord Audley kam auf mich zu. »Ist Ihre Tanzkarte bereits voll, Miss Sheffield?«

Ich schüttelte den Kopf. »Ganz und gar nicht, Lord Audley.«

»Da Lord Lydney meine Verlobte um einen Tanz gebeten hat, würden Sie mir beim nächsten die Ehre erweisen?«

»Natürlich.« Ich warf einen Blick auf die schöne Frau, die mit Harry tanzte. »Ich bin überrascht, dass Sie ihm Ihre zukünftige Frau anvertraut haben«, ergänzte ich scherzhaft.

Audley reagierte mit einem lauten Lachen. »So weit würde ich nicht gehen, Miss Sheffield, aber ich bin damit einverstanden.«

Ich sah ihm direkt in die Augen. Wie kam es, dass sich seine Haltung Harry gegenüber so schnell geändert hatte?

Die Musiker spielten eine neue Melodie und wir tanzten. Für eine Unterhaltung war nur wenig Zeit, denn bei diesem Tanz mussten wir oft die Partner wechseln. Einmal war Mr Rossetti mein Tanzpartner. Er schenkte mir ein freundliches Lächeln, das ich gerne erwiderte.

Nach einem oder zwei weiteren Tänzen kam Mr Rossetti auf mich zu und wir tranken eine Zitronenlimonade zusammen. Wir standen in der Nähe einer Gruppe von Gästen aus Italien und Mr Rossetti konnte seine Verärgerung nur schlecht unterdrücken.

Ich hörte einen Teil ihrer Gespräche, bevor sie sich von mir abwandten und von einem plötzlichen Crescendo des Orchesters unterbrochen wurden.

»Sie sprechen sehr oft von Ehre«, sagte ich.

»Je länger sie von ihrer Ehre sprechen, desto schneller sollten wir die Silberlöffel zählen«, erwiderte Rossetti. »Wenn ich die Worte von Mr Emerson frei zitieren darf.«

»Sie kennen diese Leute?«

»Oh ja. Die Italiener in England sind gut miteinander bekannt, auch mit ihren Besuchern aus Italien. Mein Vater war sowohl Italiener als auch Kunstsammler, und so …« Er zuckte mit den Schultern. »Sie sind zu Besuch hier. Sie sind froh, dass der Krieg zu Ende ist – genau wie ich auch. Ich bin froh, weil ich wie mein Vater vor mir ein vereintes Italien wollte. Sie sind froh, weil sie sich einen Gewinn erhoffen.«

»Warum hat man sie eingeladen?« Ich stellte mein fast leeres Glas ab.

»Sie sind mit den Vieros befreundet«, antwortete er. »Vielleicht wäre es besser zu sagen, sie sind mit ihnen *bekannt*. Es sind keine guten Menschen, Miss Sheffield. Sie sind mächtig, aber in England wollen sie sich nicht so gerne mit dem Adel anlegen. Aber das werden sie über kurz oder lang.«

Harry war wieder auf der Tanzfläche, diesmal nicht mit der Zukünftigen von Lord Audley, sondern mit Francesca. Ich beobachtete, wie sie zusammen tanzten. Sie wirkten ungezwungen. Lächelnd sprachen sie miteinander, dann lachten sie. Sie war vielleicht sogar noch schöner im Winter als im Herbst. Ihre winterblasse Haut wirkte durch ihr dunkles Haar fast alabasterweiß. An ihrem Hals glitzerten weißgoldene Fiorato-Perlen. Dieser Schmuck war eine Spezialität aus Venedig, die oft von Frauen geschaffen wurde, weil die Perlen so klein waren, dass man beim Glasblasen nicht so viel Kraft brauchte wie für größere Glasobjekte. Man benötigte jedoch viel Feingefühl bei der Fertigung der Glasperlen. Sie waren hübsch und kunstvoll verziert mit Blumen und feinen goldenen Bändern. Man nannte sie auch Kuchenperlen, denn sie wurden mitunter zu Hochzeitsfeiern getragen.

Welche Hochzeit plante sie? Oder hatte sie bereits eine Hochzeit gefeiert?

Rossetti musste bemerkt haben, wie ich die beiden beobachtete. »Sie kennen sich schon sehr lange wegen ihres Bruders«, erklärte er. »Sie sind seit ihrer Kindheit befreundet, weil ihre Familien miteinander verbunden sind. Das ist alles.«

Mir wurde bewusst, dass Rossetti das Gleiche auch über Harry und mich sagen könnte, und das stimmte mich traurig.

Rossetti war beim nächsten Tanz mein Partner und danach kam Harry auf mich zu.

»Ellie«, sagte er. »Jetzt bin ich an der Reihe.«

Er nahm meine Hand und führte mich auf die Tanzfläche. Unsere Hände fügten sich so vollkommen ineinander, als ob sie aus einem einzigen Stück Marmor geschnitten worden wären. Sollte ich jemals zu eigenem Wohlstand kommen, würde ich vielleicht ein solches Kunstwerk in Auftrag geben.

»Natürlich, Eure Lordschaft.« Ich versuchte, meiner Stimme einen lässigen Klang zu geben. »Du hast dich selbst übertroffen. Ich habe Watchfield noch nie so voller Leben gesehen.«

Er lachte. »Ich bin erleichtert und dankbar, dass alles, was hierhergehört, auch hier bleiben wird«, erwiderte er. »Das habe ich dir zu verdanken.«

Ich senkte kurz den Blick, bevor ich ihm wieder in die Augen sah. »Die Kunstgegenstände gehören hierher.«

Seine Stimme klang fest. »Ja, das tun sie.«

Ich wartete einen Augenblick, denn fast rechnete ich damit, dass er hinzufügen würde: »So wie du.« Aber das tat er nicht. Natürlich waren wir in Gesellschaft und er warf ständig einen Blick über die Schulter, als ob er seine italienischen Gäste nicht aus den Augen verlieren wollte. Während er das tat, wirkte er beunruhigt.

Jemand gab ihm ein Zeichen und er verneigte sich höflich vor mir. Dann sagte er mit einem verschwörerischen Flüstern: »Ich werde dich morgen aufsuchen, damit wir unter vier Augen miteinander reden können, liebste Ellie.«

Die Nacht neigte sich dem Ende zu. Auf dem Weg zu meinem Zimmer blieb ich vor den Räumen des verstorbenen Lord Lydney stehen. Als ich daran dachte, dass der Rossharnisch aus dem oberen Zimmer fehlte, stieg Zorn in mir auf. »Sie haben eine Saat des Misstrauens gesät, um meine Saat des Vertrauens zu vernichten«, flüsterte ich vor der Tür. »Und diese böse Saat wächst und gedeiht, obwohl ich bei jeder neuen Wendung alles versuche, um sie auszureißen.«

Natürlich bekam ich keine Antwort. Aber ich meinte, es hören zu können, das schaurige Hohngelächter des alten Mannes.

Kapitel 25

Als ich am nächsten Morgen beim Frühstück saß, sah ich zu meiner freudigen Überraschung meine beiden guten Bekannten Charlotte und Mr Schreiber.

»Wir werden den ganzen Tag hier verbringen«, sagte Charlotte. »Gestern Abend hatten wir familiäre Verpflichtungen, aber Lord Lydney war so freundlich, seine Einladung auch für heute auszusprechen. Wir wollen unbedingt die venezianischen Stücke seiner Freundin sehen und so hoffen wir, dass wir sie uns heute Nachmittag anschauen können.«

Für einen Spaziergang an der frischen Luft war es zu kalt, aber die Kaminfeuer verbreiteten eine angenehme Wärme. Ein paar Gäste waren gestern Abend nicht auf ihre eigenen Landsitze zurückgekehrt und so saßen sie in der Nähe der Kamine, lasen oder machten Puzzlespiele.

Nach etwa einer Stunde kam Harry in den kleinen Salon, in dem ich mit Charlotte zusammensaß.

»Kann ich dich kurz sprechen?«, fragte er. Seine Stimme klang ungewöhnlich drängend. Ich entschuldigte mich bei Charlotte und folgte Harry in einen kleinen Abstellraum neben der Bibliothek.

»Weißt du etwas über Kunstschätze aus der Römerzeit? Glas und dergleichen?«

»Ich weiß ein wenig«, gab ich zu. »Ich habe natürlich Stücke aus dieser Zeit studiert und wir haben ziemlich viele geschätzt oder für Kunden beschafft.«

Er wirkte ungeduldig. »Nein, Eleanor, nicht so allgemein, sondern Stücke in Verbindung mit Watchfield House.«

Nur selten nannte er mich Eleanor. Wenn wir allein waren, war ich Ellie, und in Gesellschaft Miss Sheffield. Diese ungewöhnliche Form der Anrede erschreckte mich.

»Nein, ich verstehe das nicht. Was willst du damit sagen?«

»Kommst du bitte mit mir?«

»Natürlich.« Ich folgte ihm zum Torhaus. Auf dem Weg dorthin gab es keine leichtfüßigen Wortgeplänkel zwischen uns. Stattdessen schwiegen wir. So aufgewühlt war er zuletzt nur bei Arthurs Tod gewesen.

Als wir am Torhaus ankamen, ging er direkt zu dem Raum, in dem Kisten mit Waren angeliefert und verstaut wurden. Dort stand Francesca. Sie hatte offenbar geweint. An ihrer Seite waren ihre Mutter und einige Italiener, die ich gestern Abend beobachtet hatte, wie sie sich stritten. Vor ihnen standen die Kisten mit den Familienschätzen der Vieros. Eine von ihnen war geöffnet und leer.

»Ich möchte Ihnen Miss Eleanor Sheffield vorstellen«, sagte Harry auf Englisch. Dann fragte er mich: »Kann ich auf Florentinisch weitersprechen?« Ich nickte zustimmend und er wechselte die Sprache.

»Miss Sheffield gehört zu *Sheffield Brothers,* der Firma, die mein Vater viele Jahre lang mit der Verwaltung und Erweiterung unserer Sammlung beauftragt hat.«

»Eine junge Frau?«, fragte einer der Italiener.

»Mein Onkel und mein Vater haben mich ausgebildet. Mein Onkel ist noch immer ein großer Kunstexperte«, erklärte ich. »Der verstorbene Lord Lydney, der Vater seiner Lordschaft, hat jedoch mir die weitere Verwendung der Kunstsammlung anvertraut. Ich habe vor ein paar Monaten bei genau diesen Kisten eine Bestandsaufnahme gemacht zu der Zeit, als sie aus Österreich hierhergelangten.«

Die Italiener nickten zustimmend und reagierten auf meine Worte mit Höflichkeit. »Dann können Sie uns bestimmt sagen, wo sich unsere Schätze befinden. *Molto bene.*«

»Obwohl sie genau neben den Kisten mit den Kunstgegenständen aus Venedig stand, war diese kleinere Kiste leer, als ich sie gesehen habe«, erläuterte ich. »Außer Stroh war nichts darin. Gehörte der Inhalt Ihnen?«, fragte ich, an Francesca gewandt.

»Nein, die Schätze gehörten uns«, beharrte einer der Männer.

Harry wandte sich an Francesca. »Hast du eine Erklärung dafür?«

Sie nickte zustimmend. »Kurz bevor wir Venedig verlassen wollten – du, ich und Mama –, traten diese Männer an mich heran. Sie wussten von Stefano und seinem Plan, unsere Familienschätze in Sicherheit zu bringen.«

Einer der Männer lächelte sie an, aber sein Lächeln wirkte eher bedrohlich als freundlich.

»Sie sagten, dass Schätze aus Rom genauso wichtig sind wie Schätze aus Venedig, und da wir als Eheleute unter dem Schutz der diplomatischen Immunität deines Vaters reisten, könnten wir die römischen Schätze ebenfalls sicher nach England bringen.«

»Warum hast du mir nichts davon gesagt?« Harry wirkte verwirrt und zornig zugleich. Aber hatte er gewusst, dass die Kunstgegenstände aus Rom zugleich mit den Schätzen aus Venedig außer Landes gebracht worden waren? War das bloß eine ausgeklügelte Scharade, um Francesca zu schützen? Oder ging es ihm um seine eigene Sicherheit?

»Sie haben angedeutet, dass sie Stefano im Krieg beschützen könnten vor ihren vagabundierenden Schlägerbanden …« Sie schrie diese Worte den Männern ins Gesicht. »Unter einer Bedingung: Ich musste ihre Waren in Sicherheit bringen, bis sie nach dem Krieg alles abholen würden.« Sie wandte sich wieder an Harry. »Bitte vergib mir. Ich glaubte nicht, dass das ein Problem sein könnte, sondern dass die Sachen zusammen mit meinen Kisten in England bleiben würden, bis Stefano zurück wäre. Aber Stefano ist nicht zurückgekommen.«

»Das war doch ein gerechter Handel, *non è vero?*«, fragte einer der Männer. »Sie beschützen *unsere* Schätze, wir beschützen *Ihren* Schatz.«

»Nein, das ist ganz und gar nicht gerecht!«, rief Stefanos Mutter laut. »Wo ist mein Sohn?«

»Und wo sind meine wertvollen Kunstgegenstände?«, fragte ein anderer Mann. »Vielleicht werden sie beide zur gleichen Zeit gefunden.«

Wie wohl alle anderen hörte auch ich die unausgesprochene Drohung in diesen Worten.

Ich zog Harry in eine Ecke des Raumes. »Haben sie gewusst, dass schon vor heute früh Kisten im Torhaus angeliefert worden sind? Haben sie gewusst, dass hier die Schätze aus Venedig gelagert wurden, außer Sichtweite?«

Harry schüttelte den Kopf. »Nein. Sie hatten keine Ahnung, wo sie gelagert wurden, auch Francesca und ihre Mutter nicht. Das geschah mit Absicht. Bis heute früh habe ich nicht gewusst, dass es diese Schätze aus Rom überhaupt gegeben hat.« Er fuhr sich nervös mit den Händen durch das Haar.

»Wer hat bei den Gegenständen aus Venedig eine Bestandsaufnahme gemacht?«, fragte Francescas Mutter. Sie sah mich direkt an. Sie wusste, dass ich es gewesen war, oder zumindest wusste Francesca es. Wollte sie etwa andeuten …?

»Als ich meine Bestandsaufnahme abgeschlossen hatte, war diese Kiste leer«, wiederholte ich.

»Also waren die Kisten in Ihrer Obhut!« Der Mann, der diese Worte aussprach, machte drohend einen Schritt auf mich zu, aber Harry trat zwischen uns.

Dankbar trat ich näher zu ihm. »Vielleicht wurden sie bereits in Italien ausgeleert«, erwiderte ich. »Bevor ich sie überhaupt zu Gesicht bekommen habe.«

»Nein«, sagte ein anderer Italiener. »Außerdem habe ich sie in Österreich kontrollieren lassen.«

»Sie haben Kisten aus dem Diplomatengepäck meines Vaters geöffnet?« Harrys Stimme überschlug sich beinahe.

Der Mann zuckte mit den Schultern. »Ich habe sehr viel bezahlt für das römische Glas. Die Stücke sind alt und sehr kostbar.

Ich fordere ihre Rückgabe. Sie sind klug, Miss Sheffield. Sie haben Verbindungen, Lord Lydney. Ich bin ein geduldiger Mensch und meine Käufer erwarten ihre Waren nicht sofort, da Italien gerade wieder aufgebaut wird. Ich schlage vor, Sie finden meine *tesori*, bevor ich Mitte März nach England zurückkehre. Wenn nicht, werde ich stattdessen die Schätze aus Venedig als Entschädigung nehmen. Oder …« Er warf Francesca einen begehrlichen Blick zu. »Vielleicht sollte ich mir einfach *diesen* venezianischen Schatz nehmen.«

Harry trat neben Francesca, wie um sie zu beschützen. Unter diesen Umständen war es eine ritterliche Geste von ihm. Und doch. Mein Herz hatte mir vorher aus Angst und Verschüchterung bis zum Hals geklopft, aber jetzt spürte ich einen tiefen Kummer.

Die Italiener verließen den Raum. Francesca entschuldigte sich noch einmal bei Harry, der halb aus Ritterlichkeit, halb aus Verärgerung ungeduldig abwinkte. Sie ging zusammen mit ihrer Mutter hinaus. Wir beide blieben allein im Torhaus zurück.

Harry wollte mit dem Torhaus-Wächter sprechen, aber natürlich war der Mann nicht hier gewesen, als die Kisten angekommen waren, denn sämtliche Hausangestellten waren ausgetauscht worden.

»Ich werde die Sache mit dem ehemaligen Torhaus-Wächter klären«, sagte er schließlich. »Ich glaube, er wohnt in der Nähe. Aber er hätte bestimmt kein Interesse oder auch nur die Kenntnis oder den Mut, einen Diebstahl zu begehen. Ich kenne ihn ziemlich gut.« Er wandte sich mir zu. »Du hast diese Stücke nie gesehen? Du bist dir sicher?« Seine Stimme klang nicht anklagend, aber ich vermisste den vertraulichen oder spielerischen Tonfall, in dem wir uns normalerweise unterhielten.

»Nein, Harry. Sie waren nicht hier. Ich haben keinen Grund zu lügen und ich habe sie nicht weggenommen.«

Ich begann zu zittern. Er trat nahe zu mir und legte seinen Arm fest um mich. »Ich weiß, Ellie, ich weiß. Ich bin bloß verwirrt. Wir müssen diese Stücke finden – irgendwie.«

»Aber wo können sie denn sein?«, fragte ich.

»Könnte Mr Clarkson …?«, entgegnete er.

Ich schüttelte den Kopf. »Das glaube ich nicht. Aber wenn er sie gestohlen hat, müssten sie bei ihm zu Hause sein. Ich werde sofort nachfragen, wenn ich zurück in London bin.« *Es sei denn, er hat sie bereits nach Bristol gebracht und von dort aus nach Übersee versandt.* Ich wollte diese Sorge noch nicht laut aussprechen. Wir sollten lieber einen Schritt nach dem anderen gehen, anstatt zu voreilig zu handeln.

In Wahrheit ging der Diebstahl von Schätzen aus Rom über die von Mr Clarkson begangene Torheit hinaus. Selbst wenn er die Stücke gestohlen hätte, würde er länger als zwei kurze Monate brauchen, um Käufer zu finden, die über die Mittel für solche Schätze verfügten. Es sei denn, er hätte bereits solche Käufer in London und Clarkson wüsste, dass er sich auf deren Gier und Diskretion verlassen könnte.

»Könnten die Vieros am Verschwinden der Stücke beteiligt sein?«, fragte ich. »Schließlich haben sie dir diese Information vorenthalten.«

»Das wäre schon möglich«, erwiderte Harry. »Ich bin über diese Situation überhaupt nicht glücklich. Aber sie hätten nicht gewusst, wo sie die Stücke verkaufen könnten. Sie hätten keinen Vorteil davon, denn Stefanos Leben wäre noch immer in Gefahr. Ich wünschte bloß, Francesca hätte mir von den Kunstwerken erzählt. Aber dann hätte ich mich bestimmt geweigert, sie mitzunehmen, und ich verstehe, dass sie Angst um Stefano hat. Es gibt in jedem Land Kriminelle und in Kriegszeiten haben sie die größten Erfolge.«

Ich nickte zustimmend. »Ich nehme an, diese Schätze sind aus der Kriegsbeute? Vielleicht sind sie gestohlen worden?«

»Das ist eine berechtigte Frage«, entgegnete Harry. »Ich kann dazu nichts sagen. Bis jetzt habe ich nichts davon gewusst. Ich werde einigen Leuten, die ich kenne, telegrafieren und sehen, ob sie diese neue Information für die Suche nach Stefano verwenden können. Er hat sich schon vorher im Untergrund versteckt, und weil Rom noch nicht befreit ist, sammelt er vielleicht noch immer Informationen. Oder vielleicht ist er auch verwundet. Wenn er tot wäre, hätten wir es wohl erfahren, aber es ist eine chaotische Zeit.«

Ich stimmte ihm zu und wir machten uns zusammen auf den Rückweg ins Haus. Bis zu Stefanos Rückkehr und besonders angesichts dieser neuen Drohung musste Harry dafür sorgen, dass Francesca noch besser beschützt wurde.

Wenn die Schätze gestohlen und in Privatsammlungen verschwunden waren, war es durchaus möglich, dass wir sie nie wieder zu Gesicht bekommen würden. Welche Folgen würde es für die beiden Damen Viero haben, wenn Stefano nicht zurückkommen würde?

Kurz nachdem wir wieder im Haus angekommen waren, zog mich Charlotte in eine Ecke des kleinen Salons. »Wir wollten uns die Schätze aus Venedig ansehen«, sagte sie. »Aber Signorina Viero hat mir zu verstehen gegeben, dass sich die Pläne geändert haben. Was ist passiert?«

Vielleicht lag es daran, dass ich keine Mutter hatte, die mich anleiten und trösten konnte. Vielleicht wusste ich aber auch, wie gut sie den Wert der römischen Stücke ermessen könnte. Vielleicht brauchte ich einfach nur eine Freundin. Auf jeden Fall berichtete ich ihr, was vorgefallen war. Sie antwortete mit den Worten, die ich fürchtete, die aber dennoch wahr waren.

»Die Stücke sind also verschwunden, als die Firma *Sheffield Brothers* für die Sammlung verantwortlich war?«

Ich versuchte, diese Worte ein wenig abzumildern. »Nicht direkt. Anscheinend waren sie hier auf dem Anwesen.«

»Aber in der Zeit, als Sie die Sammlung verwaltet haben.« Ihre Stimme klang nicht vorwurfsvoll, aber sie spiegelte den Ernst meiner Situation wider.

»Das ist wohl der Fall.«

»Wenn ich Ihnen irgendwie helfen kann, meine Liebe … Diese Situation muss für Sie äußerst unangenehm sein.«

»Wenn Sie zufällig jemandem begegnen sollten, der in aller Stille antikes römisches Glas verkaufen will, dann lassen Sie es mich wissen.« Ich lachte, aber mein Lachen klang nervös und hysterisch. Sie legte den Arm um mich und ich beruhigte mich wieder. Ich durfte nicht weinen, wenn andere Leute mich beobachteten.

Ich kehrte auf mein Zimmer zurück. Als Marguerite und ich das Gepäck für unsere Abreise vorbereiteten, hörten wir ein Klopfen an der Tür. »Ellie?« Es war Harry.

Ich öffnete die Tür und er trat näher, aber um den Anstand zu wahren, blieb er im Türrahmen stehen.

»Ich muss dieses Rätsel entwirren, wenn ich kann«, sagte er leise. »Wo sind die Stücke hingelangt? Waren sie überhaupt hier? Wir bleiben auf jeden Fall in Verbindung – das wollte ich dich noch wissen lassen.«

Ich nickte zustimmend. »Danke, dass du es mir gesagt hast.«

»Bist du sicher, dass du die Stücke nicht gesehen hast? Du kannst es mir ruhig sagen, wenn es anders gewesen ist, du weißt …« Er sprach den Satz nicht zu Ende. »Ich könnte helfen.«

Ich dachte an gestern Abend und an meine Worte, die ich im Gedenken an seinen verstorbenen Vater gesprochen hatte: *»Sie haben eine Saat des Misstrauens gesät … Und diese böse Saat wächst und gedeiht, obwohl ich bei jeder neuen Wendung alles versuche, um sie auszureißen.«* Jetzt gedieh diese böse Saat im Herzen von Harry und sein Misstrauen war gegen mich gerichtet. »Ich habe sie nicht gesehen, Harry, wirklich nicht.«

»Natürlich nicht.« Aber seine Stimme klang nicht so sicher wie seine Worte. »Gib mir Bescheid, wenn du etwas von Clarkson erfährst.«

»Das werde ich tun.« Ich hatte ihm noch nicht berichtet, dass Clarkson gekündigt hatte. Jetzt konnte ich ihm auf keinen Fall von dem fehlenden Rossharnisch erzählen und von meiner geheimen Suche in den Räumen seines Vaters, weil ich befürchtete, dass einer meiner Angestellten ihn bestohlen hatte.

Vielleicht hatte er bereits einen Verdacht in dieser Richtung.

»Noch eine Sache«, fügte Harry hinzu. »Es ist eine Kleinigkeit, aber hast du noch immer die Chatelaine mit den Schlüsseln? Ich habe so viele Schlösser austauschen lassen und werde das auch noch bei weiteren veranlassen. Deshalb befürchte ich, dass du mit dem Schlüsselbund schon bald nichts mehr anfangen kannst.«

»Natürlich.« Ich hatte die Schlüssel behalten, weil ich hoffte, er würde mich wieder mit der Verwaltung der Kunstgegenstände beauftragen, wenn er mir schon keinen Heiratsantrag machen wollte. Ich ging zurück zum Sekretär und holte die Chatelaine heraus. Zögernd reichte ich ihm den Schlüsselbund. *Ein Loslassen von Schlüsseln.* Als wir beim Schlittschuhlaufen gewesen waren, hatte er zu mir gesagt, dass sich an seinen Gefühlen für mich nichts verändert hatte. Aber war das tatsächlich der Fall?

Er hatte meine Firma für dieses neue Jahr nicht mit der Verwaltung der Kunstsammlung beauftragt, nachdem unsere vertraglich vereinbarte Frist abgelaufen war.

Marguerite, die gerade in meinem Zimmer gewesen war, als Harry an die Tür geklopft hatte, erschien hinter mir und legte stützend eine Hand auf meinen Rücken.

»Auf Wiedersehen, Lord Lydney«, sagte sie. Ihre Stimme klang eisig. Sie war nicht mehr seine Fürsprecherin.

Vor Schreck über ihr plötzliches Auftauchen wurde Harry formeller. »Auf Wiedersehen, Mrs Newsome, Miss Sheffield.«

Aber bevor er wegging, sah er mich einen Augenblick lang unverwandt an.

Gleich nach meiner Rückkehr schrieb ich an die drei Gläubiger, deren Rechnungen mir Mr Clarkson verächtlich hingeworfen hatte. Ich berichtete ihnen, dass ich alles Erforderliche für eine sofortige Zahlung in die Wege leiten würde. Dann sandte ich sowohl einen Brief als auch ein Telegramm an Mr Clarkson mit der

Bitte um ein kurzes Treffen, um eine berufliche Angelegenheit zu besprechen. Wenn er die Schätze aus Rom gestohlen und verkauft hatte, wusste ich nicht, wie ich sie ersetzen sollte. Die Vieros könnten uns alle ins Schuldgefängnis werfen lassen.

Von Mr Clarkson erhielt ich keine Antwort. Kurz danach schrieb ich schnell einen Brief an Charlotte.

Liebste Freundin,
ich hoffe, es geht Ihnen gut. Ich würde mich über einen Besuch von Ihnen sehr freuen. Vielleicht könnten wir auch zusammen zu einer Ausstellung im Britischen Museum gehen. Ich möchte nur kurz nachfragen, ob Sie Mr Clarkson gesehen haben. Er arbeitet nicht mehr für unsere Firma. Hat er beim letzten Treffen des Burlington Clubs teilgenommen?
Als wir uns nach dem Dreikönigsfest in Watchfield House getroffen haben, haben Sie erwähnt, dass Sie bereit seien, mir in diesen schwierigen Zeiten zu helfen. Ich wäre sehr dankbar, wenn Sie beim Burlington Club ein gutes Wort für mich einlegen könnten. Wenn ich – und mein Onkel Lewis – unseren guten Ruf wiederherstellen und uns einen neuen Kundenkreis aufbauen muss, wäre das ein guter Anfang.
Mit herzlichen Grüßen
Eleanor

Ihre Antwort kam schon am nächsten Tag mit der Post.

Liebste Eleanor,
Mr Clarkson hat nicht an dem Treffen teilgenommen, das vor ein paar Tagen stattgefunden hat, obwohl Mr Schreiber ihn erst kurz davor bei einer Veranstaltung im South Kensington Museum gesehen hat.
Ich werde mein Bestes für Sie tun, liebste Freundin. Aber Signorina Viero hat die Nachricht vom Verschwinden des Schatzes aus Rom bereits einigen Vertrauenspersonen mit-

geteilt. Deshalb wird sich diese Sache zwar hinter vorgehaltener Hand, aber ganz sicher herumsprechen und dann wird alles noch schlimmer werden.
Ich werde Sie bald besuchen.
Mit herzlichen Grüßen
Ihre Freundin Charlotte

Mein Vater war tot, aber mein Onkel lebte noch. Deshalb mussten die Sammlerstücke meines Vaters zuerst verkauft werden. Ich nahm alle bis auf einen der wenigen verbliebenen Schätze aus dem Raritätenkabinett meines Vaters und arrangierte sie für den Verkauf. Danach wollte ich das Kabinett selbst verkaufen. An jenem Nachmittag wollte ich den letzten Gegenstand wegbringen, eine Schnupftabakdose aus Gold mit schuppenartig übereinanderliegenden Blättern, die aus dem Deckel herauszuwachsen schienen. Die Blätter waren mit weißem Email überzogen und sahen aus wie die Federn eines Schwans. Papa hatte mir die Dose gezeigt, als ich ein kleines Mädchen war.

»Ich bewundere die Schwäne, mein Mädchen, und zwar aus vielen Gründen. Sie sind anmutig, sie sind schön, sie haben ein reiches Erbe in der Geschichte Englands, und die Schwäne auf der Themse gehören alle der Königin. Wenn zwei von ihnen ihre Köpfe zusammentun und ihre Hälse recken, bilden sie ein Herz.«

Ich nahm seine Dose in die Hand und klappte sie auf. Außen war sie wunderschön, aber innen war sie leer. Papa hatte keinen Schnupftabak genommen.

Er erzählte seine Geschichte zu Ende: »Weißt du, der Schwan bleibt ein Leben lang bei seiner Gefährtin. Sobald er eine Gefährtin ausgewählt hat, wird er sich keine andere suchen, es sei denn, seine erste Gefährtin stirbt.«

Er hatte die Geschichte natürlich erzählt, bevor meine Mutter uns verlassen hatte, und sie hatte ihn überlebt. Er hatte wohl immer gehofft, dass sie einmal zurückkommen würde.

Ich seufzte. Die wertvollsten Stücke, die uns jetzt noch blieben, waren Papas mittelalterliche Pilgerflasche, von der ich lange Zeit gehofft hatte, dass sie mit ihrem Gegenstück in Watchfield vereint werden würde, und das Stundenbuch meines Onkels.

Alice klopfte an meine Zimmertür. »Wäsche?«

»Oh ja«, antwortete ich. »Ich habe Sie ganz vergessen.« Ich musterte die Kleider, die in meinem Schrank hingen. Es waren zwar nicht übermäßig viele, aber auch nicht zu wenige. »Dieser Kleiderverkäufer, den Sie kennen …«, begann ich.

Sie ließ ihren Wäschekorb fallen. »Is' es schon so schlimm?«

Wieder musste ich seufzen. »Noch nicht, noch nicht.«

Später an jenem Nachmittag kam Orchie in die Werkstatt. »Ist Mr Clarkson noch nicht zurück aus Bristol? Er ist schon ziemlich lange weg.«

Ich richtete mich zu meiner vollen Größe auf. »Mr Clarkson kommt nicht mehr zurück. Als ich mich entschlossen habe, dass die Kunstsammlung vor Ort in Watchfield House bleiben soll, hat er sich entschieden, dass er ohne uns mehr Erfolg haben könnte.«

»Oh.« Ihre Augen blickten erschrocken drein. Ich wusste, dass sie sich fragte, wie wir über die Runden kommen sollten.

»Mein Onkel ist noch immer ganz gut bei Schätzungen«, sagte ich. »Und ich hoffe, dass ich ein paar von unseren langjährigen Kunden zurückgewinnen kann.«

»Lord Lydney?«, frage sie. Offenbar hoffte sie, er würde wie ein Märchenprinz angeritten kommen und uns aus unserer schwierigen Lage retten.

»Wir werden sehen«, lautete meine einzige Erwiderung. Noch konnte ich dazu nichts weiter sagen. Natürlich hatte ich gehofft, dass wir im Januar unsere Verlobung feiern würden. Aber vielleicht sollte es nicht sein, nicht dann und auch nicht in der Zukunft. Ich wusste es einfach nicht.

»Wenigstens wird er nicht mehr im Arbeitszimmer von Mr Lewis rumschnüffeln«, sagte Orchie und rümpfte die Nase.

»Wer, Lord Lydney?«

Sie schüttelte den Kopf. »Nee, natürlich nicht. Er ist ein feiner Herr. Ich meine diesen Mr Clarkson.«

»Er hat herumgeschnüffelt?«

»Ja. Ich sag's sehr ungern … Na ja, damals hab ich gedacht, er will uns wirklich helfen. Aber jetzt … was soll ich sagen?«

Ich legte die Schnupftabakdose zurück und ging hinauf ins Arbeitszimmer meines Onkels. Er saß an seinem Schreibtisch und las. Ich ließ meine Blicke durch den Raum schweifen.

»Was ist denn los, mein Mädchen?« Heute sah er mich mit einem klaren Blick an.

»Fehlt hier etwas?«, fragte ich.

»Neben Mr Clarkson, meinst du?«, entgegnete er. Seine Stimme klang verbittert. Er stand auf und sah sich um. »Ich glaube nicht.« Jetzt hörte ich in seinen Worten einen Anflug von Scham. »Aber ich bin mir nicht sicher.«

Mein Blick blieb an dem Stundenbuch haften. Einmal war mir aufgefallen, dass mit dem Buch etwas nicht stimmte. Ich zog es vom Regal und blätterte die Seiten um, eine nach der anderen. Etwa in der Mitte schien sich eine Seite gelockert zu haben.

Ich öffnete das Buch so weit ich konnte, ohne den Einband zu beschädigen. Dann nahm ich ein Vergrößerungsglas, das auf dem Schreibtisch meines Onkels lag, und sah genauer hin. Es schien sich um die korrekte Seite zu handeln. Aber es sah auch so aus, als ob das Blatt einmal entfernt und dann ersetzt worden sei. Wenn das der Fall war, dann war es sehr sorgfältig gemacht worden. Das Buch war mehrere Hundert Jahre alt. Man konnte nicht wissen, wann eine solche Reparatur erfolgt war und ob die Seite überhaupt ausgetauscht worden war.

»Was ist mit deinem Miniaturporträt?«, fragte ich. Es gehörte zu den Lieblingsstücken meines Onkels.

»Oh weh. Fehlt es etwa?« Er wusste genau, wo er danach suchen musste. Es hing immer in einem kleinen Schrein an der Wand, aber der Schrein war leer. Das Porträt war verschwunden.

Kapitel 26

Ein paar Tage nachdem ich die Schnupftabakdose an ihren neuen Besitzer ausgeliefert hatte, versuchte ich erneut, Mr Clarkson mit einem Brief zu erreichen. Als mir das nicht gelang, ging ich zum Polizeirevier in unserer Nähe und erklärte meine missliche Lage.

»Er war bei uns angestellt«, erzählte ich dem Wachtmeister. »Seit er unsere Firma verlassen hat, haben wir festgestellt, dass einige kostbare Stücke entweder beschädigt sind oder ganz fehlen. Ich habe ihm geschrieben, aber keine Antwort erhalten. Seine Wohnung befindet sich in einem … nun ja, etwas heruntergekommenen Stadtviertel. Mein Vater ist tot und mein Onkel ist unpässlich.«

Der Wachtmeister reagierte mit einem verständnisvollen Kopfnicken. »Ich kann Sie begleiten. Aber ohne Durchsuchungsbeschluss kann ich die Wohnung nicht durchsuchen.«

»Das verstehe ich. Vielleicht können wir einfach mit ihm sprechen.«

Wir gingen durch die Straße, während ein feuchter Nebel aus Kohlenstaub an uns zu kleben schien. Eine Unterhaltung hatte keinen Sinn, denn es ging ja nicht um einen freundschaftlichen Besuch. Ich war jedoch dankbar für die Begleitung.

In der Stadt herrschte eine düstere Stimmung, verursacht durch den strengen Winter, eine Cholera-Epidemie und finanzielle Not. Wir sahen keine spielenden Kinder in den Straßen. Die Fenster waren fest geschlossen bis auf die Augenblicke, in denen eines geöffnet wurde, um Abwasser auf die Straße zu kippen. Aus diesem Grund gingen wir fast in der Mitte der Straße, obwohl wir dort auf halb gefrorenen Pferdemist treten konnten. Schon bald erreichten wir die Straße, in der Mr Clarkson wohnte – oder gewohnt hatte. Mir kam plötzlich der Gedanke, dass er vielleicht für immer nach Bristol zurückgekehrt sein könnte.

Aber das bezweifelte ich. In London konnte man viel Geld verdienen und er wollte sich in der größeren Stadt einen Namen machen. Oder er hatte vorgehabt, seinen Namen dem Namen unserer Firma hinzuzufügen.

Der Polizist klopfte an die Tür und der liederliche Mann, der beim letzten Mal Marguerite und mir gefolgt war, beantwortete vor lauter Schreck bereitwillig alle Fragen.

»Wir suchen einen Mr Robert Clarkson«, begann der Polizist. »Ist er anwesend?«

Der Mann zuckte mit den Schultern. »Er wohnt oben. Hab ihn ein paar Tage lang nich' geseh'n. Hab ihn auch nich' husten gehört«, fügte er fast überrascht hinzu.

Der Polizist ging nach oben. Ich folgte ihm.

Er klopfte an die Tür. »Mr Clarkson, die Stadtpolizei. Bitte machen Sie auf.«

Aus der Wohnung drang kein Geräusch.

»Mr Clarkson, bitte öffnen Sie die Tür.«

Wieder nichts. Plötzlich hörten wir das traurige Miauen einer Katze. Der Polizist drehte sich zu mir um. »Meinen Sie, hier stimmt etwas nicht?«

Ich nickte. »Ich habe noch nie erlebt, dass er tagelang nicht hustet, wie sein Nachbar es erwähnt hat.«

Der Polizist warf mir einen bedeutsamen Blick zu. Dann lehnte er sich zurück, bevor er nach vorne stürzte und mit der Schulter gegen die Tür drückte. Das dünne Holz splitterte und fiel nach innen.

Die Katze sprang zurück, aber sie floh nicht vor uns.

»Bleiben Sie hier«, befahl mir der Polizist.

Während er vom Wohnzimmer aus in die Küche ging und dann in die hinteren Räume gelangte, sah ich mich unruhig um. Der Gestank nach alten Abfällen stieg mir in die Nase. In der Wohnung brannte kein einziges Licht. Mr Clarksons Mantel und Hut hingen noch immer am Garderobenständer hinter der Tür.

Ein paar Minuten später kehrte der Polizist in das Wohnzimmer zurück.

»Ich fürchte, er ist tot, Miss.«

»Tot?« Beinahe wäre ich rückwärts gegen die Tür gefallen. »Sind Sie sicher?«

»Im Schlafzimmer liegt ein toter Mann. Ich bin mir aber nicht sicher, ob es der Mr Clarkson ist, nach dem Sie suchen. Hat er denn Familie?«

Ich versuchte, meinen rasenden Herzschlag und meinen rebellierenden Magen zu beruhigen. »Sein Vater und seine Schwestern wohnen in Bristol. Ich weiß von keinen anderen Verwandten.«

»Er muss bald beerdigt werden«, entgegnete der Polizist. »Wir können nicht warten, bis jemand aus Bristol hierherkommt.« Er nahm seinen Hut ab. »Ich gehe nach unten und hole den Nachbarn. Es ist besser, wenn er den Leichnam identifiziert.«

Ich nickte zustimmend. Wenn wir keine andere Wahl gehabt hätten, hätte ich mich angeboten. Aber ich war dankbar, dass ich es nicht tun musste.

Kurz darauf kehrte der Polizist mit dem erschrocken dreinblickenden Mann aus dem unteren Stockwerk zurück. Er folgte dem Wachtmeister in das Schlafzimmer und kam dann mit düsterer Miene wieder heraus.

»Es ist Clarkson«, sagte der Polizist. »Ich werde Verstärkung holen und die Lage überprüfen und dann werden wir Sie benachrichtigen. Ich weiß, dass Sie besorgt waren wegen gestohlener Gegenstände. Sehen Sie hier etwas, das Ihnen gehört?«

Ich sah mich um in den Raum, der seltsam kahl und leer wirkte. Kein einziger Kunstgegenstand war zu sehen. Sogar der Postkorb von Mr Clarkson war leer. Es sah ganz danach aus, als ob jemand vor uns hier gewesen wäre. Vielleicht war es auch nur ein Hirngespinst von mir.

»Nicht auf den ersten Blick«, erwiderte ich.

»Wir werden seine Besitztümer aufbewahren und ich kann sie Ihnen zeigen, nachdem die Todesursache festgestellt worden ist«, fügte der Polizist hinzu.

Ich erklärte mich einverstanden. Mit zitternder Hand schrieb ich meinen Namen und meine Anschrift auf, damit er mit mir Kontakt aufnehmen konnte.

Die Katze strich um die Schlafzimmertür.

»Ich nehme sie mit.« Sie versuchte wegzulaufen, aber ich warf meinen Umhang über sie und wickelte sie darin ein, damit sie mich nicht kratzen konnte. Ich wartete, bis der Polizist die zersplitterte Wohnungstür notdürftig verschloss und die Nachbarn warnte, sie sollten nicht hineingehen, denn er würde bald wieder zurück sein.

Er begleitete mich zur wartenden Mietkutsche. Als ich mit der Katze im Arm unser Haus betrat, sah Orchie mich fragend an.

»Mr Clarkson ist tot.« Meine Stimme wollte mir nicht mehr gehorchen, als ich voller Mitleid an seine schwere Kindheit und sein einsames Ende dachte. »Die Katze hat ihm gehört und ab jetzt werden wir uns um sie kümmern.«

Es war Mitte Februar. Am Himmel wirbelten dunkle Wolken umher und in meinem Magen herrschte noch immer ein ähnlicher Aufruhr über die Nachricht von Mr Clarksons Tod. Mrs Denholm hatte mir wegen des unbeständigen Wetters freundlicherweise angeboten, mich zu unseren Besuchen im Gefängnis in ihrer Kutsche abzuholen und mich danach nach Hause zu bringen. Vielleicht war ihr auch bewusst, dass unsere Firma sich in einer schwierigen Lage befand, obwohl sie dieses Thema nie ansprach. Vielleicht wollte sie auch bloß Gesellschaft auf dem Weg zum Gefängnis. Ich hatte denselben Wunsch und so verbrachten wir eine angenehme Zeit während der Fahrt..

Der heutige Februartag begann mit unerwartetem Sonnenschein und so hellte sich auf dem kurzen Weg zum Gefängnis unsere Stimmung merklich auf.

»Wie geht es Ihrem Onkel?«, fragte sie. Ich wusste nicht, wer ihr erzählt haben könnte, dass es ihm schlecht ging, aber ich wollte diese Gelegenheit nutzen, um berufliche Anliegen mit einer Person zu besprechen, die mir vielleicht helfen könnte.

»Er hält sich tapfer. Er hat alle im Laufe der Jahrzehnte von ihm geschätzten Kunstgegenstände noch in guter Erinnerung und das ist von großem Wert für die Firma *Sheffield Brothers.*«

Sie lächelte höflich, aber sie schien kein großes Interesse an diesem Thema zu haben. Ich fragte sie nach ihrem Mann und ihren Kindern und sie erzählte mir von ihrer schönen, gemeinsamen Zeit an den Weihnachtstagen.

»Ist dieser nette Mr Clarkson am Weihnachtsabend bei Ihnen zum Essen gewesen?«, fragte sie. »Er hat Mr Denholm erzählt, dass er an Samstagabenden immer gemeinsam mit Ihrer Familie das Abendessen eingenommen hat.«

Sie wusste es noch nicht.

Ich beugte mich über den Zwischenraum in der Kutsche, und zwar so weit, dass diese Geste freundlich, aber nicht zu privat wirkte. »Es tut mir leid, ihnen das sagen zu müssen, aber Mr Clarkson ist vor Kurzem verstorben.«

»Ach du meine Güte, nein! Was ist mit ihm geschehen? Ich nehme an, es war die Schwindsucht. Dieser schreckliche Husten, den er hatte … Mr Denholm hat unseren Apotheker gebeten, den armen Mann mit einem Schmerzmittel zu versorgen, damit er sich nicht so sehr quälen musste. Am Ende hat es wohl doch nicht geholfen.«

Ich nickte zustimmend. Natürlich war mir bekannt, dass Mr Denholm eine oder mehrere Apotheken gehörten neben seinen anderen Unternehmen, und ich wusste auch, dass Mr Clarkson seit Kurzem für ihn Kunstgegenstände beschafft hatte. Mir war jedoch nicht bewusst, wie freundschaftlich ihr Umgang miteinander gewesen war, wenn sie schon über gesundheitliche Probleme gesprochen hatten.

»Wird es mit Ihrer Firma weitergehen?«, fragte sie.

»Ich glaube schon. Wenn Mr Denholm seine Sammlung erweitern möchte, könnten Sie ihm ja vorschlagen …« Ich wollte schon sagen, dass ich das gerne übernehmen würde, aber dann überlegte ich es mir anders. »… dass er meinen Onkel damit beauftragen könnte.«

Mit einem Lächeln nahm sie meine Hand. »Ich bin mir nicht sicher, ob Mr Denholm auf mich oder jemand anderen hört, meine Liebe. Aber ich kann natürlich den Namen Ihres Onkels erwähnen.«

Die Kutsche hielt vor dem Gefängnis. Jeannette und die kleine Nancy warteten auf mich in dem Raum, in dem wir uns immer versammelten. Die anderen hatten sich in der feuchten Kälte eine schreckliche Erkältung geholt und eine der Gefangenen war gestorben.

»Das Fleisch war verdorben«, sagte Jeannette. »Ich hab danach einen furchtbaren Durchfall gekriegt, aber ich hab's geschafft. Die andere nicht.«

»Das tut mir sehr leid«, erwiderte ich. Die Verstorbene war etwa dreißig Jahre alt und hatte zwei Kinder, für die ich Weihnachtsgeschenke gekauft hatte. Ich dachte an ihr strahlendes Lächeln und ihre regelmäßigen Gebete für mich. Rasch biss ich mir auf die Lippen, damit ich vor den Frauen nicht anfing zu weinen.

»Ich bin auch traurig«, sagte Jeannette.

Trotz dieser düsteren Nachricht wollte ich ein wenig Freude in den Tag dieser Frauen bringen.

»Ihr Haar sieht schön aus«, bemerkte ich Nancy gegenüber. »Wellig.«

Ihre Augen glänzten. »Das sind die Seiten aus den Magazinen, Miss. Das klappt richtig gut, wenn ich die ein bisschen nass mach.«

»Ihr junger Mann von draußen war zu Besuch«, ergänzte Jeannette.

»Ich bin bloß für ein Jahr hier drin, weil ich ein kleines Stückchen Schinken geklaut hab«, erwähnte Nancy. »Er hat mir gesagt, dass er warten will. Dann will ich vielleicht bei einer feinen Dame als Zofe arbeiten oder irgendwas mit Haaren machen.«

Wir alle mussten lachen. »Ich glaube, Sie werden Ihre Sache sehr gut machen. Dann können Sie sich das Geld für Ihren Schinken verdienen, anstatt ihn stehlen zu müssen.«

Ich erzählte den Frauen von meiner Zeit auf dem Landsitz, von den Tänzen und den Speisen, die dort serviert worden waren. Ich sagte ihnen auch, dass ich eine neue Katze hatte, aber ich erwähnte nicht die Umstände, unter denen das Tier zu uns gekommen war. Als die Stunde zu Ende war, fragte Jeannette: »Werden wir Sie bald wiedersehen? Im März vielleicht?«

»Ganz bestimmt.«

»Sie sind da.« Orchies Stimme klang panisch, als sie in die Werkstatt gerannt kam und ihre Schürze mit zwei dicken roten Fäusten umklammerte. Ich warf ihr einen strengen Blick zu, damit sie meinen Onkel nicht bei der Arbeit störte. Er ordnete ein paar Kunstgegenstände, die zur Reparatur vorbeigebracht worden waren. Auf seinem Arbeitstisch und in seinen Regalen herrschte Unordnung, aber er hielt die Stücke ganz leicht in der Hand. Es wäre nicht gut, wenn man ihn in Aufregung versetzen würde.

Vielleicht sollte ich ihm künftig nur noch Silber, Porträts und Schmuck zum Reparieren geben, keinen Marmor, kein Glas oder Porzellan, denn diese Stücke waren zerbrechlich.

»Wer ist da?« Er hob den Blick.

Ich legte mein Schreibpapier beiseite. Ich war gerade dabei, Anfragen an die vielen wohlhabenden Kunden zu schicken, denen die Firma *Sheffield Brothers* viele Jahre lang gedient hatte.

»Vielleicht ist es Lady Charlotte Schreiber«, antwortete ich mit einer Ruhe, die ich nicht empfand. »Ich habe sie eingeladen, mir einen Besuch abzustatten.«

»Oh.« Er wandte sich wieder seiner Arbeit zu und ich strich mir das Kleid sorgfältig glatt. Dann folgte ich Orchie in den Salon.

Waren es etwa Schuldeneintreiber? Aber ich hatte noch einen Monat Zeit und ich hatte einige unserer Gläubiger mit dem Erlös aus dem Verkauf unserer noch verbliebenen Schätze bezahlt. Ich nahm all meinen Mut zusammen, als ich den Salon betrat.

Doch anstelle von Schuldeneintreibern standen im Salon zwei Polizisten. Einer von ihnen war der Wachtmeister, der mich zur Wohnung von Mr Clarkson begleitet hatte.

»Miss Sheffield?«

Ich nickte. »Ja, natürlich.«

»Ich möchte mit Ihnen über Ihren Angestellten sprechen, Mr Clarkson.«

»Bitte, nehmen Sie Platz.«

Orchie holte das Teegeschirr heraus, weniger aus Höflichkeit, sondern weil sie das Gespräch mithören wollte. Die beiden Männer setzten sich unbeholfen auf das sanft geschwungene, mit rosarotem Stoff bezogene Sofa.

»Zunächst, Miss, möchte ich Sie wissen lassen, dass er ein würdiges Begräbnis hatte, aber leider in einem Massengrab für Arme. Er liegt jedoch in geweihter Erde, da es keinen Hinweis auf einen Selbstmord gab.«

»Hat man so etwas vielleicht in Betracht gezogen?«, fragte ich erschrocken.

»Wir müssen alles in Betracht ziehen, Miss«, antwortete der andere Polizist.

»Der Leichnam wurde untersucht und es scheint, dass die Todesursache natürlich gewesen ist. Höchstwahrscheinlich Schwindsucht.«

»Kurz vor seinem Tod sah er noch so gut aus. Ja, er hatte Husten, aber es war nicht zu schlimm. Ein paar Wochen vorher war seine Haut nicht mehr so blass und er hat voller Energie gearbeitet. Er war doch noch so jung …«

»Ich verstehe, dass Sie erschüttert sind«, sagte der Polizist.

»Ja, allerdings. Gab es denn … irgendwelche Spuren an ihm?«

»Dazu hat man uns nichts gesagt, Miss. Haben Sie Gründe für die Vermutung, dass ihm jemand etwas antun wollte?«

Ich schüttelte den Kopf. »Nicht direkt.«

»Dann sollten Sie die Sache lieber auf sich beruhen lassen.«

War das etwa eine Drohung? Gab es einen Grund dafür? Oder war das einfach das übliche Verfahren, wenn ein relativ armer Mann starb?

Der erste Polizist reichte mir eine große Schachtel. »Hier drin sind alle seine Habseligkeiten, Miss. Es ist nicht viel. Es sah so aus, als ob seine Wohnung vor unserer Ankunft leer geräumt worden wäre. Ich habe den Nachbarn gefragt. Er hat es geleugnet. Aber wer weiß? Vielleicht war er der Dieb. Es kann nicht viel gewesen sein, so wie seine Wohnung ausgesehen hat. Und wenn etwas dabei ist, was er Ihnen gestohlen hat, können Sie es behalten. Liegt Ihnen etwas an seinen Kleidungsstücken? Ich kann veranlassen, dass man sie bei Ihnen abliefert.«

»Nein, nein, das ist schon in Ordnung«, erwiderte ich. »Sie können die Kleider für einen wohltätigen Zweck spenden.«

»Sie haben erwähnt, dass Sie wissen, wo sich seine Familie aufhält? Wir werden eine Nachricht senden, wenn Sie uns die Anschrift nennen können.«

Orchie kam mit dem Tee zurück, aber die beiden Männer standen gerade auf, um sich zu verabschieden.

»Ich werde dafür sorgen, dass Wertsachen seiner Familie zurückgegeben werden.«

»Na gut«, sagte der Polizist. »Auf Wiedersehen, Miss.«

Orchie schloss die Haustür hinter ihnen. »Ich hab gedacht, das sind wieder diese Schuldenleute«, bemerkte sie.

»Noch nicht, glücklicherweise. Und hoffentlich überhaupt nicht mehr. Ich habe eine Strategie erarbeitet. Aber in der Zwischenzeit muss ich in die Werkstatt zurückkehren, um meine Briefe fertig zu schreiben und sie an frühere Geschäftspartner zu schicken. Vielleicht möchten sie ja wieder mit uns zusammenarbeiten.«

Ich brachte die Schachtel mit den Habseligkeiten von Mr Clarkson auf mein Zimmer und ließ sie dort. Später am Abend, nach dem Essen, saß ich an dem kleinen Tisch in meinem Zimmer und sah alles durch. Ich fand viele leere Flaschen des schmerzstillenden Sirups, obwohl bloß ein paar von ihnen von Jacksons Drogerie kamen, der Kette, die Mr Denholm gehörte. Hatte Clarkson vielleicht erst vor Kurzem mit der Einnahme dieses Sirups begonnen?

Ich betrachtete die Flaschen von Jacksons genauer. Sie sahen genauso aus wie die Flaschen von den anderen Apotheken. Der leichte Duft nach Kiefernnadeln erinnerte mich an Mr Clarkson. Obwohl er am Ende sehr unfreundlich zu mir gewesen war, war er für unsere kleine Firma trotzdem eine große Hilfe gewesen.

Was hatte ihn zu dem Mann gemacht, der so bösartig zu mir gesprochen hatte? Oder war er schon immer so gewesen und hatte sein wahres Wesen bloß gut kaschiert? Vielleicht war es seine eigene, kleine Scharade gewesen.

Sein Kätzchen strich um die Schachtel herum. Ich streichelte sie. Das hatte sie bis jetzt nicht zugelassen.

»Es tut mir so leid, meine Kleine«, sagte ich zu ihr.

In der Schachtel befanden sich ein paar wertlose Erinnerungsstücke und ein paar Fotografien seiner Familie, eine Taschenuhr und ein persönliches Schreibetui mit Feder und Tintenfass. Ich würde diese Gegenstände seinem Vater zurückgeben. Vielleicht hatten sie einen ideellen Wert für ihn.

Seltsam waren die Scherben aus Keramik. Sie schienen keinen großen Wert zu haben, aber sie waren unterschiedlich groß. Einige von ihnen waren in einen Leinenbeutel gewickelt. Als ich den Beutel aufmachte, fand ich innen feuchte, leicht schimmelige Teeblätter. Ich verschloss den Stoffbeutel wider und betrachtete die Scherbe, die sich darin befunden hatte. Sie war bräunlich verfärbt.

Mir wurde ganz schwach ums Herz. Das war ein alter Betrügertrick. Man benutzte Teeblätter, um neues Porzellan älter wirken zu lassen.

Oh, Mr Clarkson – was haben Sie sonst noch getan?

Ich musste nicht lange warten, bis ich auf diese Frage eine Antwort bekam.

Ganz unten in der Schachtel lag ein weiteres Blatt Papier. Es war eine Rechnung mit einer Notiz, die Mr Clarkson darauf gekritzelt hatte. Die Rechnung war zahlbar an Lord Tenteden, einen recht neuen Kunden der Firma, und die Summe war ungewöhnlich hoch. Offenbar hatten wir für ihn eine Silbergarnitur erworben und sie dann an jemand anderen verkauft. Deshalb mussten wir ihm den Betrag zurückzahlen. Das Geld für die fällige Zahlung an Lord Tenteden war wohl verwendet worden, um frühere Rechnungen zu bezahlen.

Wie konnte ich diese neue Rechnung begleichen, ohne dass die Firma ihren guten Namen und die Schätze meines Vaters und meines Onkels verlieren musste? Ich hatte fast alles verkauft und damit gerechnet, dass wir uns damit für eine gewisse Zeit unserer Schulden entledigt hätten. Das hatte ich zumindest angenommen.

Ich brauchte dringend einen weiteren Auftrag und ich musste mich mit Lord Tenteden einigen. Aber wenigstens konnte ich mir sicher sein, dass das hier die letzte Rechnung und keine weitere mehr im Besitz von Mr Clarkson war.

Ich sandte ein wohlgesetztes Telegramm an Lord Tenteden, in dem ich mein Bedauern ausdrückte und ihn für die Bezahlung der Rechnung um eine Frist von zwei Monaten bat, da ich sie erst jetzt, nach dem Tod von Mr Clarkson, entdeckt hatte.

Er antwortete kurz angebunden und gewährte mir eine Frist von weniger als einem Monat bis zum 15. März.

Ich erklärte mich damit einverstanden. Ich hatte Clarksons

Vater kurz nach dem Tod seines Sohnes geschrieben, um ihm zu kondolieren. Jetzt schrieb ich einen zweiten, kurzen Brief an *Clerks Kuriositäten-Laden*, Bristol, dasselbe Geschäft, das auf den Fotografien zu sehen war. Ich erinnerte seinen Vater daran, dass ich eine Bekannte von Mr Clarkson sei und ihm gerne einen Besuch abstatten würde, wenn das möglich wäre. Er solle mir schreiben, ob es ihm genehm sei.

Ich hoffte, dass ich bald von ihm hören würde. Hoffentlich würde der Brief auch in seine Hände gelangen. Aber selbst wenn ich keine Antwort erhalten sollte, würde ich mich auf den Weg machen. Vielleicht würden die fehlenden Stücke aus Rom in Bristol auftauchen.

Das musste einfach so sein, denn ich konnte nicht mehr lange warten. Schon bald war es Anfang März.

Kapitel 27

Etwa eine Woche später hatte ich noch immer nichts von Mr Clarksons Vater gehört. Ich wusste noch nicht einmal, ob es der richtige Laden war oder ob seine Familie wirklich die war, die sie zu sein vorgab. Ich entnahm aus Mr Clarksons letzter Lohntüte einen Geldbetrag und steckte ihn in die Schachtel zu seinen anderen Habseligkeiten. Es war bereits das Monatsende gekommen. Ich musste diese Angelegenheit regeln, damit ich, so hoffte ich zumindest, wenigstens einige römische Kunstgegenstände zurückgeben konnte, bevor Signorina Francesca ihre Schätze – oder ihr Leben – verlieren würde. Und ich musste meine Schulden begleichen, damit ich nicht ins Gefängnis geworfen wurde.

»Danke, dass du mich begleitest.« Ich drückte Marguerites Hand, während wir im Bahnhof von Paddington auf den Zug warteten. Bis Bristol würden wir etwa drei Stunden brauchen. Wir konnten mit dem Zug dorthin fahren, alles erledigen und noch am selben Tag nach London zurückkehren. Obwohl ich für die Reise nur wenig brauchte, nahm ich eine große Tasche mit, um die Sachen von Mr Clarkson seinem Vater zu bringen und genügend Platz für den Transport von gestohlenen Gegenständen zu haben, falls ich welche finden würde.

Die Lokomotive stieß zischend eine schmutzig-graue Rauchwolke aus, bevor sie mit einem Zittern anhielt. Wir stiegen ein und setzten uns in ein Abteil der zweiten Klasse. Die erste Klasse war natürlich außerhalb unserer Reichweite und vielleicht hätte ich mein Geld nicht für die zweite Klasse verschwenden sollen, aber ich wollte kein Zusammentreffen mit den Raufbolden riskieren, die uns in den billigeren Abteilen bestimmt belästigt hätten.

Etwa drei Stunden später stiegen wir aus dem Zug aus und baten einen Droschkenfahrer, uns zu *Clerks Kuriositäten-Laden* zu fahren. Ich gab ihm die Adresse. Er zuckte mit den Schultern, schnalzte mit den Zügeln und wir fuhren los.

Er lud uns schließlich vor einem heruntergekommenen Gebäude ab am Ende eines abgelegenen Sträßchens mit ein paar grob zusammengezimmerten Kneipen am Kanalufer. Der Laden selbst wirkte abbruchreif. Seine in ehemals bunten Farben bemalte Fassade war von der Zeit und vom Wetter ausgebleicht.

Als wir den Laden betraten, erklang die Türglocke mit einem müden Bimmeln. Eine junge Dame kam aus einem der hinteren Räume, um uns zu begrüßen. »Kann ich Ihnen helfen, meine Damen?«

Bevor ich etwas erwiderte, betrachtete ich die junge Frau. Sie war vielleicht fünfzehn Jahre alt. Ihr langes Haar fiel ihr in gepflegten Wellen über die Schultern. Sie hatte eine Ähnlichkeit mit Mr Clarkson, aber ihre helle Haut sah gesund aus. Ich hörte auch nicht den Husten, der ihn bis zu seinem plötzlichen Ende geplagt hatte.

»Ich suche den Vater eines Mr Robert … Clerk.« Ich vermutete, dass das sein richtiger Name war.

»Einen Augenblick bitte.« Ihr Lächeln wurde schwächer. Kurz darauf kehrte sie mit einem alten Mann zurück, der aussah, als wäre er seitlich gekrümmt wie ein Tisch mit einem zu kurzen Tischbein.

»Kann ich Ihnen irgendwie helfen?«, fragte er.

Marguerite trat näher zu mir, um mir ihre Unterstützung zu signalisieren.

»Ich bin Miss Eleanor Sheffield von der Firma *Sheffield Brothers*«, antwortete ich. »Und das ist Mrs Marguerite Newsome.«

Der alte Mann riss die Augen auf. Ich wartete geduldig. Marguerite war eine schöne junge Frau und bestimmt nicht die Anstandsdame, die viele Menschen erwartet hätten.

»Ich war die Arbeitgeberin eines Mr Robert Clerk oder Clarkson. Könnte es sich um Ihren Sohn gehandelt haben?«

Der Mann nickte. »War mein Sohn. Warum? Ich hab kein

Geld. Ich kann nicht für etwas bezahlen, was er gemacht hat. Schließlich sind wir doch alle verantwortlich für unsere eigenen Sünden. Oder stimmt das nicht, Miss?«

Ich fand es interessant, dass der Vater seinen Sohn gleich verdächtigte.

»Ich habe Ihnen seine Sachen mitgebracht«, erwiderte ich. »Vielleicht möchten Sie allein sein, wenn Sie alles durchsehen?« Ich befürchtete einen Gefühlsausbruch, wenn er die Habseligkeiten seines Sohnes sehen würde.

Er führte mich in den hinteren Bereich des Ladens, der viel größer war, als ich erwartet hatte. Die Fläche war fünfmal länger als breit und auf hohen Regalen befanden sich alle möglichen Kunstgegenstände, einige davon sehr wertvoll. Auf dem Weg nach hinten entdeckte ich einen Brennofen, in dem vielleicht Gussformen gebrannt wurden. Auf einem Regal daneben standen lange Reihen von Schäfergruppen, genaue Abbilder der Figurengruppe, die Lady Lydney gehört hatte.

Obwohl mir der Ernst der vor mir liegenden Aufgabe bewusst war, wollte ich die Figuren genauer untersuchen. Ich wusste nicht, ob er mir noch bereitwillig Auskunft geben würde, nachdem ich ihm die Sachen von Mr Clarkson ausgehändigt hätte. »Darf ich?«

Mr Clerk reagierte mit einem nervösen Kopfnicken. Ich nahm eine Figur in die Hand. Sie war sehr gut gemacht. Die Glasur war klar und die Bemalung war von einer sicheren Hand ausgeführt worden. Die Farben waren ein wenig zu kräftig für ein Stück, das älter sein sollte, und das Blau stimmte nicht ganz mit dem Original überein. Blautöne waren schwer nachzumachen. Jede der Figuren war ein wenig kleiner als die ursprüngliche Gruppe, aber so etwas kannte ich bereits. Das musste so sein, denn wenn vom Original ein Abguss gemacht worden war, wären die Figuren, die aus der Gussform entstanden, automatisch kleiner. Auf kleinen Schildchen vor den Figuren standen Preise, die für Reproduktionen viel zu hoch waren. Die Preisschilder enthielten auch Adressen, die meisten in Übersee. Bristol war eine Hafenstadt und deshalb ein geeigneter Ort, um Kunstgegenstände an weit verstreute Orte zu schicken und somit sicherzugehen, dass die Sammler sich niemals begegnen und herausfinden würden, dass jeder von ihnen eine Kopie und kein Original hatte.

Mr Clarkson, so weit hätte es nicht kommen dürfen. Er hatte das Original aus Watchfield mitgenommen, eine Gussform angefertigt und es dann wieder zurückgebracht. Die Kopien hatte er nach Übersee verkauft. Ich wusste jetzt, dass ihm ein Brennofen zur Verfügung stand, und so durchschaute ich seinen Betrug.

»Die meisten unserer Geschäftspartner sind im Ausland«, bemerkte Mr Clerk voller Stolz.

»Sie wissen doch bestimmt, dass es sich hier um Kopien handelt?«, fragte ich leise, aber mit fester Stimme. Meine Hand zitterte, als ich merkte, dass wir hier in einer fremden Stadt diesem Mann schutzlos ausgeliefert waren.

Er wich kurz meinem Blick aus. Dann rief er nach einer weiteren jungen Frau, die hinten im Laden war. Er hatte wohl nicht erwartet, dass seine Gäste sich mit Kunstgegenständen auskannten. »Ändere die Preise.« Er nannte einen viel angemesseneren Betrag. Ich wusste nicht, ob er es bei diesem Preis belassen würde, wenn ich wieder weg wäre, aber nach meinem Schweigen damals bei den Denholms wollte ich keine falsche Zurückhaltung mehr üben.

Der Tag war düster, aber Gas für Lampen war teuer. Deshalb war es dämmrig in den Gängen zwischen den Regalen. Plötzlich fragte ich mich, ob es klug wäre, wenn wir Mr Clerk weiter nach hinten folgen würden. Mir wäre ein Gespräch weiter vorne im Laden lieber gewesen.

Hatte der Mann vielleicht eine Waffe? Könnte er wütend werden, wenn ich ihm meine Nachricht überbrachte?

Ich stand wie erstarrt vor einem weiteren Regal, neben dem ein kleiner Tisch stand. »Wir brauchen nicht noch weiter nach hinten zu gehen, wenn es Ihnen nichts ausmacht«, sagte ich schließlich. »Ich wollte Ihnen bloß Mr Clarksons Sachen überreichen.

Manche Gegenstände sehen aus, als ob er sie sorgfältig gepflegt hat. Vielleicht sind es Familienerbstücke und Sie möchten sie zurückhaben. Ich würde sie wollen, wenn ich an Ihrer Stelle wäre.«

»Na gut«, entgegnete er grimmig. »Was ist es?«

Ich holte die Gegenstände nach und nach aus meiner Tasche und stellte sie vor ihm auf den Tisch. Seine Augen weiteten sich und der Mund stand ihm offen. Er ballte eine Faust und hielt sie vor den Mund, um einen Schmerzensschrei zu unterdrücken, während er die Habseligkeiten seines Sohnes durchsah. »Wenn man bedenkt, dass er am Ende getötet wurde ...«

»Aber ein Mord an Ihrem Sohn konnte nicht bewiesen werden, Sir. Die Polizei hat eine kurze Ermittlung durchgeführt und herausgefunden, dass er an Schwindsucht gestorben ist. Er hatte deswegen sehr viel Medizin eingenommen«, erwiderte ich, weil ich ihm mit diesen Worten helfen wollte.

»Pah.« Er winkte ungeduldig ab. »Ich hab ihn zu Weihnachten gesehen. Sein Gesicht war zwar nicht rosa wie bei einem Schweinchen, aber er war auch nicht dem Tod nahe. Ich kannte Leute, die an Schwindsucht gestorben sind. Seine Mutter ist daran gestorben, als er ein kleiner Junge war. Er hat nicht todkrank ausgesehen. Das braucht mir niemand weiszumachen.«

Ich konnte das nicht bestreiten, denn auch für mich hatte er nicht todkrank ausgesehen. Ich empfand ein wenig Mitleid mit Mr Clarkson. Auch ich musste ohne eine Mutter aufwachsen.

»Er war ein kluger Mann.« Ich wollte über einen Toten nicht schlecht sprechen. »Ich weiß, dass er sich sehr um Ihre Familie gesorgt hat.«

»Wir hätten diesen Laden nicht am Laufen halten, unsere Miete und Rechnungen bezahlen oder Essen auf den Tisch bringen können ohne das Geld, das er uns geschickt hat«, entgegnete sein Vater unverblümt. »Ich weiß, dass das eine große Last für ihn war. Der Familie seiner Mama hat das Grundstück gehört, auf dem unser Londoner Laden stand. Nach ihrem Tod mussten wir alles zurücklassen.«

Das hatte ich nicht gewusst. Es war zwar keine Entschuldigung für seine Betrügereien, aber vielleicht eine Erklärung.

Es hätte einen besseren Weg gegeben, doch jetzt war alles vorbei.

»Sie sollten vorsichtig sein, Miss.« Mit einem schmutzigen Lappen wischte sich Mr Clerk über die feuchten Augen. »Die Kerle, die ihn erwischt haben, könnten es auf Sie abgesehen haben.«

Die Leute aus Rom? Hatte Mr Clarkson die römischen Antiquitäten also doch gestohlen, versucht, sie zu verkaufen, und war dabei ertappt worden? Ich wusste jetzt, dass er ein Dieb gewesen war.

Marguerite beugte sich zu meinem Ohr. »Komm, lass uns gehen.«

Ich konnte nicht gehen, noch nicht. »Mr Clerk, darf ich Sie um einen Gefallen bitten? In meinem Geschäft fehlen Gegenstände …«

»Wollen Sie ihn etwa beschuldigen, etwas gestohlen zu haben?«, fragte er. Er kam mir dabei so nahe, dass ich seine stoßweisen Atemzüge an meiner Wange spüren konnte. Sein Atem war feucht und roch nach faulen Zähnen.

Ich sprang zurück. Was sollte ich ihm antworten? »Ich frage mich, ob er sie hierhergebracht haben könnte, um sie zu reparieren oder neu zu bemalen, und dann wegen seines vorzeitigen Dahinscheidens nicht mehr in der Lage war, sie nach London zurückzubringen.«

»Ah«, sagte er und wirkte beruhigt. »Das ist was ganz anderes. Sehen Sie sich ruhig um.«

Er reichte mir eine brennende Handlampe und Marguerite folgte mir durch die Gänge an den Regalen entlang.

»Muss das sein?«, fragte sie.

»Ja, das muss sein«, antwortete ich. Die Regale enthielten hauptsächlich belanglosen Krimskrams aus dem Leben vieler Menschen. Ich musste an das Buch *Eine Weihnachtsgeschichte* von Charles Dickens denken. In der Geschichte wurden die Vorhänge und Kleidungsstücke von Mr Scrooge nach seinem viel zu frühen Tod verkauft. Man konnte in den Regalen jedoch auch Kunstgegenstände sehen, schöne Porträts, Schmuckstücke, Spieluhren und Manschettenknöpfe. In einer Ecke bemerkte ich einen Korb mit Münzen, die angeblich aus der Römerzeit stammten. Es waren jedoch zu viele. Deshalb konnten sie nicht alle aus einem unbekannten römischen Schatz kommen. Es stand kein Preisschild an den Münzen und so schwieg ich lieber.

»Wertloser Plunder«, bemerkte Mr Clarksons Vater. Er begann wieder zu weinen und ich empfand Mitleid mit ihm. Aber ich musste weitersuchen nach den römischen Kunstgegenständen, die aus Watchfield House verschwunden waren.

Ich wanderte durch den gesamten Laden, aber nie hatte ich das Gefühl, dass der alte Mann etwas vor mir verbarg. Als ich ganz hinten die letzte Tür aufmachte, stieß ich auf ein Rattennest. Eines der Tiere sprang auf Marguerite zu und sie schrie auf. »Eleanor! Nichts wie weg hier!«

Ich brauchte keine weitere Aufforderung, denn ich verabscheute Ratten. Ich folgte ihr in den vorderen Teil des Ladens zutiefst enttäuscht, dass ich die Schätze aus Rom nicht gefunden hatte. Vielleicht waren sie gar nicht in den Kisten gewesen und die Viros waren in einen Schwindel verwickelt, mit dem sie schließlich Harry hereinlegen wollten.

Vielleicht hatte Mr Clarkson die Gegenstände bereits zu Geld gemacht. Vielleicht hatte er sie gestohlen, während ich bei unserem ersten Besuch nach dem Begräbnis die Inventur abgeschlossen hatte. Es waren bestimmt kleine Gegenstände, denn sie waren in einer kleinen Kiste gewesen. Er hätte genug Zeit gehabt, sie verschwinden zu lassen und sie zu verkaufen. Wenn er das getan hatte, war es für mich viel zu spät, sie zurückzuholen. Ich hatte keine Beweise und ich hielt es für unwahrscheinlich, dass Mr Clerk mir seine Lieferscheine zeigen würde, falls er überhaupt solche Dokumente aufbewahrte.

Auf dem Weg nach draußen warf ich noch einen Blick auf die

Glasvitrinen im vorderen Teil des Ladens. Hier waren keine Gegenstände aus römischem Glas, aber ich entdeckte tatsächlich zwei Stücke, die mir lieb und teuer waren: die Taschenuhr meines Vaters und … die Uhr von Onkel Lewis.

Mr Clarkson hatte offenbar die Raufbolde geschickt, die meinen Onkel belästigt und bestohlen hatten, während ich bei der Beerdigung des Barons gewesen war. Warum? Natürlich wegen des Geldes und der Uhr. Hatte er auch den Anschein erwecken wollen, dass er uns helfen wollte und dass wir seinen Schutz nötig hätten, um sich so in unsere Familie einzuschleichen? Ganz bestimmt.

Er hatte uns nicht nur bestohlen, sondern auch zugelassen, dass mein Onkel geschlagen und verletzt wurde.

Zorn stieg in mir auf. Ich spürte, wie meine Wangen rot wurden, und ich fühlte einen Schmerz in meiner Brust.

Mr Clerk sah, wie ich die Uhren betrachtete. »Die sind bereits verkauft. Der Käufer ist bloß noch nicht gekommen, um sie abzuholen. Ich habe aber ein paar andere Sachen, die ich Ihnen zeigen kann.« Er sah dürr und klapprig aus. Seine Stimme klang verzweifelt. Seine Augen tränten noch immer.

»Nein, danke«, erwiderte ich leise. Die eine Uhr hatte ich Mr Clarkson gegeben, damit er sie verkaufte, und ich hatte mich nicht gescheut, die Gebühr aus dem Verkauf anzunehmen. Es gab für mich keine Möglichkeit mehr zu beweisen, dass er am Diebstahl der zweiten Uhr beteiligt gewesen war. Vielleicht konnte diese kleine Familie das Geld gut gebrauchen, um die nächsten Monate zu überleben. Von Mr Clarkson würde sie keine Unterstützung mehr bekommen und ich hatte noch immer die Pilgerflasche und das Stundenbuch.

Ich hob meine leere Tasche auf. Dabei fiel mir an der Wand ein kleiner Druck auf. Es war das Bild, das gestohlen worden war, als bei uns in der Werkstatt die Fensterscheiben eingeschlagen wurden. Mr Clarkson hatte also auch hinter diesem Einbruch gesteckt. Vielleicht hatte er uns damit zeigen wollen, wie sehr wir einen jüngeren Mann als Beschützer brauchten, wie er es damals erwähnt hatte. Aber welchen Schutz konnte uns ein Mann schon bieten, der zugelassen hatte, dass mein Onkel geschlagen und verletzt wurde?

Sein Vater sah, worauf mein Blick gefallen war. »Gehört das Ihnen?«

Ich nickte. Er nahm das Bild von der Wand, reichte es mir und verabschiedete sich von mir.

Kapitel 28

Als wir im Zug saßen, erzählte ich Marguerite von den niederträchtigen Taten, die Mr Clarkson begangen hatte.

»Er ist tot, Eleanor, und kann dir nun nicht mehr schaden«, sagte Marguerite daraufhin. »Du hattest recht, als du ihm nicht dein volles Vertrauen geschenkt hast. Aber diese Sache mit den Leuten aus Rom und ihren Schätzen macht mir Angst. Das gefällt mir ganz und gar nicht. Ich bewundere deinen Mut, dass du sie ausfindig machen willst und auch in Bristol nach den Gegenständen gesucht hast, aber Mut kann schnell zu Torheit werden. Versprich mir, dass du dich nicht in weitere Missgeschicke stürzt. Es ist die Aufgabe von Lord Lydney, die Stücke aufzufinden, denn sie sind ja von seinem Anwesen verschwunden.«

Ich versprach ihr, mich künftig aus dieser Angelegenheit herauszuhalten. »Es tut mir leid, dass ich dich da hineingezogen habe.«

Sie reagierte mit einem schwachen Lächeln. »In Zukunft werde ich für meine Dienste als Anstandsdame mehr berechnen, liebste Freundin. Und … Mr Clerk hat vermutet, dass sein Sohn nicht eines natürlichen Todes gestorben ist«, fügte sie hinzu.

Ich nickte. »Ich habe mir diese Frage auch schon gestellt. Ich habe sogar den Polizisten danach gefragt. Er hat mir versichert, dass es ein natürlicher Tod war, oder so etwas in der Art.« Ich musste wieder an dieses unangenehme Gespräch denken.

»Haben Sie Gründe für die Vermutung, dass ihm jemand etwas antun wollte?«

»Nicht direkt.«

»Dann sollten Sie die Sache lieber auf sich beruhen lassen«, sagte der Polizist.

»Ich muss Harry berichten, dass ich die römischen Schätze nicht gefunden habe.«

Marguerite lächelte. »Ach, noch etwas: Ein gemeinsamer Bekannter hat vor Kurzem erwähnt, dass Harry jetzt Pferde züchtet, und zwar schon seit längerer Zeit. Sein Vater hat natürlich nie dafür gesorgt, dass er ein eigenes Einkommen hat. Die Pferdezucht bringt ihm genug Geld ein, damit er weitere Zuchtpferde kaufen kann, und dadurch wächst sein Einkommen … obwohl er nicht wirklich reich ist, entwickelt sich doch alles gut für ihn.«

Ich hob den Blick und gleichzeitig hob sich meine Stimmung. »Ist das wahr?«

»Ja, das ist wahr«, antwortete sie. »Es ist zwar noch immer nicht vollständig geklärt, woher seine finanziellen Mittel stammen, aber es ist immerhin schon etwas.«

Ein paar Tage nach meiner Rückkehr erhielt ich ein Telegramm von Harry:

Hier ist nichts aufgetaucht. Hast du etwas gefunden? Werde am 8. März in London sein. Darf ich dich besuchen? Hoffe, alles ist in Ordnung bei dir. Beste Grüße H.

Es war nicht gerade ein persönlicher Brief, aber das Telegramm klang auch nicht unpersönlich. Genau darin lag die Schwierigkeit. Ich telegrafierte nach Watchfield, dass ich mich auf einen Besuch von ihm freuen würde, aber nichts gefunden hätte. Ich berichtete ihm noch nichts von Clarksons Tod. Das wollte ich ihm unter vier Augen erzählen.

Ich wollte ihm bei dieser Gelegenheit auch sagen, dass es keine Spur von den römischen Schätzen gab und deshalb nicht alles in Ordnung war. Würde er sich verpflichtet fühlen, Francesca zu beschützen, bis Stefano nach England zurückkehren würde? Was wäre, wenn das nicht geschehen würde? Würde sie ihre venezianischen Schätze aufgeben als Wiedergutmachung für die gestohlenen Stücke? Würde Harry meinen, er hätte seinen Freund im Stich gelassen, wenn die Familienschätze zu Geld gemacht würden?

Ich spürte eine gewisse Seelenverwandtschaft zu Francesca. Auch ich musste meine Familienschätze aufgeben, um geliebte Menschen am Leben zu erhalten.

Es war Zeit, wieder an die Arbeit zu gehen, und ich freute mich darauf.

»Ein neuer Auftrag!«, rief ich, als ich die Werkstatt betrat. Das Honorar würde nicht ausreichen, um unsere letzte Rechnung zu bezahlen, aber für die Miete und das Gas würde es genügen. Mein Onkel saß auf seinem Sessel. Wir hatten für ihn den bequemsten Sessel aus dem Salon in die Werkstatt gebracht, weil er während der Arbeit oft einschlief. Aber wenn er arbeitete, war sein Verstand noch immer messerscharf. Dr. Garrett hatte mir erzählt, dass sich die älteren Erinnerungen am längsten hielten, während die neueren, zum Beispiel ob er zu Abend gegessen hatte oder nicht, am schnellsten entschwanden.

Sein Schreibtisch und sein Arbeitstisch waren mit allen möglichen Gegenständen bedeckt. Es wirkte alles chaotisch und ich wusste nicht, ob er den Überblick behalten konnte. Aber von den beiden Brüdern war mein Vater von jeher das Organisationstalent gewesen, während Onkel Lewis zur Unordnung neigte.

»Er räumt wieder die Kleiderschränke und Kabinette aus«, flüsterte Orchie. »Aus Angst, dass sich jemand da drin versteckt. Lässt mich nicht in sein Zimmer, auch nicht, um die Wäsche zu holen, obwohl er sie immer an ›Miss Carolina‹, auch bekannt als Alice, übergibt.«

Ich las noch einmal den Brief, den ich in der Hand hielt. Es war eine Einladung zu einem Treffen mit Lord Grimsby, dem Mann, der Marguerite ein zweideutiges Angebot gemacht hatte. Er war aber mindestens so mächtig und einflussreich wie Lord Parham. Grimsby hatte angedeutet, dass er den Kauf von Stücken aus Majolika in Auftrag geben wollte. Unter meinen noch verbliebenen

Schätzen war die Majolika-Pilgerflasche aus dem sechzehnten Jahrhundert, die meinem Vater gehört hatte. Vielleicht war er daran interessiert. Ich wollte sie nur ungern verkaufen, aber ich brauchte das Geld für diese letzte, am fünfzehnten März fällige Rechnung. Grimsby hatte auch erwähnt, dass er mit mir über den *Burlington Club der schönen Künste* sprechen wollte. Das erinnerte mich daran, dass Charlotte mir trotz ihres Versprechens noch keinen Besuch abgestattet hatte.

Ich fühlte mich wie eine Ausgestoßene.

Zögernd erklärte ich mich bereit, Grimsby im South Kensington Museum zu treffen, an einem öffentlichen Ort. Ich konnte es mir nicht leisten, einen vielversprechenden Auftrag abzulehnen.

Ich begegnete Lord Grimsby auf dem Vorplatz einer Galerie.

»Meine liebe Miss Sheffield.« Er bot mir seinen Arm. Ich hakte mich bei ihm unter, hielt meinen Arm aber so, dass wir uns nicht zu nahe kamen.

»Als Witwer bin ich immer dankbar für weibliche Gesellschaft, besonders dann, wenn ich mir Kunstwerke ansehe«, sagte er. »Schönheit gegen Schönheit.«

Mir wurde ganz flau im Magen. »Sie wollten mir die Kunstgegenstände zeigen, die Sie am meisten bewundern, und Sie sind daran interessiert, dass … mein Onkel Ihnen Stücke aus Majolika beschafft?« Ich wusste inzwischen, dass es nicht ratsam war zu erwähnen, dass in Wahrheit *ich* die Stücke besorgte.

»Jaja, meine Liebe. Aber das hat keine Eile.«

Doch, das hat Eile.

Wir gingen durch den Bereich mit feinen Majolika-Stücken, an denen er Interesse zu haben schien. Ich war froh, dass ich mir ein umfangreiches Wissen über die italienische Keramik angeeignet hatte, denn damit hatte ich eine gute Grundlage für unser Gespräch.

Er blieb kurz stehen und tätschelte meine Hand. »Ich würde mich freuen, wenn wir Freunde sein könnten, Miss Sheffield.«

Ich atmete tief ein, denn Marguerite hatte während des Dreikönigsfestes in Watchfield dasselbe Angebot erhalten. Aber ich war dankbar, dass ihre Begegnung mit diesem Herrn mir als Warnung dienen konnte.

»Ich wäre hocherfreut, wenn ich als Vertreterin der Firma *Sheffield Brothers* mit Ihnen zusammenarbeiten dürfte«, erwiderte ich.

Nach diesen Worten hob er den Kopf und sah mir direkt in die Augen. »Ich habe eher an etwas Persönlicheres gedacht, eher an eine Beziehung von Gefährten. So etwas wäre für uns beide von Vorteil. Ich habe natürlich großen Einfluss im *Burlington Club* und bei anderen Sammlern. Lord Parham ist ein alter Freund von mir, um nur ein Beispiel zu nennen. Mr Denholm, in dessen Haus am vierzehnten das nächste Treffen des *Clubs* stattfinden wird, bemüht sich um meine Freundschaft. Können wir nicht auch … Freunde … sein?«

»Eine Freundschaft, die gegen die Regeln verstößt, ob mit Ihnen oder jemand anderem, entspricht nicht meinem Interesse, Lord Grimsby. Es tut mir leid.«

Er reagierte mit einem tiefen Seufzer. »Ich habe schon damit gerechnet, dass Sie so etwas sagen. Es ist zu schade, dass ich kein antikes Stück bin, Miss Sheffield. Denn dann hätte ich Ihre ungeteilte Aufmerksamkeit.«

Ich biss mir auf die Lippen, um ein Lachen zu unterdrücken. *Aber Sie sind ein antikes Stück, Lord Grimsby. Und trotz Ihres Titels, Ihres Reichtums, Ihrer Abstammung und Ihrer langen Ahnentafel fehlt es Ihnen an bemerkenswerten Charakterzügen.* »Ja, leider …« Das war alles, was ich mir erlaubte. »Der gute Ruf einer Frau ist von großem Wert.«

Er nickte zustimmend. »Ja, ganz richtig.«

»Wollen wir noch über die Majolika-Stücke sprechen?«, fragte ich, als wir zum Vorplatz der Galerie zurückkehrten.

»Ich werde mich mit Ihnen in Verbindung setzen, sobald ich zu weiteren Schritten bereit bin«, antwortete er. Sein Lächeln war distanziert, gut eingeübt und unehrlich.

»Natürlich«, erwiderte ich. »Bis dann.«

Er verneigte sich vor mir. »Bis dann.«

Von ihm würde ich keinen Auftrag erwarten können.

Ich musste das Stundenbuch meines Onkels verkaufen, obwohl ich nicht wusste, wie ich ihm diesen Verlust angesichts seines unstabilen Geisteszustands erklären sollte. Ich musste auch die Majolika-Pilgerflasche meines Vaters verkaufen. Diese Gegenstände waren jetzt noch die einzigen wertvollen Stücke in unserem Haus, aber sie würden unsere gegenwärtigen und künftigen Kosten decken, wenigsten für die nächsten Monate. Und der Verkauf dieser Stücke würde mich vor dem Schuldgefängnis bewahren.

Würde ich sie öffentlich anbieten, würde ich die Aufmerksamkeit auf unsere verzweifelte Lage lenken. Das wollte ich unbedingt vermeiden so kurz nach Mr Clarksons Tod, der unter Kunstsammlern bereits für Gerede und Spekulationen gesorgt hatte. Vielleicht wäre Lord Tenteden bereit zu einem diskreten Tauschgeschäft? Vielleicht würde er den einen oder anderen meiner übrig gebliebenen Schätze gegen den ausstehenden Betrag seiner Rechnung eintauschen?

Als ich nach Hause zurückkehrte, fand ich einen Brief vor.

Werde dich morgen in der Werkstatt aufsuchen in Begleitung unserer Freundin. Bitte gib Bescheid, wenn es für dich ungünstig ist.
Harry

Kapitel 29

Ich saß im Salon und hätte beinahe geweint, so erleichtert war ich. Lord Tenteden war mit meinem Vorschlag einverstanden. Er bot ein Treffen in fünf Tagen an, am dreizehnten, zwei Tage bevor seine Rechnung fällig wurde und der früheste Zeitpunkt, zu dem er wieder in London war, um sowohl die Pilgerflasche meines Vaters als auch das Stundenbuch gegen den Betrag einzutauschen, den wir ihm schuldeten. Er schrieb in seinem Brief, dass er sehr offen sei für dieses Arrangement. Deshalb war ich zuversichtlich und erleichtert zugleich.

Ich wollte die beiden Stücke nicht verlieren, aber ich hatte keine andere Wahl.

Harry kam am Nachmittag und seine Begleitung war natürlich Francesca. »Bitte kommen Sie herein«, sagte ich, als Orchie Francesca den Umhang abnahm und Harry seinen Hut und Mantel auf den Garderobenständer in der kleinen Empfangshalle hängte.

Francesca hielt eine recht große Schachtel in den Händen.

»Wir sind nur kurz in London, weil ihre Mutter bei Bekannten zu Besuch ist. Wir dachten, dass es eine gute Gelegenheit wäre … Nun ja, unter den momentanen Umständen möchte sie … möchten wir … wissen, ob du bereit bist, ein paar venezianische Stücke zu schätzen«, sagte Harry. Seine Stimme klang so düster wie die Wolken, die sich an diesem stürmischen Frühlingstag am Horizont auftürmten.

»Natürlich«, erwiderte ich. »Gehen wir doch in die Werkstatt.«

Ich drehte die Lampen hoch, sodass der ganze Raum hell erleuchtet war. Francesca wickelte das erste Stück aus. Es handelte sich um den wunderschönen Wasserkrug, den ich gesehen hatte, als ich die erste Inventur durchgeführt hatte.

»Oh, dieser Schatz.« Ich war von der Schönheit dieses Stücks aufs Neue tief beeindruckt. Deshalb untersuchte ich es sorgfältig auf Risse und Sprünge, begutachtete Farbe und Textur des Glases. »Der Krug ist makellos.«

Als ich einen Preis nannte, stockte Francesca der Atem. »Sind sie sich sicher?«

»*Per certo*«, entgegnete ich. »Ich bin mir ganz sicher. Aber warum soll ich diese Stücke schätzen? Werden sie nicht wieder ihren Platz im Palazzo Ihrer Familie in Venedig finden?«

»Sofern ich nicht gezwungen bin, sie zu verkaufen, Signorina«, antwortete sie. »Um die römischen Schätze zu ersetzen. Es ist nicht Harrys Pflicht, diese Situation zu bereinigen. Es ist allein meine Verantwortung.«

Instinktiv berührte ich ihren Handrücken aus Mitgefühl mit ihr. Gerade heute hatte ich mich bereit erklärt, die restlichen Schätze meines Vaters und Onkels einzutauschen, um meiner eigenen Familie zu helfen. Ich fragte mich, ob Harry in der Lage wäre, die venezianischen Kunstgegenstände zu kaufen. Trotz der Anspielungen, die Marguerite über sein wachsendes Einkommen aus der Pferdezucht gemacht hatte, war ich mir nicht sicher, ob er die erforderlichen Geldmittel so schnell zur Verfügung hätte – sicherlich nicht ohne den Verkauf seiner eigenen Familienschätze.

»Wäre Ihr Bruder damit einverstanden?«, fragte ich.

»Wir wissen nicht, wo er ist«, entgegnete sie. »Vielleicht bringt es ihn zurück, wenn wir die Schätze ersetzen.«

Sie sah aus, als wollte sie gleich in Tränen ausbrechen. Deshalb wandte ich mich rasch dem nächsten Gegenstand zu, damit sie Zeit hatte, sich zusammenzunehmen. So etwas tat Marguerite oft für mich. »Das nächste Stück?«

Sie reichte es mir. Es war ein wunderschöner venezianischer Liebesbecher, ein größeres schalenförmiges Stück mit zwei Henkeln, damit ein Paar bei einer Hochzeitsfeier gemeinsam daraus trinken konnte. Die Franzosen nannten einen solchen Becher *coupe de mariage*. Sobald ein Mann und eine Frau gleichzeitig daraus tranken, waren sie untrennbar miteinander verbunden. Die Schönheit, die ich in den Händen hielt, war aus Kristallglas, das mit Edelsteinen durchsetzt war. Es stammte wahrscheinlich aus dem sechzehnten Jahrhundert.

»Diesen Becher habe ich bei der Inventur nicht gesehen.«

»Es gibt zwei davon«, erwiderte Francesca. »Einen hatte ich auf meinem Zimmer, den anderen hat Mama.«

Hatte sie etwa noch weitere Schätze versteckt?

Ich wollte gerade einen Wert nennen, als jemand vorne an die Ladentür klopfte. Ich ging hin und öffnete sie, um die unbekannten Besucher zu fragen, ob sie in ein paar Stunden wiederkommen wollten. Aber plötzlich drängten sich die Männer in den Laden. Ängstlich suchte ich für sie einen Sammelbegriff, wie es meine Art war: *eine Meute Italiener.*

»Miss Sheffield«, sagte einer von ihnen. Er sprach Englisch mit einem starken Akzent. »Wie gut, Sie wiederzusehen. Diesmal besuchen wir Ihren Laden.«

»Signor Pazzo«, sagte Harry. »Wie praktisch, Sie hier zu treffen, während wir einen Besuch machen.«

»Wir sind Ihnen gefolgt«, entgegnete Pazzo dreist. »Vielleicht können wir uns hier umsehen und etwas kaufen.«

»Ich bin mir sicher, dass es hier nichts gibt, was für Sie von Interesse ist«, bemerkte ich, aber meine Worte hielten die drei Männer nicht davon ab, sich die Gegenstände im Ausstellungsraum anzusehen. Als ich mich nach vorn bewegte, folgten sie mir. Als ich still stand, blieben sie ebenfalls stehen, aber sie rückten immer näher.

Francescas schöne Stücke standen noch immer auf dem Gutachtertisch in der Werkstatt. »Bella, molto bella.« Pazzo fuhr mit den Fingern liebkosend über den Liebesbecher und warf einen gierigen Blick auf den Krug. Er machte sich auf den Weg in den hinteren Teil der Werkstatt. Dort bewahrten wir unsere privaten Stücke und Notizbücher auf.

»Harry?«, sagte ich leise.

»Also bitte!«, rief Harry aus, aber sie beachteten ihn nicht.

Plötzlich war von hinten ein lauter Ruf zu hören. Pazzos Begleiter rannte auf uns zu, in der Hand eine winzige, aber wunderschöne Flasche, die an einem antiken Esstisch vielleicht Öl enthalten hatte. Diese Flasche stammte eindeutig aus der frühen Römerzeit, aber ich hatte sie noch nie zuvor gesehen.

»Die gehört mir!« Pazzo warf mir einen anklagenden Blick zu. »Sie haben gesagt, Miss Sheffield, dass Sie meine römischen Schätze nicht gesehen haben, aber sie haben einen Gegenstand hier in Ihrem Laden.«

Harry drehte sich zu mir um. »Miss Sheffield, gehört die Ihnen?«

Ich schüttelte den Kopf. »Ich habe sie noch nie gesehen.« Ich drehte mich um zu dem Mann, der die Flasche aus einem hinteren Regal herausgefischt hatte, dort, wo Mr Clarkson einst unsere Kunstgegenstände vor den angeblichen Schurken versteckt hatte. »Vielleicht haben Sie die Flasche dorthin gelegt, nur um sie kurz danach ›rein zufällig‹ zu finden!« War Harry etwa auch an diesem abgekarteten Spiel beteiligt? Es war undenkbar. Und dennoch …

Die Italiener rannten auf mich zu, aber Harry trat zwischen uns. »Halt! Sie wissen, dass ich in Italien gewesen bin, hier und dort viele Freunde habe und durchaus fähig bin, Gegenstände oder Menschen zu beschützen – hier oder in Italien, auch Miss Sheffield. Sie sind schließlich bloß zu dritt und es gibt hier viele, die ich um Hilfe bitten kann.«

Der Mann zuckte mit den Schultern und machte ein paar Schritte zurück. Aber er ließ sich nicht beschwichtigen. Ich hatte das Gefühl, dass diese Konfrontation unentschieden ausgegangen war. »Ich brauche nicht mehr als drei«, hörte ich Pazzo leise, aber drohend erwidern.

Harry drehte sich erstaunt zu mir um. In seinem Blick lag Zweifel, der vorher nicht da gewesen war. »Du hast sie wirklich noch nie gesehen?« Er deutete auf die römische Flasche.

»Nein.« Ich schüttelte den Kopf. Pazzo ging nach hinten, wo

sein Freund die Flasche gefunden hatte, und betrachtete ein paar andere Stücke. Sie alle gehörten mir oder Kunden.

Harry nahm den Pelikan seiner Mutter in die Hand. »Der hat Mama gehört …«

»Ich habe ihn repariert, wie du dich bestimmt erinnerst.« Ich schämte mich für die Verzweiflung, die ich in meiner Stimme hörte.

»Schon vor Monaten? Bevor du alles zurückgegeben hast … an Watchfield und an mich.« Er steckte den Pelikan in seine Jackentasche und sah mich dabei unverwandt an.

»Ja, ich … ich habe ihn einfach vergessen«, erwiderte ich. »Es ist so viel passiert.«

Francesca warf mir einen skeptischen Blick zu. »Haben Sie auch einfach vergessen, dass Sie die römischen Stücke gestohlen haben?«

»Nein.« Mein Gefühl der Seelenverwandtschaft mit dieser Frau löste sich in Nichts auf. »Ich habe sie nie zuvor gesehen. Ich wusste noch nicht einmal, dass sie existieren.«

Im Gegensatz zu dir, denn du hast die ganze Zeit von den Stücken gewusst.

»Wir werden das ganze Gebäude durchsuchen«, sagte Pazzo.

»Nein«, entgegnete Harry mit fester Stimme. Er stand ihnen im Weg und sie drängten sich nicht an ihm vorbei.

»Dafür ist ein Durchsuchungsbefehl der Polizei erforderlich«, bemerkte ich. »Außerdem müssen Sie Eigentumsnachweise für die Stücke vorlegen. Haben Sie solche Nachweise?«

Pazzo grinste höhnisch. »Ich brauche keine Polizei, damit ich meine Arbeit machen kann.« Er wickelte die wertvolle Flasche in ein Leinentuch, das er von einem Stapel neben zarten Porzellanfiguren nahm. »Ich schlage vor, Sie finden die anderen Stücke, Miss Sheffield. Wenn eins davon hier ist, sind es die anderen auch. Ich habe bereits ein paar dringende Treffen arrangiert, aber ich werde in, sagen wir, zehn Tagen wiederkommen. Damit haben Sie genug Zeit, die Stücke zu finden. Wenn Sie sie nicht finden, werde ich Sie finden, wo immer Sie sind.«

»Sie sind nicht hier!«, entgegnete ich beharrlich.

»*Zehn Tage.*« Er tippte mit dem Finger an seinen Hut und verließ den Laden durch die Eingangstür.

Francesca saß in einer Ecke und weinte leise. »Wo ist mein Bruder? Wo sind die Kunstgegenstände? Muss ich die Erbstücke meiner Familie verkaufen, weil diese Frau eine Diebin ist?«

»Francesca …«, begann Harry. »Ich denke nicht …«

Als er mir einen Blick zuwarf, erkannte ich einen Schatten des Zweifels in seinen Augen.

Ich zog ihn auf die Seite, obwohl ich spürte, dass auch ich Tränen in den Augen hatte. »Sie haben die Flasche hier deponiert, Harry, damit sie mir die Schuld geben konnten. Deshalb sind sie dir bis hierher gefolgt.«

Er zögerte nur einen kurzen Moment. »Brauchst du das Geld?«, fragte er leise. »Du hast in Glastonbury so etwas erwähnt.«

Ich reagierte mit einem heftigen Kopfschütteln. Ich konnte ihm keinen Vorwurf machen, denn wir befanden uns in einer seltsamen Situation. In den letzten Monaten hatte ich ihn infrage gestellt, mich gefragt, ob er vertrauenswürdig war, ohne zu bedenken, wie er sich dabei gefühlt haben mochte. Ich hatte mich gefragt, ob er seine Familienschätze verkaufen würde, weil er das Einkommen brauchte. Jetzt stellte er sich die gleichen Fragen in Bezug auf mich.

»Ich bin noch immer die Frau, die du kennst«, sagte ich leise.

Ein paar Sekunden vergingen. »Ich glaube auch, dass die Flasche vor wenigen Augenblicken hier deponiert worden ist«, bemerkte er schließlich. »Sie haben das Ganze geplant, um mir eine Botschaft zu übermitteln. Wenn sie wollen, können sie jedem Schaden zufügen. Dir, Francesca, Stefano. Sie wollen ihre Schätze oder sie wollen das Geld dafür.«

»Vielleicht.« Ich fragte mich allerdings noch immer, ob Francesca etwas mit diesen Männern zu tun hatte, auch mit dieser Betrügerei mit der Flasche.

Harry fuhr fort. »Ich vertraue dir rückhaltlos. Wir müssen *einander* vertrauen.«

Das tat er offenbar allen Widrigkeiten zum Trotz. Ich war dankbar, dass ich ihn nicht wegen des fehlenden Rossharnisches gefragt hatte, denn damit hätte ich einen weiteren Vertrauensverlust riskiert.

Eine Liebesheirat. Eine Vertrauensheirat.

»Überlasse Mr Clarkson die Arbeit mit deinen Kunden, bis ich diese Sache in Ordnung gebracht habe«, sagte Harry.

»Er ist tot«, flüsterte ich. »Mr Clarkson ist tot.«

Harry wurde kreidebleich. »Ellie, verlasse dieses Haus nicht, bis ich zurückkomme. Lass Orchie oder Alice alles besorgen, was du brauchst. Sie werden dir nicht die Polizei auf den Hals schicken, weil sie von manchen ihrer Kunstgegenstände nicht die rechtmäßigen Eigentümer sind. Sie sind gefährlich, aber sie behaupten von sich, sie besäßen Ehre. Wenn sie zehn Tage gesagt haben, dann werden sie auch zehn Tage warten, aber keinen Tag länger. Lasse niemanden herein und schließe immer die Türen ab. Verstehst du? Ich muss versuchen, diese Sache aufzuklären. Das kann eine Weile dauern, aber ich werde es in zehn Tagen schaffen. Verlasse auf keinen Fall das Haus! Versprich mir das.«

»Ich verspreche es dir«, erwiderte ich.

Er umarmte mich kurz. Dann begleitete er Francesca und ihre venezianischen Schätze zu seiner wartenden Kutsche.

Kapitel 30

Mitte März 1867

Am Sonntag sagte ich meinem Onkel, dass ich unpässlich wäre und wir heute Morgen nicht zum Gottesdienst gehen könnten. Ich erwähnte nichts von meinem Versprechen, das Haus nicht zu verlassen.

»Auf mich wirkst du nicht unpässlich«, erwiderte er mit zittriger Stimme.

»Nach ein, zwei Wochen geht es mir wieder besser«, bemerkte ich. Unsere Rollen waren jetzt vertauscht. Er erwartete von mir Ermutigung und Unterstützung, während ich mich in der Vergangenheit auf ihn verlassen hatte.

Am Montag, dem elften März, kam Alice. Ich sprach mit ihr unter vier Augen und erklärte ihr alles. Dann fragte ich sie, ob sie bereit sei, mir eine Woche lang zu helfen.

»Lord Lydney hält es für besser, wenn ich das Haus nicht verlasse, bis er alles aufgeklärt hat, und ich bin der gleichen Meinung. Ich muss jedoch dringend mit einem Kunden Verbindung aufnehmen, denn ich soll ihn am Mittwoch treffen. Wären Sie bereit, für mich ein paar Telegramme aufzugeben?«

»Natürlich«, antwortete sie.

Ich telegrafierte Lord Tenteden und fragte nach, ob er mit einem Treffen in meiner Werkstatt einverstanden wäre. Ich hörte nichts von ihm.

Am Dienstag bat ich Alice, ein weiteres Telegramm aufzugeben. Noch immer kam keine Antwort. Trotz des Versprechens, das ich Harry gegeben hatte, musste ich wohl das Haus verlassen.

Ich packte die wertvollen Schätze sorgfältig ein. Das Stundenbuch holte ich heimlich, als mein Onkel eingenickt war. Dann nahm ich eine Mietkutsche. Als ich am vornehmen Stadthaus von Lord Tenteden ankam, bat ich den Kutscher, auf mich zu warten. Das war natürlich eine Geldverschwendung, aber unter den derzeitigen Umständen schien es mir sicherer zu sein.

Ich ging zum Eingang des Hauses und betätigte den Türklopfer. Kurz darauf erschien ein Butler.

»Ich bin Miss Eleanor Sheffield«, sagte ich. »Ich habe einen Termin bei Lord Tenteden.«

Er musterte mich von Kopf bis Fuß. Dann überreichte er mir einen Brief. »Auf Wiedersehen, Miss Sheffield.« Mit diesen Worten schloss er die Tür.

Ich stand wie erstarrt da, bevor ich meine Taschen wieder aufhob und zur Kutsche zurückging. Nachdem ich Platz genommen hatte, öffnete ich den Brief.

Miss Sheffield,
mir ist zu Ohren gekommen, dass es Zweifel an Ihren Gutachten und der Authentizität der von Ihrer Firma angebotenen Kunstgegenstände gibt. Ich habe es erst kürzlich von meinem Freund Lord Parham gehört.
Morgen Abend werde ich beim Treffen des Burlington Clubs sein. Dort werde ich mich weiter umhören. Ich fürchte, dass ein Tausch Ihrer Antiquitäten gegen den von Ihnen geschuldeten Betrag nicht möglich ist, solange meine Zweifel nicht beseitigt sind. Am Morgen des fünfzehnten März werde ich jemanden zu Ihnen schicken, der den Geldbetrag wie zuvor vereinbart abholen wird.

Ich steckte den Brief zurück in den Umschlag. Mir graute schon jetzt vor dem Mittwoch, denn natürlich konnte ich die geforderte Summe nicht in zwei Tagen auftreiben.

Zu Hause angekommen bat ich den Kutscher, noch einmal zu warten, während ich die Antiquitäten zurückbrachte. Ich versteckte sie unter meinem Bett und gab Orchie die Anweisung, niemandem die Tür zu öffnen.

Dann ging ich selbst zum Telegrafenamt. Das erste Telegramm sandte ich an Lord Tenteden. Darin versicherte ich ihm, dass ich meine Gutachten immer ordnungsgemäß durchgeführt hätte, ihm den geschuldeten Betrag auf jeden Fall in einer Woche bezahlen könnte, wenn er so gütig wäre, mir noch etwas Zeit zu geben.

Als Nächstes sandte ich Telegramme an Harry, sowohl nach London als auch nach Watchfield, da ich nicht wusste, wo er sich gerade befand. Ich berichtete ihm, welchen Geldbetrag ich bis Freitagmorgen für eine äußerst dringende Forderung benötigte, und ich bat ihn, mir schnellstens zu antworten. Ich dachte daran, wie ich mir selbst das Versprechen gegeben hatte, mich bei der Bezahlung meiner Schulden nicht auf Harry zu verlassen, aber ich hatte alle anderen Mittel ausgeschöpft.

Vielleicht hätte ich seine mir angebotene Großzügigkeit schon früher in Anspruch nehmen sollen. Ich tröstete mich mit dem Gedanken, dass ich ihm im Gegenzug die Pilgerflasche geben und sie dadurch ihren Platz in Watchfield bekommen würde, so wie es sein sollte. Dann könnte mein Onkel sein Stundenbuch behalten.

Vorläufig.

Am Donnerstag fanden wir alle in der Nacht keinen Schlaf. Ich blieb im Salon und betete. Orchie buk bis in die frühen Morgenstunden ganze Berge von Fleischpasteten. Unsere Nervosität übertrug sich auch auf meinen Onkel. Von Harry hörte ich kein Wort und es kam auch kein Geld von ihm.

Am Freitagmorgen, dem fünfzehnten März, zog ich zweckmäßige Kleidung an und begann mit der Arbeit in der Hoffnung, dass Harry mit einem Geldbetrag auftauchen würde. Um zehn Uhr klopfte es an der Tür. Als ich sie aufmachte, sah ich einen Mann mit einem engelsgleichen Gesicht, das im Widerspruch zu der Härte seiner Stimme stand.

»Haben Sie den Geldbetrag für Lord Tenteden?«, fragte er.

»Heute ist der fünfzehnte und mein Kunde hat viel Geduld mit Ihnen gehabt.«

»Das Geld ist unterwegs«, erwiderte ich. »Lord Lydney wird es in Kürze vorbeibringen. Geben Sie mir bitte noch ein paar Stunden, vielleicht bis spätestens Montag.«

Sein Gesicht blieb ernst, als er sich von mir verabschiedete.

Ich schloss die Werkstatt ab und löschte die Lichter hinter mir, obwohl es noch recht früh war. Dann kehrte ich ins Haus zurück und gab Orchie ruhig und bestimmt Anweisungen, wie sie vorgehen sollte, falls eintreffen sollte, was ich erwartete.

Warum hatte Harry mir keine Antwort geschickt? Hatte er mich endgültig meinem Schicksal überlassen? Noch beunruhigender – und wahrscheinlicher – war es, dass ihm selbst etwas zugestoßen war, vielleicht wegen der fehlenden römischen Antiquitäten.

Orchie weinte leise.

»Es wird nicht lange dauern, das hoffe ich zumindest.« Ich versuchte, zuversichtlicher zu klingen, als ich es war. »Lord Lydney wird bestimmt kommen und einen Scheck mitbringen. Bitte schicken Sie ihn zum Gefängnis. Er soll eine Quittung mitbringen, sobald er meine Schulden in voller Höhe beglichen hat.« Ich gab ihr den Namen und die Anschrift des Mannes, an den der Geldbetrag übergeben werden sollte.

»Und wenn er nich' kommt?«, fragte Orchie.

»Dann senden Sie bitte einen Brief an Lady Charlotte Schreiber und bitten sie, für mich einen Käufer für die Pilgerflasche ausfindig zu machen.«

Ich wusste nicht, ob der Erlös aus dem Verkauf ausreichen würde, wenn sich meine Schulden durch die Gerichtskosten erhöhen würden. Mir wurde es schwer ums Herz, aber ich musste unseren letzten Schatz opfern, damit wir uns über Wasser halten konnten. »Und vielleicht auch das Stundenbuch«, fügte ich leise hinzu. »Wenn es nötig ist.« Damit sollten für ein paar Monate die Kosten gedeckt sein, falls ich noch länger im Gefängnis bleiben müsste.

»Sie können sich auch an Mrs Newsome wenden. Vielleicht kann sie uns weiterhelfen. Aber zuerst müssen Sie die Haushaltskosten für Sie selbst und meinen Onkel bezahlen. Verwenden Sie das Geld nicht für meine Entlassung, bis alle häuslichen Angelegenheiten geregelt sind und Lord Tenteden sein Geld bekommen hat.«

Ich wollte Orchie und meinem Onkel das Armenhaus oder gar das Irrenhaus ersparen, selbst wenn ich dafür länger im Schuldgefängnis bleiben müsste.

Orchie nickte zustimmend. Ich gab ihr keine weiteren Anweisungen, weil ich nicht wusste, was ich sonst noch tun oder sagen sollte. Ich machte mir Vorwürfe, weil ich Harry nicht schon eher um Hilfe gebeten oder die Pilgerflasche zusammen mit der Schnupftabakdose und dem Raritätenkabinett verkauft hatte. Ich hatte bis zuletzt gehofft, die Schätze meines Vaters behalten zu können, denn schließlich hatte Harry versprochen, mir jederzeit zu helfen.

In Wahrheit war es mein eigener Stolz, der mir zum Verhängnis geworden war. Ich wollte von Harry keine Hilfe annehmen. Ich wollte stark und eigenständig sein – in seinen und in meinen Augen.

Diesmal hatte nicht Harry zu lange gewartet, bis er zu spät kam. Diesmal war ich zu spät gekommen.

Pünktlich um zwei Uhr nachmittags erschien der Schuldeneintreiber vor meiner Haustür, zusammen mit einem Polizisten.

Ich öffnete die Tür. »Ja?«

»Sind Sie Miss Eleanor Sheffield?«, fragte der Polizist. Ich war dankbar, dass es nicht derselbe Wachtmeister war, der mich damals zu Mr Clarksons Wohnung begleitet hatte.

»Ja«, antwortete ich.

»Bitte kommen Sie mit mir.«

Er führte mich zum Polizeiwagen. Im Inneren war es zwar trocken, aber unbequem. Nachbarn sahen aus ihren Fenstern und ich war froh, dass ich ohne Fesseln zum Polizeiwagen gehen konnte. Schon bald würde sich das Gerede wie ein Lauffeuer unter den Nachbarn verbreiten. Wer von den Förderern des South

Kensington Museums würde zuerst von meiner Verhaftung hören?

Die Straßen waren holprig und ich hörte die typischen Geräusche von London. Händler priesen ihre Waren an, Handwerker boten ihre Dienste feil. Zum ersten Mal begriff ich, wie es war, wenn man nicht über sein eigenes Leben bestimmen konnte. Ich konnte bloß das tun, was mir das Gesetz erlaubte. Ich fühlte mich ausgeliefert an Menschen, von denen manche keine Gnade kannten.

Wir hielten vor dem Gefängnis an, einem Ort, den ich viele Male unter besseren Umständen besucht hatte. Drinnen erschien ich vor dem Gefängnisaufseher, der mich sofort erkannte.

»Sind Sie in der Lage, diese Schuld in voller Höhe zu begleichen?«, fragte er.

»Zurzeit nicht.«

»Das ist dann ein Nein.« Er schrieb etwas auf ein Blatt Papier. »Sie werden hier in Gewahrsam bleiben, bis Sie vor einem Richter erscheinen, um Ihren Fall darzulegen. Er wird Ihnen dann eine Gefängnisstrafe auferlegen. Sie werden im Gefängnis bleiben, bis Ihre Schuld beglichen ist oder Sie Ihre Haftstrafe verbüßt haben. Ist das klar, Miss?«

»Ja«, antwortete ich. »Wann … wann werde ich vor dem Richter erscheinen?«

»Sobald der Zeitpunkt günstig ist«, bekräftigte er. »Für den Richter.«

»Vielleicht in einer oder zwei Wochen«, flüsterte mir der Polizist zu, als er sich verabschiedete. »Viel Glück, Miss.«

Ich wurde in den nächsten Raum gebracht. Dort untersuchte mich eine Gefängniswärterin auf verbotene Gegenstände.

Schweigend gingen wir einen langen, engen Flur entlang. Wenn ich gewollt hätte, hätte ich die Arme ausstrecken und mit meinen Fingern an jeder Wand entlangstreichen können. Ich wusste, dass der im Laufe der Jahre an den Wänden angesammelte Schmutz meine Handschuhe schwarz färben würde wie die Schande, die meine Seele befleckte. Mir kam es so vor, als ob auf dem Weg die Wände des Flurs immer enger wurden, und plötzlich schnappte ich nach Luft.

Während die Wärterin mich durch den Flur führte, meinte ich, ersticken zu müssen an dem fauligen Gestank der verdreckten Luft, die nur selten bewegt wurde, genau wie die Frauen, die hinter diesen Wänden gefangen waren. Ich hatte einmal zufällig gehört, wie die Wärterinnen erzählten, wie sie sich fast übergeben mussten, wenn sie diese tieferen Flure zum ersten Mal betraten. Ich schluckte schwer, damit ich nicht ähnlich reagierte. Ganz schwach spürte ich auch den Geruch von Chlorkalk, der von Zeit zu Zeit zum »Auffrischen« der Luft verwendet wurde. Jeannette hatte mir berichtet, dass ihr der Dunst die Lungen verbrannt hätte. Jetzt konnte sie kaum noch tief Luft holen.

Die Wärterin öffnete eine Tür und schob mich unsanft in den dahinter liegenden Raum. »Genießen Sie Ihre erste Nacht unter dem Dach Ihrer Majestät«, sagte sie mit einem gackernden Lachen. Sie stand vor der Tür, während sie mir den Inhalt der Zelle erklärte. Sie deutete auf eine rote Flagge an einem groben Haken. »Drücken Sie das hier durch den Schlitz, wenn Sie krank sind oder dringend das Klosett benutzen müssen. Das Essen wird Ihnen gebracht. Am Vormittag können Sie in den Hof und am Sonntag in die Kapelle.«

»Danke«, erwiderte ich höflich.

Sie lachte wieder. »Sie müssen nicht so fein tun, Missy. Hier bin ich der Boss.«

Die Tür schloss sich mit einem lauten Knall. Ich sah mich in der Zelle um.

Als ich hörte, wie sich der Schlüssel im Schloss drehte, blieb mir die Luft weg, als ob ich mit dem Gesicht nach unten in einer Badewanne liegen und jemand mir den Kopf halten würde, sodass ich ihn nicht heben konnte. Meine Lungen lechzten schon jetzt nach frischer Luft. Ich setzte mich auf die schmale Pritsche und die Wände der Zelle schienen mich erdrücken zu wollen.

Mir war bewusst, dass sich über mir andere Gefangene befanden, wohl auch unter mir und in jedem Raum um mich herum. Ich befand mich nicht unter der Erde, aber es fühlte sich so an.

Die Zelle hatte ein kleines Fenster, aber es war hoch oben und ließ nur wenig Licht durch. *Du wirst nicht lange hierbleiben müssen*, tröstete ich mich in Gedanken. *Harry wird in wenigen Stunden mit dem Geld ankommen. Du wirst noch nicht einmal einen Tag lang hier sein.*

Ich stand in der Mitte meiner Zelle, die etwa zwei mal drei Meter groß war. Die Wände waren weiß getüncht. Auf einem kleinen Regal stand eine hölzerne Schüssel, daneben lag ein hölzerner Löffel. Auf dem unteren Regalbrett lagen eine Bibel, ein Gebetbuch und ein Gesangbuch, obwohl die meisten Gefangenen gar nicht lesen konnten, wie ich von meinen Besuchen hier wusste.

Es gab keinen Schreibtisch und auch keine Schreibwerkzeuge. Wie konnte ich hier jemanden erreichen und um Hilfe bitten?

Die Hilfe musste *mich* erreichen und zu *mir* kommen.

An der Holzplanke, die als Bett diente, standen Splitter nach oben ab. Ich versuchte, sie nach unten zu drücken, aber es nützte nur wenig. Am Kopfende lag eine Art Kissen. Es war ein grober Futtersack, den man mit Kokosfasern gefüllt hatte. An einem Ende war er offen. Ich fragte mich, welches Ungeziefer dort hineingekrochen war und bereits schlief.

Bestimmt würden die Krabbeltiere erwachen, sobald ich meinen Kopf auf sie legte.

Am Fußende der Holzplanke lag eine zusammengefaltete Wolldecke. Als ich sie vorsichtig entfaltete, flogen Staubteile durch die Luft. Auf der Wolle waren Flecken, von denen ich nicht wissen wollte, wo sie herkamen. Außerdem war der Stoff fettig. Ich ließ die Decke auf den Boden fallen.

Ich setzte mich auf die Pritsche und war dankbar, dass man mir nicht meine eigenen Kleidungsstücke abgenommen hatte. Falls man mich wegen der Schulden zu einer längeren Gefängnisstrafe verurteilen sollte, würde man mir wohl die schlecht sitzende Gefängniskleidung zuteilen, die meine Freundinnen aus dem Gefängnis bereits trugen, und die Stiefel, die »redeten«, weil ihre Sohlen sich bei jedem Schritt quietschend vom Rest des Stiefels zu lösen schienen.

Ein paar Stunden später wurde durch eine kleine Öffnung auf dem Boden eine Schüssel mit Essen geschoben zusammen mit zwei Zinnkrügen. Sobald die Wärterin sich entfernte, näherten sich zwei kleine Ratten und schnupperten an der Schüssel.

Ratten!

Sie saßen mit gekrümmten Rücken und gesenkten Köpfen da. Auf mich wirkten sie angriffslustig. Das Paar starrte mich an mit zuckenden Schnurrhaaren und starrem Blick und zum ersten Mal wusste ich, was der Ausdruck »wachsame, kleine Augen« bedeutete. Ihre Augen waren so tiefschwarz, dass man keine Pupillen erkennen konnte. Ich bewegte mich auf die Schüssel zu, aber die bösartigen Nager stellten sich mir kühn in den Weg.

Mein Magen hob und senkte sich bei dem Anblick. Ich schloss die Augen und wartete ab, bis die Welle der Übelkeit abebbte. Als ich die Augen wieder öffnete, hatten die Ratten mein Abendessen vertilgt. Von den Zinnkrügen hielten sie sich jedoch fern. Sie blieben bis an den Rand gefüllt und so zog ich sie in meine Zelle. Ich schnupperte am Inhalt. In dem einen Krug war Bier, das ich nicht trinken wollte, und der andere enthielt Wasser.

Ich hatte großen Durst und so trank ich das Wasser.

Eine Stunde später drückte ich die rote Flagge nach außen und betete, jemand möge sie sehen. Die Wärterin kam und ich eilte zu den Klosetts, bevor ich mich übergeben musste.

In dieser ersten Nacht unter dem Dach Ihrer Majestät konnte ich nicht schlafen. Manchmal meinte ich, am Guckloch meiner Tür ein spöttisch blickendes Auge zu erkennen. Ich behielt meine Kleider an und trotzdem zitterte ich vor Kälte. Ich unterdrückte meine Tränen, obwohl die anderen um mich herum so laut schluchzten, wie sie nur konnten.

Kapitel 31

Irgendwann musste ich eingenickt sein, denn als ich aufwachte, fühlte ich mich verzweifelt, elend und verlassen, obwohl ich die Worte des Apostels Paulus an die Korinther so gut kannte. »*Wir sind von allen Seiten bedrängt, aber wir ängstigen uns nicht. Uns ist bange, aber wir verzagen nicht. Wir leiden Verfolgung, aber wir werden nicht verlassen. Wir werden unterdrückt, aber wir kommen nicht um.*« Ich wusch mir das Gesicht mit dem kalten, bräunlichen Wasser, das man mir gebracht hatte. Die frühen Morgenstunden verbrachte ich damit, mich um mein Haar und meine kalten Finger zu kümmern. Ich versuchte, die Hoffnung nicht aufzugeben, und so dachte ich daran, was ich nach meiner Entlassung aus dem Gefängnis tun könnte, um meinen Onkel, Orchie und mich über Wasser zu halten.

Orchie war zu alt, um woanders eine Anstellung zu finden. Mein Onkel wurde immer verwirrter. Ich hatte schon daran gedacht, zusammen mit Marguerite einen gemeinsamen Haushalt zu führen, aber sie hatte kein eigenes Einkommen. Wenn ich die Situation so schonungslos betrachtete, wie ich es tun sollte, dann war es am besten, wenn sie heiratete, um ihre eigene Zukunft zu sichern.

Die Firma *Sheffield Brothers* wäre verloren, sobald sich herumsprach, dass wir unsere Lieferanten nicht bezahlen konnten. Wir brauchten einen einflussreichen Beschützer, aber den hatten wir nicht.

Am späten Vormittag ging ich mit den anderen Gefangenen auf den Hof, in dem wir unsere Runden drehen konnten. Ich saß auf einer zerfallenden Holzbank in der Mitte des kleinen Hofs. Es war zum Glück trocken, aber bitterkalt. Plötzlich merkte ich, warum niemand außer mir auf der Bank saß. Sie war befallen von Nagekäfern, die sich durch das feuchte Holz fraßen. Ich sprang auf und sah mich hastig um. Die »Stammgäste« in diesem Gefängnis mochten keine feinen Damen mit Allüren. Ein paar von ihnen kamen näher. Eine Frau stand direkt vor mir und starrte mich an. Dann hörte ich eine laute Stimme.

»He! Sie ist eine von uns. Sie gehört zu mir!«

Ich hätte vor Erleichterung weinen können, als Jeanette zu mir herüberkam.

»Miss Sheffield?« Ihre Stimme klang ungläubig. »Sind Sie das wirklich? Warum sind Sie hier?«

»Ja, ich bin es wirklich«, antwortete ich. »Ich bin in Untersuchungshaft, bis ich vor dem Richter erscheinen kann. Es geht um Schulden, die mein Onkel gemacht hat und für die ich unterschrieben habe.«

Sie sorgte dafür, dass ein paar von den anderen Frauen sie umringten. »Ihr erzählt es allen weiter. Niemand rührt sie an oder tut ihr was.«

Die anderen nickten zustimmend und plötzlich fühlte ich mich geborgen wie in einem Kreis aus Freundschaft und Zuneigung. Mein Herz war erfüllt von Dankbarkeit und ich schloss kurz die Augen. Wieder kamen mir Zeilen aus der Bibel, diesmal aus dem Matthäusevangelium, in den Sinn.

»Wann haben wir dich krank oder im Gefängnis gesehen und sind zu dir gekommen? Und der König wird antworten und zu ihnen sagen: Wahrlich, ich sage euch: Was ihr getan habt einem von diesen meinen geringsten Brüdern, das habt ihr mir getan.«

»Danke«, sagte ich zu Jeanette und allen anderen.

»Na klar«, entgegnete sie. »Wir sind doch Freundinnen.«

Ich ging mit ihnen während der uns zugebilligten Stunde im Hof spazieren, denn ich wusste nicht, ob ich sie am nächsten Tag in der Kapelle wiedersehen durfte. Vielleicht fand der Gottesdienst für die Gefangenen aus den Einzelzellen zu einer anderen Zeit statt. Aber meine Stimmung hellte sich durch die bloße Gewissheit auf, dass sie hier und in meiner Nähe waren, mir ihre Gesellschaft und ihren Schutz anboten.

»Gibt es … gibt es hier immer Ratten?«, fragte ich.

»Für manche sind die Viecher so was wie Haustiere.«

Der Schreck musste in meinen Gesichtszügen zu lesen gewesen sein, denn Jeanette reagierte mit einem leisen Lachen. »Liebe, gütige Miss Sheffield, ha'm Sie nich' gewusst, wie unser Leben hier aussieht? Nach all Ihren Besuchen bei uns?«

»Nein, das habe ich nicht gewusst.« Aber ich gelobte feierlich, dass ich für die Frauen im Gefängnis mehr tun würde, als sie bloß zu besuchen – wenn ich jemals hier herauskäme.

Sie musterte mein Gesicht. »Sie ha'm nich' geschlafen, oder?«

»Sieht man das?«

Sie nickte. »Dunkle Augenringe. Und noch was: Keine von uns schläft. Das liegt an diesen Planken. Und dem Krach.«

»Lautes Weinen«, stimmte ich zu.

»Und Raserei«, fügte sie hinzu. Sie wirkte überrascht, als ich fragend meinen Kopf schief legte. »Sie ha'm keine, die so tun, als wär'n sie irre?«

»Nein«, antwortete ich.

»Oh, das kommt noch«, entgegnete sie. »Die fangen immer an Samstagabenden an vor dem Gottesdienst am Sonntag.«

Ich holte tief Luft.

»Ich werd' für Sie beten«, versprach sie, wie sie es immer tat.

»Und ich für Sie«, erwiderte ich.

Als ich in meine Zelle zurückkehrte, überdachte ich meine Situation. Mir war kalt, meine Kleidung und die dünnen Handschuhe boten nur wenig Schutz. Ich hatte großen Durst. Gestern Abend hatte ich ein wenig Wasser auf den Boden verschüttet, aber weil es so kalt war, war es noch immer nicht getrocknet. Zu Hause hatte ich nur selten an Wasser gedacht, aber hier kreisten meine Gedanken darum, weil ich kein frisches Wasser bekommen konnte. Ich sehnte mich nach frischem Gemüse und sogar nach einer Fleischpastete, obwohl es noch nicht so lange her war, dass ich mich beklagt hatte, weil es sie zu Hause so oft gab. Ich fragte mich, ob es meinem Onkel gut ging und wie Orchie wohl zurechtkam. Ich betete und hoffte, dass ich mich schon bald wieder um sie kümmern könnte. Mir wurde wieder ganz neu bewusst, wie hoffnungslos sich meine Freundinnen im Gefängnis fühlen mussten, wenn sie über ihr Leben nicht bestimmen konnten und nur wenig oder gar keine Hoffnung auf Freiheit hatten.

Jetzt erkannte ich, dass sie mutiger waren, als ich jemals vermutet hatte, und diese Erkenntnis machte auch mir Mut.

Aber als es Nacht wurde, musste ich wieder um Luft ringen. Die Wände schienen über mir einzustürzen und ich konnte am anderen Ende des Flurs lautes Weinen hören. Meine Zellennachbarin würgte laut und ich musste mir mit beiden Händen den Mund zuhalten, damit ich nicht ebenfalls anfing zu würgen.

Dann begann die Raserei zunächst bei einer Frau, dann bei einer weiteren. Sie sprachen laut mit unsichtbaren Menschen, sie flehten sie an, schrien Erinnerungen heraus an Verbrechen, die sie an diesen Menschen begangen hatten. Eine Frau brüllte aus Angst vor dem Feuer.

Ich schloss die Augen und betete für diese Frauen, für mich selbst und für Jeanette. Ich betete, dass Harry sich beeilen möge. Die ganze Zeit hielt ich meine Bibel fest umklammert.

Wenn ein Feuer ausbricht, kommt niemand, um mich hier herauszuholen, dachte ich. *Sie werden mich, ja, uns alle zurücklassen, damit wir hier umkommen.*

Es wird sowieso niemand kommen, um dich hier herauszuholen. Ich konnte sie fast hören, die spöttische Stimme der Angst.

Wo ist Harry? Warum hat er meine Schulden nicht beglichen? Vielleicht hat er nie vorgehabt, mich aus dem Gefängnis zu befreien. Vielleicht ist das für ihn eine gute Gelegenheit, seine Verantwortung für mich loszuwerden …?

Ich rieb mir den Finger, an dem Harrys Ring gesteckt hatte, doch ich weigerte mich, diese Lüge zu glauben. Tief in meinem Herzen wusste ich, dass Harry vertrauenswürdig war, auch wenn sich mein Herz vor Sorge zusammenzog.

Vielleicht hatte es der Mörder von Clarkson auch auf Harry

abgesehen? Wenn das so wäre, käme ich hier nicht mehr heraus. Wenn Harry ohne Erben sterben würde, könnte die Sammlung dann doch dem South Kensington Museum gespendet werden? Das wäre sehr wahrscheinlich.

Was wäre, wenn die Italiener Harry in ihrer Gewalt hätten? Hatte er etwas Beunruhigendes herausgefunden und die Italiener wollten ihn über den zehnten Tag hinaus festhalten?

»Wenn sie zehn Tage sagen, dann werden sie zehn Tage warten, aber nicht einen Tag länger«, hatte Harry gesagt.

Am Montag wären diese zehn Tage zu Ende.

Ich lehnte mich mit dem Rücken an die Wand und plötzlich spürte ich einen tiefen Frieden in mir und um mich herum.

Liebster Herr, ich bin dir so dankbar für die Gewissheit, dass du in diesen schweren Stunden bei mir bist.

Ich betete, dass allein die Majolika-Flasche genug Geld einbringen würde, damit ich meine Schulden bei Lord Tenteden begleichen konnte. Ich betete, dass mein Onkel es nicht mehr merken würde, wenn ich das Stundenbuch verkaufen musste, damit wir Geld genug zum Leben haben würden. Ich betete auch, dass Charlotte mir beim Verkauf helfen könnte, obwohl sie vielleicht nichts mehr mit mir zu tun haben wollte, und das wäre ja auch verständlich. Aber wer würde dann die Gegenstände verkaufen, damit ich freikommen könnte? Konnte Charlotte sie auch ohne die Erlaubnis meines Onkels veräußern? Er war vielleicht nicht mehr geschäftsfähig und könnte deshalb eine solche Entscheidung nicht treffen.

Ich betete, dass es Harry gut gehen möge.

Ich liebte ihn doch so!

ઊ

Früh am nächsten Morgen hatte ich einen Besucher. Während ich auf mein Gerichtsurteil wartete, durfte mich niemand besuchen.

Das sollte sich erst wieder ändern, sobald das Urteil gesprochen war und ich meine Gefängnisstrafe antreten musste.

Als die Tür sich öffnete, sah ich den Gefängnispfarrer. »Ich bin Pastor Bradley Clay«, stellte er sich vor. »Ich möchte Sie zum Gottesdienst einladen.«

»Ich möchte Gott lieber allein in meiner Zelle anbeten.«

Er lächelte mich an. »Das habe ich schon vermutet. Es ist durchaus üblich. Wenn ein Mensch zum ersten Mal im Gefängnis ist, ist er so erfüllt von Scham, dass er die Gesellschaft anderer lieber meidet. Damit entgeht Ihnen jedoch eine gute Gelegenheit zu einem gemeinsamen Gottesdienst unter Menschen, denen es ähnlich geht wie Ihnen, und wir können uns nicht Ihrer Sorgen und Nöte annehmen. Das Abendmahl kann zwar auch in der Zelle eingenommen werden, aber wir missbilligen diese Möglichkeit. Wenn Sie am Gottesdienst teilnehmen, könnte Ihnen das Kraft spenden.«

Ich nickte, aber ich war noch immer skeptisch.

»Ich habe gehört, dass Sie zu der Gruppe von Frauen gehören, die regelmäßig das Gefängnis besuchen«, fügte er hinzu.

»Ja, das stimmt.«

»Vielleicht vermitteln Sie den anderen Frauen eine klare Botschaft, wenn Sie teilnehmen. Die Botschaft könnte lauten, dass Sie immer Trost und Freude im Gottesdienst erfahren, ob nun im Gefängnis oder in Freiheit«, erwiderte er. »Ich überlasse Ihnen die Entscheidung, Miss Sheffield. Hier drin gibt es viel Finsternis, wie Sie sehr gut wissen. Aber denken Sie daran: ›Er öffnet die finstern Schluchten und bringt heraus das Dunkel ans Licht.‹ Das Buch Hiob.«

Ich musste lächeln. »Mit dem Buch Hiob bin ich nur allzu gut vertraut, Herr Pastor. Danke. Ich werde zum Gottesdienst kommen.«

Als er weggegangen war, strich ich mein Kleid glatt und schüttelte Staub und Knitterfalten ab, so gut ich es konnte.

Mit einer kleinen Ecke der fettigen Decke wischte ich den

Staub von meinen Stiefeln. Dann zog ich meine Handschuhe an. Wieder war ich dankbar, dass ich meine eigenen Kleidungsstücke behalten durfte. Ich betrachtete diese kleinen Annehmlichkeiten als selbstverständlich, aber das waren sie nicht.

Die Glocken läuteten und riefen uns zum Gottesdienst. Ich kannte das Läuten von meinen früheren Besuchen her. Also verließ ich die Zelle und machte mich auf den Weg zur Kapelle. Obwohl ich meine Freundinnen in einem nahe gelegenen Raum besucht hatte, war ich noch nie in der Kapelle gewesen.

Pastor Clay hatte recht. Dankbar hörte ich seiner Predigt zu. Die Lieder kannte ich auch und so konnte ich mitsingen. Schon bald war es Zeit für das Abendmahl.

Jede der Frauen wirkte wie verwandelt, die düster dreinblickenden wurden ruhig und friedlich. Es waren alte und junge Frauen, manche von ihnen ohne Zähne und mit nach innen eingefallenen Lippen.

Ich nahm ebenfalls das Abendmahl und gestärkt durch den Gottesdienst wollte ich zurück in meine Zelle gehen. Plötzlich tauchte neben mir eine neue Wärterin auf und packte meine Hand.

»Kommen Sie mit mir«, sagte sie.

Kapitel 32

Die Wärterin führte mich in einen anderen Teil des Gefängnisses.

»Das ist Ihr neues Zimmer«, sagte sie und öffnete die Tür.

»Warum?«, fragte ich. »Was ist mit meiner alten Zelle?«

Sie zuckte gleichgültig mit den Schultern. »Sei'n Sie doch froh, dass jemand für Ihren Umzug bezahlt hat. Ich bring Ihnen Ihr Essen und Sie können auch Besuch haben, wenn Sie woll'n. Wenn Sie überhaupt jemand besuchen will.« Sie grinste höhnisch.

Ich nickte zustimmend und sie ging weg. Ich sah mich in dem Raum um. Er war größer als meine alte Zelle. Das Fenster war zwar nicht sauber, aber die Sicht war auch nicht gänzlich blockiert. Das Bett hatte eine Matratze und nicht bloß eine Holzplanke. Das Kopfkissen war zugenäht worden, obwohl es wohl nicht mit Daunen oder Federn gefüllt war. Das Zimmer war zwar besser als meine Zelle, aber es war noch immer ein Gefängnis.

Es gab einen kleinen Schreibtisch und einen Stuhl, aber kein Gitter, durch das Ratten hineingelangen könnten.

Beinahe weinte ich vor Erleichterung. Wer bezahlte denn für meine bessere Unterbringung, aber nicht für meine Freilassung?

Ich saß erst einen Augenblick lang auf dem Stuhl, als ich auf dem Steinfußboden des Flurs Schritte hörte. Sie hielten vor meiner Tür an. Ich wurde nervös und stand auf. Dann hörte ich ein Klopfen.

»Ellie?«

Ich rannte zur Tür, als sie sich öffnete. »Harry!«

Er hielt mich fest umschlungen, eine Minute, zwei Minuten lang. Dann flüsterte er mir ins Ohr: »Ich bin jetzt hier und alles wird gut. Ich werde dafür sorgen, das verspreche ich.«

Ich musste die Tränen zurückhalten, während ich seine Hand nahm. »Ich habe keinen zweiten Stuhl und deshalb kann ich dir keinen Platz anbieten«, sagte ich, als ich ihn in meine Zelle führte.

Er strich mir zärtlich über das Haar. »Das ist unser kleinstes Problem, aber es entspricht deinem Wesen. Wir werden uns nebeneinander, aber mit schicklichem Abstand, auf dein Bett setzen und es als Sofa benutzen.«

Ich nickte zustimmend. »Warum …? Wie …?« Obwohl der Tag düster und das Fenster meiner Zelle noch immer verschmutzt war, schien der Raum wie in goldenes Licht getaucht zu sein und meine Stimmung hellte sich auf.

»Ich hatte keine Ahnung«, erwiderte er, »dass man dir mit dem Schuldgefängnis gedroht hat, wenn deine Rechnung nicht bis zum fünfzehnten März bezahlt ist. Warum hast du mir nichts gesagt?«

Ich antwortete kleinlaut, mit leiser Stimme: »Das war mein dummer Stolz. Du hast immer meine Stärke und Eigenständigkeit bewundert. Ich wollte diese Bewunderung nicht verlieren. Und ich wollte wohl auch beweisen, dass ich die Firma *Sheffield Brothers* alleine leiten kann. Das wäre mir ja auch fast gelungen. Als das Stück aus der Römerzeit in meiner Werkstatt auftauchte, konnte ich dich nicht um Geld bitten, denn dann hätte es so ausgesehen, als hätte ich die Flasche gestohlen, um meine Schulden zu begleichen. Es ist mir ähnlich gegangen wie dir: Mein Wunsch, mir die Anerkennung anderer Menschen zu verdienen, hat keine guten Ergebnisse gezeitigt und ich habe dadurch auch keinen Frieden gefunden. Ich habe zu lange gewartet, bis ich um Hilfe bitten konnte, und ich hatte auch keinen Plan für den Fall, dass die Dinge sich nicht so entwickeln, wie ich es mir vorgestellt habe. Dadurch habe ich mich selbst und, schlimmer noch, andere gefährdet.«

Er streckte den Arm aus und holte die Gefängnisbibel aus dem Regal. Dann schlug er das Buch Jesaja auf und las: »›Darum, weil du kostbar bist in meinen Augen und wertgeachtet und ich dich lieb habe, so gebe ich Menschen für dich hin und Völker für dein

Leben.‹ Du bist kostbar, Ellie, deine Handlungen waren ehrenhaft und ich bin hier, um dir zu helfen.«

Wieder hielt ich meine Tränen zurück und flüsterte: »Danke.« Dann schmiegte ich mich an ihn. »Kannst du mich hier herausholen?«

Er nickte und ich wurde ganz schwach vor Erleichterung. »Aber du musst noch ein, zwei Tage hierbleiben, bis ich die Sache mit den römischen Schätzen geregelt habe. Ich war auf dem Land, weil ich einen eigenen Verkauf organisiert habe, damit ich deine Schulden begleichen und eine Entschädigung für den Diebstahl der Stücke zahlen kann. Ich bin erst heute Morgen nach London zurückgekehrt. Erst dann fand ich dein Telegramm vor und bin hierhergeeilt. Ich habe dafür bezahlt, damit man dir ein besseres Quartier – und Schutz – gibt, bis ich die Schulden begleichen, für deine Freilassung sorgen und dich auch vor den Italienern beschützen kann.«

»Vielen, vielen Dank dafür. Wie kann ich dir das alles jemals zurückzahlen?«

Er strich mit dem Finger sanft über mein Kinn. »Das brauchst du nicht, entzückende Ellie.«

»Wirst du die venezianischen Schätze verkaufen?«

Er schüttelte den Kopf. »Auf gar keinen Fall. Viero hat sie mir anvertraut und ich werde dafür sorgen, dass sie unbeschädigt zu ihm zurückkehren.«

In diesem Augenblick wurde mir bewusst, wie sehr ich diesen Mann liebte. Ich dachte an die Worte von Lord Audley: *»Trotz allem, was Sie vielleicht beobachtet haben, Miss Sheffield, ist die Ritterlichkeit noch nicht ausgestorben. Unter uns Edelleuten gibt es noch jene, die mit edlen Absichten handeln.«*

»Pazzo und seine Männer werden es nicht wagen, ins Gefängnis einzudringen. Es ist sehr wahrscheinlich, dass diese Stücke gestohlen sind, und sie wollen bestimmt nicht die Aufmerksamkeit der Polizei erregen. Auf jeden Fall wird das Ganze schon bald hinfällig sein.« Er nahm meine Hand. Es war mir peinlich, denn meine Hände waren nicht so sauber wie sonst, wenn ich sie mir wie zu Hause mit sauberem Wasser und mithilfe einer Nagelbürste reinigen könnte.

»Das Wasser …« Ich zuckte mit den Schultern und zog meine Hand zurück, bevor er mir den Handschuh ausziehen konnte.

Er warf mir einen fragenden Blick zu. »Was ist denn los?«

Jetzt war nicht der Moment, sich um solche Dinge zu sorgen, aber … »Ich … Ich habe mir so viel Mühe gegeben mit meinen Kleidern, meinem Haar, meinen Händen, seitdem Marguerite mich dazu gedrängt hatte. Und ich muss sagen, es hat seine Wirkung auf dich nicht verfehlt. Aber jetzt?« Ich sah an mir herunter auf mein einfaches, aber zweckmäßiges Kleid und dachte an die von meinen Handschuhen verborgenen, rau gewordenen Hände. Mein Haar war noch immer recht frisch, aber es hing ein wenig unordentlich herunter, weil mir Haarnadeln und eine vernünftige Haarbürste fehlten.

Er umschloss mein Gesicht mit beiden Händen. »Liebste Ellie, für mich bist du in jeder Lebenslage schön. Du bist gekleidet in Stärke und Würde.« Er sah aus, als ob er mich küssen wollte, aber dann tat er es doch nicht. »Darf ich?«

Ich nickte und schloss träumerisch die Augen, als er mir die Handschuhe abzog, langsam, jeden Finger einzeln, und ganz sanft. Dann nahm er meine Hände, zog meine Fingerspitzen an die Lippen und küsste sie.

Mich durchströmte eine seltsame Wärme bis hinunter zu meinen Zehenspitzen und gleichzeitig empfand ich eine tiefe Ruhe trotz dieser feindlichen Umgebung.

Ein paar Sekunden vergingen und dann nahm ich seine Hand und küsste ihn auf den Handrücken. »Es ist dir gelungen, dass ich kein Interesse an anderen Männern habe.«

Harry musste lachen. »Gut!« Er warf einen Blick auf seine Uhr. »Ich muss dich bald verlassen und diese leidige Angelegenheit regeln. Du wirst sehen, Ellie, ich habe eine Überraschung für dich. Ein unerwarteter Freund ist uns zu Hilfe gekommen und schon bald wird alles offenbart werden.«

Er stand auf. »Ich muss gehen und letzte Vorkehrungen treffen.« Es war weder die richtige Zeit noch der passende Rahmen für einen leidenschaftlichen Kuss, aber dennoch küsste er mich zärtlich, liebevoll und sanft. Diesmal erwiderte ich seinen Kuss.

Er ging weg, und als ich die Tür hinter ihm schloss, strahlte ich vor Glück. Es war genau so, wie Onkel Lewis es gesagt hatte: Es gab noch Wunder, wir mussten bloß nach ihnen Ausschau halten!

Am nächsten Morgen, es war Montag, war ich bereit, das Gefängnis zu verlassen. Harry hatte sicherlich Zeit genug gehabt, alles endgültig zu regeln. Ich konnte es nicht erwarten, nach Hause zurückzukehren und meinem Onkel und Orchie die gute Nachricht zu überbringen, dass ich nicht nur aus dem Gefängnis freigekommen war, sondern unsere Probleme schon bald gelöst sein würden. Ich machte mein Bett. Ich ließ das Mittagessen aus, denn ich wollte das Essen zu Hause richtig genießen, sogar die Fleischpasteten.

Der Nachmittag zog sich hin und ich wurde unruhig. Kurz vor dem Abendessen machte ich mir große Sorgen. Wo war Harry? Schließlich ging der zehnte Tag zu Ende. Mein Herz begann immer lauter zu pochen.

War etwas passiert?

Kurz nach dem Abendessen, als die Frühlingssonne bereits untergegangen war und das Licht hinter dem verschmutzten Fenster in meiner Zelle von Grau zu Schwarz wechselte, klopfte es an meiner Tür.

»Miss Sheffield?«

»Ja?«

»Hier ist jemand, der Sie abholen will. Ihre Schulden sind beglichen worden.«

Ich reagierte mit einem tiefen Seufzer der Erleichterung. Er hatte es doch nicht vergessen!

Ich folgte der Wärterin die enge Treppe hinunter und durch den Flur. Sie deutete an, dass draußen eine Kutsche auf mich wartete.

Ich verabschiedete mich von ihr, zog meinen Umhang enger um mich und ging durch die Tür zu dem kreisförmigen Platz, auf dem während der Besuchstage die Kutschen warteten. Heute sah ich bloß eine Kutsche, die aber dafür besonders vornehm war. Als ich näher kam, sah ich, wie eine Hand mich heranwinkte. Es war nicht Harry, sondern Mr Denholm.

»Hallo«, sagte er.

»Mr Denholm«, erwiderte ich. »Ich bin überrascht, Sie hier zu sehen!« Als Harry einen unerwarteten Freund erwähnte, musste er damit Mr Denholm gemeint haben. Mr Denholm hatte schließlich für den verstorbenen Lord Lydney nicht allzu viel übriggehabt, dem es lieber gewesen wäre, wenn die Sammlung an das South Kensington Museum gegangen wäre. Harry, der nicht bereit war, die Schätze seines Freundes Stefano zu verkaufen, hatte Mr Denholm bestimmt versprochen, ihm einige Stücke aus seiner eigenen Sammlung zu verkaufen, um die römischen Stücke zu bezahlen und mich aus dem Gefängnis freizukaufen.

»Das kann ich mir vorstellen«, meinte er. »Aber ich habe ihre Schulden in voller Höhe beglichen und dem Gefängnisaufseher die Quittung von Tenteden ausgehändigt.«

Er öffnete die Tür der Kutsche und ich sah hinein, bevor ich einstieg. Ich erblickte meine Freundin Mrs Denholm und so stieg ich beruhigt ein.

Sobald ich auf meinem Platz saß, bemerkte ich, dass sich ihre Augen mit Tränen füllten.

»Es tut mir so leid«, sagte sie. »Ich …« Sie wirkte so verloren. Plötzlich bekam ich Angst.

Sie und ich – *Frauen als Opfer*.

»Clarice!«, herrschte Mr Denholm seine Frau an. »Schluss jetzt.«

Ich drehte mich um und warf einen Blick auf Mr Denholm, der

die Kutschentür hinter sich zuwarf. »Und jetzt muss ich Sie um einen Gefallen bitten im Austausch gegen die Bezahlung Ihrer Schulden.«

Ich hörte einen Peitschenknall, der die Pferde aufschreckte. Die Fahrt begann hinein in die dunkle, nasskalte Nacht.

Kapitel 33

»Ich verstehe das nicht.« Ich wandte mich zuerst an Mrs Denholm, die auf der Bank neben mir saß, und dann an ihren mir gegenübersitzenden Ehemann. »Lord Lydney hat Ihnen doch Kunstgegenstände verkauft, um mich aus dem Gefängnis zu befreien?«

Denholm lachte. »Nein, nein, Miss Sheffield. Von Lord Lydney habe ich nichts dergleichen gehört. Ich gehe davon aus, dass Mr Clarkson Ihnen übermittelt hat: Ihre Entscheidung, die Sammlung von Lord Lydney an Watchfield House zurückzugeben, hat sich als äußerst unklug erwiesen. Hilfe für Sie kam von jemandem, den Sie verachtet und – betrogen haben. Von mir.«

»Verachtet? Betrogen?«, fragte ich. Trotz der dünnen Handschuhe fühlten sich meine Hände an, als seien sie von Eis umhüllt.

»Darauf kommen wir noch zurück«, erwiderte er.

Viel schneller, als es mir sicher erschien, rasten wir über das Straßenpflaster. Die Kutsche schwankte hin und her, sodass Mrs Denholm und ich immer wieder aneinanderstießen. Die Gaslampen sandten schmale Lichtstreifen durch die Nebelschleier, aber sie hellten die Finsternis nicht auf, ob nun innerhalb der Kutsche oder draußen.

»Woher haben Sie dann gewusst, dass ich in Untersuchungshaft war?«, fragte ich.

»Beim Treffen des *Burlington Clubs* am letzten Donnerstag war die Rede davon«, antwortete Denholm. »Lady Charlotte Schreiber hat Sie verteidigt, obwohl alle über diese Schande debattierten und spekulierten, wie Sie den Betrag aufbringen würden, den Sie Lord Tenteden schuldeten. Und da erkannte ich, dass mir das Glück hold war.«

Mrs Denholm nahm meine Hand und sprach leise auf mich ein. »Ich fürchte, Sie müssen mir die Schuld daran geben. Als ich heute einen Besuch im Gefängnis gemacht habe, haben mir Ihre Freundinnen erzählt, dass Sie in Untersuchungshaft sind wegen Schulden, die unbezahlt geblieben sind. Sie haben mir gesagt, ich solle für Sie beten. Ich habe gehofft, etwas mehr tun zu können. Ich habe gehofft, dass Mr Denholm sich Ihres Falls annehmen und dabei dieselbe Großzügigkeit an den Tag legen würde wie Sie mit Ihrem Engagement für das Besuchskomitee.« Sie tupfte die Tränen von ihren Augen. »Aber leider …«

»Aber warum ich? Und warum jetzt?«, fragte ich, an Mr Denholm gewandt. »Was habe ich Ihnen angetan?«

Er blieb mir eine Antwort schuldig. Wir hielten vor seinem Haus an und er ließ zuerst seine Frau aus der Kutsche aussteigen. Dann half er mir heraus mit einer galanten Geste, die ich unter diesen Umständen als äußerst ironisch empfand. Wir gingen zur Haustür und ich war überrascht, als Mr Denholm sie selbst aufschloss und nicht sein Butler. Mir kam ein schrecklicher Gedanke: Die einzigen Menschen, die mich zusammen mit Denholm gesehen hatten, waren er selbst und seine Frau. Der Kutscher würde mich nicht wiedererkennen, weil ich mit meinem Umhang auch mein Gesicht gegen die Kälte geschützt hatte. Der Gefängnisaufseher hatte bloß die Quittung von Lord Tenteden und daraus ging nur hervor, dass ich meine Schulden in voller Höhe beglichen hatte. Wenn es hart auf hart käme, könnte Mrs Denholm nicht gegen ihren Mann als Zeugin auftreten.

Denholm hielt seiner Frau die Tür auf. Sie drehte sich zu mir herum und flüsterte: »Ich bin in der Nähe, auch wenn Sie mich nicht sehen können. Er wird Ihnen kein Leid zufügen.« Dann ging sie ins Haus. Ich folgte ihr, zog aber beide Handschuhe aus und ließ sie draußen auf beiden Seiten der Haustür auf den Boden fallen.

Alle Lampen waren ausgedreht. Es waren keine Dienstmädchen oder Hausdiener zu sehen. Im Haus hing ein schwacher

Duft von Bratensaft und Bienenwachs. Der Himmel draußen war ein wenig heller geworden, denn im Licht eines fast vollen Mondes konnte ich im Salon die Vitrinen erkennen. Sie schienen zur Hälfte leer zu sein.

»Folgen Sie mir«, befahl mir Denholm. »Ihr Aufenthalt im Gefängnis hat eine unerwartete Gelegenheit eröffnet, die ich mir zunutze zu machen gedenke.«

Ich drehte mich rasch, weil ich davonlaufen wollte, aber er packte mich am Arm.

Mr Denholm führte mich eine Treppe hinunter und dann noch eine, bis wir in einem unterirdischen Keller angekommen waren. Die Wände waren feucht und hinter Eisengittern erkannte ich eine abgeschlossene Tür. Das alles erinnerte mich an das Gefängnis, aus dem ich gerade befreit worden war.

Sobald wir unten waren, zündete er ein paar Lampen an. Dann schloss er die eisernen Türen auf, bevor er mich in einen großen Raum schob. Auf der einen Seite standen lange Regale mit Weinflaschen. Als Denholm weitere Lampen anzündete, sah ich auf der anderen Seite lange Regalreihen, die angefüllt waren mit Dutzenden, wenn nicht Hunderten Kunstschätzen. Viele von ihnen erkannte ich von unserem früheren Besuch in seinem Haus.

Verwirrt drehte ich mich zu ihm um. »Sie haben Teile Ihrer Sammlung aus den Vitrinen und von den Wänden hierhergebracht?«

»Erst heute Nachmittag«, erwiderte er. »Nachdem Mrs Denholm wieder nach Hause gekommen war. Sehen Sie, Miss Sheffield, letzte Woche beim Treffen des *Burlington Clubs* habe ich äußerst beunruhigende Nachrichten erhalten. Offen gestanden hat mich das alles ein wenig verwirrt. Möchten Sie sich setzen?«

»Nein, danke.« Ich sah zur Tür. Könnte ich noch immer davonlaufen? Er bemerkte meinen Blick und verschloss die Gitter.

»Bitte kommen Sie hierher«, sagte er. »Ich gehöre nicht zu den Männern, die eine Dame misshandeln, und meine eigene Frau ist oben, ganz in der Nähe.«

Mir blieb nichts anderes übrig, als zu hoffen, dass er die Wahrheit sagte. Ich betete, Harry möge bald im Gefängnis ankommen, von meiner Befreiung erfahren und mich dann ausfindig machen. Aber wo sollte er mich suchen?

Mr Denholm stand vor einer großen Statue der sagenhaften Königstochter Psyche. »Sie ist wunderschön, oder nicht?«, fragte er. »Sehen Sie genauer hin, Miss Sheffield.«

Ich nahm die Lampe, die er mir hinhielt, und prüfte die Statue eingehend. Von Weitem wirkte sie vollkommen. Aber aus der Nähe konnte man sehen, dass der Marmor, der für ihr Gesicht verwendet worden war, etwas anders aussah als ihr Körper. Statuen waren sperrig und schwer. Deshalb wurden oft Teile von ihnen angefertigt und später zusammengesetzt. Deshalb war es einfach, einen Teil einer Statue zu stehlen und ihn gegen ein Stück aus minderwertigem Marmor – oder sogar Porzellan – auszutauschen.

»Ihr Gesicht ist eine Kopie.«

Er nickte zustimmend. »Ja, das habe ich erst vor ein paar Wochen erfahren. Mr Clarkson hat mir dieses Stück verkauft – leider. Ich habe dabei eine beträchtliche Summe verloren und keine Möglichkeit, mir den Betrag ersetzen zu lassen, weil der Verkauf unter seinem Namen erfolgt ist. Ich habe mich ganz schön geschämt, als ein befreundeter Sammler mich darauf aufmerksam gemacht hat, dass man mich übertölpelt hat. Ich habe das Mr Clarkson gegenüber erwähnt, als er mir einen Besuch abstattete und ich ihm aus lauter Freundlichkeit einige Flaschen von dem Schmerzmittel aus unserer Apotheke geschenkt habe. Daraufhin war er so respektlos, mich wegen der Statue anzulügen. So etwas toleriere ich nicht. Deshalb habe ich mir geschworen, ihn in den Ruin zu stürzen.«

Ich dachte an die Worte von Denholm, als ich beim Verkauf des ägyptischen Steinblocks erzählte, wie die Geschichte dieses Stücks verlaufen sein könnte:

»Dann die Hände des Entdeckers, die Hände derer, die den Stein

transportiert haben und die vielleicht in Versuchung gerieten, einen so wertvollen Gegenstand zu stehlen, aber auch wussten, dass der Tod auf sie wartete, wenn man sie wegen Diebstahls verhaften würde.«

»*Ganz recht.*« Denholm strich mit der Hand noch immer liebevoll über den Stein.

Ihn in den Ruin zu stürzen? Oder zu töten? Ich schaute ihn scharf an, aber er sagte nichts mehr. Er hatte Clarkson das Schmerzmittel besorgt. Hatte sich jemand an den Flaschen zu schaffen gemacht? Oder war das Mittel absichtlich stärker gewesen, als Mr Clarkson es gewohnt war, damit er es überdosieren würde? Ich konnte es nicht wissen oder beweisen – niemand konnte das mehr zu diesem Zeitpunkt. Die Flaschen waren längst verschwunden und Mr Clarkson lag in einem Massengrab für Arme.

Ich erinnerte mich, was Onkel Lewis zu mir gesagt hatte, als er erfuhr, dass ich Lord Parham die Wahrheit gesagt hatte. »*Sie werden dir nie verzeihen, wenn sie glauben, dass du behauptet hast, sie hätten Fälschungen in ihrer Sammlung. Damit stellst du ihr gutes Auge, ihre Urteilsfähigkeit und ihren Geschmack infrage. Bringe niemals einen reichen Mann in Verlegenheit. Sobald jemand seine Zustimmung zum Ausdruck bringt für ein Stück, das sich später als Fälschung herausstellt, wird ihre gesamte Sammlung angezweifelt und das werden sie niemals zulassen. Die meisten von ihnen sind nicht so klug, wie sie meinen, und sie mögen es gar nicht, wenn man sie bloßstellt.*«

Mein Onkel war der Meinung, dass ich einen fatalen Fehler begangen hatte, aber vielleicht waren Sie es, der diesen Fehler begangen hat, Mr Clarkson. Es tut mir so leid. Aber es ist nie gut zu denken, man wäre schlauer als die eigenen Kunden.

»Wie kann ich Ihnen helfen?«, fragte ich Mr Denholm, wachsamer als vorher, denn jetzt begriff ich, wie gefährlich er mir werden könnte. »Ich möchte nach Hause zurückkehren und mich vergewissern, dass es meinem Onkel gut geht.«

»Ich habe gehört, dass es gar nicht gut um ihn steht«, erwiderte er. »Der arme Mann. Man hat ihn ins Krankenhaus gebracht, als er herausfand, dass seine Nichte in Untersuchungshaft war und vielleicht ins Schuldgefängnis musste, nachdem sie ihre Unterschrift unter seine Schuldscheine gesetzt hatte. Vielleicht ist er bereits wieder zu Hause. Oder vielleicht …« Er sprach den Satz nicht zu Ende.

»Wer hat ihm das erzählt?« Ich schrie die Frage fast heraus, denn jetzt machte ich mir keine Sorgen mehr um mich selbst.

»Ich natürlich. Nachdem ich am Wochenende zu Ihnen nach Hause gegangen bin, weil ich wollte, dass man mir eine Entschädigung für die verkauften Fälschungen zahlt.«

»Sie haben gerade erwähnt, dass Mr Clarkson Ihnen die Statue der Psyche auf eigene Rechnung verkauft hat«, entgegnete ich. »Unabhängig von unserer Firma.«

»Ja. Aber ich habe viele weitere Stücke, Miss Sheffield, darunter eines oder zwei, die mir Clarkson als anerkannter Repräsentant der Firma *Sheffield Brothers* verkauft hat.«

Zumindest das entsprach der Wahrheit. Wenn meine Firma an einem Betrug beteiligt gewesen war, und es sah ganz danach aus, wollte ich diese Sache richtigstellen. Ich nickte zustimmend.

»Gut. Ich schlage Ihnen ein Geschäft vor. Ich habe Ihre Schulden bezahlt und für Ihre Entlassung aus dem Gefängnis gesorgt. Ich möchte im Gegenzug von Ihnen, dass Sie mir im Vertrauen und in vollem Umfang mitteilen, welche Stücke echt und welche Fälschungen sind. Ich will aus meiner Ausstellung alles entfernen, was meinem Ruf noch weiter schaden könnte.«

Jetzt verstand ich, was er wollte. »Und warum vertrauen Sie mir, dass ich das tun kann oder werde?«

»Ich habe vollständiges Vertrauen zu Ihnen«, entgegnete er. »Ich weiß, Sie sind jung, aber Ihr Vater und Ihr Onkel haben Sie seit Ihrer Kindheit ausgebildet. Und es erfordert großen Mut für ein junges Ding wie Sie, Parham gegenüber kein Blatt vor den Mund zu nehmen und ihm zu sagen, dass seine so hochgeschätzte griechische Urne eine Reproduktion ist.«

»Hat er Ihnen das erzählt?«, fragte ich.

Er schüttelte den Kopf. »Ich habe gehört, wie Sie das zu ihm gesagt haben. Ich stand damals vor der Tür der Bibliothek.«

Aha. Er war der Schatten, den ich gesehen hatte. »Na gut«, stimmte ich ihm zu. »Ich bin bloß eine Frau mit eigener Meinung und Erfahrung, aber ich werde mein Bestes tun. Und lassen Sie mich dann gehen?«

»Ja. Auf mein Wort.«

Ich war mir nicht sicher, was sein Wort wert war. Aber wenn ich Hilfe brauchte, könnte ich laut schreien, damit seine Frau mich hörte und mir helfen konnte. Das hoffte ich zumindest. Auf jeden Fall könnte das Gefängnis die Spur der beglichenen Schulden zu der Person zurückverfolgen, die alles bezahlt hatte. Wenn man mir etwas antun würde, wüsste die Polizei, wo sie nach mir suchen müsste. Ein solches Risiko würde er nicht eingehen, denn dann könnte er sich nicht so leicht herausreden, nicht so leicht wie bei Mr Clarksons Tod.

Ich ging an den Regalen entlang mit der Lampe in meiner hocherhobenen Hand und ich bewegte mich zentimeterweise vorwärts.

Auf dem ersten Regal schien alles in Ordnung zu sein. Auf dem zweiten Regal sah ich eine Fayence-Schale von Palissy, die sehr alt zu sein schien, aber schonend restauriert worden war. Das Motiv war wunderschön gemalt. Es war ein bewegendes Bild von Gott, wie er Eva aus der Seite von Adam zog. Die Feuchtigkeit in diesem Kellerraum hatte die Leinenbinden, die einen größeren Riss zusammenhielten, leicht angehoben. Ich hob sie noch ein wenig höher. Dabei erschienen die unverwechselbaren Buchstaben *PULL*. Diese Schale war nicht von Palissy, sondern von Pullman und nicht älter als zehn Jahre. Diese Erkenntnis teilte ich Mr Denholm mit.

»Danke, Miss Sheffield. Diese hatte ich noch nicht einmal in Verdacht, weil es eine Schenkung an das South Kensington Museum gewesen war.«

Gab er etwa zu, von den gespendeten Schätzen einige für sich selbst ausgesucht und erworben zu haben? Ich war unendlich erleichtert, dass ich Harrys Familiensammlung an ihn zurückgegeben hatte.

Harry. Mir kam ein Gedanke. Wenn er mich aus dem Gefängnis holen wollte und ich nicht dort war, würde er bestimmt Lord Tenteden aufsuchen, der ihm berichten würde, dass Denholm meine Schulden beglichen hatte. Dann würde er wissen, wo er mich finden konnte.

Ich musste lächeln. Vielleicht durfte ich in diesem einen Fall annehmen, dass Harry und ich schlauer waren als mein Kunde.

»Sie lächeln?« Seine Stimme klang alles andere als freundlich.

»Ich bin froh, dass ich die Wahrheit herausgefunden habe«, sagte ich frei heraus, obwohl ich nicht deutlich machte, welche Wahrheit ich meinte.

Diese Erklärung schien ihn zufriedenzustellen, denn er wirkte entspannter.

Ich warf einen Blick auf das nächste Regal, das angefüllt war mit Porzellan. Ganz vorne stand eine Schäfergruppe, die genauso aussah wie die aus Harrys Sammlung.

Handelte es sich um eine von Mr Clarksons Fälschungen? Ich nahm die Figur in die Hand und untersuchte sie so sorgfältig, wie es das dämmrige Licht im Keller zuließ.

Ich tippte die Figur an meine Zähne. Ich betrachtete die Hersteller-Marke, die Glasur und die feinen Risse darin. Es war das Original, das ich zuletzt in Mr Clarksons Wohnung gesehen hatte – zumindest glaubte ich das. Dann wäre neben den Figuren in Bristol auch die in Watchfield eine Reproduktion.

Hatte Mr Denholm oder einer seiner Diener das Zimmer von Mr Clarkson ausgeräumt und alle Wertsachen mitgenommen oder vielleicht sogar Gegenstände, die Mr Denholm belastet hätten?

Diese Figur war ein äußerst belastendes Beweisstück. Mir lief es eiskalt den Rücken hinunter. Mr Denholm hatte Mr Clarkson umbringen lassen, aber diese Tat würde man niemals beweisen können.

Ich ging weiter und tat so, als hätte ich die Schäfergruppe nicht erkannt, damit Denholm mich nicht plötzlich angreifen und mir etwas antun konnte. Auf dem nächsten Regal stand eine ägyptische Schale. Ich wusste sofort, dass es sich um eine Fälschung handelte.

»Die Schale sieht sehr alt aus, aber es ist durchaus möglich, dass die Keramik behandelt wurde, um sie älter erscheinen zu lassen, als sie tatsächlich ist.« Ich fuhr mit dem Finger über die Bemalung. »Pfeil und Bogen sind auf einen Feind gerichtet und das ist auch korrekt so. Aber«, ich hielt die Schale schräg, damit er sich das Motiv ansehen konnte, »die Pferde sind nicht mit dem Streitwagen verbunden, sondern schweben frei in der Luft. Einen solchen Fehler hätte ein erfahrener Kunsthandwerker nicht gemacht. Und diese Schale wäre nicht über so viele Jahrhunderte so gut erhalten geblieben, wenn sie nicht von einem geübten Kunsthandwerker hergestellt worden wäre.« Ich sah ihm direkt in die Augen. Jetzt war ich selbstbewusster, denn schließlich war das mein Fachgebiet. »Es tut mir leid, aber hier stimmt etwas nicht.«

»Ja … jemand hat am letzten Donnerstag auch seine Zweifel darüber geäußert«, erwiderte er. »Ich glaube, es war Lord Parham. Das ist der zweite Irrtum, der zweite Betrug, den ihre Firma begangen hat.«

»Dieses Stück habe ich vorher noch nie gesehen.«

Er holte einen Lieferschein heraus. Darauf war der von Mr Clarkson und mir für ihn erworbene ägyptische Steinblock aufgeführt. Darunter stand die Schale mit dem Streitwagenmotiv. Die Anzahl war abgeändert worden und unter den beiden Stücken war meine Unterschrift zu sehen.

»Ich habe das unterschrieben, bevor die Schale hinzugefügt wurde«, beharrte ich.

»Es gibt kein Anzeichen dafür«, entgegnete er. »Auf dem gesamten Dokument ist die Handschrift identisch.«

»Natürlich ist sie das«, erwiderte ich. »Wir beide wissen doch, dass Mr Clarkson ein Fälscher war und auch noch ein sehr guter.« Ich dachte an die vielen Stücke, die er bemalt hatte.

»Ich denke, Sie haben von der Schale gewusst. Sie haben das Lob gerne angenommen, als Mr Clarkson ihnen ein Kompliment machte, weil Sie den ägyptischen Schatz beschafft haben. Aber das spielt jetzt keine Rolle mehr, denn er war damals der rechtmäßige Vertreter Ihrer Firma.«

Damit hatte er recht. Ich erkannte, in was für einer schwierigen Lage ich mich befand. Mr Clarkson hatte meinen guten Namen missbraucht, um seine Verbrechen zu decken.

Harry, bitte komm schnell. Ich sah mir die übrigen Regale an, fand aber nichts von Bedeutung, bis ich eine Seite aus einem illuminierten Manuskript entdeckte. Das Blatt war sorgfältig gerahmt worden. Ich nahm es vorsichtig herunter.

Es passte zum Stundenbuch meines Onkels. Ich hatte das Buch überprüft. Die Seiten waren intakt, aber mindestens eine von ihnen hatte sich gelockert.

Ich las den Text, der natürlich in lateinischer Sprache aufgemalt war. Jemandem, der Latein lesen konnte, wären die Fehler sofort aufgefallen. Andernfalls würde der Text aussehen wie eine schöne, kalligrafische Schrift. Das musste ich offen und ehrlich eingestehen.

»Das hier ist die gemalte Kopie einer illuminierten Seite, nicht die Seite selbst«, sagte ich. »Das Latein ist fehlerhaft.«

Er blickte erschrocken drein. »So etwas habe ich nicht erwartet.«

Natürlich nicht, denn Sie können kein Latein, dachte ich.

»Ich dachte, Mr Clarkson hätte ein echtes Buch auseinandergerissen und die einzelnen Blätter verkauft«, erwiderte er. »Das ist eine weitere Fälschung.« Sein Gesicht rötete sich vor Zorn. »Auf der Quittung war die Unterschrift Ihres Onkels.«

Vielleicht war die Unterschrift echt, vielleicht war sie auch von Mr Clarkson gefälscht worden. Aber wenn sie älter als sechs Monate war, wäre es schwer zu beweisen, dass mein Onkel von seinem Verstand her nicht in der Lage gewesen wäre, eine Quittung zu unterschreiben. Schließlich hatte er auch bei anderen Aufträgen unterzeichnet und sie waren in Ordnung gewesen. Ich wollte nicht, dass man sie alle anzweifelte.

Mr Denholm und vielleicht Mr Herberts waren die Einzigen von Clarkson in seiner Zeit bei unserer Firma betreuten Kunden, die wohlhabend genug waren, um diese teuren Fälschungen erwerben zu können. Wenn – falls – ich in meine Werkstatt zurückkehren könnte, müsste ich unsere Geschäftsbücher sorgfältig prüfen, um mir ganz sicher zu sein.

»Wie wollen wir diese Sache bereinigen?«, fragte Denholm. »Ich will, dass das in aller Stille passiert. Wie ich schon sagte, will ich nicht, dass die anderen Sammler von meiner Torheit erfahren.«

Natürlich wollen Sie das nicht, obwohl die anderen es wahrscheinlich längst wissen.

Was hätte mein Vater getan, wenn er an meiner Stelle gewesen wäre? Oder mein Onkel? Trotz allem hätten sie sich verpflichtet gefühlt, die Angelegenheit wieder in Ordnung zu bringen, und auch ich sah das als meine Pflicht an. Ich wollte einen ähnlichen Handel abschließen, wie ich ihn Lord Tenteden vorgeschlagen hatte. »Ich könnte Ihnen das vollständige Stundenbuch anbieten«, entgegnete ich. »Im Austausch gegen das gefälschte Blatt, die falsche Schale mit dem Streitwagenmotiv und die Beträge, die Sie für mich an Lord Tenteden gezahlt haben.«

Denholm überlegte kurz. »Ja. Damit bin ich einverstanden.«

»Und falls weitere Stücke sich als Fälschungen herausstellen, aber in Verbindung mit der Firma *Sheffield Brothers*, werden Sie zustimmen, dass sie mit diesem Austausch vollständig bezahlt sind. Und für immer.«

Er reagierte mit einem Lächeln. »Ich habe nichts anderes von Ihrer Firma gekauft, Miss Sheffield, und ich werde auch in Zukunft nichts mehr von Ihnen kaufen. Aber Sie üben Diskretion in

Bezug auf meine törichten Fehler und ich wahre Stillschweigen über Ihre törichten Fehler.«

»Um meinetwillen brauchen Sie kein Stillschweigen zu wahren«, erwiderte ich. »Ich habe kein Unrecht begangen und das von Mr Clarkson begangene Unrecht habe ich wiedergutgemacht.«

In einem kleinen Büro neben dem Weinkeller öffnete er eine Schreibtischschublade und holte ein Blatt Papier heraus. Es war eine Liste mit erlesenen Weinen. Auf der Rückseite schrieb er unsere Abmachung nieder und dann unterschrieben wir beide. Ich streckte die Hand aus. »Ich werde das aufbewahren.«

Er versteckte das Dokument hinter seinem Rücken. In diesem Augenblick hörten wir das laute Hallen von Fußtritten auf der Kellertreppe. »Eleanor! Miss Sheffield.«

Ich sah, wie Harry, ein italienisch aussehender Mann und Mrs Denholm um die Ecke bogen.

»Was hat das zu bedeuten?«, wollte Harry wissen. Er war größer als Denholm, jünger, kräftiger, und er trug einen Adelstitel. Sogar Denholm wirkte eingeschüchtert.

»Ich könnte Sie das Gleiche fragen«, entgegnete er. »Was denken Sie sich dabei, einfach in mein Haus einzudringen?«

»Er ist nicht eingedrungen«, sagte Mrs Denholm leise. »Ich habe ihn hereingebeten.«

Harry kam durch die Gittertür und nahm mich in die Arme. »Als ich deine Handschuhe vor der Tür gesehen habe …« Seine Stimme klang erregt. »Hat er dich gegen deinen Willen hier festgehalten?«

»Ich habe die Handschuhe dort gelassen, damit du wissen konntest, dass ich hier drin war, falls es jemand abgestritten hätte«, flüsterte ich. Ich sah zu ihm hoch und warf dann Denholm einen Blick zu. Er blickte überrascht drein, denn er hatte wohl nicht erwartet, dass Harry zu seinem Wort stehen und zu mir halten würde. Vielleicht konnte er das nicht verstehen, weil er selbst unaufrichtig war. »Nicht ganz gegen meinen Willen. Noch nicht.«

»Was hat das zu bedeuten?« Harry wiederholte seine Frage an Denholm.

»Lord Tenteden hat es dir bestimmt erzählt, als du das Geld beschafft hast«, antwortete ich, denn Denholm schien plötzlich stumm geworden zu sein.

»Ich habe gerade alles arrangiert, als Antelini, den ich draußen vor dem Gefängnis postiert hatte, mich holte. Er sagte mir, du seist in Windeseile weggebracht worden von jemandem, den du als Denholm begrüßt hattest.«

Ah! Wie gut, dass Mr Antelini dort war! »Mr Denholm hat den Betrag bezahlt, den ich Lord Tenteden geschuldet habe. Er und seine liebe Frau haben mich vom Gefängnis abgeholt«, erwiderte ich. »Im Gegenzug habe ich Mr Denholm informiert, welche seiner Kunstgegenstände … bedenklich sein könnten. Mr Denholm, könnten Sie bitte Ihrer Frau, Lord Lydney und Mr Antelini das Dokument zeigen, das wir gerade eben unterzeichnet haben? Ich bin mir sicher, wir können auf die Ehrlichkeit und Diskretion aller hier Anwesenden zählen.«

Denholm zeigte widerwillig das Dokument vor. Damit ging er sicher, dass unsere Abmachung Bestand hatte.

»Oh nein, nicht das Stundenbuch«, sagte Harry. »Ich werde Ihnen das Geld zahlen …«

Denholm gab nicht nach. »Ich bin nicht an Ihrem Geld interessiert, Lydney, sondern ich will das Stundenbuch. Wenn Miss Sheffield nicht ihren Teil unserer Abmachung einhalten will, treffen wir uns vor Gericht.«

Mein Onkel, mein Familienunternehmen, mein guter Name – das alles war mehr wert als das Stundenbuch. Außerdem würde mein Onkel sich schon bald nicht mehr daran erinnern, dass er einen solchen Schatz besessen hatte.

»Ich halte mein Wort, Mr Denholm. Tun Sie das auch?«

Er nickte zustimmend.

Ich hatte es eilig, nach Hause zu kommen, weil ich unbedingt wissen wollte, ob es meinem Onkel – und Orchie – gut ging und ob er aus dem Krankenhaus zurückgekehrt war. Ich fragte mich auch, ob Harry bereits für die römischen Kunstgegenstände bezahlt hatte. Oder waren Pazzo und seine Männer gerade bei mir zu Hause?

Als wir uns zur Kellertreppe umdrehten, nahm ich Mrs Denholms Hand. »Sie sind eine sehr liebenswürdige Dame und eine gute Freundin. In aller Freundschaft muss ich Ihnen sagen, dass das mittelalterliche Armband, das Ihr Mann Ihnen geschenkt hat, nicht aus dem Mittelalter stammt. Die Edelsteine sind nicht so geschliffen, wie es in dieser Epoche üblich war. Es tut mir sehr leid.«

Sie blickte überrascht drein. »Danke, meine Liebe. Es ist immer besser zu wissen, dass man es mit einem Betrüger zu tun hat.«

Sie warf ihrem Mann einen langen Blick zu und dann führte sie uns die Kellertreppe hinauf. Ihr Mann blieb zurück.

Auf halber Höhe wandte ich mich an Harry. »Warte. Deine Schäfergruppe ist dort unten.«

Ich ging wieder die Treppe hinunter, aber bis ich unten angekommen war, konnte ich sehen, dass die Porzellanfigur nicht mehr auf dem Regal stand, sondern irgendwo in den Tiefen des feuchtkalten Weinkellers verschwunden war, zusammen mit Mr Denholm.

Ich hatte keine Zeit mehr, dort zu verweilen. Ich wollte unbedingt zu meinem Onkel.

Kapitel 34

Harry half mir in seine Kutsche, Mr Antelini gesellte sich zu uns und dann fuhren wir, so schnell wir konnten, zu mir nach Hause. Harry hielt meine Hand, aber wir schwiegen. Zum einen waren wir nicht allein, zum anderen gab es nur wenig zu sagen, bis wir wussten, was mit meinem Onkel geschehen war.

Die Kutsche hielt vor meinem Haus und der Kutscher band die Pferde an. Dann öffnete er die Kutschentür, half mir heraus, und ich rannte die Stufen zur Haustür hinauf.

Ich hämmerte mit den Fäusten gegen die Haustür, denn ich hatte keinen Hausschlüssel mit ins Gefängnis genommen. Hoffentlich war jemand zu Hause.

Ich spürte, wie jemand hinter der Tür stand, aber sie ging nicht auf. »Orchie! Orchie, ich bin es, Eleanor«, rief ich laut. Es war mir gleichgültig, ob die Nachbarn mich hören konnten oder nicht.

Ich hörte, wie die Tür rasch aufgeschlossen wurde, und dann schloss Orchie mich in die Arme. Sie sah aus, als sei sie gealtert, obwohl bloß vier Tage vergangen waren, seitdem ich fort war.

»Sie sind zurück!«, schluchzte sie laut.

Ich nickte. »Harry ist hinter mir. Was ist mit Onkel Lewis?«

Ich betrat das Haus und warf einen Blick in den Salon. Dort war es dunkel und kalt. Mein Onkel war doch nicht schon auf dem langen Tisch aufgebahrt?

Orchie trat hinter mich. »Er is' noch im Krankenhaus.«

»Oh!« Von meinen Gefühlen überwältigt wollte ich noch mehr sagen, aber sie hob beschwichtigend die Hand.

»Er kann morgen nach Hause. Es geht im viel besser. Ihre Freundin Dr. Garrett hat dafür gesorgt, dass er gut gepflegt wird.«

Mir kamen die Tränen und ich wischte sie mit meinem Taschentuch ab.

Ich sank auf das Sofa. Harry kam ins Haus. Orchie nahm ihm Hut und Mantel ab und hängte beides auf den Garderobenständer in der Eingangshalle. Mr Antelini schürte das Kohlenfeuer, als Orchie sich mit dem Teegeschirr zu uns gesellte.

»Mr Sheffield ging es nicht gut, wie Sie wissen«, sagte sie. »Ich hab ihm erzählt, dass Sie unterwegs sind, um Besuche zu machen, und das hat ihn beruhigt, bis dieser schreckliche Mann aufgetaucht ist. Er sagte, er wolle Geld oder Mr Sheffield würde im Gefängnis landen genau wie Sie.«

Meine Brust hob und senkte sich vor lauter Wut auf Denholm, aber dann dachte ich voller Mitleid an seine Frau, die ein sehr lieber Mensch war.

»Na ja, dann sah er aus, als hätte er Schmerzen, und er hat sich an die Brust gegriffen, so wie ich jetzt«, sie presste ihre Hände auf das Brustbein, »und dann hab ich gemacht, was Sie mir gesagt haben, und Alice zu dieser netten Ärztin geschickt. Sie hat ihn ins Krankenhaus gebracht und einen Arzt gebeten, sich um ihn zu kümmern, obwohl ich nicht weiß, wie wir das bezahlen sollen …«

»Machen Sie sich deswegen keine Sorgen«, meldete Harry sich zu Wort.

Sie lächelte ihn an. »Und dann haben sie gesagt, er kann morgen wieder nach Hause kommen. Das wird ihm richtig guttun, Sie hier zu sehen, Miss Eleanor.«

»Ich werde ihn selbst vom Krankenhaus abholen«, erwiderte ich.

»*Wir* werden ihn abholen«, ergänzte Harry und nahm meine Hand. »Zusammen.«

Orchie warf einen Blick auf unsere Hände, die noch immer miteinander verbunden waren. »Dann pack ich am besten ein paar Sachen: saubere Kleider, wenn ich welche finde, für die Heimfahrt.«

Ich schüttelte den Kopf. »Nein. Sie gehen jetzt ins Bett. Es war eine schwere Zeit für Sie und Sie sehen aus, als müssten Sie sich mal richtig ausschlafen. Ich packe die Sachen.«

Daraufhin musste sie gähnen. »Stimmt, ich brauch ein bisschen Schlaf«, sie kam zu mir und gab mir einen Kuss auf die Stirn, »jetzt, wo Sie in Sicherheit sind.«

Harry bat Mr Antelini, draußen zu warten. Antelini nickte.

»Buonasera, Signore Antelini«, sagte ich. *»Grazie mille.«*

»Prego, Signorina Sheffield«, erwiderte er. »Das ist sehr gern geschehen.«

Orchie war stets um meinen guten Ruf besorgt und deshalb war sie nicht wirklich zu Bett gegangen. Stattdessen tat sie so, als hätte sie noch zu tun, zunächst in der Eingangshalle, dann im Wohnzimmer. Sie ließ uns damit wissen, dass sie noch immer da war, aber unseren Wunsch nach einem Gespräch unter vier Augen respektierte.

»Du bist jetzt in Sicherheit«, sagte Harry. »Ich kann Antelini bitten, über Nacht draußen Wache zu stehen, aber wenn du keine Angst vor Denholm hast, bist du nicht mehr in Gefahr.«

»Denholm wird nicht offen gegen mich vorgehen«, entgegnete ich. »Er ist ein Feigling. Und er weiß, dass ich jetzt unter deinem Schutz stehe. Was ist mit den römischen Schätzen? Es tut mir so leid, aber ich bin zu der Schlussfolgerung gekommen, dass Mr Clarkson sie gestohlen hat, während wir die Inventur gemacht haben, und sie dann von Bristol aus nach Übersee verkauft hat. Sind sie bezahlt? Ist so weit alles geregelt? Wenn ja, finde ich einen Weg, dir den Betrag zurückzuzahlen.«

»Ja, ich habe sie heute noch bezahlt. Die Italiener sind zufrieden. Sie werden dich oder Vieros Schwester nicht mehr belästigen.«

Ich musste darüber lächeln, wie er Francesca nannte. Das klang viel formeller. Ich wusste, dass er mich auf diese Art erfreuen und beruhigen wollte. »Es tut mir bloß leid, dass du einen Teil der Sammlung verkaufen musstest«, erwiderte ich. »Das muss dir schwergefallen sein, nachdem sie dir erst vor Kurzem zurückgegeben worden ist.«

Er fuhr sich mit einer Hand durch die Haare, die im Licht des Kohlenfeuers wie dunkle Kastanien glänzten. »Ich habe kein Stück aus der Sammlung verkauft, Ellie.«

»Aber wie hast du dann für die römischen Kunstgegenstände bezahlt?«

Er setzte sich neben mich auf das Sofa, das nicht geschaffen war für einen Mann mit so breiten Schultern, und so saßen wir ziemlich eng zusammen. Es machte mir nichts aus und ihm wohl auch nicht, wie ich vermutete.

»Ich wollte diese Sammlung aus mehreren Gründen zurückhaben«, begann er. »Erstens wollte ich die Kunstgegenstände meiner Mutter behalten.«

»Wie den Pelikan«, ergänzte ich schüchtern, weil ich daran dachte, wie er mich gefragt hatte, ob ich dieses Stück absichtlich behalten hatte.

Er beugte sich zu mir und gab mir einen Kuss auf die Wange. »Der Pelikan und andere Stücke. Ich wollte auch die Sammlung meines Bruders. Ich wollte die Schätze meiner Vorfahren. Aber vor allem, Ellie, wollte ich diese Sammlung behalten, weil sie am Ende dir gehören wird.«

Mich durchströmte plötzlich eine angenehme Wärme. Wollte er damit etwa andeuten …? Wollte er mir als Nächstes einen Heiratsantrag machen?

Er trank ein wenig Tee und setzte die Tasse wieder ab. »Schon vor einigen Jahren wurde mir bewusst, dass mein Vater mir kein Einkommen zukommen lassen wollte, obwohl er dazu durchaus in der Lage war.«

Ich seufzte. »Das war uns allen klar, leider.«

Einen Augenblick lang wirkte er traurig, aber dann sprach er weiter. »Obwohl *er* einen Anspruch auf sie gehabt hätte, hat meine Mutter *mir* die Pferde vererbt. Er hat sie nicht von mir gefordert, vielleicht aus Respekt gegenüber den letzten Wünschen meiner Mutter. Trotz der Bitterkeit, die er mir gegenüber an den Tag legte, hat er sie wirklich geliebt.«

Und Harry hatte sie auch sehr geliebt, das wusste ich. Als seine Mutter starb, hatte er keine Fürsprecherin mehr gehabt.

»Ich entschloss mich, die Pferde für die Zucht zu verwenden, und ich hatte Erfolg damit. Meine Zuchthengste sind äußerst feine Tiere und meine Zuchterfolge sprachen sich herum. Nach und nach habe ich mir ein Unternehmen aufgebaut, sogar während meiner Reisen von Italien nach England und zurück. Im letzten Jahr ist mein Unternehmen noch schneller gewachsen.«

»Marguerite hat so etwas erwähnt«, gab ich zu.

Er drehte sich zu mir um und sah mir direkt in die Augen. »Ich konnte nicht heiraten, bis ich über ein entsprechendes Einkommen verfügte, Ellie.«

Er hielt meine Hand, aber er sagte nichts mehr. Sollte ich ihn etwa dazu auffordern? Aber welche Frau wollte schon einen Heiratsantrag, der erst nach einer Aufforderung ausgesprochen wurde?

Vielleicht gehörte ich ja zu dieser Art von Frauen. »Ich verstehe und ich bin froh, dass dieses Problem jetzt gelöst ist.« Mehr wollte ich nicht sagen.

»Ich musste Signorina Viero den Schutz meines Namens anbieten, damit ich sie sicher aus Italien herausbringen konnte, und dann noch einmal für ein paar Tage, während ich die Bezahlung der gestohlenen römischen Schätze veranlasst habe. Zu ihrer Sicherheit und der ihres Bruders.« Er lächelte. »Viero geht es gut. Er wird in ein, zwei Monaten hierher zurückkehren, um seine Schwester und seine Mutter nach Italien mitzunehmen.«

»Ich bin so froh, das zu hören«, sagte ich und ich freute mich wirklich. »Dann ist es nicht mehr nötig, Francesca den Schutz deines Namens zu geben?«, wollte ich wissen.

»Nein.« Er wurde ernst. »Damit ich die verschollenen Stücke bezahlen konnte, musste ich Abalone verkaufen.«

Ich stellte meine Teetasse so heftig auf die Untertasse, dass sie beinahe klirrte. Zunächst dachte ich, ich hätte gehört, wie Orchie im Hintergrund herumhuschte, aber sie erschien nicht im Salon. »*Harry, nein!* Nicht Abalone. Er ist nicht nur dein Liebling, sondern er ist bestimmt auch das wichtigste Pferd für deine Zucht. Er ist doch so bekannt und hat einen so guten Stammbaum.«

»Es war notwendig. Nur er konnte genügend Geld einbringen, um sowohl die römischen Schätze zu bezahlen als auch deine Schulden zu begleichen.« Er sah mich unverwandt an. »Ich bereue es nicht. Meine Ehre war es mir wert. Ich habe für Viero getan, was ich ihm versprochen habe. Auch meine Liebe zu dir ist dieses Opfer wert gewesen, denn du bist jetzt in Sicherheit.«

»Vielleicht kannst du ihn eines Tages zurückkaufen?«, schlug ich vor.

Er schüttelte den Kopf. »Nein. Unsere Vereinbarung lautet, dass der Verkauf unwiderruflich ist.« Er sah traurig und jungenhaft zugleich aus. »Wie sich herausgestellt hat, war Abalone schließlich großzügiger als mein eigener Vater.«

Er sah auf seine Hände. Ich wollte ihn zunächst umarmen, aber ich spürte, dass dies nicht der richtige Moment war für besänftigendes Gemurmel und weibliches Mitleid, wie es mein Onkel ausdrücken würde. Stattdessen trank ich meinen Tee aus und dann drehte ich die Tasse um.

Ich deutete auf die Herstellermarke auf dem Tassenboden. »Um sein eigenes Werk zu kennzeichnen, stempelt oder malt der Hersteller seine persönliche, einzigartige Marke auf den Boden. Dann kommt eine Glasur darüber, damit die Marke auf dem Tassenboden unwiderruflich sichtbar bleibt.«

Ich drehte die Tasse wieder um. »Nun, ich könnte sofort sagen, wer der Schöpfer dieser Tasse ist, ohne auf die Marke sehen zu müssen. Natürlich benutze ich sie sehr oft und deshalb sind die Tassen leicht zu erkennen an der unverwechselbaren Form, die der Hersteller verwendet hat, an den Farben, die er bevorzugt. Und daran, wie er etwas so Schönes und gleichzeitig Nützliches geschaffen hat.« Ich lächelte, als ich mich erinnerte, wie ich vor ein paar Monaten mit Marguerite darüber gesprochen hatte. »Aber wenn es Zweifel geben sollte, schafft die Marke immer Klarheit.«

Ich stellte die Tasse wieder auf den Unterteller. »Du, mein Geliebter, hast dich als authentisch erwiesen.« Sanft berührte ich sein Gesicht, zog seine Sorgenfalten nach und sprach leise weiter:

»Du trägst den Entwurf deines Schöpfers in dir. Seine göttliche Marke zeigt sich in deiner Loyalität, deiner Freundlichkeit und der Art, wie du dich für andere Menschen einsetzt.«

Ich berührte seine Hände, eine nach der anderen. »Die Freundschaft, die du allen anbietest, und deine Treue ihnen gegenüber wie bei deinem Gelöbnis Stefano und anderen gegenüber. Der Mut, den du bewiesen hast, als du seine Mutter und Schwester in Sicherheit gebracht hast. Deine innere Schönheit, wie ich sie sehe und schon immer gesehen habe.«

Er nahm meine Hände, hob sie an seine Lippen und küsste sie. »Danke, Ellie.«

»Holst du mich morgen früh ab, damit wir meinen Onkel nach Hause bringen können?«

»Aber natürlich«, antwortete er. Seine Stimme klang plötzlich rau. Ich begleitete ihn zur Haustür. Er zog seinen Mantel an. Ich nahm seinen Hut vom Garderobenständer und setzte ihn ihm auf, so wie eine Ehefrau es tun würde.

Er lächelte, bevor er sich verabschiedete. Er wusste nun über meine Gefühle ihm gegenüber Bescheid.

Aber noch immer hatte er mir keinen Heiratsantrag gemacht.

Ich schloss die Tür hinter ihm und drehte den Schlüssel im Schloss herum. Orchie hörte, dass jetzt alles ruhig war, und machte sich auf den Weg ins Bett. Das Feuer war heruntergebrannt. Obwohl ich erschöpft sein müsste, war ich hellwach. Die Geschehnisse an diesem Abend und in den Tagen davor hatten mich nervös und unruhig gemacht. Ich fürchtete, ich würde stundenlang wach liegen, bis Harry mich abholen und ich meinen Onkel sicher nach Hause bringen könnte.

Um mich abzulenken, könnte ich für meinen Onkel ein paar Sachen packen.

Ich ging den Flur entlang und schob die Tür zu seinem Zimmer auf. Drinnen roch es faulig und der Raum war ein einziges Durcheinander. Mir war es gleichgültig, ob er es so lieber mochte. Ich würde hier Ordnung schaffen. Vielleicht hatte mir meine holländische Großmutter diese Haltung weitergegeben, denn ich glaubte fest daran, dass eine ordentliche Umgebung zu einem geordneten Denken führte.

Zuerst räumte ich die auf dem Boden verstreuten Kleidungsstücke auf. Ich ordnete seine privaten Gegenstände auf dem Frisiertisch und stellte seine Schuhe in einer geraden Reihe neben eine Kommode als vorübergehende Lösung.

Als ich mich der Kommode näherte, nahm ich einen grauenvollen Geruch wahr. Beinahe hätte ich mich vor Ekel von ihr abgewendet. Könnte sich ein totes Tier in der Kommode befinden? So etwas wollte ich nicht einfach ignorieren, denn es war im besten Falle ungesund.

Ich öffnete die unterste Schublade. Darin fand ich vielleicht zwei Dutzend Fleischpasteten in unterschiedlichen Stadien des Verfalls. Ich unterdrückte einen Brechreiz und holte ein altes Bettlaken, um darin die unappetitlichen Reste einzuwickeln und für immer verschwinden zu lassen.

Ich benutzte einen Putzlappen, weil ich sichergehen wollte, dass ich die gesamte Schublade ausgeräumt hatte. Dann wischte ich die Seite ab. Plötzlich blieb der Putzlappen an etwas hängen. Ich wischte noch einmal und der Lappen blieb wieder hängen. Ich kniete mich so tief herunter, wie ich konnte, spähte in das Innere der Schublade und entdeckte etwas, das aussah wie ein versteckter Hebel.

Ja! Als ich mir den Hebel genauer ansah, erkannte ich, dass er von derselben Firma hergestellt worden war wie der begehbare Kleiderschrank von Lord Lydney. Vielleicht hatten mein Onkel oder mein Vater beide Stücke beschafft. Diese große Kommode hatte versteckte Schubladenhebel. Ich zog an einem von ihnen und die darüberliegende Schublade, die abgeschlossen war, öffnete sich.

Ich nahm den ersten Gegenstand heraus, den ich zu fassen bekam. Es war das Miniaturporträt aus dem Arbeitszimmer meines Onkels. Ich hatte vermutet, dass Mr Clarkson es gestohlen hatte.

Aber vielleicht hatte mein Onkel es bloß näher bei sich haben wollen? Oder hatte er in einem klaren Moment auch den Verdacht gehabt, dass Clarkson Gegenstände stahl, und das Porträt vor ihm in Sicherheit bringen wollen?

Ich drehte es um und dabei fiel das obere Porträt heraus. Darunter befand sich das Porträt einer jungen Frau, die eine gewisse Ähnlichkeit mit Alice hatte. Es war deutlich erkennbar, dass das Bild vor vielen Jahren gemalt worden war, aber es war immer noch wunderschön. In der unteren Ecke des Porträts stand in winziger Schrift ein Name: *Carolina*.

Deshalb hatte mein Onkel Alice von Zeit zu Zeit *Miss Carolina* genannt, vor allem dann, wenn die Erinnerungen an die Vergangenheit für ihn lebendiger geworden waren als die Gegenwart. Ich konnte es nicht wissen und ich konnte ihn auch nicht danach fragen, aber ich vermutete, dass *Miss Carolina* eine von ihm angebetete junge Frau gewesen war. Vielleicht war sie für ihn unerreichbar gewesen und deshalb hatte er ihr Bild in dem Porträt-Medaillon hinter einem anderen Porträt versteckt. Ich versuchte, die beiden größeren Schubladen zu öffnen. Sie befanden sich über denen, die ich gerade aufgemacht hatte. Auch sie waren abgeschlossen.

Ich suchte tastend nach einem weiteren geheimen Hebel. Als ich ihn fand, zog ich daran. Die obere Schublade klaffte ein kleines Stückchen auf und ich hörte ein leises Klirren wie von Glas.

»Oooh.« Ein leises Stöhnen kam über meine Lippen. *Sind das etwa …? Nein! Wie ist das möglich?*

Oh, Harry, es tut mir so leid. Du hast Abalone verkauft und ihn für immer verloren!

Bestürzt blickte ich auf die in dieser Schublade versteckten Gegenstände. Dann zog ich ganz vorsichtig die darüberliegende Schublade auf. Eingebettet in alte Kleidungsstücke, die ich seit Monaten nicht mehr an meinem Onkel gesehen hatte, lagen Schätze aus Rom. Sie alle waren antik und sie alle waren aus Glas.

Kapitel 35

Ich sah mir die römischen Schätze ganz genau an und dann brachte ich sie in die Werkstatt. Dort überprüfte ich sie noch einmal mit meinem Vergrößerungsglas. Einige von ihnen waren wertvoll, andere dagegen zeigten seltsame Auffälligkeiten.

Einen Augenblick lang saß ich nachdenklich da, bis mich ein Gedanke förmlich aus dem Sessel riss. Könnte es im Arbeitszimmer meines Onkels ebenfalls eine Geheimschublade geben?

Ich rannte die Treppe hoch. Dann setzte ich mich auf den großen Schreibtischsessel meines Onkels und öffnete alle Schubladen. Ich fand nichts Neues bis auf eine Schublade mit einer falschen Frontseite, die natürlich von demselben Schreiner gefertigt worden war wie die anderen. Ich griff hinein und zog am Hebel. Die Schublade sprang ein kleines Stück heraus. Ich zog sie ganz auf und warf einen Blick hinein.

»Du liebe Güte!« Aus der Geheimschublade zog ich stapelweise Rechnungen mit daran befestigten Banknoten. Onkel Lewis hatte offenbar das Geld abgehoben, um ein paar unserer größeren Rechnungen zu begleichen, vielleicht diejenigen, die er normalerweise persönlich regelte. Dann hatte er die Rechnungen hier aufbewahrt und wohl vergessen, dass sie noch nicht bezahlt waren.

Natürlich konnte ich nach dieser Entdeckung nicht schlafen. Ich lag bis fast zum Tagesanbruch wach, dachte über die gefundenen Schätze nach und grübelte über die Auffälligkeiten, die ich bei einigen bemerkt hatte. Dann betete ich um Weisheit, denn ich wusste nicht so recht, was ich als Nächstes tun sollte. Schließlich stand ich auf und machte mich fertig für den Tag. Das Wasser, mit dem ich mich wusch, war unglaublich warm und sauber. Ich war aufs Neue dankbar dafür. Dann zog ich eines meiner besten

Kleider an, das Alice mit ihren geschickten Händen gepflegt hatte.

Schon bald war auch Orchie aufgestanden. Sie wusste, dass etwas nicht stimmte, als sie meinen Gesichtsausdruck sah. »Was ist denn los?«, fragte sie.

»Ich habe im Zimmer von Onkel Lewis ein paar Gegenstände gefunden«, antwortete ich, »als ich gestern Abend aufgeräumt habe und ein paar Sachen für seine Rückkehr nach Hause packen wollte: Fleischpasteten, alt und verrottet. Und Geld. Eine Menge Banknoten.«

Sie zuckte zusammen. »Ach, du liebe Zeit! Ich hab das eine Mal nachgesehen, aber kein Geld gefunden. Es hat auch nicht nach verrottetem Essen gerochen, aber er hat mich ja nicht so oft reingelassen.«

»Alles war versteckt in Kommodenschubladen, die mit ungewöhnlichen Hebeln verschlossen waren. Ich wusste nicht, dass er Möbel mit Geheimfächern hat. Andere Schubladen hatten falsche Fronten. Das konnten Sie nicht wissen, als Sie das letzte Mal für mich nachgesehen haben. Papa hatte genau die gleiche Kommode. Vielleicht hatten er und Onkel Lewis als junge Männer die gleichen Möbelstücke.«

»Ich bin froh, dass ich nichts übersehen hab.« Orchies Wangen röteten sich.

Ich nickte zustimmend. »Die Banknoten, die ich gefunden habe, waren an unbezahlte Rechnungen geheftet. Die Rechnungen habe ich inzwischen natürlich bezahlt mit dem Erlös aus dem Verkauf von Kunstgegenständen. Es gibt keine neuen Rechnungen, zumindest nicht seitdem Sie die Post an mich weitergeleitet haben.«

Orchie sank in einen Sessel. »Oh, das tut mir so leid. Aber trotzdem is' heut ein Freudentag!« Ihr strahlendes Lächeln erhellte ihre Züge. »Sie können das gefundene Geld bestimmt gut gebrauchen.«

»Das können wir auf jeden Fall«, stimmte ich ihr zu mit einem erleichterten Seufzer, weil unser Haushalt jetzt auf einer sicheren finanziellen Grundlage ruhte. »Aber …«

Statt freudvoll blickte sie mich jetzt fragend an.

Ich fuhr fort: »Das Schlimmste von allem ist: Ich habe ein paar römische Antiquitäten gefunden. Es scheint sich um die Stücke zu handeln, die Lord Lydney anvertraut und dann gestohlen wurden. Wir haben vermutet, dass Mr Clarkson …«

»Das kann nicht sein!«, entgegnete sie. »Warum sollte Ihr Onkel sie gestohlen haben und wann?«

»Ich glaube, sie sind wirklich echt«, fügte ich hinzu. »Ich werde meinen Onkel fragen, wenn er zu Hause ist und sich wieder eingelebt hat und meinen Fragen gewachsen zu sein scheint. Während wir auf Lord Lydney warten, werde ich die Stücke sorgfältig und bruchsicher einwickeln, in Kisten packen und sie in der Werkstatt aufbewahren.«

Harry kam kurz nach dem Frühstück. »Sind wir bereit?«, fragte er.

Ich reagierte mit einem Kopfnicken. »Wenn wir in der Kutsche sitzen, muss ich dir etwas Wichtiges erzählen.«

Auf dem Weg zum Krankenhaus berichtete ich ihm, was geschehen war. »Ich kann mir natürlich nicht sicher sein, weil ich die Stücke, die Signorina Viero mitgenommen hat, nicht gesehen habe. Aber ich bin der Meinung, dass sie alt sind und aus Rom stammen. Sie sehen so aus wie die Stücke, die zusammen mit der von Pazzo bereits zurückgeforderten Flasche verkauft worden sind.«

»Wie ist so etwas möglich?«, fragte Harry.

»Das weiß ich nicht«, antwortete ich. »Wir müssen es unbedingt herausfinden. Aber, Harry … manche von ihnen scheinen Fälschungen zu sein. Ich kann es nicht mit Sicherheit sagen, aber ein paar von ihnen könnten auch Diebesgut sein, wie du es vermutet hast.«

»Wäre es kriminell, sie in England aufzubewahren?«, fragte Harry.

»Ganz bestimmt, wenn sie gestohlen wären. Man würde es in Italien wahrscheinlich noch eher als Verbrechen empfinden, denn die Stücke gehören dorthin.«

Die Kutsche hielt vor dem Krankenhaus und der Kutscher wartete, während wir hineingingen, um meinen Onkel abzuholen. Als er mich sah, erhellte sich sein Gesicht und er sprang beinahe aus dem Sessel, in dem er auf uns gewartet hatte. »Eleanor! Du bist zurück! Du bist gar nicht im Gefängnis.« Tränen rollten ihm über die Wangen.

Ich drückte ihn fest an mich. »Ich bin nicht im Gefängnis. Lord Lydney und ich sind hier, um dich nach Hause zu bringen, wo du hingehörst und wo du bleiben wirst.«

Mit einem breiten Grinsen hob mein Onkel seinen Gehstock in die Luft. Dabei verlor er fast das Gleichgewicht, bis Harry und ich ihn seitlich abstützten. Wir fuhren zurück nach Bloomsbury. Dort angekommen, halfen wir drei meinem Onkel auf sein Zimmer.

Sobald er durch die Tür ging, drehte er sich zu Orchie um. »Ich habe Ihnen doch gesagt, dass Sie hier nicht sauber machen dürfen!« Seine Stimme klang ängstlich und wütend zugleich.

»Das hab ich auch nicht«, entgegnete sie mit fester Stimme, denn sie konnte mit seinen Eskapaden gut umgehen.

Er sah die offenen Schubladen mit den herausgezogenen Hebeln. In seinem Gesicht spiegelten sich seine plötzlichen Gedankenblitze von Erkenntnis und Erinnerung wider. Dann wandte er sich mir zu. Seine Stimme klang eher wie die eines kleinen Jungen als die eines Mannes. »Du hast sie gefunden.«

Meine Stimme war fest und ruhig zugleich. »Ja, das habe ich.«

Er warf einen Blick auf Harry. »Ich glaube nicht, dass Sie einem alten Mann gerne aus einer Klemme helfen wollen.«

»Das habe ich bereits getan.« Harry behielt seinen Sinn für Humor trotz des hohen Preises, den ihn diese »Klemme« gekostet hatte. »Ich habe sie bezahlt.«

»Oh weh.« Mein Onkel setzte sich auf sein Bett. Orchie stützte ihn mit ein paar Kissen ab und zog ihm die Stiefel aus. »Und ich habe gemeint, ich könnte Ihnen damit helfen, junger Mann.«

Ich deutete auf die noch immer offen stehenden Schubladen. »Fühlst du dich stark genug, uns zu berichten, was geschehen ist?«

Mit einem tiefen Seufzer hielt er sich den Kopf, als ob er sein Gedächtnis von Spinnweben befreien müsste. »Wenn ich mich richtig erinnere, bin ich mit dir und Mr Clarkson nach Watchfield gereist, um die letzte Inventur durchzuführen. Auf einmal war ich so müde und dieser Mr Clarkson hat mich zurückgelassen, damit ich mich ausruhen konnte, während er zum Porzellanzimmer ging, an dem er ein übermäßig großes Interesse zu haben schien.« Er schwieg.

»Du wolltest für mich den Schlüssel holen«, half ich ihm, sich zu erinnern. »Für das Zimmer im dritten Stock von Watchfield House.«

»Ja, ja, so war es«, sagte er. Jetzt erinnerte er sich wieder. »Ich bin zum Pförtner im Torhaus gegangen und habe ihn um den Schlüssel gebeten, aber er wollte ihn mir nicht geben. Aber dann fühlte ich mich müde und ich habe mich kurz hingesetzt und die Augen zugemacht. Als ich aufwachte, war ich allein. Ich habe mich auf die Suche nach dem Mann gemacht. Stattdessen habe ich die Kisten gefunden. Diese venezianischen Kostbarkeiten …« Seine müden Augen blitzten vor Freude. »Dann sah ich die kleinere Kiste mit den römischen Stücken darin. Ich habe sie mir näher angesehen und da wusste ich, dass Ihr Vater wieder in seine alten Fehler verfallen ist.« Er sah Harry an. »Ist er gerade hier?«

Harry sah mich an.

»Nein«, antwortete ich. »Er ist nicht hier. Was meinst du damit, dass er wieder *in seine alten Fehler* verfallen ist?«

»Na ja, wenn er bestimmte Stücke außer Sichtweite aufbewahren wollte, weil diese Stücke gestohlen waren, hat er sie in Kisten mit einer blauen Markierung gesteckt.« Er zog mit der Hand eine Linie durch die Luft. »In etwa so. Dann hat der Pförtner im

Torhaus oder sein persönlicher Diener die Sachen versteckt, bis er sie wegbringen konnte … irgendwohin. Ich habe ihn einmal erwischt mit einer Reliquie. Ich habe ihm gesagt, dass er sie zurückgeben müsste, und er hat sich geweigert. Er hat mich ausgeschimpft und von da an nur noch mit deinem Papa zusammengearbeitet. Allerdings hätte dein Vater ihn auch nicht so einfach davonkommen lassen. Aber ich vermute, dass *Ihr* Vater«, er warf einen Blick auf Harry, »beim Verstecken der Stücke einfach immer besser wurde.«

»Du hast also diese römischen Stücke gesehen«, sagte ich. »Und dann …?«

»Schon auf den ersten Blick wusste ich, dass manche von ihnen Fälschungen und manche gestohlen waren. Er hatte die Reliquie nicht zurückgegeben. Deshalb glaubte ich nicht, dass er diese Stücke zurückgeben würde.« Er wandte sich an Harry. »Wenn man ihn dabei ertappt hätte, würde er Ihnen die Schuld geben, so wie er es immer macht. Deshalb habe ich die Sachen in meine Kleidungsstücke gewickelt, sie nach Hause gebracht und in die Schublade gelegt, und dann …«

Ich sah Harry an. Er nickte mir zu. Wir beide begriffen, dass mein Onkel, ohne es zu merken, die Gegenwart mit der Vergangenheit vermischte.

»Möchtest du uns die Stücke zeigen?«, fragte ich. »Ich habe sie in die Werkstatt gebracht.«

Mein Onkel schwang die Beine aus dem Bett. Orchie wollte seine Stiefel holen, aber er winkte ungeduldig ab. Wir halfen ihm die Treppe hinunter und dann durch den Flur, obwohl er nur seine Strümpfe an den Füßen trug.

Wieder machten wir es meinem Onkel auf dem besten Salonsessel bequem. Ich holte die Schätze nacheinander heraus. Sie waren klein und deshalb hatte mein Onkel sie eingewickelt in seine Kleidungsstücke in seiner Reisetasche transportieren können bei seinem ersten Besuch in Watchfield nach so vielen Jahren. Zuerst hielt ich ihm eine winzige Schale aus Glasmosaik hin. Sie war vielleicht hundert Jahre alt und eventuell für Oliven verwendet worden. »Hat diese Schale dazugehört?«

»Eine richtige Schönheit. Jaja. Ich halte sie für echt. Auch wenn sie nicht schrecklich teuer ist, ist sie noch immer teuer genug für Leute wie uns.«

Auch ich hielt die Schale für echt. Als Nächstes holte ich eine gerippte Schale aus der frühen Römerzeit aus der kleinen Schatulle, in die ich die Stücke zur sicheren Aufbewahrung gelegt hatte. Das Glas hatte eine hellgrüne Farbe und war mit einer wunderschönen, perlmuttartigen Patina überzogen.

Ich hielt sie ihm hin und er kniff die Augen zusammen. »Ich bin mir nicht sicher.«

»Ich auch nicht«, erwiderte ich. »Etwas an diesem Stück beunruhigt mich.«

Er nickte. »Eine von den antiken Glasflaschen hat mich auch verunsichert.« Er stand auf und Harry stützte ihn am Ellbogen ab. »Ich habe sie hier drüben stehen gelassen, auf einem Regal, um sie bei besserem Licht genauer zu untersuchen.«

Als er zum Regal gehen wollte, blickte ich Harry mit hochgezogenen Augenbrauen an und er nickte mir zu. Die Glasflasche war mir nicht von Pazzo untergeschoben worden. Mein Onkel hatte sie hierhergebracht, um sie sich genauer anzusehen, und dann hatte er sie vergessen.

»Ich überprüfe jetzt das hier«, sagte ich. »Ich komme später noch einmal auf die Flasche zurück.« Ich wollte ihm nicht sagen, dass sie bereits weggenommen worden war.

Ich hielt ihm eine kleine Glastafel hin. Er stimmte mir zu, dass sie echt war. Dann kamen wir zu der Garnitur mit dem Kelch und der Patene für die Feier der Eucharistie. Beide waren aus Gold und Porzellan gefertigt. Für mich sahen die Stücke echt aus. Ich schätzte ihr Alter auf etwa fünfhundert Jahre aus der Zeit vor der Reformation. Wenn das zutraf, waren sie wirklich sehr wertvoll.

»Dieb!«, rief mein Onkel laut. »Die sind mir zuerst aufgefallen. Die stammen nicht aus einem rechtmäßigen Verkauf. Es stimmt also …« Er drehte sich zu Harry um. »Wieder hat Ihr Vater eine unstabile politische Lage ausgenutzt, damit er Stücke aus Italien ›erwerben‹ konnte. Diese hier waren ausschließlich für religiöse Zwecke entworfen, in Auftrag gegeben und gekauft worden. Sie stammen aus dem Palazzo del Quirinale, der Residenz des Papstes.«

»Von der Kirche gestohlen?«, fragte Harry. »Ich glaube nicht, dass Viero oder seine Schwester dem zugestimmt hätten, wenn sie es gewusst hätten.«

»Viero?«, fragte mein Onkel. »Wer ist das? Trotzdem müssen sie nach Italien zurückgebracht werden. Ich habe geplant, sie ihren rechtmäßigen Besitzern zurückzugeben und alles wieder ins Lot zu bringen für alle Beteiligten. Ich wollte herausfinden, wohin ich sie schicken musste, und dann habe ich es vergessen. Es tut mir leid.« Er ließ den Kopf hängen. »Ich will nicht, dass man Ihnen die Schuld gibt, junger Mann. Sie sollen nicht für die Sünden Ihres Vaters bestraft werden.«

Ich trat hinter ihn und legte meinen Arm um ihn. »Mache dir keine Sorgen deswegen. Du musst dich jetzt ausruhen. Ich werde ab hier die Fäden aufnehmen. Du hast schon genug getan. Ohne dich hätte niemand von uns erkannt, wohin diese Schätze gehören. Ich hätte es nicht gewusst. Du hast deine Sache gut gemacht.« Das sagte ich voller Aufrichtigkeit.

Er nickte und Orchie half ihm zurück auf sein Zimmer.

»Diese Stücke müssen alle nach Italien zurückgebracht werden«, fügte Harry hinzu. »Wir müssen ihre wahren Besitzer finden.«

»Dein Geld – und Abalone«, erwiderte ich leise. »Nur wegen Onkel Lewis. Das tut mir so leid.«

Er strich mir sanft über die Wange. »Es ist besser so. Wir wollen nicht die Verantwortung für Diebesgut übernehmen. Sobald wir wissen, dass sie unrechtmäßig erworben wurden, ist es unsere Pflicht, sie zurückzugeben. So wie dein Onkel es zu Recht vorhatte, auch wenn seine Methoden irgendwie«, er musste lächeln,

»fragwürdig sind. Ich werde Viero bitten, die Stücke mitzunehmen, wenn er nach Italien zurückkehrt. Er wird nächste Woche hier sein.«

Er strich noch einmal liebkosend über mein Gesicht und dann verabschiedete er sich von mir.

Ich setzte mich auf den Sessel, den mein Onkel gerade verlassen hatte. Er war noch warm und ich erkannte die Symbolik hinter dieser scheinbar einfachen Handlung. Mein Onkel hatte seinen Platz verlassen und ich nahm ihn ein. Die Firma *Sheffield Brothers* war jetzt in meinen Händen. Hatte das betrügerische Handeln von Mr Clarkson, gepaart mit dem gut gemeinten Diebstahl, den mein Onkel begangen hatte, unserem guten Ruf so sehr geschadet, dass die Firma sich davon nie mehr erholen würde?

Ich ließ meine Gedanken kurz schweifen und mein Blick fiel auf die Stücke, die auf den Tischen vor mir standen. Plötzlich erkannte ich, dass die antike Schale aus geripptem Glas tatsächlich eine Fälschung war und die kleine Ölflasche, die mein Onkel zur Überprüfung hierhergebracht und die Pazzo an sich gerissen hatte, ebenfalls.

Hastig stand ich auf, nahm Hut und Mantel und verließ das Haus, um Lady Charlotte aufzusuchen.

Kapitel 36

Nach nur einer Stunde kehrte Charlotte mit mir zusammen in die Werkstatt zurück. Ich wusste, dass sie sich beeilen würde.

»Danke, dass Sie gekommen sind«, sagte ich.

Sie nahm meine Hand. »Aber natürlich. Wir sind doch Freundinnen.«

»Ich habe befürchtet, dass das nicht mehr der Fall sein könnte, als bekannt wurde, was Mr Clarkson getan hat und wie verschuldet unsere Firma war.« Ich erzählte ihr die Geschichte von meinem Onkel und den versteckten Banknoten.

»Sie haben sich tapfer geschlagen, meine Liebe, unter den Umständen, die Ihnen aufgezwungen wurden. Ich habe das erst letzte Woche beim Treffen des *Burlington Clubs* gesagt.«

Ich drückte ihre Hand. »Mr Denholm hat es erwähnt. Ihre Unterstützung bedeutet mir sehr viel.«

Ich zeigte ihr die Schätze, einen nach dem anderen, und wir waren einer Meinung über ihren Wert und ihre Echtheit. Obwohl wir uns nicht sicher sein konnten, ob alle von ihnen gestohlen waren, mussten sie dennoch zurückgegeben werden. Ich teilte Charlotte meine Gedanken über die gerippte Schale und die fehlende Ölflasche mit und dann die Erkenntnis, die mein Onkel über die kirchlichen Stücke aus dem Palazzo del Quirinale gehabt hatte.

Daraufhin traten Tränen in ihre Augen. »Es wird ein trauriger Tag sein, wenn wir seinen Wissensschatz verlieren werden. Aber ja, ich befürchte, er hat recht.«

Ich nickte, obwohl mich ihre Worte ein wenig traurig machten. »Ich werde alles daransetzen, so viel wie möglich von ihm zu lernen, bevor mein Onkel nicht mehr in der Lage sein wird, sein Wissen weiterzugeben.«

Sie sah hoch von dem Tisch, an dem sie stand. »Meinen Sie, Lord Lydney ist bereit, diese Stücke auszustellen, bevor er sie nach Italien zurücksenden lässt? Viele unserer Freunde würden sie bestimmt gerne sehen, bevor sie ihren rechtmäßigen Besitzern zurückgegeben werden. Vielleicht könnte man die venezianischen Schätze ebenfalls ausstellen? Wir konnten sie uns nicht anschauen, als wir zuletzt in Watchfield waren.«

Das hatte ich ganz vergessen. Damals hatte es daran gelegen, dass sie nicht auffindbar gewesen waren. Ich spürte jedoch, dass noch mehr hinter Charlottes Bitte steckte, aber sie war nicht sehr mitteilsam und ich konnte sie wohl kaum fragen, ob sie noch andere Gründe hatte. Das wäre anmaßend gewesen. *Vielleicht steckt doch nicht mehr dahinter*, dachte ich. *Ihre Freunde und Bekannten würden die Schätze bestimmt gerne sehen, und da sie zurückgegeben werden sollen und Harry dafür bezahlt hat, kann es ja nichts schaden.*

»Natürlich, wenn Lord Lydney einverstanden ist«, erwiderte ich. »Ich werde ihm und Signorina Viero telegrafieren und sie fragen, ob so etwas möglich ist. Möchten Sie die Stücke in Ihrem Haus ausstellen?«

Charlotte nickte. »Ja, das wäre wunderbar. Bitte fragen Sie nach. Wir werden uns über einen Termin einigen, sobald Sie eine Antwort haben.«

Lady Charlotte hatte mich gebeten, vor den anderen Gästen bei ihr zu Hause einzutreffen. Für das Abendessen war alles vorbereitet, aber sie wollte mit mir unter vier Augen sprechen.

»Es werden viele Mitglieder des *Burlington Clubs* teilnehmen, obwohl es kein offizielles *Club*-Treffen ist.«

Mein Magen zog sich zusammen, obwohl ich wusste, dass mir nichts passieren konnte. »Und Mr Denholm?«, fragte ich.

Charlotte schüttelte den Kopf. »Nein, er kommt nicht, meine Liebe. Er hat Ihren Ruf beim letzten Treffen in Zweifel gezogen und damit deutlich gemacht, dass er ein Gegner ist und kein Freund. Ich will Ihnen eine weitere Attacke ersparen.«

Ich nickte zustimmend und dankbar zugleich. »Es ist angebracht, dass viele Mitglieder des *Burlington-Clubs* hier sind. Sie gehören zu denen, die sowohl die venezianischen als auch die römischen Schätze am meisten wertschätzen.«

»Ich möchte aber, dass man *Sie* wertschätzt.«

»*Mich?*«

»Ja. Schließlich gab es einiges … Gerede … darüber, dass Mr Clarkson nicht ganz, sagen wir, einwandfrei gewesen ist. Möge er in Frieden ruhen. Ich möchte, dass Sie den anderen Gästen die römischen Schätze erklären und vielleicht auch die venezianischen. Ich werde Sie einführen. Das kann viel dazu beitragen, die Dinge richtigzustellen, vor allem die Einstellung der Leute über Sie und Ihre Firma.«

Sie bot mir die Gelegenheit, mich in ein richtiges Licht zu rücken bei denen, die mich vielleicht ablehnten. Mir wäre es lieber gewesen, wenn das nicht nötig gewesen wäre, aber es war nötig und es war auch eine Gelegenheit, die Dinge, die Harry betrafen, richtigzustellen.

»Ich stimme zu und ich bin Ihnen unendlich dankbar.« Ich umarmte sie. »Aber ich finde, Signorina Viero sollte über ihre Schätze aus Venedig selbst sprechen.«

»Das ist eine wundervolle Idee!«, erwiderte Charlotte.

Ihre Freunde und Bekannten, von denen viele, wenn nicht die meisten, selbst Sammler und Gutachter waren, trafen kurz darauf ein. Als sie durch die Räume schlenderten und miteinander sprachen, warfen sie mir verstohlene Blicke zu.

Lange bevor das Abendessen serviert wurde, kam Harry, begleitet von Signorina Viero und zwei anderen Männern. Den einen erkannte ich. Es war Stefano Viero, wie ich voller Freude feststellte. Der andere Mann war mir unbekannt.

Charlotte hieß sie willkommen und Mr Schreiber führte Harrys Diener, der eine große Kiste trug, zur Bibliothek, in der er die römischen Stücke bereits ausgestellt hatte. Die Kiste enthielt bestimmt ein paar von den venezianischen Schätzen.

»Miss Sheffield.« Stefano nahm meine Hände und küsste mich auf beide Wangen. Er sah müde und abgemagert aus, aber er war so attraktiv wie immer und das sagte ich ihm auch.

»Sie sind wohl Italienerin, Miss Sheffield? Danke für dieses entzückende Kompliment.«

Ich musste lachen. »Nein, natürlich bin ich keine Italienerin, aber ich wünschte, ich wäre eine, nachdem ich so viele wunderschöne, von Ihren Landsleuten hergestellte Glasarbeiten gesehen habe. Danke, dass Sie meiner Freundin Lady Charlotte Schreiber erlaubt haben, sie heute Abend auszustellen.«

»Es ist uns eine Freude«, erwiderte er. »Darf ich Ihnen Baron de Bennetto vorstellen? Er ist ein guter Freund und auch ein Freund von Lord Lydney.«

Signorina Viero richtete den Blick auf den gut aussehenden de Bennetto, einen Mann mit tiefblauen Augen und einem kurzen schwarzen Bart. Ihr Gesichtsausdruck verriet, dass sie weit mehr waren als nur gute Freunde.

Sie gingen weiter und ich stand nur noch mit Harry zusammen. Ich konnte meine Augen kaum von ihm abwenden und offenbar ging es ihm genauso, denn er sah mich unverwandt an.

Mr Herberts kam auf uns zu. »Ich bin froh, Sie beide hier zu treffen. Man hat mir zu Unrecht, wie ich jetzt erfahren habe, ein Stück aus Majolika-Keramik verkauft. Soweit ich weiß, stammte es aus Ihrer Familie.« Er wandte sich an Harry. »Ich möchte es Ihnen zurückgeben.«

Ich senkte den Kopf und schaute auf den Boden. *Mr Clarkson.* Schon wieder.

»Ich möchte es gerne zurückkaufen«, erwiderte ich. »Für den Fall, dass Sie Geldbeträge an meine Firma oder einen ihrer Vertreter übersandt haben.«

Mr Herberts bedachte mich mit einem väterlichen Lächeln. »Betrachten Sie das Stück als Geschenk für den bevorstehenden Anlass.«

Ich warf ihm einen fragenden Blick zu. Welchen Anlass meinte er denn?

»Und ich wäre froh, bei der Firma *Sheffield Brothers* Stammkunde zu sein, wenn sie weiter ihre Dienste anbietet«, fügte er hinzu. Bei diesen Worten sah er Harry an. Harry drückte sanft meinen Arm und nickte zustimmend.

Charlotte hatte in ihrem großen Speisezimmer einzelne Tische aufgestellt mit lackierten Wandschirmen als Trennwände dazwischen, um eine vertrauliche Atmosphäre für die Tischgespräche zu schaffen. Sie hatte auch dafür gesorgt, dass ich mit Harry und seinen italienischen Freunden an einem Tisch sitzen konnte. Die Unterhaltung war lebhaft und mein Herz war erfüllt von so viel Glück und Freude, wie ich es noch vor vierzehn Tagen nicht für möglich gehalten hätte.

Signorina Viero saß neben mir. Sie beugte sich zu mir herüber, als wir unser Sorbet aßen. »Ich muss mich bei Ihnen entschuldigen, Miss Sheffield. Ich habe Sie beschuldigt, die Schätze aus Rom oder auch die meinigen gestohlen zu haben. Wenn die Wahrheit herauskäme, wäre ich diejenige, die ein Doppelspiel getrieben hat, denn ich habe seiner Lordschaft nicht erzählt, dass ich die Stücke aus Rom zusammen mit unseren eigenen Schätzen aus dem Land gebracht habe. Er war so freundlich und hat dafür bezahlt. Wenn wir zurück in Italien sind, werden wir ihm das Geld zurückzahlen. Ich habe mich in Ihnen geirrt. Ich hoffe, dass Sie meine Entschuldigung annehmen.«

Ich nahm ihre Hand. Schließlich hatte auch ich ihre Motive infrage gestellt. »Der Krieg, schwere Zeiten und böse Menschen bestärken die Zweifel in uns allen, Signorina. Bitte machen Sie sich keine Gedanken mehr über diese Sache. Und bitte nennen Sie mich Eleanor.«

»Ja«, erwiderte sie. »Und bitte nennen Sie mich Francesca.«

Ich fragte sie, ob sie bereit wäre, heute Abend über ihre Familienschätze zu sprechen, und sie stimmte freudig zu.

Nach dem Abendessen führte Mr Schreiber uns in die Bibliothek. Es gab nicht genug Stühle und Sessel für alle Gäste. Deshalb nahmen die Damen und einige der älteren Herren Platz, während die anderen Männer stehen blieben. Mr Schreiber stellte mich vor. »Miss Sheffield hat ein gutes Auge. Sie hat auch die Fähigkeit, das Echte von einer Fälschung zu unterscheiden, und einen großen Wissensschatz, aus dem sie schöpfen kann. Ich bin erfreut, dass sie jetzt einiges von ihrer Fachkenntnis an uns weitergeben wird.«

»Danke.« Meine Stimme klang unsicher. *Warum bist du so ängstlich und schwach?*, dachte ich. *Charlotte hat ihren Freundeskreis hier versammelt aus Zuneigung zu dir. Du machst nur das, was du am besten kannst.* Ich musste eine Entscheidung treffen. Sollte ich mich auf den Stuhl setzen, den mein Onkel bald verlassen musste? Sollte ich die Leitung der Firma *Sheffield Brothers* übernehmen?

Ich wollte mich nicht mehr anstrengen, um mir die Anerkennung anderer Menschen zu verdienen. Auch ich musste nach außen der Mensch sein, der ich innerlich war. Meine Stimme wurde fester. »Ich weiß, dass viele von Ihnen von den wundervollen venezianischen Schätzen gehört haben, die unser Freund Lord Lydney aus Venedig weggebracht hat während des Krieges, nach dessen Ende Venedig glücklicherweise mit Italien vereint worden ist. Seine Freunde, die Familie Viero, haben uns freundlicherweise erlaubt, diese Schätze zu würdigen, bevor sie in ihre Heimat zurückkehren. Wäre Signorina Viero so freundlich, uns etwas über die Stücke zu erzählen?«

Die schöne Francesca kam nach vorne und sprach über die Pokale mit ihren Wellenmustern in Blau- und Grüntönen, passend zu Venedig, fein graviert und mit weiten Rändern, bereit, die reiche Fülle an italienischem Wasser und Wein aufzunehmen.

Als Nächstes berührte sie den Kronleuchter, der glitzerte und blinkte selbst im recht dämmrigen Licht des Raumes.

Sie sprach von den gedrehten Füllhörnern aus reinstem Glas, durchwebt mit Goldfäden, mit Mustern, die so kompliziert waren wie jede Stickerei, die ich gesehen hatte, und dann zeigte sie den zarten Wasserkrug aus mundgeblasenem Glas. Als sie die gelbe Parfümflasche hochhielt mit ihrem Muster aus feinen Wirbeln wie ein Nebel bei Sonnenaufgang, empfand ich keinen Schmerz. *Mama, ich wünsche dir alles Gute. Aber jetzt sind wir endgültig geschiedene Leute.* Ich hatte gelernt, dass nicht jeder Umstand im Leben gut enden muss, aber unser Herr dennoch ein glückliches Ende schenken kann.

Als Francesca die Kette aus venezianischen Hochzeitsperlen hochhielt, über und über mit Blumen auf schwarzem Hintergrund bedeckt, ein würdiger Schmuck für den schönsten Tag im Leben einer Frau, schenkte de Bennetto ihr ein breites, strahlendes Lächeln. Sie errötete. Da wusste ich, welche Braut diese Perlen als Nächstes tragen würde.

Dann stellte sie mich vor. »Bitte, meine Freundin Miss Eleanor Sheffield wird Ihnen von den römischen Schätzen berichten. Diese Stücke sind gestohlen worden. Sie werden nur noch einen oder zwei Monate lang in England bleiben. Wenn meine Familie nach Italien zurückkehrt, werden wir sie ganz offen mitnehmen, um sie ihren rechtmäßigen Besitzern zurückzugeben.« Sie drehte sich zu Harry um, aber sprach noch immer zu allen Anwesenden. »Das ist nur möglich, weil Lord Lydney für sie bezahlt und dann alles zurückgegeben hat, damit sie nach Italien zurückkehren und dazu dienen können, unsere Nation wiederaufzubauen.«

Stefano brachte die anderen Gäste dazu, mit ihm gemeinsam Beifall zu klatschen. Harry sah demütig nach unten, aber als ich meine Blicke über die Anwesenden schweifen ließ, merkte ich, dass sie jetzt eine andere Meinung von ihm hatten. Ich hatte ein feines Auge, wenn es darum ging, Wahrheit von Falschheit zu unterscheiden. Bei Harry hatte sich bestätigt, dass er genauso war, wie ich ihn immer gekannt und wie ich es mir von ihm erhofft hatte.

Ich begann spielerisch, aber selbstbewusst mit meinem Vortrag über die kleinen Kunstgegenstände aus Rom. Dann lud ich die Gäste ein, nach vorne zu kommen und sich die Stücke anzuschauen, sobald ich alles erklärt hatte. Ich sprach von den Stücken, die ausschließlich für religiöse Zwecke entworfen, in Auftrag gegeben und erworben worden waren und die im Palazzo del Quirinale aufbewahrt werden sollten. Ich erwähnte an dieser Stelle meinen Onkel, der dieses Geheimnis gelüftet hatte. »Er ist manchmal etwas brüsk, aber er meint es gut. Er hat ein gutes Herz und einen großen Wissensschatz. Von ihm und von meinem Vater habe ich fast alles gelernt, was ich heute weiß. Dafür liebe und ehre ich sie.«

Lady Charlotte ergriff das Wort: »Ich möchte Miss Sheffield nun bitten, uns zu erklären, wie sie zu der Schlussfolgerung gelangt ist, dass die Schale aus geripptem Glas nicht echt ist.«

Sie stellte mich auf die Probe – ein letztes Mal! Ich erinnerte mich daran, wie sie mir vor ein paar Monaten mit ihren Worten Mut gemacht hatte: *»Deshalb sollten wir keine Angst davor haben, andere auf die Probe zu stellen – oder selbst auf die Probe gestellt zu werden. Nur wenn wir dazu bereit sind, können wir erkennen, ob ein Stück oder eine Person das ist, was es oder sie vorgibt zu sein, oder ob es bloß Maskerade ist.«*

Ich nahm die Glasschale in die Hand und hielt meine Lampe sehr dicht daran. Diejenigen, die nahe genug vor mir standen, konnten sehen, wie ein winziges Stück von der Patina abschmolz. Sie lächelten wissend oder rangen nach Luft, je nachdem, ob sie eine Fälschung erwartet hatten oder nicht. Ich deutete auf die Stelle, an der die perlmuttartige Patina weich geworden war. So etwas geschah niemals so schnell oder gar nicht, wenn ein Stück jahrhundertelang in der Erde lag und die Patina sich auf natürliche Weise bildete. »Eine falsche Patina. Aber wie kommt sie zustande?«

Ich stellte die Schale hin und hielt meine Perlenschnur hoch, dieselbe, mit der ich Alice ertappt hatte, als sie sich zum ersten Mal bei uns zu Hause um die Wäsche gekümmert hatte.

Ich dachte an unser damaliges Gespräch und erzählte den anwesenden Gästen davon.

»Das hier sind keine echten Perlen. Sie werden aus mundgeblasenem Glas hergestellt und dann mit Wachs gefüllt, um ihnen eine gewisse Schwere zu geben.« Ich reichte sie einer Dame, die neben mir stand, und sie wog die Perlen in ihrer Hand. »Von außen werden sie mit Gelatine aus Fischinnereien bemalt. Sogar das schärfste Auge kann den Unterschied zu echten Perlen kaum erkennen. Auf ähnliche Weise haben unsere Diebe aus Rom kaum unterscheiden können, ob auch die Olivenschale mit Fischgelatine bemalt worden ist, um sie älter wirken zu lassen.«

Ich wusste, dass viele, wenn nicht alle in diesem Raum Versammelten ähnliche falsche Perlen gesehen, geschätzt oder sogar besessen hatten. Ich hielt sie an die Lampe und die äußere Schicht schmolz genauso wie bei der gefälschten römischen Schale. Diese war also kein kleines Vermögen wert, nein, ihr Wert belief sich auf fast null.

Ich lächelte die anderen Gäste an und sie erwiderten mein Lächeln. Lady Charlotte kam nach vorne, um sich bei mir zu bedanken. Dann lud sie die Anwesenden ein, die römischen und venezianischen Schätze zu betrachten, solange sie noch die Gelegenheit dazu hatten.

Die Gäste kamen nach vorne, um sich die Stücke auf den Tischen anzusehen. Viele von ihnen blieben bei mir stehen, um mit mir ein paar Worte zu wechseln. Unser freundlich-kameradschaftliches, ja kollegiales Verhältnis war wiederhergestellt. Vielleicht war es sogar besser als jemals zuvor.

Charlotte drückte mir die Hand, bevor sie wegging, um sich ihren Gästen zu widmen.

»Danke, liebe Freundin. Das kann ich Ihnen niemals vergelten.«

»Das brauchen Sie auch nicht. Dafür sind Freunde doch da.«

Harry kam zu mir und legte seine Hand unter meinen Ellbogen. »Gut gemacht, Miss Sheffield«, flüsterte er mir ins Ohr.

Ich drehte mich zu ihm um. »Ohne dich wäre das nicht möglich gewesen.«

Er zuckte mit den Schultern. »Ich bin froh, dass du so glücklich bist.«

»Ich möchte, dass du ebenfalls glücklich bist«, erwiderte ich.

»Das freut mich zu hören. Aber da kannst du etwas für mich tun. Ich habe Mrs Newsome bereits gefragt, ob sie so freundlich wäre, dich zu einer Zusammenkunft zu begleiten, die ich am nächsten Wochenende in Watchfield veranstalten werde. Ich hoffe, du bist frei?«

»Zu meinem Bedauern hat sich daran nichts geändert«, antwortete ich mit leisem Spott.

Er lachte. Dann fuhr er mir mit dem Finger über das Kinn, wie es seine so vertraute und so willkommene Gewohnheit war. Wenn wir nicht in einem Raum voller Menschen gewesen wären, hätte er mich bestimmt geküsst, wie er es an jenem Abend vor meinem Zimmer im Gasthof getan hatte.

Kapitel 37

Watchfield House, Oxfordshire

An einem Freitagnachmittag reisten wir nach Watchfield. Als unser Zug im Bahnhof einfuhr, war Marguerite fast so aufgeregt wie ich.

»Und wieder liegt ein Geheimnis vor uns«, sagte sie.

»Jedes Mal, wenn ich nach Watchfield komme, kennt jeder außer mir das unausgesprochene Geheimnis. Warum ist das so?«

Sie lachte und nahm kurz meine Reisetasche, als wir in die Kutsche einstiegen, die Harry geschickt hatte und die uns nach Watchfield bringen sollte. »Es wird nicht lange ein Geheimnis bleiben, liebste Freundin.«

Als die Kutsche am Herrenhaus ankam, hielt der Kutscher vor dem Haupteingang an, damit wir dort aussteigen konnten. Harrys neuer Diener wartete bereits auf uns. Er kam die Treppe herunter, um unser Gepäck in Empfang zu nehmen, und er begrüßte mich besonders respektvoll. Mein Herz pochte laut, als ob es Freudenlieder singen wollte.

Als wir das Haus betraten, hieß mich die neue Haushälterin herzlich willkommen. »Lassen Sie mich Ihnen Ihr Zimmer zeigen, Miss Sheffield«, sagte sie. »Ich hoffe, sie finden alles zu Ihrer Zufriedenheit vor.«

Marguerite tat so, als würde sie murren, während sie mir wie ein Schatten durch die Halle folgte. »Ich denke, ich gehe dir einfach nach in der Hoffnung, dass seine Lordschaft auch für mich ein kleines Zimmerchen vorgesehen hat.«

Ich musste über ihren kleinen Scherz laut lachen.

Unsere Zimmer lagen ein Stockwerk höher und gehörten zu den vielleicht vornehmsten im ganzen Haus. Direkt über meinem

Schlafzimmer befanden sich die Räume von Lady Lydney und wir hatten von unseren Zimmern aus einen schönen Blick über das riesige Anwesen. Die Hartriegelbäume blühten gerade. Ihre rosa-weißen Blüten erinnerten mich an das kleine Teeservice, das meine Großmutter mir geschenkt hatte, als ich noch ein Kind war. Das Gras leuchtete in einem kräftigen Smaragdgrün und entzückende, kleine Glockenblumen säumten wie blau gekleidete Feen den gepflasterten Fußweg zum Sommerhaus.

Plötzlich wusste ich es. Harry hatte mir dieses Zimmer nicht allein wegen des schönen Ausblicks zugedacht, sondern weil ich von hier aus unser Sommerhaus sehen konnte. Der Blauregen, der im September so traurig ausgesehen hatte, zeigte sich jetzt in seiner ganzen violetten Blütenpracht.

»Heute gibt es Abendessen, Miss. Und dann sollen Ihre Vorhänge bis morgen früh um elf Uhr zugezogen bleiben. Seine Lordschaft hat darum gebeten, dass Sie sich in Ihrem Zimmer aufhalten.« Die Augen der Haushälterin blitzten fröhlich. »Ich werde Ihnen das Frühstück hier servieren.«

Ich neigte fragend den Kopf. Könnte ich heute Abend beim Essen vielleicht das Geheimnis aus Harry herauskitzeln?

Das Abendessen sollte ruhig verlaufen, aber mit den Italienern im Haus war es erfreulich laut und voller Gefühl.

Die Witwe Viero saß neben mir. »Wo sind Ihre Eltern? Konnten sie nicht kommen?«

Francesca schlug ihrer Mutter spielerisch auf den Arm. »Aber Mama!«

»Meine Mutter und mein Vater sind nicht mehr bei uns«, erwiderte ich. Meine Antwort war zwar ehrlich, aber nicht ganz präzise.

»Was? Sie haben keine Mutter?« Sie rückte mit ihrem Stuhl näher an mich heran. »Dann werde ich Ihre Mutter sein.« Sie rümpfte die Nase, als ob sie jeden Widerspruch im Keim ersticken wollte.

»Danke«, sagte ich zu ihr, während sie mir sanft die Hand tätschelte.

Ich warf einen Blick auf das andere Ende des Esstischs und sah, wie Marguerite und Stefano in ein Gespräch vertieft waren. Die beiden lachten und jedes Mal, wenn ich zu ihnen hinschaute, waren ihre Stühle näher zusammengerückt. Gegen Ende des Essens hatte meine Freundin sogar ihr Sorbet stehen gelassen.

Mama Viero rümpfte wieder die Nase. »Ich habe geglaubt, dass wir England schon bald hinter uns lassen. Wenn das so weitergeht, werde ich hierbleiben oder ein ›englisches Souvenir‹ zu unserem Palazzo in Venice mitnehmen müssen.«

Ich musste lachen. *Das hoffe ich, Mama Viero. Das hoffe ich sehr.*

Nach dem Essen bereiteten sich die Musiker eines Quartetts darauf vor, uns mit Hintergrundmusik zu erfreuen, während wir Karten spielten und uns unterhielten. Harry nahm meine Hände und sah mich unverwandt an.

»Was kann ich für Sie tun, Miss Sheffield?«

Ich reagierte mit einem ähnlich spielerischen Spott: »Alles Mögliche, Lord Lydney. Aber ich möchte vor allem wissen, warum ich morgen früh die Vorhänge nicht aufziehen darf. Warum muss ich bis elf Uhr auf meinem Zimmer bleiben?«

Er musste lachen. »Oh nein. Du wirst mich nicht dazu bekommen, dieses Geheimnis zu lüften, und auch niemanden sonst. Ich habe alle zur Verschwiegenheit verpflichtet.«

»Könnte ich dich überreden, mir etwas zu verraten?«, fragte ich.

»Nein. Zumindest nicht heute Abend.« Er lächelte mich an. »Später vielleicht …«

Heute Abend trug ich kein Kleid aus zweiter Hand, sondern eine wunderschöne smaragdgrüne Robe, die ich mir von einem kleinen Teil der von meinem Onkel gehorteten Banknoten gekauft hatte. Harry hatte meinen Onkel nicht gebeten, das Geld für die römischen Antiquitäten zurückzuzahlen. Die Kunstgegenstände sollten sein Geschenk an das italienische Volk sein.

Die Musiker begannen zu spielen, und zwar dieselbe Melodie,

nach der wir vor so vielen Jahren zum ersten Mal getanzt hatten. Harry zog mich enger an sich, als er es damals, als junger Mann, gewagt hatte, obwohl wir beide uns danach gesehnt hatten – damals und heute.

Er bewegte sich langsam und bedächtig. Ich folgte ihm. Beim Tanzen verschmolzen wir förmlich miteinander und am Ende führte er mich in die kleine Wäschekammer, in der wir einst unseren ersten Tanz erlebt hatten. Er zog mich an sich und küsste mich. Ich erwiderte seinen Kuss und er küsste mich noch inniger als vorher. Er legte die Hand auf meinen Nacken, damit ich mich nicht zurückziehen konnte, auch wenn ich das gewollt hätte.

Natürlich wollte ich das nicht.

Ich spürte das Kratzen seiner leichten Bartstoppeln und ich empfand diese männliche Rauheit als angenehm. Nach einem viel zu kurzen Augenblick ließ er mich los. »Wir müssen auseinandergehen«, sagte er. »Vorerst, gnädige Frau. Vorerst.«

Ich erwiderte nichts. Ich konnte nichts sagen, weil ich erst Luft holen musste.

Am nächsten Morgen blieb Marguerite mit mir zusammen auf meinem Zimmer.

»Du stehst nicht unter Quarantäne«, scherzte ich. »Du solltest zusammen mit den anderen draußen sein, anstatt hier in diesem dunklen, engen Raum gefangen zu sein.«

Sie warf einen Blick auf die frische Pracht aus neuen Leinenstoffen und alten, sorgfältig gepflegten Möbelstücken. »Was für ein Gefängnis, Miss Sheffield. Wirklich schlimm! Selbstverständlich werde ich dir heute Morgen wieder als Kammerzofe dienen. Vielleicht ist es ja das letzte Mal.«

»Willst du etwa schon so bald die Flucht ergreifen?«, fragte ich. »Vielleicht nach Italien? Nachdem ich dich und Stefano Viero beobachtet habe, brauchst du eher eine Anstandsdame als ich.«

Sie musste lachen. »Sie sind nicht geeignet als Anstandsdame, Miss Sheffield. Noch nicht.«

»Ich wünsche mir von Herzen, dich wieder glücklich sehen zu können. Und ich vermute, das wird auch geschehen.«

Ihr perlendes Lachen erfreute mein Herz und erhellte das abgedunkelte Zimmer.

Dann half sie mir in ein wunderschönes Kleid in der Farbe des Blauregens, der bei unserem Sommerhaus so üppig blühte. Sie bürstete mein Haar, sodass mir die rotbraunen Locken über die Schultern fielen.

»Willst du mir das Haar nicht hochstecken?«, fragte ich. »Mit offenem Haar sehe ich aus wie eine Heidin.«

»Du siehst wunderschön aus«, erwiderte sie. »Frei und jung und so entzückend. Ist es heute so wichtig, was andere über dich sagen? Du bist keine Heidin und das wissen auch alle.«

Ich musste lächeln. »Für mich ist nur wichtig, was ein einziger Mensch über mich denkt.«

Um punkt elf Uhr – Harry hatte mir versichert, dass er pünktlich sein würde – öffnete Marguerite die Zimmertür und führte mich durch den langen Flur. Ich konnte hören, wie sich im Salon die Leute versammelten, aber die Tür war durch einen Wandschirm verdeckt und Marguerite manövrierte mich an dem Raum vorbei.

Wir traten ins Freie auf das von Tau benetzte Gras, aber es kam mir so vor, als würden wir mit unseren zierlichen Stiefelchen kaum den Boden berühren. Wohin führte sie mich? Schon bald konnte ich es erkennen. Wir gingen zum Sommerhaus.

Als wir näher kamen, konnte ich sehen, wie Harry draußen auf mich wartete. Marguerite führte mich zu ihm. Dann gab sie mir einen Kuss auf die Wange, bevor sie sich wieder auf den Weg zum Herrenhaus machte.

Zunächst erwartete ich, dass Harry mich ins Sommerhaus bringen würde, aber das tat er nicht. Stattdessen blieben wir draußen stehen. Ich wollte gerade einen Witz über seine scheinbare Unentschlossenheit machen, aber da kam ein Pferd aus den nahe gelegenen Stallungen.

Es war ein Schimmel und sein Reiter war ein mit einem feinen Reitanzug bekleideter Mann. Als das Pferd näher kam, sah ich ein weiteres aus dem Stall kommen. Es war ebenfalls ein Schimmel. Kurz nach ihm erschien ein dritter Reiter, wieder auf einem weißen Pferd, und dann kam ein vierter. Auf dem fünften Schimmel saß der etwas unbeholfen wirkende Mr Herberts, der seinen Hut antippte, als er an uns vorbeiritt.

»Was ist denn …?«, begann ich. Jetzt verstand ich, warum ich in meinem Zimmer eingesperrt worden war. Ich hätte sonst mitbekommen, wie sich die vielen Pferde und deren Reiter auf dieses Schauspiel vorbereiteten.

Harry legte mir kurz einen Finger auf die Lippen, um mich am Weiterreden zu hindern. »Alles zu seiner Zeit, Ellie. Alles zu seiner Zeit.«

Die stille Parade der Schimmel mit ihren Reitern ging weiter. Als ich nachzählte, erschien das zwanzigste Pferd.

»Das ist doch Abalone«, flüsterte ich. Der Reiter war Lord Audley! »Was ist passiert?«

»Audley hat ihn gekauft«, erklärte Harry. »Aber an diesem Tag geht es um etwas anderes.«

Während er noch sprach, wendete der erste Reiter sein Pferd.

»Darf ich dir eine Geschichte erzählen?« Harry nahm meine Hand.

»Aber natürlich!«

»Ich habe dir doch erzählt, wie sehr ich das Pferd im Kreidefelsen von Uffington liebe. Wie ich gewusst habe, dass ich bald zu Hause sein würde, wenn ich es auf dem Weg nach Watchfield auf dem Hügel sah. Es gibt über dieses Pferd viele Geschichten, aber am besten gefällt mir der uralte Volksglaube, dass wegen des Pferdes von Uffington echte weiße Pferde den künftigen Ehemann eines unverheirateten Mädchens vorhersehen konnten. Das geht so«, er drehte sich zu mir um. »Das Mädchen zählte die

Schimmel, die ihr begegneten, bis zum hundertsten. Und der erste Mann, dem sie danach die Hand schüttelte, würde eines Tages ihr Ehemann werden.«

Die Pferde schritten erneut an uns vorbei. »Ich habe keine hundert Schimmel finden können«, sagte Harry. »Und so viele Reiter kenne ich auch nicht. Aber ich konnte zwanzig finden. Und wenn zwanzig Schimmel fünfmal vorbeikommen, hoffe ich, dass das ausreicht, damit der Mythos von den hundert Pferden für mich wahr wird. Oder besser noch, für dich.«

Er ließ meine Hand los und wir standen nebeneinander, während wir die Parade der Pferde beobachteten. Die Vögel zwitscherten und ein sanfter Wind bewegte die neuen Blätter, die aus den Zweigen der Bäume sprossen. Diese frischen grünen Blätter waren Boten für neue Lebensabschnitte und neue Hoffnung. Ich warf einen Blick auf das Sommerhaus hinter uns. Vor meinem geistigen Auge sah ich uns als Jugendliche und dann als Erwachsene, jetzt, in diesem Moment. Alles in unserem Leben hatte Früchte getragen zur rechten Zeit.

Als Abalone zum fünften Mal an uns vorbeikam, tippte Lord Audley an seine Reitkappe. Ich sah, wie Harry seinen Freund anlächelte und trotzdem mit sich rang, weil dieser und nicht er auf Abalone saß. Dann sah er mich unverwandt an. Die Tatsache, dass Lord Audley sein Pferd ritt und er diesen Aufwand getrieben hatte wegen einer Geschichte, die mir mehr bedeutete als ein einfacher Heiratsantrag, war für mich eine Bestätigung, warum ich nur diesen einen Mann liebte und schon immer geliebt hatte.

»Das ist das einhundertste weiße Pferd, Miss Sheffield«, sagte Harry.

Ich wusste, dass es jetzt meine Aufgabe war, ihm die Hand zu schütteln. Ich streckte meine behandschuhte Hand aus und legte sie in seine.

»Ja«, nickte ich. »Ja, und das gilt für immer. Es gilt für heute und für morgen. Mein Ja gilt so lange, bis die Kreidefelsen vergehen, aber das wird nie geschehen.«

Lord Audley lächelte uns zu und ritt weg. Jetzt standen wir beide allein vor dem Sommerhaus. Harry küsste mich, um meine Worte zu besiegeln. Sein Kuss war zärtlich, beschützend, voller Zuneigung und Hingabe, aber auch voller Leidenschaft. Ich erwiderte seinen Kuss auf die gleiche Weise.

Ich streckte meine Hand aus und stellte mir den Verehrungsring an meinem Finger vor mit allen fünf Steinen, auch dem Amethyst. Meine fünfte Frage, ob er mir einen Heiratsantrag machen würde, war jetzt beantwortet. Aber dass es dazu kommen konnte, das hatte meinen Glauben und mein Vertrauen in Harry erfordert, Glauben wie ein Senfkorn. Ich hatte ihm erst die Kunstsammlung zurückgeben müssen, bevor ich diese letzte Antwort hatte erhalten können.

Als wir zurück zum Haus gingen, kamen die zuvor im Salon Versammelten hinaus ins Freie. Sie verteilten sich auf dem Rasen. Mit lauten Freudenrufen, Pfiffen und Applaus feierten sie gemeinsam mit uns.

»Heiraten wir im Mai?«, fragte Harry, während wir auf unsere Gäste zugingen.

»Im Mai?«, fragte ich zurück. Ich war erstaunt, dass er noch länger als einen Monat warten wollte.

»Oh ja«, erwiderte er. »Ich bin mit meinen Überraschungen noch nicht am Ende, Ellie. Es darf kein anderer Monat sein als der Mai.«

Dann dachte ich: *Ja, im Mai, weil ich vielleicht auch noch eine Überraschung für dich habe, Lord Lydney.*

Kapitel 38

Mai 1867

Als wir in Watchfield waren, hatte ich keine Gelegenheit, mit Lord Audley zu sprechen, und das war vielleicht auch besser so. Ich wollte mit ihm unter vier Augen reden, ohne dass es jemand bemerkte, vor allem wollte ich nicht, dass Harry es mitbekommen sollte.

Ich hatte ihm einen Brief geschickt und ihn darin gefragt, ob ich ihm in seinem Londoner Stadthaus einen Besuch abstatten dürfte. Er sandte eine freundliche Antwort, obwohl es ein paar Wochen dauern würde, bis er einen freien Termin hatte. Am Abend vor unserem Treffen ging ich noch einmal die Geschäftsbücher durch. Ich hatte alle Geldbeträge, die der Firma *Sheffield Brothers* zustanden, abgeglichen, aber dann die Beträge wieder eingezahlt, die ich für die Begleichung unserer Schulden verwendet hatte, indem ich die Schätze meines Vaters und meine eigenen Stücke verkauft hatte. Ich wusste genau, welche Beträge uns zur Verfügung standen. Es war mehr, als ich erwartet hatte. Obwohl wir nicht unbedingt reich waren, hatte Mr Herberts uns seine Unterstützung als Kunde zugesagt. Außerdem war ich zum Apriltreffen des *Burlington-Clubs* eingeladen. Bei diesem Treffen sollte meine Mitgliedschaft bestätigt werden.

Harry hatte geplant, dass mein Onkel zu uns ziehen und in seinem Stadthaus in London und auf seinem Landsitz in Oxfordshire mit uns zusammen wohnen sollte, wenn er wollte. Er könnte natürlich auch in unserem Haus in Bloomsbury bleiben, falls die andere Lösung für ihn zu belastend wäre.

Im Gegenzug dazu konnte ich es mir leisten, ein großzügiges

Angebot zu machen, eines, dem ich im Laufe der Jahre weitere Angebote hinzufügen könnte, falls das erforderlich sein sollte.

Am Nachmittag traf ich am großen Stadthaus von Lord Audley ein. Der Butler ließ mich herein und führte mich zu einem privaten Wohnzimmer, das ich während meines damaligen Besuchs beim Treffen des Clubs nicht betreten hatte. »Lord Audley wird gleich hier sein«, sagte er. »Bitte machen Sie es sich bequem.«

Ich saß auf einem gemütlichen Sessel und ließ meine Blicke durch den Raum schweifen. An den Wänden hingen Gemälde und überall waren Kunstgegenstände verteilt, auch Stücke einer sehr schönen Sammlung, die ich bereits während meines früheren Besuchs in diesem Haus gesehen hatte. *Aber was war das?*

Ich stand auf und ging zu einem Porträt, das einen Reiter auf einem Pferd zeigte. Der Mann hatte eine gewisse Ähnlichkeit mit Audley. War es vielleicht sein Vater? Nein, das Bild war älter. Es war ein Vorfahre. Aber nicht der Mann selbst war mir aufgefallen, sondern sein Pferd, genauer gesagt, der Harnisch, den es trug. Es war derselbe Rossharnisch, den ich zuerst in jenem Zimmer im dritten Stock von Watchfield House gesehen hatte und der später verschwunden war.

»Miss Sheffield.« Lord Audley betrat das Zimmer und sah, wo ich gerade stand. Er gesellte sich zu mir und warf einen Blick auf das Gemälde.

»Es ist eine sehr gute Arbeit, nicht wahr?«, fragte er.

Ich nickte bloß, weil ich nicht wusste, was ich sagen sollte. Ich wollte ihm einen indirekten Hinweis geben und abwarten, ob er darauf eingehen würde. »Ein fantastisches Pferd. Und auch der Harnisch ist ungewöhnlich.«

Er reagierte mit einem Lächeln. »Der Harnisch trägt mein Familienwappen.« Er deutete mit einem Kopfnicken auf das Porträt und zeigte dann auf ein Wappen, das im Mauerwerk über dem Kamin erschien. »Und deshalb wusste Lydney, dass der Harnisch mir gehört.«

»Darf ich mich setzen?«

Er geleitete mich zu einem Sessel und nahm mir gegenüber Platz, während das Teeservice hereingebracht wurde.

Sobald das Dienstmädchen den Raum verlassen hatte, fragte ich ihn: »Hat er … hat *Harry* Ihnen den Harnisch zurückgegeben?«

»Ja, das hat er. Offenbar war er noch nie zuvor in diesem Zimmer gewesen, aber eines Tages ist ihm aufgefallen, dass sich an der Tür ein Schloss befand, zu dem es keinen Schlüssel mehr gab. Als er das Schloss auswechseln ließ, betrat er auch das Zimmer und sah den Rossharnisch neben anderen Kunstgegenständen, die er ebenfalls ihren rechtmäßigen Eigentümern zurückgegeben hat.«

»War es sein Vater?«, fragte ich.

»Ja. Ich vermute, dass er den Rossharnisch meinem Vater gestohlen hat. Mein Vater hatte das immer behauptet und wegen dieses Verdachts ist jede Freundschaft zwischen unseren beiden Familien erkaltet. Der Diebstahl konnte nie bewiesen werden. Aber jetzt ist der Beweis erbracht worden und der Harnisch ist wieder an seinem rechtmäßigen Platz auf unserem Landsitz. Das ist das Verdienst von Lydney.«

Ich nippte an meinem Tee und dankte Gott für diesen verheißungsvollen Auftakt für unser Gespräch, den er und Lord Audley mir geschenkt hatten. »Es ist immer erfreulich, wenn etwas Wertvolles seinem Besitzer zurückgegeben wird«, sagte ich mit einem freundlichen Lächeln. »Sie stimmen mir sicherlich zu, auch wenn es um ein Lieblingspferd geht?«

Audley musste lachen. »Oh, meine liebe Miss Sheffield. Ich hoffe, dass Lydney erkennt, was er an Ihnen hat.«

Ich erwiderte sein Lachen. »Ich bin gekommen, um Sie zu bitten, Abalone an mich zu verkaufen. Sie haben doch schon gewusst, dass ich das vorhabe.«

»Ich habe gehofft, dass Sie deswegen zu mir kommen«, erwiderte er mit einem breiten Lächeln.

Wir saßen in meinen Räumen auf Watchfield und bereiteten uns auf die Hochzeit vor. Die Trauung sollte in einer knappen Stunde in der nahe gelegenen Dorfkirche stattfinden. Marguerite und Francesca halfen mir mit den letzten Vorbereitungen und wir hatten auch Alice mitgebracht. Sie behauptete, sie sei gekommen, um sicherzugehen, dass mein Hochzeitskleid perfekt aussah, aber in Wirklichkeit war sie für mich zu einer guten Freundin geworden. Ich wollte, dass sie an meinem Hochzeitstag dabei war.

Orchie machte viel Aufhebens um eine große Vase mit langen Zweigen, an denen Dutzende wunderschöne Knospen zu sehen waren in demselben Cremeweiß wie mein Kleid. Die Blüten hatten rosafarbene Staubbeutel und in der Mitte einen dottergelben Punkt. »Die sind im ganzen Haus verteilt«, sagte Alice staunend. »In jedem Zimmer, im Raum für das Hochzeitsessen. An der Tür. Hier drin. Was sind das für Blumen?«

Ich blieb auf meinem Sessel sitzen, während Marguerite mich fertig frisierte. »Natürlich gibt es eine Geschichte darüber, meine liebe Alice. Möchtest du sie hören?«

Sie musste lachen. »Da komm ich bestimmt nicht drum herum.«

Ich lächelte sie an. »Du erinnerst dich doch noch, wie mein Onkel vom heiligen Dorn von Glastonbury erzählt hat, wie dieser spezielle Weißdornbaum aus dem Wanderstab von Josef von Arimathäa entsprungen ist, als er ihn auf dem Wearyall Hügel in den Boden stieß.«

Sie nickte zustimmend.

»Die Bäume selbst werden nur etwa hundert Jahre alt, aber weil sie so bedeutsam waren, hat man viele Ableger abgeschnitten. Pilger und andere, die den Baum blühen sehen wollten, haben Zweige vom ursprünglichen Baum in die hier weitverbreiteten Englischen Weißdornbäume eingepfropft. Es war gleichgültig, was mit dem ursprünglichen Baum passierte, denn der Baum und der Glaube der Menschen sollte sich verbreiten, Jahr für Jahr, in jeder Generation, aus Altem zu Neuem. Verstehst du? Als der ursprüngliche Baum zerhackt wurde, war das zwar schade, aber es war nicht das Ende. Die Bäume haben sich in ganz England verbreitet und sie sind an einem besonderen Merkmal zu erkennen. Sie blühen zu Weihnachten, um die Geburt unseres Herrn zu feiern, und noch einmal im Mai wie alle anderen Weißdornbäume.«

»Deshalb wollte Lord Lydney, dass du abwartest, bis sie in voller Blüte stehen«, fügte Marguerite hinzu. »Deine unverwechselbaren Hochzeitsblumen.«

»Ja«, erwiderte ich leise. »Er war es wert, dass du ihn immer wieder verteidigt hast. Auch unsere Liebe ist zweimal erblüht.«

Alice seufzte. »Diese Geschichte hat sich gelohnt, Miss Eleanor. Sie ist echt was Besonderes.«

Die Damen führten mich nach unten zur wartenden Kutsche und dann fuhren wir zur Kirche. Die Gäste waren bereits dort, auch die Männer, und natürlich Harry.

Nachdem alle auf ihren Plätzen saßen, führte mein Onkel mich zum Altar und übergab mich meinem Geliebten. »Sie gehört jetzt zu Ihnen«, sagte er. »Sie müssen sie ehren wie einen kostbaren Schatz.«

Harry nickte ihm ernst zu und dann drehten wir uns um. Der Pfarrer begann mit der Zeremonie und wir sprachen die feierlichen Worte des Treue- und Ehegelübdes nach. Wieder hörte ich tief in meinem Inneren eine hochwillkommene, einzigartige Stimme:

Ich bin hier.

Ich blickte hinauf zum Kreuz, das über dem Altar hing, und flüsterte, ebenfalls tief in meinem Inneren: *Ich weiß, dass du hier bist. Du bist immer da gewesen.*

Die Kutsche brachte Harry und mich zurück nach Watchfield.

»Hast du ihn mitgebracht?«, fragte er mich.

Ich nickte und reichte ihm den Ring.

»Darf ich deine Handschuhe ausziehen?«

»Wenn du meinst, dass das schicklich ist«, antwortete ich scherzhaft.

»Wir sind jetzt verheiratet, Lady Lydney. Deshalb ist es durchaus schicklich, wie ich es dir heute Abend zeigen werde, wenn unsere Gäste uns verlassen haben.«

Ich errötete und er musste lachen. »Es ist schon lange her, dass du wegen mir rot geworden bist.«

Er zog mir sanft die Handschuhe von den Händen und dann steckte er mir den wiederhergestellten Verehrungsring an den Ringfinger. »Hier soll er bleiben, denn hier gehört er hin.« Er zog mich an sich. »Und hier gehörst du hin.«

Ich schloss die Augen und genoss diesen Augenblick des Glücks.

Wir kehrten nach Watchfield zurück. Dort hatte man uns ein Hochzeitsfrühstück zubereitet. Seltsamerweise war der Tisch so gedeckt, dass Harry und ich nebeneinandersitzen mussten. Als wir weiter in den Raum hineinkamen, sah ich, warum das so war.

Der zarte, kostbare Liebesbecher aus Venedig stand zwischen unseren beiden Gedecken.

»Was für ein schöner Gedanke, uns den *coupe de mariage* für heute auszuleihen«, sagte ich.

Francesca lächelte mich an. »Heute und an so vielen Tagen, wie ihr wollt«, entgegnete sie. »Es ist unser Hochzeitsgeschenk für dich und Harry.«

Ich holte tief Luft. »Aber der Becher ist so teuer. So kostbar.«

Stefano schlug Harry freundschaftlich auf den Rücken und dann gab er mir einen Kuss auf die Wange. »So kostbar wie du.«

Voller Freude genossen wir das Essen und der Raum hallte wider von fröhlichen Gesprächen. Dann hielt Stefano eine kurze Rede mit vielen guten Wünschen für unsere Ehe. Während er sprach, gab ich Lord Audley, der am anderen Ende des Raums saß, ein Zeichen. Er stand auf und ging unbemerkt fort.

Harry stand auf und ergriff das Wort. »Vielen von Ihnen ist bekannt, dass meine wunderschöne Braut vor einigen Monaten vor einer ungewöhnlichen Aufgabe stand. Sie sollte entscheiden, ob die umfangreiche, hier in Watchfield House beherbergte Kunstsammlung hierbleiben oder an ein Museum gespendet werden sollte. Ich machte kein Geheimnis daraus, dass ich die Sammlung hierbehalten wollte, obwohl ich mich Ellie gegenüber kaum dazu geäußert habe.« Er warf mir einen Blick zu. »Ich wollte mich nicht in ihre Pflichten als Treuhänderin einmischen. Ich war hocherfreut, als sie sich entschied, dass die Sammlung hierbleiben kann. Aber was war der Grund für meine Freude? Ich wusste, dass ich sie fragen wollte, ob sie meine Frau werden will, und ich habe auf ein Ja von ihr gehofft. Sie hat Ja gesagt und jetzt befindet sich die Sammlung in den Händen der Person, zu der sie wirklich gehört. Ellie ist jetzt die *Hüterin der tausend Schätze*. Ich jedoch brauche nur einen einzigen Schatz: Lady Eleanor Lydney.«

Er wischte mir eine Träne aus dem Auge und ich betrachtete lächelnd meine Freunde und meinen Ehemann, während sie angeregt und freundlich plauderten. Endlich erschien Audley in der offenen Tür des Raums. Er nickte mir zu, bevor er erneut hinauseilte.

»Kommst du bitte mit mir?«, fragte ich Harry.

Er warf mir einen neugierigen Blick zu, aber er war einverstanden. Ich nickte Marguerite zu und sie versammelte die anderen um sich, damit sie uns folgen konnten.

»Bleib hier«, sagte ich zu Harry und dann machte ich mich auf den kurzen Weg zu den Stallungen. Dort wartete Audley auf mich.

»Alles bereit?«, fragte er.

Er reichte mir die Zügel von Abalone und ging neben mir, weil das Pferd stark und meine Führung nicht gewohnt war. Wir überquerten die Grünfläche, gingen am Sommerhaus vorbei und kamen vorne am Rasen an. Dort wartete die Hochzeitsgesellschaft auf uns.

Harry kam auf uns zu. In seinen Augen konnte ich eine unausgesprochene Frage und eine schwache Hoffnung lesen.

Ich reichte ihm die Zügel und stellte mich auf die Zehenspitzen, um ihm vor allen Anwesenden einen Kuss zu geben. »Mein Hochzeitsgeschenk für dich.«

Harry sah mich an, dann wanderte sein Blick zu Audley und schließlich zu Abalone.

»Aber Audley und ich haben eine unwiderrufliche Vereinbarung getroffen«, sagte er schließlich.

»Ich habe keine derartige Vereinbarung mit deiner Ehefrau getroffen.« Audley lachte und alle Anwesenden klatschten Beifall.

Harry reichte ihm die Hand. »Du bist ein Ehrenmann, Audley, und ich bin stolz, dich meinen Freund nennen zu dürfen.« Audley gab dieses Kompliment zurück und dann drehte sich mein Mann zu mir um.

Harry beugte sich zu mir und küsste mich, damit es alle sehen konnten. Dann nahm er meine Hand und hob mich trotz meines Hochzeitskleids seitlich auf das Pferd. Er schwang sich hinter mir hoch. Unter dem Applaus, den freudigen Pfiffen und dem fröhlichen Lachen aller, die uns liebten und die wir liebten, ritten wir davon, nur wir zwei, in die weiten Felder und die waldgrünen Hügel, zu jenen Orten, an denen wir uns zum ersten Mal ineinander verliebt hatten.

Epilog

1873

Ich beobachtete sie aus sicherer Entfernung. Harry war mit Hawthorn und Arthur, unseren fünf Jahre alten Zwillingen, im Hof vor dem Stall. Dort lernten sie, wie sie sich geduldig und ruhig den Pferden nähern sollten. Die Pferde warteten auf Signale von Harry. Er wirkte beruhigend auf sie ein und so standen sie still, als die beiden Jungen auf je ein Pferd gesetzt wurden. Ein Stallknecht hielt die Zügel des jeweils anderen Pferdes, während Harry sie nacheinander rund um den Hof führte.

Als die Pferde zurück in die Stallungen gebracht wurden, spielte Harry ausgelassen mit seinen Söhnen auf eine Art, wie sein Vater es niemals getan hätte. Jeder Junge empfing die gleiche, liebevolle Aufmerksamkeit, und als die beiden mich entdeckten, rannten sie auf mich zu. Sie hielten sich an den Händen wie allerbeste Freunde. Harry und seinem Bruder war diese geschwisterliche Zuneigung verwehrt worden. Deshalb war er fest entschlossen, dass das bei seinen eigenen Söhnen nicht passieren sollte.

Du wolltest, dass Harry alles verliert, flüsterte ich in Gedanken an seinen lange verstorbenen Vater, der jetzt keinen Schaden mehr anrichten konnte. *Aber stattdessen hat er alles gewonnen. Du hast Böses geplant, aber es hat sich zum Guten gewendet. Alles, was damals schon so sein sollte, hat sich jetzt erfüllt und es soll immer so bleiben.*

Die beiden Jungen kamen angerannt und umarmten mich. Dabei warfen sie mich beinahe um.

»Lauft weiter«, wies ich sie liebevoll zurecht. »Ab ins Haus und zurück zu euren Hausaufgaben.«

Harry kam auf mich zu und küsste mich. Sein Gesicht war

staubbedeckt und etwas von dem Staub blieb an mir hängen. »Deine Söhne«, sagte ich. »Immer auf der Jagd nach Pferden.«

Er lächelte. »Wollen wir ausreiten?«

»Nein. Ein Paket ist angekommen.«

Mit den Schlüsseln an meiner Chatelaine öffnete ich in seinem Arbeitszimmer den Sekretär, in dem er die Post aufbewahrte. Er nahm eine kleine Holzkiste und stemmte den Deckel auf.

»Ein Stundenbuch«, sagte er. »Und eine Schäfergruppe aus Porzellan?« Wir legten das Stundenbuch auf den Schreibtisch und Harry nahm die Porzellanfigur mit zum Fenster, um sie bei Tageslicht zu betrachten. »Sie kommt mir bekannt vor.«

Ich nickte zustimmend. »Sie hat deiner Mutter gehört. Mr Clarkson hat sie gestohlen, um Kopien anzufertigen. Vielleicht erinnerst du dich noch daran. Aber das Original blieb in seiner Wohnung und verschwand nach seinem Tod. Ich habe es einmal im Haus von Mr Denholm gesehen.«

»Ja, jetzt erinnere ich mich.«

Ich hielt einen Brief hoch. »Mr Denholm ist vor ein paar Wochen gestorben, ganz plötzlich und unter großen Schmerzen. Ich habe seiner lieben Frau einen Kondolenzbrief geschickt und im Gegenzug hat sie mir diese Stücke zukommen lassen. Sie konnte das nicht tun, solange ihr Mann noch lebte.«

Wir redeten noch kurz über diese Angelegenheit und dann sprachen wir über unsere Pläne für den Tag und die vor uns liegende Woche. Als ich mich vom Fenster wegdrehte, berührte ich Harry sanft am Arm. »Sieh doch«, flüsterte ich.

Mein Onkel, der sich normalerweise ganz in seine eigene Gedankenwelt zurückgezogen hatte, stand vor dem Schreibtisch mit dem Stundenbuch in der Hand, meine beiden Söhne neben ihm.

»Dürfen wir es anfassen?«, fragte Hawthorn. An seinem Gesichtsausdruck konnte man sehen, wie fasziniert er von dem alten Buch war.

»Natürlich dürft ihr das«, antwortete mein Onkel und mir

stand der Mund offen, so erstaunt war ich. Als ich noch ein Kind war, hätte er mir das niemals erlaubt.

»Liest du uns eine Seite vor?«, fragte Arthur, während er sanft über ein Blatt strich. Auch er sah wie gebannt auf das Buch.

»Ja, sicherlich, Jungs«, erwiderte Onkel Lewis. Die beiden Jungen schmiegten sich an ihn, als er zu lesen begann.

Harry legte seinen Arm um mich. »Deine Söhne«, sagte er. »Auf der Jagd nach Schätzen.«

Ich klopfte sanft auf meinen Bauch, in dem unser nächstes Kind heranwuchs.

»*Unsere Söhne*, mein Liebster. Ein Schatz aus Kindern, umgeben von Liebe.«

Nachwort der Autorin

Sammeln aus Leidenschaft

Begonnen hat alles mit einem Milchkännchen in Kuhform. Zum ersten Mal wurde ich auf die in England während der Viktorianischen Epoche bis in die Zeit von König Edward VII. (Beginn des 20. Jahrhunderts) besonders weitverbreitete Sammelwut aufmerksam, als ich eine Folge der Fernsehserie *Jeeves & Wooster* (Herr und Meister) sah, und zwar »Jeeves rettet das Kuh-Kännchen«. In dieser Episode versuchte ein spezieller Kreis von Herren, sich beim Erwerben eines silbernen Milchkännchens in Gestalt einer Kuh gegenseitig zu übertreffen und auszustechen. Der Autor P. G. Wodehouse hat bei den Szenen natürlich den Schwerpunkt auf das Skurrile gelegt, aber in diesem überspitzten Humor lag eine Wahrheit, die wir alle kennen: Die Sammelwut kann zu einer Art Wettkampf werden.

In unserer heutigen Kultur zeigt sich ein anhaltendes Interesse an Sammlungen, ein Verständnis und eine Wertschätzung für die Gegenstände, die von Menschen, die vor uns gelebt haben, zusammengetragen wurden. Wie viele von uns sind nicht begeisterte Fans von Fernsehserien wie *Antiques Roadshow* (in Deutschland z. B. *Bares für Rares*, *Kunst und Krempel*, Anm. d. Übers.). Gemeinsam mit den Besitzern holen wir tief Luft, wenn eine abgenutzte, zerrissene Decke auf einen Wert von mehreren Zehntausend Dollar geschätzt wird, oder ein Schatz, den man lange Zeit für ein seltenes Kunstwerk gehalten hat, sich als Fälschung herausstellt.

Das Sammeln von Kunstgegenständen war und ist sowohl ein privates als auch ein öffentliches Hobby. Bevor es Museen gab, bot die Besichtigung von privaten Sammlungen den Menschen eine

Gelegenheit zu sehen, was die Sammler auf ihren Reisen zusammengetragen, für sich selbst gekauft oder von ihren Familien geerbt hatten. Damals und heute besteht bei wohlhabenden Kunstsammlern ein gewisser Druck, ihre Schätze zum Wohle aller zu spenden. Das größte Museum, zumindest von der bloßen Anzahl seiner Ausstellungsstücke her, ist das *Victoria and Albert Museum* in London. In seinen etwa 150 Galerien werden Exponate aus den letzten 5.000 Jahren gezeigt. Die Anfänge des Museums lagen in der Weltausstellung von 1851, deren geistiger Vater Prinz Albert war. Im Jahr 1854 wurde daraus das South Kensington Museum, das schließlich 1899 seinen würdigsten Namen *Victoria & Albert* erhielt.

Historische Persönlichkeiten

Zu meinen liebsten Tätigkeiten als Autorin gehört es, Menschen, die wirklich gelebt haben, mit meinen fiktiven Figuren zu verbinden. In diesem Buch hat mir – und ich hoffe, auch meinen Lesern und Leserinnen – *Lady Charlotte Schreiber* am meisten Freude bereitet.

Obwohl Lady Charlotte Schreiber in mehreren Quellen erwähnt wird, war mein bester Fund das Buch *Magpies, Squirrels and Thieves: How the Victorians Collected the World* von Jacqueline Yallop.

In ihrem Werk erfuhr ich Folgendes: »Entgegen der sonstigen Gepflogenheit des Herrenclubs wurden auch Frauen eingeladen und um das Jahr 1867 gab es acht weibliche Mitglieder (im *Burlington Club der Schönen Künste*).« Sie schreibt weiter: »Charlottes Tagebücher sind angefüllt mit Hinweisen, wie sie ihren Sammlerfreundinnen ausgeholfen hat. So verbrachte sie im November 1869 ›zwei sehr angenehme Stunden‹ mit Mrs Haliburton, einer verwitweten Porzellansammlerin, die zu einer regelmäßigen Besucherin und Brieffreundin wurde. Im Juni 1884 besuchte sie Lady Camden in ihrem Haus am Eaton Square, um mit ihr über Porzellan zu sprechen. In den 1870er-Jahren erfuhr Charlotte bereits Anerkennung als Expertin und sie konnte ihre außergewöhnlichen Kontakte in der von Männern dominierten Welt der Verwaltung von und des Handels mit Kunstschätzen nutzen, um für die Frauen unter ihren Sammlerfreunden sowohl in England als auch im Ausland tätig zu sein.«

Lady Charlotte führte ein äußerst ungewöhnliches Leben. Sie heiratete einen Mann, der vierzehn Jahre jünger war als sie. Es war eine Liebesheirat nach dem Tod ihres ersten Mannes. Einen Teil ihrer Sammlung von Fächern und Gesellschaftsspielen, die sie dem *British Museum* gespendet hatte, können Sie auf der Website des Museums anschauen.

Dante Rossetti ist eine weitere historische Persönlichkeit, die im Roman in Erscheinung tritt. Er war ein Dichter wie seine Schwester Christina, Künstler, Exzentriker und Sammler. Auch über ihn kann man viel lesen in dem oben erwähnten Buch und in anderen Werken. Sein Gemälde *Lady Lilith*, das in meinem Buch Ellie von Rossetti gezeigt wird und in dem die Parfümflasche von Harrys Mutter eine Rolle spielt, wurde gerade vom Auktionshaus Sotheby's versteigert, während ich diesen Roman schrieb. Es erreichte einen Verkaufspreis von 680.000 britischen Pfund oder fast einer Million US-Dollar. Im Informationsmaterial des Auktionshauses wird erwähnt, dass das Gemälde 1883 im *Burlington Club der Schönen Künste* ausgestellt wurde, obwohl es bereits 1867 gemalt, signiert und datiert wurde. Rossetti wohnte am Cheyne Walk, ganz in der Nähe, wo Miss Gillian Young, die Heldin meines Romans *A Lady in Disguise*, ein paar Jahre später lebte.

Ein interessantes und zugleich etwas gruseliges Ereignis im Leben von Rossetti fand statt, als seine Frau an einer Überdosis Laudanum starb. Außer sich vor Verzweiflung ließ er ein Manuskript mit unveröffentlichten Werken in ihren Sarg legen. Viele Jahre später, als er knapp bei Kasse und selbst dem Laudanum verfallen war, ließ er das Grab öffnen, um sein Werk wieder herauszuholen und zu verkaufen. Zu schade, dass er zu seinen Lebzeiten keine Millionen für seine Gemälde bekommen hat!

Allem Anschein nach war *Elizabeth Garrett*, später Elizabeth Garrett Anderson, die erste Frau, die in England als Ärztin praktizierte. Sie begann ihren beruflichen Weg als Krankenschwester. Dann bewarb sie sich an den Universitäten in Oxford, Cambridge, Glasgow, Edinburgh, St. Andrews und dem *Royal College of Surgeons*. Ihre Bewerbungen wurden postwendend abgelehnt und deshalb versuchte sie es bei der *Worshipful Society of Apothecaries*, dem Berufsverband für Apotheker in London. Dort erhielt sie durch eine Hintertür eine Lizenz, mit der sie als Ärztin praktizieren konnte. Dieses unerwartete Schlupfloch wurde nach ihrer Aufnahme im Verband sofort geschlossen, aber dadurch ließ sich weder ihre Weiterentwicklung noch die anderer Frauen in diesem Fachgebiet aufhalten.

Die Kriege um die Einheit Italiens

Die meisten von uns haben im Geschichtsunterricht nicht allzu viel von der neueren Geschichte Italiens mitbekommen. Deshalb sind die Leser und Leserinnen meines Romans vielleicht überrascht, wenn sie erfahren, dass es im 19. Jahrhundert drei Kriege gab, die schließlich 1871 die einzelnen Stadtstaaten zu einem Königreich Italien vereinten. Der Einfachheit halber habe ich in meinem Buch oft das Wort *italienisch* verwendet als Bezeichnung für die Sprache und Region, wie wir sie heute kennen. Wie bei allen Kriegen gab es auch Plünderungen und viele der Beutestücke wanderten in private Sammlungen.

Der Wunsch von Harrys Freund Stefano Viero, seine Familienschätze zu retten, gibt die tatsächliche Lage in seinem geliebten Venedig wieder, und zwar in den Jahren vor der Übergabe der Lagunenstadt von Österreich an Italien im Jahr 1866. In ihrem

Werk *A Brief History of Venice* schreibt Elizabeth Horodowich: »Am schlimmsten war jedoch das Ausmaß der Verwüstung, die von den Franzosen in der Stadt angerichtet wurde. Auf Befehl von Napoleon wurden alle öffentlichen Statuen und Skulpturen mit Darstellungen des Löwen von St. Markus entfernt, sowohl in der Stadt als auch auf dem Festland, da es sich seiner Ansicht nach um Symbole eines despotischen Regimes handelte. Die Abbilder des Markuslöwen wanderten in den kaiserlichen Schatz Napoleons. Auch die vier Bronzepferde über dem Portal der St.-Markus-Basilika ließ er am 7. Dezember 1797 nach Paris bringen. Zunächst wurden sie vor dem Tuilerien-Palast aufgestellt und dann auf dem Arc de Triomphe. Der Markuslöwe kam auf die Säule auf dem Place des Invalides. In ganz Europa erschienen Zeitungskarikaturen, in denen der Markuslöwe dargestellt wurde, wie er in einem Netz gefangen war oder unter den Füßen eines krähenden, gallischen Hahns lag, während die Soldaten Napoleons systematisch jede Ecke der Stadt ausplünderten, darunter auch die Münzprägestätte, die Flotte und die Archive. Frauen wurden dafür bezahlt, Edelsteine aus ihren antiken Fassungen zu brechen. Die Fassungen wurden danach eingeschmolzen. Die Diamanten wurden aus der Schatzkammer von San Marco gestohlen, damit sie die Krone von Kaiserin Josephine zieren konnten. Besonders in den Wochen vor der Übergabe Venedigs an die Österreicher im Januar 1798 versuchten die Franzosen krampfhaft, alles aus der Stadt zu bringen, was ihren österreichischen Feinden von Nutzen sein könnte.«

Und dann, von 1806 bis 1810, »in einer vielleicht ironischen Umkehrung der Stadtgeschichte entfernten die Franzosen systematisch den letzten Rest von schönen oder wertvollen Gegenständen aus der Stadt, im wahrsten Sinne des Wortes bis hin zu den Nägeln, an denen die Gemälde der Stadt hingen. … Obwohl die Zahlen drastisch abweichen, wurden während der französischen Besatzung circa 90 Kirchen und etwa 100 Paläste vollkommen zerstört.

Wertvolles Mobiliar und Kunstwerke aus Privathäusern, religiösen und wohltätigen Einrichtungen wurden weggebracht, um Schatztruhen und Museen in Frankreich zu füllen. Gold, Silber, Kreuze, Kerzenleuchter, Pokale und Kronen wurden eingeschmolzen und gingen unwiederbringlich verloren. Marmorskulpturen, Altäre, Gemälde, Reliquien, Parkettböden, Mosaike, Deckengemälde, mit Stuck verzierte Wände, antike Reliefs und Inschriften, Möbelstücke, Porzellan, Textilien, Teppiche, Glas und ganze Bibliotheken wurden auseinandergenommen, zerstört oder von der Krone beschlagnahmt. Bei späteren Auktionen und Wiederverkäufen wurden diese Kunstgegenstände schließlich über die ganze Welt verstreut.«

Im Roman werden viele Fälschungen aufgedeckt, aber man erfährt auch etwas über die Echtheitsprüfung und Schätzung von kostbaren Kunstwerken. Fast alle Kunstgegenstände, die in diesem Buch geschildert werden, sind authentisch und stammen aus verschiedenen Quellen. Die Schilderungen entspringen jedoch meiner eigenen Beobachtung und Sprache. Alle Fälschungen und auch die Methoden, wie man gefälschte Gegenstände erkennt, sind aus authentischen Fällen entnommen.

Da sich der europäische Kontinent häufig im Aufruhr befand und Kunstdiebstähle an der Tagesordnung waren, kam es oft vor, dass Kunstliebhaber zu Opfern von Täuschungen wurden. Viele dieser Betrügereien wurden erst im 20. Jahrhundert entdeckt, nachdem Methoden wie das Röntgen, die Kohlenstoffdatierung und chemische Testmethoden entstanden sind. Deshalb war in den in meinem Buch geschilderten Jahren der Kunsthandel tatsächlich ein Geschäft, das sich auf Vertrauen und Integrität gründete.

Und dennoch: Muss unser Leben nicht auch heute dieser Prüfung standhalten? Integrität ist auch heute eine gute Sache, wie es Lady Charlotte ausdrückt: »Deshalb sollten wir keine Angst davor haben, andere auf die Probe zu stellen – oder selbst auf die Probe gestellt zu werden. Nur wenn wir dazu bereit sind, können

wir erkennen, ob ein Stück oder eine Person das ist, was es oder sie vorgibt zu sein, oder ob es bloß Maskerade ist.«